池田浩士コレクション
Hiroshi Ikeda
collection
3

ファシズムと文学

ヒトラーを支えた作家たち

池田浩士

インパクト出版会

『ファシズムと文学――ヒトラーを支えた作家たち』目次

＋α

第二部　文学・文化の「わが闘争」　235

第三部　ファシズムは時空を越えて　331

第一部　ファシズムと文学——ヒトラーを支えた作家たち

「予はいまやドイツ帝国の先頭に立つ一兵卒たらんより他に何ものも欲しない。」（ポーランド侵攻にさいしてのヒトラーの言葉。背景のイラストは、ドイツ国防軍最高司令部発行の半月刊誌『国防軍』1939年9月13日号のタイトル）

序章

Also sprach Dr. Goebbels: Laßt uns aufs neue Brände entfachen, auf daß die Verblendeten nicht erwachen!

「光を通って夜へ」ゲッベルス博士かく語りき——新たなる火災を燃えたたせよ、めしいたるものの目覚むることなかりしために。（ジョーン・ハートフィールドによるフォト・モンタージュ）

一九三三年一月三十日、ヒトラーが政権を掌握した。

そのとき、ファシズムともっとも真摯に闘ってきたドイツの共産主義者たちでさえ、このことの意味を正しくとらえることができなかった。かれらはむしろ、ヒトラーの登場を、やむをえない前段階のひとこま、と考えた。つまり、ヴァイマル共和国に失望した民衆はナチスを一時的に支持しているものの、すぐまたこれに幻滅させられるにちがいない。そのときこそ、真の社会主義ドイツへの道が開かれるのだ。――「まずヒトラーを来させろ。そのあとからわれわれが行く！」

ヒトラーのドイツにたいしてゲーテとベートホーヴェンのドイツ、詩人と思想家の国ドイツを擁護した〈亡命者〉たちにしても、状況をただちに的確につかんで決断を下したわけではなかった。のちにこのグループの代表者とみなされるようになるトーマス・マンは、いずれ三月五日の総選挙でナチスの独走に歯止めをかけるような結果が出るにちがいない、と予測していた。そして、二月十一日、ほんの短期間の予定でオランダ、ベルギー、フランスへの講演旅行に出発したのである。だが、かれの留守中に、事態は急激に展開した。二月二十七日夜の国会議事堂放火事件を徹底的に利用しつくしたナチス、国民社会主義ドイツ労働者党（ＮＳＤＡＰ）は、その一週間後の国会選挙で、六四〇議席中二八八を獲得、得票率でも投票総数の四三・九パーセントを占めて、独裁への合法的な一歩をしるしたのだった。その後もあれこれと帰国のための方途をさぐったらしいトーマス・マンが、ついに亡命を決意したときには、ドイツはすっかり様相を変えていた。かれがふたたび故国の土をふむことができたのは、十五年後のことである。

政権掌握の直後から驚くべき速度ですすめられたドイツ全土のナチス化は、たちまち全生活領域をおおいつくした。労働や社会的生活秩序がファシズムの隊列にくみこまれたばかりではない。私生活、家庭生活、男女関係、そして趣味や娯楽、レクリエーションにいたるまで、いっさいの生活の営みが、鉤十字《ハーケンクロイツ》と褐色の制服の制圧下におかれていった。一九三〇年末に三八万九千だったナチ党の党員は、三二年末には一三七万八千となり、権力掌握の半年後、三三年八月にはついに三九〇万人を超えていた。子供から赤ん坊までふくめた全人口の十五人に一人、全成人（有権者）のじつに十人に一人近くが、ナチ党員となったのである。三三年三月の選挙の結果を見てあたふたと入党した大量の新党員は、いくばくかの軽蔑をこめて〈三月の戦死者〉と呼ばれた。そして当然ながら、かれらの多くは教員と官吏だった。〈三月の戦死者〉とは、元来、一八四八年の三月革命のさいにベルリン王宮前でプロイセン軍隊によって殺された犠牲者たちを悼む敬称だったのだが、これが駆け込みナチ党員たちを嘲笑する呼称に転用されたのである。だが、かれらがいかに軽蔑の蔭口をたたかれようとも、このようにしてあらゆる生活領域に浸透するようになったかれらナチ党員のまわりには、かれらを支持し、協力し、あるいは容認する無数の人びとが形成された。有効な抵抗を組織する余地はほとんどなかった。遅ればせに試みられた抵抗の萌芽は、権力機構によって、また〈隣人〉たちによって、またたくまに圧殺されていった。

「これは――攻撃と誤解に抗して――真実を重んじるために世界に向けてなされた回答である。大きな国民運動のなかで決起をうながされ、新たに立ちあがったドイツのことを、それは論じている。この回答を書いたドイツ人は、みずからが一点の疑惑をこうむる余地もない確かな証人であると自任している。それというのも、筆者は、いまだかつて一度も国民社会主義の党に所属したことがない、と断言できるからである。」――ロマン・ロランと全世界とに向かってナチス・ドイツを擁護する回答を書いたとき、ドイツの作家ルードルフ・G・ビンディングは、冒頭にこういうことわり書きを記した。

　政権獲得から数カ月を経て、ナチスの蛮行がだれの目にも明らかになりはじめた、と思われた一九三三年五月、フランスの作家ロマン・ロランは、ヒトラー・ファシズムのやりくちに抗議する手紙を、ドイツの一新聞に送った。自分はヴェルサイユ条約の不当性に抗議し、ドイツが不当なあつかいを受けていることにたいして世界大戦の戦勝国に反省をうながす声をあげてきた。なぜなら、自分は、他の諸民族の幸福と不幸をわがこととして感じとる偉大な世界市民の国としてのドイツを愛しているからだ。ところが、このドイツは、いまや土足で踏みにじられ、血で汚され、嘲りはずかしめられている。鉤十字の連中が、自由精神の士たち、ヨーロッパ市民たち、平和主義者、ユダヤ人、社会主義者、共産主義者を追放し、好き勝手なことをやっているのだ。この民族主義的・ファシスト的ドイツが真のドイツのもっとも悪しき敵であること、このような政治が人間的精神にたいする犯罪であるばかりか諸君自身の国民性にたいする犯罪でもあることが、諸君にはわからないのか？　「わたしは、諸君には迷惑かもしれないが、諸君にさからってでも、ドイツへの愛着をすてないだろう。ヒトラー・ファシズムの暴行と迷誤によって凌辱されている真のドイツへの愛着を。〔……〕諸君は、公表されラジオで流されている諸君の指導者たち――ヒトラー、ゲーリング、ゲッベルス――自身の言明を、知らぬと言い張るつもりか？　かれらの暴力煽動、自分以外の人種を、たとえばユダヤ人を絶滅せねばならぬという、かれらの人種主義（racisme）の宣言、西欧にとってはとうの昔に過去のものとなっている中世のこうした腐臭を、知らぬと言い張るつもりか？〔……〕アカデミーや大学への厚顔無恥な政治の介入を、知らぬと言い張るつもりか？　世界の輿論のはかりのうえでは、学術や芸術の下す破門宣言のほうが、諸君らの異端審問官たちによる滑稽な破門などよりもずっと重いとは、諸君は思わないのか？」

このロマン・ロランの詰問にたいして、ただちに、ルードルフ・G・ビンディング、エルヴィン・グイド・コルベンハイヤー、ヴィルヘルム・フォン・ショルツの三作家のものを中心とする七篇の文章を集めた返答書が編まれ、公刊された。そのうち、ビンディングのものは、『世界にたいする一ドイツ人の回答』（*Antwort eines Deutschen an die Welt*, 1933）と題する独立の小冊子としても刊行された。そのなかで、ビンディングは、無党派の作家の立場から、ロマン・ロランの告発はじつは告発《アンクラーゲ》ではなく、失われた理想像をかこつ泣き言《クラーゲ》でしかない、と述べ、新生ドイツの現実を全面的に擁護したのである。

――ヴェルサイユ体制下で、二十二万四千九百人のドイツ人が、自殺した。それ以外の六千万の人間も、自殺しなかったからといって、生活に満足していた、などとは言えないのだ。ロラン氏が異端審問官と呼ぶ指導者たちのことを考えるさいにも、こうした現実を無視するわけにはいかないはずだ。あなたは、自立したまとまりのある国民《ナツイオーン》というものを持たないということが、何を意味するかご存知だろうか？　こういう状態を打ちやぶり、殲滅された民族をひとつの民族総体《フォルク》へとまとめあげたひとりの人物が、出現したのである。「だが、この民族全体こそは、あなたがたにはわからない中心点であり、重要な点なのだ。この出来事の本来の真実なのだ。〔……〕われわれが身をもって経験したようなこの出来事をまえにしてはーーそしてわたしは、一度としてこの運動に属したことはないので、疑惑をいれる余地のない確かな証言ができるわけだがーードイツを欲する力から生まれたこの一体化をまえにしては、すべては沈黙するしかないのである。ドイツーーこのドイツーーは、ドイツを欲するという、いかなる代償を払っても、いかなる破滅と引きかえにでもそれを欲するという、狂おしいまでの憧憬から、内面の憑かれたような状態から、血まみれの陣痛のなかから、生まれたのである。これをまえにしては、いかなる告発もくずれ去る。」要するにロマン・ロランは、さまざまな付随現象だけを見て、物事の本質を見ていないのだ。ロマン・ロランも世界も、われわれの指導者たちにはちゃんとわかっている付随的な不都合にだけ、目を向けているのだ。「世界は、われわれが体験してきたようなことを、かつて体験したことがないのである。すべてはまだ始まったばかりである。だが、もはや自分自身を信じなくなっていたひとつの民族が、自分自身を信じているのだ。そして、この自己への信頼は、この民族を美しくするのだ。」

自己にたいする責任と不屈の意志をもった男たち、そして誇り高くしかも抱擁力にとんだ女性たちを描く巨匠として、ヴァイマル時代のドイツ文壇に確固たる地位をしめていたこの作家ルードルフ・G・ビンディングのナチス・ドイツ支持宣言は、亡命することもなくまたナチ党員となって権力と一体化することもなくドイツにとどまった圧倒的多数のドイツ人の気持を、いささか大仰にではあれ、ほぼ代弁していたと言えよう。そしてまた、そのビンディングが、ナチス支配体制の進展につれて示した態度の揺れも、かれひとりに特有のものではなかった。

一九三三年十月、八十八名のドイツ作家による「首相アードルフ・ヒトラーへの忠誠への誓い」が発表された。ドイツにとどまった作家たちのほとんどすべてが（著名な作家のうちでは、ゲルハルト・ハウプトマン、ヘルマン・シュテールらを別として）これに署名したとき、ビンディングの名も、もちろんそこには含まれていた。しかし、それはあらかじめかれの了解を得て発表されたのではなかった。ビンディングは、この声明を企画した「帝国ドイツ作家連盟」にたいして、抗議の手紙を送った。

一九三三年十一月、かれは、プロイセン州の学術・芸術・民衆教育省あてに手紙を書き、ある文学賞の候補として自分がローベルト・ムジルを推したことを謝罪した。ムジルがユダヤ系かどうかを確かめずに推薦したのは誤りだった、というのが謝罪の趣旨である。かれはあらためて、イーナ・ザイデルを候補にあげた。ザイデルは、ナチスによって文学アカデミーが改組されたのちもこれにとどまり、ナチス文学を担うべき作家たちのひとりに数えられていた女性作家で、もちろん前述の「忠誠の誓い」にも名をつらねていた。

一九三三年十二月、だがしかしビンディングは、「ドイツ・ヨーロッパ文化同盟」の会長にあてて、ユダヤ人会員の排除に反対するむねの手紙を書いた。

一九三四年三月には、国際ペンクラブからの脱退を声明する文書に「国民作家協会」会長ハンス・ヨーストと連名で署名せよ、というプロイセン学術・芸術・民衆教育省の指示を拒否した。声明は、ヨーストと副会長ゴットフリート・ベンの名前で発表された。

一九三四年六月、有名なジャーナリストで『フランクフルター・ツァイトゥング』（フランクフルト新聞）社主のハインリヒ・ジーモンが、ユダヤ人であることを理由にドイツから去ることを強いられたとき、ビンディングは、深い同情と悲しみを伝える手紙をかれに送った。同じような心のこもった手紙は、三五年二月、画家マックス・リーバーマンがやはりユダヤ人であるがゆえにいっさいの活動の場を奪われたまま死んでいったとき、その夫人にたいしても書かれた。

そして、一九三七年六月、ナチス文学の最重鎮のひとりとして、七十歳のビンディングは、帝国青少年指導者、つまりヒトラー青年団《ユーゲント》の最高責任者で〈詩人〉でもある三十歳のバルドゥーア・フォン・シーラッハにあてて、つぎのような手紙を書いたのだった――「ご存知のことと思いますが、わたくしは、とらわれのない立場にいると世界に見なされうる当時としては唯一のグループの最初の――きわめて少数の――ひとりとして、国民社会主義にたいするロマン・ロランの攻撃を撃退しましたし、〈防衛能力にたいする信念〉をすでに一九一五年に要求しかつ予見したのもこのわたくしであり、また、ほとんどたったひとりで、洪水のごとき憤激を浴びながら、レマルクの

『西部戦線異状なし』を手ひどくやりこめ、当時のありとあらゆるみじめったらしい文学的職人芸と、いたるところで闘ったのでした。」

この手紙からわずか一年余りのちの一九三八年八月にビンディングが死んだとき、かれの脳裡に自己の全文学活動がどのような像となって浮かんだか、もちろんわからない。ただ、たしかなことは、最後に引用した一節にも見られるように、かれ自身は、みずからが重ねた動揺を、強いられた結果の転向とも、意に反するやむをえない言動とも、考えていなかった、ということである。「おじけづくことを知らぬ大胆な芸術家は、つねに現在《いま》の核心を射あてる。現在にふさわしい理想をうかがい知るために膝を屈して現在のほうへわざわざ向きなおる必要など、かれにはない。かれは、そのいっさいを、みずからの憧憬のなかからぴたりと射あてる。かれは、われわれの真実を表現する。われわれの時代の真実を。」——ある彫刻家によせて一九三六年にビンディングが記したこの言葉を、かれ自身もまた体現していると考えていた。ロマン・ロランと全世界にあてた回答も、かれが時勢に迎合した結果ではなく、時代がかれに歩みよって、かれが現在《いま》の核心を射あてたところから生まれたのである。第一次世界大戦のさなかに敗北主義と厭戦気分に抗して〈防衛能力にたいする信念〉を提唱したときも、ベスト・セラーとなったエーリヒ・マリーア・レマルクの反戦小説『西部戦線異状なし』（一九二八）をこきおろしたときも、かれは、大勢に順応するかわりに、自己の信念をつらぬいた。真実を射あてていたのは、自分だった。自分は、膝を屈して時局に歩みよりはしなかった。そして、いま、ナチズムにたいしても——。

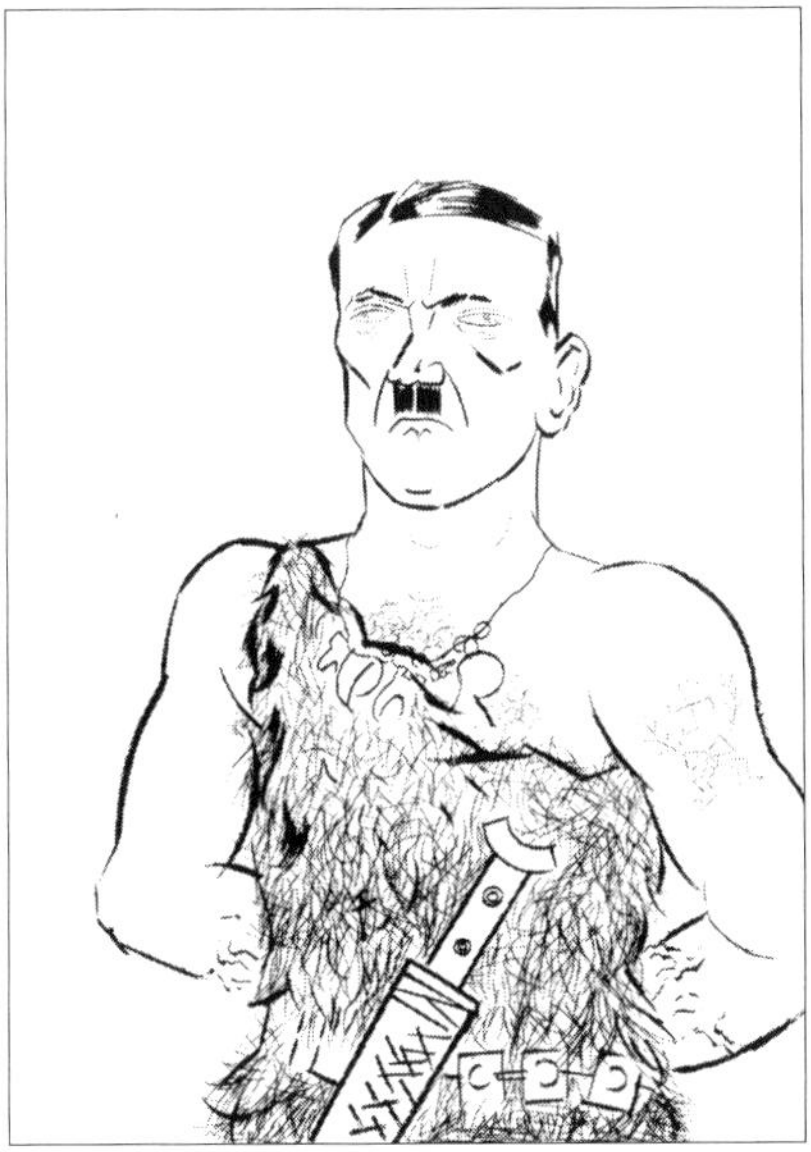

ジョージ・グロス「救世主ヒトラー」

こうした信念をまえにしては、いかなる告発も、いかなる批判も、沈黙し、くずれ去らざるをえないのだろうか？ すべては、ヴェルサイユ体制のなかでドイツがおかれた状態に、そこから脱したいという全体的欲求に、つまり時代の真実に、帰せられるままなのだろうか？ だとすれば、ビンディングのような合理化の言葉ももたぬまま、雪崩をうってファシスト陣営へと移行していった無数の人びとにたいして、いまさら何を言うべきなのか？

ヒトラー、ゲッベルス、ローゼンベルク、シーラッハ、等々、挫折した芸術家や似而非《えせ》哲学者・詩人を数多く擁していたナチス体制中枢部は、権力掌握とともに、間髪をいれず、文化的分野の統合に着手し、驚くべき速さでナチス化を推進していった。いわゆる〈国民革命〉第三週目に入ったばかりの一九三三年二月中旬には、はやくもプロイセン芸術アカデミー内で反対派にたいする攻撃が開始された。三月中旬には、アカデミーの全メンバーにたいし、「歴史的状況の変化を承認してひきつづきプロイセン芸術アカデミーにとどまるかどうか？」という質問状が発せられた。「この問いにたいして肯定をもって答えることは、政府に反対する公然の政治的活動を行なわないということであり、法令に即してアカデミーに課せられる国民的な文化的任務を、変化した歴史的状況の意を体して忠実に果たす作業に参加する義務を、貴下に負わせるものである。」――質問状はこう述べていた。

こうして、芸術アカデミーの第三部門、すなわち文学部門でも、粛清が開始された。コムニストやユダヤ人作家は除名され、あるいは自発的に退会した。五月十日に始まる各地の大学と一部の都市の広場での焚書は、図書館協会や書籍商組合の申し合わせによる禁書リストの作成・流布と並行して、〈ドイツ的でない〉文学作品を全ドイツから抹殺する役割を与えられた。

六月七日に開かれた文学アカデミー総会で、すでに新しいメンバーと執行部が確立され終わっていた。会長には、五月初旬にアカデミー・メンバーに指名されたばかりの党員作家ハンス・ヨーストが選ばれた。副会長は、これまた新顔のハンス・フリードリヒ・ブルンクだった。書記には、やはり建党当時からのナチ党員ヴェルナー・ボイメルブルクが就任した。評議員は、以上三人のほか、ハンス・グリム、エルヴィン・グイド・コルベンハイヤー、アグネス・ミーゲル、ベリエス・フォン・ミュンヒハウゼン、ヴィルヘルム・シェーファー、ヘルマン・シュテール、エーミール・シュトラウス（いずれも非党員）の、計十名だった。

〈ユダヤ的・頽廃的〉文学、〈マルクス主義的・ボリシェヴィキ的〉文学、〈コスモポリタン的・非民族的〉文学、等々にたいし、〈北方的・ゲルマン的〉文学、〈血と土〉の〈国民文学〉が対置され、あらゆる社会主義者、民主主義者、ユダヤ人、急進的キリスト者たちの作品が、全ドイツから姿を消した。古典劇やブレヒト、それに各地の労働者居住区で演じられていたプロレタリア演劇にかわって、ハンス・ヨーストの『シュラーゲター』（一九三三）が、何百回となく上演された。トーマス・マンやヤーコプ・ヴァッサーマンの小説のかわりに、エトヴィン・エーリヒ・ドヴィンガー、オットー・グメーリン、ハンス・ツェーバーライン、フリードリヒ・ブルンク、等々の、民族大移動だの塹壕だの、英雄的な死だの初期ナチスの街頭闘争だのを、甘ったるい陳腐な恋愛沙汰でくるんだような小説が、書店と図書館と家庭の書架にあふれた。ヴァイマル共和国のなかで口ずさまれていたエーリヒ・ケストナーの詩は、ハインリヒ・ハイネとともに消し去られ、一九一一年生まれのSA（ナチス突撃隊）隊員ゲルハルト・シューマンのヒトラー讃歌にとってかわられた――

さもあらばあれ一群の決意揺がぬもの立てり
炯炯たる意志　眼より射る
かれら夜毎に注がれし血潮を夢む
そしてまた孤独なる総統を想ふ。

昏き運命《さだめ》担ひし総統の夢
耕すものを待つ田畑
さてはまた境を拍つ河流

はたまた功罪宥す朋友《はらから》の夢。

かれらが眼眸の及ぶところ秘事翳らず
言の葉のかたきことはがねのごと重し。
その跫音より審判《さばき》の谺す。

かれら　魂に聖盞《グラアル》担へり
総統の下僕　復讐者なるかれら
みくには燃ゆるかれらがうち
みくには伸びむかれらとともに。

（「みくに」高橋義孝訳）

だがしかし、ゲルハルト・シューマンがたたえた「みくに《ライヒ》」、つまり〈第三帝国《ライヒ》〉のこうした現実は、一九三三年一月三十日に、天から降り地から湧いたように一日にして始まったわけではなかった。それ以前から、現実の生活そのものが、ナチズムの地盤を徐々につくりあげてきていたのである。ヒトラーが登場したとき、現実生活そのものはすでにファシズム化されきっていた、とさえ言えよう。この地盤に根ざしつつ、ナチスは、制度上の仕上げをするだけでよかったのである。ルードルフ・G・ビンディングの正当化は、それゆえ、そのみじめさにもかかわらず、現実のひとつの真実を衝いていたのだ。それどころか、逆説的な言いかたをするなら、ナチスの権力掌握を目のあたりにしてはじめて自己のドイツ像の崩壊を知ったロマン・ロランや、つぎにくる自分の出番を待ちながらヒトラーの登場をながめていたコムニストたち、ヒトラーが政権をにぎってから初めて社会民主党にゼネストの共闘を申し入れたKPD（ドイツ共産党）よりも、ビンディングたちのほうが、「この出来事の本来の真実」に、いっそう近かったのかもしれない。

ヒトラー青年団《ユーゲント》出身の比較的若い作家たちや、純粋培養的な反共・反ユダヤ主義のナチス作家たちのもとにのみ、あるいは徹底した宣伝と統合政策によるナチスの文芸政策のなかにのみ、ファシズム・ドイツの文学的現実を探ろうとする方向は、ナチス文化の地ならしをし、それを根底において支えていた要素を、充分にとらえることができない。他方、ファシズムにたいするもっともラディカルな反対として展開されたプロレタリア文学運動の観点からする再検討だけでもまた、ヴァイマルからファシズムへの重層的な過程を見きわめるには不充分である。ナチズムとも、あるいは共産主義とも一見なんのかかわりもないところで、いわば平凡な生活感情の次元で表現され共感され、いつしかひとつの広汎な生活信条と化していったような反対と順応にも、目を向けてみる必要があろう。いまではほとんど忘れ去られ、あるいは故意に触れられぬままになっている幾人かの作家たち、だがその作品はいまなお読みつがれ、かれらをめぐる問題は依然として未解決のままになっているそれらの作家たちを、本書であらためてとりあげる意図も、この点にある。

それゆえ、ここでは、主要な活動時期がヴァイマル共和国時代やそれ以前の帝政時代にあたるような世代の作家たちに、主たる関心がしぼられている。それより若い世代に属する作家たちは、ファシズムとのかかわりできわめて興味ぶかい問題を提起している場合でも、あえて度外視することにした。こういう作家のひとりは、たとえばペーター・フーヘルである。一九〇三年生まれのフーヘルは、一九三二年、つまりナチスによる政権獲得の前年に、詩集『少年の池』（*Der Knabenteich*）で、ナチス突撃隊（SA）詩賞を獲得した。だが、三三年、ヒトラーが政権の座についたとき、フーヘルは、この詩集そのものをみずから撤回した。ドイツにとどまったかれは、主として放送劇を書きながら、ナチスに背を向け、いっさいの政治的活動から自己を無関係にたもちつづけた。それにもかかわらず、一九四四年三月に日本語とドイツ語で同時に刊行されたナチス文学宣伝書には、フーヘルについて、「内容ゆたかな放送文学のなかで、かれは、因襲的な感傷性を排しながら、会話と歌と詩との民族的な調和をめざしている。かれの詩句は、しばしば、郷土に根ざす民族の調べの音色と響きに協和する。〔……〕これまでの創作によって、フーヘルは、ドイツのラジオ聴取者の心をつかんだのである」と記された。一九四〇年に前線にかりだされたかれは、ソ連軍の捕虜となり、ナチス・ドイツの崩壊後、ＤＤＲ（ドイツ民主共和国＝東ドイツ）に帰って、仕事をつづけた。一四九年からは、ＤＤＲのもっとも重要な文学雑誌『ジン・ウント・フォルム』（意味と形式）の編集長となった。そして――ベルリンの壁と東西の緊張激化のなかで、一九六二年、同誌編集長を解任され、ふたたび公的活動から身を退いて生きることになる。かれが、ついにＢＲＤ（ドイツ連邦共和国＝西ドイツ）への移住を決意したのは、七十歳に近い一九七一年のことである。

　ペーター・フーヘルは、けっして孤立した実例ではない。かれと似たような道を歩んでファシズム・ドイツとそのあとの時代を生きたものは、少なくなかっただろう。しかし、さきに述べたような理由で、本書では、こうした例にまで目を向けることは断念した。かれらについては、いずれ別のアプローチが試みられねばならないだろう。

　新しいファシズムを、われわれもまた、見誤るのかもしれない。あるいは、すでに見誤っているのかもしれない。そのいま、過去のドイツの文学現象を、しかも限られた視点から見なおすことが、この誤りに歯止めをかける一助になりうるなどとは、およそ望むべくもないかもしれない。だが、矛盾が深ければ深いほど、対立が激しければ激しいほど、現実はさまざまな反対派を生む。ナチズムもまた、それらの反対派のひとつであったことは、いまさら言うまでもない。われわれにとっての問題は、いかなる反対をわれわれのものにしていくか、ということにある。いかにして、ビンディングのような現実対処を、われわれから切除していくか、ということにある。現実にたいする反対がどのようなかたちでなされ、どのようにヒトラーを支える基盤と行動とに変質していったか――これを見なおすことは、われわれの〈いま〉とわれわれの〈反対〉とにとって、無縁な作業ではないだろう。いずれにせよ、反対派がつねに敗北を喫し、つねに体制に順応していった歴史を、ただ単に〈ドイツ的みじめさ〉として片づけているわけには、もはやいかないのだ。

I

〈内面の自由〉の軌跡——ヘルマン・シュテール

1　距離と近さ

S・フィッシャーの死

一九三四年十月、ドイツの代表的な出版社のひとつ、S・フィッシャー書店の創立者であり店主であるザームエル・フィッシャーが死んだ。

かれは、十九世紀末の自然主義文学の最盛期からこのかた、印象主義、表現主義を経てヴァイマル共和国の時代にいたるドイツ文学の発展に、多くの作家たちの作品出版をつうじて深く関与してきた。ゲルハルト・ハウプトマン、アルトゥーア・シュニッツラー、トーマス・マン、ヘルマン・ヘッセらの仕事は、いずれもS・フィッシャーの名とむすびついている。フィッシャーはユダヤ人だったにもかかわらず、ナチスの政権掌握後も、その営業は禁止されなかった。あるいは、多くのベストセラー作家をかかえたこの出版社を抱きこんでおくほうが〈新生ドイツ〉の精神文化にとって有利だ、という読みが、ナチスの側に当初あったのかもしれない。

だが、風向きは徐々に変わっていった。この書店を放置しておいてもドイツを去った作家たちはもどってこないことが、明らかになった。ザームエル・フィッシャーの死は、ひとつの転機だった。一九三五年二月号の雑誌『ディ・ノイエ・リテラトゥーア』（新文学）は、フィッシャーの死にかんする編集責任者ヴィル・フェスパーの一文を掲載した。ナチス時代になってにわかに〈国民詩人〉の栄冠を与えられたフェスパーは、フィッシャーを北方的（ゲルマン的）文学の奨励者として讃えたゲルハルト・ハウプトマンの追悼文の「欺瞞」を攻撃して、こう書いたのである——

ザーミ・フィッシャーは、アルフレート・ケルとアルフレート・デーブリーンの出版者であり、ヴァッサーマン、ベーア＝ホーフマン、アルトゥーア・シュニッツラー、その他これと人種を同じくする多くの連中の出版者であった。〔……〕S・フィッシャーは「トーマス・マンからヘルマン・シュテールにいたるドイツ精神の多くの真正な諸作品にとって故郷《ふるさと》」だった、というゲルハルト・ハウプトマンの主張についても、同様のことが言える。たしかに、S・フィッシャーが本当に助け育てたユダヤ人作家の名前を追悼文全体のなかでただのひとつも挙げないとしたら、それは率直ではないし誠実なことではない——だが、いまS・フィッシャーをH・シュテールの名前で飾ってやるのは、このうえなくふさわしからぬことである。フィッシャーは、たしかに一時期のあいだ、シュテールの本を出版するにはしたが、出しっぱなしで生《なま》殺しにし、少しもシュテールのためになるようなことをしなかったので、正当にもシュテールはもう何十年も前にS・フィッシャーと手を切って、永いあいだ作品をあちこち持ちまわったすえ、ようやく最近になってまったく別のいくつかの出版社に「故郷」を見出したのである。

ナチスに屈服した、という非難と嘲笑を亡命作家からくりかえし浴びていたハウプトマンが、なぜ、よりにもよってトーマス・マンとシュテールを例に挙げながらザームエル・フィッシャーを追悼したのか、その真意は明らかではない。それはともかく、たしかにシュテールは、第一作以来二十数年のあいだ全作品の出版をひきうけてくれたS・フィッシャーにたいして、感謝以外になんの不満ももっていなかったわけではなかった。ごく親しい友人にあてた手紙には、たとえばこういう一節が見られる、「フィッシャーは、刊行を遅らせることによって、例の本を、またもや台無しにしてしまいました。かれの消極的抵抗のせいで、こちらはますますもって一種の正当防衛を余儀なくされます。」（一九二二年二月九日付） そして、二三年二月一日付の手紙では、「一月一日以降、フィッシャーからリンツへの全作品の出版元変更が、事実上なされています」と述べられている。この「消極的抵抗」と「正当防衛」の結果、一九二一年末に刊行された「例の本」、つまり短篇集『からす』（*Die Krähen*）は、表紙にはフリードリヒ・リンツ書店の名があるにもかかわらず、扉ではS・フィッシャー書店発行のままという、なんとも奇妙なかっこうになっているのである。

　こうしたいきさつが、シュテールはナチス時代以前には不遇のままで放置され、〈第三帝国〉になってはじめて真価を認められることができた——というナチス好みの神話形成に役立ったことは想像に難くない。だが、それにもまして、ユダヤ人排撃のためにフェスパーによって自分が利用されたことは、シュテールにとってまったく心外だったにちがいない。ナチス時代にもそれ以前にも、ヘルマン・シュテールは一度として反ユダヤ主義を称揚したことなどなかった。それどころか、かねてから反ユダヤ主義に反対し、マルティン・ブーバー、ヴァルター・ラーテナウその他、同時代のすぐれたユダヤ人たちと深い親交をむすんでいた。ブーバーによる『荘子』のドイツ語訳から受けた感銘は、シュテールの諸作品のいたるところに影をおとしている。外相ラーテナウが暗殺された日の前夜、このユダヤ人が夢枕に立つのを見たシュテールは、「まさ夢」（*Ein Wahrtraum*, 1922）と題する詩を亡き旧友にささげ、そのなかで、自分に向けられるユダヤ人憎悪を悲しむラーテナウにたいして、「偉大なユダヤ人は偉大な人間だ」と強調したのだった。

　ユダヤ人の問題だけではない。シュテールは、ファシストでもなければ、ナチズムの支持者でもなかった。民主主義者を自任し、それどころか自分は真の社会主義者である（国民社会主義者《ナチス》ではなく）とさえ考えていた。ナチスの権力掌握後にすらもなお、権力にたいする抗議や批判を試みたほどだった。それにもかかわらず、かれは、ナチス・ドイツの文学を代表する作家として遇され、そのように評価されたのである。一九三三年一月をさかいにし

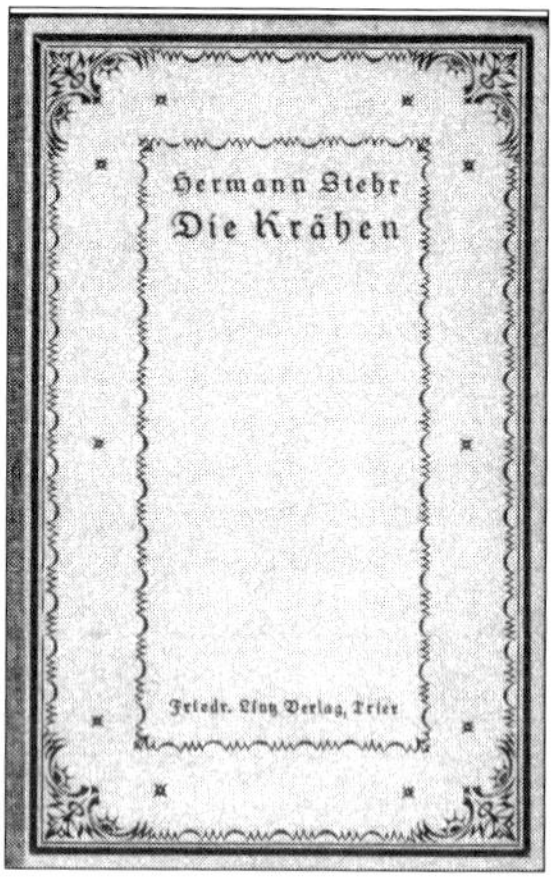

短篇集『からす』(1921)。左が扉（出版社名は「S・フィッシャー書店、ベルリン」)。右が表紙（出版社名は「フリードリヒ・リンツ書店、トリーア」)。

て節を曲げる必要もなかった。〈第三帝国〉は、赤裸な暴力によってのみ維持されていたわけではなく、当然のことながらまた、一夜にして成ったわけでもなかったのだ。――そして、これはシュテールについてだけ言えることではない。

ナチス・ドイツの文学を実質的に担ったのは、けっして、政治的・イデオロギー的にナチズムを支持し、あるいはその運動に加わってきた作家たちではなかった。むしろ、ナチスの文芸政策は、ヴァイマル時代に一定の読者を獲得していた〈老大家〉たちに新時代の重鎮の座を与えることによって、多数の左翼作家、ブルジョワ民主主義作家、ユダヤ系作家たちをパージしたあとの空白と危機を、乗りきったのだった。

屈曲をふくむ道すじ

問題は、〈血と土〉のドイツ文学（じつはナチス文学）の代表者として遇されたこれらの作家たちが、必ずしもナチズムにたいして共感をいだいていたわけではない、ということのなかにある。ゴットフリート・ベンやアルノルト・ブロンネンのように、一時的にもせよ積極的にナチズムへの信仰告白を行ない、みずからのペンをヒトラーのために握ったものは、相対的にはごく少数だった。体制順応がかれらの常態だった、と考えることもまた、正しくない。それどころか、かれらの大多数は、第一次世界大戦前もヴァイマル時代も、少なくとも主観的には、一貫してドイツの現実への批判者であり、支配体制にたいする反対派でさえあった。かれらの作品には、さまざまなかたちで、その時代の現実への批判と別の現実への模索がこめられていた。そして、かれらの読者たちもまた、それらの作品に描かれた状況や人物たちを、自己のやりきれない現実生活と、そのなかでの自己の怒りや危機感や希望と、重ねあわせていたのである。

かれらの読者たちは、少なくはなかった。かれらの作品は、地味に、だが着実に、版を重ねた。そして――かれらの現実批判と模索が、それを自己のものとして受けとった多くの読者たちもろとも行き着いたところが、ファシズム・ドイツだったのだ。

S・フィッシャーの死にさいして、ハウプトマンが追悼を書き、それをフェスパーが非難したとき、市民権を剥奪されたトーマス・マンと自分とが並び称されることと、ユダヤ人憎悪をあおりたてるための傍証として自分がマンと区別されることとの、どちらをシュテールがよりいっそう名誉であると考え、あるいは迷惑と感じたかは、わからない。どちらの発言にたいしても、かれは直接の責任を負ってはいなかった。一方は、ナチスにおだてられて現代のゲーテ気取りになっている、と亡命者たちから嘲られた老人の発言であり、もう一方は、それこそナチス時代になってはじめて真価を認められた御用作家の政治的発言だった。けれども、シュテール自身の感慨はどうであれ、このふたつの文章は、やはりかれの文学的営為の総体とまったく無関係ではなかったのである。ナチス時代になってからもなお、いやむしろますます激しく、墓に唾を吐きかけられつづけたラーテナウとの友情から、ユダヤ人排撃のための生き証人として御用詩人の表敬をうけるまでのあいだには、やはり、なんらかの道が通じているのである。

その軌跡は、だがしかし、単線的ではない。そして多くの屈折をふくんでいる。道は曲がりくねり、引きかえし、ときには途絶え、深淵にはしばしば長い橋がある。その橋が、どのようにして、どちらの側から架けられたかも分明ではない。橋は、必ずしも、そこを歩むものがみずから手をくだして架けるものとは限らない。だが、それを渡るのは、かれなのだ。——歴史の道がすべてそうであるように。

2　叛逆からの出発

第一作「ガラス彫刻師」

ヘルマン・シュテールの出発点もまた、現実にたいする批判と苦闘の表現にあった。一八九〇年代に創作活動を始めたかれは、当然のことながら、そのころ最盛期にあったドイツ自然主義と多くの接点を有していた。遺伝と環境が人間に与える影響の重視、ドイツ特有の徹底自然主義が特色とする細密な情景描写、方言による会話、等々が、その時代の文学的背景を物語っている。だが、かれを同時代の作家たちからきわだたせているものは、後発帝国主義国ドイツで急激におしすすめられた産業化・合理化が生みだす種々の帰結を、そこからとりのこされていく職人階層や農民階級の生活のなかに、描いたことだった。

一八九七年に雑誌『ノイエ・ドイチェ・ルントシャウ』(新ドイツ展望)に発表された第一作「ガラス彫刻師」(*Der Graveur*)の冒頭で、主人公は、こう述べる——「まったくさ、昼間の働きが何になるね、晩ぢゅう酒場にしけこんでるんじゃ?」

働きはあるが飲んだくれて妻子をかえりみない兄の肉屋に向けられたこの言葉は、ガラス彫刻師ヨーゼフ・シュラムが自分自身に投げかける問いでもある。骨身をけずるような暮らしのなかで、兄にかわってその家族の面倒をみてやっている三十歳のかれは、酒こそ飲まないものの、昼間の労働が次第に自分のものではなくなっていくのを、漠然と感じとっているのである。同じガラス工場で働く同僚たち、ガラス吹き職人や下絵師たちとの、労働を介してのつながりも、工場が規模を拡張していくにつれて、もはや以前のような親密さを失いはじめている。生きていることの手ごたえがうすれ、自分の立っている場が不確かになり、それと反比例するように生活の重圧がかれにのしかかってくる。労働全体の、生活全体の近代化・合理化がともなうこうした帰結を、ドイツ東部の辺境シュレージエンの片田舎の人間である主人公は、まだはっきりとは意識していない。しかし、かれがそれを全身をもって受けとめざるをえなくなるためには、ほんの小さなきっかけだけでこと足りるのである。

酔った兄をいさめたヨーゼフは、兄に酒ビンで頭を殴られ、昏倒する。人事不省のまま数日をすごしたのち、かれは意識を回復する。しかし、もはや正気ではない。かれの目に入る光景も人間も、すべて一変している。狂人となったヨーゼフ・シュラムは、生まれてはじめて、自分が生きてきた世界を、別の目で見なおすのである。仕事は、重苦しい生活からの逃亡でしかなかった。同僚や隣人たちとのつながりも、うわべだけのものだった。「外的な生活を破壊することにたいする不安だけが、シュラムを隣人たちと結びつけ、かれの行為を隣人たちの行為と外面的に似たものにさせている唯一のものだったのだ。」

　こうして、かれの絶望と叛逆が始まる。生活のみじめさを直視するようになったシュラムは、狂気と正気とが交互に訪れるなかで、なんとかしてそこからの脱出口を見出そうとする。作者がかれに求めさせる最後のよりどころは、職人としてのみずからの労働、かけがえのないガラス彫刻師の技《わざ》である。下絵を見ながらガラスの花器に彫刻をほどこす仕事が再開される。それにうちこむヨーゼフ・シュラムを、久々に手がたい充実感がつつむ。

　だがしかし、それはほんのつかのまのことにすぎない。労働のなかにあるかに思われた救いは、仮象でしかなかったのだ。同僚たちのひとりが、本当はヨーゼフのほうが兄を脅迫したので、兄はやむをえず正当防衛で殴ったのだ、とガラス彫刻師を中傷する。衝撃のあまり仕事を台無しにしてしまったかれを、ふたたび狂気がとらえる。まわりぢゅうの人間が自分を非難している、とかれは思いこむ。自分を殴り倒したまま逐電している兄を探し出して汚名をそそがねばならない――こういう強迫観念に、かれはとりつかれる。

　立ちなおろうとしたかれを再度うち倒した現実は、一気にかれを追いつめる。それに抵抗しようとする全エネルギーは、決定的な狂気となって噴出するしかない。兄を追って村をさまよったかれは、その身の上に同情してやさしい言葉をかけた鍛冶屋の老人を、自分に襲いかかってくる兄と思いこんで、その場にあった鉄槌で殴り殺してしまうのである。やがて、正気にもどったかれがなしえたことは、近くの森でみずから首を吊ることだけだった。

シュレージエンの寒村で

　この時期のシュテールの人物たち、現実にたいする怒りと叛逆とを爆発させて、出口を求めながら空しく破滅していく人間たちは、シュテール自身の生活の体験に根ざしている。

　一八六四年二月、上部《オーバー》シュレージエンの小さな町に馬具製造職親方の子として生まれたシュテールは、師範学校を出たのち、同じ郡にある僻地の山村の小学校教員となった。教育行政を管轄する教会当局に反抗的だったため、

ポールドルフの分校のまえに立つシュテール夫妻（1889年）

もっとも辺鄙な山奥の村、ポールドルフの分校に配属されたのである。かつてハインリヒ・ハイネによって歌われ、ゲルハルト・ハウプトマンによって劇化されたあのシュレージエンの織工たちの機《はた》を織る音が、昼も夜も、怨みのこもった果てしない葬列のように陰気な調べを響かせている寒村だった。そこでかれは、ただひとりの教師として、全学年の百人あまりの生徒を受け持たされた。子供たち自身のなかにある可能性を伸ばすことが〈教育〉であるとするかれの信念は、宗教的・道徳的な教養を児童に〈躾《しつけ》る〉役割を教師に要求する当局の方針と、ことごとに対立した。生まれてきた五人の子供のうち四人までをつぎつぎと失い、重い耳疾と妻の病気に悩まされながら、教会権力や教育行政と闘わねばならなかった。「よろしい。おまえたちがわたしの歯のあいだに石をねじこもうというのなら、わたしはそいつを押しくだき、嚙みひしぎ、それがうまいパンに変わるまで、決してやめやしないぞ。」――権力者たちにたいするかれのひそかな答えは、こうだった。

夜の時間をさいて、発表のあてもないまま、作品が書きつづけられた。シュレージエンの首府ブレースラウ（現在のポーランド領ヴロツワフ）の一同人誌に載ったかれの文章を、S・フィッシャー書店の有名な原稿審査係モーリッツ・ハイマンが評価したのが、その後二十数年にわたってシュテールの作品が同書店から刊行されるきっかけとなった。ハイマンを通じてシュテールを知った同郷のゲルハルト・ハウプトマンは、「ガラス彫刻師」から強い感動をうけ、それは、当時すでに自然主義文学の旗手だったハウプトマンに、後期自然主義の代表的戯曲のひとつ『馭者ヘンシェル』（一八九九）を書く契機を与えた。

だが、最初の短篇集『生死を賭けて』（*Auf Leben und Tod*, 1898）に「ガラス彫刻師」とともに収められた第二作「悪魔のマイケ」（*Meicke, der Teufel*）は、かれを予期せぬ苦境にひきずりこんだ。この作品の主人公マルクス（Marx）と同姓の一農夫が、これは自分をモデルにしたものだと、名誉毀損で作者を告訴したのである。当局は、かねて目をつけていたこの反抗的教師の弾圧に、その訴えを最大限に利用した。教会側は、「悪魔のマイケ」が瀆神罪にあたる、と主張した。上司や同僚は、かれの引責辞職を要求した。被告側証人として公判に出廷するはずだったゲルハルト・ハウプトマンは、なにかの事情でついに姿をあらわさなかった。判決は罰金刑だった。第一作品集の印税相当額が、そっくりそのまま没収された。そしてシュテールは、作品の主人公の名前を「マルクス」から「ヴェンツェル」に変えねばならなかった。かさなる心痛と経済的困窮から、永い耳疾が始まり、数年後に左耳が完全に聴こえなくなった。

悪魔のマイケ

「悪魔のマイケ」の主人公も、貧しい職人である。オーストリア・ハンガリー帝国のガリツィア地方へ出稼ぎに行っていた製材職人ヴェンツェル（初版ではマルクス）は、材木の下敷きになって両脚に大怪我をし、完治せぬまま病院から厄介ばらいされてしまう。昼間は乞食をし、めぐんでもらったわずかな金で夜ごと火酒をあおっては、故郷のドイツ（シュレージエン）めざして旅をつづける。故郷に帰ればきっと新しい生活が始まるにちがいない、とかれは自分に言いきかせる。

――ある朝、泥酔して道ばたの溝のなかで目をさましたかれは、黒い大きなムク犬が自分を見まもっているのを発見する。そのときから、犬は、かれのそばを離れない。そのあたりの人びとが、この犬を「マイケ」とも「タイフェル」とも呼んでいることを、ヴェンツェルは知る。悪魔を意味するドイツ語「トイフェル」がこの地方では訛《なま》ってこう発音されるのである。さては悪魔のやつめ、定石どおり黒いムク犬に姿を変えて現われよったか、と思いあたったヴェンツェルは、マイケから逃れる機会をうかがいつづけるが、犬はどうしてもかれから去ろうとはしない。

ドイツへ帰りさえすれば新しい希望にみちた生活をやりなおすことができる――ただそれだけを念じつづけて密かに国境を越えたかれを、故郷の村で迎えたのは、貧困と病いのなかで死を待っている老いた兄だけだった。絶望したかれは、ただひとつ、最後の希望を見出す。古いなじみの一女性が、夫に先立たれて、十五歳になる娘とふたりで、かなりの田畑をまもっているのである。ヴェンツェルは、作男とも居候ともつかぬかたちでその寡婦の家に居すわり、いつのまにか事実上の亭主になってしまう。ピタリと酒をやめたかれは、人が変わったように農作業に精を出す。こうして、充実した労働の四年がすぎる。ところが、どうしてもヴェンツェルになつこうとしなかった娘のマリーラは、成長するにつれてますます、かれにたいする敵意をむきだしにするようになる。苦しむヴェンツェルのまえに、ある日、ふたたび悪魔のマイケが姿をみせる。

またもや人が変わったヴェンツェルは、夜は酒場に入りびたり、昼は旦那衆のような恰好でマイケをつれて猟に出かける。この家の財産は自分が稼いでやったのだ、というのがかれの言い分である。寡婦は、悩んだすえ、かれに出ていってくれと要求するが、かれはマイケをけしかけて脅《おど》す。こうして破局がやってくる。ある日、マリーラが庭で恋人と語りあっているのを見たヴェンツェルは、驚かすつもりで窓から二人の頭上にむけて猟銃を発射した。だが、窓の下にいた寡婦が、娘をまもろうと、とっさに銃口のまえに立ちふさがったのだ。それを見て、ヴェンツェル自身も銃で生命を絶つ。――悪魔のマイケは、数カ月のあいだ、かれの墓のあたりをうろついていたが、やがて別の主人を見つけたのか、村から姿を消していった。

3　評価をうけたシュテール文学

ホーフマンスタールの讃辞

みじめな現実に抗して別の生活を見出そうと苦闘しながら破滅していく人物が、初期のシュテールの主人公である。手に職をもちながら労働を奪われ、帰るべき土地さえもない貧民たちの絶望的な状況に、作者の視線は執拗に喰い入っていく。みじめさは、酒乱や「悪魔」や「不具」や隣人の敵意という姿をとって、主人公たちを脅かす。叛逆の最後の力は、狂気となって爆発し、叛逆者自身をも滅ぼすことによってしか発揮されえない。

代表的な文庫本シリーズであるレクラム文庫に現在も収められている短篇『こけら葺き師』（*Der Schindelmacher*, 1899）は、妻に死なれた悲しみから、自暴自棄になって、強欲な姪夫婦に家も田畑もすべて譲ってしまった老こけら葺き職人の物語である。主人公のフランツ・トーネは、ありとあらゆる迫害を自分に加える姪夫婦の仕打ちに七年のあいだ屈従したのち、六十八歳の誕生日にあたる嵐の夜、姪たちを追い出し、家をたたきこわして、畑の作物をすべて刈りとったすえ、妻が死んだ部屋の梁で首を吊る。詩人ホーフマンスタールの絶讃をあびた長篇『葬られた神』（*Der begrabene Gott*, 1905）では、力ずくで結婚を強いられ、なんのなぐさめもない荒涼たる生活に耐えて、生まれてくる子供に唯一の希望をたくしていた貧しい農家の下働きの女が描かれる。生まれた子供が粗暴な夫と同じ不具であることを知ったとき、彼女は、あざわらうように壁からこちらを見ている聖母像を雪に埋めて踏みにじり、「この世の夜を焼いてしまおう」と、家に火を放って嬰児とともに焼け死ぬのである。建物を擬人化し、人間とその生活空間との有機的なかかわりを描出して、表現主義およびシュールレアリスムの先駆的作品とも見なされている長篇『レオノーレ・グリーベル』（*Leonore Griebel*, 1900）や、唯一の戯曲『メータ・コーネゲン』（*Meta*

Konegen, 1904) の女主人公たちもまた、重苦しくのしかかる現実のなかで別の現実を夢にえがき、解放と自由への出口を求めながら、空しく敗北し倒れていく。

だが、シュテールは、絶望と破滅だけを描いたのではなかった。そしてまた、別の生活への憧憬と希望、いまある現実への叛逆と苦闘だけを描いたのでもなかった。圧倒的な現実の圧迫と、そのなかでの言いあらわしがたい恐怖の象徴としての「狂気」や「不具」は、主人公を圧しつぶす絶望的な外力であると同時に、最後の叛逆へとかれらをつきうごかす契機でもある。ここでは、絶望は、叛逆の結果であるばかりでなく、叛逆への出発点でもあるのだ。だからこそ、かれの人物たちがつぎつぎとおちいっていく破滅は、宿命論的な最終的結末とはなりえず、終わることのない現実告発のさらに新たな起点となって、作者に、くりかえし現実への肉薄を強いたのだった。そしてまた、だからこそ、帝政時代のドイツの読者たちは、みずからの現実——矛盾がそのようなかたちでしか爆発しえない現実、抵抗と叛逆がそのようにして破滅するしかなく、しかもなおそのようにして抵抗と叛逆を試みつづけざるをえない現実——を、有機的な姿でここに再発見したのだった。シュテールの人物と世界は、ドイツの現実の闇の深さから、さらにいっそう深い闇と、その闇をつらぬこうとするものが秘める閃光とを、ともに創出したのである。

『葬られた神』にたいする詩人・批評家フーゴ・フォン・ホーフマンスタールの讃辞も、シュテール文学のこうした特質に向けられていた。

ここでは、生活のもっとも暗くもっとも深いところから、何ものかがつくりだされている。われわれの生活の、そしてあらゆる生きとし生けるものの生活の、もっとも暗くもっとも深いところから。〔……〕われわれはここで、これまで一度として到達したことのないような深みへ、ひきこまれる。〔……〕ここでは、名前のないものが名前を獲得し、口のきけぬものが言葉を、姿のないものが形を獲得したのだ。ここでは、創造者の手が、闇に顔を与え、亡霊から何ものかをこしらえ、構成したのだ。そしてわれわれは、困難な時の重苦しい深さを再認識するのである。〔……〕一八四八年のドレースデンでの五月蜂起について、つぎのようなことが語られている。並木のなかでは、筆舌につくしがたいほど高らかに美しく小鳥たちがさえずっていて、その並木の樹々は血しぶきを浴び、その木蔭には、顔を上に向けてころがったり、目をカッと見ひらいて、ひきつった指で上方を指さしたりしている死者たちがあった。その光景ほど感動的なものはなかった、と。この『葬られた神』という本をつくった人物――ぼくはこの人物から、本当に何でも期待して期待できないものはないと思うのだが、そのかれは、実存することの華麗さと恐ろしさとが、まるでこの血まみれの樹々の梢でさえずる小鳥たちの歌と、つめたい湿った木蔭に横たわる死者たちさながらに、たがいにしっかりと結びついているような小説を、ときおり書くことだろう。いずれにせよ、かれは、闇から何ものかをつくりだしたのである。――重苦しくのしかかる、圧しつぶすような、山のように重い闇から。そして――魂と高貴さと憧憬とにみちたひとつの蒼ざめた美しい顔から、何ものかを――。ここでは、使い古されたこの言葉を用いざるをえない――「これを読んだとき、ぼくは何ものかを体験した」と。そしてもう一言――偉大、偉大、偉大。そしてさらに一言――畏敬。

(『デァ・ターク』紙、一九〇五年四月)

〈大衆の愛読書〉

帝国時代とヴァイマル時代をつうじて、さまざまな作家や思想家が、シュテールの文学に高い評価を与えた。ゲルハルト・ハウプトマンは、「ドイツは、シュテールのなかに、深遠な造形力をもった芸術家を有している。かれのように特異な資質をそなえた先人はひとりもいない」と述べていた。ヘルマン・バール、ヴェルナー・マールホルツらの批評家、文学史家による高い評価とならんで、讃辞はドイツ語圏の外からも寄せられた。一九二〇年にノーベル文学賞を受賞したノルウェーの作家クヌート・ハムスンも、早くからシュテールに着目したひとりだった。ハムスンは、自然主義以来のドイツとヨーロッパの文芸思潮に決定的な影響をおよぼし、のちにはそれに劣らぬ影響を与えつつファシズム讃美者となったのだが、すでに二〇年代の前半、ドイツの読者たちに向かってこう述べて

エーミール・オルリクによる肖像
（1924年刊の全集第1巻より）

いた――「諸君がわれわれスカンディナヴィア人の何をそんなに好むのか、わたしにはさっぱりわからない。諸君はすでに、諸君のシュテールを持っているではないか。」

一九一四年二月十六日の五十歳の誕生日には、フィッシャー書店のモーリッツ・ハイマン夫妻をはじめ、詩人のオスカー・レルケ、哲学者マルティン・ブーバー、画家エーミール・オルリク、社会主義者の作家アルトゥーア・ホリッチャーらが、田舎道に馬車をつらねて、シュレージエンの片隅に住むシュテールを予告なしに訪れた。そのうちのひとりで、双方の著作への共感をつうじて一九〇五年以来シュテールと親交をかさねていたマルティン・ブーバーは、一九二四年のシュテール生誕六十年のための記念論集に、「ある統一性の秘密」と題する一文を寄せ、真の物語作家と真の神秘主義者とがシュテールのなかで稀有の統一性を見出している、と強調した。六十歳の誕生日にさいしては、オーストリア社会民主党の機関紙『アルバイター・ツァイトゥング』（労働者新聞）も、祝賀論文を掲載した。

そしてさらに、一九三三年度から三年にわたって、シュテールにノーベル賞を授与するよう求める申請が、スウェーデン科学アカデミー・ノーベル委員会あてになされた、という記録も残っている。

シュテールのなかには、民族性に制約されたドイツ的な詩人精神の特異性が刻印されています。アクセル・エリク・カールフェルト〔一九三一年度のノーベル文学賞を受けたスウェーデンの詩人〕が、ダーレカール地方の人びとの特性を代表する人物であったように、またトーマス・マン〔同じく一九二九年度の受賞者〕が、北ドイツのブルジョワ貴族階級の代表者であるように、ヘルマン・シュテールは、ゲルハルト・ハウプトマン〔一九一二年度の受賞者〕と同じく、シュレージエンの風土の民衆性のなかから、生まれ育ったのでした。かれは、みずからの母なる大地の人間たちを、芸術的に完成した描写でえがくことによって、高貴で理想的なひとつの生を具象化しえたのです。崇高で高貴な形式を付与されたかれの言葉は、魂の調べを鳴りひびかせ、有機的な形象を創出します。すでにずっと以前から、かれは、選りぬきのドイツの精神的人士たちに尊敬され、愛されておりました。いまや、『聖者屋敷』は――発行部数十万部をはるかに超えたこの本だけに言及しておきましょう――それが読者に高度の要求を課するものであるにもかかわらず、大衆の愛読書となっているのです。あらゆる世界観の詩人と学者が、ヘルマン・シュテールの作品への称讃を表明してきました。資料として、ドイツの精神性の重要な代表者たちがかれにたいして表明した称讃を添付します。それらは、ヘルマン・シュテールの卓抜な芸術性と深い人間性とを認めるという点にかけては三つの世代がまったく一致していることを証明しております。

申請者には、ユーリウス・ペーターゼン、ゲオルク・ヴィトコフスキー、オスカー・ヴァルツェル、ヘルマン・アウグスト・コルフ、ルードルフ・ウンガー、パウル・メルカー、アウグスト・ベハーゲル、その他、著名な文学史家、文芸学者、言語学者たちが名をつらねていた。シュテールおよび申請者たちの名誉のために(およそノーベル賞が、かれおよびかれらの名誉になるかどうかは、さておき)記しておくなら、この試みが発議されたのはすでに一九三〇年のことであり、第一回の申請は、一九三三年一月二十八日、つまり、ナチスによる政権掌握以前の日付をもっている。

専門的文学者たちによる高い評価や、バウエルンフェルト賞(一九一〇年)、シラー賞(一九年)、ラーテナウ賞(二〇年)、ゲーテ・メダル(三二年)、等々の文学賞受賞ばかりではなかった。シュテールの作品は、爆発的なベストセラーにこそならなかったとはいえ、「大衆の愛読書」と呼ぶに足るだけの部数を、着実に重ねていった。ヴァイマル時代とナチス時代のあいだに刊行されたかれの諸作品の各種版本をもとにしてとりあえず集計してみると、主要作品の発行部数の累計は、次の表のような数字を示している。(ちなみに、ヴァイマル共和国末期の文学出版物のうち、たとえばプロレタリア長篇小説の初版発行部数は、たいてい三千部ないし五千部、多くとも一万部前後で、版を重ねたものはまれだった。また、ヴァイマル時代の代表的な文芸紙『ディ・リテラーリッシェ・ヴェルト』（文学界）の、一九三〇年当時の発行部数は、毎号約二万部、フィッシャー書店の文化誌『ディ・ノイエ・ルントシャウ』（新展望）が、同じく約一万部、ドイツ・プロレタリア革命作家同盟機関誌『ディ・リンクスクルヴェ』（左曲線）は、ほぼ五千部だった。）

作品名（初版刊行年）	1921	1932	1934	1944
生死を賭けて（増補版1927）	—	6	6	6
レオノーレ・グリーベル（1900）	34	39	39	60
葬られた神（1905）	7	12	12	22
三夜（1909）	7	85	89	111
聖者屋敷（1918）	13	126	140	328
ペーター・ブリントアイゼナー（1924）	—	66	66	115
ナターナエル・メヒラー（1929）	—	16	41	130

（単位　1,000部）

著者所蔵の各版、およびそれら刊本の末尾の出版社広告に示されたデータによる。

これらのうち、いくつかの作品は、第二次世界大戦後もひきつづき版を重ねた。一九五二年の時点で、『レオノーレ・グリーベル』は総計六万二千部、『三夜』は十一万二千、『ペーター・ブリントアイゼナー』は十一万八千部に達し、同じ年にすでに三十七万五千部を刊行していた『聖者屋敷』は、作者の生誕百年にあたる一九六四年には、ついに総発行部数五十万部を突破したのである。

そしてさらに、一九五二年には、かれの愛読者たちによって南独アルゴイ地方のヴァンゲンに「ヘルマン・シュテール資料館《アルヒーフ》」が開設され、そこに本拠をおく「H・シュテール協会」は、作家の没後二十年、生誕百年などの記念行事のほか、遺稿の整理・出版や研究成果の公刊など、種々の活動をいまなおつづけている。

ヒトラーのドイツで

それゆえ、ナチスによるシュテールの統合は、かれの文学それ自体にとっても、称讃者や読者にとっても、そしてまた第二次大戦後の時代を含むドイツの現代史にとっても、けっして些細な出来事ではなかったはずなのだ。

すでに一九二六年以来、プロイセン芸術アカデミー文学部門の評議員だったシュテールは、ヴァイマル時代を代表する作家たちがナチス権力によってつぎつぎと退会を強いられ、あるいは自発的に去っていったときも、アカデミーにとどまった。かれは、この芸術アカデミー文学部門が二六年に設けられたとき、ゲルハルト・ハウプトマン、トーマス・マン、アルノー・ホルツ、およびルートヴィヒ・フルダとともに、五人の創立メンバーのひとりに選ばれていた（ただしハウプトマンは辞退した）のだが、ナチス治下の三三年六月に開かれた改組会議でも、新会長ハンス・ヨーストのもとで、ひきつづき評議員に推されたのである。表現主義者からファシストへの道を歩んだヨーストは、「シュテールにたいしては、計りしれぬ尊敬の念以外の尺度を、わたしは知らない」と、この〈老大家〉を讃えた。ナチスの覇権を双手をあげて歓迎し、新たにアカデミー会員に加えられた地主貴族《ユンカー》詩人ベリエス・フォン・ミュンヒハウゼン男爵（かれは、有名な「ほら吹き男爵」のモデルの子孫でもある）は、「ヘルマン・シュテールは、ドイツ文壇の揺るぎない柱として立っている」と述べた。

　これに先立つ五月十日夜、ドイツ各地の大学や都会の広場であの〈焚書〉が行なわれた。早くからシュテールの真価を認め、あるいは親密な交友をつづけてきた人びとのうち、とりわけアルトゥーア・ホリッチャーとアルノルト・ツヴァイクの諸作品が火に投ぜられた。このふたりは、〈焚書〉と前後してドイツ書籍商組合と図書館協会が共同で決めた禁書リストの十二名の作家のなかにも含まれていた。かれら自身は、ナチス・ドイツから逃れて亡命の途についた。亡命者のうちには、マルティン・ブーバーもまた加わっていた。

　シュテールとともに文学アカデミーの創立メンバーに選ばれた前記の作家たちのうち、徹底自然主義の代表者アルノー・ホルツはすでに一九二九年に他界していたが、トーマス・マンはナチスの政権掌握の二週間後にドイツを去ったままもどらなかった。アカデミー改組にあたってマンと同じく除名された喜劇作家ルートヴィヒ・フルダは、それでもなおドイツにとどまったが、一九三九年、ナチスからユダヤ人として攻撃され、ついに七十六歳の生命をみずから絶ったのである。——だが、シュテールはのこった。シュレージエンを離れることなく、創作をつづけた。

　シュテール自身がファシストになったわけではなかった。ナチスを積極的に支持するような直接的言動をしたわけでもなかった。三四年二月十九日には、シュレージエンの警察長官兼ＳＡ（ナチス突撃隊）軍団長エトムント・ハイネスの目にあまるテロルにたいして、ヒトラーあてに抗議書を送りさえした。だがもちろん、これは梨のつぶてだった。ナチスは〈老大家〉の協力に返礼することなど夢にも考えていなかった。むしろ逆に、三一年に出版されていたシュテールの小冊子『外的生活と内的生活について』（*Vom äußeren und inneren Leben*）を、発禁処分にしたのである。これにたいして、シュテールの側が明確な態度表明をした痕跡はない。しかし、かれは、それまでしばしばドイツおよびオーストリアの各地で行なってきた講演や作品朗読を、三四年の暮を最後にいっさいとりやめ、公の場に姿をあらわすことなく、いくつかの童話《メールヒェン》と未完の長篇三部作の完成に没頭したのだった。

こうした軋轢には頬かぶりをしたまま、ナチスは、シュテールをナチス文壇の支柱に据えつづけた。御用文学史家や文学官僚たちが、ドイツの国民文学の正系としてかれを位置づけた。三三年八月には、ナチス治下になって最初のゲーテ賞がシュテールに授与された。ゲーテの生地フランクフルト・アム・マイン市が一九二七年に設けたこの賞は、第一回から三二年の第六回までに、詩人シュテファン・ゲオルゲ、平和主義思想家アルベルト・シュヴァイツァー、神秘主義哲学者レーオポルト・ツィーグラー、精神分析学者ジークムント・フロイト、女流作家リカルダ・フーフ、それにゲルハルト・ハウプトマンにたいして与えられてきたのだが、シュテールの翌年に作曲家ハンス・プフィッツナーが受賞したのを最後に、中止された。

三四年には、ナチスの傀儡大統領ヒンデンブルクによって、「ドイツ帝国鷲楯章《アードラーシルト》」がシュテールに手渡された。一九四四年三月に日本向けの宣伝書として日独両国語で開成館から刊行された『現代ドイツ作家――生涯と作品』（*Deutsche Dichter der Gegenwart. Ihr Leben und ihre Werke*: 稲木勝彦訳の日本語版の表題は『現代のドイツ文学――作家と作品』）の著者で、駐日ドイツ大使館文化部員ヘルマン・シェーファーは、すでに四年前に死んでいたシュテールについて、こう書いたのだった――

ドイツの魂を体現したこの作家の偉大な諸作品は、直截的な言葉だけをもってしてはとうてい説明できるものではない。われわれがそのなかに見出す生活と魂と精神と自然と運命とのこの統一は、それほど比類ないものなのである。ドイツ現代文学のこの稀にみる神秘主義者の生活と創作は、ひとつの謎であり、これについては、ハンス・ヨーストとともに、ヘルマン・シュテールにたいしては無限の尊敬以外の尺度など存在しない、と告白することができるのみである。

4　〈魂を耕す詩人〉

なにが統合されたのか？

ファシズム・ドイツの代表的な作家となるためには、必ずしも国民社会主義者（ナチス）である必要はなかったのだ。それればかりか、個別的な点でナチス権力を批判したり、いくつかの作品が発禁に処せられたりすることがあっても、いっこうに差支えなかったのである。われわれにとっての問題は、必ずしもナチスを支持していたわけではないシュテールの文学のなにが、ナチスによって統合されたのか、ということだろう。現実告発と苦闘の表現から出発したかれの文学が、なにゆえにファシズム・ドイツを代表するものとなりえたのか――これを、かれの文学そのものに即して明らかにする試みがなされねばならない。

さきに示した数字を、いまあらためて見なおしてみると、いくつかの事実がわかる。一八九八年刊の初版に「これら葺き師」など四篇を加えて一九二七年に刊行された短篇集『生死を賭けて』増補版は、第一刷と第二刷の各三千部、計六千を出したまま、ヴァイマルとファシズムの両時代と第二次世界大戦後とをつうじて、ついにそれ以上版を重ねることがなかった。長篇第一作『レオノーレ・グリーベル』は、ナチス時代になって蘇生したものの、ヴァイマル共和国時代には、ほとんど読まれていない。『葬られた神』も、同様である。ところが、初期の諸作品のこうした軌跡とは対照的に、長篇『三夜』および『聖者屋敷』は、一九二〇年代のあいだに著しい伸びを示し、それ以後も着実に読まれつづけている。

これは何を意味するのか？ ひょっとすると、この点に、シュテール文学そのものとドイツの歩みとの本質にかかわるひとつの暗示が含まれているのではあるまいか？

模索への旅立ち

叛逆と破滅を描いた初期の諸作品から、シュテールが明確な一歩を踏みだしたのは、一九〇九年に刊行された長篇『三夜』（*Drei Nächte*）においてだった。ここではじめて、かれは、こうした叛逆と破滅の根底を問おうとするのである。

当局にたいして反抗的だったためシュレージエンの山間の村に左遷された若い小学校教師カストナーは、そこよりさらに山奥の分校に、教育行政にまっこうから逆らって独自の教育理念を実践しようとしているたったひとりの教師フランツ・ファーバーが住んでいることを知る。その思想と人物に深い関心をもったカストナーが、ファーバーを訪ね、かれの半生の歩みについての告白を三夜にわたって聞く——という設定が、この長篇小説《ロマーン》の枠になっている。

ファーバーの祖父は、法律関係の官吏だったが、一八四八年の革命に身を投じ、反革命軍のために生命を落とした。そうしたかれの生きかたを誤りであると考え、最後の瞬間に夫を救い出そうとして果たせなかったフランツ・ファーバーの祖母は、それ以来、死ぬまで喪服に身をつつんだ偏屈な老婆になってしまった。一家には、祖父と祖母のそうした生涯が、いわば呪いのように、重苦しくのしかかっている。かれらの息子、つまりファーバーの父は、親とは別の生きかたを求めて、馬具職人の修業をし、母親の死後、その翳《かげ》のしみついた古い家をひきはらう。だが、移り住んだ町で親方として声望を集めたにもかかわらず、市当局によって強行されようとした道路建設とそれにともなう強制収用に反対したため、「社会主義者《ゾーツィ》」（Sozi）のレッテルを貼られ、人びとから白眼視されるようになった。息子のフランツは、そのため、教会の牧師と学校の教師たちによってことごとに虐げられ、反抗的な少年に育っていく。抑圧と抵抗と挫折のくりかえしのなかで、ともすればかれは、「〈自由意志〉なんてものは、手遅れになってからやってきて、患者のまくらもとで、これは不治の病ですな、と断言する医者のようなものでしかない。運命は養生などということを知らないのだから。あらゆる人間は、どこかしらが不具なのだ」という思いにとらわれざるをえない——。

この作品には、自伝的要素がきわめて顕著に含まれている。主人公の生い立ちも、祖父母と両親の生涯も、ほとんどそのまま、シュテール自身のそれである。じつは、ファーバーという主人公の名前も、母方の姓からとられている。そして、シュテールが一八四八年以降のドイツの歩みとのかかわりで自己の出自を問うたこの作品から、われわれはわれわれなりに、かれの初期の諸作品の、いわば歴史的な根を、知ることができる。ガラス彫刻師や製材職人やこけら葺き師の苦しみと狂気と破滅が、織物職親方の妻レオノーレ・グリーベルや貧しい下働きの女マリー・エクスナーの夢と絶望と死が、どのような過去から、どのようなドイツの歴史のなかから生まれてきたのかを、知ることができる。そこには、一八四八年革命とその敗北があり、それがのこした呪いとしての、一八七八年から九〇年にいたる「社会主義者鎮圧法」の時代があり、急速にすすめられる生活環境全体の合理化と、さらなる抑圧と不具化がある。

——他人に語ることによって自己の生い立ちと家族の歴史を見つめなおしたファーバーは、カストナーの共感と、話を立ち聞きしてしまった手伝いの娘リーゼの愛情とに触発されて、自分がひとつの出発点に立っていることを悟る。暗い絶望的な叛逆を孤独のうちにつづけるのではなく、自己の思想と実践を人びとに伝えつつ深めていかねばならぬ——「われわれを縛っているのは人間であり、われわれを解放するのもまた人間だ。われわれは、人びとによって正され、他人によって高められるのです。」

破滅に向かう苦闘ではなく、新たな現実を人びとと共に獲得するための模索に向かって、フランツ・ファーバーは旅立っていく。そしてこれ以後のシュテールの作品は、すべてこの模索を描くものとなったのである。

『聖者屋敷』

この旅の重要な一里程標をなすのは、一九一七年に雑誌『ディ・ノイエ・ルントシャウ』に発表され、翌一八年にS・フィッシャー書店から上下二巻で刊行された長篇『聖者屋敷』（*Der Heiligenhof*）だった。

ヴェストファーレン、ミュンスターラントの向かいあったふたつの丘に、代々いがみあってきた二軒の農家、ジントリンガー家とブリントアイゼナー家が立っている。ある年の春、ジントリンガー家に娘が生まれたが、彼女は盲目だった。父親のアンドレアスは、絶望のあまり、結婚前の無軌道な性格に逆もどりしようとする。ところが、ふとしたことから、盲目の娘ヘレーネが普通とは違うやりかたで世界の事象を感じとっていることに、かれは気づく。「この子は少しもめくらなんかじゃない。この子は、眼なんかを超越してものを見るのだ。」それどころか、ヘレーネの見ている世界は、眼の見える人間が見る世界とは比べものにならないほど純粋で美しいのである。「眼というものは、ただの廻り道にすぎない。われわれが魂の内に見るものは、眼のなかに見ている世界とは違ったものなのだ。つまり、眼で見ている世界の背後には、もうひとつ別の世界が存在するのだ。」――内面の世界のゆたかさにめざめたかれは、すっかり人が変わったようになって、人びとの厚い信望を集める。村人たちは、盲目のヘレーネを「聖女」と名づけ、その父アンドレアス・ジントリンガーを「聖農主」と称して、かれらの家を「聖者屋敷《ハイリゲンホーフ》」（**Heiligenhof**）と呼ぶようになった。そして、かれらの徳を慕うその地方の農民たちによって、あたりの地名を冠した「クヴェーアホーヴェンの信徒たち」といわれる再洗礼派的な一団が形成されていく。しかし、アンドレアスはそれとの接触を忌避する。ヘレーネとふたりきりの内面の生活が妨げられるのを好まなかったからだ。

だが、平安は永くはつづかなかった。ミュンスターの町の医師が、いつか神さまがこの娘の眼を開いてくださるだろう、という診断を下したのである。アンドレアスの受けた打撃は大きかった。「運命は、わしらのヘレーネの姿をさせてひとりの天使を遣わしてよこしたのに、なんでまたそれを、わしらがもっているような眼を持ったただの人間にすることがあろうか？」かれの心を疑念と不安がむしばみはじめる。

そして――医師の予言は適中した。仇敵ブリントアイゼナー家の末の息子ペーターとの出逢いと恋愛の衝撃によって、ヘレーネは開眼する。ペーターは、各地の大学に悪名をとどろかせている道楽学生だが、荒んだ自分の生活がいつかは聖女ヘレーネによって清められるにちがいない、という密かな確信をいだきつづけてきたのだった。だが一方、はつらつとした娘に成長していくヘレーネとは逆に、せっかく見出した魂の世界を失って、父アンドレアス・ジントリンガーは次第に深い絶望に沈んでいく。

そのかれを、一気に絶望の極におとしいれるような事件が起った。息子をヘレーネと結婚させることでジントリンガー家の財産をも我がものにできる、と父親がもくろんでいるのを知ったペーター・ブリントアイゼナーは、汚れきった自分たちの生活領域にヘレーネを引きずり込むまいとして、彼女を遠ざける決意をかため、ヘレーネは、悲嘆のあまり沼に身を投げて死ぬのである。娘とともにすべてを失った「聖農主」アンドレアスは、世捨て人同様の生活にはいる。

だが、失意の隠遁生活のなかで、アンドレアス・ジントリンガーには、まだたったひとつだけ望みが残されていた。——かれがヘレーネによって内面の世界にめざめたころ、ルール地方の炭鉱落盤事故に端を発して、労働者たちの大規模な蜂起がおこったことがあった。その闘争の指導者は、ベルギーの炭鉱夫ド・ファーヴルとも、シュレージエンから追放された教師ファーバーともいわれる男で、新聞は連日のように、「炭鉱《やま》の人びとの王冠なき王ド・ファーヴル」、「反教皇・反皇帝の教師ファーバー」について書きたて、警察当局はやっきになってその行方を追っていた。アンドレアスは、ある日、「魂の真の正しさを内面に築きあげよ。そうしてはじめて諸君は資本家どもにうちかつであろう」と訴えるこの男のアジ演説を新聞で読んだ。自分がヘレーネ

『聖者屋敷』カヴァー（1940年刊の１巻本）

とふたりきりで静かに生きている内面の世界に足をふみいれている人間が、もうひとりいたのである。それからしばらくしたある夜、かれは、官憲に追われて逃げる途上のファーバーに森の中で出遭う。かれの行動を批判するアンドレアスに、ファーバーはこう答える——「あなたはずいぶん進歩してこられた。しかし、最後におちいる迷いと苦しみは、これまでに脱してこられた苦しみと迷いより、もっと大きいでしょう。」

それ以後つねにかれの生活に影のようにつきまとってきたファーバーとの再会の予感が、娘を失って世捨て人となったアンドレアスのなかでいっそう現実味をおびるようになる。そしてついに、ある日、白い鬚を風になびかせて、二十年前の夜に別れたフランツ・ファーバーがやってくる。「かつてあの聖女といわれたお子さんによって獲得なさったものを、これから、今度は自分自身の力で、手に入れねばなりません。」ファーバーは、こうアンドレアスを励ます。かれとの長い語らいのなかで、アンドレアスは、自分の内面の世界に忠実であることは外界の活動と対立するものではありえないことを悟る。こうして、かれの新たな生活がはじまる。これまで避けていた「クヴェーアホーヴェンの信徒たち」の集団に、かれは積極的に近づいていく——。

〈まず内面の変革を〉

シュテールの代表作とされる『聖者屋敷』にたいしては、多くの人びとがさまざまな讃辞をおくっている。ここでは、のちに反ファシズム文学の中心的な担い手のひとりとなるユダヤ系作家アルノルト・ツヴァイクの一九二三年の評言だけを紹介しておこう——

シュテールは、ドイツでこんにち活動しているうちもっとも力強い詩的力である。大地に根ざし、森と親しみ、人間に耳をかたむけ、そして魂を耕す詩人の力である。〔……〕若きゲーテもゴットフリート・ケラーも、地上のものに、シュテールがこの本で与えた以上に輝かしい金色の光を与えはしなかった。

この作品ではじめて、シュテールは、郷土シュレージエンの外に舞台を設定している。ドイツの中心部をほぼ東西に一直線に横切るとき東部の辺境シュレージエンとちょうど対称をなして西の国境近くに位置するヴェストファーレンについては、シュテールは当時、地図の上での知識しか持っていなかった。けれども、作中人物ファーバーの動きが、狭いシュレージエンの枠を破ることを作者に強いたのだった。『聖者屋敷』の中心的な主題は、もちろん、粗野な即自的生活から内面の世界にめざめ、さらに内面と外界とを結ぶ努力へと向かっていくアンドレアス・ジントリンガーの歩みである。しかし、最後の解決の鍵をかれに与えるのは、かつて『三夜』の主人公として旅立っていったフランツ・ファーバーなのだ。聖農主の生活に影のようにつきまとうこの人物によってこそ、作品全体に有機的な緊張感がかもしだされているのである。

それゆえ、シュテールをいわゆる郷土文学の作家として位置づけることは、必ずしも適切とはいえない。かれを〈血と土〉の郷土文学の代表者にまつりあげようとしたナチスの意図や、またいまなお〈ドイツ領シュレージエン〉の回復の夢をすてず、シュテール文学をも自己の主張の弁護者として利用しようとしつづけている西ドイツの〈東部ドイツ人〉、〈大ドイツ主義者〉たちの報復主義とは裏腹に、シュテール自身は、ひとたび郷土の外へと旅立ったファーバーを、ドイツの国境をすら越えて歩ませつづけたのである。

フランツ・ファーバーは、後期のシュテールの代表作となった三部作『天に恩寵、地に正義――メヒラー一族』(*Droben Gnade, drunten Recht. Das Geschlecht der Maechler*――第一部『ナターナエル・メヒラー』*Nathanael Maechler* 1929／第二部『後継者たち』*Die Nachkommen*, 1933、邦訳＝大観堂、一九四二／第三部＝遺稿『ダーミアン、あるいは大剃刀』*Damian oder das große Schermesser*, 1944)のなかにも、重要な登場人物となって現われる。一八四八年の革命に参加した鞣皮《なめしがわ》職人ナターナエルから、その子でもっぱら自己の内面の生活にとじこもるヨッヘンを経て、第一次世界大戦と革命とインフレの時代に内的生活と外的生活との調和を模索するダーミアンにいたるメヒラー家の三代を描いたこの連作で、最後にダーミアンに進むべき道を示すのが、老フランツ・ファーバーなのである。

父ヨッヘンの反対にもかかわらず社会変革に目を向けざるをえず、それでいてスパルタクス・ブント(のちのドイツ共産党）のような〈過激派〉にはついていけないダーミアンのまえに、革命家ファーバーが姿をあらわす。「わたしは、ドイツの諸地方をさすらって、魂が深い苦難におちいったり、自分のかたわらの兄弟にたいする責任の意識が危機にさらされたりしているところでは、ちょうどいま、占領されたルール地方の炭鉱労働者たちのまえで行なっているように、人びとにたいし、われわれがもっとも奥深いところに宿している永遠の存在や、われわれの祖国の倫理的な再生のよりどころとなるただひとつの人間観について、説いてまわっているのです。」——こうファーバーは語る。そのかれの思想の核心は、「大戦後の混乱期にあって、真に新しい社会を築こうとするなら、まず一人ひとりの人間が自己の内面を改革していかねばならない」という言葉に集約されている。

「まず内面を」という主張は、シュテールにあっては、行動の断念や現実からの逃避を意味するものではなかった。「魂の永遠性」や「真の人間的内奥」というシュテールの理念を非難し、「無時間的なもの」へのかれのこだわりを誤りであるとする批判者たち（たとえば『ドイツ文学小史』でのジェルジ・ルカーチ）は、こうしたシュテールの思想がまさしく時代的・歴史的な性格をおびていることを、充分に理解していないのである。シュテールの文学は、初期の短篇のみならず中期以後の諸長篇もまた、現代の、とりわけ第一次世界大戦前後からドイツ革命の時期を経て一九二〇年代・三〇年代にいたる全時代の、具体的な歴史のなかで顕在化してきたきわめて具体的できわめてアクチュアルな問題と、一貫してとりくんでいたのだ。資本主義的発展によって奪われた人間的ゆたかさをいかにして奪還するか、人間の内面の自由を全的に解放するような社会変革の方途をいかにして探るか——大戦と革命とそれにつづく時代のなかで、とりわけ革命の敗北によってますます普遍的な課題となったこの問題を、シュテールもまた、文学をつうじて直視していたのだ。かれがおりにふれて強調する「魂《ゼーレ》」なる概念がいかに抽象的であいまいなものであるにせよ、それは決して現実と無縁に宙をただよっていたのではなかった。むしろ、資本主義原理の普遍化と生活の全領域における急激な合理化とにたいして人間の自由と自立性をいかにして回復し防衛するかという問題が、人間の〈内面〉への強い関心を生まざるをえなかった。そしてそれゆえにこそ、『三夜』にはじまるかれの諸作品は、抵抗と破滅を描いた初期の短篇とは比較にならないほど多くの読者を、ヴァイマル共和国のなかに見出したのである。一方、それゆえにこそまた、シュテールはくりかえしファーバーの歩みを描くことによって、この共通の問いに答えようとしたのである。

失われた農業と手工業の中世的生活を回復することで問題が解決できるなどとは、かれは考えていなかった。〈土〉や〈郷土〉や〈手仕事〉との結びつきを強調することで、ガラス彫刻師やこけら葺き師や製材職人の破滅が救えるとは、考えていなかった。ましてや、結婚生活のなかで踏みにじられていくレオノーレ・グリーベルやメータ・コーネゲンやマリー・エクスナーの夢が、そのような旧状維持によって破れずにすむなどということは、ありえなかったのだ。叛逆が不可欠であり不可避であること、しかもその叛逆は、圧殺されれば狂気と破滅に通じていかざるをえないことを、かれは知っていた。個別作品の枠を越えでたフランツ・ファーバーの遍歴は、そうした結末に終わることのない行動への、みのりある実践活動への、不断の模索だったのである。そして、「魂」、「内面のゆたかさ」という理念は、未だ実現されていないそのような行動の試金石として、想定されたのである。

5 シュテールとナチズムを結ぶもの

ドイツ革命のさなかに

暗い叛逆から出発して革命に身を投じたファーバーの歩みを、シュテールは、自分自身、文学作品を越えでて現実の活動のなかでも実践に移そうと試みた。

「〈孤独な詩人〉たるわたしが、この現実の世界にあっても、活動のまっただなかに置かれています。十一月十三日以来、わたしは、当地の人民評議会《フォルクス・ラート》の議長なのです……。」——一九一八年十一月、開始されたばかりのドイツ革命のただなかで、シュテールは、旧友ヴァルター・ラーテナウに宛ててこう書いている。革命を前にしたかれは、

〈内面への道〉に逃避しはしなかった。現実に背を向けてひたすら〈内面〉を掘りすすんだ多くのドイツ作家とシュテールとのあいだには、はっきりと一線が画されねばならない。

だが、そのかれは、郷土シュレージエンの地でみずからすすんで組織した地域の自治組織、人民評議会（レーテ）に、どのような基本姿勢でのぞんだのか？——一九一九年一月の国民議会選挙にドイツ民主党（DDP）から立候補したラーテナウのための応援演説、「民主主義の本質について」（*Über das Wesen der Demokratie*）で、シュテールはつぎのように述べている。

革命は鉄の環をうちくだいた。軍国主義は解体した。古い経済は揺らぎ、発展は自由な道を開かれた。だが、いまや、取りこわしのあとに建設がつづかねばならない。ところがわれわれは、スパルタクスの連中の狂気の影響下にあって、まったくそれとは正反対の道をたどっている。

シュテールの目には、スパルタクス・ブント（ドイツ共産党）の方針は、新たな建設というよりはむしろ、資本家ばかりか労働者の貧困化に、全体的な崩壊に、通じるものとして映っていたのだった。

スパルタクスの連中は、無節操な誇大妄想の狂信者、まごうかたなき冒険屋に呼び集められ、恥知らずな強盗どもや臆病な脱走兵たちによって絶えず増強されて、腐りきった暴力集団にまでふくれあがった。そして、口先だけの世界平和の名において、革命を、掠奪者と破壊者の全般的なお祭りに変えてしまおうとしている。市街戦、破壊された家々、いたるところに労働者の暴動と累々たる死屍、そして密かな陰謀による掘りくずしが、この国を息苦しい不安におとしいれるのだ。

シュテールはまた、スパルタクス・ブントを批判する詩（「スパルタクスに寄す」*An Spartakus*）を、同じ年に書いている。

世界は人間の顔を失う。
祖国は血まみれの破片と飛び散る。
混沌《カオス》が唯一の裁きとなって
殺戮の王座から殺人者の腐敗をせきたて、
こうしてついには墓穴のうえに
呪いに愛《め》でられた堆《うずたか》い息苦しさが宿る。

ドイツの内乱状態をこう描写したのち、シュテールは呼びかける——

目をくらまされたものたちよ！　嵐をもって耕すことができようか？
稲妻が種まくことがあろうか？　掠奪者の手から
富と力が築かれたことが　一度でもあったろうか？

…………

われわれみなが苦しんだのだ、みなが責《せめ》を負っているのだ。
ひとりひとりが世界を救うしかない。
善意をもって他人をゆるし
心の内なる悪の強制をうちやぶることによってしか。

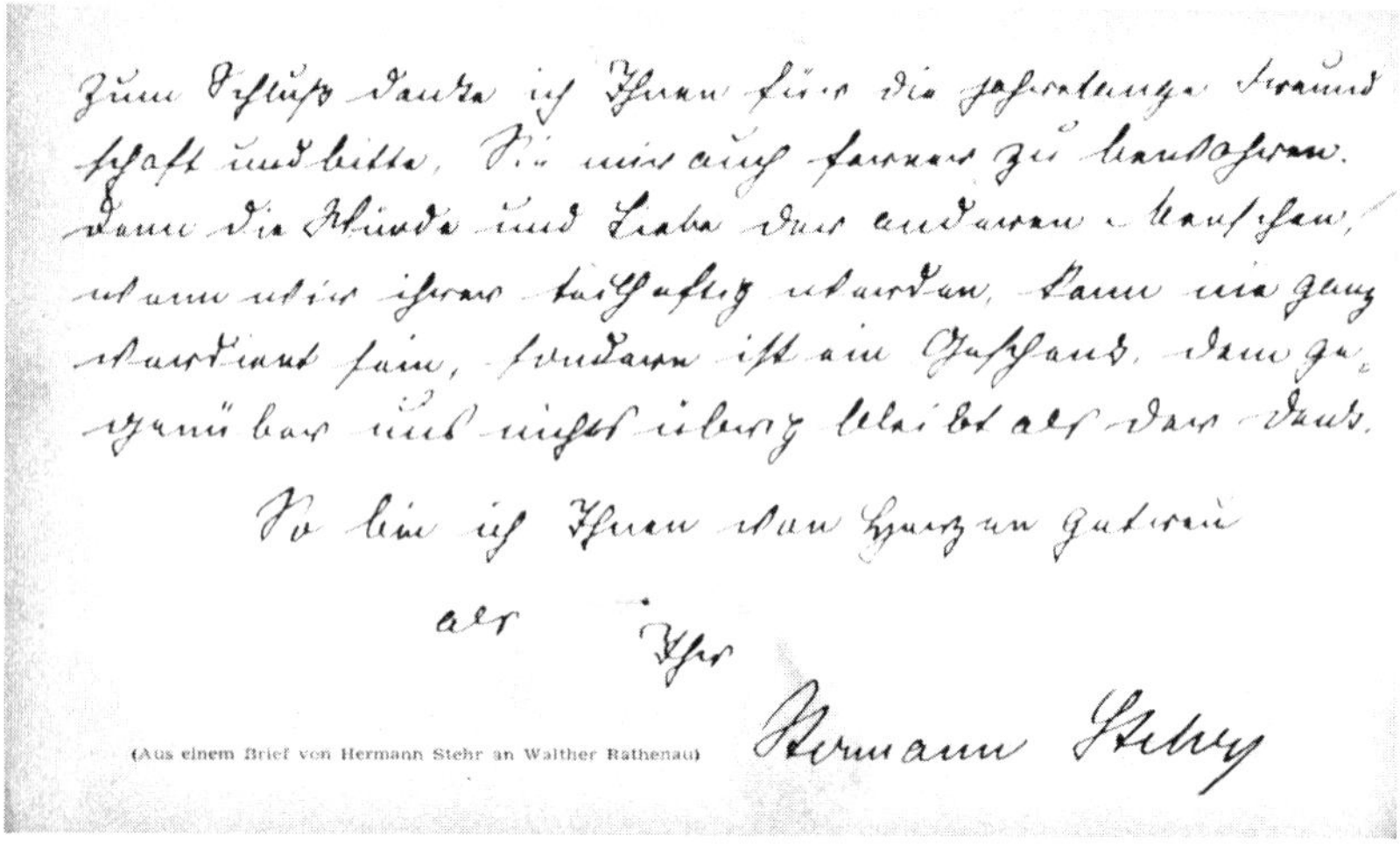

ラーテナウ宛てのシュテールの手紙

きみらのなかに天国をつくることから始めよ、
そうすればやがて　それは地上でも花開こう。

（詩集『生命の書』*Lebensbuch*, 1920所収）

シュテールの〈暴力〉批判は、かれなりに、理由のないものではなかった。かれの危惧は、数年後におこったラーテナウ暗殺によって証しだてられたかにみえた。〈共和国〉の指導者たちが反共和派の手先によってつぎつぎと殺されていくなかで、一九二二年六月二十四日、ユダヤ人の外相ラーテナウが、右翼のテロルに斃れた。暗殺者は、かつて一九二〇年三月の反革命カップ一揆のさい、その主力部隊として、鉤十字《ハーケンクロイツ》のしるしを鉄兜につけてベルリンに入城した反革命義勇軍団《フライコール》「エーアハルト旅団」の残存メンバーだった。その前夜、シュテールは、ラーテナウが自分を訪れる夢をみた。目をさましたとき、右手にはまだ、強くにぎられた握手のぬくもりが残っているようだった、という。――ラーテナウの肉体が手榴弾によって飛び散ったのは、それから二時間後のことだった。かれの机のうえには、シュテールに宛てた手紙が、書きかけのままのこされていた。

ヴァルター・ラーテナウ

シュテールが革命的暴力と反革命の暴力とを区別しえず、一般的な〈暴力〉批判に終始し、それどころかもっぱらスパルタクス・ブントの行動のなかにのみ〈暴力〉を見てしまったことを、批判するのはたやすい。一般的な〈暴力反対〉と〈善意〉のすすめが、ファシズムの暴力にたいしてはまったく無抵抗に等しい、という今なお変わらぬ真理を、ここにも見出すことは容易である。だが、そうした批判は、シュテールが職人・農民など遅れた階層を主人公にしたがゆえにナチスと歩みをともにすることになった、という指摘や、「魂」、「無時間性」等々へのかれの傾きにたいする非難と同様、かれの作品を支持し愛読した読者たちの意識と感性にまで、けっしてとどくことがないのである。

破綻した教養小説

シュテールとナチズムを結ぶものは、むしろ、徹頭徹尾、かれの作品そのものの特質のなかに求められなければならない。〈暴力〉を批判し、だが〈内面への道〉のみに逃避することなく、排斥されたユダヤ人の〈民主主義者〉、ラーテナウを支持し、狂気や肉体的障害のなかにむしろ人間の本質的・社会的なもののあらわれを見ることができたシュテールと、およそこうした資質の持ち主たちすべてを「生きる価値がない生命」(lebensunwertes Leben)と見なしたナチズムとが、どこで、なにゆえにつながりえたのか――この問題を解くための、少なくともひとつの手がかりは、かれの小説そのもののなかに示されているはずなのだ。

〈内面の自由〉が、自己の内面世界だけに沈潜することによっては得られず、外界との有機的なかかわりを通してのみ獲得できるものである、という認識は、シュテール文学の根幹をなしている。ナチスによって発禁に処せられたラーテナウ回想の講演「外的生活と内的生活について」(一九三二)をはじめ、おりにふれての発言のなかで、くりかえしこれが強調されているばかりではない。フランツ・ファーバーという人物によって体現されたものは、外界とのかかわりの拒否ではなく、魂のゆたかさと自由を確立することが外的生活の自由と充実につながらねばならぬ、という思想なのだ。『三夜』も『聖者屋敷』も、そして聖女ヘレーネをめぐる出来事をペーターの側から描いた長篇『ペーター・ブリントアイゼナー』(*Peter Brindeisener*, 1924 邦訳=国松孝二訳、実業之日本社『薄氷』、一九四二、および国松訳、三笠書房版「現代世界文学全集」25『霧の沼』、一九五五)も、晩年のメヒラー三部作も、すべて、その認識に到達するまでの主人公たちの苦悩と迷いと葛藤を描いているのである。

こうした主題は、シュテールの諸長篇を、伝統的な教養小説《ビルドゥングスロマーン》の形式に近づける。自己の内的・私的な衝動と外的社会の現実との齟齬に苦しみ悩みながら、さまざまな迷いと誤りをくりかえしたすえ、新たな次元での両者の統一を見出すような主人公を描く形式である。

だが、シュテールの人物が歩む発展の道は、ひとつの顕著な特徴をおびている。かれらの道は、個々の小説の枠内では完結しないのだ。フランツ・ファーバーの歩みは、個別の作品の範囲をこえて、『三夜』以後のシュテールの全長篇群をつらぬいてつづき、これらの作品を内的に関連した連作小説にしてしまう。

これは、ひとつには、かつての教養小説のように、主人公が（したがって作者自身が）到達すべき最終目標を現実社会のなかに見出すことができない、という状況の反映である。もっとも典型的な教養小説の主人公とされるゲーテのヴィルヘルム・マイスターは、自己の情熱のおもむくままに演劇青年として出発しながら、最後には、外科医となって、少なくとも第一部「徒弟時代」と第二部「遍歴時代」の枠内では、新大陸での新しい社会創出に参加する道を見出した。同じくゲーテのファウストは、「迷いつつも努めはげむ」永い行程のすえに、「自由の民とともに暮らす自由の国」の建設にたずさわったとき、ついに、少なくとも主観的な思いとしては、「時よ止まれ、おまえはいかにも美しい！」と叫ぶことができた。十九世紀半ばのスイスで書かれたゴットフリート・ケラーの長篇『緑のハインリヒ』の主人公にしてもまだ、芸術を志して挫折したとき（それが一種の諦念にほかならないという点で、ゲーテの構想の壮大さとはすでに雲泥の差があるとはいえ）故郷の村の官吏となって人びとに奉仕するという生きかたを、発見することができたのだった。

こうした可能性は、二十世紀にとってはすでに閉ざされている。類似の形式とみなされるヘルマン・ヘッセの諸作品で、主人公たちが『緑のハインリヒ』の延長線上で見出す到達点は、せいぜいのところ、郷里の村の人びとの生活のなかへ、ひっそりと帰っていくことくらいである。『ペーター・ブリントアイゼナー』と同じ一九二四年に発表された『魔の山』を、トーマス・マンは、主人公が戦場の砲煙のなかに姿を消していくところで終わらせている。意識的にドイツの小説形式を用いたロマン・ロランの『ジャン・クリストフ』でも、結末は、死にゆく主人公が河を渡るという象徴的なかたちをとらざるをえない。（このこととするどい対照をなしているのは、ソ連・中国などで革命の一時期に旧来の教養小説ときわめて近い形式の作品が輩出した、という事実である。だが、このふたつの現実は、じつは同じ楯の両面にすぎない。）

シュテールの文学にもまた、かつてのようなかたちでの主人公の社会参加、自我と外的世界とのみのりある調和という結末で教養小説をしめくくる現実的な到達点は、もはや存在しえなかった。フランツ・ファーバーは、内面変革の重要性を人びとに説きはしても、その結果としての具体的な内面と外界との対立の揚棄を、具体的に実現することはついにできないままである。設定をかえ、登場人物を新たにして、くりかえし同じ理念を説きながら、ファーバーの歩みそのものは、作者自身の死によって未完のままに終わるしかなかったのだ。

かれが唱える〈内面の自由〉から現実変革にいたる道は、つねに、現実そのものによって拒まれる。そのたびに、このような現実にたいしてはまず「自己の内面の改革」をもって立ちむかわねばならぬ、という信念がますますうちかためられていく。個人の〈内面の自由〉とかれの社会的機能との統一・調和という目標設定、ブルジョワ社会がみずからに課しながらけっして実現することのないこの目標設定を、シュテールは、最後までファーバーに課しつづけた。『三夜』から『天に恩寵、地に正義』にいたるまでつづくファーバーの果てしない歩みは、このことの必然的な形式的帰結だったのだ。

ファシズムの戦利品

そして、このような無限の歩みのなかでなされるファーバーの信念の表明は、だからこそまた、つねに、理念の教示であり、ひとつの〈説教〉である。ファーバーの助けで新たな世界を発見する人物たちの回心は、つねに、一方的にファーバーによって説得された結果にほかならない。

これこそは、ヴァイマル時代に多くの読者を見出したシュテール文学の、もっとも本質的な特質なのだ。アンドレアス・ジントリンガーやダーミアン・メヒラーがファーバーに説得され、かれに帰依したように、読者たちは、シュテールの説得の対象であり、この作家の世界観に帰依したのである。そしてそのさい、現実をみずからの行動と介入によってつくりかえることの必要性を知っていながら、そのあまりの困難さに圧倒されて、現実そのものを軽蔑し憎悪してさえいる読者たちにとっては、しょせん実現の方途を明らかにせぬ約束でしかないファーバーの説得の抽象性・〈無時間性〉も、なんら帰依をさまたげる要素とはならなかった。むしろ逆だったのである。

作家ヘルマン・シュテールがもっとも批判されねばならぬ点は、かれがおりにふれて表明したスパルタクス・ブントにたいする非難、即時的な〈過激派暴力〉批判ではない。ナチズムの権力掌握の原動力の役割を果たすことになった農民や職人階級の怨念を、かれが共感をこめて描いたことでもない。そしてまた、これらの階級の叛逆と破滅を初期の諸作品で描きながら、その叛逆を破滅に終わらせないための唯一の道として、スパルタクス・ブントの〈暴力〉をとらえられなかったことや、「まず内面を」というテーゼをもってしては永久に社会的現実の変革にまで到達しえないという単純な真理を、かれが見ようとしなかったことでもない。むしろ、かれが一貫して読者を説得の客体としてのみとらえ、自己の理念を読者に説得するためにのみ、あらゆる芸術的資質と、あらゆる技巧を作品に注ぎこんだことこそが、批判されねばならないのだ。読者とのあいだに、作品をつうじてこうした一方的関係を定着させることによって、かれは、より魅力的でより直接的・具体的な説得をやすやすと受けいれる素地を、読者たちのなかにつくってしまったのである。

ヘルマン・シュテールは、一度としてファシズムを支持しなかった。支配体制にたいする〈反対〉をこめて作品を書いた初期のころ以来、かれは自己の信念を曲げなかった。かれは、ユダヤ人差別の敵であり、〈不具〉といわれるさまざまな人間的あらわれのなかに、現実の矛盾のもっとも鋭敏な表現とその矛盾を突破するための可能性とが、ともに秘められていることを認識していた。そしてかれは、〈内面の自由〉を外界の活動と切りはなすことはできないのを、見ぬいていた。だからこそかれは、〈民主主義〉を擁護し、革命的情勢のなかで積極的に政治活動に参加しさえしたのだった。

けれども――そのかれの外界への参加は、作品におけるのと同じように、一方的関係という性質を脱してはいなかった。かれにとって、地域の人民評議会への参加は、回心したアンドレアス・ジントリンガーの「クヴェーアホーヴェンの信徒たち」の集団への参加と、本質的にはなんら異なるところがなかったのである。それは――直接〈宗教〉に言及されるにせよ、そうでないにせよ――ある信仰や約束を説き、あるいはそれを体現するものと、かれに約束され説得されて帰依するものとしての地域住民との関係にほかならない。それは、自立的な討論と共同決定にもとづいてすべてを決定するという、人民評議会の根本理念とは、まっこうから矛盾する関係である。

こうした関係のなかで人びとにうったえ、それを芸術的感動の力によって人びとのなかに植えつけたということ。自己の理念をこの関係のなかでうったえるのにもっとも適した表現手段として〈教養小説〉形式を選び、また選ばざるをえなかったということ——これこそは、ドイツ・ファシズムが〈反対派〉シュテールから獲得した最大の戦利品だったのだ。

一九四〇年九月、ヘルマン・シュテールは、シュレージエンの山中の自宅「ファーバーの家」で死んだ。同年五月のマジノ戦突破とそれにつづく六月のパリ占領によって、ヨーロッパのほとんど全地域をナチス・ドイツ軍が制圧しようとしているころだった。ファーバーの歩みは完成を見ないまま、三部作『天に恩寵、地に正義』は中絶した。遺された草稿が女婿の手で整理され、完結篇として上梓されたのは、ようやく一九四四年のことである。

橋を渡ってしまったシュテールが、ファシズム・ドイツの崩壊後まで生きのびなかったのは、かれ自身にとって幸せなことだったかもしれない。少なくとも、戦後の西ドイツでなおも自分の作品が読まれつづけることにたいする責任を、かれはとらずにすんだのだ。

故郷の町にほど近い山の上につくられたかれの墓は、ヒトラー・ドイツの崩壊後、ながいあいだ民族対立と国境紛争の場だった上部シュレージエンの全域をついに占取したポーランドのブルドーザーによって、あとかたもなく破壊された。

Ⅱ

『土地なき民』と民族主義——ハンス・グリム

1 〈民族の運命の書〉

ナチズムの合言葉

〈土地なき民〉——一九二六年に刊行されたハンス・グリムの小説の表題は、〈血と土〉、〈人種の純潔〉、〈ひとつの民族、ひとつの国家、ひとりの指導者《フューラー》〉、等々とならんで、ドイツ・ファシズムの大衆操作に重要な役割を果たす標語となった。すでにナチスが権力を掌握する以前から、経済危機と社会的混乱のなかで醸成された労働者・農民・小市民の不安と喪失感と遺恨は、この標語のもとに着々と統合され、一九三〇年代後半にナチス・ドイツが国外侵略を実行に移したさいには、〈土地なき民〉というこの合言葉は公然とそれを正当化する根拠として用いられたのである。

もしもかりに、作者ハンス・グリムが、ナチズムになにひとつ共感をいだいておらず、第一次世界大戦の敗北によって失われたドイツ植民地の奪回のことなど夢にも考えず、きわめて〈客観的〉にひとりの海外ドイツ人の運命を描いたにすぎなかったとしても、かれ自身がつくりだしたこのスローガンの働きにたいする責任をまぬがれることはできないだろう。ところが、この働きは、けっしてかれの意図とまったくかけはなれたものではなかったのだ。その実現をかれが確信していたかどうかは別として、また、それがかれの予想と食いちがっていなかったかどうかは別として、少なくとも作者は、こうした働きを期待してこの作品を書いたのだった。

『土地なき民』（*Volk ohne Raum*, 1926、邦訳＝鱒書房、一九四〇—四一）は、それが刊行された当初から、明確な性格づけを与えられて受けとられた。ひとつは、「ドイツ民族の運命」を描いたもの、という受けとりかただった。たとえば、一九一〇年代から二〇年代にかけて主として歴史小説を書き、これまたナチスによって厚遇された女性作家ルール・フォン・シュトラウス＝ウント＝トルナイ（一八七三―一九五六）は、書評のなかでこう述べている、「数十万のドイツ人が、この数十年のあいだに、それと知らぬまま体験したこと、自分の身をもって経験しながら、それを解釈するすべを知らなかったこと、つまりドイツ民族の運命——それがここで形象と化したのだ。ひとすじにつながるさまざまな形象と化したのだ。それらはみな、生きいきとして、行動し、苦悩する。口はあなたに語りかける。目はあなたをじっとみつめる。これはあなただ！」（強調は原文のまま）

もうひとつの性格づけは、この作品を典型的な「政治小説」としてとらえるものだった。一九二〇年代からナチス時代にかけて一定の発言力をもっていた文学史家パウル・フェヒターは、『土地なき民』を「ドイツ民族の最初の偉大な政治小説」と呼んだ。さらには、「本書の出版にたいしてNSDAP（国民社会主義ドイツ労働者党＝ナチ党）の側からはなんらの疑義も出されていない」という「NS文献保護のための党監査委員会」委員長の御墨付を掲げて一九三五年に刊行されたヘルムート・ランゲンブーハーの概説書『国民社会主義文学』（*Nationalsozialistische Dichtung*）もまた、グリムのこの小説を「現代の政治小説の最初の偉大な実例」と規定している。

このようなふたつのとらえかたは、たしかに、『土地なき民』の根本的特性を簡潔に言いあらわしている。コルネーリウス・フリーボットというひとりの人物の歩みのなかに一八七〇年代から一九二三年秋——さまざまな意味でのこの転換点——にいたるまでのドイツの歴史を、しかも植民地の再分割という後期資本主義の戸口におけるもっとも深刻な問題を中心にすえて描いたがゆえに、この作品はきわめて政治的な様相をおび、また必然的に、この再編過程がドイツにもたらした〈民族の運命〉を描くものとならざるをえなかったのだ。

しかし、じつは問題はそのさきにある。この〈政治小説〉、〈民族の運命の書〉が、ほかならぬ小説として、文学作品として、あれほどまでの影響力を獲得し、いまなおそれを完全には失っていないのはなぜか？　〈土地なき民〉がファシズム・ドイツの共通の標語となりうるほど深刻にこの作品のなかで描かれた〈民族の運命〉とは何だったのか？　そして、この〈運命〉がみずからをファシズムにゆだねていく過程で、ハンス・グリムの諸作品は具体的にどのような役割を果たしたのか？——ヒトラーの『わが闘争』、アルフレート・ローゼンベルクの『二十世紀の神話』とならんでナチス・ドイツの〈聖典〉のひとつとまで言われたこの作品のばあいでさえ、ファシズムへの道はそれほど直線的なものではなく、屈折と多くの転機をはらんでいたのである。

農地を追われて

北ドイツ、ヴェーザー河畔の貧しい農村に生まれた主人公コルネーリウス・フリーボットは、祖父と同じ小学校教師になるという夢をすてて、指物《さしもの》職人の修業をするための年季奉公に行かねばならなかった。農民はほとんどすべて、猫のひたいほどの耕地しかもたず、しかも凶作にたたられ、わずかばかりの家畜の病気に泣かされていた。コルネーリウスの父も、農業だけではやっていけずに、寿命を縮めるといわれる石切りの仕事に出かけねばならない。年季奉公を終えても、コルネーリウスには帰るべき土地はなかった。唯一の解決策は、軍隊に入ることである。かれは、志願兵として帝国海軍に入隊する。

ヴィルヘルムスハーフェンの軍港で、かれは、小学校時代の友人マルティン・ヴェッセルに再会した。マルティンは、造船所の製図工になっていて、いまでは社会民主党員だった。プロレタリアートによる世界の解放を熱心に説くマルティンにたいして、コルネーリウスは、「労働者や農民や職工たちが本当にそういったことを畑や道具や機械のまえで考えついたのだろうか？」と反駁しながらも、相手の熱意に共感をおぼえ、自分自身のなかにも熱い憧憬がわきあがってくるのをおさえることができなかった。マルティンの父は、マルティンとコルネーリウスが小学生のころ、密猟の途上で誤って仲間を射殺し、のちに獄死したのだが、その事件のさい、隠された屍体を発見したのは、ほかならぬコルネーリウス・フリーボットだった。物語の副主人公として重要な役割を演じつづけることになる労働者マルティンとの再会は、『土地なき民』の展開のひとつの岐路をなしている。かれとの再会によって呼びさまされた憧憬は、コルネーリウスを、マルティンとは別の道へ、アフリカへの道へ連れていく。マルティンのような借りものの社会主義ではなく、ドイツ民族に固有な社会主義――これを遙かな目標にすえながら、かれはドイツ帝国海軍の一兵士としてアフリカ行きの軍艦に乗りこむことを志願するのである。

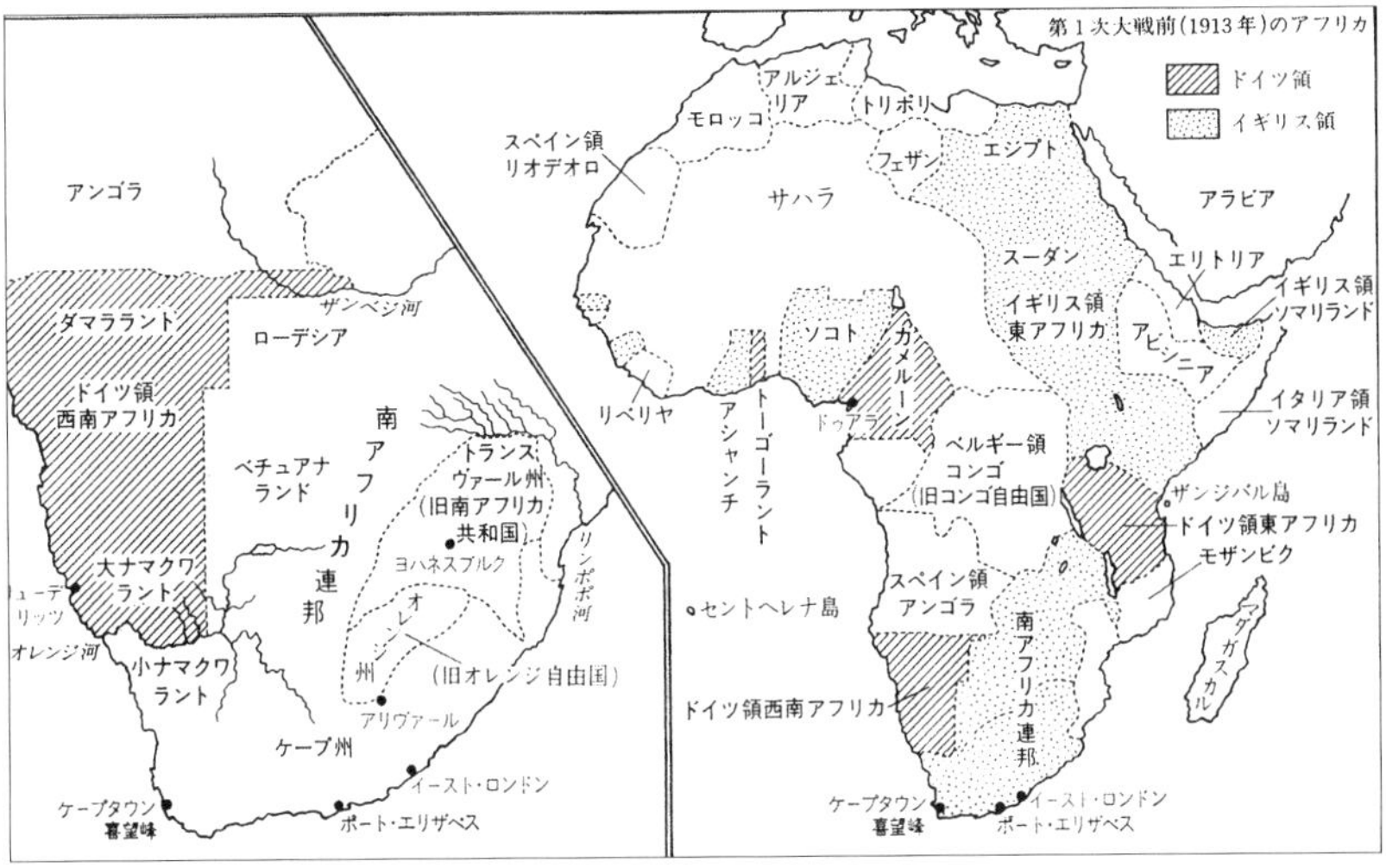

第一次世界大戦前（1913年）のアフリカ

アフリカは、コルネーリウスにとって、無縁な遠い土地ではなかった。すべての零落した貧農たちが生きるための最後の方途を職工かアフリカ移民かのどちらかに求めねばならなかったように、かつてかれの祖父も、一八四八年の三月革命後の反動期に、教師にあるまじき言動が多いという理由で教職を追われたとき、アフリカへ渡る決意をかためたものだった。ところが祖父は、出発直前に、まったくの偶然から村の裏山にある小さな小屋と地所とを競売でせりおとしてしまったために、喜望峰行きの計画をとりやめてそこに住みつかねばならぬ羽目になり、それ以来、この小さな屋敷は、村人たちから皮肉をこめて「フリーボットの喜望峰」と呼ばれるようになったのである。そしていま、コルネーリウス・フリーボットは、現実にアフリカへ赴くことによって父祖の〈喜望〉を自分が実現しようと決心したのだった。

この最初のアフリカ行で、コルネーリウスは、南アフリカ、トランスヴァール共和国とオレンジ自由国の豊富な金鉱やダイヤモンド鉱山の支配をめぐって、ブール人（ボーア人＝南アフリカのオランダ系の白人）を圧迫するイギリスの専横をかいまみる。ザンジバルでは、イギリスの干渉に屈しようとしないスルタン（首長）を、イギリス軍の包囲から救出する作戦に従事した。

三年ののち、除隊になって故郷にもどってみると、すっかり様子が変わっていた。かつて農地だったところには工場が煙をはき、農民はますます貧しくなり、土地を追われて、工場労働者とならざるをえない。絶望的な故郷の状態を目にし、想いをよせていた幼なじみのメルゼーネが不幸な結婚をしたことを聞かされて、コルネーリウスは、アフリカから持ち帰ったマラリアの再発にみまわれる。——これが、故郷でかれを待っていた現実だった。

こうして、〈土地なき民〉の運命を、コルネーリウス・フリーボットは、いよいよ本格的に歩みはじめるのである。職を求めて近隣の村や町をめぐり歩くが、結局、呪われた石切場の仕事しか見つからない。しかも、コルネーリウスは〈赤〉だ、という噂がいつしか立てられる。ついに、村をすてて、ヴェストファーレンへ職をさがしに行き、とうとう最後にボッフムの鋳物工場にやとわれる。だが、工場長のきもいりで開かれる宗教的な集まりに出席しなかったため、些細な口実をもうけて解雇され、ルール地方の炭鉱で仕繰方《しくりかた》(坑内の支柱を修理する坑夫)となる。廃坑の調査をしている最中、ガスのために倒れ、あやうく救出された直後に大爆発がおこる。この事故で死亡した百二十二人の坑夫たちの墓前で行なった演説のために、公安秩序を害するとして、三カ月の禁固刑を言い渡される。

刑期をおえて出所する日、刑務所のまえに父が立っていた。父は、イギリスの喜望峰植民地、イースト・ロンドン行きの船の切符と旅券を、息子のために用意していた。一八九八年秋のことだった。

ドイツのアフリカ

南アフリカでは、ブール人の工場に雇われた。工場主は社会主義に同情的で、労働者のなかにも各国の社会主義者が多かった。しかし、この地でもっとも大きな勢力をもっているのは、イギリス人である。かれらは、とりわけドイツ人を目の敵にした。コルネーリウスに好意をもっていた工場主も、ついにイギリス人たちの圧力に屈して、かれを解雇せざるをえなくなる。職を失ったとはいえ、コルネーリウスは失望しなかった。つぎの職場を求めてアリヴァールの町へ向かう途中、かれは、働く土地を求めてドイツの農家や農場や村落から出てきた人びとの目にみえぬ列が自分のまわりを歩んでいくのを感じながら、「世界はこんなに広いじゃないか、世界はこんなに大きいじゃないか！」とくりかえしつぶやきつづける。

だが、南アフリカの天地にも、それが事実上イギリスのものであるかぎり、コルネーリウスが平安にすごせる余地はなかった。かれがアフリカに渡った翌年の一八九九年、ブール戦争が勃発した。ブール人の工場主の姪の牧場で働き、彼女の愛を受けいれようとしていたコルネーリウスも、イギリスの横暴に抗してドイツ義勇軍に身を投じるため、ひとり牧場を去った。負傷して捕虜となり、セント・ヘレナ島に流され、そこで父と母の訃報をあいついで聞いた。ブール戦争は、イギリスの勝利に終わった。あの牧場が焼かれ、愛人も捕虜となって収容所で死んだことを、かれはあとからやってきた捕虜をつうじて知った。

だが、幸運がみまった。当局の手違いによって、かれは本国への強制送還をまぬがれた。ドイツへもどる意思のないかれは、いまでは完全にイギリスの植民地となった南アフリカに密入国し、かれのあとを追って同じくアフリカにやってきていたマルティン・ヴェッセルとともに、職を求めて転々とこの異国をさすらう。マルティンには、社会主義者としての活動があった。かれは、この新しい土地でも、組織活動の場をいたるところで見出すことができた。しかし、コルネーリウスにとっては、イギリス人が我がもの顔にふるまい、ドイツ人が誇りを失うことなしには生きていけないこの土地が、もはや耐えられなかった。南アフリカで知りあった血縁の若者ジョージ・フリーボットとともに、かれはドイツ領南西アフリカのリューデリッツへ向かって旅立っていく。

南西アフリカは、ドイツ人コルネーリウス・フリーボットにとって、文字通り新しい天地だった。これまでつねに虐げられ、圧迫され、排除されつづけてきたかれが、ここでは、自分の力を思うままに発揮し、自分自身の生活の場を切りひらくことができたのである。『土地なき民』の後半部、第三部「ドイツの土地」は、この転機の訪れから始まる。

ドイツの支配に服そうとしない「ホッテントット族」（コイ族）は、おりあるごとにドイツ人の農場や住居を襲っていた。コルネーリウスは、セント・ヘレナの捕虜生活をともにしたひとりのドイツ人が、大ナマクワラント（ドイツ領南西アフリカの南半分の地域）のドイツ軍指揮官フォン・エアケルト大尉の部隊に加わっているのを知って、技術兵としてそれに入隊する。「ホッテントット族」を平定するための戦闘の描写は、のちにナチス時代になってから、『フォン・エアケルト大尉の行軍』（*Der Zug des Hauptmanns von Erkert*, 1934）という独立の短篇としても刊行された。大尉の戦死をはじめとするおびただしい犠牲をはらって、だがしかし、カラハリ砂漠の叛乱は鎮圧され、ドイツは自国の領土に安寧をもたらすことができた。いまでは、南西アフリカは、コルネーリウス・フリーボットにとって、労せずして与えられた他人の地ではなかった。これは、かれ自身がたたかいとった土地、ドイツの血の代償を支払って獲得し、まもりぬいたドイツの土地だった。砂漠を横切ってダイヤモンド鉱山を探索して歩くときも、ようやく発見したダイヤモンドを前にして馬が病死し、人夫たちが逃亡して砂の海のなかにひとり取り残されたときも、亡霊のような姿で単身ケープタウンの町にたどりついたときも、コルネーリウスの脳裡からは、かたときもこの想いが去ることはなかった。

ダイヤモンドの採掘権をようやく手に入れ、永年いだきつづけてきた農場経営の夢が実現したとき、だがしかし、時代は第一次世界大戦に向かって急激に移りつつあった。爆発寸前の情勢のなかで、コルネーリウスは十六年ぶりに帰国することを思い立った。故国の変貌は、かれの予想をはるかにこえていた。生家は他人の手に渡り、荒廃のかぎりをつくしていた。ただひとつのなぐさめは、若い日の恋人メルゼーネとそっくりの少女に出逢って、しみじみと語りあうことができたことだけだった。アフリカにもどったかれには、もはや以前のような充実感はなかった。異郷での自分の苦闘が、ドイツの発展にとっていったい何だったのか、という疑念を、かれは追いはらうことができなかったのだ。「喜望農場」と名づけた農場の仕事も、次第にあの遠縁のジョージ・フリーボット夫妻にまかせがちになった。少女メルゼーネから手紙が来て、彼女が昔の恋人メルゼーネの娘であることが判明したその夜、苦難をともにしてきたジョージに召集令状が届けられた。ついに世界大戦が勃発し、ドイツは全世界を敵にして戦わねばならなくなったのである。

南西アフリカのドイツ植民地は、南アフリカ連邦からの攻撃にさらされた。コルネーリウスも参戦するが、負傷して農場にもどった。ドイツの敗戦を知った黒人たちが暴動をおこす。喜望農場をジョージ夫妻にゆずったコルネーリウスは、新しい生活の場を求めてふたたび旅に出る。新たに落着いた農場が「ブッシュマン」（サン族）の一団に襲われたとき、かれはその首領を射殺して、殺人罪でイギリス官憲に逮捕された。殺されたのがかねてから付近でも悪名高い農場荒らしの頭目であり、コルネーリウスの行為は正当防衛だった、と多くの証人が申し立てたにもかかわらず、かれは有罪を宣言される。死刑判決はようやく控訴審で十年の刑に減刑された。メルゼーネが養母をなくして今では看護婦になり、コルネーリウスを待っていることを知って、かれは脱獄をくわだてる。二度の失敗ののち、ついに脱走に成功し、官憲の急追をのがれて、数年にわたる逃亡生活のすえ、幸運にもドイツへ送還される機会をつかむことができた。

社会主義者マルティン・ヴェッセルは、ストライキの指導者として裁判ぬきで射殺され、アフリカで生涯を終えた。ドイツの海外植民地は、敗戦によってすべて失われた。メルゼーネと結婚したコルネーリウスは、アフリカでの体験にもとづいて、故国でドイツ民族の苦難の真の原因と打開の唯一の道を同胞たちに説いてまわる行脚の旅にのぼった。――一九二三年十一月初旬、地方の一新聞に、ドイツ民族にとって植民地が必要であることを説いていたひとりの遊説家が、反対派の投石によって死んだ、という小さな記事がのった。ナチ党によるミュンヒェン・クーデタ事件が勃発する数日前のことだった。

2　何故、何処から、だが何処へ？

作家と時代

『土地なき民』は、ただ単に結果として〈民族の運命の書〉となり、〈政治小説〉となったのではなかった。すでにこの作品を書きすすめていた当時、ハンス・グリムは、くりかえし、現代における作家と文学作品の使命について語っている。たとえば、一九二二年に書かれた「ドイツ作家のドイツ的機能麻痺について」（*Vom deutschen*

Versagen des deutschen Schriftstellers）では、第一次世界大戦後の危機がしばしば一八一二年のイェーナの戦いのあとの時期と比較されるのに反対して、こう述べる——

あの当時、こんにちのドイツ国境内に包摂される領域で二人の人間が、二人たらずの人間が、糧食を得て生きていたとすれば、現在は七人の人びとが、七人以上の人びとが、そこで暮らしの場と生活の道をつくらねばならないのだ。〔……〕当時は、飢餓とは戦争の結果であって、結局のところ国内での分配の問題でしかなかった。〔……〕こんにちでは——いや、これはこんにちに始まったことではない——すでに〔一八〕八〇年代に、そして九〇年代にはさらにそれが嵩じ、世界大戦前にはいっそう輪をかけられたのだが、つまり現代の全体をつうじて、ドイツの飢餓は外交上の問題となったのであり、もはやこれ以外の方途では解決されえないのである。

このすぐあとにつづけて、グリムが、「わが国の国境が拡大されなかったために、われわれが農業国民でありつづけることができなくなった」ということを述べ、「農民に生まれたドイツの人間が、ドイツの土地ととりわけ外国の土地の産物を加工するために工場へ行かねばならなかった」ことを嘆いているのは、注目にあたいする。かれにとって、〈ドイツ民族の運命〉とは、本来農民として生きるべきドイツ人が工場へ追いやられたことであり、そうならないですんだ唯一の道である国土の拡大が、他の先進植民地宗主国と比較して思うにまかせず、辛うじて確保してきたアフリカの植民地も、第一次大戦の敗北によってすべて失われてしまった、ということにほかならなかった。ハンス・グリムの目からすれば、現代ドイツの最大のこの政治問題がドイツの現代作家によって少しも描かれていないのみか、問題としてさえ意識されていないのである。

ドイツ作家は、きのうやおとといからではなくもうずっと以前から、その他のドイツの聖職者や精神的指導者たちともども、自分自身の民族にたいして機能麻痺におちいっている、とわたしは主張し、それを単刀直入に述べておきたい。〔……〕だが、諸君、ドイツの男子たる諸君、ドイツの婦人たる諸君、ドイツの青年たる諸君、ドイツの娘たる諸君、諸君もまた、何も要求するすべを知らないことによって、機能麻痺におちいっているのである。なぜなら、諸君とわれわれとが一緒になってはじめて、ドイツが活動力を発揮しうるか、発揮しえないか、あるいは誤って発揮するかが、決まってくるのだから。諸君は、諸君が必要とする作家をめったに持っていない。諸君はつねに、自分たちに気に入られようとする作家ばかり持っている。〔……では、諸君は作家に何を要求すべきなのか?〕諸君は、傾向だのプロパガンダだの、意図だの説教だの教訓だのを要求すべきではない。これらはすべて、芸術とは何のかかわりもない。それにまたわたしは、たとえば国民的《ナショナル》な傾向や国民的なプロパガンダや国民的な意図や国民的な説教や国民的な教訓をさしひかえているから芸術家としての作家や職人としての作家が機能麻痺をきたしたのだ、などと言っているのでは決してないのである。しかし諸君は、諸君の作家たち、諸君が支え、諸君が報酬を払い、諸君がかれらにかわって雑用をしてやらねばならないその諸君の作家たちが、ドイツの生活から、ドイツの発展から、ドイツの苦難から、逃避しないようにと要求することはできるわけであり、要求すべきであり、要求せざるをえないのである。

さきに引用した「ドイツ作家のドイツ的機能麻痺について」をも収めた論文集『作家と時代』(*Der Schriftsteller und die Zeit*, 1931) の中心をなす同じタイトルの講演(一九三一)で、グリムは読者に向かって、そして同時にまた作家に向かって、このように呼びかけている。おりにふれてのエッセイや講演をのぞくすべての著作活動を『土地なき民』一作に集中していたこの時期のグリムを考えるなら、この呼びかけがコルネーリウス・フリーボットの物語を書くさいの根本的な信念となっていたことは、疑いをいれない。

原住民の視線

この信念を強調するために、ハンス・グリムは、自分と同姓同名の人物を『土地なき民』に登場させている。商、社員ハンス・グリムがそれである。アフリカでコルネーリウスと知りあったかれは、このもっとも典型的なドイツ人の運命を記録にとどめることを自己の責務と考え、ドイツに帰ったのちも、コルネーリウスの歩みに深い関心をもちつづける。物語の作者と渾然一体をなすこの人物によって、とりわけ帰国後の主人公の言動に明確な民族主義的意味づけがなされ、夫の死後グリムを訪れるメルゼーネと遺児の未来にたくして、ドイツのすすむべき道が暗示される。

登場人物ハンス・グリムの背後には、言うまでもなく、作者グリムが立っている。しかも、作者はまた、主人公コルネーリウスともまったく無縁ではないのである。作者ハンス・グリム自身も、故郷の村に住むべき場所をもたなかった。父はバーゼル大学の法律学教授で、作家ルードルフ・G・ビンディングの父の前任者だった。その後オーストリアの南部鉄道会社総支配人となったが、頑強なドイツ国粋主義のために辞職に追い込まれた。息子ハンスは、生活の道を得るために、大学進学を断念し、二十歳のとき商社の見習い社員としてイギリスへ赴いた。そして、一八九七年の晩秋、二十二歳のとき、英領喜望峰《カップ》植民地のポート・エリザベスに商社員として渡ったのである。

ここでブール戦争を体験し、また、イギリス植民地での反ドイツ感情を身にしみて味わった。一九〇一年以後は、同じく南アフリカのイースト・ロンドンで自立した貿易商として活動した。一九〇八年、作家になるようにという母のすすめに応じて、一時帰国し、このとき、第一作「殺人者の墓」（*Mordenaars Graf*）の原稿をたずさえていった。この原稿は、文学愛好者だった母親があちこちの雑誌や新聞に掲載を依頼してまわったすえ、九カ月後にようやく『ケルニッシェ・ツァイトゥング』（ケルン新聞）に引きとってもらうことができた、という。

一九一〇年、一度アフリカにもどったのち、イギリス植民地での十三年にわたる生活に終止符をうち、同じ年のうちに帰国する。アフリカでの最後の収穫は、短篇「ディーナ」（*Dina*）だった。これは、「殺人者の墓」を含む六篇とともに、『南アフリカ物語』（*Südafrikanische Novellen*, 1913、邦訳＝鱒書房、一九四三）に収められた。

ドイツで作家生活を始めたグリムは、だがしかし、まもなくこの新しい生活を中断しなければならなくなった。一九一三年に『南アフリカ物語』と『西アフリカ紀行』（*Afrikafahrt West*）を出版したあと、ひきつづき『カッフェルラント――あるドイツの説話』（*Kafferland. Eine deutsche Sage*）にとりかかっていたが、第一次世界大戦の開始のために、これを中断したまま、四十二歳の新兵として軍務に服することになったのである。ナチス時代に公にされた経歴紹介には、前線に従軍したという記述も見うけられるが、隻眼のゆえに後方勤務を命じられたというのが事実であったと思われる。いずれにせよ、この大戦中に、かれのその後の進路を決定するような出来事がおこった。

一九一七年、ドイツ植民地省は、この作家に宣伝用の文学作品を書かせるため、ハンス・グリムをベルリンに呼びもどした。ドイツ領カメルーンでのドイツ入植者の苦闘と非業の死を描いた「アフリカ日記」、『ドゥアラの油田探索者』（*Der Ölsucher von Duala. Ein afrikanisches Tagebuch*, 1918）は、こうして軍務の一部として書かれ、完成した。この任務を終えたのち、グリムは、ひきつづき外務省軍事局（のちの最高司令部外事課）で働いた。「わたしは毎日そこに坐って、イギリス植民地や敵側植民地のプロパガンダの毒を、義務として読みつづけた。」（「わたし自身のこと」*Über mich selbst*, 1929）その仕事そのものはもちろん耐えがたかったが、もっとも自分を消耗させたのは、幾人かのドイツ知識人の政治的・文学的な汚い行為だった。――かれはのちにこう回想している。

大戦の日々は、ハンス・グリムの文学活動を〈国家〉と、そしてそれを媒介として〈民族の運命〉と直接むすびつける契機となった。『南アフリカ物語』と『西アフリカ紀行』というそれ以前の二冊の作品では、同じくアフリカのドイツ人を描いてはいても、かれらの運命は個々人として、そしてさらには、原住民やブール人たちの個々の運命と等価なものとして、描かれていた。とりわけ『南アフリカ物語』の諸短篇からは、植民地における入植者の孤独や不安とともに、「ホッテントット」やカッフェル原住民（ガイカ族）が入植者に向ける視線が、するどい光をはなって輝いていた。たとえば、この短篇集のなかでもっともすぐれた作品であり、アフリカ時代のグリムの文学活動をしめくくる作品でもある「ディーナ」では、砂漠のなかで若い「ブッシュマン」の姉弟を救ったドイツ人の曹長が、次第にこの原住民の娘に惹かれていくありさまが生きいきと描かれている。

――植民地のドイツ兵たちにとっては、ドイツから白人の妻をつれてくるのが夢である。この曹長も、そのために休暇をもらってドイツへ帰る。しかし、狭い故国では、かれは所詮よそものでしかないことを思い知らされる。

原住民の娘ディーナと広大な砂漠が待つアフリカへもどる船のなかで、かれはようやく、婚期を逸しようとしていたひとりのドイツ婦人と出会い、ただ結婚のためにのみ結婚式を挙げる。曹長に想いをよせている「ブッシュマン」のディーナは、ただかれを悲しませないためにのみ、この新しい女主人に唯々諾々として仕える。だが、曹長にとって解放をもたらす自由な天地は、ドイツ人の妻にとっては荒涼たる辺境でしかない。夫婦のあいだに漂う白々しい空気は、日ましに耐えがたいものとなっていく。ディーナは、だまってそれを見ている。——ある日、荒馬に乗ったまま砂漠の彼方に駆け去った曹長は、夜になっても戻らなかった。「ブッシュマン」の姉弟がつれてきた気の狂った「ホッテントット」の老人の笑い声が、不吉にひびく。翌朝になってから蹌踉《そうろう》として帰ってきた曹長は、落馬して腕を折っており、もはや切断するよりほかに助かる道はないことがわかる。医者は遠くはなれている。とりみだす白人の妻を部屋から出して、ディーナが曹長の腕を切断する。

曹長が意識を回復したとき、ディーナも、そのせむしの弟も、気のふれた「ホッテントット」の老人も、姿を消していた。腕を失って軍務をつづけていけなくなってしまった曹長に見切りをつけたのだった。「旦那さまは戦えません。旦那さまは仕事もできません。旦那さまは子供になってしまいました。〔……〕旦那さまは手がなくても、あたしのために戦ってくれますか？　旦那さまは手がなくて鉄砲が撃てますか？　手がなくて、あたしに食べものをくれることができますか？　いいえ、旦那さまは、そんなこともうできやしません……。」

曹長の妻にこう言いはなって去っていくディーナは、ドイツ人入植者に寄生して生きている哀れな原住民として描かれているのでもなければ、忘恩と打算しか知らぬ人間としてとらえられているのでもない。「あたしは、軍曹や、上等兵や、中尉や、牧師さんのものになるのはいやです。このひとたちのだれのものになるのもいやです。あたしは、プルシャン・フランクのところへ行きます……」こう言うディーナにたいして、心のなかで「おまえみたいな黒ん坊や、おまえのせむしの弟や、あの老いぼれ猿なんか、どこへなりとトットと消えうせてしまうがいい」とつぶやくドイツ人の妻のほうに、作者の非難はむしろ向けられているのである。腕を失った曹長を見舞いに行った部下の軍曹が、隊にもどって上等兵に語る結末のセリフも、作者の意図を誤解の余地なく物語っている——「かれがおれにまっさきに何と言ったか、わかるかね？ おれも哀れな片輪者になってしまった、もう何もかもおしまいだ、というんじゃないんだ。そうじゃなくて、こうなんだ。軍曹、ディーナがいなくなってしまったんだよ、とね。——なあきみ、この意味がきみにはわかるかね。わかるまいな。〔……〕だがな——、もしきみが、かれの言ったことを、かれの言ったことをだ、だれかにしゃべったりしたら、それこそきみの骨をみんなへし折ってしまうからな。だがおれはだ、おれは、だれかにしゃべらずにはいられなかったんだ。そしたら、たまたまきみが居あわせてくれたってわけさ。」

原住民のなかに突き入り、原住民の側からみずからに向けられるこうした視線は、大戦をさかいにして、ハンス・グリムの作品から消えていく。国策文学『ドゥアラの油田探索者』以後、かれはもはや、〈ドイツ民族の運命〉を、ドイツ民族の側からしか描こうとしなくなる。非はすべて、イギリスをはじめとする先進帝国主義列強の側にある。原住民は、たとえば『土地なき民』の「ホッテントット」や「ブッシュマン」のように、列強の専横に抗するドイツの事業を妨げる犯罪者としてしか、〈討伐〉の対象としてしか、かれの作品に登場しなくなる。一九一八年十二月、ドイツ革命のさなかに書かれた「もっと多くの尊厳と——もっと多くの真実を！」（*Mehr Würde und — mehr Wahrheit!*）と題する論文では、だれひとりとして数百万のドイツの故郷喪失者たちのことを語ろうとしないことを指弾し、若い活動的な民族が世界の同じように勤勉な諸民族と同じように生活維持の手だてを要求することを汎ドイツ主義とか帝国主義とか言うことはできない、と主張するのである。

メラー＝ヴァン＝デン＝ブルック

大戦中の後方勤務がハンス・グリムのその後の歩みにおよぼしたもうひとつの決定的な影響は、『ドゥアラの油田探索者』の完成後にひきつづき従事した軍務のなかで、メラー＝ヴァン＝デン＝ブルックを識ったことだった。

アルトゥーア・メラー＝ヴァン＝デン＝ブルックは、一九〇六年に刊行が開始されすでに一九一五年に完結していたドイツ語訳ドストエーフスキー全集（全二十二巻）の監修者として知られたナショナリズム思想家だったが、その後、とりわけ一九二三年春に公にされた著書『第三帝国』（*Das Dritte Reich*）によって、ナチスの運動に絶大な影響をおよぼすことになる。そのメラー－ヴァン－デン－ブルックと、ハンス・グリムとが、同じひとりの下士官の下で、敵国の宣伝文書を読む仕事にたずさわったのだった。下士官を含めて六人からなるこのグループのなかには、著名な文芸学者フリードリヒ・グンドルフ（ユダヤ系のかれは、ヨーゼフ・ゲッベルスとともに、詩人シュテファン・ゲオルゲの門下だった）と、のちにナチスの文学アカデミー評議員となる譚詩《バラード》詩人ベリエス・フォン・ミュンヒハウゼン男爵がいた。

一九一八年十一月、各地に労働者評議会《レーテ》や兵士評議会が結成された。ドイツ革命が始まったのである。グリムやメラーたちの部署は、ベルリンの目抜き通りを見おろす建物のなかにあって、街頭のデモンストレーションや逮捕連行される将校たちの動きが手にとるようにうかがえたのだが、ついにある日、そのかれらのところへも革命側の兵士がやってきた。責任者のひとりは、長篇『トンネル』（一九一三）やのちの『十一月九日』（一九二〇）で知られる作家ベルンハルト・ケラーマンだった。かれは、東部戦線で敗戦をむかえ、同じ部隊にいた作家アルノルト・ツヴァイクらとともに兵士評議会《レーテ》を組織したのち、ベルリンにもどってきていたのである。復員兵を歓迎するためのポスター作成をグリムたちに指示して、ケラーマンは、息子たちを迎えるドイツが共和国であることがわかるようにしなければならない、と述べ、その共和国は「しかしもちろん、金髪ではなくて赤い髪の毛をなびかせているわけだ、もっともいまじゃ、女神ゲルマニアの顔ではなく娼婦の顔をして、だがね」とつけ加えたのだった。

わたしは深い驚きにうたれた。そういうことを、それほど軽々と気楽に述べることができるとは。メラーと一緒に、わたしは部署をはなれた。もはや二度とそこへはもどらなかった。旅券を手に入れると、ただちに父祖の故郷、ヴェーザー河畔のリッポルツベルクに向かった。その前年、妻とわたしはその地に、空家になっていた一軒の由緒ある家を手に入れていたのである。

――第二次大戦後、ナチス・ドイツと自己との関係を弁明する目的で書かれた回想録『何故、何処から、だが何処へ?――歴史的現象としてのヒトラー以前とその治下とその後』(*Warum―woher―aber wohin? Vor, unter und nach der geschichtlichen Erscheinung Hitler*, 1954)のなかで、ハンス・グリムはこう書いている。

一九二五年五月末にピストル自殺するまでの数年間、メラー=ヴァン=デン=ブルックは、しばしばリッポルツベルクにグリムを訪ねた。民族に固有の社会主義を、という主張と、第三の帝国が必ずやドイツの地に実現されるであろう、という予言によって、敗戦とヴェルサイユ体制への鬱屈した怨念をつのらせていたドイツ人の民族主義的感性を激しくとらえたメラーは、グリムにも影響を与えずにはいなかった。少なくとも、第一次大戦をさかいにしてアフリカ体験を〈民族の運命〉と結びつけたグリムは、メラーによって、その解決への道を示唆されたのである。それゆえ、『第三帝国の神話――国民社会主義の精神史によせて』(一九五七、邦訳=未来社)の著者ジャン・F・ノイロールが、メラーの思想の一面(民族共同体の理念)をハンス・グリムが『土地なき民』によって物語の形でドイツの大衆に近づけた、と指摘しているのは、理由のないことではない。

ハンス・グリムがメラーの口からはじめてアードルフ・ヒトラーの名を聞いたのは、一九二〇年のことだったという。一九一八年末に帰郷して以来、書くことをやめてリッポルツベルクの農園でもっぱら肉体労働を自己に強いてきたグリムは、この年、『土地なき民』にとりかかった。

3 批判的同伴者の歩み

ヒトラーと会う

五年あまりの年月をついやして一九二五年十一月に『土地なき民』が完成し、翌二六年五月に二巻本として刊行されたとき、「作家と時代」その他でかれ自身が描いてきた〈民族〉と〈作家〉とのあるべき関係が実現されたように見えた。「この重苦しい、二巻の、安価に手に入るとはいえぬ、憧憬にみちた作品が、九カ月のあいだに一万冊も売れた」（「『土地なき民』によせて」*Worte zu „Volk ohne Raum"*, 1927）ことは、作者自身にとってさえ、予想外の結果だった。しかもそれは、たんなる一時的なブームではなかった。総発行部数は、二年間で四万、五年後の一九三一年には六万部となった。一九三二年までに六万五千を売りつくした二巻本は、ナチスの治下になると一巻本として装いを新たにし、発売十周年の三六年には総部数三十六万五千を数えた。それだけにとどまらず、第二次大戦後の一九五六年に七十六万部を記録したこの本が、一九六五年には七十八万部に達したのである。

『土地なき民』カヴァー（1936年刊の１巻本。総部数36万5000）

『土地なき民』の刊行の翌年、一九二七年四月に、ハンス・グリムは、いまでは南アフリカ連邦の委任統治下にある旧ドイツ領南西アフリカへ赴いた。旧植民地におけるドイツ人たちのその後の苦難を、自分の目で見るためだった。アフリカにあった四つの旧ドイツ植民地のうち、東アフリカは、イギリスの委任統治の下でタンガニイカ（一九六一年独立、現在のタンザニア連合共和国）となっていた。カメルーンはフランスの委任統治下にあり（一九六〇年に独立）、トーゴーラントはフランスとイギリスによって統治されていた（一九六〇年に独立、現在のトーゴ）。翌二八年四月までアフリカに滞在したのち、グリムは、『ドイツ領南西アフリカからの十三の手紙』（*Die dreizehn Briefe aus Deutsch-Südwestafrika*, 1928）と『ドイツの南西アフリカの書』（*Das deutsche Südwestbuch*, 1929）をたずさえて、アフリカの植民地分割をめぐるドイツ国内の論戦に参加した。

アフリカ訪問は、もうひとつの収穫をハンス・グリムにもたらした。往復の船旅の途上で、かれはしばしば旅行者たちから、「ヒトラー」について意見を求められた。自分はヒトラーとは面識がない、と答えると、きまって、あなたのような考えのひとがヒトラーと会って話してみようとしないのはおかしい、とたしなめられるのだった。この体験は、帰国した直後にヒトラーを訪ねる決意をかれにかためさせた。一九二八年春のある日、グリムは、ナチ党の機関紙『フェルキッシャー・ベオーバハター』(民族の監視兵)編集部の扉をたたいて、党首との面会を申し入れた。会談は翌日の午前中に行なわれることになった。

『わが闘争』の第一巻はまだ読んでおらず、第二巻は旅行の途中で拾い読みしたにすぎない、というグリムの言葉にたいして、ヒトラーからは意外な返事がかえってきた。――わたしは『土地なき民』を何度も読んで、よく知りぬいている。「人口過剰と植民地政策」(*Übervölkerung und Kolonialpolitik*, 1920)というあなたの論文も読んだ。両方とも自分の考えとぴったり一致している、と。だが、ハンス・グリムに忘れえぬ印象を与えたのは、ヒトラーが激しい情熱をこめて語ったつぎのような言葉だった。

われわれの置かれた状態にたいして――かれがここで言っているのは、国内外の、肉体的・精神的な民族の苦難のことだった――だれかが立ちむかっていかねばならないことを、わたしは知っている。その人物をわたしはさがし求めてきた。どこにも見出すことができなかった。だからわたしは、あえて自分が準備作業をしようと考えたのだ。とりあえずの準備作業だけを。というのも、わたし自身がその器でないことを、わたしは知っているからだ。そしてまた、わたしに何が欠けているかも、わたしにはわかっている。しかし、別の人物といっても、まだ現われていない。わたし以外にはだれもいない。時間をこれ以上もはや一刻たりとも失うわけにはいかないのだ!

(『何故、何処から、だが何処へ?』)

「時間をこれ以上もはや一刻たりとも失うわけにはいかないのだ！」――ヒトラーのこの言葉を、ハンス・グリムは、回想録のなかで何度となくくりかえしている。この最初の会見からヒトラーの〈運動〉への加担まで一直線の道が通じていた、と考えるなら、それは誤りだろう。すでにメラー－ヴァン－デン－ブルックがグリムのまえで批判していたように、ヒトラーは、メラーが一定の評価を与えるソヴィエト・ロシアにたいして激しい憎悪を燃やす反面、イギリスを自己の〈運動〉の理解者として期待していた。ハンス・グリムの狭い視野のなかでは、イギリスがドイツ民族の唯一最大の敵だった。そしてさらに、グリムとドイツ・ファシズムとの関係は、ヒトラーを介して結ばれたというより、むしろ、ゲッベルスを媒介にしていたのであり、しかもそれさえ、単線的なものではなかったのである。

ゲッベルスとの確執

ハンス・グリムとヨーゼフ・ゲッベルスとの出会いは、ようやく一九三〇年になってからのことだった。しかし、このころベルリンに滞在していたグリムのもとへゲッベルスは足しげく通い、翌三一年のはじめには、すでにゲッベルスから入党の意思の有無が打診されるほど、両者のあいだがらは急速に親密さをました。ヒトラーを生国のオーストリアへ送還し、ナチスの運動を禁止しようとする策動がすすめられているので、あなたが公然と入党を宣言することによって苦境を脱する手助けをしてほしい、というのがゲッベルスの希望だった。このときは結局、時がくればその決意をかためるにやぶさかではない、というグリムの答えにゲッベルスが満足し、当時かれが決行の覚悟をかためていた予防反革命の一揆も見送りとなったため、入党の件は沙汰やみとなった。

一九三一年十月、ドイツ国粋人民党、鉄兜団《シュタールヘルム》と国民社会主義ドイツ労働者党《ナチス》とのあいだで「国民戦線」を結成するための準備集会が開かれた。これに参加したグリムは、二度目にヒトラーと会った。だが、このときグリムが共感をおぼえた出席者は、ナチスではなくすべて国粋人民党および鉄兜団のメンバーだった、という。けれども、そのかれらは、過去のドイツの栄光を想いおこすことしか知らず、解決を前方に見出そうとする〈成り上がり者〉

ヒトラーとは著しい対照をなしていた。こんな〈戦線〉に望みは託せない、とグリムは感じた。ゲッベルスに会ったときそのことを言うと、ゲッベルスは答えた、「ああいう長ったらしい演説を全部きいているのはやりきれないから、外へ出て、車のなかに坐って凍えていましたよ。」

しかし、ゲッベルスとの蜜月は長くはつづかなかった。ユダヤ人問題にかんして、決定的な意見の相違が明らかになったのである。「国民社会主義は輸出できるものではないが、自分たちはこれをドイツ一国のためのものと考えているわけではなく、全ヨーロッパにおよぼすつもりである。したがって、ドイツ人のためにかちとられるべき種族保護は、いかなるヨーロッパ民族についても適用されねばならない。しかし、ユダヤ人は別である。」——こう述べるゲッベルスにたいして、グリムは、「党綱領には、ユダヤ人は外国人法の下に置かれる、とあるではないか。あれはどうなったのか?」と詰問する。「わたしは、生涯のうちこれまでに丸十五年間を外国で〈外国人法〉の下に暮らしてきたが、わたしの場合にはいつでも、自分と自分の父祖の故郷へ帰る可能性がのこされていた。そういう可能性はユダヤ人にはない。だからかれらは自衛策をとらざるをえないのだ。」これがグリムの意見だった。

もうひとつの対立点は、党の大衆化をめぐるものだった。グリムはヒトラーが五年前に自分に向かって、「多数の人間を自分のうしろに従えねばならないと考えていたのは誤りだった。必要なのは、確固たる決意をかためた小グループなのだ」と語ったことを引きあいに出し、それにたいしてゲッベルスは、「あなたは、またもやおまえたちは路線を変えた、と言いたいのだろうが、とにかくいまは大衆が必要なのだ」と居直ったのである。

決裂の第一段階は、その年の冬のうちにやってきた。ハンス・グリムは、自分の主催する講演の夕べに、ゲッベルスと、国粋人民党党首でのちにヒトラー内閣の経済相となる大コンツェルンの主アルフレート・フーゲンベルクとを招待した。講演は、「ブルジョワの名誉とブルジョワの必要性について」(*Von der bürgerlichen Ehre und der bürgerlichen Notwendigkeit*:一九三二年刊)というテーマだったが、フーゲンベルクもゲッベルスも、代理を出席させただけで、ついに姿を見せなかった。代理人たちの口から聞いたところでは、フーゲンベルクはグリムをすでに敵方にまわったものとみなしており、ゲッベルスはまた、グリムはナチスよりはドイツ国粋人民党に近くなってしまった、と述べたという。

――こうグリムは回想録『何故、何処から、だが何処へ？』に記している。ナチス・ドイツの崩壊後に書かれたものであることを考えるなら、グリムがここでナチスと自分との距離をできるだけ強調しておこうとする意図をもっていた、と見なすことはもちろん可能である。少なくともグリム自身は、ほかならぬこの一九三一年末の講演のなかで、国民社会主義《ナチズム》をつぎのように規定して評価したのだった。

> ドイツの若者たちが一九一四年から今日にいたるまで、つまりSA〔ナチス突撃隊〕にいたるまでのあいだにすすんで成しとげてきたものよりも大きな犠牲と献身は、わが国にも世界中にもかつて存在しなかったことを、わたしは知っている。わたしは、他の幾人かの人びとともども、国民社会主義こそ、ドイツ民族の最初の、これまでのところ唯一の真正な民主主義運動である、と見なしている。

なるほどヒトラーは『わが闘争』のなかで、「ユダヤ的民主主義」に対立する「ゲルマン的民主主義」なるものを唱えてはいたが、少なくとも、あらゆる手段を使ってベルリンの街頭を制圧する決意をかため、無際限なテロルを展開しつつあったゲッベルスにとっては、グリムの見解も、古い貴族主義的節度を失うまいとする鉄兜団やドイツ国粋人民党の自己満足と変わりがなかったのかもしれない。――一九二九年には、ファシストのテロルによる左翼労働者の死者は七名（警察によって四十一名）だったが、三〇年にはこれが四十一名（警察によるもの三十六名）に激増し、三十一年には一年間で四十九名がナチスによって虐殺されていた（警察によっては五十五名）。

齟齬と軋轢は、一九三二年秋にいたって表面化した。九月二十二日付の『ベルリーナー・ベルゼンツァイトゥング』（ベルリン市況新聞）に、ハンス・グリムとアウグスト・ヴィニヒの連名による公開状「国民社会主義に乞う」（*Bitte an den Nationalsozialismus*）が掲載された。ヴィニヒとは、一九一八年から二〇年まで社会民主党の東プロイセン知事をつとめた人物で、いまでは親ファシストの小説家として活動していたのである。

公開状は、ナチズムこそが現在もっとも現実的で信頼できる政治運動であることを認めながらも、それが最近しばしば合法性の枠をこえた活動に走っていることに、深い憂慮を表明していた。こうした暴走によって、その真の理念がおおいかくされ、支持者が失われることを、公開状は危惧したのだった。これにたいするゲッベルスの回答は、かれが編集する新聞『デァ・アングリフ』（攻撃）の九月二十四日号に発表された。かれは、もっぱら、グリムが党にたいする批判を商業ジャーナリズムに発表したのは納得できないこと、ナチスを非合法行為に追いやる政府当局にこそ批判が向けられるべきであることを強調し、グリムが今後も目と耳をよく開いてわれわれの運動に注意をはらい、「今日の仮象を明日の存在ととりちがえないように」と求めたのである。

グリム自身によれば、このやりとりののち、若いナチ党員のあいだでグリムを排撃する動きがひろがり、『土地なき民』をひそかに禁書とみなすようになった部分さえ生まれた。ただ、総統代理ルードルフ・ヘスだけは、グリムの意見に同感であるむねを、私的に伝えてきた、という。第二次大戦後にグリムが記したところにしたがえば、これ以後、ナチスとかれとのあいだには、ただ表面的にのみ、友好関係がつづいていたにすぎない。

強制収容所送りの威嚇

一九三四年六月三十日未明から三日間の〈ドイツのバーソロミュー〉、つまりSA幕僚長エルンスト・レームをはじめとするナチ党内反対派の粛清は、ハンス・グリムに強い衝撃と失望を与えた。かれ自身は触れていないが、「長いナイフの夜」という作戦名で決行されたこの粛清によって、メラー－ヴァン－デン－ブルックの『第三帝国』の思想の支持者はナチ党からほぼ一掃され、まったく異質な〈第三帝国〉がヒトラーのもとでうちかためられていくのである。すでにグリムの目には、ヒトラーおよびゲッベルスに率いられた現在のナチ党は、当初の理念を忘れてつぎつぎと路線変更をかさねていく亜流の集団でしかなかったのだろう。粛清直後の八月十九日、ヒトラーが首相と大統領を兼務する〈総統《フューラー》〉の地位に就くことの可否を問うた選挙では、ハンス・グリムは、息子とともに反対票を投じた。この〈否〉は、たちまち一般に知れわたったという。

決定的な対立は、だがしかし、一九三八年暮に、ようやくやってきた。リッポルツベルクからベルリンのゲッベルスのもとに呼びつけられたグリムは、態度をあらためないかぎり四カ月の強制収容所送りにする、と威嚇されたのである。ゲッベルスが挙げた理由のなかには、ハンス・グリムが文学アカデミーの評議員でありながら、この数年にわたって一度もその会議に出席せず、リッポルツベルクで私的な作家会議を開いて徒党を集めている、ということも含まれていた。つぎつぎと罪状を数えたてて「国民社会主義にたいする敵対行為」を非難するゲッベルスのまえで、グリムがどうしても非を認めようとしなかったとき、相手はこうつけ加えた、「ついこのあいだも、わたしはもうひとり別の作家をここへ来させねばならなかったのだ。だれのことか、おわかりでしょうな。」――回想録でこれを記したとき、グリムはその作家の名をあげていないが、それがエルンスト・ヴィーヒェルトだったことは明らかである。『単純な生活』(一九三九)の作家ヴィーヒェルトは、一九三八年五月から四カ月間、ブーヘンヴァルトの強制収容所ですごした。キリスト者の抵抗運動を組織して逮捕されたマルティン・ニーメラー牧師を支援したためだった。出所後ひきつづき執筆禁止に処せられたヴィーヒェルトは、戦後すぐに、収容所生活の報告『死者の森《トーテンヴァルト》』(一九四五)を公にし、その二年後に死んだ。そして、収容所送りをまぬがれたハンス・グリムは、同じ戦後に、弁明の書『何故、何処から、だが何処へ?』を書いて、一九五九年まで生きたのだった。

グリムは、一九三四年以来(そして第二次大戦後もひきつづき、死にいたるまで)毎年、リッポルツベルクの自宅に作家や詩人たちを集めて、あまりにも有名になった「リッポルツベルク作家会議」を開催しつづけた。だが、そこではもはや、『土地なき民』に比肩しうるような作品も、『作家と時代』のそれなりに緊張にみちたエッセイも、〈民族の運命〉と〈政治〉に深くかかわる活動も、二度と生まれなかった。〈第三帝国〉の全期間にかれが生み出し公にした作品は、二つの講演と一冊のエッセイ集、それに大部分はすでに一九三三年までに書かれていた作品からなる一冊の短篇集を別にすれば、わずか二点の小説集だけだった。ゲッベルスの威嚇は、客観的にはもはやただ、かつてファシズムの覇権に多くの貢献をなしたこの老作家から、できうることならなお最後の奉仕を引き出そうとする、あまり多くを期待せぬ小さな試みにすぎなかったのかもしれない。

4　不安と憧憬

ドイツ的ルサンチマン

ハンス・グリムが一九三〇年代以後ナチスと一定の距離をおくようになったことは、もちろん、『土地なき民』が客観的に果たした役割をも、作者自身が意図して行なった植民地主義的イデオロギー活動をも、なにひとつ帳消しにしはしない。それどころか、帝国主義的発展のなかで耕すべき土地を奪われ、工業化によって工場へ追いやられ、戦争による植民地再分割の結果として最後に残されたかにみえた新天地をも失わねばならなかった小ブルジョワと農民と職人と労働者が、その零落とつもりにつもったルサンチマンのゆえにファシズムに統合されていく過程を、ハンス・グリムは作品のなかで描いたのみか、自分自身が身をもって歩みとおしたのである。かれのなかにこそ、ドイツ・ファシズムの覇権にいたる道すじが、文字通り図式そのままに顔をのぞかせている。

ハンス・グリム
（ルードルフ・シュトゥンプフ筆）

しかも、かれは、ファシズムの養分となり、かれの文学活動の素材となり支えともなったこのルサンチマンにたいして、けっして無意識ではなかった。それどころか、すでに一九二〇年夏に書かれた「人口過剰と植民地政策」という論文、ヒトラーの共感を得たこの論文のなかで、イギリスにおける産業化の過程と対比させつつ、ドイツの農民が近代化にともなって工場労働者とならねばならなかったことから生じるルサンチマンの問題を、こう指摘しているのである、「イギリスのプロレタリアは、だれもが、もっと別のチャンスを有していた。イギリス人としてイギリス人のなかで暮らすためには、どうしても工場へ入っていく人の列に加わらねばならぬ、などということは決してなかったのだ。これとは逆に、ドイツではぜひともそうせねばならなかったということ、これがわれわれの運動にルサンチマンを与えたのである。」――グリムのこの見解は、植民地保有を正当化しようとする明確な意図によって一貫してつらぬかれているにせよ、ドイツの近代化がたどった歩みをまったく歪めているわけではない。なるほど、イギリスの産業革命にも機械打ちこわしはあったとはいえ、あるいはむしろ、ドイツの工業化にはそうした反抗さえ不可能であったがゆえに、グリムのこの確認は、それ自体として歴史の本質の少なくとも一面をよくとらえている。

ハンス・グリムの現実認識の一定の的確さは、『土地なき民』の成功にたいするかれの冷静な観察にもまたあらわれている。

この本の個人的な成功は、わたしが予期していたよりはるかに大きかった。だが、その本の政治的な効果は、わたしを幻滅させた。少なくとも成長期にある息子や娘がわが国の狭隘さを感じるようにならない家庭など、ドイツにはほとんどひとつもなかったにもかかわらず、そしてもしもわれわれが民族として声をそろえてわれわれに欠けているのは何かを言わないかぎり救いも変化もありえないにもかかわらず、〈土地なき民〉というジンテーゼがスローガンにまで曲げ歪められてしまい、その結果それが共通の言葉とはならないという事態がおこったのである。つまり、そういう事態は、ささいな欲や、さして重要でないことがらや、商売や、つまりひっくるめて言えば利己的な利益が脅威にさらされていると信じているものたちによって、もっとも多くひきおこされたのだった。

（「わたし自身のこと」一九二九）

作者の意図は、〈高潔な民族主義〉にあった。この作品を〈民族の運命の書〉としてとらえたルール・フォン・シュトラウス＝ウント＝トルナイも、〈政治小説〉という性格づけを与えたパウル・フェヒターも、書評なり文学史なりのなかでは、作者の意図をそれ以上にもそれ以下にも忖度《そんたく》しなかった。しかし、読者は、自分自身の生活のなかで、自分自身の生活感情にそくして読み、そして自己の生活感情をあるいは修正し、あるいは補強する。〈土地なき民〉のスローガンを「共通の言葉」にする義務は、読者にはない。かれらがここから、自己の小市民的安逸にたいする脅威への憎悪を読みとり、作者が歴史的なものとして認識していたルサンチマンを、個人的生活を破壊するものへの個人的・直接的怨念として増殖させたとしても、その責任のすべてが読者の側にあるわけではない。

原住民たちのなかで

こうした受けとられかたが、それ自体どこまで作者の責任であり、どこまで読者の責任であるのかは、もちろん、明確に区別できる問題ではないだろう。あるいはまた、作者の意図はどうであれ（それどころかここには少なくともひとつの明確な意図があったわけだから）、客観的にこの作品がファシズムへの地ならしをしたことを指摘するだけでも、それとは逆に、ハンス・グリムとその作品と読者たちがたどらざるをえなかった道のあまりにも惨めであり哀れであることに言及するだけでも、ナチス文学の〈聖典〉と称されたこの作品やグリムの文学一般の本質に触れることはできない。問題は、なにゆえに『土地なき民』が、文学作品として、〈民族の運命の書〉となり、〈最初の偉大な政治小説〉となりえたのか、より具体的に言うなら、前述のような生活感情をいだいていた読者たちにグリムの文学がそのようなものとして受けとられることを可能にした文学的契機はなにか？――ということなのである。

こうした観点からハンス・グリムの代表作と一連のアフリカ小説を見なおしてみるとき、とりわけ示唆にとんでいるのは、〈第三帝国〉の第二年目、一九三四年春に刊行された短篇集『リューデリッツの国――七つの出来事』（*Lüderitzland. Sieben Begebenheiten*、邦訳＝邦畫荘『燃ゆる草原』、一九四三）だろう。

リューデリッツの国、リューデリッツラントとは、旧ドイツ領南西アフリカ、大ナマクヮラントの大西洋に面した土地で、十九世紀の八〇年代にドイツがアフリカ植民地を獲得する足がかりとなったところだった。この地名を冠した作品集には、グリム自身の父に捧げる長い献辞が序文として付されているが、それによれば、ドイツ国粋主義者だった父グリムは、ブレーメンの貿易商アードルフ・リューデリッツ（Adolph Lüderitz）と親交を結んでおり、一八八二年、七歳のハンスは、この男と父との会話のなかではじめて「植民地」という言葉を耳にしたのである。そのとき話題になっていたのは、鉱物資源、とりわけ銅と硝石（そして口に出しては言われなかったがダイヤモンド）を豊富に蔵するダマラントとナマクヮラントの玄関口をおさえることの重要性についてだった。リューデリッツによって開拓が着手されたその海岸一帯は、リューデリッツラント（リューデリッツの国）と名づけられ、要衝となる入江はリューデリッツ湾《ブフト》と命名された。ビスマルクがこの地をドイツの保護領とするむねの宣言を行なったのは、一八八四年四月のことである。

　短篇集『リューデリッツの国』は、〈先駆者〉アードルフ・リューデリッツが自分の名をもつこの異郷で一八八六年十月に行方不明になったのち、かれによって開かれた扉を通って、ここで祖国のために新しい生活の場を築きあげる努力をつづけた名もないドイツ人たちの物語からなっている。かれらは、すきをみては農場を荒らす「ホッテントット族」や、他の白人たち（とりわけイギリス人）の原住民にたいする不正行為とたたかいながら、苦闘し、そして斃《たお》れていく。だが、ここで語られる〈七つの出来事〉――それらは一九三一年から三三年のあいだに書かれた――には、たとえば、『土地なき民』のフォン・エアケルト大尉のエピソードのような壮烈で英雄主義的な彩りはない。むしろ、どの出来事にも、正体のつかみがたい重苦しい不安と寄るべなさがつきまとっている。それは、あるときは、大洪水など、思いがけぬ自然の暴威の予感として（「河畔の農場」*Farm am Fluß*）、あるときは、じりじりと迫ってくる野火の不安として（「草原が燃える」*Die Steppe brennt*）、あるいはまた、平素にこやかに入植者を受けいれてきた原住民たちが突如として変貌することの恐怖として（「商人」*Der Händler*）、すべての物語の基調音をなしているのだ。

　小説としてももっとも成功しており、また『リューデリッツの国』全体の特色をもっともよくあらわしてもいるのは、第一の〈出来事〉、「商人」の物語だろう。

二十世紀の初頭、南西アフリカの奥地にあるヘレロ族の村に、ひとりのドイツ人商人が妻とともに住みつくことになった。かれは、それまで他のドイツ人やヨーロッパ人たちと同じように、遠くへだたった集落から集落へと商いをしてまわる行商だったが、この村の原住民たちに好かれて、定住するよう乞われ、村人たちの家々とは川ひとつへだてた土地に煉瓦づくりの家を建ててもらったのである。行商をして歩いたころにくらべて、商売は安定するようになった。まもなく生まれてくる子供のためにも、定住の地ができたことはありがたかった。村人たちも、手近なところにいつでも必要な品物を買える店があるようになって、これまた喜んだ。

ある日、商人は品物を仕入れるため、身重の妻をのこして旅に出た。一週間後にもどったとき、妻はいきなり、おびえきった様子で、「ここにいるのはよしましょう。だめよ、ここにいては。家もどこかほかに建てればいいわ。でもこの付近はだめ」とうったえるのである。いくらわけをきいてみても、その理由ははっきりしなかった。ただ、彼女がかれの留守中に言葉によっても行為によってもなにひとつ傷つけられたのでないことは、たしかだった。

そうこうするうちに、女の子供が生まれた。両親は、洗礼のさい、娘にヘレロ語の名前をつけた。「なぜなら、自分たちが生きている南西アフリカの地に感謝しており、自分たちがそのなかで暮らしている原住民たちに好意をよせている、という気持を、あらわしたかったからである。子供は、生まれた月、六月の名をとって、ヘレロたちの言葉で、カルンガ・ラノと名づけられた。これは幸運の月なのだ。その当時では、ヘレロ名をつけるドイツ人の子供の洗礼というのは、まったく新しい事件だった。白人たちのあいだでも、またあたり一帯の黒人たちのあいだでも、これが話題になった。」

やがて、原住民にたいする貸し借りの代金はある一定期間をすぎると帳消しになる、という法令がドイツ当局によって施行される。支払い能力をこえた買物を原住民がするのを防ぐための措置だった。だが、たまにしか巡回してこない行商人たちは、貸し倒れをおそれて掛け売りを拒んだり、地所を抵当にとったりするようになったため、ヘレロの村に住む商人のもとには、ますます多くの原住民が買いにくるようになった。「どうだい、おまえ?!——ぼくは、きっとこんなふうになると思ってたんだよ。どうだい、あのときやっぱりここにとどまる決心をしたのがよかったんだ。土地の人たちと一緒に暮らして、土地の人たちを知らなくちゃいけない。そして土地の人たちにこっちを知ってもらわなくっちゃ。」――商人は妻にしみじみとこう語るのだった。

ヘレロ族の村に住むようになってから四年目の夏（一月）のこと、いつになく多くの客が、別の村からまでもつぎつぎとやってくる、という異常な日が二日つづいた。かれらはみなドイツの金《かね》で支払いをし、ヘレロの名前をもった子供のことをたずね、あるものはまた、「おくさんが今度お産をなさるときは、ヘレロの名前をもった子供というだけじゃなくて、本当のヘレロを産みなさるだよ」などと冗談口をたたくのだった。商人のほうも上機嫌で、「わたしはおまえさんがたの村の商人《あきんど》だし、おまえさんがたの友だちだ。しかし、そんな願いが実現されることだけはごめんだね！」とやりかえしていた。

三日目の午前中も、そういう調子でつぎからつぎへと原住民の客がやってきた。それが、正午ごろになると、ぴたりと客足がとだえた。ことのほか暑い日だったので、商人は店を閉め、昼寝をすることにした。うとうととしたころ、戸をたたく音に呼びおこされた。近くの村に来ていたドイツ人だった。ヘレロたちの様子が変なので家族をつれて逃げようとしているところだ、というのである。商人は、相手の小心さと、その根拠になっている家畜の窃盗やヨーロッパ人殺害のうわさを、一笑に付した。「そんなことはみな、重要なことじゃないよ。重要なのは、ぼくがここの人たちをよく知りぬいている、ってことさ。ぼくらは、ぼくも妻も、ここの人たちの一員も同然なのだから。」

ドイツ人があたふたと去っていった直後、だがしかし、遠くで銃声がひびきわたる。原住民の下男も下女も、いつのまにか姿を消していて、どんなに呼んでも答えはない。対岸の村は、不気味にしずまりかえっている。また銃声がひびく。だが人影も見えず声もない。商人のなかで次第に不安が頭をもたげはじめる。戸じまりをして、銃に弾丸をこめ、牛車をひきだして、まさかのときの用意に貴重品や身のまわりの品をそれに積みこむ。しかし、すぐに出発する決心をかためるまでにはいかない。こうしているうちに、なにごともなく夕方になる。不気味さに耐えきれず、ついに車に牛をつなごうとしたとき、川むこうから飛んできた一発の弾丸が耳もとをかすめる。暴れだす牛たちの脚のあいだをかいくぐって家のなかに逃げこんだかれは、どこにも姿の見えない相手に向かって数発うってみるが、応えるものはない。親しい長老の名を呼んで、事情を説明するよう求めてみたが、あたりには沈黙が支配するのみである。

と、不意に、家のすぐそばの思いがけぬ方向から、声がやってくる。ヘレロの名をもった子供をつれて妻だけが出てこい、牛を一頭やって無事に逃がしてやる、というのだ。声の主が、子供を可愛がってくれている娘の父であることを知った商人は、なんとかして話をつけようとするが、姿を見せぬ相手は同じ言葉をくりかえすばかりである。そうしているうちに、屋根にのぼってくる気配がする。商人は夢中でその人間を屋根板ごしに撃ちおとす。その後は、また無限の沈黙がはじまる。

こうして一夜が明け、それとともに、家の煉瓦壁を外から突きくずす動きが開始される。そして、ついにあけられた穴から、煙と炎が吹きこんでくる。商人は、外にいるはずの村長の名を呼びながら、思わずこう叫ぶ、「パウルス、パウルス、わたしは一度だって、おまえさんがたに何かをしたことなどないのだ。わたしは、おまえさんがたのだれにたいしても、良くしてきた。おまえさんがたが、自分でそう言ってくれてたじゃないか。それなのに、こうして家内と子供を焼き殺そうというのか？」――答えは、前日の午後とまったく同じだった。ヘレロの名前をもった子供と女だけ外に出よ、そして男は窓のまえに立て、というのだ。商人はついに、妻と子をつれて窓から外へ脱出する。夫から子供を受けとった妻は、銃撃戦のなかを転げるように走り出す。彼女が負傷して子供とともに原住民にだきとめられたとき、すでに銃声はやんでいた。「なぜもっと早く出てこなかったのかね？　きのうから呼んでいたのに」というのが、彼女にむけられた村長の言葉だった。

植民地宗主国人の恐怖

妻が商人の留守中にはじめておぼえる正体の知れぬ恐怖から、目にみえぬ相手と対峙して銃をにぎるときの商人の不安にいたるまで、このドイツ人一家がヘレロの村で――原住民によせる好意と、原住民の友好的な態度にもか

1932年11月に行なわれた総選挙でのナチ党の宣伝ポスター「われらの最後の希望、ヒトラー」

かわらず——感じる不安と恐怖は、他国を力によって支配し、周りぢゅうを〈原住民〉にとりかこまれて生きる植民地宗主国人のそれである。なるほど、かれ自身は直接手を下して異民族を支配しているのではない。それどころか、この商人が絶望的に叫ぶように、かれらは原住民にたいして「良くしてきた」し、「ここの人たちをよく知りぬいて」おり、「ここの人たちの一員も同然」で、相手もまたそれを認めるような対応をしてくれていた。だが、それだけに、村人たちの変貌はかれの理解を絶する出来事なのだ。それだけに、かれの恐怖と不安は、つかみどころのない底知れぬものとなって、かれを呑みこむのだ。

——ハンス・グリム自身のアフリカ体験に深く根ざしているのであろうこの物語をわれわれが読むとき、主人公の不安は植民地支配にともなう必然的な不安として、原住民にたいする主人公の好意は自己の存在にたいして無意識な抑圧者の思いこみとして、迫ってこずにはいない。侵略と抑圧支配の構造のなかでそれに加担し、意図せずしてその構造の一部分となっている人間の心理と生活感情を、「商人」という一篇の作品は生きいきと写し出している。

ところが、作者自身の意図は、こうしたわれわれの読みとりかたとはまったく別のところにあったのである。物語の結末は、こうなっている、

つまり、この商人自身の身におこったことは、苦心さんたんしてみずからの肉体を南アフリカの固く熱い大地と一体化させた多くのドイツ人の身におこったことと、同様のことなのだ。かれの同国人のほとんどがそうだった

ように、かれもまた、黒人搾取者でもなければ、暴力人間でもなく、征服者でも、大胆不敵な冒険家でもなかった。むしろ、旧い郷土が提供しうるよりもいくらか速い生活向上の途を探し求めたひとりの勤勉な小市民にすぎなかったのである。かれもまた他のものたちと同じように、太陽とより大きな自由のある新しい道のうえを、次第に運命に向かっておしやられ、そしてある日、突如としてたったひとりで、まったく無慈悲に、運命に直面させられたのだった。避けがたいものを前にして、そのときかれのなかにも、一片の英雄行為が姿をあらわしたことは、言うまでもない。

作者は、主人公にたいしてなにひとつ批判の目を向ける意図などもたなかったのである。主人公は、たぐいまれな善意をさえ理解されず、わけもなく殺されていくひとりの殉難者であり、後世が追憶と感謝の義務を負っている悲劇的な先駆者なのだ。そればかりではない。この作者の姿勢は、作品を受けとる側によってもまた、そのようなものとして受けとめられていたのだった。「この新しい本は、作者のもっとも美しい本となったように思われてならない。なぜなら、ここには、まれにみる内在的なやりかたで、犠牲にみちた過去が内蔵されているからであり、ここでは、〈開かれた扉〉を通って新しいドイツの土地に足をふみいれたドイツの人間たちの憧憬と、あらゆる愛と信念とが、さながら不滅の神話の息吹きのように、われわれに向かって吹きよせてくるからである。七篇の物語のいずれもが、傑作というにふさわしく、主題の点でも主題の背景の点でも偉大である。『土地なき民』とともに『リューデリッツの国』は、わが新帝国の不変不壊の財産のひとつなのだ！」――『カッセラー・ノイエステ・ナーハリヒテン』（カッセル最新報）紙の書評は、こう述べていた。

「商人」をはじめとする『リューデリッツの国』の諸作品でグリムがリアルに描き出している植民地ドイツ人の不安や恐怖は、植民地主義にたいする疑念や批判を読者のなかに呼びおこすことには通じなかったし、また、作者自身の民族主義にたいする反省を喚起し、ふたたびあの初期の作品にみられるような原住民への視線をとりもどすことにもつながらなかった。植民地入植者の不安をとらえることにおいて疑いもなくリアリスティックなかれの描写は、これまた疑うべくもなく明確なかれの世界観とまっこうから対立しうる契機を含みながらも、もっぱらその世界観のほうに吸収され、世界観を裏打ちする働きをおよぼしたのだった。作品が作者の意図に反した効果を生むあの〈リアリズムの勝利〉は、ハンス・グリムの場合には生じなかったのである。

グリム文学をつらぬくもの

それ自体としてきわめてリアルにとらえられた植民地宗主国人の心理と反応が、作者においても読者においても植民地支配の正当性の裏付けにつながっていったのは、なぜなのか？――この問題を考えるとき、われわれは、ハンス・グリムの文学をつらぬくひとつの顕著な事実に着目することができよう。

それは、作者が、すべての作品のなかで、とりわけ故郷を追われて植民地へ渡らざるをえないドイツ人を描くさいに、かれらの不安や恐怖や孤独感とともにかれらの〈憧憬〉のことをアクセントをこめて語っている、という事実である。コルネーリウス・フリーボットも、「ディーナ」の主人公のドイツ軍曹長も、「商人」の主人公も、アフリカの新天地を、そこでの活動目的の大小はあれ、いずれも自分のいやしがたい憧憬にこたえてくれる世界としてとらえている。故郷を捨てねばならぬ悲惨さと、かれらのこの憧憬とは、表裏一体となってかれらを動かす原動力なのだ。

それゆえ、ナチス・ドイツのもうひとつの〈聖典〉、『二十世紀の神話』（一九三〇）のなかで、ナチスのイデオローグ、アルフレート・ローゼンベルクが、ハンス・グリムという作家をもっぱらこの〈憧憬〉の側面からのみとらえ、評価しているのは一面の真理をついている、と言えるかもしれない。

ヴェーザー河畔の村から鳴りわたってきて、コルネーリウス・フリーボットの歩みにつれて世界中のあらゆるところで鳴りひびいた鐘の音は、土地への、田畑への、生まれながらに与えられている創造力を駆使することへの、憧憬の表現である。リッポルツベルクから鳴りひびくこの憧憬の鐘は、邪道におちた同民族の人間の手によって招来されたこの探究者の死をさえも超えて、鳴りわたる。

（第二巻「ゲルマン芸術の本質」、第四章「美的意志」）

ハンス・グリムが初期の三つの短篇をまとめて一九三二年に刊行した本のタイトルとし、おりあるごとに作家たる自己の信条として引用した「われわれが探し求めるものこそ、すべてだ」（*Was wir suchen ist alles*）という言葉、「われわれは無であり、われわれが探し求めるものこそ、すべてだ」というヘルダーリーンの言葉は、おそらくハンス・グリムにとって、かれの主人公たちのこの憧憬と対応しているのだろう。

そしてこの〈憧憬〉が、〈探し求める〉というこの行為が、深められようとするにつれて、ハンス・グリムの作品からは、アフリカの黒人たちの内在的な描写が姿を消し、あるいはかれらはもっぱら客体としてのみ描かれるようになる。植民地のドイツ人をおびやかすあの「ホッテントット」の狂老人の嘲笑は、不安におびえる入植者が自己をふりかえり、自己と「ブッシュマン」の娘との交感を苦悩をもってとらえかえすきっかけであることをやめて、えたいの知れぬ耐えがたい恐怖へと、鎮圧すべき敵の脅威へとかわる。そして、その不安が、理由のない破滅への憤懣と結びつけられ、原住民の視線と屈曲した言動が、入植者の生活感情の内側にまで突き入ってこなくなればなるほど、アフリカは、この新天地は、ますます広大無辺に〈憧憬〉をみたす土地としてあらわれる。ドイツ人を植民地へと追いたてる現実は、〈憧憬〉によっておおいつつまれ、不安とルサンチマンは〈憧憬〉という美しい姿をとる。

一方、この〈憧憬〉に現実味を与える基盤として、作者の独特の現実感覚、かれの創作活動を支えそのエネルギーとなった独特の現実対処のしかたがあったことを、見逃してはならないだろう。ハンス・グリムは、先進帝国主義列強の〈専横〉にたいしても、後進帝国主義国ドイツの大資本優先の近代化政策にたいしても、一貫して反対派的な姿勢をとりつづけた。軍部の委託をうけて国策的な作品を書いたときも、ナチズムの運動に接近したときも、かれにとってそれは、強者に抗してたたかうものへの加担であり、それなりに真摯な抵抗の実践だった。ゲッベルスに反対してユダヤ人の権利保護を主張したように、アフリカの原住民にたいしてもまた、かれは、支配者としてではなく保護者として、イギリスをはじめとする帝国主義の強圧に抗して闘う擁護者として、ドイツ人入植者を位置づけていたのである。そして、そのような抵抗者・闘争者から重んじられるということが、また、かれにとっては自己の存在の重さの確証でもあったのだ。だからこそ、ナチスが実際に権力をとったこと、つまり反対派（じつは亜権力者）から権力そのものになったことは、その直前にゲッベルスが示した冷やかな態度とともに、この運動にたいするかれの共感を少なからずそぐ原因とならざるをえなかったのである。

　ナチス・ドイツの現実のなかでかれがなしえた〈探し求める〉行為、新たな〈憧憬〉の追求は、もはやせいぜいのところ、「リッポルツベルク作家会議」という小さな抵抗でしかなかった。それどころか、そこに至るまでの亜権力者との共同行動は、かれの目から、真の被抑圧者たちに届く視線を完全に奪い去っていた。だがしかし、作品のうえでは、創作原理としては、こうした反抗の姿勢とますますつのる不安は、ほかならぬ〈憧憬〉を媒介として、現実総体にたいする否《いな》の宣言と、根底的に新しい現実の〈探求〉という色彩を付与されることが可能なのだ。

　〈政治小説〉といわれ、〈民族の運命の書〉と称せられた『土地なき民』は、これに類するかれの全作品ともども、じつは、このような不安と憧憬によっておおいつつまれた現実を描いているのである。作者が具体的な統計的数字さえも駆使してその現実性を強調しようと努力をかさね、あまつさえ、ハンス・グリムという実在の自己自身とそっくり同じ人物まで登場させて現実味を与えようとしたこの小説は、その努力とはまさに裏腹に、ドイツの現実の歴史への肉薄によってではなく、ドイツ人の内面の不安と憧憬によって、読者への道を見出したのだった。そして、ルサンチマンが〈憧憬〉の衣をまとうとき、ドイツの読者のまえに、実現の夢が、植民地での新しい天地にさしあたりかわるファシズム共同体の夢が、現実の相貌をおびてあらわれたのも、偶然ではなかったのである。

III

歴史小説の問題によせて——E・G・コルベンハイヤー

1　民族生物学の神話

〈国民作家〉コルベンハイヤー

ナチスの時代になったとき、エルヴィン・グイド・コルベンハイヤーは、五十四歳だった。一九〇三年に戯曲第一作『ジォルダーノ・ブルーノ』で作家活動をはじめて以来、すでにそれを含めて三篇の戯曲と、一篇の詩集、二冊の短篇集と八冊の長篇小説、一冊の厖大な哲学書、その他いくつかの評論を公にしていた。

かれは、ナチス当局によって改組された芸術アカデミー文学部門の新しいメンバーに加えられ、やはり新たに会員に任命されたハンス・グリムやベリエス・フォン・ミュンヒハウゼンらとともに、一九三三年六月七、八両日の第一回総会で評議員に選ばれた。ファシズム・ドイツで、コルベンハイヤーの著作はどの図書館や書店にも必ずならぶようになり、かれは〈国民作家〉のうちでももっとも代表的なひとりに数えられることになった。かれ自身も、おりにふれて〈国民革命〉とその指導者《フューラー》を支持する発言をおこたらなかった。

作家コルベンハイヤーの創作活動についていえば、〈第三帝国〉の時代がかれにとって本当に実り多いものだったかどうかは、疑わしい。十二年余りにおよぶこの全時期にかれによって生み出された文学作品は、二冊の戯曲と二篇の詩集、それに短篇集と長篇小説がそれぞれ一冊ずつにすぎず、ほかはすべて時局的な講演や論説のパンフレットばかりだったからだ。

しかし、この十二年余の時期をつうじて、かれの作品は、旧作も新作も、すべてつぎつぎと版を重ねた。そのため、印税収入にかかる税金が莫大な額にのぼり、コルベンハイヤーを当惑させるほどになった。ついに一九四二年五月、コルベンハイヤーは、文化・芸術活動を自主規制する機関として設置されていた帝国文化院の評議会にあてて、「傑出した芸術家」の税負担を軽減する措置を講ずるよう訴える手紙を書かねばならなかった。前年の四一年にかれに課せられた税金は、十二万マルクにのぼっていた。かれの作品、たとえば三五〇ページほどの長篇小説が、布装ハードカバーのごくふつうの本で一冊七マルク程度のときのことである。

歴史的条件への適応闘争

かれ自身が全面的に支持し、かれにたいして厚遇をもってこたえた〈第三帝国〉は、一時期のハンス・グリムにとってそう思われたのと同じように、コルベンハイヤーにとってもまた、ヴェルサイユ体制の強圧下にあえぐドイツが見出しえた唯一の突破口だった。ナチス時代になってからはじめて、かれがこのことを承認したのではない。すでにヒトラーが政権を握る以前から、コルベンハイヤーのおりにふれての発言は、ナチス体制の必然性を示唆するような響きを、ますますはっきりとおびるようになっていた。

　そのもっとも顕著な例は、一九三二年春にミュンヒェンをはじめドイツの諸大学で行なわれた「われわれの解放闘争とドイツ文芸」（*Unser Befreiungskampf und die deutsche Dichtkunst*）と題する講演である。

　コルベンハイヤーがこのテーマで講演を行なうことになったきっかけは、その数カ月前にミュンヒェン大学の学友会が八人の著名な作家や学者にたいして発した質問状だった。コルベンハイヤー自身は、直接この質問を受けたわけではなかった。しかし、「ドイツ文化は終わりを告げるのか?」という質問内容が、かれに激しい衝撃を与えたのである。自国の文化にたいする熱い信念をいだいていなければならないはずの学生、しかもそのかなりの部分が、こうした疑問をもたざるをえなくなっているという事態をまえにして、もはや沈黙は許されない——と、講演ぎらいのコルベンハイヤーも感じた。そしてまた、この問いは、じつは絶望からのみ発せられたものではなく、文化にたずさわる人間たちの責任をあらためて問いなおそうとする意図にもとづいているにちがいない。こうかれは考えたのだった。

　——まぎれもなくこの問いには、終末論的な響きがある。ここでは、文化の個々の要素ではなく、ひとつの文化総体の終焉が問題にされているのだ。たしかに、いまは、久しく例をみないほどの危機的な時期である。われわれの時代になってついえ去り終わりを告げてしまった多くのものがあることを、だれが無視できようか？　「われわれは、さまざまな崩壊にとりかこまれている。まだほんの十五年前には不壊不滅の生命にみちているように見えた多くのものが、いまや、最期の様相を、死相を、呈している。ほんとうに、終末はだれの目のまえにも立っているのではあるまいか？　現在も歴史も、白色人種の悲劇的な相貌に気づくための一助となってはいないだろうか？・」

だがしかし、コルベンハイヤーは、こうした事態を、文化総体の、とりわけドイツ文化総体の終焉としてとらえる「終末論者」たちにたいしては、まっこうから反対する。なぜなら、こうした論者たちは、この終末的様相がじつはひとつの大きな歴史的段階であることを、見逃しているからである。コルベンハイヤーによれば、いまの事態の本質は、「生物学」の概念を導入することによってこそ、正しくとらえられる。つまり、どんな生物も、進化の途上において、自己の能力を超える新しい条件と出会ったとき、なんらかの方法でその条件に「適応」することによってのみ、生きのこり、発達することができる。いま「白色人種」がおかれている状態は、まさに、これまでの能力をもってしては克服できない新しい条件に直面して、それへの適応の如何を問われている状態なのである。

だが、この「適応」（Anpassung）というのは、順応（Assimilation）や同化（Anähnelung）とは違う。それはまさに、生きのこり進化するための積極的な闘争なのだ。こうした観点からみるとき、いま現出しているあらゆる価値の崩壊、あらゆる旧来のものの没落は、「終末」としてではなく、むしろ「新たな闘争の始まり」として、とらえられねばならない。われわれにとっての問題は、それゆえコルベンハイヤーによれば、「ドイツ文化の終わり」をかこつことではなく、この新たな適応闘争に参加する具体的な方途を明らかにすることなのだ。

「地中海的」と「ゲルマン的」

人類の歴史、とりわけ一民族や一種族の歴史を「生物学的」にとらえようとするコルベンハイヤーの思想は、すでに第一次世界大戦直後から展開されてきていたものだった。なかでも、一九二五年に初版が刊行された

『建築小屋《バウヒュッテ》』（*Bauhütte*）は、思考の定義からはじまって不死の概念にいたるまで、個人と集団とのあらゆる営みをこの「民族生物学」の基盤のうえに意味づけ体系化しようとする、グロテスクなまでに独断的かつ思弁的な試みである。「現代の形而上学の概要」という副題をもったこの哲学書で基礎づけられた思想を、だがしかしコルベンハイヤーは、抽象的な〈形而上学〉の次元にとどめてしまいはしなかった。むしろ、これを、現実の歴史状況の諸事象に、ことごとく適用したのである。

さきに触れた一九三二年春の講演「われわれの解放闘争とドイツ文芸」でも、『建築小屋』の形而上学、生物学的歴史観は、ドイツの歩むべき道とその途上におけるドイツ文芸の使命という問題に、そっくりそのまま適用されている。

ヨーロッパの歴史、コルベンハイヤーの言葉でいえば「白色人種」（weiße Rasse）の歴史は、世界大戦とその結果としてのヴェルサイユ体制によって、新たな闘争の始まりの時期にはいった。しかし、じつはこの闘争は、遠くローマ帝国時代までさかのぼる歴史的な根をもっている。すなわち――ローマ帝国の「地中海的」文化は、その「帝国主義」のゆえに滅亡したのだが、それを担った部分の白色人種は、ローマ帝国とともに滅び去ってしまったわけではなかった。かれらは、その後の歴史のなかで、くりかえし、「地中海的」理念を体現して立ちあらわれる。カトリック教会がそうであり、ナポレオンがそうである。こうした地中海的理念の帝国主義にたいし、抑圧された「ゲルマン的」理念は、ドイツ神秘主義からエラスムスやパラケルスス、フランス啓蒙主義に対するドイツ・ロマン派、等々、いわゆる正統的潮流に抗する異端的な対流となって、歴史の転形期のたびに激しい闘争をくりひろげたのだ。ヴェルサイユ体制にたいするいまの闘争も、まさにこうした歴史的な解放闘争の一局面にほかならない。

ところで、いまのこの局面は、「生物学的」に見るなら、どのような条件にたいする「適応」としてあらわれているのか？　それは、本質的には、「生活空間の欠乏」という条件への適応闘争にほかならない。

生活空間の狭隘さ――なるほどこの問題は、いまやひとつのスローガンにまでなって人口に膾炙している。だが、その真の本質が認識されているとは言いがたい。生物学的観点からすれば、「生活空間」とは、現人口との比較でその大小を論じうるようなものではないのである。ある一民族が自己の空間をどのような方法で利用するかによって、生活空間の大小の基準は異なってくる。ドイツは、すでに大戦前から、「質的労働の民族」とならざるをえなかった。それは、生活空間の狭さによって強いられた結果だったが、また、その条件にたいする適応闘争の結果でもあった。こうした生活空間利用によって、文化的偉大さが確立され、また民族の数的維持も可能となった。ところが、いまや、かつての農耕民族への回帰は言うにおよばず、質的労働の民族として自己を維持していくことさえ、不可能になろうとしている。それが世界大戦の真の意味だったわけだが、重要なことは、ドイツ民族にとってのみ生活空間の問題が焦眉のものとなったのではなく、ヨーロッパ全体が狭くなってしまった、ということなのだ。新たな適応闘争は、一ドイツ民族の枠をこえて、「白色人種」全体の問題、つまり「超民族的」問題となっている。

それゆえ、ドイツ民族を狭い生活空間にとじこめることは、白色人種全体の適応闘争にとって、なにひとつ利益をもたらさないのだ。「地中海的」理念による「ゲルマン的」理念の抑圧は、いまでは、白色人種全体の滅亡に通じかねないのである。したがって、「地中海的」理念にたいする、ヴェルサイユ体制にたいするドイツ民族の「解放闘争」は、ヨーロッパの白色人種全体のための解放闘争でもあるのだ。それゆえにまた、この闘争は、最高の文化的責任をもおびているのだ――。

ファシズム・イデオロギーの純粋表現

あらためて言うまでもなく、ここには、敗戦とヴェルサイユ体制下の被害者意識を侵略の正当化へと、それも「白色人種」総体によるそれ以外の「人種」にたいする侵略の正当化へと転化するファシズム・イデオロギーが、純粋培養的なかたちをとって表現されている。ハンス・グリムとならべてE・G・コルベンハイヤーを絶讃したアルフレート・ローゼンベルクの『二十世紀の神話』（一九三〇）でさえも、これほどまでに歴史を神話化しはしなかった。

こうした論理展開からコルベンハイヤーがドイツ文芸にかんして引き出す結論も、おのずから明らかだろう。

「わが民族がもっとも重大な生物学的適応を行ない、また至上の文化的責任をおびているこの状態を尺度にしてこそ、文芸はわれわれにとっていかなる意味をもつか、という問いは測られねばならない。」——こう述べるコルベンハイヤーは、まず第一に芸術至上主義を攻撃し、ついで世界観優先の文芸に反対する。文芸（Dichtkunst）は「民族の特性を保持し発展させるためのもっとも強力な手段のひとつ」でもあるが、同時にまた「一民族の性格と本質とをだいなしにし破壊するための手段」でもありうるのであって、前述の両者は、この有害な文芸の典型なのである。

> 文芸は、ひとつの生きた力であって、これを正しく使うかさもなければ破壊をもたらすようなやりかたで使うかは、この強大な白色人種の適応闘争が終わったのちのわが民族の存在価値を決定する一因となるであろう。ヨーロッパには、ただドイツ民族とともにしか生きる道はないであろう。だが、それがどのような生き方になるかは、ドイツ民族がみずからの特質を主張するか否かにかかっている。〔……〕それゆえ、われわれはドイツ文芸のうちで、わが民族を超えた働きをおよぼすような生命財産を擁護しなければならない。過去数十年間というもの、この生命財産が危険にさらされてきたが、とくにこの十年間には、これ以上ないほど危険にさらされてきた。——だが、われわれはこのことを、わが民族が強化しつつあるしるしとして受けとることができる。なぜなら、そうするなかでひとつの急転が準備されはじめているからである。その急転は、民族民衆のなかからやってくるにちがいない。芸術は、広範な民族民衆を見出すにちがいない。ドイツ文芸の誤用によって民族民衆が失ったかにみえる生活の救いは、ドイツ文芸を受けいれる心がまえが増すならば、遠からずふたたびかちとられるであろう。そして、青年たちが文芸の生存価値を認識して、詩人たちに生活への責任を要求するようになれば、さらにいっそう遠からずかちとられるであろう。——

　われわれは、ドイツ文芸のための闘争をさらにつづけねばならない。だが、われわれはいつまでも空しくなすすべもないまま民族民衆のまえに立ちつくしていようとは思わない。われわれは、民族民衆にたいしてこう言うことができるようになるつもりである――まことに危急存亡の時であった、この苦難の時は。が、その生活は生きる価値をもっていた。なにしろ、このわれわれの時に、われわれはドイツ文芸のために闘ったがゆえに、民族とそしてまた人類のために闘争することができたからである、と。

ナチスによる権力掌握の一年前になされたこの講演と同様の主張を、コルベンハイヤーは、ナチス時代になってからも、くりかえし語った。「精神的活動家の生活状態と新しいドイツ」（*Der Lebensstand der geistig Schaffenden und das neue Deutschland*, 1934）、「民族生物学的意味における精神生活」（*Das Geistesleben in seiner volksbiologischen Bedeutung*, 1942）、「青年と文学」（*Jugend und Dichtung*, 1942）などがそれである。

これらのなかで展開されている〈民族生物学〉理論と、後進帝国主義国特有の被害者意識、およびそれの裏返しとしての超民族主義的な選民意識と使命感、そして〈文芸と民族との結合〉の理念――これらはいずれも、それ自体としてはきわめて独断的でしかも抽象的な一般的テーゼにすぎない。だが、ヨーロッパの個々の民族ではなく「白色人種」全体の運命を問題にしたコルベンハイヤーの超民族主義は、ある意味では、例えば〈土地なき民〉たるドイツ民族だけに目を向けたハンス・グリムなどよりも、アクチュアルな歴史認識をふくんでいたのである。二十世紀の歴史は、まさに、やがて第三世界と先進諸国（コルベンハイヤーの言う「白色人種」の国々）との対立として展開されていくことになるからだ。しかもコルベンハイヤーは、「白色人種」の「適応闘争」にかんする事実を、ただ単に観念の次元にとどめてしまいはしなかった。ドイツ文芸の特質が貫徹されることを通してしか他のヨーロッパ諸民族の文学もそれぞれの特質を発揮することはない、というテーゼと、「地中海的」理念を「ゲルマン的」理念によって超克することをつうじて「白色人種」総体の「適応闘争」を貫徹する、というテーゼは、この闘争のなかでの文学の役割をはっきりさせることを要求し、この闘争を勝利に向かって動かすものを見さだめるという課題を、文学者に提起することになる。こうして、〈民族と文学〉に向けられたコルベンハイヤーの視線のまえに、いまや、〈民族と指導者〉というきわめて具体的な問題が立ちあらわれてくるのである。

あまたの民族をおそう運命の嵐のさなか、
おのが民族に光への道を拓《ひら》く男が育つ。
きらめく武器をおび無駄な言葉を口の端に
のぼすことを許さぬ強靱な時を、かれは求める。

かれの顔つきを厳しくするのは辺境の国の憧憬。
かれは知る、ありとあらゆる策謀にもめげず
おのが民族こそ　指導民族たるあかしを立てるであろうことを。
血と鉄によってひとつにされたこの広大無辺の民族こそが！
うたかたの夢は消えさる。ただひとつ自己犠牲の歩みの
義務だけが、かれには目標としてあらわれる。

こうしてかれは　あふれでる感情をもって
神に感謝する、この時に兵士たる恵みを
与え給うたことを。地球が揺れ、ドイツの大地が
運命の雷雨をあびて指導者を生むこの時に。
この時、ひとつの心臓だけが炎のなかで冷め、
ひとつの意志だけは計画にみちて、強固に、水晶のごとく澄む。

（「指導者」*Der Führer*, 1937）

2　指導者と若い民族

〈生《は》え抜きで育ってきた指導者〉

コルベンハイヤーは、第一次大戦直後の一九一九年夏に書かれた論文『勝利はだれのものか？』（*Wem bleibt der Sieg?*, 1919）のなかで、はやくも、ドイツの敗戦という現実を全面的に否認する主張を展開していた。かれによれば、戦争は誤りではなかったばかりか、ドイツ民族にとって当然の、必然的な行動だったのだ――

われわれの生命表出のいっさいは、若い民族に特徴的なものである。すなわち、われわれが自己の指導者たちにささげた嬉々とした信仰と信頼――いかなる民族も、良きにつけ悪しきにつけ、若い民族ほど容易に指揮をうけることはない――われわれが自己の生存権を貫徹しようと努めたさいのあのがむしゃらなやりかた。敵の世界にたいするときにも自己の力を無限に信頼するという態度。自分が価値相応にあつかわれていないと考えるときにわれわれがつねに感じる、あのないがしろにされたという腹立ちやすく気を悪くしやすい感情。われわれがますます脅威的なかたちでそれを受けとり、ついには諸民族のあいだでわれわれが危険視されるまでになったあの狭所恐怖。そしてそれと同時にまた、自己の価値を嫉みをぬきにして認めてもらいたいという熱い願望によってのみ規定された、われわれの直接的な平和意志。敵たちによって与えられた言葉をそっくり信じてしまうわれわれの剛胆な信頼心。このような感じかたとふるまいかたができたのは、若い民族だけなのである。そして、ただ若い民族だけが、そのような確信と感激をいだきながら、地球上の自分以外の諸民族を敵にまわす戦いを開始し、ありとあらゆる手段が尽きはてるまで四年間も持ちこたえることができたのである。われわれは、われわれ自身の若さを告白せねばならないし、また安んじて告白することができる。

この若い民族が「嬉々とした信仰と信頼をささげる」ことのできる指導者の姿が、コルベンハイヤーのなかでかなりはっきりした像を結んだのは、それから五年後のことだった。一九二四年末に書かれた「民族と指導者」（*Volk und Führer*）という論文がそれである。

この論文のなかでは、もちろんヒトラーの名はあげられていない。のみならず、ここで論じられている「指導者《フューラー》」は、当然ながら複数形である。だが、そうした一般概念としての〈指導者〉像は、その抽象性にもかかわらず、あるいはむしろその抽象性のゆえに、混迷のなかで漠然とそこからの突破口を期待する気分を代弁し、その気分のなかへ浸透していくことができたのであり、この漠然たる期待のなかから特定の〈指導者〉が生きた人間として登場するための準備作業を果たす内実を、着実にそなえていたのである――

「いつの時代にあっても他の諸民族にもまして指導を希求する、ということは、ドイツ民族の生物学的若さのせいである。」コルベンハイヤーはこう断定してみせたのち、「ドイツ民族は、指導者たちを探し求めるとき、何を求めているのだろうか?」と問いなおす。「それは、自分たちの指導者ではなく、絶対的な指導者である。いついかなるところでも指導するすべを知っている指導者そのものである。」だが、ドイツ民族がひたすら求めるこうした絶対的な指導者、指導者そのものなどという存在は、ありえない。そのような存在を探し求め、あるいはその出現を待つなどということは、無意味である。「指導者であるとは、形成者であることだ。だが、なにかを形成しようというばあい、そこには、ただ単に形成をぜひとも必要としているものだけでなく、とりわけまた形成されるべく機の熟したものが存在していなければならない。」指導とは、民族形成とは、「発展によって強いられた状態から、その発展にたいする適応へとその民族の内部で移行していくもの」を、秩序づけることなのである。だから、「民族が成熟すれば、時が熟すれば、指導者はちゃんと現われる」のだ。「望まれた指導者、探し求められた指導者、選挙で選ばれた指導者などというものは存在しない。ただ、生《は》え抜きで育ってきた指導者だけが存在するのである。」

この「生え抜きで育ってきた指導者」というコルベンハイヤーの指導者像は、熱烈に期待され希求された指導者というイメージよりも、いっけん弱々しく、なんら強烈な吸引力をもたないかにみえる。しかし、じつはこれほど被指導者の存在の深部に根ざした指導者像はない。ここでは、指導者は民族から高くぬきんでた稀有な超人ではなく、民族の土壌に育ち、民族と一体となった均質の存在なのである。

山口定『ナチ・エリート』（中公新書、一九七六）にも引用されているP・H・マークルの分析によれば、一九三四年六月の時点でナチ党の一般活動家＝下級党員がもっとも多くいだいていたイデオロギーと期待は、「民族共同体の連帯」であり、「国内における革新」であった。「ヒトラー崇拝」と「ヒトラーの栄光」への期待は、この時期においては、一般にそう考えられているほど多くはなく、むしろナチス時代が経過するにつれて当局によって植えつけられていったものだったという。

熱狂的なハイル・ヒトラーの叫びを想いうかべるとき意外なように感じられるこの事実は、だがしかし、じつは当然のことなのである。ヒトラー一派が権力の座に向かって進撃し、これを奪取することに成功しえたのは、かれらが民族＝民衆から超越した絶対的な指導者だったからではなく、むしろ、「民族共同体の連帯」の夢や「国内における革新」の希いとなって「形成されるべく機の熟した」契機を、巧妙に運動に組みこみえたからにほかならない。そこでは、指導者は民族自身と均質であり、民族のなかから生え抜きで育ってきた存在だった。ヒトラーがことさらに事実を曲げてまでも自己を下層中産階級の出身であると宣伝したことも、ナチ党が最高指導部のみならず下級党員にまでも「指導者」、「リーダー」を意味する「フューラー」（Führer）や「ライター」（Leiter）の名称を与えたことも、この均質性を強調すると同時に、被指導者のなかにある上昇志向と上昇幻想を捕捉するのに役立ったのである。

そしてまた、右のような願望をいだいてナチズムの運動に参加していったナチ党員たちの年齢は、他の諸党の活動家にくらべて極端に若かった。同じくマークルによれば、一九三三年におけるナチ党員の年齢構成は、十八歳から三十歳が全党員のじつに四二・七パーセントを占め、ついで三十一―四十歳が二七・二パーセントとなっていた。

これにたいして、同じ時期のドイツ社会民主党のばあい、四十一—五十歳が二七・三パーセント、三十一—四十歳が二六・五パーセントで、十八—三十歳はわずか一八・一パーセントにすぎない。「生え抜きで育ってきた指導者」とともに「若い民族」というコルベンハイヤーのキャッチフレーズもまた、こうした一般活動家たちの意識と感性を期せずして代弁していたのだった。

イデオロギーと作品のあいだ

コルベンハイヤーがナチ党員であったかどうかは別として、かれがナチス・イデオロギーをもっとも端的に体現する作家のひとりだったことは、疑うべくもない。ハンス・グリムや、ルードルフ・G・ビンディングなど、だれからもナチス・ドイツを代表する存在と目されていた作家たちですら避けえなかったナチス当局との齟齬と大小の屈折は、コルベンハイヤーにかんするかぎり、どこにもその痕跡をとどめていない。ハンス・グリムが第二次大戦後に回想録『何故、何処から、だが何処へ？』（一九五四）を書いて自己弁護を試みたように、コルベンハイヤーもまた、一九五〇年代後半になってから、三巻の自伝的長篇小説『ゼバスティアン・カルスト——かれの生涯とかれの時代』（*Sebastian Karst. Über sein Leben und seine Zeit*, 1957-59）を公にしたが、そこにはグリム程度の後悔すら見られず、もっぱら自己の歩みを悲劇的でかつ雄々しい一ドイツ知識人の道として正当化する意図だけがあらわれている。

ナチス化された文学アカデミーのなかにとどまって沈黙をたもちながら自己のおかれた状況を凝視つづけた詩人、オスカー・レルケは、一九三三年六月の改組後初の総会の翌日、日記にこう記した——

陰険な威張りかえったぐちゃぐちゃの粥《かゆ》のような無価値な存在、コルベンハイヤー、何時間でもしゃべりまくる。〔……〕会長にかれらが選んだのはヨースト。副会長はブルンク、書記には「シンパ」の国民社会主義者ヴェルナー・ボイメルブルク。新会員のうちで最良なのは、ハンス・グリムだ。ひとかどの人間であり、ひとかどの詩人である。からっぽでたちの悪い騒ぎ屋のシェーファーとコルベンハイヤーのために、会議は信じられないくらいみじめな水準におちいってしまった。ヴィル・フェスパーが傍若無人に肩いからせているさまも、なかなかどうしてたいしたものだ。

　コルベンハイヤーは、ヒトラーの権力掌握後も活動をさしひかえなかったどころか、単純なデマゴギーを〈形而上学〉の衣にくるんだその哲学をふりかざして、ひたすら侵略的民族の自己形成をうったえ、指導者讃美にいそしんだのだった。ナチス・ドイツの崩壊後、ハンス・ヨーストがA級戦犯として裁かれたとすれば、コルベンハイヤーにもまた充分その資格があったと言うべきだろう。だが、かれは、第二次大戦後も無事に作家活動をつづけることができた。ただし、すでに〈第三帝国〉の時代のうちから、ナチズムの合理化のためにつぎつぎと刊行される十数ページのパンフレットの一冊ごとに、かれの創作力はおおうべくもなく枯渇していったのである。

　だがしかし、こうした事実にもとづいてコルベンハイヤーのファシズムにたいする姿勢を確認し、かれのなかにあらわれたファシズムの純粋培養的な像を再確認することで、われわれにとっての問題が解決するわけでは決してない。

　かれもまた、同時代の他の多くの作家たちと同じように、ヒトラー・ドイツの到来以前にすでに、一定の影響力をもつ作家だったのである。しかも、そのかれの読者のほとんどは、第一次世界大戦後にかれがときおり発表した政治的・思想的論文をではなく、かれの戯曲や小説、そのうちでもとりわけ歴史小説を、もっとも熱心に愛読していたのだった。

　ドイツの世論が、こんにちすでにE・G・コルベンハイヤーを英雄的な叙事文学形象者としてどの程度認めるようになっているのか、わたしには見当がつかない。少なくとも、かれの人となりはまったく陰翳につつまれている。かれは新聞には書かないし、講演もしない。かれの写真がイラスト新聞に載ることもない。かれはいかなるグループにも属さず、いかなる団体にも属さず、静かに創り出され音もなく差し出される作品よりほかのやりかたでは活動していない。そしてその作品は、ぐるりと遠まわりしてのびる円環を描きつつゆっくりと時代をつらぬいて完結するのだが、わたしの受ける感じにしたがっていえば、それは時代を超えて持続しつづけることにほかならないのである。

『パラケルスス』三部作

　コルベンハイヤーの歴史小説『パラケルスス』三部作の第二巻が刊行されたとき、オーストリアの作家シュテファン・ツヴァイクは、書評のなかでこう書いた。一九二一年のことである。

　のちにナチス・ドイツのオーストリア併合によって国外亡命を余儀なくされ、ブラジルでみずから生命を絶つことになるユダヤ人、シュテファン・ツヴァイクと、それとはまったく対照的にナチス・ドイツの代表的作家となるコルベンハイヤーとが、かつてはこのような出逢いの時をもっていたのである。シュテファン・ツヴァイクが述べているとおり、このころのコルベンハイヤーは、いわゆる文壇で目立った活動をする作家ではなかった。何時間にもわたって空虚な長広舌をふるうどころか、読者のまえに自分をあらわすこともせず、むしろ未知のヴェールにつつまれた存在でさえあった。だが、そのかれの作品は、確実に一定の読者を獲得し、かれらによって読まれ、読みつがれた。ヴァイマル共和国時代には、当時さかんだった会員制の図書普及会のうち最大のもののひとつ、「グーテンベルク図書組合」をつうじても、かれの作品は大量に読者に送りとどけられた。しかも、この図書組合は、ドイツ社会民主党によって組織されていたのである。

そして、これまたハンス・グリムの場合と同じく、コルベンハイヤーの全作品は、ナチズム体制崩壊後の戦後西ドイツ（ドイツ連邦共和国）でもなお版を重ねつづけ、容易に入手することができた。かつてナチス時代の一九三九年から四一年にかけて全八巻の全集が刊行されただけではなく、第二次世界大戦後の一九五七年から、全十四巻の決定版全集が出され、一九六二年にかれが死んだのちも、各作品の普及版が延々と読まれつづけたのである。

　あるいは、その読者たちは、ドイツの敗北を承認しようとしなかったコルベンハイヤー自身と同じように、この半世紀の歴史をすべて認めない頑迷固陋なファシストや亜ファシストなのだ——と断定してしまえば、問題はかたづくのだろうか？　なるほど、ナチス時代を通りぬけてきたいま、コルベンハイヤーのイデオロギー的な位置は、すでにだれの目にも明らかになっている。けれども、明らかなこの位置にもかかわらず、かれの作品が文学として読者を惹きつけるという事実はのこる。シュテファン・ツヴァイクをもとらえたコルベンハイヤーの歴史小説をまえにするとき、作者のイデオロギーから作品を断罪するやりかたも、またイデオロギーと切りはなすことによって作品を救うやりかたも、ファシズムと文学の問題を考えるさいにはいずれも無効であることを、われわれは認識せざるをえないのだ。

3　歴史の原点をたずねて

外地ドイツ人のドイツ指向

　ナチス・ドイツのもっとも代表的な文学史家のひとりでベルリン大学教授だったフランツ・コッホは、E・G・コルベンハイヤーについてこう書いている——

ドイツ系ハンガリー人を父方の祖先とし、ズデーテン・ドイツ人を母にもつコルベンハイヤーからは、何世紀にもわたって他民族のなかで自己を主張することを学んできたドイツの血の声が、語りかけてくる。〔……〕かれの文学作品は、先駆者としてひとり孤独に歩みながらしかも全体の心のただなかにあってこの心としっかり結ばれているのを知っているひとりのドイツ人の、告白である。かれがパラケルススの追悼のために贈った〈ドイツの天才ここにあり《エッケ・インゲニウム・テウトニクム》！〉という言葉はまさにかれ自身にあてはまるのだ。

コルベンハイヤーは、一八七八年十二月三十日、オーストリア・ハンガリー二重帝国のうちハンガリー王国の首都ブダペシュトに生まれた。たとえばオーストリアの片田舎の町の出身だったアードルフ・ヒトラーが、そのコンプレックスを極端な大ドイツ主義に転化させたように、外地ドイツ人の両親の家庭に育ったコルベンハイヤーのなかで、〈ドイツ的なるもの〉や〈ドイツ民族の歴史〉への関心が肥大していったことは、うなずけないではない。

後発資本主義国ドイツの近代化にともなって、フランスをはじめとする西ヨーロッパの文明がドイツの生活のあらゆる領域に浸透していくのを、外地ドイツ人であるコルベンハイヤーは、いらだたしさと苦々しい想いをいだきながら眺めていたのだろう。異民族のなかにあって自己の存在の確証だった〈ドイツ的なるもの〉が、かれの目のまえで、雪崩をうって瓦解していく。この発展は、かれには、ドイツの歴史そのものの内在的な展開とは見えず、ドイツ的な本質を駆逐する外在的な作用の結果としか思えなかったのである。この受けとりかたは、のちに第一次世界大戦の敗戦を契機として、「地中海的」理念と「ゲルマン的」理念との対立というあの定式化にまで行きつくことになる。コルベンハイヤーの頑迷なまでの民族史観は、それゆえ結局のところ、ナチスのイデオローグ、アルフレート・ローゼンベルクの〈北方神話〉デマゴギーと同根だった、と言うべきかもしれない。西欧文明の淵源たるヘラス世界、つまり古典ギリシアにたいして、「北方的ヘラス」なる架空の世界を対置したローゼンベルクもまた、バルト海沿岸のロシア領エストニアに生まれた外地ドイツ人だった。

けれども、コルベンハイヤーがドイツ的なものによせた関心は、かれの活動の初期のころには、偏狭なドイツ国粋主義とはほど遠いものだった。それはむしろ、漠然たるゲルマン的特性への傾斜という色彩をかすかに帯びていたにすぎない。この特性は、西ヨーロッパの近代文明となって実現された合理主義の対立物、広義の非合理主義思想であり、その担い手として描かれる人物たちは、ドイツ人ですらなかった。作者の主要な関心は、かれらがドイツ人であるかどうかということにではなく、大きな歴史の転形期に、かれらが既成の支配的潮流にどのように叛逆し、どのように闘ったかということに、向けられていたのである。戯曲第一作『ジョルダーノ・ブルーノ』（*Giordano Bruno*, 1903）にせよ、スピノザの生涯を描いた第二作の長篇『神を愛す』（*Amor Dei. Ein Spinoza-Roman*, 1908）にせよ、その主人公たちは、正統的な思潮にひとり抗して、あるいは処刑され、あるいはほとんど顧られぬまま孤独な生涯を終えていく。かれらのいわば早すぎた登場、その後も永く正統とは認められず歴史発展の後景にかくれたかれらの仕事に、作者は、近代の歴史がたどりえた別の過程の契機を見ようとする。この契機を圧殺し、あるいは換骨奪胎しつつ利用したことの果てに、コルベンハイヤーが憎悪してやまないヨーロッパの近代合理主義世界があったのである。

悲劇から歴史小説へ

修道院脱出と異端の嫌疑、そして獄中での苦悩にテーマをしぼって構成されたジョルダーノ・ブルーノ劇の大詰で、主人公は、牢獄のなかに現われたキリストおよびソクラテスの幻影と、つぎのような問答をかわす。

キリスト　覚悟はできたか?
ジョルダーノ　覚悟はできています。
ソクラテス　おまえはまだ、おまえの真理を語るというのだな?
ジョルダーノ　わたしは、それのために死ぬつもりです。
ソクラテス　わたしたちだって真理のために死んだのだ。しかし、わたしたちの真理のために死んだのではない。

ジォルダーノ　では教えてください、アテナイの偉大な師よ！

ソクラテス　おまえは死ぬだろう。人びとはおまえの真理を受けいれるだろう。するとそれは、もはやおまえの真理ではなくなるだろう。かれらは、おまえの真理をかれらの真理にしてしまうだろう。〔……〕そして、何世代かがそのうえを通りすぎてしまえば、おまえはおまえの真理を再認識することもできなくなるだろう。わたしたちの場合もそうだった。

ジォルダーノ　お教えください、ナザレの偉大な師よ！

キリスト　どうだ、それでもおまえは覚悟ができているか？

ジォルダーノ　おまえは死ぬだろう。人びとはおまえの真理を受けいれるだろう。そして、おまえの真理からかれらが作り出したもののことをしゃべるとき、おまえの名前をまったく無価値なものと決めつけるだろう。おまえの真理ばかりでなく、おまえ自身をも、情容赦なく遇するだろう。なにしろ、生きているものはみな、生きているものだけを恐れ、死んだものには一顧だにはらわないのだから。

ジォルダーノ　わたしがわたしの啓示と名づけた道のうえを、人びとがかれらの流儀と不完全さにしたがってさらに歩みつづけるなら、たとえ生のあらゆる無慈悲さがわたしにふりかかろうとも、それで充分なのではありませんか？　それだけで、わたしの死ぬ価値があるのではないでしょうか？

（キリストの幻影とソクラテスの幻影は、ジォルダーノにむかって重々しくうなずく。）

キリスト　では、おまえの死をよろこぶがよい！

ソクラテス　あっぱれだ、なんじ兄弟よ！

（ジォルダーノは、かれらにむかって両腕をひろげる。）

――幕

ジォルダーノ・ブルーノという歴史上の人物にたくしてコルベンハイヤーが描こうとしたものは、生命とひきかえにでも自己の理念を担いきろうとする人間である。それどころか、自己のかかげる理念が後世によって簒奪され、その理念を最初にかかげた自分が非難と抹殺をもって報いられることになるのを承知で、それでもなお生命を棄てることを辞さない人間である。悲劇『ジョルダーノ・ブルーノ』に手を加えて、一九二九年、『英雄的情熱』(*Heroische Leidenschaften*)と改題したとき、作者の意図は、主人公のこうした悲壮な決意をいっそうきわだたせることにあった。どこよりもドイツで厚遇された遍歴時代のジョルダーノは、この改作でもやはりまた描かれていないとはいえ、劇の主題そのものは、うたがいもなく、カトリック教会のドグマと非ドイツ的=ラテン的世界観に叛逆する英雄像を提示することへと、移っているのである。

だがしかし、この戯曲の当初の主題は、むしろ、時代の枠をこえて新しい真理を先取りしてしまった先駆者の悲劇であり、かれを悲劇の主人公とすることによって頽落を深める歴史の歩みそのものの問題性だった。この戯曲で裁かれ断罪されるのは、かれを簒奪し抹殺した同時代と後世の歴史なのだ。それゆえ、この最初の戯曲のあと、コルベンハイヤーがもはや歴史劇を書かず、もっぱら歴史小説の形式で自己のテーマを追求しようとしたことは、こうしたかれの問題意識にふさわしい方法だった。

ヨーロッパの歴史の頽落過程を、もろもろの転形期にそくして明らかにしようとする作者の意図は、たとえばジョルダーノと教皇クレメンス八世との対決というような、定式どおりの悲劇的構成によっては、充分に表現されえない。主人公の生きた時代総体が、主人公をどのように迎え、あるいは排したか。その先駆者を生み出さざるをえなかったひとつの過渡期が、かれとどのような関係を切りむすんだか。こうした一時代の全体性と過程性のなかで人物を描いてはじめて、作者が探索しようとするドイツ的理念の歴史的原点が、いまの時代の前史として浮かびあがってくるはずなのだ。これにふさわしい形式は、客観的に見て、現代の叙事詩(ジェルジ・ルカーチ)たる長篇小説にほかならないだろう。

戯曲『ジョルダーノ・ブルーノ』から五年を経て発表された第二作『神を愛す』(一九〇八、邦訳=白水社版「現代独逸国民文学」第六巻、一九四二)で、コルベンハイヤーは、ジョルダーノが生きた時代の次の世紀を代表する思想家、スピノザの生涯をとりあげる。作者が選んだ形式は、もはや悲劇ではなく、長篇小説《ロマーン》である。ここに登場する中心的な人物たちは、ジョルダーノ劇のような教皇や枢機卿ではない。なるほど、オランダ共和国の利権をめぐる英仏の外交政策や、それとからんだ国内のオレンジ派とヤン・デ・ヴィット派の抗争、画家レンブラントの華美でまた頽嬰的《デスペレート》な生活ぶりなど、歴史の表面にあらわれた動きも、不可欠の構成要素となってはいる。しかし、この作品の真の担い手、物語の原動力は、暗鬱なオランダの都市に生きるユダヤ人たちであり、貧困に甘んじて思索をつづけるスピノザの生活圏内の商人たちや農民たち、狭い教団の世界でさまざまな生と死を提示するラビ（ユダヤ教の律法学者）たちである。

この作品以後、コルベンハイヤーは、長篇小説、とりわけ歴史小説を、自己の主要な表現形式とするようになった。現代に題材をとった長篇でさえ、多くは――たとえば『聖杯の城』（*Montsalvasch*, 1912、邦訳＝中央公論社刊『生命の城』、一九四二）や『守護神《ペナーテン》の微笑』（*Das Lächeln der Penaten*, 1927）のように――歴史的な素材への暗示を含んでいる。ヴィルヘルム時代とヴァイマル時代の大半をつうじて代表的な歴史小説家のひとりと目されるようになったかれが、ふたたび戯曲にたちもどったのは、一九二九年になってからのことだった。十月二十四日のニューヨーク株式市場大暴落に始まる世界恐慌の第一年として記憶される一九二九年は、ドイツにおいても、ベルリンの血のメーデー、ヤング案（ドイツに課せられた賠償金の負担軽減を骨子とする）調印とそれにたいする右翼の反対運動の急進化など、左右の対立がいちだんと激しさを加えた年でもあった。

長篇『ヨアヒム・パウゼヴァング親方』

長篇小説《ロマーン》の形式によってヨーロッパの歴史の転形期を再構成し、そこにあらわれたドイツ的なものの原点をさぐろうとするコルベンハイヤーの意図は、一九一〇年に発表された『ヨアヒム・パウゼヴァング親方』（*Meister Joachim Pausewang*）のなかで、もっともすぐれた文学的成果をおさめている。

この小説は、ブレスラウの製靴職親方《マイスター》ヨアヒム・パウゼヴァングが息子に書きのこす手記、という設定になっている。時代は三十年戦争（一六一八―四八年）の中期、シュレージエンの首府ブレスラウは、新教を奉じるスウェーデン王グスタフ・アドルフに率いられたスウェーデン＝ザクセン連合軍の包囲下にある。パウゼヴァングの一人息子バージルも、故郷の町を防衛するため旧教軍に加わっている。

六十歳をこえたばかりと思われるパウゼヴァング親方は、この混乱にみちた時代がどのような推移をみるにせよ、これからその中で生きていく息子やさらにはその子供たちのために、自分自身が歩んできた道を書きしるして遺しておかねばならぬと考えたのだった。こうして、仕事のあいまに、現下の戦乱と、その前史をなす一五七〇年代以降のみずからの生涯の回想とを織りまぜながら、かれの手記が書きすすめられていく。

ヨアヒム・パウゼヴァングは、おそらく――というのも、小説では明示されていないが種々の点から推測すれば――一五七二年ごろ、東部ドイツのある小さな村の酒場の亭主の子として生まれた。一五七二年といえば、神聖ローマ帝国皇帝マクシミリアン二世によって、信教自由の布告が発せられた年である。だが、一五一七年のルターの九十五カ条以後、一五二一年の新教禁止、二四―二五年のドイツ農民戦争、各国での宗教裁判所設置、等々の出来事を経て深刻化してきていた新旧両教の対立は、マクシミリアン皇帝の布告によってもなんら解決されたわけではなく、むしろこれ以後プロテスタントの浸透とともに激化の一途をたどり、ヨーロッパの統治権の争奪とからんでついに三十年戦争にまで行きつくことになる。

聖バーソロミューの虐殺（一五七二年）とガリレオ・ガリレイにたいする宗教裁判（一六三三年）とにはさまれたヨアヒム・パウゼヴァングの生涯の時期は、文化の面でもまた著しい変動を体験した時代だった。一五七二年にカシオペア座新星を発見したデンマルク人ティコ・ブラーエ（一五四六―一六〇一）は、七六年から、フヴェン島に設けた観測所で持続的な天体観測を開始した。かれはついに恒星の年周視差を検出できず、地動説に科学的な裏付けを与えるまでには至らなかったが、最晩年のブラーエに師事したドイツ人ヨハネス・ケプラーは、師の観測結果にもとづき、一六〇九年から一九年にかけて、ついに「天体の三法則」を発見する。一五八二年には、ローマ教皇グレゴリウス十三世によって暦法が改正され、翌八三年には、ガリレオ・ガリレイ（一五六四―一六四二）が振子の等時性を発見している。モンテーニュが『随想録』を著したのは一五八〇年であり、デカルトが「われ思う、ゆえにわれ在り」の命題に遭遇したのは、一六一九年、かれが三十年戦争初期のひとこまたるボヘミア＝プファルツ戦争に従軍したときのことだった。

一六〇〇年と一六〇一年には、イギリスとオランダがあいついで東インド会社を設立し、植民地経営に本格的にのりだした。これと時を同じくしてジョルダーノ・ブルーノの火刑が一六〇〇年に行なわれたとはいえ、ヨーロッパ世界は近代に向かって決定的な数歩をふみだしていたのである。ヨアヒム・パウゼヴァングの回想に描かれる半世紀余の年月は、ガリレイやケプラーのほか、経験主義哲学者フランシス・ベーコン（一五六一―一六二六）、劇作家シェイクスピア（一五六四―一六一六）、スペインの画家エル・グレコ（一五四八頃―一六一四）、フランドルの画家ルーベンス（一五七七―一六四〇）、ドイツ近代作詩法の父といわれるマルティン・オーピッツ（一五九七―一六三九）など、各分野で新しい時代を告げた人びとの活動の時期と、ぴったり重なっている。

ヨアヒムの父ペッケ・パウゼヴァングは、若いころ学者を志したのだが、修士《マギスター》の称号を得るための五〇グルデンの金がなかったばかりに、それを断念せざるをえなかった。やむをえず家業の酒場を継いだものの、知的・宗教的な熱意は消しがたく、おりから宗教紛争のため無人となって荒れるにまかされていた村の教会を使って、ルター派の教えを説く素人説教師のようなことを始めた。「髪の毛が白くなっても憧れを棄てるな」という父の言葉が、ヨアヒムの幼年時代の想い出に強烈な印象となって残っている。

ヨアヒムのいちばん古い記憶のひとつは、七歳になった年のある土曜日、はじめてズボンをはくことを許され、一人前の男として豚の刺殺を父から命じられたときのことだった。そのあと、厳格な父は、ヨアヒムに鵞鳥追いの仕事をわりあてる。池のほとりで粉屋の娘ウルゼルと語りあい、自慢の笛を吹いて聴かせた日々が、かれの少年時代の大きな部分をしめている。父に読み書きを習い、父の説教をたすけて指示されたとおりに聖書を読みあげる仕事も、かれに緊張と充実を与える。ある日父を訪れたカトリックの神父と父とのあいだでくりひろげられる論争と、それにつづく和解は、新教と旧教のあいだで態度を決めかねている騎士階級の人物の登場とあいまって、時代が徐々に新しい方向に動きつつあることを物語る。だが、その一方で、ウルゼルが箒に乗って空をかける夢や、境界を侵した農民の処刑光景など、まだ残っている中世の要素も、かれの少年時代をいろどっている。ひそかに境界石を動かして所有地をごまかそうとしたその農民は、掟にしたがって、首から下を土中に埋められ、二頭の馬に引かせた犂《すき》で頭をはねられるのである。
ヨアヒムが十五のとき、父の教会に正規の牧師が派遣されてくる。本職のほうも思わしくなくなっていたおりから、父は、これを機にヴォルフスフーフェンの酒場も処分し、軍隊に入ってパリへ行く決心をかためる――

聞くがよい、ヨアヒム。ヴォルフスフーフェンの酒は飲みつくされた。わずかばかり残った金《かね》は、おまえと二人できっちり分けた。宿酔の頭痛がおさまり次第、わしは軍隊に入り、パリへ向けて発つ。おまえを連れて行くわけにはいかぬ。兵士の生活は荒っぽい。それに、したたか骨の折れる働きをしたあとで無駄な飲み食いや浪費をすまいとすれば、若い心意気だの若い胃袋だのといった以上のものを持っていなければならぬ。だが、おまえは静かな瞑想にふさわしい心情をそなえておる。おまえの笛は、傭兵どもの歌なんぞよりも、柔和な調べに似合いのものだ。わしはおまえが瞑想に適した手仕事につくことをすすめる。腕っぷしが強くないという点を考えると、仕立屋になるのがよいと思うが、おまえの静かな眼を見ると、靴屋にしろとすすめざるをえない。おまえの眼に従うがよい、ヨアヒムよ。靴屋の球《たま》を通せば、かぼそいランプの火からも沢山の光が吸い出される。靴屋の球は、ちびた燈心の輝きをも太陽さながらに燃えあがらせることができる。おまえの年齢《とし》なら、きっともう徒弟になれよう。

靴屋の球《シュースタークーゲル》とは、中に水を満たしたガラス球で、中世から近世にかけての靴職人がランプの光を仕事のうえに集めるために使った道具である。レンズのように光を強めて一点に集中させるところから、思想的営為と結びついたイメージとして引きあいに出されることが多い。とりわけ、シュレージエンの神秘思想家ヤーコプ・ベーメの思索は、かれがこの職業だったことから、しばしば靴屋の球との関連で語られる。——そのヤーコプ・ベーメこそ、長篇『ヨアヒム・パウゼヴァング親方』の重要な登場人物であり、それどころか陰の主人公でもあるのだが。

父の指示にしたがったヨアヒムは、幼な友達のウルゼルに別れを告げ、剣と槍をたずさえて、父のかつての敵でありいまでは無二の親友となっていたクリストフェル神父のもとへ発って行く。ラテン語の勉強に専念するようにという神父のすすめを固辞して、靴屋のパンクラティウス・ティレ親方のもとに徒弟として身をよせる。三年の徒弟期間は、昼間の靴職見習と、夜毎に神父のもとでヴェルギリウスの『アエネイス』を読むことに費やされる。三年後、かねての約束にしたがって、父に会うためドレースデンへ赴く。すでに士官に昇進していた父は、疲れたおももちで、眼にもヴェールがかかっているように見える。ヨアヒムにかなりの額の金を与え、ブレスラウへ行って修業するよう勧める。数日後、馬で去っていく父の姿を見送ったのが、ヨアヒムが父を見た最後となった。

ブレスラウへの途上、ヨアヒムは、故郷の村ヴォルフスフーフェンに立ち寄らずにはいられなかった。そこでは、あのウルゼルが、父のあとを襲った例の正規の牧師の妻となって暮らしているのだ。彼女とその子供のために笛を吹いてきかせたかれは、帰りにもぜひ立ち寄ってほしいというウルゼルの頼みにもかかわず、彼女とは二度と会わなかった。その後、ウルゼルは二十六歳で死んだ。

ひとり旅をつづけていたある日、道ばたで弁当を食べている若い職人と出会った。「何の職かね、兄弟？」——若者は靴職人で、やはりブレスラウへ行くのだった。あと一年足らずで十六になるというが、まだ子供のような横顔をもっていて、ヤーコプ・ベーメという名だった。

民衆の目を通して歴史を見る

ヤーコプ・ベーメとともに小高い山のうえから初めてブレスラウの町のたたずまいを見おろしたとき、ヨアヒム・パウゼヴァングは、それが自分の第二の故郷になろうとは思いもしなかった。

ブレスラウに着いたかれらは、さっそく同業組合《ギルド》の事務所を訪ね、新しい修業の場としてジーゲムント・ヴトゥケ親方《マイスター》のところを紹介される。小柄で長い髯をはやしたヴトゥケ親方の仕事場には、シュトゥルッペという年長の職人《ゲゼレ》と、トービアスという徒弟《レールリング》が働いている。パウゼヴァングとベーメは、新入りの職人として弟子入りを許され、ただちに仕事にとりかかる。「かれの仕事ぶりを見るのは、ひとつの喜びだった。かれはまるで情熱的な詩人がインクをたっぷりつけたペンを持つときのように、小刀を親指と人差指のあいだにはさんで、手を軽やかに動かし、あらかじめ白墨で寸法をしるした革を、ぐいぐいと切り込んでいく。決して切り損じることはなかったし、また一枚の革からかれほど無駄なく取ることのできるものはいなかった。」――はじめて見たヤーコプ・ベーメの仕事ぶりを、パウゼヴァングはこう記している。一方、かれ自身はといえば、最初の仕事にとりかかった直後、仕事場に姿をみせた親方の娘クリスティンに見とれて、錐《きり》をすべらせ、指を突いて、新しい革を血で汚してしまう。

これ以後、パウゼヴァングの仕事と生活は、つねにヤーコプ・ベーメとともに営まれるようになった。ずっとのちに、おそらく三十年戦争の戦火のあいまをぬって手から手へと伝えられた写本のひとつによってであろう、ベーメの主著『曙光《アウローラ》』（一六一二）を読み、ここから生きる支えを与えられたばかりではない。かれはまた、この大著に凝縮されているベーメの思想の形成過程に、直接みずから立ち会うことにもなるのである。

ヴトゥケ親方の家での第一日目の夕食のさい、パウゼヴァングは、ひたすら自分の父にたいする尊敬の念をむきだしにして自己紹介を行ない、一同を啞然とさせる。ベーメは、貧しい生い立ちを語り、これまた沈黙を呼びおこすが、よそよそしい雰囲気ではない。「まったく、ふたりとも変わり者だよ」というおかみさんの言葉をうけて、親方がこうさとす、「ふたりとも、まだまだ心に油気が足りんな。〔……〕わしの言うのは、あの柔らかなオレウム・アニマエ、つまり魂の香油《バルサム》というやつで、化学の油と同じものさ。」ベーメがこの言葉を心に刻みつけたということは、『曙光』の第八章に書かれている「火」と「油」と「痩せること」のくだりが何よりの証拠である――こうパウゼヴァングは回想のなかで述べている。

ここからもわかるとおり、ヴトゥケ親方は、「化学」に深い関心をいだいていたのである。完成した靴に化学的発明品たる靴墨を塗るところから、「油塗り《シュミーア》ヴトゥケ」と呼ばれ、そのためいくばくか余分の金も入ってくる。とところが、親方が熱中しているのは、じつはそのようなありきたりの化学ではない。〈賢者の石〉をつくりだすことが真の目的なのだ。あらゆる物質を金《きん》に変え、万病をことごとく癒やすとされたこの秘密の鍵を、かれもまた探り当てようとしていた。この錬金術のために、かれは住居の一隅に大がかりな実験室をこしらえ、入ってきた余分な金《かね》はすべてここで文字通り煙と消えてしまうのである。親方の信頼を得たヤーコプ・ベーメは、やがてつぎつぎと親方から化学の本を借りて読むようになる。

中世的な教会の神から人間を解放し、すべての魂に独自の神が宿るとする汎神論を展開して、ヘーゲルやノヴァーリスをはじめとする後世の思想家・芸術家に絶大な影響を与えたベーメの思想は、周知のとおり錬金術的な古い自然哲学に支えられてこそ、成立しえたものだった。一方、そのころ知識階層の重要な一翼を形成していた職人階級、とりわけ親方《マイスター》たちは、自己の職業上の必要から、錬金術的な化学の枠のなかにあっても、新しい科学技術を徐々に発見していたのである。ヴトゥケ親方とヤーコプ・ベーメの場合が史実にもとづくものかどうかは別として、このふたりの人物の錬金術および化学とのかかわりのなかには、西暦一六〇〇年前後の巨大な転形期の重層的な姿が、象徴的に再現されている。

職人パウゼヴァングは、はじめて見たとき以来、親方の娘クリスティンにひそかな想いを寄せるようになっていた。しかしクリスティンのほうは、以前からいる兄弟子のシュトゥルッペに好意をいだいているらしかった。親方一家の小さな所有地にはえた桜の樹の下で、クリスティンに笛を吹いて聴かせたのが、パウゼヴァングにとっては唯一の楽しい想い出だった。そうするうちにも、親方の錬金術熱はますます高じ、家計を無惨に圧迫して、もうどこの店でも食料を売ってくれないところまで来てしまった。親方に見切りをつけた年長の職人シュトゥルッペは、ついにある日、プラーク（現在のプラハ）で法学を勉強するため、クリスティンへの置手紙をパウゼヴァングに託したまま、ひそかに出奔していった。とうとうあの桜の樹のある小さな所有地まで手放さねばならなくなった。見るに見かねてパウゼヴァングは、それ以上の破綻をくいとめるため、父からもらった金を提供して急場を救う。シュトゥルッペに去られたクリスティンは、まもなくこの家での年季を終えて出ていくパウゼヴァングが、よそでの三年間の修業ののち戻ってきたときかれと結婚する、という約束を与える。

同じシュレージエンのゲルリッツという町に自分にふさわしい師がいることを知ったベーメが、まず別れを告げて去っていく。つづいて、パウゼヴァングにも出発のときがやってくる。許婚者の身を案じながら、オーデル河ぞいに修業の旅をつづける。彼女からの手紙で、親方がまた術にこりだしたこと、徒弟のトービアスが逐電してしまったことを知る。二年目には、クリスティンの母の病気と、新しく来た職人の怠惰を知らされる。三年目、ふたたびシュレージエン国内にもどったとき、母の死と、父の人柄がすっかり変わってしまったことを伝えるクリスティンの手紙を受けとる。修業期間はまだ一カ月残っていたが、親方に懇願して、出発の許しを受ける。代償として、クリストフェル神父からもらった短剣と、父が非常のときに使うようにと残してくれていたグルデン金貨をさしだしたが、親方は金貨一枚を受けとっただけだった。

雪と極寒のなかを、二日二晩かかってブレスラウにたどりついた。同業組合《ギルド》の長老親方たちのところをまわって、最後の修業をヴトゥケ親方のもとですませることを許してほしいと頼み、クリスティンとの結婚の決意を報告した。長老たちは口をそろえて、すぐに立ち去ったほうが身のためだ、と忠告したが、ついにパウゼヴァングの熱意に負けて、願いをききいれてくれた。仕事場に活気がもどった。一五九七年、パウゼヴァングは自分の父の死を知らされ、遺品を受けとった。父は死んだが、すでにその血は脈々と未来に向けて流れはじめていた。親方《マイスター》となったパウゼヴァングは、想い出の桜の樹のある庭と、同じくすでに人手に渡っていたヴトゥケ家の住居とを、買いもどした。かつて無断で出奔したシュトゥルッペが、いまでは法学修士《マギスター》クリザンダー・シュトゥルッピウスとなって、挨拶にあらわれた。それまでかれの記憶を棄てきれなかったらしいクリスティンは、年齢に似合わずすっかり老けこんだかれを見て、一度に憑き物が落ちたようだった。やがて、男の子が誕生し、笛のかわりに子供の歌が聞かれるようになった。

人望を集めるようになったヨアヒム・パウゼヴァング親方は、市の法廷の陪審員に推挙された。だが、かれは、これをことわり、仕事のあいまを静かな瞑想ですごす生きかたを選んだ。かつての同僚ヤーコプ・ベーメの『曙光』

が、かれのもうひとりの伴侶となって、次第に老いていくかれの孤独を救ってくれた。――
長篇『ヨアヒム・パウゼヴァング親方』は、徹頭徹尾、大きな転形期に生きる人間を描いている。この作品のなかで、時代を代表する精神は、言うまでもなく神秘思想家ヤーコプ・ベーメによって体現されている。ベーメみずからが称した〈Philosophus teutonicus〉（ドイツの哲学者）という呼び名がしばしば作品中にあらわれてくることは、この思想家をドイツ固有の精神の源流のひとつとして位置づけようとする作者の意図を、物語っているといえよう。この点からみれば、スピノザを主人公にした前作『神を愛す』と比較して、『パウゼヴァング』のほうが、よりいっそう〈ドイツ的なるもの〉の限定に向かって歩み出していることは疑いえない。

だがしかし、この作品のもっとも重要な特質は、それとは別のところにある。スピノザ自身の生涯を中心軸にすえながら、長篇小説《ロマーン》の形式を充分に活用して、ユダヤ人街の人びとの生と死や、オランダをめぐる政治的葛藤をその周囲に配し、時代の全体像を描ききった前作とは異なり、『パウゼヴァング』では、転形期の代表的人物たるヤーコプ・ベーメの生涯が中心にあるのではない。ベーメは、せいぜいのところ陰の主人公にすぎず、作品全体の中心人物はあくまでもヨアヒム・パウゼヴァングである。ところが、ベーメのひととなりやその思想、とりわけそれが同時代の人間におよぼした影響は、ベーメを直接の主人公とした場合よりも、パウゼヴァングという同時代人を通してのほうが、いっそうありありと浮かびあがってくる。たとえ異端視されたにせよ歴史に名がとどめられている人物は、名もないひとりの手工業の親方によって、あらためて対象化され、歴史のなかに位置づけなおされるのである。

思想的な作業にとっては、それが数十年あるいは数世紀後にまでどのような作用をおよぼしたか、という問題におとらず、同時代の生活、とりわけ民衆の生活とどのようなかかわりをもち、それにたいしてどのような働きをおよぼしえたか、という問題もまた、決定的な重要性をもっている。少なくとも、このふたつの問題設定をつなぐ試みをぬきにして、のちにはじめて真価を認められた異端的思想なるものを云々することはできない。『パウゼヴァング』は、失われたドイツの歴史の原点を過去の転形期のなかに探るという作者の試行にとって、きわめてふさわしい文学的構造をそなえている。

さらにまた、一般にコルベンハイヤーの最高傑作とされる『パラケルスス』三部作（一九一七―二五）よりも『パウゼヴァング』のほうがすぐれている点は、歴史的人物をとりまく同時代の民衆の目を、その人物を判定する尺度にまで高めたところにある。激動期のなかでその時代精神に表現を与える歴史的人物は、ヤーコプ・ベーメがまさにそうであったように、その時代の民衆の日々の営みを糧としてのみ誕生する。数十年後、数百年後はいざ知らず、同時代におけるその表現に価値判断を下すのは、切実な日常の要求につきうごかされてきた民衆の目なのだ。

『パウゼヴァング』において、その民衆とは、手工業を営む職人たちである。なるほど、近世の職人階級は、その知的生活の点で農民とは比較にならぬほど高い水準にあった。だが、そのかれらの日常のなかにこそ、中世の残滓と近代の萌芽が重層的・多義的に混在していた。錬金術と近代科学とが、同じ職人の仕事場や実験室で同時に探求され、職業的利益と損失とを、同時に産み出していた。ファシズムの土壌となった一九二〇年代と三〇年代の〈民衆〉がサラリーマンや官吏であったように、ヤーコプ・ベーメの時代の民衆は、本質的にはこの職人階級からなっており、そのなかにこそ、未分化な歴史的契機が集中的に宿されていたのである。

ヤーコプ・ベーメ肖像（作者不詳）

こうした民衆の目を通すことによって、歴史的人物は、時代を超絶した英雄から時代に根ざした同時代人へと引きもどされ、かれにたいする同時代と後世との無理解さえもが、かれの悲劇としてではなく歴史的制約として意味づけられる。コルベンハイヤーの長篇『ヨアヒム・パウゼヴァング親方』は、この点でかれ自身の悲劇『ジォルダーノ・ブルーノ』と対照的であるのみならず、歴史と世界の再構成において悲劇を拒否する長篇小説《ロマーン》の本質そのものからしても、稀有な成功例のひとつなのだ。

4 〈共同体〉の夢と悪夢

歴史小説の本質とは？

一九三七年に小冊子として刊行されたエッセイ『ドイツの長篇小説《ロマーン》は如何にして文学となったか？』（*Wie wurde der deutsche Roman Dichtung?*）のなかで、コルベンハイヤーは、『ヨアヒム・パウゼヴァング親方』が呼びおこした反響について、つぎのようなエピソードを語っている。

――この小説が出てから間もなく、パウゼヴァングという名の一人物から手紙を受けとった。小説の種本になった古文書のありかを教えてもらえまいか、自分の先祖について調べているので、というのである。さらにもうひとつ、ある若い文学史家が、この作品の書評を依頼されて、それを断わるということがおこった。作者はたまたまどこかで見つけた古いものをくすねたのではないか、盗作ではないか、と危惧したためだった。

虚構の主人公を実在の人物と思いこんでしまった前者の場合も、埋もれた古い文献を下敷にしていると邪推した後者も、いずれも作品をあまりにも生《なま》々しく読んでしまったのだ、とコルベンハイヤーは述べて、自然主義文学が求めながら果たせなかった迫真性を、この作品が期せずして達成した、といささかの誇りをこめて確認する。かれによれば、こうした迫真性は、その作品が歴史上の事実を再現しているかどうかということなどよりも、歴史小説にとってはるかに重要な条件なのである。それとともに、しばしば歴史小説に要求される特性、すなわち現在のアクチュアルな諸問題とのアナロジーという要素もまた、かれによれば、なんら本質的なものではない。

それ自体としてはきわめて正しいこの二点の確認を、だがしかしコルベンハイヤーは、直接つぎのような主張と結びつける。

つまり、歴史的な素材をあつかう小説文学の本質的要素は、現在とのアナロジーではなく、読者が自己の民族をその本質的な深みにおいて体験することができるようなやりかたで、民族生成のさまざまな生きた時代をじかに作用させる術である。たぐりよせられた歴史的出来事が、いまに残されているドキュメントとぴったり一致しているかどうかということも、やはり重要なことではない。むしろ、その歴史的出来事が、ドキュメントなどはそのほんの上澄みにすぎないところのそのものを、形象と体験にまで変えるのでなければならない。歴史的ドキュメントなどというものがいかにわずかしか生きた世界と一致していないかについては、現在の実態からわれわれが先刻承知のとおりである。——あらゆる歴史的認知を乗り越えてすすむ一民族の生きた成育、これこそが歴史的小説文学の対象なのだ。

コルベンハイヤーが例の〈民族生物学〉理論の構築に本腰を入れてとりかかったのは、第一次世界大戦を契機にしてのことだった。このことを思いあわせるとき、歴史小説の本質と民族の生成とを結合させた右の定式化は、『パウゼヴァング』ののち七年を経て公にされた『パラケルススの幼年時代』（*Die Kindheit des Paracelsus*, 1917）で初めて意図的に実践に移された、と考えてさしつかえあるまい。コルベンハイヤー自身は、『ドイツの長篇小説は如何にして文学となったか？』のなかで、パラケルスス小説はすでに『パウゼヴァング』以前から構想されていたのだが、その舞台となる宗教改革時代の言葉を使いこなせるには至っていなかったので、まずそれよりやや近い時代の言葉を研究することから出発し、その過程で『パウゼヴァング』が「ひとりでに」生まれてしまった——と語っている。古文書の引き写しという印象すら読者に与えた『パウゼヴァング』の〈迫真性〉は、製靴職親方の手記が会話のみならず地の文にいたるまで十七世紀初頭の言葉で書かれていたせいでもあった。

この成功に自信を得たコルベンハイヤーは、一九一七年から二五年にかけて刊行された『パラケルスス』三部作でも、セリフの部分はすべて十六世紀前半の言葉で再現した。これによって、歴史小説にかんする自己の第一のテーゼ、「民族生成のさまざまな生きた時代をじかに作用させる」という要件を、実現しようとしたのである。そして、第二のテーゼ、「あらゆる歴史的認知を乗り越えてすすむ一民族の生きた成育」という主題は、パラケルススという人物そのものによって体現されるはずだった。

『パラケルスス』三部作

錬金術師であると同時に近世医化学の開拓者であり、因襲を破って大学の講義をラテン語ではなくドイツ語で行ない、まだ支配的だったカトリック的中世の精神に叛逆して放浪の生涯を余儀なくされたパラケルスス、つまりテオフラスト・ボンバスト・フォン・ホーエンハイム（一四九三―一五四一）は、ドイツ民族の歴史の原点に遡行するというコルベンハイヤーの志向にとって、きわめてふさわしい人物だった。そしてまた、この志向にそくして生まれた作品そのものも、作者の代表作とされるに値するだけの、また第二巻にたいするシュテファン・ツヴァイクの前述の讃辞にふさわしいだけの出来ばえを示している。

しかし、乞食に身を変えたキリストと、隻眼の旅人ヴォータン神が、ドイツの地を縦横にかけめぐり、産みの苦しみをつづけるこの国の歴史の証人として登場するという壮大な設定や、中世から近世への巨大な過渡期のさまざまな情景描写、そしてとりわけ人物たちが語る言葉に時代が忠実に再現されている、等々の点をこえてこの作品を読み込むなら、それらの点に劣らず重大ないくつかの問題性が浮かびあがってこずにはいない。

パラケルススの幼年時代を描いた第一巻は、スピノザ小説や『パウゼヴァング』でもそうだったように、子供の目を通してその時代の風俗や人間を克明に写し出している。主人公は、いわば白紙の状態の心のなかに、近くの聖母マリア教会へやってくる巡礼の列や、その教会付きの医師のような役割をはたしている父の仕事や、精神に異常をきたして聖処女マリアになったと思いこみ、ついには川に身を投げて死ぬ母の錯乱の道すじなどを、刻々と鮮やかにきざみつけていく。〈迫真性〉という作者の意図は、この第一部にかんするかぎり、ほとんど比類ないほどの成功をおさめている。

ところが、故郷をすてたボンバストが、修道院の生活を皮切りにさまざまな権力構造のまっただなかで生きる第二巻、『パラケルススの星』（*Das Gestirn des Paracelsus*, 1921）以降になると、主人公はもはや時代の証人ではなく、その時代の限界をこえて歩む人物となり、こうして〈ドイツ的なるもの〉とそれを圧殺しようとする要素との対立抗争のなかで、その一方の理念を担うものとして描かれることになる。かれにたいする迫害は、ラテン的＝カトリック的中世にたいする対流として生まれつつあった新しい芽を、歴史から駆逐し圧殺しようとする愚かな試みにほかならない。南欧・中欧をはじめ、スカンディナヴィアからタタール人の出没する東欧にいたるまで、あるいは軍医として、あるいは〈賢者の石〉を求める錬金術師としてパラケルススが放浪したさきざきでの、かれにたいする人びとの対応、主として各地の権力者の態度は、かれが体現していた新しい理念との距離の大小を物語るものでしかない。

このような描き方によって、むしろ、パラケルススという人物は、あるときは権力者によって迫害され、またあるときは別の権力者によって寵愛を受ける一個の客体にまで矮小化されてしまう。あるときは悲劇的な受難者であり、あるときは一部なりとも真価を認められたつかのまの英雄である。かれをとりまく同時代の人間たちの視線、とりわけかれを批判的に対象化する視線は、作品から消滅してしまう。より正確に言うなら、悲劇の主人公によせる同情のまなざしと、英雄を仰ぎみる讃嘆の目だけが、求道者パラケルススの像を裏打ちするにすぎなくなる。

私が彼と交り、共に住んでおりました二年間、彼は昼も夜も飲酒と大食に明け暮れておりました。彼が素面《しらふ》だったのはほんの一、二時間もなかったと思います。〔……〕私が彼のもとに住んでいたときには、一晩中彼は服を脱ぎませんでした。酔っぱらっていたからでしょう。たびたび、真夜中に酩酊して帰り、服のまま眠るのですが、衣服と共に剣を肌身はなさず持っており――これは拷問吏か絞首刑吏からもらったのだということでしたが――少し眠ったかと思うと急に起き上がり、まるで狂人のように剣を抜いてこれを床や壁に投げつけるのです。それで私は時々は彼に首を切り落とされるのではないかと思って、恐しかったものです。彼から受けた仕打ちのすべてを申し上げたら、それこそ何日もかかるでしょう。〔……〕彼は金使いの荒い人で、よく一文無しになりましたが、何日かするとまた私にお金の一杯つまった財布を見せるのでした。ほとんど毎日新しい上衣を作らせ、彼がそれまで身に着けていた上衣は誰にでも最初に出会った人に呉れてやるのです。でもそれはとても汚れていて、私はそんなものはほしくもなく、たとえ彼が私自身に呉れたとしても、とても着てみる気にはなれませんでした。〔……〕その他に、お話するのも恥しいようなつまらぬことをどれほどしたか、私は知りません。〔……〕彼は婦人にもまったく関心がなく、一人の婦人とも交ったことはないと思います。初めのうちはとても節度があり、二十五歳までは酒の味も知らなかったでしょう。後になって酒を覚えてからは居酒屋に満ちあふれた農夫達に飲み競べを挑み、彼らに飲み勝って、時には指をのどもとまで突っ込んで、まるで豚さながらの有様でした。

（大橋博司『パラケルススの生涯と思想』、思索社、一九七六、六一―六四ページより引用）

バーゼル時代のパラケルススの秘書であり助手であったオポリーヌスが、師の死後に記したこのようなパラケルスス像は、コルベンハイヤーの作品にはまったく見られない。オポリーヌスの文章は、師の論敵だった精神医学者あての手紙のなかのものである以上、当然そこにはある程度の誇張と悪意が含まれていると考えねばなるまい。しかし、パラケルススが謹厳な求道者のタイプとはおよそかけはなれた存在だったことは、多くの資料が示している。コルベンハイヤーは、それをあえて黙殺する。かれの作品では、オポリーヌスは、師が血を吐くような刻苦勉励をつづけているあいだも居眠りをする怠惰な弟子にすぎず、一方パラケルススは、自分の弟子をもふくめた全世界から、理解よりは誤解を圧倒的に多く受けながら、みずからに定められた運命の星にしたがって歩む天才であり先駆者である。かれの価値を多少なりとも認めえた理解者たちは、不遇のうちに死んだこの巨匠のために、「ドイツの天才ここにあり《エッケ・インゲニウム・テウトニクム》！」という小さな墓碑を建てることができるのみである。

コルベンハイヤーのパラケルスス小説の問題性は、前作『パウゼヴァング』において作品の構成原理とさえなっていた同時代の民衆の目が、ここではほとんど完全に欠落している、ということばかりではない。コルベンハイヤーは、パラケルススをもっぱら新理念の担い手として、かれ自身にたいするいっさいの批判的視点をぬきにして描く。そしてそうすることによって、時代の限界を超えるような試みをあえて行なった人物が陥る歪みや頽廃の問題を、まったく逸してしまうのだ。

実在の弟子オポリーヌスが伝えているようなパラケルススの一面は、けっして、かれが〈奇人〉であったということのあらわれではない。それは、想像に絶する新しさを既成の世界のまっただなかで体現してしまった人間が、みずから引き受けねばならない歪みなのだ。しかも、その歪みは、〈奇行〉や〈偏屈〉といったものに必ずしもとどまらない。しばしば、まぎれもない人間的頽落をさえ、ともなうのである。これは、かれの悲劇ではなく、むしろ歴史の限界の表現なのだ。そして、歴史的転形期は、つねに、こうした歪みと頽廃をほとんど不可避の構成要素としながら激しく運動する。歴史的人物の限界突破のなかにも、そしてまた次元を異にしつつ文化の進歩のなかにも必然的にはらまれざるをえないこうした要素との対決を、あえて行ない、そこに生じる歪みや頽落を可能なかぎり切除していく方途を、間接的・予感的にではあれ探ることこそは、歴史小説の中心課題であるはずなのだ。

この課題を回避し、あるいは無視したコルベンハイヤーの『パラケルスス』三部作は、ヨーロッパの歴史の正統的潮流にたいするアンチ・テーゼを模索しながら、結局は、パラケルススのなかに作者が発見したと考える〈ドイツ的なるもの〉の予定調和的実現への待望にしか、つまり正統にたいする対流であることを自己の存在の唯一のあかしとする潮流への全面的加担にしか、行きつきえなかったのである。論文「民族と指導者」とほぼ時を同じくして完成した三部作の最後の巻は、『パラケルススの第三帝国』（*Das dritte Reich des Paracelsus*, 1925）と題された。

切りすてられる少数者

〈土地なき民〉、〈血と土〉、〈ドイツ的内面性〉、等々のナチズム・イデオロギーがそうであるように、〈第三帝国〉の神話もまた、それ自体としては未分化な二義的意味を含んでいる。

〈土地なき民〉は、侵略と植民地主義を正当化するスローガンとしてドイツ・ファシズムに貢献した。だが、これが有効に機能しえたのは、遅れて発展したドイツ資本主義の強引な近代化・合理化が、おびただしい農民から有無を言わさず父祖の土地を奪いとり、あるいは手工業者から技術と労働を剥奪して、かれらを工場と植民地と戦場へ追いやったという、歴史的背景があればこそだった。こうした民衆にとって、〈土地なき民〉のスローガンは、近代化と合理化を不可欠とする資本主義的収奪への、呪いにみちた批判を内包していたのである。同様に、〈血と土〉にも、本来は農耕民族だったと自認する〈ドイツ人〉の、あるいは手工業者として高度の技術と独自の共同体をつくりだしてきたと自負する〈ドイツ人〉の、自然と労働にたいする全体的・全人間的なかかわりかたを取りもどしたいという想いがこめられている。そして、言うまでもなく〈ドイツ的内面性〉のスローガンは、人間がそなえているはずの人格的ゆたかさを、近代の発展総体への反措定として、あるいは現実の発展からの逃避として、かかげたものにほかならない。

アルトゥーア・メラー＝ヴァン＝デン＝ブルックによって現代ドイツの現実のなかに移された〈第三帝国〉の理念は、一方では、神聖ローマ帝国とビスマルクのドイツ帝国とのあとに第三の帝国をドイツの地で実現するという、歴史的逆行と選民意識とを色濃くふくむイメージだった。しかし他方、それは、ヨーロッパ近代の全歴史にたいする批判のうえに立って、抑圧と支配と細分化のない理想郷をうちたてる志向をはらんでもいたのである。その面では、まさにそれは革命の根本的理念と無関係ではなかった。汎スラヴ主義者ドストエーフスキーの『悪霊』のなかで、スタヴローギンのみる「黄金時代」の絵の夢が、少女マトリョーシャにたいするおぞましい凌辱の行為と直接となりあっていたように、ドストエーフスキーのドイツ語訳者でもあったメラー＝ヴァン＝デン＝ブルックの汎ドイツ主義の想念は、人間の全的な解放の夢と、ファシズムの残忍性への契機を、渾然一体のものとしてともに孕んでいたのだった。

『パラケルスス』三部作の結論としてこの〈第三帝国〉の理念への態度決定を明らかにしたコルベンハイヤーのなかに、われわれが想い描くヒトラー・ファシズムへの傾斜だけがあった、と考えるなら、それは誤りだろう。すでにくりかえし指摘したように、かれもまた、ヨーロッパの近代が歩んできた全行程への批判をこめて、別の、いっそう人間的な世界構造の可能性を、かれなりに探ろうとしていたのだった。歴史の主流から消されたこの別の契機を、〈ドイツ的なるもの〉という概念で表現することの当否はともかく、そのさいかれの描いていたイメージがどのようなものであったかは、かれが自己の哲学体系に「建築小屋《バウヒュッテ》」という名称を与えていることからも、判断できるのである。

「建築小屋」とは、もともとは、石材を刻む作業のため建築現場に建てられた小屋、いわゆる飯場のことだった。ところが、中世後期にいたり、主として教会その他の宗教的な建築にたずさわる職人たちの同業組合の名称として用いられるようになった。この「建築小屋」は、きびしい内部的秩序のもとで共同労働と後継者の育成を行なったばかりでなく、各都市にある手工業者のギルド（ツンフト）、つまり同業者組合からも独立して、独自の掟と司法権をもち、構成員は、一般社会のあらゆる義務に拘束されなかった。十一世紀から十二世紀にかけて徐々に成立したこの共同体は、十三、四世紀にその最盛期を迎え、十六世紀にはいって衰退に向かうことになる。

コルベンハイヤーがみずからの哲学を「建築小屋」と名づけたとき、疑いもなくかれは、こうした独自の共同体を想い描いていたのである。これこそは、かれの〈ドイツ的なるもの〉の真髄であり、だからこそまたかれは、ドイツ民族の歴史の原点を探る自己の歴史小説のなかで、くりかえし職人階級の世界を描いたのである。もちろん、そのさい、かれが中世的な手工業生産にもとづく人間関係を現代に再現しうると考えている点を、批判するのは容易だろう。かれの基本的な立場は、たとえてみれば原子力発電に反対するさいに、それにたいする対案としてもっぱら風車《かざぐるま》や水車《みずぐるま》による発電を主張する立場にも等しいからだ。消費生活のありかたをそのままにして開発と生産のシステムを根底から変えることはできないのである。

だが、コルベンハイヤーが批判されねばならぬ点は、それよりもむしろ別のところにある。それは、「建築小屋」という自立的な共同体を、かれが一貫して、「生物学的」理念として構想している事実である。その共同体の有機性は、文字通り生物的有機性として描かれ、構成員の厳密な任務分担に依拠して成り立っている。そのなかで貫徹するのは、徹底した機能主義であり、結局のところは、かれ自身が激しくそれに反対したはずの合理主義にほかな

「ドイツ帝国鷲楯章」（1938年受賞）とヒトラーの肖像を前にして

らない。

　そして、このような機能主義・合理主義に支えられながら、「建築小屋」は、民族の歴史的生成についてのかれの基本的発想と同じく、ひとつの生物的有機体として、与えられた新しい条件への適応闘争をつうじて成育していく。この適応を妨げる要素は、いわば〈欠陥児〉として、〈不具者〉として、切りすてられねばならない。

　こうした〈共同体〉から、ファシズム独裁による似而非《えせ》〈民族共同体〉へは、ほんの一歩のへだたりにすぎないだろう。

千人が倒れそして死なねばならぬ
ひとりが成るために、
強固な大地のうえで、戦闘にきたえられた
後継者に　ひとりが成るために、

他のすべてのもののうえで
みちたりて飽食するひとりではなく、
天命を受け　それを果たす
ひとりが成るために。

千人が血を流し、死なねばならぬ、
ひとりが建設するために。
千の生命から　まなざしが輝きを消す、
ひとりが見るために。

（「巨匠《マイスター》」*Der Meister*、詩集『人間の声』*Vox Humana*, 1940より）

コルベンハイヤーの歴史観の欺瞞性は、さらにまた、倒れ死ぬものが必ずしも「千人」ではないことを見ない点にある。かれの言う適応闘争のなかで倒れ、切りすてられるものは、いつの時代にも、圧倒的な多数者ではなく、少数者なのだ。

ヴァイマル時代からファシズムの時代にかけての数十年は、ナチス陣営においても反ファシズム陣営においても、おびただしい歴史小説が書かれた時期だった。一方におけるコルベンハイヤーや、ヴィル・フェスパー、ローベルト・ホールバウム、オットー・グメーリン、ハンス・フリードリヒ・ブルンク等々の作家と、他方におけるハインリヒ・マン、リオン・フォイヒトヴァンガー、グスタフ・レーグラー、シュテファン・ツヴァイクらが、いずれも、いまの現実を生んだ歴史の源流に、小説形式をもってさかのぼろうとした。だが、かれらのいずれにおいても、歴史の転形期に切りすてられ抹殺されていく少数者への視点が、決定的に欠けていたのである。

コルベンハイヤーの場合、この欠如は、『パウゼヴァング』から『パラケルスス』への、そしてさらにナチス時代におけるかれの唯一の長篇小説たる『神に誓いし心』（*Das gottgelobte Herz*, 1938）への、変質の道すじとしてあらわれている。同時代人の目による主人公への逆照射が作品から姿を消すにつれて、主人公は時代を超絶した人物と化し、こうして長篇小説《ロマーン》の形式をまとった悲劇への退行がすすむ。それとともに、辛うじて歴史小説の条件をみたすものとして〈迫真性〉へのもたれかかりがなされる。中世の神秘主義者マイスター・エックハルトと同時代のドミニコ修道会の修道女、マルガレーテ・エーブナー（一二九一―一三五一）の神秘体験を描いた『神に誓いし心』では、セリフの部分にバイエルン地方の中世高地ドイツ語を用いながら、さまざまな社会階層の人物たちの生活を細密に叙述することによって、〈迫真性〉の達成が試みられている。ここには、諸侯の権力闘争のために生命や生活を奪われる農民たちも登場し、男たちによって抑圧されつづける女性たちも描かれている。けれども、これらの人物たちは、かれらの世界から超脱していく主人公マルガレーテの神秘体験の単なる脇役として、ひとりが成るために倒れ死ぬ千人として、描かれるにすぎない。歴史小説としての〈迫真性〉は、ついに歴史的現実に迫ることがない。

歴史小説の本質的な要素とは、もちろん、そこに描かれているものが歴史的事実と合致していることではない。現在の諸問題との直接的なアナロジーが、そこに存在していることでもない。それどころか、歴史上の出来事や人物が、いわゆる民衆の立場から描かれていることでさえない。新しい方向にむかって社会が再編されようとするとき、全体の利益の名によって切りすてられ圧殺されていく少数者の問題を、歴史の転形期の本質的な問題として、作品のなかでどこまで描ききっているか。新しい技術がふくむ人間存在にとっての危険性を、すでに乗り越えられた古い技術への逆行という道を通ってではなく、予想される危険が万一現実のものとなったとき他の誰よりもまずその危険をこうむることになる少数者の目から、どこまで撃ちえているか。そしてそれと同時に、切りすてられようとしているものたちのなかにも、さらにはみずからは多数者のなかにありながら、切りすてられる少数者の問題を自己の問題として引き受けようとするものたちのなかにも、ほとんど不可避的に生まれてくる人間的な歪みや頽廃を、それら個々人の悲劇としてではなく歴史の限界として、どこまで転形期の形象のなかに位置づけ、それを克服する方途をどこまで追求しえているか。すなわち、矛盾と重層性をはらむ歴史的転形期から、悲劇性をどこまで切除しえているか――こうしたことこそが、歴史小説に問われねばならないのだ。

そして、ほかならぬこうした要素こそ、ひたすらドイツ民族の歴史の原点に遡行しようとしたコルベンハイヤーの小説から、決定的に欠け落ちていた点だったのである。

Ⅳ

叛逆と転向と――アルノルト・ブロンネン

1　表現主義の残照のなかで

父にたいする息子の叛逆

うたがいもなく、そこには、いっさいの旧秩序への叛逆があった。たとえ、その秩序を体現するものが、さしあたりは単にひとりの父親にすぎず、体面をつくろうことしかできぬ教師たちにすぎなかったとしても、かれらの背後には、共同の利益とか公序良俗とかいう美名をまとった全抑圧支配体制そのものが立っていた。

――おまえは、あまりに怠惰すぎる……。反抗する息子に向かって、父親はこうきめつける。おまえは義務というものを知らない。その無知と怠惰から発した感情を、ご大層に秩序の否定などというお題目と結びつけて、いい気になっている。考えてもごらん、おまえはわしの子じゃないか。わしは、おまえに良かれと思って言っているのだ。

――きみはエゴイストだ……。不穏な動きを示しはじめた学生たちのリーダーに向かって、教師はこう非難する。きみが求めているのは暴力だ。きみが求めているのは憎しみだ。きみは、自分が下のほうにいるのを感じている。上へ昇ろうと努めるかわりに、きみは復讐を渇望するのだ。わたしは、きみのためを思えばこそ、こうして日夜、心をくだいているのだよ。ごらん、わたしは五十だが、だれが見ても六十としか思えないほどだ。

叛逆する若者は叫ぶ、

――ぼくは全然だれの子でもない、だれの子供でも。ぼくは自由を要求する……。

――われわれは同盟休校を提起する。暴力を、憎しみを提起する……。

秩序は答える――殺し文句で、
――わしがこの家の主人なのだ！
――警察を呼ぶぞ！

既成の秩序への叛逆が、若者たちの旧世代にたいする蜂起というかたちをとって文学表現のなかに重要な座を占めたことは、一九一〇年から二〇年にかけての表現主義時代の顕著な特徴のひとつだった。とりわけ、父と息子の葛藤は、表現主義の戯曲や小説の中心テーマとして、さまざまなヴァリエーションをともないつつ、くりかえし描かれた。この場合、父親とは、近代ドイツ最初の高度成長時代、すなわち一八七〇年代前半のいわゆる〈会社設立時代《グリュンダーツァイト》〉に育ち、第一次世界大戦前までの安定成長期を担ってきた世代であり、息子とは、その果てにくる崩壊と破局と世界の終末を、身をもって体験せざるをえない世代なのだ。父親が生み出してしまった世界は、息子にとって、否定の対象でしかない。父にたいする叛乱は、世界を救済し人間を解放することと同義なのだ。

一九一二年、のちに第一次大戦で重傷を負い野戦病院で死ぬラインハルト・ヨハネス・ゾルゲ（一八九二―一九一六）は、「ひとつの劇的使命」と銘打った五幕物、『乞食』を発表した。固有名詞をもたぬ人物たちや、幕の手前で演じられるシーンなどの舞台構成は、その後に続出する表現主義戯曲の原像ともみなされるのだが、このなかでゾルゲは、人類と世界を救済する使命をおびた息子＝詩人に、挫折した旧時代の理念を象徴する父親を毒殺させたのだった。

二年後の一九一四年、ヴァルター・ハーゼンクレーヴァー（一八九〇―一九四〇）の五幕の戯曲『息子』があらわれた。のちに亡命地フランスでナチス・ドイツ軍の接近をまえにしてみずから生命を絶つことになるこの劇作家は、あらゆる反動と圧制の権化たる父にたいして武器をとって起つ息子を登場させた。〈表現主義〉の概念がまだ定着しきっていなかったその当時、ハーゼンクレーヴァーのこの戯曲は、表現主義の代表的な詩集『人類の薄明』（一九二〇）の編者クルト・ピントゥスをして、これが表現主義だ、と言わしめたのだが、この劇の大詰で、犬の鞭をふりかざして立ちはだかる父に息子がピストルを向けたとき、父は驚愕のあまり、そのままショック死してしまう。

一九一六年に刊行されたハンス・ヨースト（一八九〇—一九七八）の「エクスタシー劇台本」、『若き人』もまた、旧秩序を乗りこえようとする〈息子〉たちのひとりを描いている。のちにナチス作家の文字通り筆頭となるヨーストがここで提示したのは、病人の苦しみを引きうけ、みずから病気に感染して墓に入る若者のエクスタシーである。自分自身の埋葬光景を物蔭から見る「若い人」は、父親をではなく自己を葬ることによって、父たちがそのなかで生きる旧秩序からの飛躍と脱却をなしとげたのだった。

世代の葛藤のテーマは、小説の分野でも追求された。一九一二年に書かれ一六年に刊行されたフランツ・カフカ（一八八三—一九二四）の中篇『死刑判決』と、カフカの同郷の友人フランツ・ヴェルフェル（一八九〇—一九四五）が一九二〇年に発表した長篇『殺したものではなく殺されたものに罪がある』が、この時期の初期と末期を代表する両作品である。それらはまた、世代の力関係のとらえかたの違いをも示している。カフカの主人公は、巨大な父親との対決をこころみたのち、父から溺死の刑を言い渡されて、橋のうえから川に身を投げる。ヴェルフェルの息子は、もはやカフカの場合ほど弱くはない。オーストリア将校たる父にピストルを向ける。だが、かれが思わずそれをとり落としたとき、ハーゼンクレーヴァーの場合と同じように、父親は卒中で倒れ死ぬ。

非暴力イデオロギーの抬頭

ヴァンダーフォーゲルをはじめとする穏健な青年運動の興隆にもその一端をのぞかせている若い世代の抬頭は、父たちの時代が確実に生命を終えようとしていることを物語っていた。終焉は、世界大戦の姿をとってやってきた。ロシア革命につづいて、ドイツとハンガリーにプロレタリア革命の狼火があがった。

父の世界にたいする息子の叛逆は、だがしかし、どれひとつとしてその暴力性を貫徹することはできなかった。カフカの主人公たちだけではない。〈父親殺し〉という表現主義的テーマは、じつは、ほとんど例外なしに未遂のまま終わったのである。父が死ぬのは、息子の弾丸や殴打によってではない。およそ父の世界の常識を絶する息子の行為を目にして、驚きのあまり父親は死ぬのだ。父自身の内部崩壊が、一触即発の状態にまで進んでいたのだ。

息子が直接手をくだして殺す唯一のケース、ゾルゲの『乞食』の場合、毒杯を飲まされる父親は、妄想を追って肉体的にも精神的にも衰弱しきった病人であり、息子の行為はむしろ安楽死殺人と呼ぶにふさわしい。

暴力と憎悪と復讐を息子たちが物質化できずにいるうちに、息子たち自身の隊列のなかから、暴力を否定し、人間愛を称揚する動きが抬頭する。

もっとも端的に暴力否定を打ち出したのは、ルートヴィヒ・ルービナー（一八八一―一九二〇）の戯曲『非暴力の人びと』だった。左翼表現主義の記念碑ともいうべき二冊のアンソロジー『人類の盟友たち』および『共同体』（いずれも一九一九）の編者として記憶されるルービナーは、早すぎた死の直前、ドイツ共産党（スパルタクス・ブント）に入党した。だが、一九一七年春から一八年秋にかけて書かれ二〇年に出版された『非暴力の人びと』は、一九年一月のスパルタクス蜂起の敗北を転機として急速に左翼陣営内にひろがった暴力忌避の気分を、期せずして先取りし、代弁することになった。真に自由を欲し、人間であることを自覚するなら、暴力を行使するまでもなく敵を説得し改悛させることができるはずだ――というこの劇の基調は、一般的な暴力忌避の気分がひとつの非暴力イデオロギーへと形成されていく過程で、少なからぬ役割を果たした。

一九一九年春のバイエルン評議会《レーテ》共和国の革命中央評議会議長、つまり革命政権の首班だったエルンスト・トラー（一八九三―一九三九）が革命政権崩壊後に獄中で書いた「二十世紀社会革命の劇」、『大衆――人間』（一九二一）も、革命から暴力を追放し、非暴力による真の人間の実現をめざすという路線のうえを歩むものだった。のちにナチスによって市民権を剥奪され、ニューヨークで孤独のうちに自殺するトラーは、あまりにも有名なこの戯曲のなかで、煽動者「無名の男」と「大衆」との暴力にたいして、ブルジョワ知識人出身の女性活動家ソーニャの「人間性擁護」＝非暴力を対置し、後者の側に立ったのである。

人間性の対極として暴力をとらえる考えかたは、もちろん、ドイツ革命が初期の段階で早くも敗北を喫したという歴史的事実に規定されている。反体制の暴力《ゲヴァルト》によって体制の暴力を打倒しえなかったことと、その結果として、暴力の行使が暴力の廃絶につながらず、むしろ暴力が暴力の増殖を生む側面がもっぱら露出せざるをえなかったこと——これが、ルービナーやトラーの非暴力＝人間性の呼びかけに、リアリティを与えたのだった。この呼びかけは、のちにしばしば批判されるような〈抽象的〉、〈観念的〉なものだったとは、必ずしも言えない。むしろ、プロレタリアートのあいつぐ蜂起にもかかわらず日に日に追いつめられ疲弊していく革命のために、唯一の具体的・現実的な進路を模索しようとする共通の意志から、こうした呼びかけは発せられ、またそのような意志によってその呼びかけは迎えられたのである。

もちろん、このような方向で暴力の問題を清算することによっては、支配体制の暴力を根絶することなど、不可能だった。ましてや、みずから旧秩序の打倒をかかげてむきだしの暴力を突出させはじめたファシズムにたいしては、後期表現主義の非暴力イデオロギーは、批判の前提となるはずの小さな接点すらもちえなかっただろう。息子たちが父の世界への叛逆から暴力性を撤回しているあいだに、かれらのすぐかたわらで、それどころか、かれらの隊列のなかからさえ、暴力の意識的な組織者が結集しはじめた。非暴力革命・人間革命の呼びかけを尻目に、褐色の暴力が行進を開始した。イタリアでファシスタ党が急速に勢力をのばし、ドイツでラーテナウをはじめとする〈ヴァイマル共和派〉指導者たちへの暗殺があいついでいた一九二二年春には、すでに〈父親殺し〉のモティーフは、過去のものとなっていた。より正確に言えば、ゾルゲの『乞食』からヴェルフェルの『殺したものではなく……』にいたる表現主義時代とは、まったく別の意味を、このモティーフはおびざるをえなくなっていた。

一九二二年四月、『父親殺し』と題する戯曲がフランクフルト・アム・マインで初演され、三週間後にはベルリンでも上演されたとき、それゆえにこそ、ほとんど無名の作家によるこの劇は、両都市に一大スキャンダルを惹きおこしたのだった。棍棒とピストルをかまえて迫る父をナイフで刺殺する息子を見て、観客たちは、あるいは歓呼の声をあげ、あるいは非難と抗議の叫びを発した。客席のあちこちで、ののしりあいが始まり、ついには劇場全体が、大乱闘の渦にのみこまれてしまった。作者アルノルト・ブロンネンの名は、常軌を逸した混乱の代名詞となった。

ブロンネンの『父親殺し』（*Vatermord*）は、表現主義のテーマを極限にまでおしすすめ、それが本来はらんでいた暴力性を解放することによって、表現主義時代総体に終止符を打った。それは、表現主義の残照を全身に浴びながら、そのあとにくる時代のまっただなかへ躍り込んでいったのである。

ブレヒトとの日々

『父親殺し』を、ブロンネンはすでに一九一五年に書いていた。だが、戦争がかれの仕事を中断させた。一八九五年八月にヴィーンで生まれたかれは、二十歳で戦場に赴き、まもなく喉頭部を射抜かれる重傷を負った。イタリアでの三年間の捕虜生活がそれにつづいた。敗戦後、ベルリンに出て、ヴェルトハイム百貨店の臨時職員に雇われた。一九二〇年春から二二年夏までの二年間を、商品の包装と伝票切りをしてすごした。

　二一年から二二年にかけての冬のある日、知りあいの若い劇作家オットー・ツァーレクから、小さな集まりへの招待を受けた。ソファーとソファー・カヴァーと、あるものは読むために、あるものは坐るために使われている本とが散乱した部屋には、タバコの煙がもうもうと立ちこめていた。遅れて入っていったかれに注意をむけるものはなかった。だれかが歌っていた。膝にのせたギターをへこんだ腹にぴったりおしつけて、子音の響きの勝ったしわがれ声で、その男は歌っていた――

……とても白くて、ずっと高くにあったのさ
スモモの木はいまでも花咲いているかもしれぬ
あの娘《こ》もいまじゃ七人の子持ちだろうか
でもあの雲はほんのつかのま咲いたきり
ふと目をあげると、もう風に消えていた

ベルトルト・ブレヒトとの、それが出逢いだった。

三歳年下のブレヒトは、そのころまだ、いくつかの評論を別として一篇の戯曲も発表していなかった。ブロンネンの戯曲第一作『父親殺し』は、すでに一九二〇年初頭にかれのもうひとつの戯曲とともにある作品集に収載されたのち、二一年一月には単行本として出版されていた。実業家の息子であるブレヒトは、マリアンネ・ツォフという女性と生活をともにしながら、とにもかくにも劇作家への道に専心することができた。百貨店の臨時雇いであるブロンネンは、ブレヒトと一緒にすごす時間を一分でも多く捻出するために、あらゆる犠牲をはらわねばならなかった。そしてかれは、嬉々としてそれをやってのけたのである。職場での十時間と、通勤のための往復二時間と、のこる十二時間の寒さと貧しい食事と慰めのない休息と苦痛にみちた思考とから成り立っている日課のなかから、なんとしてでも、ブレヒトを訪れ、ブレヒトの役に立ち、ブレヒトを援助するための時間をつくりだす必要があった。「ブレヒトにとってブロンネンは、大勢の友人のひとりにすぎなかったが、ブロンネンにとってブレヒトは、考えうるかぎりただひとりの友人だった。」——ブレヒトの死後

上・ブレヒト（ルードルフ・シュリヒター画）
左・ブロンネン（シュリヒター画）

に書きはじめられ、遺稿としてのこされた回想録『ベルトルト・ブレヒトとの日々――ある未完の友情の歴史《ものがたり》』（*Tage mit Bertolt Brecht. Geschichte einer unvollendeten Freundschaft*，1960）のなかで、ブロンネンはみずからこう記している。

一九二二年一月末に、ブレヒトが結核の疑いで入院させられたとき、ブロンネンは、ただひとり毎日欠かさず病院を訪ねた。もちろん、勤務を終えてからのことで、面会時間はとっくに過ぎているのだが、やはりブレヒトに魅せられていた若い医師のはからいで、病院の規則は無視された。頻発するストライキでベルリンの交通が麻痺したことでさえ、ブロンネンにとっては幸せとなった。職場まで片道十キロの道を歩いて出勤するのは、いくらなんでも不可能だったから、仕事を休む理由は立派にあった。それゆえ、かれは、ブレヒトのいる病院まで二十キロの道のりを、喜び勇んで駆けぬけたのである。

病床で書かれた一九二二年二月十日の日記にブレヒトはこう記している――「ほとんど毎日、ブロンネンが帆をいっぱいにふくらませていそいそとやってくる……。」

入院中に一時マリアンネ・ツォフと別れ、経済的にも苦境におちいっていたブレヒトのために、ブロンネンは、自分のわずかな給料をはたいたばかりか、職を危うくするようなことにまで手を出した。百貨店の系列下にある劇場の切符をヤミで横流ししようとして、挙げられたのである。解雇は避けられないところだったが、寛大なユダヤ人支配人は、適当な職が見つかるまで、という無期限の執行猶予を与えてくれた。のちにブロンネンは、自作の戯曲のなかにこの人物のようすがをとどめる管理職を登場させている。

やがて、医者の反対をふりきって退院したブレヒトとともに、ありとあらゆる手だてをつくしてベルリン中の劇場を漁り歩く暮らしが始まった。ブレヒトは、『夜うつ太鼓』をかかえていた。ブロンネンには、まだ上演されていない戯曲『父親殺し』があった。それは、前述のとおり、二年前の一九二〇年初春に、表現主義の年誌『ディ・エアへーブング』（昂揚）の第二巻に掲載されたものだった。一九一九年号と二〇年号の二冊だけ刊行されたこの年誌の第二巻には、ブロンネンのもうひとつの戯曲「青春の誕生」のほか、哲学者エルンスト・ブロッホの「共同的見解の始まりについて」、建築家ブルーノ・タウトの「新しい共同体の建築」、社会主義青年運動の活動家アルフレート・クレラ（ベルンハルト・ツィーグラー）の「肉体の創造」、作家アルトゥーア・ホリッチャーの「社会闘争における宗教的なもの」などのエッセイや、詩人ヨハネス・Ｒ・ベッヒャーの詩「下降する民・上昇する民」も収められていた。いずれの著者たちも、のちに一九二〇年代から三〇年代にかけてそれぞれの領域で本格的な活動を展開することになる人びとである。だが発刊の辞で述べられた「王位の廃絶のみならず、王位を廃絶する行為そのもの」、「固定してしまう自由ではなく、今後ふたたび休止しようとはしない解放」といった理念は、二年後のいまではすでにひとつの見果てぬ夢と化しているかに思われた。「ただ単に運動と革命だけではなく、運動することがそれ自体、人間の特性とならねばならぬ。時間的なものを超えて、革命することが人間のなかで永遠のものとならねばならぬ」という主張、「芸術家のロマンティックな自己完成」ではなく「世界の担い手へと人間が昂揚すること」こそが新しい芸術の真の意味なのだ、という呼びかけ――それは、決定的に表現主義のものだった。しかしいまや、解放の意志は一片の固定した自由の分配によって休止させられ、運動は〈相対的安定期〉のなかで停滞していた。たしかにあの当時、『エアヘーブング』誌の編者でありまたその出版元たるＳ・フィッシャー書店の原稿審査係でもあったアルフレート・ヴォルフェンシュタインと、同じくフィッシャー書店の原稿審査係をしていた詩人のオスカー・レルケが、新進劇作家に与えられるクライスト賞に言及してブロンネンを激励してくれた。『父親殺し』は、翌一九二一年一月には同じＳ・フィッシャー書店から一冊の単行本としても刊行された。だが、いまとなって、その『父親殺し』を舞台にのせようなどと考える劇団があろうとは、ブロンネン自身も本気で思ってみたことはなかった。

　ところが、その物好きがいたのである。ある日、ある小さな劇場で偶然に出会った演劇青年たちのグループに、モーリッツ・ゼーラーという二十代後半の人物があった。「それじゃあ、あなたがあのブロンネンですか」――紹介されたとき、かれはこう叫んだ。かねてから『父親殺し』を上演してみたいと思っていた。今度新しく結成した「青年舞台《ユンゲ・ビューネ》」の最初の出し物として、あれをやらせてはもらえまいか？

思いがけない申し出に返す言葉を発するすべを忘れて立ちつくしているブロンネンのかたわらから、ブレヒトが進み出て口をひらいた、「このひとにきみの劇をあげたまえよ、アルノルト。ただし条件がひとつある、ぼくが演出をやるからね。」

『父親殺し』

ブレヒトは、さっそく演出の作業にとりかかった。しかし、モーリッツ・ゼーラーが選んだ俳優たちは、ブレヒトのイメージとまったくかけはなれていた。開演は四月二日と決まり、すでにそう発表されていた。が、とうとうブレヒトは演出を投げ出してしまった。直接の原因は、父親役の俳優ハインリヒ・ゲオルゲとの対立だった。北ドイツ出身のこの巨漢は、他の俳優たちがブレヒトの要求と適当に妥協したときにも、がんとして自分を曲げなかったのである。——このゲオルゲは、その後、エルヴィン・ピスカートルのプロレタリア劇場運動の密接な協力者となった。そして、ナチスが権力をとったとき、なんと、〈高貴な共産主義者〉であったという理由で、ナチス演劇界の重鎮として迎えられることになる。ナチス・ドイツの演劇は、ハインリヒ・ゲオルゲを擁することによって世界的水準を維持しつづけた。

作者自身がその実現を本気で信じてこなかった上演は、こうして首尾よく流産するかと思われた。ところが、ゼーラーは断念しなかった。かれは、別の演出家を見つけてきた。この演出家が、別の俳優たちを連れてきた。『父親殺し』は、一二二年四月二十二日のフランクフルト・アム・マインでの初演ののち、五月十四日には、かねてブレヒトが自分自身の劇をそこで上演したいと願っていたベルリン「ドイツ劇場」でも上演され、大きなセンセーションをまきおこした。芝居はひきつづきミュンヒェン、ハンブルクの各都市でも上演された。そして、『父親殺し』の演じられるところには、つねに騒動がもちあがった。この騒動を見物するために、人びとは入場券を買った。

劇は、粗末な労働者の住居で演じられる。父イグナーツ・フェッセルは、日雇いの筆耕人である。長男カールは戦争に行っている。次男のヴァルターは、十八歳で高等学校《ギムナージウム》の生徒である。三男ロルフは、ロシア戦線で戦う長兄を英雄視し、自分も軍人になりたいと考えている。そのほか、勤めに出ている娘がひとりあり、妻は、一日中ミシン掛けの内職をしている。

父フェッセルは、しがないプロレタリアだが、家では絶対君主であろうとする。「おまえたちは義務ということを知らない。」「わしがこの家の主人なのだ。」これがかれの口ぐせである。かれの憤懣はとりわけ、次男のヴァルターに向けられる。「おまえはあまりに怠惰すぎる。」「ひょっとするとおまえは、わしが宮中顧問官か、教授かなにかだとでも思ってるんじゃないか、え！　うちには生活のたしになるものなど何ひとつないのに、おまえは怠けようとする！　うちでは飢えているのに、おまえは怠けようとする！　高貴なおかたのまねをして、そういうおかたの友人がたを家へつれてくる！　勉強、勉強、勉強はどうした、影もかたちもないじゃないか！」

ヴァルターは、こういう父をおそれ、また憎んでいる。内職に身をすりへらしている母は、息子と父親のあいだに入って、摩擦を避けようとする。なんてったって、おまえはお父さんの子なんだから……。だが、ヴァルターは母に向かって叫ぶ、「ぼくは全然だれの子でもない、だれの子供でも。」父は、ヴァルターが弁護士になって、労働者の味方をし、これまで自分たちが受けてきた仕打ちにたいする復讐をとげてほしい、と願っている。「なぜ、なぜまた、ぼくが弁護士にならなきゃいけないの。な、なぜ、ぼくが労働者の味方をしなきゃいけないの。」――これにたいして、父はこう答えることしか知らない、「なぜかって？　わしがそれを欲するからだ。」

ヴェルターは農夫になりたいのである。だが、父からすれば、それはとんでもないタワゴトだ。「ぼくは自由になりたい」と叫ぶ息子を、父親は一室に閉じこめる。「ぼくがあいつを殺すまで、あいつはけっしてぼくを出してくれやしない。」絶望してこうつぶやく息子に、母親が声をかける、「ヴァルター、あのひとだって人間ですよ。」――「あいつは、ぼくの父親だ。人間なんかじゃない。」

こうして、父と子のあいだに真の憎悪が燃えあがる。息子は母に宣言する、「息子が父親を殺すなり、父親が息子を殺すなりしたところで、それがだれに関係がある？〔……〕新しい掟があるわけだし、もっと別の掟だってあるだろう。別の考えかたができるわけだし、もっと別の考えかただってできるだろう。」しかし、じつは息子はこわいのだ。閉じこめられた部屋のドアごしに、かれは母に助けを求める、「……母さん、母さん、ぼくを抱いて、抱きしめて、しめつけて、ぼくはとても弱い、なにもできない、ぼくはひとりぼっちだ、母さん助けて！」父親のほうも、自分の権威以外には、じつはなにも持ってはいない。かれは、息子に和解を申し出る。だが、息子はそれをはねつける。怒り、絶望して、父は叫ぶ、「今日の今日まで、わしはこのうえなく善良な心をもった人間だった。わしはそれを知っているし、はっきりそう言える。どんな人間にたいしても最善のことをなそうと望んできた。一度だって悪いことをしてやろうなどと思ったことはない。ところが、わしにはひとりの息子がいて、そいつはわしからすべてを強奪しようとする。愛情も、父権も、財産も、家庭も、平安も、名誉も、わしの実りも、わしの生活も、わしの妻も。わしが持っているもの、わしのわしたるゆえんのものを、わしから強奪しようとする。〔……〕わしは何も奪わせはせんぞ。」

父が鍵をかけたまま出て行ったあと、息子に同情するフェッセル夫人は、息子のベッドに歩みよる。「おまえ、これまでに一度もキスしたことはないのかい？」ヴァルターは首を横にふる。「愛したことも？」――母と息子は、このやりとりに興奮し、思わず我を忘れようとする。そのとき、外で父フェッセルのもどってきた気配がする。ふたりは、はっと跳びはなれる。窓をばたんと押し開けて、片手に肉をたたくための棍棒、片手にピストルをにぎった父親が、部屋にのりこんでくる。殴るのと蹴るのと首をしめるのとを一度にやろうとしたため、かれは的をはずしてしまう。息子は、はだかのまま父におどりかかり、なおもピストルを発射しようとする父を、ナイフで刺し殺す。

フェッセル夫人（シーツでからだをくるんで部屋に入ってきて、ヴァルターのベッドに腰をおろし、しばらくしてから悲嘆にくれた声で）ヴァルター、ヴァルター、ヴァルター、ヴァルター、ヴァルター、ヴァルター、ヴァルター、ヴァルター、ヴァルター、

（ヴァルター、起きあがって戸口に立つ）

フェッセル夫人　あたしのところへおいで、お　お　おお、あたしのところへおいで、
ヴァルター　あんたなんか、もうたくさんだ。
なにもかも、もうたくさんだ。
ご亭主の葬式をしてやりな、あんたは年寄りだ。
ぼくは、でも、若い、
あんたのことなんか知るか、
ぼくは自由だ。
ぼくのまえにも、ぼくのよこにも、ぼくのうえにも、だれも、だれももういない、
親父は死んだ、
天よ、おまえに向かってぼくは跳ぶ、飛行する、
なにかが、せまり、ふるえ、うめき、なげき、こみあげ、みなぎり、あふれ、はじけ、とび、こみあげ、こみあげ、
ぼくは、
ぼくは花咲く――

内在化する暴力

『乞食』から『息子』を経て『殺したものではなく殺されたものに罪がある』にいたる一連の表現主義作品と、ブロンネンの『父親殺し』との差異は、ブロンネンの息子が父の殺害を自分の手で完遂する、という一点だけにとどまるものではない。

息子の側による暴力の撤回と非暴力イデオロギーの提唱をすでに体験してきたこの時期に、『父親殺し』の舞台

で演じられる暴力的対決は、まさしく常軌を逸したものだった。息子ばかりではない。父親の側も、暴力を手びかえることはしない。かつてハーゼンクレーヴァーの『息子』において、父は犬の鞭をふるって息子を打ちすえようとした。当時それは、旧秩序の暴虐の象徴だった。だが、ブロンネンの父は、調理用の肉をたたく棍棒とピストルとを両手にかざして、窓から息子の部屋に躍りこんでくる。

息子の暴力も、ここでは決定的に変質している。かつて、父に叛逆した息子たちは、父の対極に設定された〈女性〉的なものなしには、行動しえなかった。父への叛逆に火を点じたのは彼女たちだったし、父が死んだあと、息子たちが新しい生に向かって出発するとき、そのかたわらには、恋人、女友だち、娼婦、看護婦、母、等々の姿をとった彼女たちがいた。『父親殺し』のヴァルターにとって、たしかに、内職で疲れはてながらなお美しさを失わぬ母は、父の抑圧にたいする憎悪をかきたてる一契機だった。かれは母に助けを求め、かれと母とのあいだには、近親相姦の空気がみなぎる。けれども、母が息子への愛を極限にまで高めようとしたとき、父を殺した息子は、母をも一蹴するのである。――「あんたは年寄りだ、ぼくは、でも、若い、あんたのことなんか知るか、ぼくは自由だ……。」

「あんたなんか、もうたくさんだ。なにもかも、もうたくさんだ。〔……〕ぼくのまえにも、ぼくのよこにも、ぼくのうえにも、だれも、だれももういない」――こうしてかれは、たんなるオイディプス・コンプレックスによる父親殺害者の範疇にとどまることを拒絶する。いっさいを拒絶し、いっさいを粉砕しつくすこの暴力は、だがしかし、屈折をひめている。『父親殺し』の息子もまた、本質的には、他の多くの叛逆的な息子たちがそうだったように、一個のひよわな存在である。かれもまた、母親の庇護なしには最初の一歩を踏みだせない。かれの反抗には、幼児性がつきまとっている。農民になりたい、というかれの夢さえ、甘い夢の域を出ていない。遅れてきた反抗期、手前勝手、甘え――こういった年寄りたちからの批判を、かれもまた避けえないだろう。

だが、かれには、この息子ヴァルターには、そういう批判者たちやかれらのお気に入りの若年寄りたちにはない確かな醒めたところがある。戦争という言葉に酔いしれ、軍人である長兄にあこがれる弟とはちがって、ヴァルターは、国をあげての戦争陶酔に巻きこまれてはいない。「カール兄さんが帰ってきたら、鉄砲の撃ちかたを教わるんだ」という弟に、「でも、兄さんが帰ってこなかったら？」と水をさす。「みんな穴のなかに転がっているのさ、死人たち、哀れな連中、雪のなかか、地面のうえか、森のなかか、草むらのなかかにね、切りきざまれ、めちゃめちゃに射ちぬかれて……」――この点でヴァルターは、ほんのわずかな例外をのぞいて第一次世界大戦にともなう愛国主義・排外主義に決して与《くみ》することのなかった表現主義者たちの、良き伝統のうえに立っているのである。とはいえ、かれは、戦争にたいして例えば芸術を対置するような次元をも拒否する。「ぼくは将軍になるんだ」と抱負を語る弟にたいして、かれはこう答える、「詩人たちのあとに来るもの、詩人や画家や作曲家や彫刻家が終わりを告げたときに来るもの、それにぼくはなるのだ。」

こうしたヴァルター・フェッセルの形象を、作者が他の表現主義の父子葛藤劇からくっきりときわだたせるのは、その家庭環境によってである。父への叛逆をこころみる表現主義の息子たちは、その作者たち自身と同様、ほとんど例外なしに、ブルジョワや上流中産階級の家庭の子だった。将校や医者や商社主や教授である父親が、ブルジョワ支配秩序の権化として息子のまえに立ちあらわれた。ブロンネン自身の父も、高等学校《ギムナージウム》教授であり自然主義の作家だった。だが、かれが生みだしたヴァルターの父イグナーツ・フェッセルは、そうではない。家庭環境の差は、劇の舞台構成を指示したト書からだけでも、はっきりしている――

両親の家にある息子の部屋。正面の壁には公園を見おろす大きな窓、遠くに都市のシルエット――家々、工場の煙突一本。部屋には、相当なブルジョワ家庭の適度の優雅さ。家具調度はオーク材でできている。勉強部屋のつくり。いくつかの本箱、勉強机、数脚の椅子、地図。左右に扉。時刻は夕暮前。（ハーゼンクレーヴァー『息子』）

フェッセル家の部屋。粗末なつくり。寝台三つ、机三つ。椅子六脚。住居は、これ以外に、外の廊下に出る通り道になった小部屋――そこには二台の寝台とミシン――、小さな暗い台所、小さな納戸をふくんでいる。

（ブロンネン『父親殺し』）

『父親殺し』の初演当時、要するにこれは自然主義の環境劇《ミリュー・ドラマ》の焼きなおしではないか、という受けとりかたが一部にあった。人間に罪を犯させ、あるいはかれを破滅に追いやる原因として、遺伝的資質とならんで社会的環境に目を向け、これを告発したことは、十九世紀末の〈傾向劇〉たる自然主義演劇のひとつの特徴だった。父親をもふくめた家族全体の悲惨な生活を舞台にのせた『父親殺し』は、戦争――平和、軍国主義的抑圧――自由への意志、ブルジョワ的父親――革命的息子、暴力――人間性、等々といった透明な二元論を打ちだした表現主義の父子葛藤劇よりは〈環境劇〉に近い、と受けとられる理由がたしかにあった。

だが、本質的な違いがひとつある。自然主義の戯曲では外在的なものでしかなかった暴力が、『父親殺し』では完全に内在化されたのである。

父イグナーツ・フェッセル自身、既成秩序の被抑圧者である。そのかれが、息子にたいしては抑圧者として立ちあらわれざるをえない。旧い秩序の意志を息子におしつけるためではない。強圧的な人間として息子にたいするとき、かれは、せめて息子には自分のような惨めな生きかたをさせたくない、と切実に願っているのである。個人としての自分の怨念を晴らすことだけでなく、階級としての自分たちのために復讐をとげることをも、息子に望んでいるのである。息子ヴァルターも、それを知らないのではない。しかし、かれは、「祖国なんてもののなかで暮らすのは恥辱だ」とののしる社会主義者の父を、「祖国《ファーターラント》ってのは、父祖《ファーター》たちの国《ラント》のことでしょ」と切りかえさずにはいられない。かれが父親に反抗するのは、父親が抑圧的秩序の暴力だからではなく、不平と怨恨をいだきながらその抑圧的秩序を父親がどうすることもできずにいるからである。かれの反抗は、戦争とブルジョワ性と圧制とを体現していた正統的な表現主義の父たちにたいする反抗ほど、透明で一義的なものではない。同時にそれは、自分自身の蜂起をも屈伏をも外在的な社会環境のせいに帰することのできた自然主義の息子たちのような逃げ場をもたない。――弱者は強者とならねばならぬ。暴力は、たとえ相手が被抑圧者であり弱者であっても、撤回されてはならない。被抑圧者であることにみずから決着をつけることもできずにいる父親の惨めな状態をくりかえさないためには、それ以外に道はない……。

　こうしてかれは、自然主義の社会告発をも、表現主義の暴力と非暴力をも、ともに踏みこえて歩みはじめたのである。

『父親殺し』が各地で意想外の成功をおさめたのち、ブロンネンは、ブレヒトにすすめられるままに、百貨店の

ジョージ・グロス「ドイツ帝国はわれらの未来の憧憬であります」（ラーテナウ暗殺の２日前にドイツ国粋人民党の議員カール・ヘルフェリヒが国会でこう発言したことに抗議し、暗殺を糾弾するポスター）

店員をやめてミュンヒェンに移住した。住む部屋がなかったので、ブレヒトはブロンネンを、自分の友人である画家カスパル・ネーヤーの部屋へ押し込んだ。カスことカスパル・ネーヤーとブロンネンは、ウマが合わなかった。「そこで、はらはらするような緊張にみちた共生関係が、虎のカスと黒豹ブロンネン（ブレヒトはかれをこう呼んでいた）とのあいだで営まれることになった。そして猛獣使いのブレヒトは、かたときも目をは

なすことができなかった。」——回想録『ベルトルト・ブレヒトとの日々』のなかで、ブロンネンはこう記している。

ある日、ブレヒトを自分の甥のように可愛がっているユダヤ人作家リオン・フォイヒトヴァンガーの家で飲んでいたとき、ネーヤーは、大きな酒ビンで二匹の蠅を一度にたたき殺すことを思いついた。一匹は迷惑至極な押しかけ同居人で、もう一匹は親友ブレヒトの危険きわまりない競争相手だった。この二匹が一体と化した存在たるブロンネンの背後から、酒ビンがまさに振りおろされようとしたとき、フォイヒトヴァンガーがネーヤーの腕をつかんで引きもどした。そんなこととは夢にも気づいていなかったブロンネンに、フォイヒトヴァンガーは、大きくはないがよく通る声で言った——この男、きっとあなたを殴り殺していましたよ。で、わたしは牢屋にぶちこまれていたでしょうね。なにしろ『フェルキッシャー・ベオーバハター』の連中ときたら、何でもわたしにできないことはない、と思いこんでいるのですから。

『フェルキッシャー・ベオーバハター』（民族の監視兵）とは、言うまでもなく、ナチ党の機関紙である。ベルリンでユダヤ人の経営する百貨店に働いていたブロンネンは知らなかったが、ミュンヒェンでは、ナチスの勢力がすでに危険を予示するものになりはじめていたのだった。撲殺未遂事件の数日後、『ユダヤ人ジュース』で知られる作家フォイヒトヴァンガーは、ブレヒトとブロンネンに、自分の家のまえでナチスの若者たちが嫌がらせをしていった様子を話してきかせた。かれらは、ユダヤ人排撃の叫びをあげ、砂と小さな石を投げてよこした。つぎには、もっと大きな石が飛んでくるだろう。「わたしたちも、もうこれ以上ミュンヒェンにとどまってはいられないかもしれない。」フォイヒトヴァンガーはこう語った。

ブロンネンは、連中にそんな度胸はない、と反論した。すると、フォイヒトヴァンガーは、苦笑しながら言った、「ほかならぬあなたが、これを疑うのですか？　あなたの『父親殺し』は、こういう若者たちにとってひとつの信号なのですよ。連中が石を投げたりビンで殴りかかったりするのは、ほんの手始めにすぎない。あなたの劇を上演することに意味があるとすれば、それは、こういう危険を知らせるため、というひとことにつきるのだ。」

演出をやれなかったことにいまなお腹を立てているブレヒトが、かたわらから口をはさんだ、「ぼくなら、そういう上演のしかたをしたのに！」――フォイヒトヴァンガーが言った、「それが役に立ったかどうか……。」

ユダヤ人の外相ヴァルター・ラーテナウが、反革命義勇軍団《フライコール》エーアハルト旅団のメンバーによって暗殺されたのは、その翌日、一九二二年六月二十四日のことだった。

2　マス・メディアをめぐる闘争

映画制作にたずさわる

『父親殺し』が、ベルリンでの初演にひきつづき、ミュンヒェン、ハンブルク、フランクフルトでも上演されようとしていたころ、ブロンネンとブレヒトは、共同で映画のシナリオを書く計画をたてた。紙幣で十万マルクの賞金のつく懸賞に応募するためだった。

筋書きは、すぐに決まった。――船が難破して、二人の男と一人の女が孤島に漂着する。「アサンシオン」という名のその島は、なんらかの破局によって、無人の地と化している。しかし、巨大な文明の装置はそのまま残されている。ただ、人間と、人間の日常生活のためのごく単純な手だてだけが無いのである。そこで、三人は、なんともグロテスクな暮らしを始めることになる。たとえば火をおこすとか、ものを書くとか、ちょっと移動するとかいう些細なことをするのにも、複雑で大がかりな機械装置を動かさねばならないのだ。こうした無気味な世界のなかで、一人の女をめぐって二人の男のあいだに争いが生じ、かれらは破滅への道をまっしぐらにつっぱしっていく……。

ブレヒトはこの構想に『第二のノアの洪水』（*Die zweite Sintflut*）というタイトルをつけ、ブロンネンはこれを

『アサンシオン島のロビンソン物語』（*Robinsonade auf Assuncion*）と名づけた。完成した作品は、一九二三年十一月になって、『ベルリーナー・ベルゼン・クーリエ』（ベルリン市況新報）に掲載された。

一九二三年秋まで一年半あまりつづいたブレヒトとの交友の期間に、ブロンネンは、『父親殺し』のほか、『青春の誕生』（*Die Geburt der Jugend*, 1922）および『でたらめ』（*Die Exzesse*, 1923）という二篇の戯曲、それに中篇小説『九月の出来事』（*Die Septembernovelle*, 1922）を公にした。『青春の誕生』は、すでに『父親殺し』より一年前の一九二一四年に書かれていたもので、その最後の幕だけは、『父親殺し』が二〇年に雑誌『ディ・エアヘーブング』に発表されたとき、それの「エピローグ」として併載された。だが、上演されたのは、ようやく一九二四年一月のことだった。

一九二四年以後も、ブロンネンは、つぎつぎと戯曲を発表しつづけた。二四年には、『シリアンの無秩序《アナーキー》』（*Anarchie in Sillian*）と『カタロニ平原の戦い』（*Katalaunische Schlacht*）、二五年には『ラインの叛逆者たち』（*Rheinische Rebellen*）、二六年には『賠償』（*Reparationen*）と『東極遠征』（*Ostpolzug*）が、それぞれ刊行された。

だが、ブロンネンの活動は、舞台での上演を目的とする戯曲の制作だけに限定されてはいなかった。一九二二年夏のミュンヒェンでの生活をおえてベルリンにもどったかれは、ブレヒトとの合作『アサンシオン島のロビンソン物語』ののちも、ひきつづき映画の仕事にたずさわった。もはやブレヒトとの共同作業としてではなかった。ヴィーン出身の監督ジョー・マイのもとで、映画のドラマトゥルギーとフィルム編集の技術を習得するかたわら、表現主義以来のドイツ映画を代表する監督のひとり、フリードリヒ・ヴィルヘルム・ムルナウの仕事を手伝ったのである。

ジョー・マイは、のちに一九二九年、最後期無声映画の傑作といわれる『アスファルト』のなかで、字幕の文字の大きさによって人物の声の大きさを表現するという独特の技法を使い、映画史上に名をとどめることになる。しかし、どうでもよいようなシーンを四十四回もやりなおさせる反面、自分の娘が目の前でピストル自殺をとげるまで事態の深刻さに気づかなかったというような一面をもったマイとの共同作業は、ブロンネンにとってそれほど愉快なものではなかったらしい。それとは逆に、ムルナウのスタジオとムルナウの人柄は、ブロンネンをすっかり魅了してしまった。「リーゼン山脈《ゲビルゲ》の中腹にある狭くて低い農家の部屋のなかに、ルードルフ・リットナーからパウル・ヴェーゲナーにいたるまで、当時のドイツ演劇界のもっとも錚々たる、もっとも力のある俳優たちがうずくまっていた。かれらは、ムルナウの喜びにかがやく顔のために演技をしたのである。かれらが演じていたのは、カール・ハウプトマンの『悪魔祓い』だった。映画が商売になってしまうようなことはなかった。レンズが魂をのみこんだ。レンズのまえと舞台装置のあいだで起こっていることは、たしかに、演芸が提供しうるかぎりもっとも感動的な体験に属するものだった。」(『ベルトルト・ブレヒトとの日々』)

ブロンネンは、ムルナウを通じて、「デクラ活動写真会社」のエーリヒ・ポンマーを知った。ポンマーは、自分の会社を「ウーファ」(ウニヴェルズム映画株式会社)と合併させることを考えており、この新しい活動の場で主としてムルナウのために脚本を書く作家をさがしていた。ポンマーから白羽の矢を立てられたとき、ブロンネンは迷った。ミュンヒェンのブレヒトが何と言うか、心配だったからだ。ブレヒトはちょうど『都会のジャングルのなかで』の初演を目前にして、それに夢中のありさまだった。一九二三年五月初旬のことである。

迷ったすえ、ブロンネンはひとつの賭けをすることにした。プロイセン国立劇場の有名なプロデューサー、レーオポルト・イェスナーから新作の草稿を朗読するよう求められていたかれは、その成否に自分の進路をたくそうと考えたのである。イェスナーをとりまく舞台関係者たちのまえに披露されたのは、未完のまま長いあいだかかえていた一幕物『裏切り』(*Verrat*)だった。そして――結果はさんたんたるものだった。

ブロンネンは、即座に、演劇に見切りをつけて映画シナリオ作家になる決心をかためた。そして、ブレヒトに手紙を書いた。その手紙は、「墓碑銘」(*Epitaph*)という表題をつけて、雑誌『デァ・クヴェーアシュニット』(断面)の一九二三年五月号にも掲載された。

「大規模かつ活動的なドイツの一映画コンツェルンと契約することになった今日この日をもって、かれは、ドイツの演劇のための生産的因子であることから引退する。」――こういう三人称の書き出しに始まる「墓碑銘」のな

かで、ブロンネンは、映画につぎのような性格づけを与えようとしたのだった、

映画に金《かね》があり演劇に貧困があるのは、偶然ではない。どんな時代でも、みずからのエッセンスに金を払うものだ。映画は時代の精髄《エキス》であり、演劇はもはや代用品でしかない。芸術における本質的な点と喜ぶべき点は、いまや、その芸術のために金を払う人間たちの受け身の姿勢にほかならなくなりつつある。映画には休止がない。それは休みなく作用する。なにしろ、観客が映画を求めるのではなく、映画が観客を求めているのだから。

そしてかれは、自己の演劇活動に訣別を告げるこの文章を、ユーモラスではあるが決して明るくはない決意表明で閉じたのである、

……監督たちにたいしては柔和な微笑をうかべ、俳優たちにたいしてはほろにがい感謝をいだきつつ、かれは今生の別れを告げる。

　これからは地獄のなかで、映画の脚本を書くだろう。かれは黒こげに焼かれるだろう。なにしろ、芸術の生彩は、それが直面する外的な障害とともに大きく育つものだからだ。別の表現をすれば、こうである——乳牛となって立派に乳をしぼられるか、さもなければ、内的な衝動にしたがって、家畜屠場で果てるか、どちらかだ。

　いまはまさしく肉食の時代である。

　アーメン
アルノルト・ブロンネン

こうして、ブロンネンはポンマーと契約した。だがしかし、そのひとととの共同作業のためにのみかれが「地獄」入りを決意した当の相手たるムルナウは、ブロンネンが長く迷っているあいだに、別の協力者を見つけてしまっていた。ブロンネンではない協力者のシナリオによって、ムルナウは、無声映画の不朽の名作『最後の男』（一九二五）

を生んだのだった。

身寄りのなくなったブロンネンのために、ポンマーは、ちょうど身体の空いていた別の監督をあてがってくれた。出来あがったのは、『涙の島』（*Insel der Tränen*）と題する一本の映画だった。アルノルト・ブロンネン原作と銘打ったそのフィルムこそは、もはや識別も困難なくらいボロボロになった死骸、かつて何世紀も昔に懸賞で賞をとったブレヒトとの合作『アサンシオン島のロビンソン物語』の着想の死骸にほかならなかった。

『映画と人生——バルバラ・ラ・マル』

いささか大袈裟な宣言を発してなされた映画への方向転換は、さしあたり、みじめな成果しか生まなかった。今、生の別れを告げたはずの演劇分野とのかかわりも、結局、晩年にいたるまで断ち切ることはできなかった。しかし、映画のなかに「時代の精髄《エキス》」を見たことは、けっしてかれの一時の迷いではなかったのである。

たんなる映画論という範疇をはるかに超えたベーラ・バラージの『視覚的人間』（邦訳＝創樹社および岩波文庫）が刊行されたのは、ブロンネンが映画への転向を決意したときからほぼ十ヵ月後、一九二四年三月八日のことだった。急速な発展をとげた無声映画は、トーキーの時代の戸口に立っていた。のちにバラージが定式化したように「資本主義社会のなかで生まれた唯一の芸術ジャンル」である映画をめぐって、ありとあらゆる可能性が極限まで追求されようとしていた。ムルナウ、チャップリン、グリフィス、ジガ・ヴェルトフ、エイゼンシュテイン、等々の二十世紀文明の巨人たちが、ヨーロッパでもアメリカでもソヴィエト・ロシアでも、日に夜をついで新しいものを追い求めていた。映画を自己の主要な活動分野としない芸術家であっても、およそ表現の問題を課題として引きうけようとすれば、映画を避けて通ることはできなかった。

『カリガリ博士』をはじめとする表現主義映画の衝撃のもとで生まれた『第二のノアの洪水』あるいは『アサンシオン島のロビンソン物語』以後も、この作品のふたりの作者たちは、映画への関心をますます深めていった。ブレヒトは、一二〇年代前半にくりかえし映画のシナリオを試みたのち、ついに一九三一年、コムニスト作家エルンスト・オットヴァルトと共同で『クーレ・ヴァンペ――世界はだれのものか』のシナリオを完成させ、翌年はじめ、監督S・T・ドゥードウ、音楽ハンス・アイスラーで制作されたその映画の演出にも協力した。一方、ブロンネンは、『涙の島』以後、映画の制作に直接たずさわることはなかったものの、このジャンルがもつ同時代的な意味について、表現者としての関心を失ったわけではなかった。第一次世界大戦直前の時期にアメリカで急速に発展しはじめた産業としての映画が、どのような道をたどって時代の精髄となるにいたったのか、その内的な営みをえぐりだすことによって、映画をつくりだす人間たちと、映画に体現された精神と、映画に金を払う肉食時代の受動的な観客たちの意識とを、ともに照射すること――これをブロンネンは、小説のかたちで行なったのである。

ブロンネンの最初の長篇小説《ロマーン》、『映画と人生――バルバラ・ラ・マル』（*Film und Laben Barbara la Marr*）は、一九二八年一月に刊行された。初版は一万部、出版元は、『父親殺し』の成功をきっかけにしてブロンネンの全作品を将来にわたって出版する契約をかれとのあいだに結んだエルンスト・ローヴォルト書店だった。それは、新しい芸術ジャンルの営みを描いた小説だったばかりでなく、この営みを新しい手法で描こうと試みた作品でもあった。

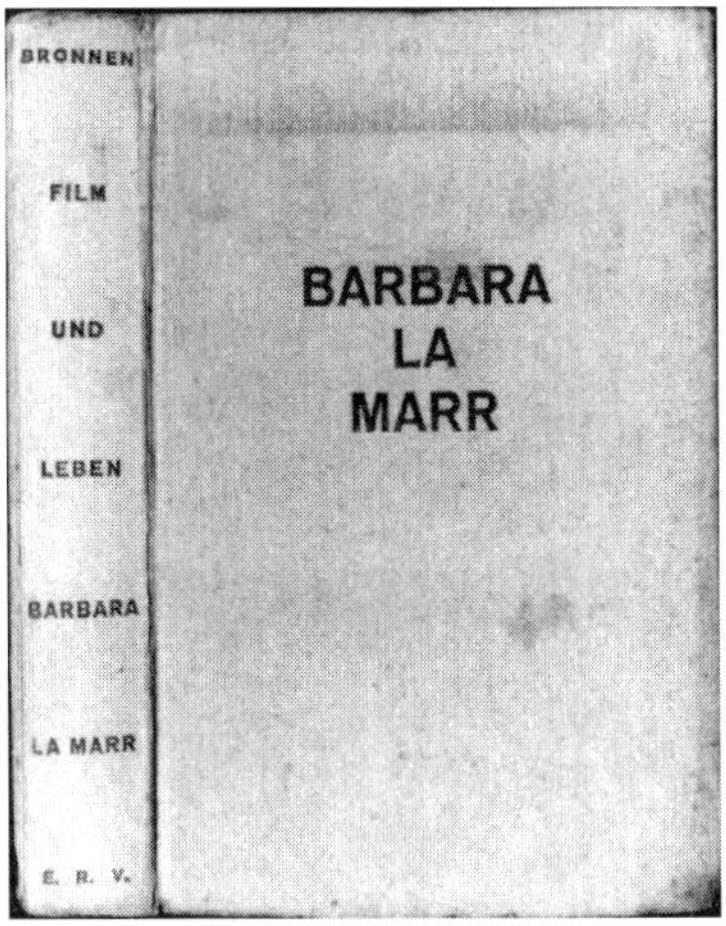

『映画と人生――バルバラ・ラ・マル』表紙と背

――一九一二年九月十四日、田舎から出てきた十六歳の少女が、ハリウッド、ファースト・ナショナルの監督アル・グリーンのまえに現われるところから、物語は始まる。彼女がこの監督のまえに通されることができたのは、まったくの偶然だった。暴漢に追われて裸馬で逃げる役目の女優が、撮影中に落馬して不慮の死をとげた直後のことで、監督は契約期限までに映画をつくりあげるために、いますぐ代役を見つけねばならなかったのだ。

映画入りを決意して親元を逃げ出してきたその少女リーサ・ワトソンは、ここに来る途中、首の骨を折って救急車で運ばれていく当の女優マル嬢を見ていた。それからまっすぐ郵便局へ行って、田舎で牧場を経営している恋人に電報を打った。ファースト・ナショナルと契約する。あすから忙しくなるから、あなたとは結婚できない。すぐに来て、わたしを誘拐してごらん……。それから、彼女はグリーン監督のところへ押しかけて、初対面のかれを相手に、長々と自分の生い立ちを物語って聞かせた。ほかの代役をさがす時間がなくなったグリーンは、仕方なしにイチかバチかでリーサを雇うことにせざるをえなかった。

翌日、撮影が再開された。マル嬢の後釜にすわって馬にまたがったリーサ・ワトソンを見て、アル・グリーンは、これは行けそうだ、と感じた。八歳のときから田舎の寄席舞台で踊り子をしたというリーサには、一種のクソ度胸がそなわっていた。暴漢に追われて馬で逃げるシーンは、彼女の強引な希望によって、ぶっつけ本番で行なわれた。首尾は上々だった。彼女が逃げ込んで老人に助けられることになっている家まで、あと少し、というとき——道ばたの薮のなかから、恋人ジャック・ライテルが現われて、彼女を誘拐し去ったのである。

一同は呆然とし、つぎには地団駄ふんでくやしがった。たとえ彼女がもどってきたとしても、筋書きにないことをやってしまったのだから、またもや撮りなおしをしなければならない。期日は二日後に迫っている。すると、グリーン監督が膝をたたいた。よし、あんなにうまく行っていたのを反古にする手はない。あそこで男が現われて、彼女をひきさらい、ふたりは結婚する、ということにすればよい！　彼女を助けることになっていた老人は解雇だ。あの男をさがせ。さがし出して契約するのだ！

ジャック・ライテルは、リーサを南部に連れていった。追いかけて奪い返そうとしたリーサの兄は、ていよく追い返された。ふたりをさがしあてたファースト・ナショナルの渉外担当者も、ジャックの心意気にすっかり感激してしまっている彼女を、獲得することはできなかった。女優になる夢をあっさり捨てて、リーサはジャックと結婚した。

だが、長くはつづかなかった。二人は、ふとしたことからメキシコの革命家と称するローレンス・コンヴァースと知りあった。リーサは、夫をすててコンヴァースに走った。しかし、リーサを愛しているジャックは、それを妨げようとはしなかった。彼女はきっともどってくる、と信じていた。ローレンス・コンヴァースには定職がなかった。ファースト・ナショナルの渉外担当ジェームズ・フェリクスは、リーサの女優としての資質にすっかり惚れこんで、彼女を追いまわし、なんとかして正式契約にもちこみたいとやっきになっていた。けれども、自分が女優になることをコンヴァースが喜ばない、と感じたリーサは、生活がますます苦しくなっていくにもかかわらず、契約に同意しなかった。

ついに、靴下にも不自由するようになった。このままでは、破局は目にみえていた。そのとき、ジャック・ライテルは、リーサがコンヴァースと結婚したこと、そして生活に不自由していることを、人伝てに聞き知った。絶望のあまり、そして彼女を救うために、ジャックは自殺した。五千二百ドルの遺産が、リーサにのこされていた。

ふたたび息を吹きかえしたリーサとコンヴァースは、上等のホテル住まいをつづける生活にもどった。ロサンジェルスのホテルで、たまたま映画界の大物たちが集まっているのに出くわした。そのなかには、アル・グリーン監督もいた。リーサのなかに埋火となって残っていた映画への情熱が、ふたたび燃えあがろうとする。冗談半分に、夫と芸名の相談をした。かつて自分が代役をつとめたあの落馬した女優は姓をマルといった。名前は知らない。そして、小さいころ寄席で踊っていたときの自分の芸名はバルバラだった。姓はなかった。そこでバルバラ・マル――しかしこれではありきたりだ。絶対に同姓同名の俳優が出てこないような、特色のある名前でなければならない。こうして、彼女は、自分の芸名を、バルバラ・ラ・マルと決めたのである。

グリーンから彼女を紹介された有名な監督アドルフ・ズーカーは、こう言った、「この娘には欠点がひとつある。美しすぎることだ。」あらゆる人びとが、彼女に映画入りをすすめた。彼女は苦しんだ。そして、やはり夫のもとに帰る決心をした。

ところが、夫コンヴァースの部屋には、ひとりの婦人客があった。それは、ちゃんと合法的に結婚しているコンヴァースの妻だった。つまり、かれはリーサを欺いて、二重結婚を犯していたのである。事が露見したのを知ったコンヴァースは、みずから警察に自首していった。呆然自失して夜の街をさまようリーサを見て、酔った男たちがちょっかいを出そうとした。かれらは、たがいに牽制しあい、ついには大乱闘を演じて、リーサもろとも一網打尽に検挙され、予審判事のまえに引き出されることになった。男たちから罰金をとった判事は、リーサにたいしては、二十四時間以内にロスアンジェルスから退去するよう命じた。あなたのような美人がいては、この町の治安が保てない、というのだった。

こうしてついに、バルバラ・ラ・マルことリーサ・ワトソンの、映画界への本格的登場と紆余曲折にみちたキャリアが始まったのである。

客を退屈させない小説

「演劇は、いずれ、民衆にとって重要なものではなくなる。ちょうど、棕櫚の葉が繊維産業にとって重要でなくなったように。」――小説のなかで、映画会社ファースト・ナショナルの支配人ルービンは、こう演説する。「さて、人びとの心を入れかえさせようとしても、そしてこれをすることこそ演劇のオマンマのたねにほかならないのだが、掛け値なしの本物の破産というのはどういうもので、その値段はいくらか、などということを知りたがっているような人びとの心を入れかえさせるのは、どだい無理というものだろう。本当に二時間なり三時間なり死ぬほど退屈できるのか、それともそれは切符売りの宣伝文句にすぎないのか、こういうことに絶大な関心をいだいている自殺者どもが、いったいわれわれに何のかかわりがあろう。しかし映画は、諸君、破産する意図もなければ、お客さんのだれかが退屈してくれることを望んでもいない。これこそ健全な核心である、とわたしは言いたい。」

一八九五年に映画が生まれたとき、それは発明者にとって、ほんのお遊びにすぎなかった。だが、繊維産業の副業、それも儲けにならない副業として始められた映画部門が、ルービン支配人の演説が行なわれた一九一四年には、ワシントン州の長者番付のずっと上位に位置するまでに、急速な発展をとげたのだった。この発展は、ますます速度を上げようとしていた。二年後、取引銀行の頭取が、あなたは前年度と比べて三倍もの映画を作っている、もっと資金を節約してはどうか、と苦情を述べたとき、小説のなかのズーカー監督は、こう反論したのだった。「節約しませんとも。制作を手びかえることはしませんとも。ドイツがわれわれの映画をこしらえてくれるのを、われわれは合衆国と大英帝国でつくねんと待っていようとでもいうつもりですか？　映画は力なのですよ、あなた、現実の力なのです。それにね、政府が国家のために映画をつくるようになることも、わたしにはちゃんとわかっているのです。わが国でもです。満員のスタジオのほうが、がらすきのスタジオよりも値段は高いですよ。ずっとね……。」

映画が現実的な力となり、それどころか政治的な力とさえなろうとしていた時期を、ブロンネンは、バルバラ・ラ・マルという一女優の生涯を縦糸にし、映画界のさまざまな人物や出来事を横糸にして、一篇の小説に仕立てあげたのだった。そこには、映画がたどった道の年代記的あとづけが随所に挿入されているばかりでなく、『快傑ゾロ』（一九二〇）のダグラス・フェアバンクス、パラマウント社の創立者であるハンガリー出身のアドルフ・ズーカー（ズコル）、モンタージュをはじめて映画にとりいれたデイヴィッド・グリフィス、等々の監督たちや、メリー・ピックフォード、リリアン・ギッシュ、ジョン・フォードらの男女俳優、そしてさらに、映画王といわれ、のちに共和党の政治家となったウィル・H・ヘイズなど、実在の人物が実名で登場し、バルバラ・ラ・マルと出会い、それどころかあるものは彼女を愛し、結婚しさえする。バルバラ自身、少なからぬ点で、メリー・ピックフォードを彷彿させる。ピックフォードと同じく、バルバラも、八歳で舞台に立ち、十六歳ではじめて映画に出たことになっている。ピックフォードは、結婚と離婚をくりかえし、夫たちのなかには、フェアバンクス監督もいた。バルバラの経歴も、これと大差はない。ピックフォードが〈アメリカの恋人〉と呼ばれたのにたいし、バルバラは〈国民の憧れ〉という異名を獲得する。のちにセミ・ドキュメンタリー小説、時事小説、企業小説、内幕小説、等々の呼び名を冠されることになる文学領域を、ブロンネンは、一九二〇年代以降きわめて重要な意味をもちはじめる意識産業をテーマにしながら、いちはやく開拓したのである。

だがしかし、『映画と人生——バルバラ・ラ・マル』の特色は、それだけに尽きるものではない。ブロンネンは、演劇を駆逐した映画を小説のテーマとするにあたって、「客を退屈させせない」映画、「二十年のうちに世界をすっかり変えてみせる」（支配人ルービン）と豪語する映画と太刀打ちできるような娯楽小説を、書く決心をかためたのである。

読者は、唐突な出来事が続発する発端部分を読みはじめ、いっこうに映画女優にならないリーサの数奇な運命を、それでも筋の展開の奇抜さとリーサ自身の天衣無縫の奔放さに魅せられながら、少しも退屈せずに追いつづける。そして、かなり読みすすんだとき、ようやくはじめて気づくのである――これは映画なのだ！

筋の展開と人物の描写が、映画の画面のショットを思わせるばかりではない。この小説には、字幕があるのだ。

本の各ページの欄外にページを示す数字《ノンブル》が打たれているのとならんで、あるいはノンブルとは反対側の欄外に、その章の表題が印刷されていることが多い。たとえば本書では、左側のページの左上端にそれがある。〈柱《はしら》〉と呼ばれるその文字が、『映画と人生』では、各章のタイトルではなく、そのページに書かれていることの簡潔な要約から成っているのである。したがって、毎ページ、異なる〈柱〉が付されているわけだが、注意してよく見ると、なんと、それは、ページからページへと連続して、ちゃんと一連の文章をなしているのだ。

たとえば、四つめの章「美しすぎる娘」の計二十三ページの〈柱〉を初めから順番につないでいくと、こうなる

ついにミス・ワトソンは　バルバラ・ラ・マルと名乗って　とある大宴会で　映画界の大物たちと　ふたたび近づきになったものの　ズーカー監督からは　あまりに美しすぎるというので　はねつけられたすえ　結局この不運な状態に　終止符を打ってくれたのは　夫のコンヴァースに隠し女が　あったのが露見したことで　その女というのが法律上の　かれの本妻だったのだが　かれがみずからすすんで　警察に自首しているあいだに　バルバラはさっさとかれを見かぎり　おまけにその美しさによって　夜の街に乱闘騒ぎをひきおこし　判事のまえへ出るはめになり　ロスアンジェルスからの追放を言い渡された理由も　彼女が美しすぎるためなのだ

故マル嬢の代役として裸馬で走ったときの演技が神話にまでなっていたバルバラの映画復帰は、こうして実現した。しかし、一本撮り終えるか終えないかのうちに、またもや彼女は映画から逃げ出した。前夫コンヴァースと一緒に一度たまたま出会ったことのある男性ダンサーが、ペアを組んで踊る計画をもちかけてきたのだ。幼いころからダンスが好きだったバルバラは、矢も楯もたまらず、その男フィル・アインスワースのもとへ飛んで行った。

この小説のなかでバルバラを愛する男性は、十指に余る。そのうちの五人と、彼女は結婚している。アインスワースとの結婚生活もやがて終わった。ふたたび映画にもどり、彼女を待ちわびていたズーカー監督のもとで、四〇度の高熱をおして、スペインの踊り子の役の試し撮りをした。スクリーンに映し出された自分自身のすばらしい演技を見て、彼女はくずおれた。それからしばらくは、脚本を書く仕事にたずさわった。彼女の脚本は大当りをとった。ダグラス・フェアバンクスが、彼女を起用したがっていた。しかし、彼女はその間にディーリーという俳優と結婚し、まもなく子供が生まれるはずだった。そのとき、夫ディーリーは、彼女を裏切って別の女をこしらえた。彼女は流産した。離婚して、フェアバンクスと契約した。別れた夫との金銭上のもつれから、弁護士にしつこく追いまわされるようになった。相手は、彼女に道徳上の非難をあびせ、世論に訴えようとした。要求された金をこしらえるために、崇拝者のひとりであるイタリアだかスペインだかの貴族を賭博場に連れて行き、ここで一攫千金のもくろみが夢と消えたとき、金の取立てにやって来ていた男を殺す計画まですすめた。

そうするうちにも、彼女は、新しい夫であるドガーティ監督のもとで、つぎつぎと映画を撮った。押しも押されぬ大女優と目されるようになったが、敵も多かった。その攻撃とたたかうことに、神経をすりへらさねばならなかった。愛人から娼婦とののしられて、彼女は自殺をくわだてた。しかし、死ぬことはできなかった。彼女の運命は、確実に下降線をたどりはじめた。健康を害したまま、ひたすら再起をめざした。その彼女が、かねてからひそかにいだいていた望みが、ひとつあった。試し撮りのままに終わっていたあのスペインの踊り子を、なんとしてもやりとげたい、ということだった。しかも、最初に自分を見出してくれたアル・グリーンのもとで、それをしたかった。ハリウッドにもどった彼女を、ファンたちは、はたしてカム・バックが成るかどうか、絶大な関心をもって見まもっていた。彼女は、提供されるあらゆる役をことわって、スペインの踊り子にすべてを賭けようとした。

ついに、アル・グリーン監督のもとでスペインの踊り子の演技をする夢が実現した。病気をおして、彼女は踊った。鬼気せまる演技だった。だれもが、彼女はもはや長くはないことに気づいていた。完成まであとわずかを残すばかりとなったとき、ふとバルバラは、何度も一緒に仕事をしてきた名もない端役の男に目をとめた。かれが持っている自分のブロマイドにサインしてやることを、彼女は思いついた。

ところが、かれはそれを持っていなかった。もっと悪いことに、別の女優の写真を持っていた。自分はもう忘れられた存在なのだ——この衝撃に彼女は耐えられなかった。気を失って運び去られたあと、ふたたびグリーンをはじめとする一同のまえに現われたとき、結核に身体のすみずみまで侵されたバルバラは、もはや声を発することができなかった。自分ではそれに気づかないでしゃべりつづける彼女に向かって、かつては彼女に好意をいだいていたがいまでは例の別れた夫との金銭上のもつれにかんして彼女に怒りをいだいているジェームズ・フェリクスが、肩をすくめながら言い放った、「ねえ、お嬢さん、あなたは声をなくしてしまわれたのですよ。」一日を生きながらえたのち、バルバラは死んだ。

健康を回復するために　彼女はハリウッドに舞いもどり　どんな役を引きうけることも断って　攻撃に
耐えていたところ　ついにアル・グリーンがふたたび現われ　彼女をつかまえて　彼女の最後の役だっ
た　スペインの踊り子にしたて　それがもうほとんど完成というとき　彼女はほんの偶然から　映画労
働者の胸のポケットを見て　自分が忘れ去られていることを知り　がっくりとくずおれて　またもや逃げ
出し　グリーン、ライオン、フェリクスのまえに立ったが　もはや言葉をしゃべることもできず　生命の
火を消していく　一九二六年一月三十日のこと

最後の章「*Will she come back?*」の字幕には、こう記されている。

意識産業への目

戦後の一九五七年に西ドイツのヘンシェル書店から『映画と人生——バルバラ・ラ・マル』の新版が「第二版」として一万七千部の刷り部数で刊行されたとき、〈字幕〉は完全に除去されてしまった。戦後に出たいくつかの版でも同様である。それはともかく、戦後にもなお版を重ねたほど作品としては面白いにもかかわらず、『映画と人生』は、のちに述べるブロンネンの長篇第二作『O・S』（一九二九）とは逆に、刊行当時もそれ以後も、あまり論議の対象になっていない。書評にとりあげられた場合でも、『西部戦線異状なし』（一九二九）の作家エーリヒ・マリア・レマルクのつぎのような評価が、ほぼ平均的なものだった——

> この小説は、ひとを夢中にさせ、酔わせる。ありとあらゆる色どりで花咲き、えも言われぬ不思議な気分をかもしだす。この本は、ガラス張りのホールの興奮した熱気にみちみちている。騒音と叫び、輝きと光に、労働者と舞台装置と演出家たちと撮影用ライトにみち、テンポと、天国と地獄にみち、生命にみちあふれている。まるで一発の花火のように、そのあいだをひとりの女性の生涯がカーヴを描いて打ち上げられ、近くにやってくるいっさいのものを、変えてしまう。目をくらませ、たぶらかし、引きよせ、焼きつくし、自分自身を炸裂させて、突然おしまいになる、おだやかに、驚くほど柔和に。

だが、映画を描き、映画を小説化したこの作品では、まさにその映画こそが問題だったのだ。映画が体現しているところのものが、問題だったのだ。

映画に向けられたブロンネンの目が見すえていたものは、芸術表現とその受け手との関係だった。もはや、観客が芸術を求めるのではなく、芸術が観客を求めているのだ。観客はなんとしてでも退屈させてはならない。芸術に金を払う人間たちの受け身の姿勢が、芸術の本質となりつつあるのだ。この洞察は、『映画と人生』のスタイルを規定したばかりではない。かれが依然として劇作にたずさわりつづけるなかでも、かれにいくつかの視点の転換を要求せずにはいなかった。一九二六年に発表された『東極遠征』がすでに、最初から最後までまったくただひとりの登場人物によって演じられる、という劃期的な試みとなったのも、このことと無関係ではないだろう。

かれの関心が、映画とならぶもうひとつのマス・メディア、ラジオ放送に向けられていったのも、きわめて当然のことだった。

一九二六年にはベルリン放送局のラジオドラマ番組に協力するようになり、二八年から三三年まで、同放送局付の脚本作家を委嘱された。二九年には、クライストの原作を脚色した放送劇『ミヒャエル・コールハース』(*Michael Kohlhaas*)を書きおろした。

同じ一九二九年の秋、カッセルの文学アカデミーと帝国放送協会との合同会議が開かれた。ラジオ放送と文学との関係、とりわけ両者の有意義な協力関係はどうあるべきかを、討議するためだった。その席上、ブロンネンはこう述べた――

> 放送は、こんにち、あらゆる言語芸術にとって最大の力である。この力は、空虚で、実体がない。ゆらゆらとよろぼう幻影であり、伝播するのに電線も必要としない。この力は満たされねばならぬ。放射する精神と、それを受けとる民衆とによって、満たされねばならぬ。すっかりタガがはずれて使いものにならないくらい混乱しきった時代、自己の民衆から疎外され、どんな人種にもどんな風土にも結びついていない無責任な文士たちの恥知らずな同業組合《ギルド》が、大きな顔をしてのさばっている国――そここそ、この力にその内部から生気を与え、国民のために役立てるような、そういう人物たちが立ちあらわれることだろう。

ブロンネンのこの発言は、文学のことを論じるべき場に政治を持ち込むものだとして、物議をかもした。ちょうどそのころエルヴィン・ピスカートルの政治劇場運動に触発されて長篇小説『ベルリン・アレクサンダー広場』(一九三〇）を書きあげていたアルフレート・デーブリーンさえ、まっこうからブロンネンを非難した。放送は、政治的なことを超越した無色透明の事象だったのだ――文学や芸術の政治性を認めている人びとにとってさえも。

ヴァイマル共和国がその死にいたるまで放送というメディアになんらの注意もはらわず、もちろんこれを民主主義的な意識形成のための媒体にしようなどとは夢にも考えなかったこと、そしてそれとは逆にナチズムが、政権獲得後ただちに放送の徹底的な利用に着手したこと（宣伝相ゲッベルスは、一九三五年に、かれの放送政策の中間総括ともいうべき『国民社会主義的放送』という著書を公にしている）――このことを考えるなら、ブロンネンの発言の重みは、おのずから明らかだろう。

ブロンネンは、ヴァイマル時代のドイツの作家・芸術家のなかで、ラジオ放送を、片手間の副業の一形態としてではなく自己の表現活動の本質的な媒体＝形式として把握した数少ないひとりだった。一九三二年秋に、かれが、オストマルク（ドイツ東部国境地方）の放送局の仕事を引きうけることになったとき、雑誌『ディ・リテラトゥーア』（文学）の同年十月号は、「ブロンネン、放送プロデューサーとなる」という解説記事を掲載している――

アルノルト・ブロンネンが、オストマルク放送から、放送プロデューサーとして招聘を受けた。ケーニヒスベルクへのこの招きがもつ政治的背景は、それが政治的なものであるだけに喜ばしいものではないが、それでも、アルノルト・ブロンネンがこの職務にふさわしい才能を充分もっていることは、認めないわけにいかない。クライストの『ミヒャエル・コールハース』によるかれの放送劇は、この未開拓領域における最初の実りある試みのひとつだった。かれは、劇作家にとってラジオ放送がもつ可能性を認識した最初のひとりであり、ベルリンでほとんど十年近くも実験的な仕事を行なってきたのである。エルンスト・ハルト（このひとが行なったファウストの放送向け脚色のことを感謝をこめて想起すべきだろう）によれば、ブロンネンは、そのような部署に立った最初の作家だという。理論的にも実践的にも放送劇のための基礎をきずいてもきたしまた職責をはたすだけの精神的力量をそなえてもいるハンス・キューザーやルードルフ・レーオンハルトのような人びとが、あとにつづいてほしいものだ。もしもブロンネンが、身近な同業者たちのためにも放送プロデューサーとして立派に腕を発揮してくれるなら、われわれもなにもこれ以上くどくど言うことはないのである。

この記事からわずか数カ月後にナチスが政権を握ったとき、ブロンネンは、帝国放送協会の脚本部門担当者に任命された。一九三五年には、A・H・シェレ＝ネッツェルという変名で、長篇小説『天空《エーテル》の闘い、あるいは不可視の人びと』（A. H. Schelle-Noetzel: *Kampf im Äther oder Die Unsichtbaren*）を書いた『映画と人生――バルバラ・ラ・マル』の系列上に位置するこの一種の暴露小説のなかで、ブロンネンは、みずからの活動の体験にもとづきながら、ヴァイマル時代の放送界の内幕を描き出し、民衆つまり労働者や小市民のための放送という観点がそこでは完全に欠落していたことを、批判したのだった。言うまでもなく、この観点から放送をプロパガンダの媒体として活用しつくしたのが、ナチズムだったのだ。

表現する側の独自性や主体性と同時に受け手の側の感受性や要求や自己表現意欲をも視野に入れない芸術表現は、ブロンネンにとって、もはやありえなかった。政治と芸術という二元論は、ブロンネンにとって、マス・メディアという観点、放射される精神とそれを受けとる民衆との両者によって満たされるべき空虚な力、という観点のなかで、はじめて乗りこえられたのである。

一九三五年三月二十二日に、マス・メディアとしては時代をはるかに先取りしつつナチス・ドイツの首都ベルリンでテレヴィジョンの本放送が開始されたとき、ブロンネンは、ゲッベルスのお声がかりでその番組編成主任に就任したのだった。

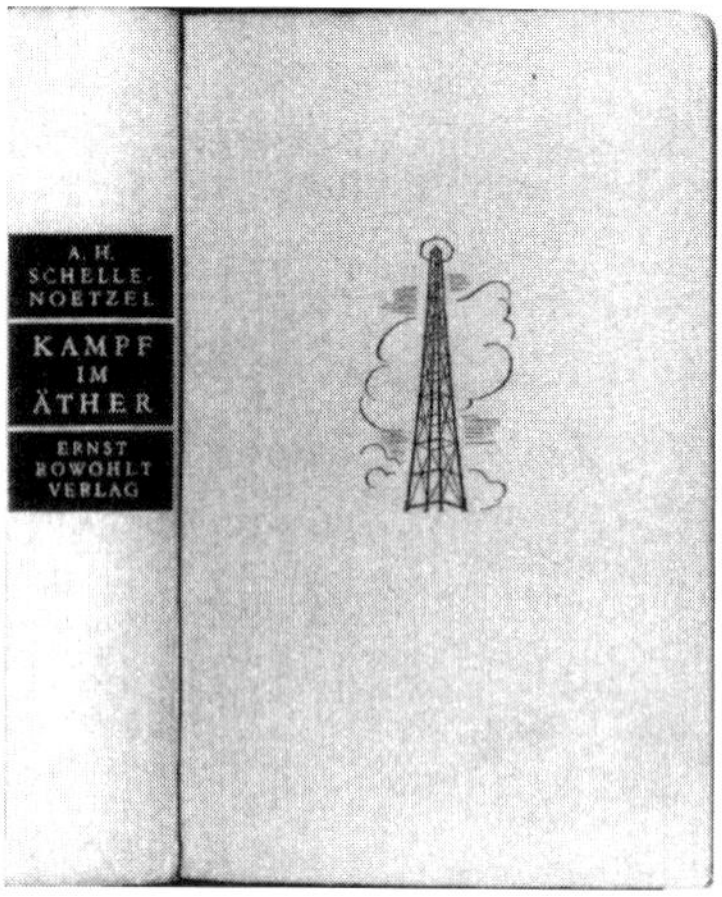

『天空《エーテル》の闘い、あるいは不可視の人びと』表紙と背

3　呪縛された黒豹

ファシストの戦列へ

一九三〇年十月十七日、ベルリンのベートホーヴェン・ホールで、「理性に訴える」と題するトーマス・マンの講演が行なわれた。市民、とりわけ中産階級にたいして、ナチスの危険性を訴えることが、その趣旨だった。ちょうど一カ月前の総選挙で、ナチ党は驚くべき大躍進をとげていた。それまでわずか十二議席の小政党だったのが、五五七議席のうち一〇七議席を占めて、一躍SPD（社会民主党）につづく第二党にのしあがったのである。得票率も、投票総数の一八・三パーセントに達していた。ナチスに次いで勢力を伸ばした共産党は、従来の五四議席を七七にふやし、得票率は一三・一パーセントだった。トーマス・マンの講演は、こうした状況のなかで、ナチスにたいしてきっぱりと否《ナイン》をつきつける幅広い層を形成しようとする意図をもっていた。

会場には、大勢のナチス青年たちが押しかけてきていた。野次と怒号と口笛で、かれらは講演を妨害した。空気はきわめて険悪だった。最前列に坐っていた出版者S・フィッシャーの夫人は、はらはらしながら、一刻も早く講演を切りあげるよう、マンをせきたてた。ナチスの連中がマンに襲いかかろうとしたとき、指揮者のブルーノ・ヴァルター夫妻が、勝手知ったホールの裏口から、マンをひそかに外へ連れ出した。――同じ日、ベルリン近郊の町ベルナウでは、SA（ナチス突撃隊）が、共産党主催の集会を襲撃する事件がおこっている。

トーマス・マンの講演会場を襲ったナチス青年たちの陣頭指揮をとったのは、黒眼鏡で顔をかくしたアルノルト・ブロンネンだった。

すでにその前年の一九二九年から、ブロンネンはナチ党を公然と支持していた。かれの政治的な態度決定は、七

ドイツ勤労奉仕隊──「第三帝国には肉体労働を卑しむものは一人もいない」

名以上の左翼労働者を暗殺したかどで公判中だった一中尉の釈放を求める署名運動にすすんで協力したことにも示されている。この署名は、一九二九年六月、元将校だった一作家が、同じく元軍人で何らかの戦争文学を書いている十人の作家に呼びかけて行なわれた。ブロンネンのほか、エルンスト・ユンガー（鉄兜《シュタールヘルム》団員）、ヴェルナー・ボイメルブルク（ナチ党員）、フランツ・シャウヴェッカー（同）ら、計七人がそれに応じた。エーリヒ・マリア・レマルクは、署名しなかった。ヴァイマル時代の代表的な戦争体験小説のひとつ『戦争』（一九二八）の作者で、このころすでにプロレタリア文学運動の隊列に加わっていたルートヴィヒ・レンは、「わたしはバリケードの反対側にいる」と答えて、署名を拒否した。レンを通じて、翌三〇年四月、この署名運動の全貌が、ドイツ・プロレタリア革命作家同盟の機関誌『ディ・リンクスクルヴェ』（左曲線）の誌上で明らかにされた。ブロンネンが、帝国放送協会とカッセル文学アカデミーとの合同会議の席で〈政治的発言〉を行なったのは、この署名から三カ月後のことだった。

かれが署名を求められたのは、二九年四月に刊行された長篇第二作『O・S』（*O.S.*）によってだった。大きな反響を呼んだこの小説は、一九二一年五月に上部《オーバー》シュレージエンでおこったポーランド系住民とドイツの反革命義勇軍団《フライコール》との戦いをテーマにしていた。O・Sとは、上部シュレージエンのことである。

ルール地方とならんでドイツ最大の鉱工業地帯だった上部シュレージエンは、また、ドイツとポーランドとの民族的抗争の舞台でもあった。第一次大戦でドイツが敗れたのち、当然のことながら、反ドイツの闘争が燃えあがった。ドイツは、正規の国防軍のほか、義勇軍団の軍勢をもくりだして、ポーランド系住民の弾圧を断行した。結局、パリ講和会議で、この地域の帰属は住民投票によって決定されるべきことが定められた。二一年三月に行なわれた住民投票は、ドイツ支持が約六〇パーセントを占める結果に終わった。この結果をみて、ポーランドの反ドイツ運動指導者でブルジョワ民族主義者のヴォイツィエルフ・コルファンティは、武装闘争に踏み切った。二一年五月上旬、半ば公然とドイツ各地から輸送されてきた武器および義勇軍団員と、ドイツからの独立を求めるポーランド系住民とのあいだで、戦闘の火ぶたが切っておとされた。ポーランドからの義勇兵も参加して、一時コルファンティ政権の樹立にまですすんだ戦いも、だが、結局は、コルファンティとドイツ支配層との妥協によって終結された。

アンナベルクの戦いによってドイツ民族主義者の神話にまでなったこの一連の事件を、ブロンネンは描いたのだった。最初の数章は、一九二一年四月二十九日の十一時に始まって数分きざみで叙述される。列車に武器が積まれているのを発見したベルリンの鉄道労働者クレーネクは、これを阻止しようとして、逆に、検事ホフマンに脅迫され、かれとともに自動車で武器弾薬を運ぶ役をさせられることになる。ホフマンは、共産党機関紙『ディ・ローテ・ファーネ』（赤旗）にもたびたび登場する鬼検事で、共産党員のクレーネクは、かねてからその悪名だけはよく知っていたのだが、じつはそれが反革命義勇軍団の秘密幹部でもあったのだ。上部シュレージエンへ向かう途上、クレーネクは、なんとかしてこのことを官憲や国際監視委員会のフランス兵や党の同志たちに知らせて、ホフマンの行動を妨げようと試みる。だが、すべては失敗に終わり、かれが運転させられている自動車は、ついにシュレージエンに行きついてしまう。

じつは、クレーネクも、この地方の出身だった。現地の党組織と連絡をとって、かれはドイツ義勇軍団の行動を妨害しようと考えた。しかし、現地の状況は、かれが予想していたものとはまったく違っていた。勢いを得たコルファンティ軍のポーランド人たちによって、ドイツ系住民は惨憺たる状態におとしいれられていたのだ。小説の後半では、共産党員クレーネクが上部シュレージエンの現実のなかで次第に民族主義者へと変貌していくさまが描かれる。
O・Sのドイツ系住民と、それを援ける義勇軍団の苦闘は、孤立と壊滅の一途をたどる。ドイツは、義勇軍団のあげた狼火を無視したのだ。

あの高貴な燦然と輝く帝国《ライヒ》、隣人たちを恐れもせず意にも介せず、ただみずからの言葉の精神と支配者たる使命への信念とによってのみ内部の結束をたもつひとつの穹窿を、ありあまるほどの実りをおさめながら外に向かってうちたててきた、あの最初の生きいきした種族たちの構成体――それは、結集と流動の力を失っていた。そして、そのなかでは、政治的な諸形態がけっして生きた意味をもつことがなかったがゆえに、あいもかわらず最初の一千年の神秘な帝国の夢を糧にし、他のどんな民族よりも精神、信念、膨脹力などというものを当てにしていたがゆえに――

それはすべてを失ったのである。
ドイツの助けによってポーランドは勝利した。

武器をとって上部シュレージエンに駆けつけた若者たち、戦後世代の純真無垢な義勇軍団員たち、それをドイツは見捨てたのだ。ドイツのO・Sで、みすみすポーランドをのさばらせることになったのだ。しかも、無私の若者たちを煽動した支配者たちは、結局は敵と取引をし、私の利益をはかったのである。クレーネクは、むりやり自分を義勇軍団の側に引き込んでおきながら情勢の動きをみて自分たちを裏切ったホフマン検事を、自分の手で成敗しようとする。そしてついに、火災をおこしている炭坑の坑道にかれを追いつめる。あと一歩というとき、だがしかし検事は、駆けつけた仲間に救い出され、クレーネクは炎に巻かれて坑内に斃れる――「あの一連の闘争の犠牲者たちは、無駄に斃れたのではなかった。なるほど裏切りは意想外の成功をおさめはしたが、それでも新しい天は新しい種子をまいたのである。破壊はその進行を止めた。目標は依然としてかかげつづけられている。将来おとずれるべき勝利の凧にはためきながら。」
四一〇ページにおよぶ長篇の結びの一節は、すべて大文字でこう記されている。

『O・S』をめぐる評価

進行する国際的な経済危機と、現実生活のなかに無視しえぬ要因としてファシズムが抬頭してきた状況下にあって、『O・S』は大きな反響を呼びおこした。ナチズムに転向した左翼作家の最初の作品というためばかりではない。コルファンティをはじめとする実在の人物を登場させたこの作品の形式が、歴史と虚構との結合を大胆に試みたものとして関心を呼んだ、という面もあった。だが、ほとんど無条件の賞讃と、ほぼ全面的な否定という相反する評価が『O・S』をめぐって飛びかったのは、この小説に描かれた主題と、主人公クレーネクの歩みそのものが、当時のドイツにとって他人事ではない切実な問題を提起していたからである。刊行直後の時期にドイツ各地の新聞や雑誌に掲載された書評だけでも、三十篇を超えていた。

『O S』初版カバー

右翼武装組織「鉄兜団《シュタールヘルム》」メンバーで、戦争文学『鋼鉄の嵐の中で』（一九二〇）の作家であったエルンスト・ユンガー（一八九五―一九九六）は、こう賞讃した、「この小説は、責任感というものがすっかり失われてはいないのだ、ということを示す最初のしるしだ。それゆえ、個別事例としても徴候としても、きわめて重要なものである。」

ブレヒトの理解者であり、『父親殺し』のころのブロンネンとも面識のあった一八八一年生まれの演劇批評家ヘルベルト・イェーリングは、ユンガーとは逆に、きっぱりと否定的な評価をくだしている、「この小説の感情の強さは、かれの精神的な弱さである。怒りの広大無辺さは、かれの政治的な狭小さにほかならない。〔……〕動いているのは、大衆ではなく個人でしかない。つきうごかされているはずのものが、つきうごかすものになってしまっている。政治的な子供だましの代物だ。」

ヴァイマル時代のリベラルな反対派文学者たちの強力な結集点だった雑誌『ヴェルトビューネ』（世界舞台）の中心的な批評家クルト・トゥホルスキー（一八九〇―一九三五）は、『O・S』がもつ重要性に着目して、「少しはマシな人士」と題する長い書評を書いた。

まず「みごとな装幀だ」と感心してみせたトゥホルスキーは、すぐそのあとに、こうつづける、「この四一〇ページは、だがしかし、ひとりの文学者が文学に告げる別れの挨拶である。」作家に、時事作家たる権利があるのみならず、その義務もあることは、疑いをいれない。ブロンネンは、唯美主義的な書きかた、公平無私と称する非政治的な書きかたなどしない。かれは、一方の側に立っている。ポーランドの側ではない。かといって、ドイツの側でもない。かれは、反革命義勇軍団《フライコール》の側に立っているのだ。そして、この義勇軍団というやつは、たいてい、自分のことのためにのみ戦うのであって、かれらに何かをしてくれと頼みもしなければ、かれらが何をしましょうかと尋ねもしないドイツ人のために戦うのではない。しかもブロンネンは、その反革命義勇軍団それ自体ではなく、それの提灯持ちにすぎない。エピゴーネンのエピゴーネンだ。汚れたシャツだからといって、黒シャツだとは限らない。思想信条の純粋性というものは、匂いをかいでみればわかる。「ハンス・グリムは、徹頭徹尾、誠実な男である。ブロンネンは、純粋ではない。」

こうしてトゥホルスキーは、この作品の文体、ヒロイズムのとらえかた、ドイツの経済についての無知、等々を細かく指摘したすえ、要するにこれは「サロン・ファシズム」にすぎない、ときめつける。そして、こんなものを出版したことを出版者エルンスト・ローヴォルトのために悲しみ、最後にこうしめくくったのである――「本の宣伝文句にかんして言えば、もっとも都合の悪い評価でも採りあげるのが普通になっている。そこで、そのためにちゃんと、きまり文句が用意されている。騒然たる反響、というやつだ。さて、路上にころがった一本の犬のエサ用のソーセージが、ワンワンキャンキャンと騒然たる反響を呼んでいるとする。犬はそれをなんとも良い匂いがすると感じるからだが、人間はそんなものをよけて通る。――つまりこれが、騒然たる反響を呼んでいるその本なのだ。」

だが、トゥホルスキーのこの評価は、いささか一面的にすぎると言えなくはない。ブロンネンにたいして厳しすぎるからではなく、ブロンネンのとらえかたが甘すぎるからである。

左翼リベラリスト、トゥホルスキーにしてみれば、たしかにブロンネンは、生粋のファシストの使い走りにすぎなかったかもしれない。そして、そうであるという理由だけで、かれを不誠実で不純な人間と断定してさしつかえなかったかもしれない。けれども、こうしたトゥホルスキーのとらえかたは、まずひとつには、なぜ提灯持ちが提灯持ちたりえたのか、ということにたいする洞察を欠いている。犬のエサ用のソーセージと、人間の味覚や嗅覚とが所詮は相容れないものだ、という固定観念が、トゥホルスキーにはある。しかし、犬のソーセージが、貧しくさせられた人間の感覚に訴え、迫ってくる状況というものが、存在しうるのだ。それは、提灯持ちを自己の親しい友人に、それどころか暗い道を照らす灯台にさえ、してしまう状況である。『O・S』の翌年にブロンネンが発表した長篇『ロスバッハ』（*Roßbach*, 1930）もまた、とり

1926年7月、ナチ党第２回全国党大会にさいして「マルクス主義に死を」の横断幕を掲げて開催地ヴァイマルの市内を行進するＳＡ（突撃隊）

わけ若い世代から熱狂的に迎えられた。ヘルマン・エーアハルトとならぶ二〇年代ドイツの反革命義勇軍団の組織者、ゲルハルト・ロスバッハ(一八九三—一九六七)が、この小説の英雄的な主人公だった。

さらにまた、トゥホルスキーはブロンネンこそ、ある意味できわめて誠実で純粋な人間であることを、見落している。『O・S』の主人公クレーネクの歩みは、徹頭徹尾、誠実さと純粋さを失わない。かれは、怒ることのできる人間である。他人の痛みを知ることのできる人間である。だからこそ、かれは共産党員なのだ。だからこそ、上部シュレージエンの現実のなかで、変貌をとげることもできたのだ。かれの〈転向〉を、かれの不誠実さや不純さのせいにするなら、現実を見誤ることになるだろう。そうしたとらえかたは、ファシストはすべて不誠実で人間的に頽廃している、という固定観念に通じる。これが現実にそぐわないこと、とりわけ、ファシズムを容認し支持した無数の人びとの現実にはそぐわないことは、いまさら言うまでもない。

ブロンネン自身、けっして不誠実な人間ではなかった。それどころか、かれは、ある人間をとことんまで愛し、対象に自己を没入できるという、たぐいまれなすぐれた資質の持主だった。ブレヒトにたいする友情は、このことをよく物語っている。こうした資質があったからこそ、かれの『父親殺し』は、あらゆる自己規制を排して、暴力の全面的な展開を舞台にのせることができたのだった。人びとによっていま何が求められているのかを文学表現の領域でも的確に把握しえたのは、かれのそうした資質によってだった。むしろかれは、信じやすさにたいする防壁を、自己のなかに築くべきだったかもしれない。怒りと自己犠牲は、ブロンネンにあっても反革命義勇軍団の若者たちにあっても、不誠実さと不純さの証しではない。だが、それは、ファシズムにたいする防壁にはならないどころか、人間が犬用のソーセージをめぐって争う状況のなかでは、容易にファシズムへの階梯に変わるのだ。

表現主義とは何か?

「一九三〇年以前のドイツの批評が、ゴットフリート・ベンや、アルノルト・ブロンネンのイデオロギーに注意を向ける必要があったのにそれを怠ったことは、ゆるしがたいことだった。」——リオン・フォイヒトヴァンガーをも編集責任者としてソ連のモスクワで刊行されていた亡命ドイツ作家たちの雑誌、『ダス・ヴォルト』（言葉）の一九三六年十一月号に寄せた「パリ便り」という文章のなかで、ヴァルター・ベンヤミンはこう書いている。

　こうした反省は、ファシズムが権力を握り、しかもその支配が一時的なものではないことが明らかになるにつれて、共産主義者のなかからも、ブルジョワ民主主義者のあいだからも、くりかえし提起された。一九三七年から三八年にかけて、『ダス・ヴォルト』誌上を中心に展開された〈表現主義論争〉は、ファシズムの前史を表現主義との関連で明らかにしようとする、もっとも集中的な試みだった。けれども、そこでは、表現主義とファシズムとのかかわりが、真に歴史的・文学的なそれとして掘りさげられることなく終わった。一方のルカーチやアルフレート・クレラ（ベルンハルト・ツィーグラー）は、表現主義からファシズムへと通じる道を見ながら、それを表現主義に発する本質的には唯一の道としてとらえ、これと〈リアリズム〉への道とを対置することによって、ファシズムの前史としての表現主義以後がふくむ多義的な問題を、放置してしまった。そして他方の表現主義擁護派は、表現主義を全否定から護ろうとするあまり、この文化思潮の特質をもっぱら表現形式の新しさという点だけに矮小化し、疑いもなくファシズムのひとつの前史でもあった表現主義の重層的な意味を、看過したのである。この論争でも、またこれまでのほとんどすべての論究でも、いわば『父親殺し』から『映画と人生――バルバラ・ラ・マル』を経て『O・S』に通じる道の問題として、表現主義とファシズムが論じられたことはなかった。

> いま、だれか疾駆するルポ・ライターのひとりから、表現主義とはいったい何なのか、と尋ねられたとしたら、いっそ尋ねてくれるな、と願うしかない。というのも、表現主義とは何なのか、ぼくにはさっぱりわからないからだ。これは表現主義的だ、と言われるのを聞いて、最初にいくつかの戯曲を読んでみたところ、とんと気に食わなかった。その後、これは表現主義的だと聞かされて、別のいくつかの戯曲を読むと、まえほど気に食わなくはなかった。つまり、ぼく自身のものだったのだ。要するに、もしも今日の比較的若い生産者たち〔……〕が、表現主義から何らかの経験を引き出したとすれば、それは、表現主義とは厚かましさである、という経験にほか

ならない。

リベラルな文学週刊紙『ディ・リテラーリッシェ・ヴェルト』（文学界）に、一九二六年一月から四月にかけて六回にわたって断続的に連載されたエッセイ「ブロンネンの十本の指」（*Bronnens zehn Finger*――最終回のみは「ブロンネンの十本目の指」*Bronnens zehnter Finger*）のなかで、アルノルト・ブロンネンは、こう書いている。

表現主義とは厚かましさである――とすれば、『父親殺し』以後、小説『映画と人生』までのあいだに書かれたブロンネンの計八篇の戯曲は、すべて例外なく表現主義のものである。

一九二二年に刊行され二五年一月に初めて上演された『青春の誕生』は、『父親殺し』の父子葛藤劇を、いわば高等学校と女学校の舞台へ移したものだった。ここでは、教師と父母が結束して息子や娘たちの蜂起に対処しようとする。「ぼくは笑うことすら許されなかった。両親がぼくを毒したのだ。家ではぼくは猿のような人形だ。醜さといじけとでいっぱいになった悪臭ふんぷんたる喜劇役者だ。」――これは、生徒たちに共通の想いである。しかし、これまでかれらは、それにたいして何もできなかった。「だれかが始めねばならぬ。」カールは、生徒のストライキを提案する。それを知った教師は言う、「きみはエゴイストだ。〔……〕きみが求めているのは暴力だ。きみが求めているのは憎しみだ。きみは、自分が下のほうにいるのを感じている。上へ昇ろうとするかわりに、きみは復讐を渴望するのだ。」――

「そうです。ぼくは復讐を渴望します。ぼくはすべてを憎んでいる。」

「警察を呼ぶぞ。」

「なぜ、自分が軽蔑しているものに頼るのです？」

「そうしないと、われわれがめちゃめちゃにされてしまうからだ。深淵に飛びこむときには、完全武装をしてからねばならない。」

父親は言う、「うちの息子は、この数年、わしをめっきり老けさせてくれましたよ。女房は娘のためにヒステリーになるし。」 うなずきながら校長が嘆く、「わたしは五十ですが、だれが見ても六十としか思えないほどです。」父親、「われわれはみな犠牲者ですよ。」 校長、「世の中が、がさつすぎるのですな。」 子供たちの蜂起は、まさしく厚かましさの噴出である。その厚かましさには根拠がある。だが、厚かましさの犠牲者たちは、警官隊を導入する。最後の幕は、乱舞によって構成されている。警官に蹴散らされ叩きふせられた若者たちは、踊りながらひとつに結集する――

わたしはひとりでいたくない
それはできない
若者はひとつであらねばならぬ
（荒れ狂うように速く恍惚と）
肉体はくだけ血がひとつの血がほとばしり跳ねおどる
血が陶酔が燃える激しい欲望が燃えほとばしり荒れ狂い
　跳躍
　爆破
　瓦解
（かれらは四方八方から走り寄りこうしてひとつの暗い熱い肉体を形成する）
　全員
ひ――い――い――い――とつ
（ひしと押しあつまった中心から数人が徐々に身を起こす）
　身を起こしていくものたち
（唇に泡をためて硬直したまま身をのばし汗ばみながらこの世のものとも思われぬ声で）

いまわたしには神が見える
神
いまわれらが神だ
神
われら神
激しい欲望をいだき成長しつつ支配する神
みんな神だ
わ——あ——あれら神

全員

わ——あ——あ——れら神

抑圧と叛逆のなかでみずから神となっていくこの若者たちは、姿を変えながらブロンネンの劇にくりかえし現われる。一九二三年の喜劇『でたらめ』では、それは男女の銀行員である。ドイツの北端と南端の両支店に同時に派遣された男女の新入銀行員が、出発のさい駅で一度だけ姿を見た相手をたがいに忘れかね、辞表をたたきつけてベルリンに舞いもどる。まったく何の連絡もなしに別個に行動したかれらは、第一幕と同じ駅の場面で相手を再発見するのだが、ちょうど偶然に同じ駅へ妻を出迎えにきていた銀行の頭取は、妻が別の男と旅立っていくのを見てしまう。驚きあわてる頭取をつきとばし踏みこえて、若い男女は駆け寄る——

ブロンネンの映画入りの契機となったあの『裏切り』の改作、『シリアンの無秩序《アナーキー》』（一九二四）では、抑圧と叛逆の関係は、シリアン発電所の技師と電気工のあいだで、ひとりの女性をめぐって展開される。はじめ技師に圧倒されていた若い電気工は、やがてじりじりと技師を追いつめ、かれから女性を奪いとる。ストライキと停電を背景としたこの葛藤は、もはや、世代の対立ではなく、階級闘争の様相をおびている。

叛逆のパトスから支配の社会学へ

ブロンネンの人物たちの厚かましさが明確な転換点に達するのは、かれが『映画と人生』によって初めて長篇小説に手を染めるまでのさしあたり最後の戯曲、『東極遠征』（一九二六）においてだった。

東極とは、北極や南極に対応する東方の極地である。東極遠征とは、アレクサンドロス大王の東征を指している。父王の急死によって二十歳でマケドニア王となったアレクサンドロスは、父の権威の残映を払拭し、自己の力を極限まで試みるため、エヴェレスト山の征服をくわだてる。そしてついに、まったく精神力だけでそれを成しとげるのだが、ブロンネンは、九幕からなるこの劇を、まったくただひとりの登場人物だけによって演じさせるのである。表現方法の新しい試みは、それればかりではない。ほぼ一幕おきに、古代と現代が交互にあらわれ、大王は、あるときは紀元前四世紀の人間として、あるときは現時点である一九二〇年代の人間となって登場する。古代の軍船で海を渡るかと思えば、エンジンの轟音もけたたましく、トラックに乗って砂漠を越えるのだ。

この劇の重要性は、だがしかし、そのような技法上の奇抜さにあるのではない。ここで初めて、表現主義の息子たちは、征服者として、支配への意志として、登場するのである。かつて抑圧に抗して起《た》った叛逆者が、いまや、あらゆる近代的装置を駆使して東方へ向かう古代人の姿をとりながら、史上最大の独裁者となって現われるのだ。近代的装置は、かれにとって、その専制支配を確立し貫徹するための不可欠の道具なのだ。父親を殺し、母親を打ちすてて去った息子も、弾圧のなかで神と化すことによって観念上の一体化をかちとることができた若者たちも、上司を踏みこえて想いをとげた若い男女も、存在そのものの不気味な圧力によって管理職を威嚇したシリアン発電所の労働者も、もっとも近代的な機械装置を駆使することなしには、支配されるものから支配するものへの変身をとげることはできないのである。

映画や放送に向けられたブロンネンの関心は、こうした脈絡でみるとき、かれ自身の初期の叛逆劇の、きわめて自然な延長線のうえにある。それは抑圧支配の秩序に抗した叛逆者たちが、全世界を獲得するために握らねばならぬ武器なのだ。だがしかし、この武器は、すべての武器がそうであるように、矛盾をはらんでいる。受け手の要求という要因を視野におさめることのできたブロンネンのマス・メディアへの目は、その要求を単一的なものと見なすことによって、支配の社会学へと変質する。「観客が映画を求めるのではなく、映画が観客を求めているのだ」という、それなりに正しいブロンネンのテーゼは、表現者と受け手とを結ぶ媒体の問題を、受け手をもっぱら操作の対象としてとらえるなかでしか追究しえなくなる危険をはらんでいる。

そして、マス・メディアの受け手の側を操作の対象としてとらえるとき、この操作が捕捉しうる範囲の単一的な要求をもった受け手だけが、真の受け手として、〈国民〉や〈民族〉として、表現者のまえに現われるようになる。――『O・S』の主人公クレーネクの誠実さと純粋さは、こうした単一的な多数者にたいしてのみ向けられる誠実さと純粋さなのだ。それ以外のものにたいしては、もっぱら、すでに『父親殺し』で全面的に解き放たれていた暴力だけが語るのである。ブロンネンがブレヒトに注いだような滅私と誠意と没入をもって……。

一九三七年、ブロンネンは、著作活動を禁止され、帝国著作院から除名された。〈文化ボリシェヴィズム〉という非難が、かれに投げつけられた。

一九四三年、保護検束の威嚇が、かれにたいしてなされた。この年、ブロンネンは、オーストリア共産党の反ナチ地下抵抗運動と結合した。

一九四四年、四十九歳で軍隊に編入された。そして反軍破壊活動のかどで、二度にわたり投獄された。

一九四五年、終戦とともにナチスから実権を奪いかえした抵抗者たちによって、オーストリアのゴイゼルンという町の市長に任命された。

第二次大戦後、ブロンネンは、『アルノルト・ブロンネン、尋問調書を取られる』(*arnolt bronnen gibt zu protokoll*, 1954)という大部の回想録を書いて、みずからの迷誤の道すじと対決することを試みた。このなかでもかれは、誠実さと純粋さを失ってはいない。

V　ファシズムとつきあう方法――ハンス・ファラダ

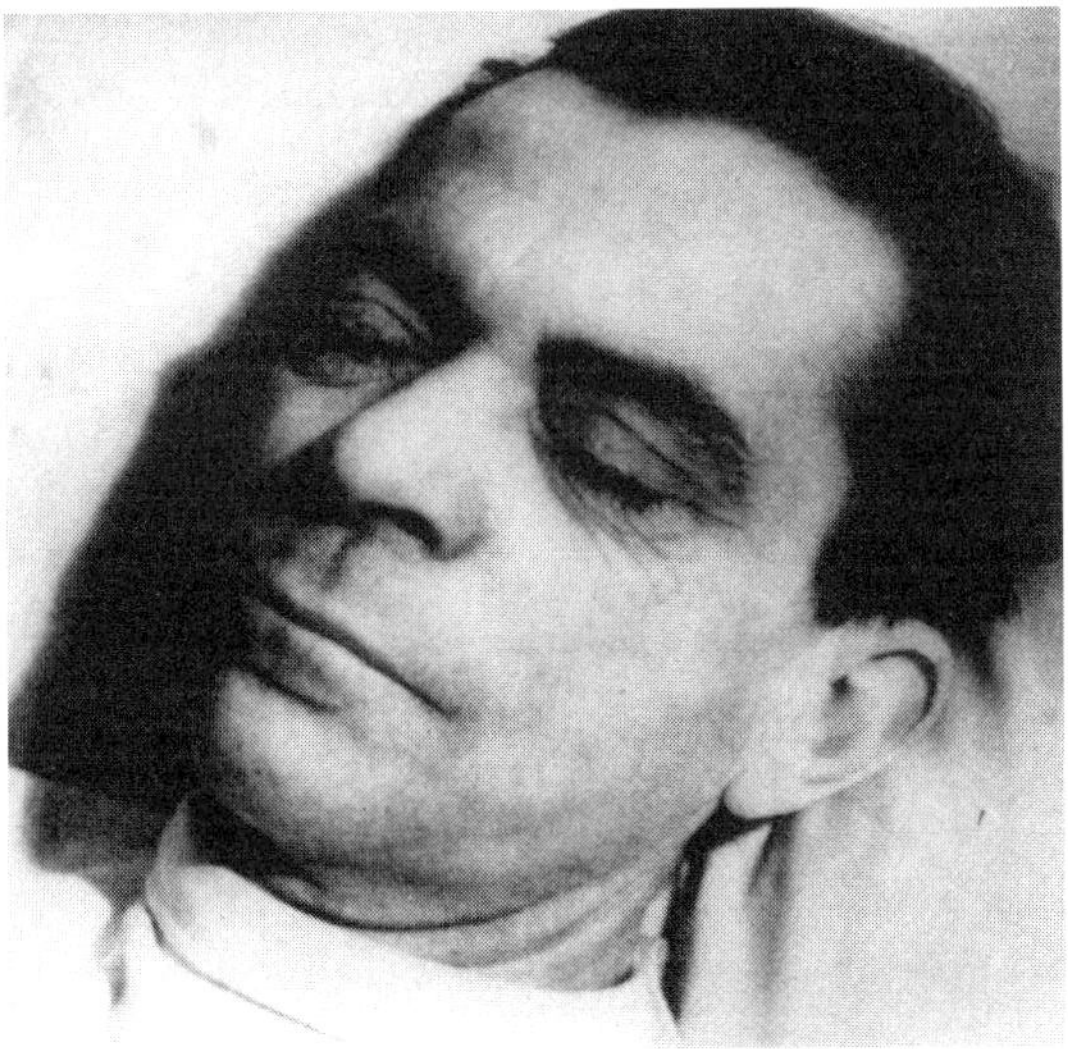

死の床のファラダ

1　ヒトラー・ドイツの心臓部で

山師と死刑執行人の国

一九三五年六月、「文化擁護のための国際作家会議」が、三十七カ国の反ファシスト作家の参加によってパリで開催されたとき、あまりにも有名なエピソードとなっているひとつの出来事がおこった。

ヨハネス・R・ベッヒャー、エルンスト・ブロッホ、アンナ・ゼーガース、ベルトルト・ブレヒト、マックス・ブロートらの亡命ドイツ作家たちとは別に、ヒトラー・ドイツから、黒眼鏡で変装した一作家がやってきたのである。ナチズムの支配下で地下活動をつづけるこの覆面の作家は、すすんでフランス語への通訳を買って出たアンドレ・ジッドにたすけられて短い報告をおえると、敬意を表して声もなく起立する参会者たちに見送られながら、何処へともなく姿を消していった。

「詩人と思想家の国は、山師と死刑執行人の帝国となった。だが、ドイツはヒトラーではない！」——明日のドイツ、自由ドイツを代表してこう叫んだこのクラウスと名のる非合法活動家が、コムニスト作家ヤン・ペーターゼン（一九〇六—六九）であり、そのペーターゼンこそ、プラハで出ていた亡命ドイツ作家の機関誌『ノイエ・ドイチェ・ブレッター』（新ドイツ誌）の編集委員のひとり、名前のかわりに三ツ星の記号⁂であらわされていた人物でもあったことは、もちろん戦後になってから明らかにされた。西部ドイツに拠点をおいて密かにすすめられた抵抗活動を、かれは、『われらの街——ファシズム・ドイツの心臓部で書かれた記録』と題する作品（一九三六年にスイスで刊行、邦訳＝新日本出版社、一九六四）に描いた。そして、ファシズム下のドイツへ生命の危険を賭して持ち込まれた数々のコミンテルンの偽装文書、表紙および最初と最後の数ページだけが合法文書に似せてつくられた非合法文書の多くに、発行人として「ヤン・ペーターゼン」の名が印刷されているのを、われわれは見ることができる。

同じ一九三五年の秋、パリでの会議のわずか数カ月後に、もうひとりのドイツ作家が、一冊の童話《メールヒエン》をドイツで出版した。『田舎へ飛んだ町の書記の物語』と題するこの作品の作者は、モスクワで出されていた亡命作家たちの雑誌『インターナツィオナーレ・リテラトゥーア』（国際文学）や『ダス・ヴォルト』（言葉）から、きびしい糾弾を受けた。作者は、国内にとどまるほうがトクだと考え、いっさいの抵抗を放棄して、いちばん有力な流れに乗るのがよいと考えたのだ――評者たちはこうきめつけて、かつてヒトラー前のドイツでもっとも将来を期待された小説家だったこの作者に、失望と怒りを投げつけたのである。この作家――ハンス・ファラダ（一八九三―一九四七）が、ナチス時代を生きのび戦後の両ドイツでかれの作品の大多数が新たに版を重ねることになったとき、『田舎へ飛んだ町の書記の物語』は、似たようなタイプの数篇とともに、そこから除外された。この童話が、在モスクワの評者の言うとおり、「弱々しい、みじめな本」でしかなかったこと、少なくともかれの他の諸作品とくらべればそうだったことは、否定できない事実だった。

だがしかし――詩人《ディヒター》と思想家《デンカー》の国が山師《ガウクラー》と死刑執行人《ヘンカー》の国となり、またオーストリアの批評家カール・クラウスが名づけたように裁判官《リヒター》と死刑執行人《ヘンカー》の国になった、というのはそのとおりだったとしても、ではたして、ドイツは本当にヒトラーではなかったのだろうか？　それどころか、詩人と思想家の国とは、果たして何だったのか？

「すねた子供のように隅っこの椅子にひきこもっているトンマな亡命作家たち」と行動をともにしなかったハンス・ファラダは、いくつかの「弱々しい、みじめな本」をもふくめて、それこそ無数の読者をもっていた。ヒトラーの奪権以前のヴァイマル共和国にも、ナチス・ドイツにも、そして第二次大戦後の両ドイツでも。ナチス当局の御墨付をもらい、ナチ党直営の出版社から刊行されたナチス作家たちの作品でさえ、ほとんどは、一九三一年から四五年までに十五冊以上を数えたファラダの作品ほどの読者を、ヒトラー・ドイツで見出すことはできなかった。反ファシズムの亡命文学や、いわゆる〈国内亡命〉文学がさらにこれとほど遠かったことは、あらためて言うまでもない。ハンス・ファラダは、ナチ党員でもなければ、ヒトラー崇拝者でもなかったが、疑いもなくヒトラー・ドイツの代表的作家のひとりだった。そして、ついでに言うなら、かれは、ほかのドイツ人作家たちが（もちろんファシスト作家は言うにおよばず）ともすれば思いたがるように自己を「詩人」だとは思っていなかった。かれははっきりと、「自分は物書き《シュリフトシュテラー》（Schriftsteller）であって、詩人《ディヒター》（Dichter）などではない」と公言していたのである。

一方、明日の自由ドイツを代表する側に立っているはずの作家たちにかんしても、事情は単純ではなかった。ヤン・ペーターゼンらの偽装文書がどれだけの働きをおよぼしえたか、という問題も、もちろんあるだろう。だが、それにもまして、たとえば、反ファシズムの統一戦線こそが最大の課題であったはずの文化擁護国際作家会議の場は、シュールレアリストたちの発言をトロツキストという罵声で封じ、かれらを孤立させようとする執拗な試みによって、しばしば混乱におちいらねばならなかった。その二年後にくりひろげられる〈表現主義論争〉は、シュールレアリスムどころかダダイズムや表現主義までを、小ブルジョワ急進主義の範疇にとじこめ、あまつさえ客観的には反対派・少数派排除の大合唱に加担することになった。小ブルジョワ的な抵抗の意味をもマルクス主義的にとらえなおそうとするエルンスト・ブロッホらの提言は、かえりみられなかった。分裂と欠落のうえを、一九四五年五月のヒトラー体制崩壊の瓦礫がおおった。

だれもがひとりで死んでいく

明日が今日となり、自由ドイツの代表者たちが故国へ帰ってきたとき、ハンス・ファラダは、アルコールとモルヒネの中毒によってボロギレのようになった肉体で、やはり重症中毒患者の二度目の妻と一緒に、まだ生きていた。ドイツの東半分で文化再建の大黒柱の役割をになうことになったヨハネス・R・ベッヒャーが、占領軍（ソ連軍）に働きかけながら、ファラダのために尽力した。ヒトラーに膝を屈した、と亡命作家たちから指弾されたこの作家が、当時かれの住んでいた町の市長に任命された。禁断症状とたたかいながら、かれは再起しようとした。少なくとも、そう努めているように思われた。その苦闘を、かれは『悪夢』（*Der Alpdruck*, 1947）という小説に描いた。

だが、苦闘は永くはつづかなかった。まるで、ナチス時代が破滅の道づれにかれを一緒にさらっていくことが、定められていたかのようだった。一九四七年二月五日、ファラダは五十三歳で死んだ。「われわれはきみに感謝する——最後にこうかれに呼びかけるとき、われわれは、かれの名もない読者たちの名において語っているのである。」ヨハネス・ベッヒャーは、追悼の辞のなかでこう述べた。名もない読者たち、途方にくれた貧しい小市民たちの共感を、他のどの作家よりも多く見出しつづけてきたハンス・ファラダの最後の作品、名もない小市民のファシズムにたいする抵抗を描いた長篇小説は、『だれもがひとりで死んでいく』（*Jeder stirbt für sich allein*, 1947）と題されていた。

コムニストを含めた多くの論者が一致して認めているように、ハンス・ファラダは、ナチスの権力掌握を目前にひかえた時期のドイツで、もっとも大きな可能性をはらむ作家とみなされていた。

ブレヒトより五つ年上、ブロンネンより二つ年上で、ベッヒャーより二つ年下だったかれの世代には、かれと同じく一八九三年生まれの労働者作家マックス・バルテルや、一八九〇年生まれのハンス・ヨースト、九五年生まれのハンス・ツェーバーライン、九七年生まれのカール・ハインリヒ・ヴァッゲルルとベンノー・フォン・メヒョーなど、官許のナチス作家となった人びとも属している。これらに加えて、ナチズムに心酔したゴットフリート・ベンが一八八六年生まれであり、ファシズムから逃れる途上で斃れたヴァルター・ベンヤミンが九二年生まれであることを見れば、ファラダの生きた時代は、ほぼその輪郭を思い描くことができるだろう。

その時代のただなかで、かれは、読まれつづけ、書きつづけた。ナチスが喧伝する血と土の郷土文学には目もくれず、アスファルト文学とののしられた都会小説を書き、歴史小説に逃避することなく眼前のアクチュアルな現実を細密に描きながら、それこそナチス・ドイツの心臓部で、作家活動をつづけたのである。かれより二つ年下のエーリヒ・ケストナーがアスファルト文学として焚書に処せられ、ナチス推奨の郷土文学に沈潜した一八八七年生まれのエルンスト・ヴィーヒェルトすらもが強制収容所に送られたことを考えるとき、ハンス・ファラダという一作家は、文学とファシズムのかかわりという観点からも、われわれの関心を惹かずにはいない。少なくとも、ドイツはヒトラーではなかったにせよ、ヒトラー・ドイツがただ単にむきだしの暴力と弾圧によってだけ維持されていたのでないことは、自明の理なのだ。

2　ファシズムの戸口に立って

ヘマなやつ

ドイツ大審院、つまり最高裁判所の判事の息子ルードルフ・ディッツェンが、モルヒネ中毒のために二度にわたる療養所生活をおえて、二十六歳でもの書きになろうと決意したとき、かれは、父親の立場をおもんぱかって、ペンネームを使うのが得策であると考えた。そこで早速、ベルリンの裁判所へ出かけて行って、ペンネームをもつにあたっては特別の許可が必要かどうか、尋ねたのである。それから間もなく、旧秩序の権化のような両親の家を訪れたとき、大審院判事の父親は、無言のまま息子の鼻先に官報をつきつけた。そこには、ベルリンのジャガイモ栽培会社の臨時研究職員ディッツェンが、芸名「ファラダ」に関する問合せを行ない、云々という記載があった……。

どことなく間のぬけたこのエピソードは、ハンス・ファラダことルードルフ・ディッツェンの姿を、よくあらわしている。かれは終始、自分のことを「ヘマなやつ」（Pechvogel）と呼んでいた。かれの生涯については、かれ自身による三冊の回想があり、虚実の境界がさだかでないこれらは別としても、すでに一九六三年に、ローヴォルト書店のロ・ロ・ロ伝記叢書（日本でもそのうち何点かが訳されている）の一冊としてユルゲン・マンタイによる詳しい評伝が出ているので、ほぼその全貌をうかがい知ることができる。それによると、いま述べたペン・ネーム許可問合せなどは、実害のないごく軽度のヘマにすぎなかった。

十七歳のとき、ヴァンダーフォーゲル運動に加わってオランダに旅したかれは、海岸で炊事係をふりあてられ、豆とジャガイモと肉のシチューの鍋をひっくりかえしてしまった。こぼれた中身をあわててひろいあつめて海水で洗い、そのまま海の水で煮なおしたところが、塩からくてどうにも食べられたものではない。そこで今度は、砂糖をぶちこんで、塩味を消そうとする。とうとう、料理は、なんとも形容しがたい妙ちきりんな味になってしまった。夕食をフイにされて怒った仲間たちは、罰として首まで海につかって立ちつづけることを、ファラダに命じた。高熱を出して病院にかつぎ込まれ、ファラダはチフスになった。

いっそう深刻な失敗は、高等学校《ギムナージウム》の学生だった一九一一年秋、親友と決闘のとりきめをして、相手を射殺してしまったことである。瀕死の重傷を負って殺してくれと頼む友人に、とどめの一発を射ちこんだのち、無傷のファラダは自殺しようとしたが、失敗に終わった。殺人罪で起訴され、一年半を少年院ですごした。この期間に伯母の感化で文章を書きはじめることになるのだが、ファラダの人間を知るうえで興味ぶかいことには、決闘の真相をめぐる証言のひとつとして、ファラダは自分の武器のほうが精度が低いことを知っていたので、あらかじめ相手の弾丸を抜きとっておいたのだ、という説もある。

少年院を釈放されたのち、ファラダはもはや学校へはもどらなかった。農場の見習職員から、市の農業局の助手、ジャガイモ栽培会社の臨時研究員、農場の会計係、そして雇われ農場長にいたるまで、農業関係の職を転々としながら、その間に、会計係の地位を利用した横領罪で二度にわたって禁固刑に処せられた。三十歳のこ

1930年、ローヴォルト書店にて。
右はファラダのサイン。

ろに三カ月、三十二歳のときからは二年半を刑務所ですごしたとき、ファラダはすでに、ローヴォルト書店から二冊の長篇小説を出している作家だったのである。――いまではまったく稀覯本に属するこの二長篇、『若きゲーデシャル』(*Der junge Goedeschall*, 1920)および『アントンとゲルダ』(*Anton und Gerda*, 1923)は、父にたいする子の叛逆や人間的共同体の夢を描いた典型的な表現主義の作品だった。

ファシズム前夜の縮図

出所後、地方新聞の広告取りとして働き、ついでその新聞のルポ・ライターとなった。一九二九年、北ドイツ、ノイミュンスターの農民が暴動をおこしたとき、その裁判を取材したファラダは、この農民闘争を、一篇の長篇小説に再構成した。その作品は、『農民、ダラ幹、爆弾』(*Bauern, Bonzen und Bomben*)のタイトルで、一九三一年三月下旬に刊行された。

当時のドイツの少なからぬ地方都市と同じく、ノイミュンスター(作品ではアルトホルム)の地方行政も、社会民主党が握っていた。その郊外の農村で、災害にあって税金が払えない一農民から牛が差押えられる、という出来事がおこった。これに憤慨した農民たちは、牛を連れにきた執達吏たちを襲い、道路に火を放った。たまたまそこに居あわせた地方新聞の広告取りが、混乱の現場をフィルムにおさめる。かれは、つねづねもう少しマシな暮らしをしたいと思っているので、このチャンスを逃さず、写真をできるだけ高く売ろうと考える。下手人を割り出したがっている市当局と、なんとかして「赤い」地方自治を挫折させたがっているファシスト政治屋が食指をのばしてくる。一方、農民の側は鎌のついた黒旗をおしたてて町をデモ行進し、社会民主党員である警察署長に指揮された武装警官隊のために多数の負傷者を出す。

こうして、一農民の税金不納に端を発した事件は、アルトホルムとその近郊全体をゆるがす大事件に発展していく。農民たちは、町へ農作物を出荷することを拒否する。社会民主党のダラ幹たちと、鉄兜団《シュタールヘルム》やナチスの煽動者たち、それに地方財界のボスたちが、三ツ巴になって暗闘をくりひろげる。紙面の良し悪しによって広告を取るの

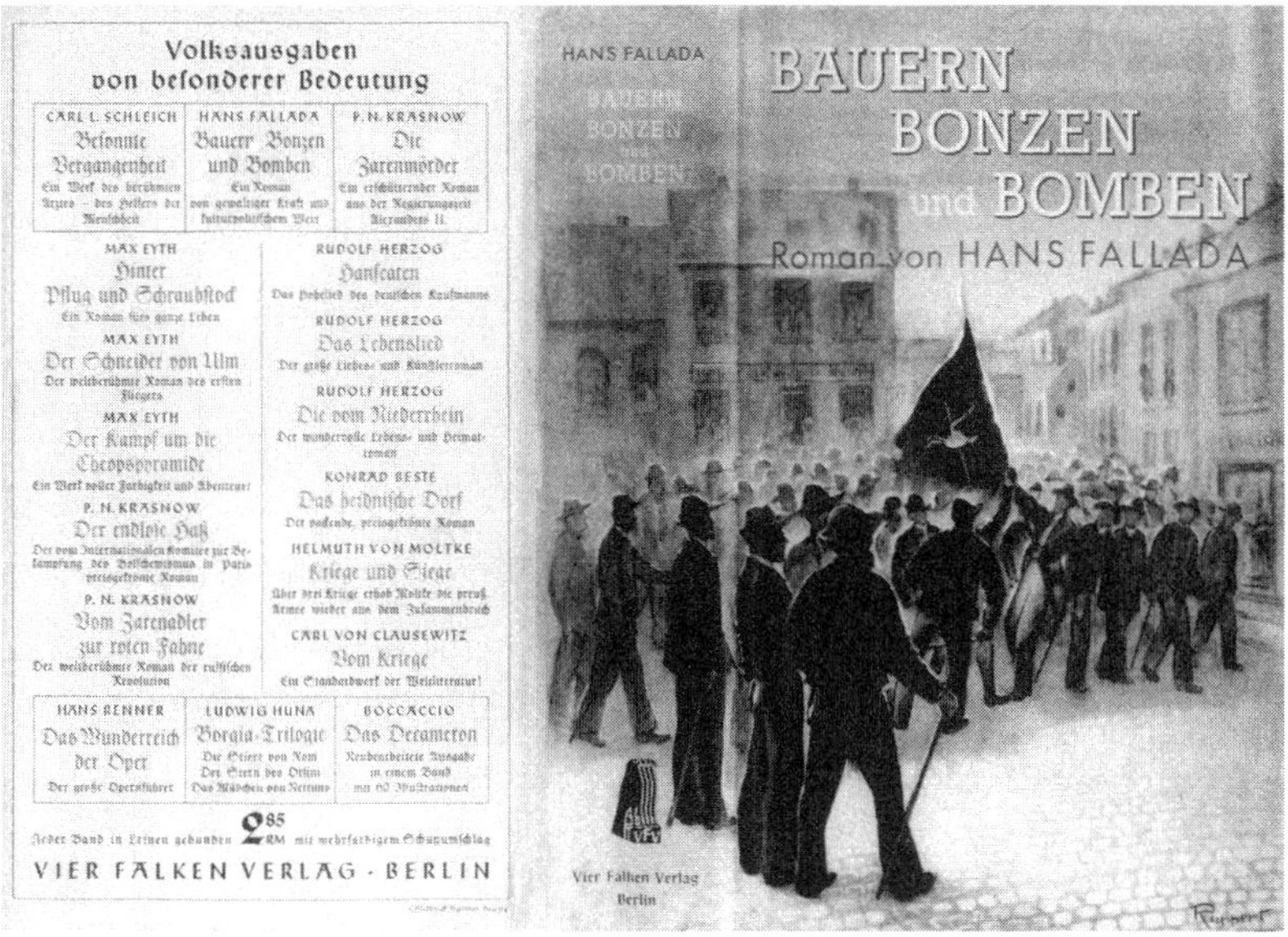

『農民、ダラ幹、爆弾』初版カバー

ではなく、取った広告に応じて紙面をつくる地方新聞ゴロと、それに雇われる編集者が、この暗闘に巻きこまれつつまたこの暗闘を操作する。農民たちのなかにも、正体不明の人間がもぐりこむ。蜂起は、ついに爆弾の登場にまで発展していく。

　小説の題材は、北ドイツのシュレスヴィヒ・ホルシュタイン州で一九二八年から三二年にかけてじっさいに起こった農民暴動、「ラントフォルク運動」に依拠している。ラントフォルク（Landvolk）、すなわち「農村民衆」の名において展開されたこの長期にわたる農民闘争を、ナチ党は積極的に支持し、イデオロギー的にも物質的にも大々的な支援を農民たちに送った。中間層および下層サラリーマンや自営商業主を支持者として取り込んだことがしばしば強調されるナチス運動は、じつは、この「ラントフォルク運動」への加担によって、農民層からも強力な支持を獲得していったのである。国会における最大野党だった社会民主党の地方行政における失政をも奇貨としながら、ナチズムは着実に勢力を伸ばしていた。

　一九三〇年代の入口におけるドイツの状況のひとつの縮図ともいえるこの現実を、ファラダは再現してみせたのである。ブルジョワと結んで私腹をこやす社会民主党のダラ幹たち。わめきちらすファシスト。蜂起した農民たちを十把ひとからげにファシストと規定し、地方議会の演壇で十年一日のごときまり文句をぶち、聞いてもいない相手に「同志諸君！」と呼びかけて満足している共産党員。そしてかれらのあいだを駆けまわる新聞屋。――半年間にわたる騒動は、おりから町の広場に小屋掛けしていて、新聞がその広告を取りたがっていたドサ回りのサーカスへの言及で始まり、また終わる。

ファシズム前夜の一小都市とその近郊の混沌が、抑圧と蜂起と買収と陰謀とお祭りさわぎとテロルと暴力と無関心が、ここにはそのまま塗りこめられていた。ヴァイマル期の代表的な左翼批評家のひとり、クルト・トゥホルスキーは、大きな反響を呼んだこの長篇を、「これ以上は望めないような、ドイツの動物生態図《ファウナ・ゲルマニカ》にかんする政治的教科書」と評した。

『農民《バウエルン》、ダラ幹《ボンツェン》、爆弾《ボンベン》』が大きな反響を呼び、そのタイトルの頭文字をとって『B・B・B』と言えば話が通じるような状況さえ生まれるなかで、ファラダは、もうつぎの作品を書きあげていた。翌一九三二年六月十日、『おっさん、どうする？』（*Kleiner Mann——was nun?*）が刊行された。インフレと大量失業のなかの小市民の生活を描いたこの長篇で、ファラダはベストセラー作家となった。

『おっさん、どうする？』

――二十三歳のサラリーマン、ヨハネス・ピンネベルクは、〈おえらがた〉（großer Mann）とはおよそ縁遠い、しがない一介の細民（kleiner Mann）であり、そこらに掃いて捨てるほどいるただの〈おっさん〉や〈あんちゃん〉のひとりである。物語は、産婦人科医の待合室で始まる。保険を使わない（じつは使えない事情がある）ために、ほかの患者たちをさしおいて優先的に診察室に通してもらったレムヒェンは、妊娠を告げられる。レムヒェンは、「エンマ・ピンネベルク、旧姓メルシェル、愛称レムヒェン」と名のったものの、じつはまだピンネベルクと結婚していない。どこにでもある風景である。そして、結婚を決意した両人は、そのままレムヒェンの家へ行く。というのも、ピンネベルクのほうは、汽車で三時間ほどの別の町から、レムヒェンの住むこの町まで日曜ごとにデイトに通ってきており、最終列車までさしあたり何もすることがないからである。

レムヒェンの一家は、プロレタリアートである。サラリーマン、つまりホワイトカラーのピンネベルクにとって、彼女の両親と弟は、驚きでさえある。頑丈な口と澄んだ鋭い眼と一万本ばかりの皺のついた褐色の顔をしている母親が、結婚したいというピンネベルクの申し出にたいしてまずもらした感想は、「なんだ、サラリーマンかね。労働者のほうがよかったのに」であり、つづく質問は、「給料は？」だった。ところが、かれの答えをきいて彼女が吐いたセリフは、「それはいい。たいして多くないから。うちの娘《こ》には、いつまでも質素でいてもらいたいからね」というのである。そして、「ちゃんと労働組合に入っている」と胸を張るピンネベルクを、「ＤＡＧが労働組合なもんか」と一笑に付したレムヒェンの父親が、遅く帰ってきた息子からは、「てめえなんか社会ファシストじゃねえか」と軽蔑されている。つまり――ＤＡＧとは、「ドイツ・サラリーマン労働組合」(Deutsche Angestellten-Gewerkschaft)であって、実際には当時こんな組合は存在せずファラダの発明だったわけだが（ついでながら、これとまったく同名の組織が敗戦後の一九四五年になってから現実に結成された）、そのＤＡＧを軽蔑した父親は、れっきとしたプロレタリアートでちゃんとした労働組合に加盟している。ところが、共産党員である息子からすれば、父親の組合は社民系であり、したがって、当時の共産党の規定によると、社会民主主義はファシズムの双生児、それどころかファシズムよりもタチの悪い〈社会ファシズム〉だったのである。

あとになって考えればファシズムにたいする敗北の最大の原因のひとつだったことがわかるこの分裂が、ファラダの作品にありありと描かれている。ピンネベルクが帳簿係として勤める肥料会社もまた、ヒトラー直前のドイツそのものである。ピンネベルクは、飲んだくれの社長が自分の娘を押しつけたがっていることを知っており、それをムゲにことわると首がとぶことを承知しているので、レムヒェンとの結婚は絶対にかくしおおせなければならない。かれをふくめて全部で三人の事務職員《ホワイトカラー》のうち、ひとりは結婚詐欺師まがいのノン・ポリだが、もうひとりのラウターバッハという男は、ナチ党員である。大量失業状況のなかで職を失うことのないよう、この三人の職員は、合理化をもくろんでいる社長からだれが解雇予告を受けても他の二人は同時にやめるという威嚇をもってそれを撤回させよう、という同盟をむすぶ。ところが、ある日曜日、レムヒェンと一緒にピクニックに出かけたピンネベルクは、社長一家の乗った自動車とばったり出くわしてしまう。その翌日、同僚のひとりは、娘に子供を生ませたという言いがかりをつけられ、くさって出社してくる。ナチスのラウターバッハは、政治理念を街頭で宣伝したがゆえに袋だたきに遭って、満身創痍でやってくる。そして案の定、結婚がばれたピンネベルクは、ささいな口実で解雇を予告される。もちろん、だれひとりあの同盟の誓いなど、実行するものはいない。DAGに訴えても、まるで暖簾に腕押しである。

小説の第二部で、舞台はベルリンに移る。ピンネベルクの母親から、良い職があるから引越してくるように、との手紙がまいこんだのである。母は、女手ひとつでピンネベルクを育てたのち、いまでは、結婚紹介所とも売春斡旋所ともつかぬいかがわしい社交クラブをやっている。その母の情夫ヤッハマン氏が、百貨店の紳士服売場に職を世話してくれる。ピンネベルクは、新しい仕事に生きがいを感じる。母のところに間借りしたピンネベルクとレムヒェンは、生まれてくる子供への希望と不安をふくらませながら、ベルリンの片隅で、外の社会のことなどとりたてて気にする必要もなく、愛情にみちた生活をつづける。レムヒェンのこのごろのもっぱらの愛読書は、『母性の奇跡』とかなんとか題する育児書である。ピンネベルクは、自分は生まれながらの売場係員ではあるまいか、と思うほどの好成績をあげる。同じ職場のハイルブットという同僚と親友になったかれは、はじめての給料日に、ハイルブットを夕食に招待し、給料のほとんど全部をはたいて、レムヒェンがかねて欲しがっていた鏡台を買って帰る。

レムヒェンは、給料を待ちかねている。少なくみつもっても二〇〇マルクはもらえるだろう、と考えた彼女は、バターとマーガリンに一〇マルク、卵に四マルク、部屋代四〇マルク、DAGの組合費五マルク一〇ペニヒ、花に一マルク一五ペニヒ、電灯代三マルク、ガス代五マルク……等々、等々と、支出総額一九六マルク、残額四マルク也の、詳細な予算案を作成していたのである。ところが、給料はわずか一七〇マルクで、田舎の町にいたときよりも一〇マルク少なく、しかも、そのうち一二五マルクが鏡台でふっとんでしまったのだ。急場は、母の情夫ヤッハマン氏の助けで、なんとか切りぬけることができた。しかし、レムヒェンを女中同然にこきつかい、情容赦なく部屋代をとりたて、夜ごとドンチャンさわぎをくりかえす母の家に、これ以上とどまるわけにはいかない。部屋さがしに歩きまわるが、子供が生まれることを知ると、それでも貸そうというものはいない。ようやくのことで、住居としては許可されていない屋根裏の空間を、比較的安い家賃で借りることができた。

だが、不況はますます深刻になる。百貨店の紳士服売場にも、ノルマ制が導入された。給料の二十倍もの売り上げを要求されるのである。ピンネベルクは自信を喪失する。あれほど腕のよい売場係員だったかれが、しばしばノルマを割って、親友ハイルブットから点数を融通してもらわなければならない状態におちいってしまう。「店でも、もうほとんどのやつがナチスなんだ」——意気銷沈したピンネベルクは、レムヒェンにこう話す。世の中全体が変わりつつあるのだ。

やがて、男の子が誕生する。うまくすると日曜生まれの子になるぞ、とピンネベルクは期待をかける。日曜日に生まれた子は、幸運児とされているからだ。ところが、赤ん坊は、土曜の夜の十一時二十分に生まれてきてしまう。退院の日、ピンネベルクとレムヒェンは、自家用車を乗りつけて同じく妻と子を出迎えにきている金持の男たちの、なんともバカげた自慢話を、聞くともなく小耳にはさんで、すっかり気持をくさらせる。当のピンネベルク夫妻はといえば、ようようのことで生活費をさいて中古の乳母車を赤ん坊に買ってやることができるにすぎない。組合から出産手当と療養費を受けとる手続きが、また大変である。係員の誠意のない応対と官僚主義に腹を立てたピンネベルクは、なだめるレムヒェンのまえで、「このつぎの選挙では、共産党に投票するぞ」と叫ぶ。レムヒェンのほうは、小さいときからプロレタリアの生活をつうじてそういう仕組みがとっくにわかっているので、いまさらあわてない。

ちょうどそのころ、母の情夫ヤッハマンが、かれらの屋根裏部屋にころがりこんでくる。警察に追われているらしい。まえからうすうす感じていたとおり、この男はやはり詐欺かなにか、犯罪行為によって暮らしを立てていたのである。ピンネベルク一家にたいしてはあくまでも親身で、あくまでも紳士であるヤッハマンは、かれらの家と何とも変てこな具合で棟つづきになっている映画館へ、ふたりをつれていく。上映されていたのは、しがない小市民の努力と破滅を描いたフィルムだった。主演の俳優は、主人公のサラリーマンそのひとであるかのように、その悲哀を演じきっていた。ピンネベルクとレムヒェンは、自分たち自身の姿を見るように、スクリーンのまえで身をかたくした。ピンネベルクは、たちまちその俳優の大のファンになってしまった。

　職場での合理化・人員整理は、さらに進行した。ヤッハマンは、ある日、逮捕されていった。子供が急に熱を出した。途方にくれるピンネベルクは、思わず、「せめておれたちが労働者だったら！」と口ばしってしまう。「あの連中は、おたがいに同志と呼びあって、おたがいに助けあうじゃないか。」——当時のドイツでは、「労働者《アルバイター》」（Arbeiter）というのは青衿《ブルーカラー》労働者、つまり肉体労働者のみを指す語で、白衿《ホワイトカラー》の事務労働者や外交員（セールスマン）は「サラリーマン《アンゲシュテルター》」（Angestellter）と呼ばれていたのである。

　赤ん坊の病気は、最初の乳歯がはえるまえの発熱だった。しかし、そのために二十七分遅刻したピンネベルクは、管理職から厳重な警告をうける。かれの売り上げは、もうこのごろでは、下落の一途をたどっており、今月もまた、きょうとあすの二日をのこすのみで、ノルマ達成までにまだ五二三マルク半、つまりかれの一家が一カ月に食べる肉の五十倍近い額の売り上げが不足しているのである。ああ、しかし、神はかれを見はなさなかった。そこへ、ひとりの紳士があらわれる。かれは、高価な服をつぎつぎと持ってこさせ、鏡のまえに立って試着する。どこかで会った人だ、とピンネベルクは記憶力をフル回転させて考える。そうだ、あの人だ、あの「おっさん」だ。映画のなかで悲しい小市民をあれほどみごとに演じてみせた、あの俳優のシュリューターだ。ピンネベルクは狂喜する。このひとは、やはり悲しい小市民である自分の救い主として、あらわれてくれたのだ。このひとがこうして買ってくれる服で、自分のノルマは達成された。

　——だがしかし、俳優シュリューターは、それらの服を買うのではなかった。芸術上の必要からいろいろな服装をして、いわば研究していたにすぎなかったのだ。「これを買ってください、お願いです、どうかみんな買ってください。」ピンネベルクは、いまではもう憑かれたもののように、俳優に食いさがった。かれは小市民の実情を知っているではないか。いや、しがない小市民そのものになりきり、しがない小市民の苦しみと怒りと悲しみを、あれほど生きいきと見せてくれたではないか。かれは、おれたち小市民の味方だったじゃないか。「お願いです、買ってください！」ピンネベルクの手が、思わず俳優の肩にかかった。相手は、それを邪慳にはらいのけると、さわぎを聞いて駆けつけてきた売場責任者にむかって言った、「きみんとこじゃ、おかしな従業員を雇ってるんだね。」ヨハネス・ピンネベルクは解雇された。

「すべては、すべては終わった。」

作品そのものは、だがしかし、ここで終わってはいない。「すべては続いていく」と題する後章が、まだのこっている。「なにひとつ、終わらなかった。生活は続いていく。すべては続いていく。」そしてその続いていく生活のなかで、ピンネベルクは失業者として生きなければならない。何百万という大量失業者のひとりとして。レムヒェンが、靴下かがりの内職で、日に三マルクをかせぐ。エロ写真のモデルになったというのでとうの昔にクビになっていた親友ハイルブットが、遺産相続で得た近郊の町のバンガローを、ピンネベルク一家に安い家賃で提供してくれる。ピンネベルクは、四十キロはなれたベルリンまで、週に三度、交通費を払って失業保険を受けとりに行く。バンガローに住むことは禁じられているのだが、かれらの周囲の似たようなバンガローにも、やはり失業した労働者や小市民が住んでいる。あるものは共産党員となっていて、集団で薪の盗伐に出かけ、あるものはナチスとして活動している。すべての色分けがますますはっきりするなかで、ピンネベルクはまだどちらとも決めかねている。

ある日、あの百貨店の上役のひとりが首を切られたことを聞く。ピンネベルクはＳＡ（ナチス突撃隊員）で、便所にハーケンクロイツの落書をした、という密告が、かれの解雇後になってからなされ、そのために、かれを採用するにあたって尽力したその上役が、詰め腹を切らされたのだった。「なるほど、ホワイト・カラーの連帯というものもあったのだ。有能な人間にたいする嫉妬の連帯、それはあったのだ！」——しみじみとこう感じるピンネベルク自身はといえば、もうすでに、いつか失業手当を受けとりに行く途上で、ホワイト・カラーをワイシャツからむしりとってしまっていた。当時、背広《スーツ》の下に着るワイシャツ（白いカッターシャツ）の衿《カラー》と袖口《カフス》は、それだけ外《はず》して洗濯ができるように、着脱式になっていたのである（その痕跡が学生服《がくらん》の合成樹脂のカラーにほかならない）。おえらがたの運命も知れたものではない、ということを知った日、ピンネベルクは、すぐには家へもどらず、ベルリンの町をさまよい歩いた。とあるショー・ウィンドーのまえに立ったとき、ガラスのむこうから、まぎれもない失業者が、蒼ざめたプロレタリアが、じっとこっちを見つめているのに気づいた。

それは、かれ自身の姿だった。

呆然として立ちつくすかれに、ひとりの警官が近づいてきた。立ちどまらずにサッサと歩け、というのである。ピンネベルクは抵抗した。生まれてはじめて。警官は力ずくでかれを追い立てた。突然、車道におりたピンネベルクは、全力をふりしぼって走りはじめた。夜のベルリンを、どこまでも、まっしぐらに走りつづけた。――夜がすっかり更けてから蹌踉として家にもどったかれを、レムヒェンが待っていた。かたわらで子供が何も知らずに眠っていた。

〈芸名〉の由来

『おっさん、どうする？』という作品は、小市民の問題の代名詞にさえなったタイトルが示すとおり、この問題にたいする何らかの解答を提示するものではなかった。そこには、かろうじてこの問いとなって結晶するところまで行きついたような諸問題、おびただしい現実の断片が、ある一定の方向づけにもとづく整理と再構成などとはほど遠いかたちのまま、投げ出されている。それどころか、二十世紀の、それも比較的年代がすすんでから初めて登場した疑問形の表題（たとえば『国民経済学――何のための？』、『なぜこの不協和音が世界にひびきわたるのか？』など）のひとつの代表ともみなされているファラダのこのタイトルそのものが、もともと、ファラダ自身によって発案されたものではなかった。出版元であるローヴォルト書店の編集者が、このあまりにも有名となったタイトルの命名者だった。ファラダという作家は、つまり、現実のまっただなかで、いやそれどころか最先端で生きかつ表現していたにもかかわらず、自分のその位置を明確に意識し自覚していたわけではなかったのである。

ルードルフ・ディッツェンがハンス・ファラダという「芸名」を登録しようとしたとき、かれは、この名前を、グリム童話のなかの「鵞鳥追いの娘」の話からとってきたのだった。――遠い国の王子のもとへ馬に乗って嫁いでいくひとりの王女が、その途上、たったひとり連れてきた腰元に脅迫され、身分をとりかえられてしまう。腰元は王女になりすまして王子と結婚し、王女は鵞鳥追いの下女にされてしまうのである。ところが、ニセ王女の腰元は、王女の愛馬だった白馬を、どうしても殺してしまわねばならない。なぜなら、この馬は、人間の言葉をしゃべることができるので、そのために自分の悪事が露見しかねないからだ。鵞鳥追いの娘は、馬を殺した屠殺業者を買収して、殺された馬の首を町の門のかたわらに掛けてもらう。こうして、馬の首がしゃべる、という話が王の耳にはいり、まんまとその息子の妃におさまっていた腰元は、処刑される。言葉をしゃべるこの馬の名が、ファラダなのだ。

作家ハンス・ファラダの生涯と作品をみるかぎり、ペンネームを持とうとした二十六歳のディッツェンが、この名前選択にどれほど深刻な決意と意味をこめていたかは、はなはだ疑わしい。おそらく、ただなんとなく、この話と馬の名前とが気に入ったのかもしれない。あるいはまた、『ドイツ――冬物語』でこの昔話のことを歌ったハイネのことが、頭のどこかにひっかかっていたのかもしれない。しかし、いずれにせよ、そうしたかれの当初の気持とは無関係に、この筆名は、かれの作品および作家活動と切りはなせない重要な意味をもって、われわれに迫ってきてしまう。

『農民、ダラ幹、爆弾』にせよ、『おっさん、どうする?』にせよ、作者は、そこで何らかの解答を与えようとはしていないばかりか、問題提起をする意図さえもっていなかったように思える。かれはただ、さまざまな出来事と、さまざまな人物を、ひとを惹きつける数々のエピソードと、一般に――いささかの軽蔑をこめて――「牧歌調」といわれる筆致をまじえながら、配置し、交差させ、誇張し、省略して、一篇の小説にまとめあげただけだったのかもしれない。しかし、こうしてかれが小説に盛りこむ人物やシチュエーションやエピソードは、ほとんどすべて、かれ自身が実際に体験し見聞してきたものだけを材料にしていた。『おっさん』の健気な女主人公レムヒェンが、

アンナ・マルガレーテ・イッセル（ズーゼ）

かれの最初の妻、アンナ・マルガレーテ・イッセル、愛称ズーゼに生きうつしだったことは、よく知られている。かれの諸作品のリアリティを支える大きな要素、読むものをとらえてはなさない魅力のひとつである生きいきとした会話は、農場やジャガイモ会社や新聞社での勤務のなかで、じっさいに日常見聞した人びとの会話から、学びとられたものだった。そしてなによりも、ファラダは、われわれがのちにふたたび触れることになるあの「弱々しい、みじめな作品」のいくつかを別にして、およそ、いわゆる時事小説以外の作品を、書かなかった。かれは、言葉をしゃべる白馬ファラダのように、目の前でおこる出来事をその場でながめ、記憶に焼きつけ、そして語ったのである。どうしても語らねばならない状況のなかで。

『農民、ダラ幹、爆弾』を批評したトゥホルスキーは、門のわきに吊るされた白馬の首に言及して、こう述べた、「もしもやつらにとっつかまったときは、ハンス・ファラダよ、もしもやつらにとっつかまったときは、吊るされないように用心しろよ！　しかし、やつらはバカだから、きみがこの本で社会主義者《ソーツィス》どもに一発おみまいしてやろうとしたのだ、と考えるかもしれない。そのばあい、きみは、ドイツのジャーナリズムの真の代表者たるだれか臆病な出版業主のところに、編集者のポストでも得

『おっさん、どうする？』初版表紙（上）と裏表紙（下）。ジョージ・グロス絵

ることになろう。」

ファラダは、臆病ではなかった出版社、ローヴォルト書店に、職を得た。ついで、印税だけで生活できる作家になった。そのうえ、かなりの不動産まで買いこんだ。『おっさん、どうする？』は、流行語となって、各地のイラスト新聞にくりかえし転載され、二十カ国語に翻訳され、アメリカとドイツで映画化され、版を重ねながら、三年後の一九三五年には十四万五千部にたっした。この数は、同じ時期に「ドイツ民族の運命の書」というキャッチフレーズで大ベストセラーになっていたハンス・グリムの『土地なき民』が、一九二六年の初版から三五年までの九年間で総部数二十九万部だったことを考えると、まさに驚くべきものだったといえよう。

ファラダは、吊るされなかった。ナチ党員ラウターバッハの戯画化と、それにともなう軽蔑的表現、そしてさらに「つぎの選挙では共産党に投票するぞ！」というピンネベルクの断腸の想いをこめたセリフにもかかわらず、この小説が刊行された七カ月後に権力を掌握したナチスは、ファラダを強制収容所へ送ることも発禁にすることも、不都合な個所を削除させることもできなかった。『農民、ダラ幹、爆弾』への批評で、トゥホルスキーをして「ジョージ・グロスよ、表紙の絵はきみが描くべきだった。まあ読んでみろよ！　これはきみの本だ」と言わしめたコムニスト画家グロス、そのジョージ・グロスの描いた『おっさん』の表紙絵だけが、別のものと取りかえられた。

3　抵抗と逃避のはざま

偽装のこころみ

ナチスがついにファラダを禁書にできなかった原因のひとつは、なによりもまず、その圧倒的な人気にあった。しかしまた、ファラダの作品そのものが、きわめて多義的な性格をおびていたことも、ただちにファラダを「吊るす」必要はない、とナチスに判断させた材料のひとつだったかもしれない。前述の批評のなかで、すでにトゥホルスキーは、「かれの主人公たちは、Knut〔革笞、虐政〕ではなく、Tunk〔肉汁、ソース〕と呼ばれている。はたしてこんな偽装でことたれりとしてよいものだろうか?」と、ファラダの中途半端な態度をたしなめていた。そして、ドイツ・プロレタリア革命作家同盟の機関誌『ディ・リンクスクルヴェ』〔左曲線〕一九三二年二月号に掲載されたカール・アウグスト・ヴィットフォーゲルの「農民、ダラ幹、ファシスト」と題する書評にいたっては、社会民主主義にたいする批判という一点でのみ『農民、ダラ幹、爆弾』を評価し、それ以外のすべてにかんしてこの作品を拒否しながら、「ファラダは農民のうちのファシスト的な部分を描き出している」、「ファラダは、自分がそれにたいして冷淡であり、それについて何も知らないドイツ農民の生活をめぐる、一篇のファシスト的低俗小説を書いたのだ」ときめつけて、その「似而非《えせ》リアリズム」を非難したのだった。それとは逆に、かつてカフカの親友であり、のちにファシズムに追われてフランスでみずから生命を絶ったオーストリアの作家、エルンスト・ヴァイス(一八八四―一九四〇)は、「荒々しい憎悪をこめて創り出されていながら、伏流となって流れる愛情によって糧を与えられている壮大な諷刺文学。生まれながらの詩人の作品」という絶讃の言葉で、同じこの作品を迎えたのである。

受けとり手によって評価が分かれるこの多義的性格、本来はそれほど積極的なものではなかった「偽装」を、だがしかし、一九三三年以後のファラダは、意識的に用いるようになっていく。もともとファラダは、同時代の作家・芸術家にはめずらしいほど、どんな種類の文学的・政治的グループにも属さなかった。サラリーマンとしての生活が長かったことも、その理由のひとつだったかもしれない。いずれにせよ、かれが作家として行なったほとんど唯一の政治的態度表明は、一九三一年十月に、ドイツの作家たちの同業組織である「ドイツ作家防衛同盟」(SDS)の主導権をにぎった親ファシスト派が、共産主義者を中心とする反対派の大量除名を強行しようとしたとき、文筆家の市民的諸権利の防衛を目的とするこの組織の一メンバーとして、ジョージ・グロス、ルカーチ、ゼーガース、ヴィットフォーゲル、ベーラ・バラージらのコムニスト作家・芸術家や、トゥホルスキー、エルンスト・ヴィーヒェルト、ローベルト・ムジルらの作家・批評家、計百五十名の反対声明に、名をつらねたときくらいのものだった。

このいわば高度の非政治性、無色の立場を保持することによって安全をはかりながら、しかもファシズムへの屈服を意味しない道が、はたして可能だったろうか？

ファラダが選んだ第一の方法は、作品に「まえがき」なり「あとがき」なりを付して、そのなかであらかじめ予想される攻撃を回避しておくことだった。これまた自己の体験から多くを汲んでいる一九三四年の長篇『一度くさいメシを食ったものは』（*Wer einmal aus dem Blechnapf frißt*）には、ここで描かれているいわゆる人道的な懲罰体系は「もはや存在しない」とわざわざことわった序文が付された。罪を犯してしまった人間の更生を目的とするはずの懲役刑が、一度でも受刑者となった人間の社会復帰を決定的に不可能にする――という現実をありありと描くこの小説を、作者は、ナチス政権以前の過去のエピソードにすぎないとすることで難を避けようとしたのである。そして、一九三七年の二巻からなる大長篇『狼どものなかの狼』（*Wolf unter Wölfen*）では、やはり序言で、「きわめて近い過去だがしかし完全に克服されたあの時代」という表現が用いられ、「乗りこえられた危険をすっかり忘れてしまうのではなく、それに想いをいたしながら幸運な救いを二重に喜ぶということが、救われたもののなすべきことだろう」と述べられている。とりわけこの後者のことわり書きは、亡命作家たち、ことにコムニスト作家たちの激しい怒りと軽蔑を呼びおこした。モスクワの『ダス・ヴォルト』誌でこれをとりあげたクルト・ケルステンは、「弱々しい、みじめな作品」というあの批判をふくむ論説「狼どものなかのファラダ」で、「辛抱づよく待っていた良いしるしが、期待はずれに終わったばかりでなく、どんな進路変更をも告げぬ信号にとってかわられた。こうした前兆のもとでは、破滅への道しかありえない」と、ファラダへの訣別を告げたのだった。

屈折する抵抗

だがしかし、ヒトラー・ドイツの読者たちが、こうした作者の弁解的前書きと、作品そのものとの、どちらを読むためにファラダの小説を買ったか、それは言うまでもあるまい。五一〇ページなり一一六〇ページなりの本を、たった一ページにもみたぬ序言のために手にとるのは、ナチの検閲官くらいのものだったろう。ファラダの小説の人気の原因と本質は、つぎのような引用だけからでも、充分にうかがい知れる。五年、二六〇週、一八二五日の刑期を了えて明日出所することになっている『一度くさいメシを食ったものは』の横領犯ヴィリ・クーファルト、「おっさんピンネベルクの日蔭の兄弟」（作者序言）であるこの男は、二百万の失業者があふれているシャバで「更生」への良きスタートを切るために、福音派教会の宗教団体が運営しているらしい「平和の家」へ受けいれてもらうことになり、そことつながりのある刑務所付き福音派牧師のところへ出向いていく。もともとクーファルトはこの偽善者が大きらいなので、かれのセリフは、ことさらに相手を挑発する響きをふくんでいる。もちろん、相手も負けてはいない——


「宗教は何かね？」

「まだ福音派です。しかし、できるだけ急いで脱けますよ。」

「つまり福音派なのだね。——何ができるね？」

「事務です。」

「どんな？」

「なんでも。」

「スペイン語の商用文は書けるかね？」

「いえ。」

「じゃあ、どんな事務ができるのかね？」

「タイプライターに、速記に、英語とイタリア語の両方の簿記をきちんと帳尻あわせて。その他いろいろ。」

「つまり、スペイン語はダメなのだな。印刷機は使えるかね？」

「いえ。」

「紙折り機は？」

「いえ。」

「宛名印刷機は？」

「いえ。」

「ほとんど何もできない。そう——じゃあここに署名して。」

クーファルトはその質問用紙をパラパラとめくってみる。突然、ギョッとする。「ここに、私は管理規定に異存ありません、と書いてありますね。そいつは、いったいどこにあるんですい？」

「管理規定は管理規定ですよ。きみはもちろん異存があってはならない。」

「しかし、何に異存がないのか、自分で知ってなくっちゃ。ちょっと見せてもらえますか？」

「ここには持ってない。ねえクーファルトさん。あんただけを例外あつかいにはできんのですよ。これにはだれもが従うのだ。だから、あんただってそうしなきゃならんでしょうが。」

「自分の知らないものに署名することはできません。」

「あんたは平和の家に受けいれてもらうことをお望みだと、わしは思っておったのだがね。」

「そうです。しかし、管理規定をまず見せてもらわなくっちゃ。だって、ここにあるはずでしょう。」

「ここには持っておりません。」

「そんなら、署名はできません。」

「じゃあ、あんたの受けいれを推薦できない。」

クーファルトは、ちょっとの間、決心がつきかねて立ったまま、牧師を見つめる。相手は机のまえに坐って、手紙をパラパラとめくっている。

「あなた、もっと急いで手紙を検閲してくださらなくっちゃ、ねえ牧師さん」とクーファルトは言う。「ひどいですよ、手紙を二週間もここにねかしとくなんて。」

牧師は、顔をあげようとさえしない。「じゃあ、署名しないんだね?」

「しません」とクーファルトは言って、出ていく。

クーファルトは、そのすぐあとで、これほど決然たる前言をひるがえして、署名をさせてくれと牧師をふたたび訪れる。だが、それは、最初に拒否して自分の独房にもどる途中、たまたま席をはずしていた看守のところで、自分あてに来ていた手紙を盗み出し、それをこっそり始末するための時間かせぎの手段としてだった。クーファルトは、政治犯でも確信犯でもない平凡な囚人である。しかし、そのかれが行なう抵抗は、ひとすじ縄ではいかない。従順で品行が良いとみなされているかれは、模範囚に相当する第三級で、他の級のものより比較的良い待遇を受けている。そのくせ、看守の目をごまかすあらゆる手段をこころえている。出所の日のために、百マルク札を一枚かくしもっていて(というのも、刑務所でかせいだ金は強制的に慈善事業に寄付させられるのだ)、身体検査を切りぬけるためにいまはそれを靴下の中に入れているのだが、かつて警察に追われて森の中を逃げまわったとき、盗んできた三枚の千マルク札を同じように靴下にかくしておいて、ようやく追跡をまいてそれをとりだしてみると、汗と摩擦ですりきれてモロモロの綿くずのようになっていたときのことを、ふと思い出して蒼くなってしまう。あのときは、ショックであらゆる元気が一度に消えうせて、すごすごと自首して出たのだった。

こうした失敗と、不安と、屈服とをくりかえしながら、クーファルトは抵抗し、刑期満了で釈放されたのちは、同じように屈折をかさねながら、それでも再起しようとする。「一度くさいメシを食ったものは、何度でもそれを食う」という格言に、かれは必死にあらがおうとする。第一章「釈放資格あり」から、第九章「逮捕資格あり」にいたる物語全体が、社会秩序という名の抑圧機構との葛藤であり、つづく最後の第一〇章「天下広しといえど、わが家がいちばん」は、苦闘のすえに空しく刑務所にもどったクーファルトが、しみじみとかみしめる安心感で終わっている。そして、ちょうどこのクーファルトの運命の裏面として、もうひとつのすぐれた長篇『狼どものなかの狼』では、骨肉あい食むような資本主義社会の競争にうちかっていく人物たちが描かれる。どちらの作品の時代設定も「ひとつ前の時代」である、とすることによって、ファラダは、これがもつアクチュアリティから、ナチス当局の目をそらせようと試みたのである。

その試みが、亡命者たちにどれほど軽蔑され幻滅されたとしても、「まえがき」での屈服がそのままファラダの屈服だった、と決めつけるにしては、かれの作品はあまりにも現実と近かった。その現実性、それも骨と皮の図式ではない豊満な現実性ゆえに、かれの作品で描かれたような現実になにひとつ不自由しないヒトラー・ドイツで、それらは圧倒的な読者を獲得しつづけたのだった。読者は文字通り手に汗にぎって主人公の一挙手一投足を追いながら、しかもただ単純に主人公の身になってかれと喜怒哀楽をともにするのではない。怒り、笑いながら、あまりにもヘマな主人公と、その主人公をそうしたヘマな言動に追いやる状況に目をむけ、そしてわが身と、わが身をとりまく現実に想いをいたさずにはいられない。亡命者たちの見解とは逆にやがてここに誤解すべくもない危険をかぎつけたファシストたちは、人気作家ファラダ自身を吊るしたり発禁にしたりするかわりに、一九三八年、長篇『鉄のグスタフ』（*Der eiserne Gustav*）の結末部分の書き変えを強要し、ついに一九四三年にいたって、かれの全作品の出版元であるローヴォルト書店を閉鎖する、という手段にうったえねばならなかった。

脱出口を求めて

ナチスの側からの圧力は、明らかなかたちをとったものとしては、そのふたつがすべてだった。しかし、ファラダの作品自身が、目にみえぬ圧迫を反映せずにはいなかった。のちにかれへの追悼の辞のなかで、戦後の東ドイツを代表するコムニスト詩人ベッヒャーは、「かれが低俗文学の要素を作品に組みこんでいるとすれば、それはただ、現実そのものが低俗文学じみているからにすぎない」と述べたが、この関係は、一九三五年以後のかれの一連の作品を見るとき、いっそう重層的な関係としてきわめて悲惨な様相をおびつつ浮かびあがってくる。

序言による偽装をこらしながら作品そのものを生かす、というファラダの作戦は、次第に、作品そのものを偽装の手段に変える、という方法まで後退していくことを余儀なくされるようになる。一九三五年の『田舎へ飛んだ町の書記の物語』（*Märchen vom Stadtschreiber, der aufs Land flog*）は、シュパット（Spatt）という名の町役場書記が雀《すずめ》（Spatz）に変身するという特異な設定と、作者自身が体験した農村労働と都市労働とを結びつけて描こうとする意図と、そしてなによりもピンネベルクやクーファルトの兄弟である貧しい虐げられた小サラリーマンを主人公にしている、等々の要素にもかかわらず、おおうべくもない弛緩を示している。

水に薬味をきかせ、酒に薬味をきかせ
いや、薬味そのものにも、もっと薬味をきかせてやれ
甘いポンス酒も薬味でヒリリとするように！

――この作品に冠せられたこういう題詞《モットー》は、他の諸作品の序言とちょうど正反対に、作品自体のなまぬるさを蔽いかくすためのものでしかないように思える。つぎのような描写を、すでに引用した『一度くさいメシを食ったものは』の会話や、『おっさん、どうする？』の場面と比べてみれば、両者の違いは一目瞭然だろう。

なおしばらくのあいだ、グントラム・シュパットは、回想にふけり感謝の想いをいだきながら亡き父の墓のまえに立っていた。このうえない苦境におちいっているかれに、故人が援助者をつかわして、屋敷を暗黒勢力から解放し、のちの世代の幸福の礎をきずいてくれようとしているように、かれには思えるのだった。聞きとれるか聞きとれぬかのかすかな言葉で感謝を述べ、もう一度、渦巻く水と、迫る絶壁と、石の十字架と、しおれた花を見やった。それから、右手に持った魔法の羽根をこすると、早くも懸命にはばたきながら、闇から光のなかへと昇っていった。白い粉まみれの粉屋のパッケンが、ちょうど粉ひき小屋の窓から外をながめて、十一月の風をののしっているところだった。風があまりに激しく風車を駆りたてるものだから、木造の建物全体が揺れてギシギシと音をたて、挽《ひ》き臼《うす》がうなりを発し、重い石が叫びをあげ、丸太をしばった綱がきしっていたのだ。「いったい全

体、もうちっとおだやかにやってもらえないものかね。風のやつめ」とかれはののしった。「あるときは、とんとごぶさただ。かと思うと、麦がツバメよりも速く挽き臼のなかを飛んでっちまうほど、ひどい吹きかたをしやがる。おまえさんとこの粉は風より軽くて、おまえさんとこのパンはこんがり焼いた空気みたいな味がする、なんて、みんなから悪口を言われるじゃないか。しかしまあ、風に分別を期待してもはじまらんわい。」

（『田舎へ飛んだ町の書記の物語』）

「ピンネベルクです」とピンネベルクは言う、「ヨハネスです。組合員番号六〇六八六七。家内が出産したものですから、出産手当と療養費のことでこちらへ……」

若い男は、カード整理箱にかかりきりになっている。いっときも顔をあげるわけにいかない。しかし、片手をさしだして、言う、「組合員証。」

「これです」とピンネベルクは言う。「手紙を出したのですが……。」

「出産証明書」と若い男は言って、また手をさしだす。

ピンネベルクはおだやかに言う、「手紙を出したのですがね、あなた、病院からもらってきた必要書類はすでにお送りしてあるのですよ。」

若い男は顔をあげる。ピンネベルクをまじまじと見る、「じゃあ、いったいそれ以上なにをしろっていうんです？」

「この件の処理がすんでいるかどうかおききしたいのです。金《かね》が発送されているかどうかね。わたしは金が入用なのです。」

「金なら、みんなが入用ですよ。」

ピンネベルクは、さらにいっそうおだやかにたずねる、「わたしあての金は発送ずみでしょうか？」

「わかりませんねえ」と若い男は言う。「書式どおりに申請されたのなら、書式どおりに処理されます。」

「処理されたかどうか、たしかめてもらえますまいか？」

「当方では、いっさいが迅速に処理されることになっております。」

「でも、本当ならきのうのうちに着いていなくちゃならないはずなんですがね。」

「どうしてきのうなんです？　いったいどうしてそんなことがわかります？」

「計算してみると、そうなるんですよ。もし迅速に処理されたのなら……」

「計算ですって――！　この件がどういうふうにここで処理されるか、どうしておたくにわかります？　いろんな手続をふむんですよ。」

「しかし、もし迅速に処理されるのなら……」

「ここでは、いっさいが迅速に処理されております。その点はご安心ください。」

若い男はピンネベルクを見つめる。ピンネベルクは若い男を見つめる。どちらも、ちゃんとした服装《なり》をしている。職業柄、ピンネベルクはそうせざるをえないのだ。どちらも、清潔な身だしなみをして、きれいにヒゲもそっている。どちらも清潔な爪をしている。どちらも、サラリーマンである。

だが、ふたりは敵である。不倶戴天の敵である。なぜなら、ひとりはカウンターのうしろに坐っており、もうひとりはそのまえに立っているのだから。ひとりは、自分の権利だと考えていることをしてもらおうという。だが、もうひとりは、それを迷惑だと考える。

「無用なやっかいは無しにしてもらいたいですね」と若い男はブツクサ言う。だが、ピンネベルクの視線の下で、立ちあがり、奥のほうへ姿を消す。奥にはドアがひとつあり、そのドアから若い男は消えていく。ピンネベルクは、その後姿を目で追う。ドアには札《ふだ》がついている。この札に書いてある字が読めるほど、ピンネベルクの目は良くない。だが、それを見つめていればいるほどますます確信せずにはいられないのだ。その札には〈手洗所〉と書いてある。」

（『おっさん、どうする？』）

『田舎へ飛んだ町の書記』の文章の生彩のなさは、それが『おっさん』や『一度くさいメシを食ったものは』のように現実に素材をとったものではなく、お伽噺《メールヒェン》だからである——ということによって説明できるものではない。むしろ逆に、この系列に属するかれの三〇年代後半の一連のメールヒェン的作品は、一般に〈詩人のお伽噺《ディヒター・メールヒェン》〉という名で持ちあげられているドイツ文学特有のジャンルが、じつはしばしば現実逃避の一形式でしかないことを、悲惨な実例として物語っている。かつて一九四二年（昭和一七年）に「現代独逸国民文学」シリーズの一冊として邦訳

左『老骨、旅に出る』表紙、右『田舎へ飛んだ町の書記の物語』表紙

されたことのある『老骨、旅に出る』（*Altes Herz geht auf die Reise*, 1936、邦訳＝『老教授ひとり旅』、白水社刊）もまた、その典型的な一例である。

やはり邦訳のある、ただし敗戦の翌年になってから訳された『鉄のグスタフ』（邦訳は南北書園刊『グスター《ママ》フ一家』——二分冊のうち下巻は刊行されなかった）を三八年に書いたのが、ファラダのナチス時代における抵抗の最後だった。帝政時代からヴァイマル共和国時代のなかへと「プロイセン精神」を持ちこんで生きる馬車屋グスタフは、過去へ逃げたという作者への非難にもかかわらず、むしろ、その「精神」がさらに第三帝国のなかへと持ちこされていることを、読むものに感じとらせずにはいない。その「軍人精神」ゆえに、五人の子供の四人までを、あるいは戦場に追いやり、あるいは社会主義者の色あいをもった卑劣漢にし、あるいは売春婦にしてしまった「家長」グスタフ・ハッケンダールこそは、充分にファシスト・ドイツの「精神」の戯画としても読まれえたのである。そしてそれゆえにこそ、それ

ズーゼとファラダ（1939年）

ウルズラ・ロッシュ

までファラダに手を下さなかったナチス当局が、内密裡に結末部分の書き変えを強要し、この小説をもとにして制作されるはずだった映画を闇から闇へ葬り去ってしまわざるをえなかったのである。書き変える以前の小説の第一稿は、ようやく一九六五年になってから、ドイツ民主共和国（東ドイツ）で刊行された。

　この弾圧ののち、ファラダはもはや、とりたてて論じるに値する作品をほとんど書かなかった。四一年と四三年に出た二冊の自伝的回想が、作者自身の生涯を知るうえでも、楽しい読みものとしても、なおわずかにわれわれの関心を惹くにすぎない。

　――そして、ファラダは、かつて五四六ページの長篇（『うちには子供がひとりいた』*Wir hatten mal ein Kind*, 1934）をわずか二十三日間で書きあげたほどの憑かれたようなエネルギーを、ふたたび麻薬とアルコールへの沈潜に向けた。ファラダに同情的なコムニストたちにとっても、小市民ファラダ自身にとっても最大の救いを意味したプロレタリアの娘、あのピンネベルクの健気な妻レムヒェンのモデルだったズーゼを、ファラダは四四年夏に棄てた。翌四五年二月、かれは、自分と同じモルヒネおよびアルコール中毒患者ウルズラ・ロッシュを二度目の妻にした。ファラダ本人だけがはしゃぎまわった結婚式が、空襲警報のために中断されたとき、作家ファラダの育ての親だった出版者エルンスト・ローヴォルトその他の親しい友人たちは、いたたまれずに、そのまま逃げ帰ってしまった。そのときファラダは、ナチス・ドイツで強制収容所のつぎに絶望的な施設であるアル中矯正所から出てきたばかりだった。最初の妻ズーゼとの離別のあとにつづくその入院は、強制されてのものだったのか、それとも、〈国内亡命〉

派作家たちのように作品に逃避することによって現実を生きぬくことなどできなかったファラダが、みずからすすんでそこに逃げ道を見出そうとしたのか、もちろん明らかではない。

4　不透明な現実のなかで

目のまえの出来事だけを

　ヒトラー・ドイツのあとを追うように、ファラダは死んだ。ナチズム体制崩壊から一年九カ月後のことである。現実とあまりにも密着していたかれにとって、再生とか新生とかは結局ありえなかったのかもしれない。しかし、かれの作品は、ナチス・ドイツとともに完結してしまいはしなかった。むしろ、ファシズムとともになお生きつづけた。一九五〇年に、かつてのかれの出版元であるローヴォルト書店がポケット判叢書の刊行を始めたとき、『おっさん、どうする?』がその第一巻として再刊された。つぎつぎとこのロ・ロ・ロ叢書に収められたかれの計十三冊の作品は、一九七八年の時点で総部数三百万にたっしていた。一九七二年には、劇作家タンクレート・ドルスト（一九二五年生まれ）が『おっさん』をレヴュー化した。同じく七〇年代になってから、『農民、ダラ幹、爆弾』、『一度くさいメシを食ったものは』その他が、あいついでテレビ・ドラマ化された。一方、東ドイツでも、さきに述べた『鉄のグスタフ』の第一稿刊行をもふくめて、一九六二年から、全十巻の選集が出され、配本のたびにたちまち品切れになっては、東ドイツが西のドイツ連邦共和国に併合されるまで、年に一、二点ずつ重版されつづけた。

　たしかに、発行部数や人気の大きさは、必ずしも作品そのものの評価の根拠とはならない。刊行後一年たっても数冊しか売れなかったとか、辛うじて売れた数冊は著者自身が買ったものだったとかいう逸話は、ずっとのちに重要性をもつようになった名著のかずかずにつきまとっている。だがしかし、ファラダは、読者が聴いてくれるように語らねばならなかった。それも、後世の読者などではなく、いまの、この時代の、生き、悩み、虐げられ、たぶらかされ、操作の対象におとしめられながら、しかも怒りと笑いと抵抗の最後の埋火はまだ消してしまっていない人間に、かれは語らねばならなかったのだ。そして、そのかれの語りは、いたるところに生きているそうした人間の、耳をかたむけさせたのだ。

その最後の埋火が、どのようにしたら燃え立たせられるものか、それも、ファシズムの煽動に応えてではなく燃え立ちうるものか、ファラダにはわからなかった。だから、かれは、自分の知っていることだけを、したがって自分の同時代人にも理解できるにちがいないことだけを、書いたのである。ジャガイモ栽培会社の臨時研究員だった一時期、二千種におよぶジャガイモの種類を弁別できた――というような驚くべき細密な知識を、かれはことごとく作品にとりこんだ。そしてそのかれの個別体験のひとつひとつが、作品の細部のリアリティの構成要素となり、読み手を意識したかれの語り口によって、読者がよく知っている世界としてまとめあげられた。「失業者小説」ともいわれた『おっさん』が出たとき、ドイツの失業者数は六百万にたっしており、全労働組合員の四四・四パーセントが完全失業、二二・六パーセントが臨時の職しかない状態で、完全就業者はわずか三人に一人にすぎなかった。

いわゆる歴史小説をかれが決して書かなかった、という事実も、これと関連している。『鉄のグスタフ』が刊行されたとき、前世紀の遺物となった馬車をつらねてフランスへ遠征する馭者グスタフ・ハッケンダールの最後の華々しい行為は、読者のなかで、たかだか十数年前に実際にあった有名な事件と、ただちに重なりあったのである。歴史小説が、どれほど庶民的なよそおいをこらそうとも、読者にとって実際は疎遠な人物を、ヒーローとして、たかだか庶民的なヒーローとして、あるいはアンチ・ヒーローという名のヒーローとして、読者ときわめて近い存在であるかのような幻想を与えつつ、じつは特殊化し個別化し、現実には読者と何のかかわりもない存在とすることによって、読むことの責任をも免除してしまいがちなのとは逆に、ファラダは、あくまでも自己の特殊性に固執することを通じて、無数の読者への道を見出した。農場の会計係とか新聞の広告取りとか、ましてや横領犯とか、アル中やモルヒネ中毒患者とか、エロ写真のモデル兼販売会社社長とかいった、必ずしもだれもが身近に体験できるとは限らぬ人間たちを、かれの作品は、だれもが知っている状況のなかで、だれもの似姿でありうるものとして、読者のまえに浮かびあがらせた。『おっさん』をはじめとするファラダの諸作品のなかの〈単純な生活〉は、エルンスト・ヴィーヒェルトやナチス時代後期のカール・ベンノー・フォン・メヒョーら一連の〈国内亡命〉派のそれとはちがって、特殊な体験や知識を普遍化する方向をむいている。それとは逆にヴィーヒェルトらの場合、たかだか単純で一般的なものにすぎない生活のなかに、ただひたすら自己の特殊性や個別性をきわだたせることが問題だったのだ。

著名なマルクス主義経済学者でもあるユルゲン・クチンスキーは、「ドイツ文学の社会学的研究」という副題をもつ『人と作品』(一九六九)のなかで、ファラダとカフカを二十世紀の小ブルジョワ作家のうちのもっともすぐれた実例として評価しながら、こう述べている、「一九三二年に『おっさん、どうする?』が出たとき、多くの人びとが愛情にみちた関心をもって、この小ブルジョワ階級の小説を読んだ。われわれ共産主義者もそうだった。だがこの小説は、われわれとはきわめて遠いところにあった。〈民衆のためのこのような小説〉をねがっていればそれでことがすむ大ブルジョワジーなどよりも、われわれのほうにはるかに遠く、はるかに無縁だった。われわれには、その小説はまったく非政治的であるように思えた——このうえなく大きな政治的アクチュアリティをもっていたにもかかわらず。」

この反省は、多くのコムニストたちのあいだでも、いまでは常識となっているかもしれない。そのさい、亡命者たちから(かつての期待が大きかっただけに)白眼視されていたこの作家を、戦後の東ドイツで自分の得ていた信頼をフルに活用して援助したヨハネス・R・ベッヒャーの功績も、無視できないだろう。だが、いずれにせよ、それではファラダの「政治的アクチュアリティ」とは、じつは何だったのか? そして、いまなお何なのか?

ファラダの言葉を聞いたもの

この問いにたいする答えは、プロレタリア＝レムヒェンの人物のなかに解決への道を見ようとする見解によっては、尽くされるものではない。もちろん、小市民階級に主として目を向けたファラダを、脱階級イデオロギーや〈中産階級〉による〈穏健〉な改革イデオロギーの担い手に仕立てあげることは、この社会をまさに階級社会としてのみ描いたファラダをねじまげることでしかない。むしろファラダがはっきりとプロレタリアの娘レムヒェンに加担しつつ『おっさん』の全篇を書ききっていることは、いくら評価しても評価しすぎではないだろう。そして、しばしば喧伝されるごとくプロレタリアがブルジョワ化したのではなく、むしろ大多数の人間のプロレタリア化が生活のあらゆる面で進行しつつある、と考えるほうが正しいのではないか――という疑いがそれほど唐突なものではなくなっているいまとなっては、「おっさん、どうする?」という問いにたいして小市民ピンネベルクが見出すべき答えは、たしかに、「レムヒェンとともに」でしかありえないだろう。それにもかかわらず、あるいはそれだからこそ、われわれは、現代文学のもっとも魅力的な女性像のひとつとされるプロレタリア＝レムヒェンが、じつは〈健気〉な女性の域を出ておらず、小市民的な家庭の幸福という次元でしか母親ゆずりのしたたかさを発揮しえていないことに、不満をおぼえずにはいられないのである。われわれは、しばしば明らかに積極的な意味をもつとされるレムヒェンをこえて、むしろファラダの「おっさんたち」自身の歩みに、屈折を余儀なくされながら、レムヒェンに支えられ、だが時と場合によってはレムヒェンを棄てて陶酔とヒトラーに走ることもありうる細民たちに、目を向けなおさねばならないだろう。

そして、この「おっさん」たちの問題こそは、また、ファラダの文学と切っても切れない関係にある大衆的イラスト新聞・雑誌の問題とも、かかわっている。ファラダが手をかえ品をかえ、なんとかしてファシズムとつきあう方法を見出そうとして作品とともにとりくんでいたちょうどそのころ、イタリア・ファシストの牢獄のなかで、病苦にさいなまれながら、新聞小説＝大衆小説の諸問題ととりくんでいたアントニオ・グラムシの問題提起とも、これはつながりをもっている。もちろんまた、グラムシとは正反対の陣営でマス・メディアの領域の実践と深くかかわっていたアルノルト・ブロンネンの試行とも。

ハンス・ファラダは、こうしたアクチュアリティをもつ領域のなかで、ほとんど稀有といってさしつかえないほど広汎な大衆への道を見出した作家だった。しかもその道は、ほとんどの場合、現実を痩せ細らせるのではなく豊かに肉付けすることに通じていた。ほとんどの場合、それは、読むものを眠りこませるのではなく、ガツンと一発くらわせ、笑わせ、憤慨させ挑発する方向にむいていた。ナチスに利用されているなどとは夢にも思っていなかった〈詩人〉たち、自己のユニークな世界像を作品のなかで独自に提示していると思いこんでいた同時代の重鎮たちとは正反対に、ハンス・ファラダは、民族の歴史の原点にさかのぼろうともしなければ、民族の運命や無限の憧憬を形象化しようともせず、みじめな現実と対立する内面の自由とゆたかさを説教しようともしなかった。現実のありかたを疑い絶望し、とまどいながら出口を求める小市民や労働者や職人に、〈精神的文化〉をわかち与え、陳腐でみじめな現実とは別の世界にかれらを連れ昇るかわりに、つまり空気稀薄な別天地にかれらを引きあげ閉じこめるかわりに、ハンス・ファラダは、徹頭徹尾、文学を大衆自身のものに変えた。かれによって、文学作品は、この現実と同次元のものにまで引きもどされたのである。

もちろん、ファラダを愛読した厖大な読者が、ただちにファシズムへの抵抗を開始する、などということは起こりえなかっただろう。むしろ、ファラダの文学と向きあうことが、抵抗の代償行為となりえた可能性すら、否定できない。その場合、かれの作品がアクチュアルであればあるほど、代償行為は効果的になってしまいさえする。ヒトラー・ドイツをむこうにまわしたかれの大一番は、ナチス権力のふところにとびこむどころかそのふところ刀となったブロンネンや、あるいはパリの作家会議に覆面で登場して反ファシストたちの感動を呼んだ抵抗運動の闘士のようには、透明ではない。その不透明さにふみとどまりながら、かれは、せめてそこを吹きぬける風のように、あわよくばナチに目つぶしを投げつけ、人びとに鳥肌を立てさせ、空気を撹乱しようと試みたのである。所詮それは不透明な風にすぎなかったかもしれない。だが、ファラダにあっては、風に耳をすまし、そのにおいをかぎわけることそのものが、読者にゆだねられていた。かれの作品は、説得でもなければ代弁でもなく、啓示でも救いでもなかった。かれとかれの読者たちによって、ほとんどはじめて、文学作品が操作の道具として役立たないものにされてしまう一歩が、しるされたのである。

この一歩がさらにつぎの歩をふみだし、ファラダが真に文学的＝政治的なアクチュアリティを獲得して、代償行為の手段ではなくなるためには、だがしかしおそらく、つねに広汎な大衆に向けられていたファラダの視線を、もう一度、いまはまだ少数者でしかないものたちのうえにも、引きもどしてやることが必要なのだ。

この少数者は、現実にはしばしば、広汎な大衆の生活を妨げ脅かすものとして登場するかもしれない。だが、じつは大衆の一員でありながら孤立した苦闘をつづけるファラダの人物たち――『一度くさいメシを食ったものは』のヴィリ・クーファルトや、『うちには子供がひとりいた』のヨハネス・ゲンチョフや、『狼《ヴォルフ》どものなかの狼』のヴォルフガング・パーゲルなど、「おっさんピンネベルクの日蔭の兄弟」たち――のなかには、広汎な大衆が少数者にたいする包囲陣形として使われることへの歯止めとなる要素が、少なくともその萌芽が、孕まれていた。自己嫌悪と挫折と空振りをくりかえしながらも既存の支配構造を決して容認せず、すきあらばそれをペテンにかけ、ひっくりかえす機会をうかがいつづけるこれらの人物は、多くのピンネベルクたちと、人格のうえでも生活のうえでも本質的には何ひとつ変わっていない。『狼どものなかの狼』には、あまつさえ、レムヒェンと瓜ふたつの女店員でパーゲルの婚約者、ペトゥラ・レーディヒという娘さえ登場する。違いはといえば、ただ、ピンネベルクが売り上げノルマを達成するために俳優シュリューターに哀願するとき、その日蔭の兄弟たちは、地主貴族や実業家を手玉にとったり、刑務所の看守や牧師をたぶらかしたりして、自力更生のための足場を切りひらきつつ、秩序をかき乱しているということだけなのだ。そして、少なくとも作者の意図は、これらの人物たちとピンネベルクやレムヒェンとを対立的に描くことではなかった。それどころか、圧倒的多数のピンネベルクたちのなかではほんの一握りの少数者にすぎないこれら日蔭の人物たちに向けられる作者の目は、ファシズムの現実が重圧を加えるにつれ、知らず知らずのうちに次第に深い愛情のこもった光をおびて読者に語りかけてくるようになるだろう。

このことを作者と読者にいっそうはっきりと意識させるかわりに、これら諸作品にみられる『おっさん』からの後退、プロレタリア＝レムヒェンからの離反をもっぱら非難した亡命コムニスト文学者たちにも、やはり少数者たちへの視点が欠けていたのではなかったか。世界の顔を根底的に変えるはずの多数者が、現実のなかでは少数者の仮象へと押し込められていること、それゆえ、ファシズムとは反対の道を通って世界に人間の顔を与えようとするものは、いたるところでこうした少数者を発見し、かれらと邂逅しなければならないということ——クーファルトたちの泣き笑いの目は、「おっさん」たちにこれを語りかけ、うったえかけているのではあるまいか。「やさしい仔羊《レムヒェン》、雪のように白い」とファラダが呼んだレムヒェンのなかにも本来うたがいもなく孕まれているはずのこの少数者こそは、ファラダが愛しファラダを愛した圧倒的多数の「おっさん」をつきうごかして、かれらがもはやヤッハマン（ヤーマン＝イエスマン）やハイルブット（資本主義社会の海を泳ぎまわる大鮃《おひょう》）の幸運な救いに頼らない生きかたを模索することを、強いるだろう。

「ああファラダ、こんなところに吊るされているなんて！」
すると馬の首が答えた、
「おお王女さま、おいたわしや、
お母上がお知りになったら、
さぞやお胸も張りさけましょう。」

——白馬ファラダの首が門のわきに吊るされたとき、毎日そこを往き来していたにちがいない多くの人びとは、その言葉を聞きとっただろうか？　少なくとも、グリム童話では、だれからも一顧だにされない鵞鳥追いの少年だけが、王女以外にファラダの言葉を耳にとめた唯一の人間だった。そして、この少年はといえば、毎日いっしょに鵞鳥を追っている娘を、王女とも知らず、さまざまな質問と要求で悩ませていたのである。一方、王女のほうでは、野を吹きすぎる風にまで応援を求めて、このうるさい邪魔者を撃退するのにやっきだったのだ。

あとがきにかえて

一九六二年四月二十五日付『朝日新聞』朝刊の「海外文化」欄に、つぎのような記事が載ったことがある。

「ドイツ文学を代表するトーマス・マン、ヘッセ、カロッサと並んで〝最高峰〟といわれたE・G・コルベンハイヤーが四月十二日、ミュンヘン郊外の村ガルテンベルクで永眠した。八十三歳だった。今日四十歳前後の日本人には処女作『神を愛す』によって深い感銘を与えた作家である。文芸復興と宗教改革はドイツ国民文化の自覚であり、この時代に活躍したブルノー《ママ》、ルター、パラツェ《ママ》ルズスなどに深い関心をもち、そうした偉人を主人公にした戯曲と長篇小説に秀でていた。従ってドイツ文学史では国民文学に位置するが、時代と創作手法の上では明らかに自然主義作家である。戦後は自伝の執筆に従事《ママ》『ゼバスチアン・カルストの生涯』という書名で各五百ページ、全三巻が完結した。作家として体験したドイツ国民の運命、国際関係などが克明に多彩に描かれている。」

（原文のまま。以下の引用文もすべて同じ。）

この記事をだれが書いたのか、わたしは知らない。しかし、そのとき以来、この記事のことが頭の底にこびりついて離れなかった。「トーマス・マン、ヘッセ、カロッサと並んで〝最高峰〟といわれた」というような文体の、伝聞形式をとって自己の価値判断を回避する精神が全文にわたってにじみ出ていることも、不愉快な印象をのこした。

だが、それにもまして問題なのは、まぎれもないナチス作家だったコルベンハイヤーの文学的経歴を述べるのに、ただの一言もそのことに触れず、「従ってドイツ文学史では国民文学に位置するが」と、そしらぬ顔で言い抜けていることだった。「処女作『神を愛す』によって深い感銘を与え」られた「四十歳前後の日本人」のひとりか、あるいはそれより少なくとも年長のひとりであるはずのこの筆者は、戦前・戦中の時代にナチス文学が日本で果たした役割を、どう考えているのだろうか。いやそれよりも、おそらくこの筆者もそのひとりに違いない日本のドイツ文学者が、ナチス文学の翻訳紹介や論評によって、日本ファシズムの形成と維持にどれだけ貢献したか、このひとは一度でも考えてみたことがあるのか。――こういう想いを、この記事を読んだわたしは、いだいたにちがいなかった。

一九三三年一月から一九四五年八月までの日本では、ドイツ文学の分野にかんするかぎり、困難な状況からの逃避の手段に文学がなりえたということすら、ほとんどなかった。この期間に、ナチ党員作家と消極的協力者とを合わせて、ともかくナチス・ドイツの顔をもった作家の作品が、合計八十冊以上、邦訳されている。計画されながら出版に至らなかったものを加えれば、その数は百に迫る。だが、戦後に、そのことの責任が問題にされたことは、ほとんど絶無といってよい。それどころか、鼓常良、佐藤晃一、星野慎一、高橋義孝、高橋健二、国松孝二といったような、かつてナチス文学の翻訳紹介者として絶大な貢献をなした文学者たちは、戦後になっても沈黙するどころか、今度はナチスから弾圧され忌避された作家たちを、そもそもナチス時代もその時代の自分自身も存在しなかったかのように、つぎつぎと翻訳紹介し、戦後世代の意識のなかから二十世紀ドイツ文学（および日本での文学的営為）の全体像を消し去るのに貢献した。

「とにかく、わたくしは〔……〕トオマス・マンの文学に共感を覚えて次第に彼の世界にはいりこみ、何を考えるにも彼と共に考えてきたとさえ言えるこの二十年の歳月をかえりみるとき、そぞろに感慨の湧くのを禁じ得ない。」（河出書房版「世界文学全集」月報第二十号、一九五四年十二月。傍点は池田）――第二次大戦後にこう記した佐藤晃一は、かつて一九四二年にヒトラーの『吾が闘争』が真鍋良一訳で興風館から邦訳刊行されたとき、同書上巻の帯の宣伝文句に名を連ねて「技術院総裁子爵井上匡四郎氏、日独文化協会男爵三井高陽氏、東大独逸文学教授木村謹治氏、同助教授相良守峯氏」等とともに同書への「絶讃」を表明した「東京高校教授佐藤晃一氏」と、同一人物である。そして、この同じ佐藤晃一が、一九五四年には、山下肇と共著で『ドイツ抵抗文学』（東大新書）を公にすることになるのだが、ファシズム・ドイツにたいする亡命文学者たちの果敢な抵抗を描いたこの本には、ヒトラー・ファシズムにたいして自分自身および日本の知識人たちがかつてとった態度への反省や自己批判は、その片鱗や痕跡さえも見られない。マン一族の英雄的な「抵抗」の歴史が、もっぱらそれと同じ位置に身をおく著者の感情移入の対象としてのみ、叙述されているのである。

ヒトラーを讃美したから悪い、とわたしは主張しているのではない。日本のドイツ文学者についても、ドイツの作家たちについても、このことに変わりはない。歴史にたいする責任をまったく欠如させたモードとしてのヒトラー讃美はさておき、ナチズムにたいする善悪の判定が一応きまっている現在の時点で、過去の誤りを単なる結果論として云々することほど、不毛な作業はない。そしてまた、文学分野におけるナチス・イデオロギーの純粋表現ともいうべきコルベンハイヤーの諸作品でさえ、ただそれだけの理由で否定し去ってはならない、というのが、本書におけるわたしの基本的な姿勢である。こうした否定は、それらの諸作品が文学表現としてもっている力と、それらを読む読者の問題に、けっして肉薄しえないからだ。

それゆえ、日本浪漫派ファシスト＝神保光太郎編の『ナチス詩集』（ぐろりあ・そさえて、一九四一）のなかで、数あるナチス詩人のうちでもディートリヒ・エッカルト、カール・ブレーガー、ハンス・ヨースト、ゲルハルト・シューマン、バルドゥーア・フォン・シーラッハ等、ナチス詩人中のナチス詩人ともいうべき面々をことさらに担当して訳した高橋義孝を、そのことだけのゆえに非難するつもりはない。当時二十七歳だったかれは、同書巻末の解説「ナチス文学概観」で、「トーマス・マン的、又、ユダヤ的主知主義的文学」をナチス文学の「対蹠物」として位置づけ、ナチス文学を「形而上的実存としての民族の文学、戦争体験の文学、及び郷土文学」の三つに分類して、例えばその第二の類型について、こう書いていた。「ドイツ戦争文学は豊富な色彩を持つところの偉大な過渡期・西欧の仮象的文明の殻を破つて躍出する根元的血族的現実力の真の表現である。有機的なドイツ国家形式を求むる憧憬の産物であり、ドイツの国民的覚醒の出発の芸術的表現である。それは血と運命に生れた独自な文学である。」

ナチス文学にたいする高橋義孝の姿勢は、「専ら厳密な客観的叙述に意を用ひた」というかれの概説書、『ナチスの文学』（牧野書店、一九四二）に、もっともよくあらわれている。客観的な紹介を標榜しながら、その実、この本でとりあげられた百五十人におよぶナチス作家たちが、すべて何らの批判もなく肯定的に論じられるのである。――だが、もっと大きな問題は、むしろ、その後の高橋義孝にあるだろう。かれは、第二次大戦後になると、今度は、かつてかれ自身がナチス文学の「対蹠物」と名づけたトーマス・マンの位置に立って、ナチズムを歴史的に批判し（たとえば『現代ドイツ文学』、要書房、一九五五）、あるいはルカーチの『トーマス・マン論』を撃つことによってマルクス主義文学理論の総体を論駁する（とりわけ『文学研究の諸問題』、新潮社、一九五八）。

　歴史にたいする責任意識の欠落をもっともよくあらわしているのは、鼓常良の場合だろう。かれは、一九四〇年の『ドイツ文学史』、四三年の『新訂ドイツ文学史』（いずれも白水社）、そして同じく四三年の『独逸文学小史』（三省堂）によって、ナチス文学を全面的に称揚・鼓吹し、戦後になると、やはり白水社から、新版『ドイツ文学史』（一九五三）を上梓する。「日独文化協定締結後の今日本書の発刊は特別の意義があることを思ひ」云々の「序」を付した初版『ドイツ文学史』の「結び」で、かれはこう書いていた、「さて最後にこのドイツ文学史の全般を回顧して見るに、現代の第三統一国《ライヒ》ドイツが歴史の全時代に亙つて夙に準備せられてゐたかの感がある。吾々は国史を繙くときも日本の歴史のどの時代にも現代の日本を作り上げる準備がされてゐたやうな感じがする。国民がかゝる感想を有つときはその国はその隆盛にあることは間違ひない。況して外国人である吾々がドイツ文学史を読んでその感じのすることは、盟邦ドイツのために祝福してよいことである。然し文学史に関する限り、吾々は羨望をさへ感じてゐることがある。それは今迄屢々誤解せられたやうに、ドイツに於ては政治によつて文学が歪められたのでなくて、今日の政治を産んだものは、この悪い困難な時代に拘はらずよくその健全な発達を維持して来た卓抜な人々の文学であるといふことである。〔……〕歴史の最初から今日に至るまで、程度の相違はあれこの種の文学者が今のドイツを産む精神上の基礎を作つたといつても誇張でないと思ふ。ひるがへつて思ふに、文学が政治に先んじ、時勢を誘致するのが、元来文学の本領でなければならぬ。」三年後の一九四三年に刊行された『新訂ドイツ文学史』では、「今から想へば随分宿命的な時にこの著述に着手したものだ」と嘆じながら、その三年のあいだに深化したナチズムの現実に即応するような改訂を全巻にわたってほどこし、ナチス当局の価値基準からいささかなりとも逸脱する旧版の記述を、すべて改めたのだった。――「違つた史観から見る人にとつては言及さるべくしてされてゐない詩人作家もあるであらう。然し大東亜共栄圏の盟主たる現代日本の国民として当然関心を有たざるを得ぬやうなドイツ詩人は漏れなく網羅してあることを著者として私は信じてゐる。」（「改版の序」）

それから十年を経て、第二次大戦後の一九五三年に新たに刊行された同じ著者の『ドイツ文学史』の「序」に、われわれは、つぎのような数節を見出すことができる――「私の「ドイツ文学史」は過去のものになった。史料は始めから過去のものである。〔……〕しかしあの時はこれほど早くこれほどひどく書き改めねばならぬとはおもわなかった。〔……〕同じ文学でもアクセントの置き所が違えば見劣りする。戦争中のドイツ（いわゆるナチ政権）は自分の政策の都合で変なところにアクセントを置いた（宣伝省の事業がそれであった）。それのみならずイデオロギーから見て好ましくない人々を弾圧した。これによって多くの優秀な作家や学者は亡命し、また発表を差控えた。それらの人々は戦後に作物を携えて帰り、差控えられた作品や著述は花々しく発表されたから、（東ドイツは幕が明け（ママ）られていないけれど）かなり賑かである。」（カッコ内および傍点も原文のまま）

あたかも過去が、過去に発せられた言葉が、存在しなかったかのようなもののいいではないか。「政治に先んじ、時勢を誘致」しさえする文学の力を信じてナチス文学の宣伝・称揚に挺身したはずのその当人が、じつは言語表現の力や現実性などまるで信じていなかったのだ。

この意味で、あるいは国松孝二のやりかたは、もっと徹底していると言うべきかもしれない。――かれもまた、フリードリヒ・グリーゼの小説『車陣』（邦訳名＝『怒涛』、白水社版「現代独逸国民文学」第一巻、一九四二）の「解説」で、こう述べていた、「ひとは新しきドイツの科学を称へ、技術をとりいれ、組織をまねる。しかし、それらのものを生み、ナチス・ドイツの母胎となつたものに就いては、あまり多くを語らない。私は信ずる。グリーゼの『怒涛』一巻をつらぬいて流れてゐる力こそ、ドイツ民衆がフェーニクスのごとく生きかへり起ち上がつて、現代のナチス国家を成立せしめ、ナチスの科学と技術、武力と政治組織とを創りあげた原動力であると。この意味に於ひて、グリーゼが『怒涛』の一篇をドイツの青年たちに献げたのも、十分の理由があると思ふ。」――だが、これだけなら、その当時の大多数の日本ドイツ文学者たちと、さして変わるところはない。問題の所在は、かれが邦訳したシュテールの長篇『ペーター・ブリントアイゼナー』の二種の版本を比較してみるとき、くっきりと浮かびあがってくるだろう。

戦中と戦後にそれぞれ別の出版社から刊行されたこの両書には、ほとんど同じ二通りの解説が付されている。そのひとつ、一九四三年の「シュテール素描」と題する文章には、こういう個所がある、「シュテールはヘッセのやうにほのかな哀愁をたたへた、人好きのする、取りつきのよい作家ではない。グリムのやうに強い政治的意欲を持つた、激烈な、あふり立てるやうな作家ではない。カロッサのやうに、親しみやすい温かさと透徹した心とを持つた、静謐な作家ではない。〔……〕三年後には『ナターナエル・メヒラー』が公刊された。これは十九世紀半ばから現代に至るメヒラー家三代にわたる運命を叙述することによつて、ドイツ民族の新なる生成の跡を表現しようとした三部作の第一部をなすもので、第二部の『後継《ママ》』は一九三三年に刊行された。同年にはゲーテ記念章を贈られ、ナチスによって翰林院が改組されるや評議員に推され、翌年にはヒットラー総統から鷲紋章を授与された。老来ますますその心境は澄み、いよいよ深く神と民族とに思ひをひそめてゐたが、一昨年九月十一日、突然卒中のために急逝した。七十六歳であつた。」（『薄氷』、実業之日本社版「ドイツ民族作家全集」）同じ個所は、一九五五年の解説「シュテールについて」では、こうなっている、「シュテールはヘッセのように、ほのかな哀愁をたたえた、人好きのする、取つつきのよい作家ではない。カロッサのように、親しみやすい素朴な温かさと透徹した心とを持つた、静謐な作家ではない。〔……〕三年後には『ナターナエル・メヒラー』が公刊された。これは十九世紀半ばから現代にいたるメヒラー家三代にわたる運命を叙述することによつて、ドイツ的人間の魂の新たなる生成の跡を表現しようとした三部作の第一部をなすもので、第二部『後継者』は一九三三年に刊行された。同年にはゲーテ記念章を贈られ、老来ますますその心境は澄み、いよいよ深く人間と神とに思ひをひそめていたが、一九四〇年九月十一日、突然卒中のために急逝した。七十六歳であつた。」（『霧の沼』、三笠書房版「現代世界文学全集」25。どちらも傍点は池田）

傍点の部分を対比すればわかるように、ふたつの文章の差異は、きわめてわずかな言いかえや削除だけでしかない。だが、このわずかな改変が両文章にまったく別のヴェクトルを与えているということによって、国松孝二のケースは、ひとつの象徴的な意味をおびるのである。この象徴にてらしてみるとき、戦前・戦中のファシズム文学信奉者・鼓吹者から戦後民主主義者への変貌が、じつは小部分の言いかえや削除の問題でしかなかったことが、見えてくるだろう。高橋健二や星野慎一の転身も、本質的にはこれのヴァリエーションにすぎない。

高橋健二は、かつて大政翼賛会文化部長の要職にあって、エトヴィン・エーリヒ・ドヴィンガーやルードルフ・G・ビンディング、さらにはプロレタリア運動からナチスへ転向した労働者詩人ハインリヒ・レルシュとマックス・バルテルの訳者であった。そして戦後には、ナチス・ドイツで自分の作品が焼かれるのを見ていたエーリヒ・ケストナーや、ヒトラー・ドイツにたいして一貫して否定的な態度を堅持したヘルマン・ヘッセの諸作品のもっとも代表的な訳者となる。この間の決定的な断層が、かれ自身によって対象化されているという痕跡は、だがしかし存在しない。一方、星野慎一は、「新独逸民族の聖典」とかれ自身が呼んだ『土地なき民』の訳者だった。同じハンス・グリムの『南アフリカ物語』邦訳の「あとがき」でも、こう書くことを忘れなかった――「わが国に於いても、植民地文学はこれからいよいよ発展をとげることと思ひ、まことに楽しみな次第であるが、この作品集が、日本文学の将来に、少しでも寄与するところがあるならば、訳者の深くよろこびとするところである。」その同じ星野慎一が、東京教育大学の筑波移転に最後まで反対した同大学文学部教授会の一員であり、そのゆえに辞職勧告をもって恫喝されたことは、まだ記憶に新しい。そしてまた、それとまったく同じ時期に、同じかれが、学園闘争に関連して〈非協力的〉などの名目で教員処分が行なわれることに反対するむねの声明にたいしては、「〔東京教育大文学部教授会では〕われわれは多数をとって民主的なことをやっている。権力と結びついた少数が、教授会に非協力的なのだ。〔この処分反対声明では〕もっとも怪《け》しからぬ人たちを擁護することになる」（一九七〇年五月三日、日本独文学会総会での発言要旨）と述べて、処分反対に反対したことも、また記憶に新しい。『土地なき民』の民族主義的多数派から戦後大学自治の民主的多数派への道は、文字通り、民族を民主に変更するだけの単なる些細な言いかえによって、平坦につづいているのである。

戦前・戦中と戦後の両時期を通じて論じるに足る顕著な仕事をのこした少数の人びとだけに限定しながら、ここでいくつかの実例に言及したのは、それらの人びとが行なってしまった事柄をそれ自体として非難するためではない。また、ドイツ語を日本語に訳し、あるいは紹介や研究を書く仕事に直接たずさわったこれらの人びととの責任だけを問うて、それを無批判に受けいれた読み手たちの問題や、訳者・研究者にその仕事を委ねた出版企画者・出版社の行為については口をつぐむというのも、当を得たやりかたではないだろう。少なくとも、さきに触れた鼓常良の戦後版『ドイツ文学史』の「序」は、つぎのような一節で結ばれているのである。「おもえばこの本の初版も再版も紙型が助かっているのにそれを放棄し、まったく新しく出発することは昨今の出版界の事情から甚だ時代ばなれのした計画である。文庫本万能の今日、こうした採算を無視した計画に賛成された白水社の気魄には敬意を表せざるをえぬが、同時にこういう理想主義的計画を容れうる同社の余裕については前途多幸を祈りたい。」――この文章に暗示されている関係、本書でのわたしの試論自体がそのサイクルの一環をなしているこの関係をおさえておくための、最低限の試みとして、とりあえずわたしは、本書でとりあげた訳書や研究書にはすべて出版社名を明記するよう努めた。

　過去を現在から照射しなおし、過去との対決を通して現在を見さだめることは、たとえばファシズムと文学というテーマを考える場合でも、広義の文学史的テーマにたずさわる場合でも、その考察の対象にだけ適用される単なる手順ではなく、考察作業の主体自身にも適用すべき原理ではあるまいか。しごく当然のこの原理が、訳者や著者からも、出版担当者からも欠落することによって、発せられた言葉は救いがたく現状追認的なものに堕し、時局の移り行くままに、なしてしまった過去の行為にすぎぬもの、発してしまった過去の言葉でしかないものとして、打ち捨てられ、不可触視され、化石となり、そのうえにさらに新たな現状追認の言動が重ねられていく。

　かつて自分がなしてしまったこと、発してしまった言葉、これにたいする真摯な反省と総括の試みを行ない、日常の活動のなかでその償いをするという態度をとったのは、凡百のドイツ文学者のなかで、ほとんど和田洋一ただひとりだったようだ。和田もまた、ヨーゼフ・マグヌス・ヴェーナーの『ヴェルダン戦の七人』の邦訳（白水社版「現代独逸国民文学」第九巻、一九四四）の「まへがき」に、こう書いた、「その当時俄かに頭を抬げ始めた国民社会主義の党に対して作者が如何なる態度をとつたかは不明であるが、民族的な血の繋りに生きるこの若々しい純粋な魂は、アードルフ・ヒットラアをドイツ国民の絶対的指導者として選び仰ぐことに恐らく何の躊躇も感じなかつたであらう。〔……〕この小説の中の戦闘描写は戦争物に食傷してゐる読者をして或ひは退屈を感ぜしめるかも知れない。幸ひに終りまで読み通して頂けるならば、訳者として洵に仕合せである。」発せられた言葉は、もはや消えることがない。だが、これを書いてしまった和田洋一は、これを単なる過去として化石させてしまいはしなかった。敗戦後、『灰色のユーモア――私の昭和史ノオト』（理論社、一九五八）およびその改訂増補版『私の昭和史――「世界文化」のころ』（小学館、一九七六）によって、自己の体験を対象化し内在化し、同時に共有化するための、苦渋にみちた、だが巧まざるユーモアにあふれた自己対決を行なったのだった。この姿勢に裏打ちされてはじめて、かれを一員とするグループによる「キリスト者の戦時下抵抗」についての共同研究（みすず書房、一九六八）も、安全圏に身を置く〈客観的〉研究とは根本的に異なるものとなることができたのだろう。

いずれにせよ、必要なこうした総括の作業は、現在を基準にしてみずからの過去を予定調和的に清算することでもなく、安全圏に身を置きながら先人たちの非をあげつらうことでもない。ヒトラー・ファシズムと文学とのかかわりを究明しようと試みるなかでも、問題はつねに、みずからがかつてその支配をゆるし、いままたそれをゆるそうとしているのかもしれないわれわれのファシズムなのだ。

「ヒトラーを支えた作家たち」というテーマで取り組んでみようと考えたとき、当初わたしは、「後章」としてこの問題をとりあげ、こうした視点から日本のドイツ文学者の戦争責任と戦後責任を、おくればせながら記録にとどめておく計画だった。だが、各種訳本の解説や「あとがき」、雑誌論文、文学史その他の著書から抜き書きし整理した〈ドキュメント〉は、予想以上の厖大なものになってしまった。ひとつの章、それも補説的な章では、とうていそれを充分に展開できそうになかった。計画を変更して、「後章」は削除せざるをえなかった。

とはいえ、この総ざらえの作業は、ひとつのことをわたしに気づかせてくれた。さきの『朝日新聞』の記事にあった「国民文学」云々という記述を、たんなる欺瞞として読みすごしてはいけないのではないか、ということである。国民文学とは、とりもなおさずナチス文学のことなのだ。当時の日本でも、ごく普通にこの表現がナチス文学にかんして用いられていた、という事実があるばかりではない。この表現は、ナチス文学を考える場合、いわば一種の〈キー・ワード〉なのだ。

「ナチズム」、すなわち「ナツィオナールゾツィアリスムス Nationalsozialismus」を日本語でどう訳すかについては、必ずしも説が一定していないようである。「国家社会主義」と「民族社会主義」と「国民社会主義」の三つが、それぞれ事柄そのものの性格把握のニュアンスの違いを反映しながら、並存している。

ところが、ナチス文学を示すものとして同時代に「国民文学」という訳語が選ばれたことは、まことに適切な処置だった。これによって、抑圧支配のための強権としてのナチス体制は、〈国民〉の総意によって形成され支持されている構成体、いわば民主的な生活環境という相貌をおびることができた。そして、文学と政治を対極としてとらえることによって文学とかかわる自己自身を確証しうると考える文学者や文学愛好者も、ナチス文学の政治性を否定することこそできないにせよ、これは国民の合意によって成立している政治性であり、したがって普通の意味での政治性のように文学と対立するものではないとして、みずからを納得させることができた。それどころか、この「国民文学」という言葉は、もっとも非政治的・反政治的な文学者・文学愛好者を、もっとも極端な政治主義者に変えることができたのである。

これは、日本語の訳語をめぐる関係であるにとどまらない。ナチズムそのものが、全体として、多分に右のような本質をそなえていた。「生《は》え抜きで育ってきた指導者」というコルベンハイヤーの理念にも示されているように、ヒトラー・ファシズムの制覇は、まさに〈国民〉の合意のうえに、〈国民〉との一体化によってこそ、かちとられたのだった。ナチス・ドイツを、支配者ヒトラー一派と、これに支配される被害者としての民衆、という構造でとらえることによっては、その本質を把握することはできない。民衆が〈国民〉として積極的・消極的にナチス・ドイツを創出し支えていったことは、シュテールからファラダにいたる本書でとりあげた作家たちの活動を通して見ても、明らかだろう。

この〈国民〉を、ヒトラー一派によってたぶらかされていたもの、と規定することもまたできない。かれらにとって、ナチス・ドイツは虚像ではなく実像だった。〈第三帝国〉の〈国民〉にとっては、その帝国こそが現実だったのだ。ヒトラーのドイツにたいして〈真のドイツ〉の担い手をもって任じていた亡命作家たちは、この現実を撃つことができなかった。〈三〇年代〉の代名詞のように考えられがちな〈フランクフルト学派〉にしても、ナチス・ドイツの〈国民〉にとっては、無であった。それは現実のなかに存在しなかったのである。ナチス・ドイツがそのなかで徐々に形成されていく〈ヴァイマル共和国〉時代に、すでに活動していたフランクフルト学派は、ファシズムを抑止する現実の力とはなりえなかった。のちになって再評価された思想家や思潮を、その時代の隠れた真のモメントとみなすとらえかたは、〈内面性〉を現実からの〈逃避〉としかとらええず、夢や幻想を現実の〈捨象〉としかみなしえない考えかたと同じく、その時代の現実の姿を、〈国民〉がそのなかに生きる現実の姿を、ついに見ることがないだろう。ナチス・ドイツの〈国民〉にとっては、ヒトラー・ファシズムの現実こそが、唯一の、自己の現実なのである。

だがしかし——だからこそ、〈国民〉の視点からは、けっしてファシズムを撃つことはできないのだ。〈国民〉の現実を現実的な現実として認め、しかも操作の客体におとしめられないような契機をこの現実のなかに形成すること。これこそが、前ファシズム状況における文学の課題でもあった。この当然の課題へのアプローチは、本書でとりあげた作家たちによっても、まったく試みられなかったわけではない。既成の秩序への叛逆から出発したかれらの表現活動は、〈国民〉の枠からはみだしていくものを予感的にではあれ描いた時期を、少なくとも一瞬、ふくんでいたのである。この一瞬と、そのあとにくる永い道程とのあいだにあるのは、必ずしも断絶と深淵ばかりではない。ほとんど消え入りそうな痕跡として、あるいは未明の予感として、そこにたしかに存在しているにちがいない脈絡を、われわれはわれわれなりに、発見し構成しなければならないのだ。

一九七八年一月

追記

本書のうち、シュテール、コルベンハイヤー、ファラダにかんする章は、それぞれ、社会思想社の雑誌『知の考古学』（一九七六年三・四月号、同九・十月号）および筑摩書房刊の『展望』（一九七七年七月号）に掲載されたものを、大幅に改稿した。改稿と本書への収録をゆるして下さった両誌に感謝したい。また、多数の図版を挿入するなど種々のわがままな希望をかなえて下さり、内容についても貴重な批判や助言を惜しまれなかった白水社の稲井洋介、畠山繁の両氏と、印刷・校正・製本の担当者諸氏にも心からお礼を申しあげたい。

第二部　文学・文化の「わが闘争」

F・シュテーガー画「われら勤労の兵士たち」。ナチス・ドイツを代表する画家の一人、フェルディナント・シュテーガー（1880—1976）の勤労奉仕青年たちを描いたこの絵は、1938年の第２回ミュンヒェン「大ドイツ芸術展」に出展された。

〈闇の文化史〉ののちに

一九一〇年代から二〇年代にかけてさまざまな分野で展開されたアヴァンギャルド的な表現の試みが、機能主義的なものへの傾きを共通の要素としてもっていたことは、偶然ではないように思える。

これらアヴァンギャルドたちの師表のひとりだったマリネッティの『未来派宣言』における機能美礼讃から、ダダイストたちのフォトモンタージュ、ピスカートルをはじめとするドイツ・プロレタリア演劇運動活動家たちの舞台と映画との結合の試み、そしてバウハウスが構想した工芸品モデルの機械的大量再生産の理念にいたるまで、機械技術の成果と不可分の機能主義的な表現原理は、あの時代の新しい文化表現のほとんどすべてに浸みわたっている。もちろん、それまでの社会、とりわけ市民社会のなかで一貫して抑圧され、〈芸術〉や〈美〉の埒外におかれてきた民衆芸能やフォークロアに目を向けたことは、未来派、表現主義、ダダイストたちの、もっとも重要な特徴のひとつだった。民間伝承、民謡のリズム、アフリカ黒人の彫刻、古い農民の家具や工具、ロシア正教のイコン、道化芝居、サーカス、〈河原乞食〉と〈軽業〉が、ブルジョワのサロンの額縁のなかの〈芸術商品〉や、礼装をして行く〈帝国劇場〉にとってかわった。だが、抑圧され差別されてきた民衆の表現、さまざまな意味でのこの第三世界をみずからの表現のなかへとりこんでいくにさいしてもまた、アヴァンギャルドたちは、もっとも新しい技術的方法を、表現のための媒介とせざるをえなかったのである。

こうして、モナ・リザの顔にヒゲを描き加えたダダイストたちは、ありとあらゆる機械的音響を鳴らし立てながら、マリネッティが提唱した〈同時詩〉に民謡のリフレインを歌い込み、ハートフィールドとグロスは共同でアメリカへの夢をフォトモンタージュに盛り込んだ。サーカスと道化芝居をみずからの劇場のレパートリーとして再生させたメイエルホリドは、それを演じる俳優たちにもっとも効率的・機能的な身体の動きを要求し、テイラー・システムの原理にならって生体の機能をひとつのメカニズムにまで還元しつくしたガスチェフらと歩みをともにしつつ、ビオメハニカ（バイオメカニズム）という作劇法の理論をつくりあげさえした。若きエイゼンシュテインは親友トレチャコフとともに〈アトラクションのモンタージュ〉という演劇理論を実践に移したが、そのヒントは、公園のジェットコースターから得られたものだった。ドイツの地で演劇と映画と漫画とのモンタージュを試みたピスカートルの演出助手ベルトルト・ブレヒトは、かれがピスカートルに学んで得た〈叙事的演劇〉の方法が科学技術の発展の成果と切りはなしえぬものであることを、死の二年間、一九五四年になお再確認している。当時は主としてアメリカニズムへの讃美というかたちであらわされた共通の想いは、まさしくかれらの同時代人だったフランツ・カフカの小説『アメリカ』（『失踪者』）にすら、影をおとしていたのである。

これらアヴァンギャルドたちが一方で自己の内と外の第三世界を再発見したとすれば、その第三世界をかかえこんだかれら自身は、そのとき他方では、第一世界と第二世界のなかの後進性を体現していたのだった。未来派、表現主義、ダダなど、一九一〇年代と二〇年代のアヴァンギャルド的表現は、ロシア、イタリア、ドイツ、そして東欧という、ヨーロッパにおける相対的〈後進諸国〉でこそ、とりわけ顕著に噴出し、そして日本やその植民地・朝鮮にもっとも深い衝撃と影響を及ぼしたのである。これらアヴァンギャルドたちの表現は、それゆえ、ちょうどいま第三世界の人びとをとらえている矛盾と同質の矛盾に、とらえられていたのだった。核をもち、ハイテクノロジーを獲得することが自己の解放にとって不可欠であるという観念と同質のものが、ブルジョワ性からの解放を夢みたアヴァンギャルドたちの機能主義、技術崇拝のなかにまどろんでいたのだった。

この機能主義が、一方ではスターリン体制下の重工業推進政策へと、資本主義に追いつき追い越せの政策へと収斂させられ、他方ではファシズムの機能主義、非合理的合理主義へと統合されていったのが、その後の歴史の姿だった。メイエルホリドが舞台のうえで追求した身体の機能主義は、かれ自身の作劇法が〈社会主義リアリズム〉によって粛清されようとしていたころ、レーニ・リーフェンシュタールのオリンピック映画やナチズム宣伝映画のなかで、もっとも機能主義的な〈美〉として人びとを魅了した。機械の部品を組み

立てること（monter モンテ）からその名を得たモンタージュ（montage）は、〈黄金の二〇年代〉以降、ハリウッドの商業映画のなかでもっとも大きな興隆を体験し、グロスとハートフィールドとさまざまなダダイストたちのフォトモンタージュは、イタリア・ファシスタたちの戦意昂揚ポスターのなかで、機械と人間、兵器と人間の結合のイメージを、もっとも未来主義的に組み立てる手法へと展開させられた。モンタージュは、エイゼンシュテインやプドフキンの映画のなかばかりではなく、社会主義建設を描くソ連の宣伝ポスターのなかでも、もっとも重要な構成原理となった。そして、ベンヤミンの称揚する引用可能性、この〈芸術の政治主義〉は、スターリンの演説のなかにひとつの極致を見出したのである。しばしば軽蔑をもってしか読まれないスターリンの演説がかつて生きた数億の人間を動かしたのは、あらためて読みなおしてみれば歴然としているように、レーニンの言葉をはじめとするさまざまな引用のモンタージュの巧みさによっている。

顔のない人間、手足をもたぬ人間、内臓が機械と化している人間、フットボールのからだをもった人間、等々をモンタージュによって創り出したとき、アヴァンギャルドたちは、ブルジョワ社会のなかで不具にされ、肉体をも感性をも奪われた人間に、加担していたのである。身体の躍動と緊張と柔軟さを舞台のうえで実現し、それによって観衆の労働のリズムと身体のリズムに働きかけ、舞台と観衆との境界をとりはらおうと試みたとき、メイエルホリドは、奴隷労働と貧窮のなかで抑圧された身体を奪回するという、途方もない目標に立ち向かっていたのである。同時詩やザーウミ詩によって、セリフではなく叫びによって、言葉にならぬ言葉を発したとき、あるいは逆に、パントマイムのなかで、無声映画のなかで、言葉を発せぬ人間を演じたとき、かれらは、人間の表現を言語の桎梏から解き放ち、からだのいたるところに人間的表現の可能性を発見しようと意図したのである。そして、こうした意図と加担と目標は、言うまでもなく、〈精神〉だの〈意味〉だの〈知性〉だのを身体的表現よりも上位におくブルジョワ的価値観への根底的な反措定を内包していた。からだは、かれらの試行のなかではじめてそのしなやかさをとりもどすはずだった。切りきざまれねじ曲げられた身体は、労働のリズムそのもののなかで、みずからの身体性を奪いかえすはずだった。

　だが、かれらがその解放を機械的技術との関連で構想し、身体の機能の全的な発揮を効率との類比で追求したとき、かれらの目からは、舞台上で〈ビオメハニカ〉の演技をする可能性を最初から奪われている人間、効率的な動きを拒否されている人間、モンタージュによってではなく現実の生活のなかで何らかの身体的機能を切除されてしまっている人間の姿が、欠落してしまったのだ。これを欠落させたまましなやかさを求めたかれらの身体観は、つまるところ、人間を〈人的資源〉として、〈人材〉としてとらえることに通じるものだった。そこでは、効率的な身体の動きはプラスのイメージをもち、何らかの身体上の欠如はつねにマイナスだった。しなやかな身体は、つねに追求されるべき到達目標だった。そしてなによりも、欠如は技術的な補助手段によって埋められねばならぬ、という暗黙の前提を、かれらは疑うことができなかったのである。追いつき追い越せという理念が、身体的表現の奪回をめざすかれらの試みのなかにすら、生きつづけねばならなかったのだ。

　ナチスによる〈障害者〉の物理的抹殺と、ソ連における人間の労働力への還元という後史の現実は、〈黄金の二〇年代〉の開花を準備しかつそれに参加したアヴァンギャルドたちの試みをも、あらためて洗いなおしてみなければならない、という想いをわれわれに強いる。ナチスの絶滅収容所とスターリン治下の強制労働収容所は、もちろん、これらアヴァンギャルドたちによって建設されたものでもなければ、かれらの理念をそのまま実地に移したものでもない。けれども、かれらの決定的に新しい試みが、決定的に新しいものであったがゆえに落ち込んだ迷路は、ファシズムとスターリニズムを経ていまなお出口を見出していない。迷路の果てから高く飛翔してこの道の全体を眺望することは、まだだれにも出来ない。そして、時代をとらえていた思想や理念のなかに迷誤の源泉を発見して、それを断罪しそれと訣別することで新たな新しさを手中にしてみせるやりかたは、時間と空間をへだてておなじ迷路にいることを強いられている人間にとっては、空疎なものである。壁ひとつへだてた隣りの道を、だれが、どのような想いをいだきつつ手さぐりで歩んでいるのかも見えぬまま、自分たちがおかしてきた数多くの錯誤を辻々で回想し、新たな錯誤への心がまえをすることが、わずかに残された可能性であるにすぎない。迷路のなかでは、正しさや成功というものはただ最後の一歩を除いてはありえず、罪と錯誤だけが自己と他者にとっての判断の手だてなのだから。

（『批評精神』創刊号、一九八一年三月号、批評社）

表現主義とあとに来るもの

1

ほぼ二十年にもおよぶ表現主義の時代を、なんらかの単一の特徴づけによってとらえることは、もちろん不可能だろう。のちになってひとつの名称やイメージでくくられる一時代の現象も、そのまっただなかでは、多様で未分化で混沌とした様相を呈する動きでしかなく、それにかかわっている人間たち自身は、すぐ隣りに生きるものと自分自身とのあいだに、大きな共通性におとらず決定的な差異をも、感じないではいられなかったはずだ。表現主義も、その例外ではない。しかも、いま〈現代〉と呼ぶにふさわしいものの到来を告知したこの運動は、詩や小説、演劇から、絵画、彫刻、建築、さらには音楽、映画、思想にいたる表現のすべての分野をおおったばかりか、時間的には、それに先行する諸傾向とのちの萌芽とを重要な要素として内包しながら、地理的には、ドイツだけにとどまらぬひとつの大きな潮流の単なる一翼にすぎなかった。表現主義を簡潔な定義づけによってとらえようと試みることは、むしろかえってその特質を逸してしまうことにしかならない。

おそらく、いま表現主義の名で呼ばれるものと少しでもかかわりをもった人間の数だけ、そして、刻々と変わる表現主義時代の瞬間と同じ数だけ、表現主義が存在したのである。だが、この多様な表現主義の担い手たちすべてのなかに、そして表現主義のすべての時期をつらぬいて、それにもかかわらずたったひとつ、避けがたい共通項が息づいていた。直接それを表現するかどうかを問わず、あるいは直接それを体験するかどうかということとさえ無関係に、それは、表現主義の時代と担い手たちをしっかりと手中にとらえ、ぬぐい消すことのできぬ刻印をおしつけたのである。当時もいまも、表現主義は、そのひとつのものの影のなかにある。そのひとつのもの――それは世界大戦だった。

おおよそ一九〇五年から一九二五年ごろまでのドイツで展開された表現主義の活動にとって、第一次世界大戦とその帰結は、決定的な意味をもっている。まだこの戦争がじっさいには遠い未来のことにすぎなかった一九〇五年の時点、つまりドイツにおける表現主義

▲グロス「泳げる者は泳ぎ、泳げない者は沈む」
▼同「〈ダウム〉は1920年５月に彼女のペダンティックな自動機械人形〈ジョージ〉と結婚する。ジョーン・ハートフィールドは大喜びだ」（この表題は英語で書かれている）――『ダダ』第３号より

の最初の手さぐりが始められたころ、すでに世界大戦は人びとをとらえていた。のちにダダイズム——これもまた表現主義の一ヴァリエーションだった——の代表的な画家・モンタージュ作家となるジョージ・グロスは、始まって間もない新しい世紀を揺るがせた日露戦争が少年期のかれに与えた衝撃について、語っている。この戦争は、ヨーロッパにとって、極東が自分たちの歴史のなかへ押し入ってくる最初の明瞭な靴音であり、局地的な戦争がついにヨーロッパの枠をこえて世界へと拡大する最初の轟音だった。少年グロスが新聞報道と空想とのモンタージュによって描いた日本海海戦や旅順港攻防戦の光景は、十年後にやってくる本格的な世界戦争の予感にみちていた。そして、その本格的な世界大戦を体験することなく若くして死んだ詩人ゲオルク・ハイムは、表現主義の代表的な成果である「戦争」という詩のなかで、ヨーロッパと全世界のうえにかがみこむ巨大な戦争の姿を、その実物が現われるより数年も前に、あざやかに予示してみせた。同じハイムの短篇小説、「十月五日」にはまた、フランス革命のさなかでの民衆の熱狂と混乱が描かれているが、この題材の背後に、日露戦争が引き金となった一九〇五年のロシア革命があったことは、想像に難くない。

　印象主義にたいする反動、自然主義からの最終的な訣別、十九世紀ヨーロッパとその文化の埋葬、機械文明と実証主義とにたいする「否《ナイン》」、世界の終末の予感、人間回復の叫び——等々の言葉で言いあらわされる表現主義のモティーフは、じつは、世界大戦とその帰結となって現実化したものにたいする表現主義者たちの対決を、さまざまな個々の側面から説明したものにほかならない。これら個々の側面は、たしかに、表現主義をそれに先立つ芸術思想から区別する特徴ではあったが、それらが真に表現主義の特徴というにふさわしいほどの実質を獲得したのは、世界大戦という未曾有の現実と、それにともなう深刻な帰結のまっただなかに、表現主義者たちが身を投じられたときのことだった。

2

　予感したものが現実の姿をとってついにやってきたとき、道はさまざまに分かれる。一九一四年八月は、表現主義にとってもまた、決定的な岐路となった。

ハイムの詩にうたわれた都市化の脅威や崩壊の感覚、フランツ・マルクの描く動物たちのなかから見つめていた人間への目は、もっと具体的な激動のキャタピラによって、容赦なく踏みしだかれていく。ある意味では、それまでの表現主義は、一九一四年八月で終わったのである。原理としての人間主義、理念としての近代文明否定、危機意識としての世界の終末は、目のまえで血を流し、肉片と化し、無惨に死んでいく人間によって、鋼鉄の嵐となってすべてを粉砕する戦争機械によって、飛行機と毒ガスとがもたらす無制限の殺戮殲滅によって、とどめを刺されたのだった。第一次世界大戦の勃発とともに、新しいもうひとつの表現主義が始まる。

事実また、戦前の初期表現主義者の多くが、世界大戦の戦火のなかで死んだ。すでに一九一二年に事故死していたゲオルク・ハイムは別としても、ゲオルク・トラークル、アウグスト・シュトラム、エルンスト・シュタードラー、エルンスト・ヴィルヘルム・ロッツらの詩人たち、劇作家のラインハルト・リヒャルト・ゾルゲ、画家のフランツ・マルクなど、表現主義の創生と展開とにかかわった中心的な人びとが、つぎつぎと戦場で斃れていった。この一事を見ても、表現主義がどの世代の芸術家たちによって担われていたかがわかるのだが、かれらの死は、かれらの芸術理念が現実の力にたいしてどのように無力だったかを、象徴的に物語っているかのようでさえある。

戦場から生きて帰り、あるいは戦争の終結後に活動を始めた表現者たちにとって、戦前の理念的な現実否定や、さらにはまた大戦中にもなお叫ばれた抽象的な平和主義や人間主義は、もはやそのまま受けつぐべき遺産でも足場でもありえなかった。このことが、一方では、戦前表現主義がとりわけ詩や絵画のなかで達成した疑いもなくゆたかなみのりを、もはや戦後の表現主義が生まなかったことの、原因のひとつとなった。だが他方では、表現主義は、世界大戦の体験によってこそ、はじめて、真に二十世紀の現実とかかわる芸術表現となったのである。われわれにとっての〈現代〉の芸術は、第一次世界大戦をくぐりぬけた表現主義とともに始まった。

文化と芸術の表現は、ここではじめて、芸術と生活という二元論をもはや自明の前提とすることができなくなった。芸術は生活の代償行為ではなく、生活は芸術の代償行為ではないという次元に、われわれはここではじめて決定的に足を踏み入れたのだ。現実生活の貧しさを放置したまま、あるいはそれどころか前提としたまま芸術のゆたかさを追求するという、芸術表現の基本路線が、戦後表現主義によってはじめて踏み越えられた。もちろん、現実生活と芸術表現とのあいだの柵は、すでに十九世紀末の自然主義によっても、とりはらわれようとしていた。自然主義は、芸術表現のなかに日常生活が突入し、日常生活のなかへ芸術表現が突入していったまぎれもない実例だった。それだけではなく、具体的な表現方法にかんしてもまた、少なからぬ点で、自然主義は、ふつう考えられている以上にずっと、表現主義との共通性をもっている。けれども、自然主義における日常と芸術との相互浸透は、いわば、まだ牧歌的なものだった。当時のドイツでいえば、非合法時代をようやく脱した社会民主党は自然主義文学運動との文化政策上の関係を模索したとはいえ、そこには、芸術表現と日常生活とのかかわりにとってやがて運命的なものとさえなる政治と芸術という問題は、本質的にはまだなかった。この問題は、表現主義によって、それも戦後表現主義とドイツ以外での同時並行的な表現運動とによってはじめて、〈現代〉の表現の問題となったのである。芸術と生活という二元論の克服は、これ以後、この問題との対決のなかでしか、模索されることがなくなった。

3

表現主義が、しばしば指摘されるように青年たちの運動だった――という事実は、この運動の中心的な担い手たちのうち少なからぬものが第一次世界大戦で生命をおとした、という結果を生んだだけではない。生きのこったものも、みずからの年代の限定から逃れることはできなかった。かれらは、大戦のさまざまな帰結を、現役として、ひきうけつつ生きなければならなかった。

まずやってきたのは、革命だった。革命は、もはや、フランス大革命の初期のようなものとはもちろんほど遠く、一九〇五年のロシア革命とも、いわんやパリ・コミューンとも、決定的に異なったかたちで進行した。革命は、〈党〉という代表者、執行者を立ててすすめられた。

戦場から帰った表現主義者の多くが、一九一八年十一月に始まるドイツ革命に、ふつう表現主義というイメージによって想像されるよりずっと積極的にかかわった。ロシアのアヴァンギャルドたち、未来派やフォルマリズムの芸術家たちが果たしたような役割を、ドイツの表現主義者たちの少なからぬ部分もまた果たした。革命のアピールやポスターが、芸術家たちの手でつぎつぎと作成された。革命の実践形態たる「評議会《レーテ》」が、芸術家たちのあいだにも結成された。だが、そうしたかれらの活動は、同じひとつの目標に向かう同じひとつの隊列のなかの活動では、かならずしもありえなかった。ジョージ・グロスやジョーン・ハートフィールドなどベルリンのダダイストたちは、革命を簒奪し旧権力と結託しようとする社会民主主義への批判を表現し、逆にたとえば画家ペヒシュタインは、「ボリシェヴィキの魔手」にたいする警告をポスターに描いた。ベルリンのダダイストたちとても、みずからが与《くみ》するドイツ共産党（スパルタクス・ブント）の方針に、そのまま賛成していたわけでなく、この党の分裂にさいしては無関係ではいられなかった。

　政党政治という革命の一側面が、表現主義者をとらえた現実活動のまずひとつの問題だった。そしてこの問題は、それ以後いまにいたるまで、われわれの〈現代〉の芸術表現がとらわれつづけねばならない問題となったのである。この問題は、だがしかし、表現主義者にとってもまた、抽象的な問題、理念上の問題にはとどまらなかった。第一次世界大戦前であれば理念上の問題、芸術表現上の問題だったテーマは、いまでは、こうしたかかわりのなかでしか、そもそも描かれることができなかったのだ。少なくとも、表現主義者たちにとっては、そうだったのだ。同時代の芸術家、ある点では表現主義の範疇に入れることもできるような表現上の近さをもった芸術家たちを、表現主義者から分けるしるしは、これにほかならない。そして、だからこそまた、十九世紀的なヨーロッパ近代の超克をめざした表現主義の運動は、一九二〇年代の進行とともに政治的な革命がひとまず現実性を失ったことがもはや疑いえなくなったとき、最終的にその二十年の歩みを終えたのである。

　とはいえ、もちろん、表現主義時代を生きたものたちの歩みは、そこで終わりはしなかった。十九世紀の世紀末に生まれたものがほとんどだった表現主義者たちは、世界大戦で死ななかったとき、大部分が、つぎの世界大戦まで生きつづけることを運命づけられたのである。ただ生きつづけねばならなかっただけではない。かれらは、いわば、最初の世界大戦で死んだ初期表現主義者たちのぶんまで、生きなければならなかった。二つの世界大戦のはざまに生きたかれらの軌跡、終わったのちの表現主義の行方をたどってみることは、中途で断ち切られた戦前表現主義のそもそものはじまりを明らかにすることに劣らず、重要な作業だろう。

そして、そのかれらのうちでも、われわれがもっともっと深いまなざしをもって接近しなければならないのは、やがてファシストとなっていく表現主義者たちなのだ。

4

ファシズムを、もっぱら古いものへの逆行、歴史をおしもどそうとする反動としてとらえるのが誤りであることは、いまでは自明のことだろう。ファシズムもまた〈革命〉の一形態であり、少なくともファシストとその支持者たちにとってはそうである、という観点は、表現主義にかんしてもまた、前提でなければならない。ドイツ共産党（ＫＰＤ）やその左翼反対派であるドイツ共産主義労働者党（ＫＡＰＤ）に与することによって政治と文化の革命を実践しようとした表現主義者があったとすれば、国民社会主義ドイツ労働者党（ＮＳＤＡＰ、つまりナチ党）をはじめとするファッショ運動への参加によって自己の政治的・文化的課題を実現しようと試みた表現主義芸術家もまた存在した、ということは、大戦後の表現主義とその後史を見るとき、無視するわけにはいかない。

まず第一に、表現主義者が夢に描いた十九世紀的文明の突破、近代の超克という課題のなかには、疑いもなく、共産主義的な世界変革の展望がふくまれていたと同じくらいに、のちにファシズムのなかで現実となっていく人間関係や社会秩序のありかたが、萌芽的というにしてはあまりにも歴然と孕まれていたからである。そして第二に、表現活動としての表現主義をとらえなおすときにいっそう大きな意味をもつもうひとつの事実――表現主義のことばや表現スタイルとファシズムの表現スタイルとのあいだにある一種の類似性、いや同質性を、あらためて問いなおす必要があるからである。

たとえば、のちにナチ党員となる劇作家アルノル

ベックマン「夜」（1918〜19）

ト・ブロンネンの戯曲『父親殺し』〈初演＝一九二二年六月〉のなかに、われわれは、これまた青年運動の一変種だったナチズム運動の暴力的な叛逆と破壊の衝動を、たやすく発見することができる。ひたすらシニカルなばかりの暴力性をもって父親を文字どおり殺すことで矛盾にみちた関係に決着をつけるこの芝居の主人公は、十年あまりのちにナチスの暴力装置の手先たちが政権獲得の血路を拓いたときの情景を、そのまま先取りしている。そればかりか、象徴的なことに、この芝居の初演は、ユダヤ系の外相ヴァルター・ラーテナウを暗殺して〈戦後民主主義〉に実質的な終止符を打った右翼ファシストのテロル実行の日の、わずか一カ月前だったのである。だが、現実の歴史の進行とあいたずさえて舞台上で演じられたこの種の叛逆と破壊は、ブロンネンの作品だけのものではなかった。ブロンネンと並んでやがてナチ党員となり、ナチス政権の文化政策の最高責任者となったハンス・ヨーストの『若き人』（一九一六）その他の戯曲だけのものでもなかった。それどころか、こうした暴力の自己表現は、のちにファシズムとは反対の道を歩むことになる少なからぬ表現主義者の作品のなかにも、さらには、ドイツにファシズムが登場するよりずっと以前に生まれた作品のなかにすら、表現主義の最大の特色のひとつとして、存在していたのである。しばしば息子の父親にたいする叛乱とか、絶対権力者にたいする反秩序の蜂起とかの標語によって説明される表現主義の絶叫は、じつは、ドイツにおけるファシズム革命の最初の発語でもあったのだ。

一九三〇年代後半の亡命生活のなかで、表現主義世代の文学者・芸術家たちが、外的な状況によって強制されてではあれ、みずからの過去である表現主義と反ファシズム闘争の観点から対決せざるをえなかったのは、それゆえ、理由のないことではなかった。この〈表現主義論争〉では、しかしながら、当面の課題である反ファシズム統一戦線という要求のために、表現主義を断罪する側も擁護する側も、じつはもっとも重要な問いを不問に付したまま論争を終えてしまった。断罪者の側は、ファシズムと表現主義との共通点を、そのまま、表現主義が有罪であることの証拠として数えあげることをもって、自己の批判の正しさの根拠とした。擁護者の側は、ちょうどそれと対応するかたちで、表現主義のなかにファシズムとは異質の要素を発見することで、情状酌量を求めることしかなしえなかった。ほかにどのような異質な要素があったにせよ、表現主義のなかに、のちにファシズムによって体現されるような契機が孕まれていたことは、それ自体、否定しようのない事実だった。それは、表現主義のなかに、真に人間の解放につながるはずの理念や言葉やイメージの疑いもない発見があったのとまったく同じように、否定できないことだったのだ。問題は、では、なぜその表現主義のうち、ファシズムへとつながる要因が、さしあたり（そしていまなお）、ドイツで（そして世界のいたるところで）、現実の力として世界と人間とをとらえたのか？――ということだったのだが、これは問われぬままだった。そして、いまなお、表現主義にたいする問いのうちでももっとも大きなもののひとつであるこの問いは、最終的な答えを与えられていないどころか、充分に問われてさえいないのである。

5

この問いは、しかし、いわゆる政治的な問いにとどまるものではない。それどころか、政治と文化の関係なる二元論的な問いにとどまるものでさえない。表現主義こそは、そもそも、そのような二元論を無効にした最初の表現活動でもあったのだ。

たとえば表現主義の戯曲について、その思想内容と表現スタイルとを区分して考えることは、もともと無意味だろう。そこでは、いわば、意味のない絶叫そのものが、思想的な意味なのである。父親にたいする息子の叛逆にせよ、モンタージュされた図像や舞台装置や色彩にせよ、そのような表現スタイルによって演じられ描かれるもののなかから、どこまでが思想的内容でどこまでが表現形式かを弁別することなど、できない。すべての芸術表現に本来妥当するこの原理を、表現主義は、だれもが気づかざるをえないやりかたで、われわれにつきつける。――そして、これこそがまた、ファシズムの原理でもあるのだ。

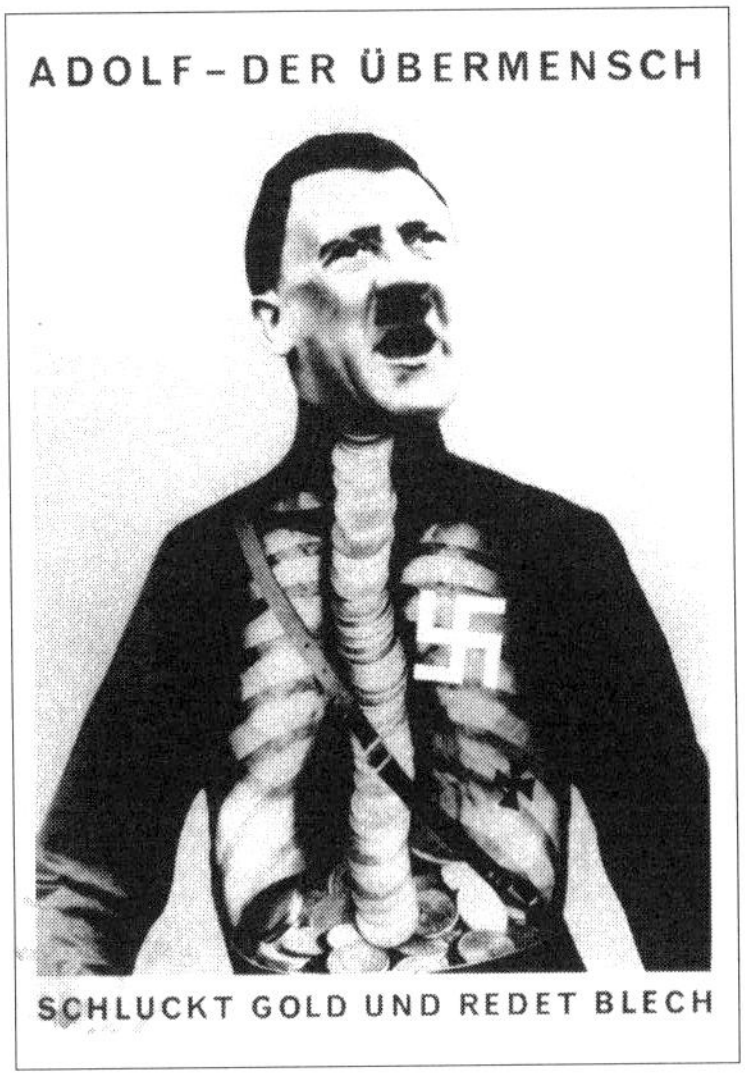

ハートフィールド「超人アードルフ、金貨を呑み込んではブリキの如き駄弁をわめく」（1932）

ひとは、ファシズムの思想とその表現方法とを分けて考えることなどできない。表現形式そのものが、また、ファシズムの思想的・イデオロギー的内実なのである。「政治の審美化」というファシズムの豪語の意味は、じつはここにある。これにたいして、たとえばベンヤミンのように、「美の政治化」を対置することの無力さを、考えてみなければならない。無力さどころか、「美の政治化」を実践するとき、じつはただスターリニズムへの道以外のどのような道が可能か、という問題を、この対抗スローガンはまず解決しなければならないのだ。

ファシズムによる「政治の審美化」は、イタリアでもドイツでも、そして日本ですら、表現そのもののなかにある自己解放の契機を、あますところなく組織した。搾取し収奪した、と言うべきかもしれない。しかし、この搾取と収奪は、ただ単に暴力的強制によってだけ実行されたわけではなかった。表現主義の戯曲や詩のなかで自己を解きはなった暴力は、それを向けられる側にとっては脅威的な外力であっても、その暴力を行使する人間たちにとっては自己解放として実践されるのである。そして、この脅威と自己解放は、固定的なものではない。脅威に屈して暴力に与《くみ》したものは、暴力を身につけることによって自己解放を実現する可能性を獲得する。ちょうど、父と息子の葛藤を描いた戯曲のなかで、表現主義的な息子たちがそうであったように。もしもこの対決で暴力を身につけることを拒否するとしたら、そのときは、カフカが中篇小説『判決』(一九一六)のなかで死なせた息子と同じように、旧権力にたいする敗者として、みずから生命を絶つしかなかっただろう。

表現主義の末路にファシズムがあったという問題は、それゆえ、たかだか近い同類にたいして向ける暴力しか身につけることができずにいるわれわれ自身の問題でもある。さらに大きな暴力、実効のある暴力を獲得したときのわれわれが何ものとして生きるか、という問題でもある。そのとき、われわれの暴力的な表現は、侵略や抑圧としてよりは自己解放としてわれわれをとらえるだろう。そのとき、われわれにとって、われわれの自己解放にほかならない表現活動のなかには、その内実としての思想やイデオロギーと表現形式との区別など、そもそもありえないだろう。そのとき、表現主義が足を踏み入れた領域以前の表現状況に逆行することによって新しい道を求めることなど、もちろんできるはずもない。表現主義は、〈現代〉にとって、すでに捨てさることのできない前提なのだ。

だが、われわれはもちろん、表現主義がたどった道しかたどれないわけではない。同じ道をたどることは、できるはずもない。われわれのまえにあるのは、ただ、表現主義が試みながら、その後史のなかでファシズムに簒奪されていった表現上の諸問題だけである。そしてこの諸問題は、いままた、未解決のまま、新たな簒奪にゆだねられようとしている。かつて〈近代の超克〉と名づけることができた課題は、いまでは、人類の全歴史の根底的な超克という課題にまで深化している。表現主義者たちが予感し、かいまみた世界の終末は、われわれにとっては、このままではほぼ百パーセントの確実さで刻々と迫っている。自己表現による自己解放への希求はいたるところで叫びを発し、それを実現させる装置は生活のすみずみにまで網を張りめぐらされている。広義のモンタージュによって現実を意識化する試みがなお可能だった表現主義時代とは違って、ここでは、あらゆる新しい試みは、有効であればあるだけ、操作と抑圧に役立つものとして買い取られていく。未解決だった表現主義の試みは、解決を見出さなかっただけでなく、もはや回復不可能なほどに困難の度をまして、われわれをとらえているのである。

　だからこそ、いま、表現主義をあらためて問う作業は、表現主義の新しさを再確認するだけの作業ではありえない。逆にまた、あの時代といまとの距離を見きわめるだけの作業でもありえない。疑いもなく人間の解放と自己実現をひとたびは模索し、挫折と諦念のなかですら世界に人間の顔を押しつけようとした表現主義は、その模索の果てに来た現実――ファシズムとの関係のなかで、表現主義時代の二十年間には見えなかった姿を、われわれのまえに浮かびあがらせる。この姿をわれわれの視点から再構成することが、決定的な世界の終末に直面したわれわれにいまできる作業のひとつだろう。表現主義者が予感し体験した世界大戦とはもはや比較にならない終末戦の姿を知りつくしているわれわれにとって、表現主義者をとらえた現実はあまりにも素朴なものでしかないとしても、かれらが歩み入ったファシズム的な現実は、われわれのまえにある世界の終末の根強い養分として、なお生きつづけ増殖し進化しつづけているのである。

（『ユリイカ』第一六巻第六号、一九八四年六月、青土社）

内部の矛盾——ドイツ・イタリア・ゲッベルス

アードルフ・ヒトラーの『わが闘争』（一九二五―二七）とアルフレート・ローゼンベルクの『二十世紀の神話』（一九三〇）――のちに権力を掌握したナチズムの二大聖典となるこの両書は、奇妙なことに、イタリアについての記述をほとんどと言ってよいくらい含んでいない。これらが刊行されたとき、すでにファッショ・イタリアはその地歩を着々とかためていただけに、ナチ党の最高幹部でありドイツ・ファシズムのイデオローグであるヒトラーとローゼンベルクのこのイタリアへの視線の欠如は、ますます奇妙に思える。

『わが闘争』でヒトラーがイタリアに言及しているのは、ドイツの同盟国となりうる勢力としてだが、それはもっぱら宿敵フランスとの対抗という観点からのことであり、しかも、ヒトラーはドイツとイタリアだけの同盟ではなくイギリスとの三国同盟を考えている。かれの念頭にあったイタリアが、ファシズム勢力のそれではなかったことは、明らかなのだ。ローゼンベルクにいたっては、諸民族の「名誉観念」にかんする考察のなかで、ほんのついでに、文字通りただひとこと、イタリアに言及しているにすぎない。周知のように、現実の歴史のなかでは、その後、日独伊の反共ファシズム中軸が形成されていくとしても、ナチスのイデオローグたちの当初の理論のなかでは、イタリアのファッショにはさして関心がはらわれていなかったのである。

この無関心は、しばしば、たんなる無関心という消極的なものにとどまらず、もっと積極的な差異、あるいは対立点としてあらわれることもある。とりわけ、イタリアより十年遅れてナチスがドイツで権力を掌握してからは、政治的な実践のなかで両国のあいだに個々の具体的な違いがあらわれてくるのは、むしろ当然のことだった。しかしまた、こうした違いのいくつかは、すでに当初の理論の段階でも、はっきり姿をあらわしていたのである。たとえば、『わが闘争』の第十章で、ヒトラーはこう述べている。

「芸術のボリシェヴィズムは、ボリシェヴィズム一般の唯一可能な文化的生活様式であり精神的表現である。これが腑におちないものは、ボリシェヴィズム化をなしとげた国々の芸術を考えてみさえすればよい。そうすれば、驚くべきことに、今世紀になって以来キュービズムとかダダイズムとかいった総括的概念のもとにわれわれが知りあいになっている精神錯乱的、頽廃的人間の病的な奇形が、そこでは国家公認の芸術として讃美されているのが見られるだろう。〔……〕六十年ほど前には、こんにち生じているような大規模な政治的崩壊は考えられなかったが、それと同様に、一九〇〇年以来、未来派やキュービズムの描写にあらわれはじめたような文化的崩壊も、当時はまだ想像できなかった。六十年前であれば、いわゆるダダイズム的〈体験〉の展覧会などまったく不可能と思われただろうし、その主催者たちは精神病院に入れられたことだろう。ところがこんにちでは、そのかれらが芸術団体の議長さえやっている。この悪疫は、当時は姿をあらわすことができなかった。なにしろ、世論がそれをゆるさなかったし、国家も坐視しているはずはなかったからである。国民が精神錯乱の手中に追い込まれるのを阻止するのは、国家管理上の仕事だからだ。」

イタリア未来派の芸術家たちの多くがムッソリーニとその体制を支持したことは、よく知られている。かつてそのイタリア未来派の影響のもとに出発したロシアの未来派の少なからぬものたちが、ボリシェヴィキ革命を支持したという事実とともに、これは、二十世紀の政治と文化・芸術とのかかわりを考えるうえで、無視することのできない事実だろう。問題は、芸術家たちの側の態度決定だけではない。政治の担当者たちが芸術にたいしてとった態度の問題も、もう一方にはある。さきの引用からも明らかになるように、この点でのヒトラーの態度は、はっきりしている。そしてこれは、『わが闘争』以後も、一九三三年一月の政権獲得以後も、一貫して変わらなかった。

イタリアの芸術的アヴァンギャルドと対応するものは、ドイツにあっては、表現主義でありダダイズムだった。一九一〇年代の全期間から二〇年代初頭にいたる時代をみずからの表現に刻印し、またみずからをこの時代に刻印したこのアヴァンギャルドたちは、まさしく、一八八九年生まれのヒトラーにとって同時代人だった。挫折した画家であるヒトラーがこれらのアヴァンギャルドに向ける憎悪は、それゆえ、幾重にも屈折していたのかもしれない。いずれにせよ、かれはついに一度も、表現主義、キュービズム、未来派、ダダイズム、シュールレアリズムなど、現代芸術の前衛的な表現様式を容認することがなかった。詩人のゴットフリート・ベン、画家のエーミール・ノルデ、劇作家のアルノルト・ブロンネンなど、政権掌握以前からすでにナチズムに帰依していた旧表現主義者たちのうち独自のものをもった芸術家たちは、第三帝国のなかで遅かれ早かれ、「内面的亡命者」とならざるをえなかった。ナチスに恭順の意を表わさなかったアヴァンギャルドたちは、十把ひとからげに「頽廃芸術」のレッテルを貼られて、国民から遠ざけられ、抹殺された。

　オーストリアの僻地に生まれたヒトラーと似て東方の外地ドイツ人だったローゼンベルクも、文化・芸術にかんしてはヒトラーと同じ考えをいだいていた。「北方的ヘラス」なるかれの文化理想像は、「古典」と「血と土」との混合によって「アスファルト文化」、つまりベルリンを中心とする前衛的な文化の試みを粉砕するための、イデオロギー的な根拠となりこそすれ、表現主義やダダのなかに、かれ自身が主観的には打破しようとしている資本主義的文化を克服する試行がひそんでいることなど、認めようともしなかった。

　その点で、ナチ党の幹部のうちでもゲッベルスはいくらか異なっている。かれは、今世紀に新しく生まれた芸術表現に少なからぬ理解を示し、なかでも表現主義にかんしては、そのダイナミックな側面を高く評価した。一九二〇年代の末、表現主義の彫刻家・詩人だったエルンスト・バルラッハが兵士の群像をつくったとき、ローゼンベルクはそのなかに反戦的な姿勢と文化ボリシェヴィズムを見て、激しい非難をバルラッハにあびせたが、ゲッベルスは、それと逆の見解を表明してこの芸術家を擁護した。権力掌握の翌年、一九三四年三月にイタリア未来派美術展がベルリンで開催されたとき、ゲッベルスは、ナチ党ナンバー2と目されていたヘルマン・ゲーリングとともにその実行委員会に名を連ねて、ローゼンベルクを激昂させたこともある。そのゲッベルスも、ナチス権力が安定の度を加えるにつれて、次第に他の指導者《フューラー》たちと足なみをそろえるようになった。とはいえナチ内部に文化・芸術政策をめぐる矛盾があったことは、否定できないのだ。

　ヒトラー＝ローゼンベルクが新しい芸術表現の試みを容認しなかったこととと、かれらが自分自身の政治的実践をまさしく新たなひとつの「芸術」と見なされたがったこととは、表裏一体をなしている。すでに政治的には表現主義にたいする否定的評価に与していた一九三七年、ゲッベルスは、ヒトラーをこう讃えた、「かれの仕事全体がひとつの芸術的な精神のあかしである。かれの国家は、真に古典的な基準におけるひとつの建築作品である。かれがおこなう政治の芸術的な形象化は、かれのひととなりにふさわしく、かれをドイツの芸術家たちの先頭に位置させる。」

政治を芸術としてとらえ、自己の体制の指導的政治家をもっとも卓越した芸術家として称揚するやりかたは、イタリアのファシズムとドイツのナチズムに共通した特性のひとつである。『ファシズムのイデオロギーと芸術』（ミラノ、一九七三）の著者ウンベルト・シルヴァは、ムッソリーニを偉大な芸術家として讃美するイタリアの御用学者たちの発言を、いくつも記録している。（シルヴァのこの本は、一九七五年にドイツ語に翻訳された。このドイツ語版は、おそろしい悪文を度外視すれば、これまでにイタリア・ファシズムと芸術表現との関係について論じたもののうち、ドイツで手にすることのできるもっとも興味深い論考のひとつである。）

「こんにちにいたるまで、この政体の唯一の偉大な芸術家は、それの設立者、つまりムッソリーニである。かれがおこなってきた多くの演説、かれが書いてきた多くの論説や政治論文は、かれをわが国の唯一の偉大な散文作者とするに足るものだ。われわれの考えによれば、各県あての最近の回状は、芸術的な観点からみるなら、この数年間でもっともすぐれた散文作品であり、ファシズム文学の傑作である……。」――ウンベルト・シルヴァは、『クリティカ・ファシスタ』誌の一九二七年二月十五日号に掲載された編集部の文章から、こういう一節を紹介している。

ドイツとイタリアに共通のこうした政治と芸術の同一視は、ヴァルター・ベンヤミンが「美の政治化」をもって対決しようとしたファシズムの「政治の審美化」の一形態にほかならないのだが、政治＝芸術というとらえかたが現実の文化・芸術政策に適用されるなかでは、イタリアとドイツとのあいだに明らかな違いが生じざるをえなかった。

もっとも大きな違いは、さきにふれたアヴァンギャルド芸術にたいする評価とも関連している。要約していえば――イタリアの未来派がかなり遅い時期までファシズムとの矛盾に逢着せず、ファシズムの政治的実践者たちが未来派を容認しつづけた一方、ドイツでは、表現主義をはじめとする芸術的前衛たちにたいするナチスの側からの攻撃は熾烈であり、前衛芸術家たちのほうでも少なからぬものが反ナチスの隊列に身を投じている。そこにはもちろん、反ユダヤ主義という要因もあったとはいえ、総じて、ナチズムのほうがイタリアのファシズムより、芸術をいっそう政治的な問題としてとらえていた、という見かたをすることができるかもしれない。

　ウンベルト・シルヴァによれば、ムッソリーニは、政権獲得以前ばかりでなく一九二三年になってもなお、政治が芸術活動に介入することを不当だとみなしていた。「国家芸術といったようなものを奨励する気など、わたしにはない。芸術は個人の領域に属するものだ。国家はただひとつの義務をもつにすぎない。すなわち、芸術の妨げをせず、芸術家のために人間的な諸前提を創出し、芸術的および国民的な観点からかれらを支援することである。」――『ポポロ・ディタリア』紙の一九二三年三月二十七日号で、かれはこう述べている（シルヴァ、前掲書による）。ファシスト政体が文化の分野でもイニシアティヴを発揮すべきだ、という声が党の内外に高まって、これについて明確な態度を打ち出さなければならなくなった一九二八年の時点でさえ、ムッソリーニは、「芸術、科学、哲学の領域では、党員名簿は特権にも免疫にもならない」と言明している。

三つの国民、一つの戦争、一つの勝利！（ファシスト・イタリアのポスター）

　ムッソリーニのこうした姿勢が、かれ自身の思想全体のなかでどのような位置をしめ、またイタリアの政治・社会史のなかにどのような歴史的根拠をもっているのか、いまのところわたしには明らかでない。おそらく、リソルジメント（国家統一運動）期以来の文化運動の展開と、それは無関係ではないのだろう。だが少なくとも、このムッソリーニの態度は、ナチスの文化政策とはまっこうから対照をなしている。そしておそらく、強固な文化統制をおしすすめたナチズムの方向は、すでに十九世紀末の自然主義文学時代に独自の「党芸術」創出をめぐる論争を展開していたドイツ社会民主党の実践の歴史と、どこかで関連しているにちがいない。ドイツ社会民主党の実践のなかでそのときクルト・アイスナーによって唱えられた「党芸術」という概念は、のちにレーニンによって有名な「党の文学」として引きつがれた（「党の組織と党の文学」一九〇五年）のだが、ナチスはみずからの党の文学に「国民文学」という名称を冠してその普遍化をめざしたのである。そして、さきに引用した『わが闘争』のなかの「芸術のボリシェヴィズム」についての一節で、途中省略した箇所、この芸術が国家公認の芸術として讃美されたひとつの実例をヒトラーが挙げている箇所においては、ほかならぬクルト・アイスナーによって幕が切っておとされたバイエルンの革命のことが言及されているのだ。ヒトラー派は、まさしくひとつの「党芸術」として表現主義、未来派をはじめとするアヴァンギャルド芸術をとらえ、それの対極にみずからの党芸術をうちたてようとしていたのである。

それゆえ、少なくともドイツのナチズムにかんするかぎり、かれらの実践をベンヤミンのように「政治の審美化」としてとらえるだけでは、不充分であるように思われる。

「わたしはドイツの政治家であるいじょう、あなたがみとめようとされるひとつの区別、つまり良い芸術か悪い芸術かという区別だけを承認する、というわけにはいかないのです。芸術は、良いだけであってはならず、民衆《フォルク》に奉仕するものでもなければなりません。〔……〕リベラルな民主主義が言うような絶対的な意味での芸術など、存在することをゆるされないのです。そういう芸術に奉仕しようとする試みは、ついには、民衆がもはや芸術にたいする内的な関係をもたなくなり、芸術家自身が芸術のための芸術《ラール・プール・ラール》という立場の真空状態のなかで時代の原動力から孤絶し、閉め出されてしまうところに、行きつくのが落ちでしょう。」——ゲッベルスは、一九三八年に指揮者フルトヴェングラーにあてた手紙のなかで、こう書いている。つまり、ナチズムは、政治的実践を芸術として美化しただけではなく、芸術の政治化をもはっきりと日程に組んでいたのである。ゲッベルスのこの言葉は、ほとんどなにひとつ本質的な変更を加えぬまま、同時代の各国共産党の文化政策担当者たちの発言と置きかえることができるのだ。

ところで、それでは、ナチスによって目のかたきにされたアヴァンギャルド芸術は、いわゆる「芸術のための芸術」だったのだろうか？　これまた奇妙なことに、ナチズムのスピーカーたちの精力は、唯美主義的・非時代的な芸術の営みを摘発することによりは、すでに「第三帝国」のなかで存在の物質的基盤を奪いつくされているアヴァンギャルド芸術、つまり「頽廃芸術」への集中攻撃にいっそう多くついやされた。一九三七年七月、ミュンヒェンで、大規模な「頽廃芸術展」が開催された。表現主義とダダイズムの芸術作品が数百点、ここに展示され、公立の美術館に所蔵されていたものにはわざわざ「国民の税金で買い上げられた」むね記した札が掛けられた。時を同じくして、すぐ隣りでかねて建設がすすめられていた新しい国立美術館、「ドイツ芸術館」の、開館記念の美術展が催された。ここには、「純正芸術」の模範たちが、つまり、鎧に身をかためたヒトラーだの、狩猟をするゲーリングだの、戦争のえじきになる子供を山ほど産んだ母性英雄の像だの、牧歌的な農作業の風景だの、こぶしをつきあげる労働者たちだのが、二十世紀初頭の衝撃を芸術表現がまったく受けなかったかのような手法で描かれて、飾りたてられていた。記念式典にのぞんだヒトラーは、あらためて「頽廃芸術」と闘う決意を表明し、表現主義をはじめとするその種の芸術を名ざしで攻撃する演説を行なった。美術館の正面玄関で演説するヒトラーの写真は、例によって修正をほどこされ、まわりの人物よりもヒトラーをひとまわり大きくつくりかえてから、国民に公開された。

そして、同じ一九三七年、ドイツで開かれたイタリア美術展にも、ヒトラーは足をはこんだ。だが――かれは未来派の展示室には足を踏みいれずに通過してしまった。「芸術のボリシェヴィズム」を容認している国々、「精神病院」に入れられてしかるべき「精神錯乱的、頽廃的人間の病的な奇形」が「芸術団体の議長」をやっている国々には、イタリアもまた含まれていたのである。すでにそれよりまえの一九三四年、ローゼンベルクははっきりと口に出して、イタリアの前衛芸術（アエレオピットゥーラ）を非難していた。

異なる国々で実践されたものをすべて「ファシズム」というひとつの概念でくくることは、当然のことながら、それぞれ固有の具体的な現実をゆがめてしまう結果にも通じる。ドイツとイタリアの文化政策の相違は、とりわけこのことをわれわれに示してくれる。けれどもまた、相違点を強調することによって、かえって、まさにわれわれのいまにとってこそ重要な問題点が、歴史的な関連を失って単なる一エピソードにしか見えなくなってしまうこともある。その意味では、たとえばイタリアとドイツとのファシズムについて考える場合、ナチスの側では、ヒトラーやローゼンベルクではなくむしろゲッベルスを、あらためてとらえなおすことも重要なテーマだろう。それは、民衆啓発・宣伝相というかれの政治的役割ゆえにばかりではない。「血と土」の「国民文学」が強力に推進され、しかもこれを受けいれる素地が充分にあった第三帝国のドイツで、いわばこうした土着的な、古い感性に支えられた文化形成の作業のなかへ、ラジオ、映画、テレビ（！）などの新しいメディア、新しい表現可能性をもって切り込んでいこうとしたゲッベルスの試みは、「政治の審美化」というよりはむしろ「美の政治化」という観点から、再検討され、再批判されねばならないだろう。

しかもこれは、いわゆる政治家の側からの文化政策的な問題にかんするテーマにとどまるものではない。都市の「アスファルト文学」に対抗する「郷土文学」が称揚されたなかにあっても、ナチス・ドイツは、それとは根本的に異質な表現者たちを擁していたのである。ベルリン・オリンピックの映画をつくったレーニ・リーフェンシュタールの名も、そうした表現者たちのひとりとして、すでにわれわれになじみぶかい。ジョーン・ハートフィールドやイタリアのアヴァンギャルドたちと同じようなフォト・モンタージュによってナチの国内・国外宣伝の先鋒の役割をはたしたほとんど無名の表現者たちも、まちがいなく存在していた。そしてこれらのフォト・モンタージュ作品は、太平洋戦争下の日本にも、たとえば有名な『フロント』や『宣伝』というような雑誌によって、紹介されていたのである。

ナチ勢力の内部の政治的な矛盾は、ＳＡ（突撃隊）幹部の粛清やそのときどきの更迭によって、解消されたかもしれない。しかし、政治と文化をめぐる内部矛盾は、ファシズム陣営にあってもまた、もっとも根深く生きつづけた矛盾のひとつだった。しかもそれは、ヒトラー＝ローゼンベルクとゲッベルスとの矛盾として、さらにはドイツ・ナチズムとイタリア・ファシズムとの矛盾として、その陣営の柱石にふれる大きな矛盾でさえあったのだ。おそらく、イタリア・ファッショの内部でも、ムッソリーニにたいする反対は存在していただろう。この矛盾自体は、もちろん、それぞれの国のファシズムの内部矛盾である。だが、それらの矛盾のなかには、そもそもファシズム自身がそうであるように、現代の文化の根本的な諸矛盾が反映され、塗りこめられている。さまざまな試みを共産主義がどのように発展させ、あるいは屈折させたか、それらの試みにわれわれがどう対処し、それらをわれわれがどう血肉化したかは、ファシズムが具体的にそれらをどうとりあつかったかということと、無関係ではない。無関係でないばかりか、二十世紀のあらゆる新しい芸術表現は、いまにいたるまで、さまざまなかたちをとった広義のファシズムとのかかわりのなかでのみ、真に受け手との関係を切りむすぶことができたのである。それが共産主義からの転向のなかであれ、反ファシズム闘争のなかであれ、表現者と受容者との関係、この関係の転倒や相互浸透の試みが、真に現実的に試みられたのは、ファシズムとのかかわりにおいてだったのだ。

ヒトラーとムッソリーニ

ファシズム内部の矛盾に注目することは、われわれのファシズム像が一面的なものにとどまることに、ひとつの歯止めをかけてくれるばかりではない。ファシズム対反ファシズムという構図のなかで完結しがちなわれわれの世界像を破砕して、この構図の枠をこえたところで試みられていた新しい表現の可能性をめぐる試行に、あらためて光をあてることにもつながっている。

（『イタリアーナ』第一一号、一九八二年三月、日本イタリア京都会館発行）

帰属意識の文学

三〇年代を先取りした〈古い二〇年代〉の作家たち

一九三〇年秋、東京の春陽堂から、「世界大都会尖端ジヤズ文学」と題するシリーズが出版された。予告された全一五冊のうち、どれが実際に刊行され、どれが計画だけに終わったのか、くわしくはわからない。だが、手もとにある巻に付された広告によれば、シリーズは、ベン・ヘクト『一〇〇夜シカゴ狂想曲』、新興芸術派作家一四人『モダンTOKIO円舞曲』、フイリツプ・ダニング／ジヨージ・アボット『JAZZ・ブロドウエー』、フイリツプ・スーポウ／フランシス・ミオマンドル『モンパリ・変奏曲・カジノ』、プロレタリア作家一〇人『大東京インターナシヨナル』、アーサー・アプリン『ロンドン・バレー・ピカデリー』、ナツト・フアーバー『紐育・オン・パレード』、シイ・アンドリウス『組曲・グロテスク巴里』、コンラツド・クーリツヂ『上海乱舞曲・両世界大市場』、アルフレツド・デプリン『新ベルリン・シムフオニー』、ネル・マーチン『幻想曲プロドウエーのバイロン卿』、ハインリヒ・マン『伯林ソナータ』、それにエツチ・ゲイツ『モスコー・ワルツ・赤色ダンサー』から成っていた。

これらのタイトルは、もちろん、作品の原題とはほとんど無関係で、その点にこそ、シリーズの企画者の意図が如実にあらわれている。そして、『伯林ソナータ』が、のちに反ナチス亡命作家の代表格と見なされるようになるハインリヒ・マンの一九〇〇年の作品『のらくら者の天国《シュララッフェンラント》で』であることを除けば、他はほとんどすべて一九二〇年代の所産であり、シリーズの名が示すとおり、いずれもみな当時にとって最新の、つまり一九二〇年代の、大都市を舞台にした作品だった。

大都市の文学を、しかもジャズ文学という視点で集大成しようとした試みは、一九三〇年という時点での〈二〇年代〉観を的確に物語っているばかりではない。それは、いまなお広くわれわれのなかに生きている一九二〇年代の文化のイメージを、まことに端的に表現しているのである。二〇年代の文化は、すでにさまざまなところで指摘されてきたように、都市空間をぬきにしては存在しえなかった。そして、たとえばジャズに代表されるように、従来の西洋文化のなかでは忘れられ抑圧されてきた古い民衆的な表現が、文化の前衛たちの試みのなかで決定的に新しい表現となって蘇ることがなければ、二〇年代に開花した新しい文化的な営為は、ほとんどありえなかった。しかもこの新しさは、第一次世界大戦前までのいわゆる先進的文化圏におけるよりも、それまでは相対的に後進国だった国々――ロシア、アメリカ合衆国、ドイツ、日本など――において、いっそう激しく噴出したのである。

それにもかかわらず、あるいはそれゆえにこそまた、一九二〇年代という時代は、こうした新しさの観点からは見ることのできない大きな部分をふくんでいる。抑圧されてきた古いものは、もっとも新しいものへと機能転化をとげただけではなく、この新たな新しさにたいするもっとも大きな憎悪をいだく要素として、とりのこされもした。先端的な技術と結びついた多彩な文化表現にたいする憎悪は、これらの文化表現に劣らず濃い色調で、二〇年代をいろどり、そのなかで醸成されるものにみずからを投影したのだ。

「アスファルト文学は何よりも先づ都会文学であり、街頭文学である。ナチスは、この都会文学の中にドイツ文化を破壊させる恐るべきバチルスを見た。」――ヒトラーの政権掌握から半年あまりのち、日本のドイツ文学者・高橋健二は、ナチスの文化政策を代弁して「所謂『アスファルト文学』について」という一文を書いた。これは、のちに大政翼賛会文化部長の要職に就いて、「国民よ、敵に対して真に怒りを発せよ！神州の民を侮蔑し、奴隷化せんとする敵を憎め！……」と叫んで国民を侵略戦争にかりたてることになる高橋健二が、ナチス・ドイツとその同盟国日本との御用文学者として発した具体的発言の最初期のもののひとつなのだが、そのなかで高橋は、「アスファルト文学」の特質をひとつひとつ列挙しながら、つぎのように述べている。「都会人は郷土、環境に対する執着を持たない。農民のやうに土に対する愛着を持たない都会人は、郷土、環境に対し機会主義者《オポチュニスト》である。」「機会主義者はかく郷土に対し、国民に対し、国家に対して責任感を持たない。ナチスが、ユダヤ人を、都会文学をドイツ文化の敵と見なす理由はそこにある。」「詩作に忠実な多くの作家は、国際都市化されない地方の小都市か田園に住んでゐる。有名無名のドイツの文士、広義に言へば文筆業者は約七千六百人ゐるさうであるが、そのうちベルリン在住のものは千七百人に過ぎないことを思ふと、文人の殆んど九割が東京に集つてゐる日本に較べて非常な相違である。」（高橋健二『現代ドイツ文学と背景』河出書房、一九四〇年九月刊）。

ベストセラーとなった『土地なき民』

高橋健二がいちはやく指摘したように、ナチスは、「アスファルト文学」、つまり一九二〇年代に顕著な発展をとげた大都市文学一般を激しく排斥して、「郷土と国民性に根ざすドイツ固有のもの」（高橋）を文学に要求した。それが、いわゆる「血と土」のスローガンで表現されたことは、周知のとおりである。だが、この要求は、必ずしも、一九三三年一月に政権を獲得してからのちのナチス指導部によって初めて打ち出されたわけではなかった。それどころか、ナチスの固有の要求でさえなかった。なるほどナチスはこの要求に明確なスローガンと定義づけを与えたとはいえ、要求そのものは、すでに二〇年代から、二〇年代をつらぬいて、生きていたのである。ナチ党員ではなく、のちにもナチスと手を結ばなかった人びとをふくめた多くの作家たちが、都市の営みから離れて、あるいは都市の営みにはっきり敵対して、のちに「血と土」という呼び名を与えられることになる方向の作品を、書きつづけていた。

そのうちでもっとも有名なものは、ハンス・グリムが一九二六年に発表した長篇『土地なき民』（星野慎一訳＝鱒書房、一九四〇〜四二）だった。十九世紀末のドイツを襲った急激な工業化で土地を失った農村青年が、ようやく南西アフリカのドイツ植民地に新しい天地を見出したものの、先進植民地国であるイギリスの干渉と横暴に苦しみ、はては第一次大戦の敗北によって祖国が植民地を失ったため、ふたたび「土地なき民」となってドイツにもどり、植民地の必要性を説いて各地を旅する途上、反対派のテロルに斃れる——というこの長大な物語は、またたく間にベストセラーとなった。「ドイツ民族の運命の書」と称せられ、次第に多くの読者を見出しながら、刊行後一〇年を経た一九三六年には、三六万五千部に達した。のちにナチスの「聖書」と言われることになるアルフレート・ローゼンベルクの『二十世紀の神話』が、刊行された一九三〇年から三六年までの七年間に五〇万部を数えたのと比較しても、『土地なき民』がどれほど読まれたかがわかるだろう。『二十世紀の神話』をクリスマスや誕生日や結婚祝いのプレゼントにすることが、ナチ党員のあいだで流行していたことを考えるなら、ナチ党員ではなかったハンス・グリムの本の売れ行きは、ヴァイマル時代末期のハンス・ファラダのベストセラー小説、『おっさん、どうする？』（一九三二年から三年間で一四万五千部）とのみ比肩しうる、とさえ言えるかもしれない。

『土地なき民』がベストセラーとなり、その題名が現実のドイツ国民をひとことであらわす代名詞となったことは、もちろん、十九世紀末からのドイツの歴史と関連している。遅れて工業化に着手した後進資本主義国ドイツでは、いわゆる先進工業諸国に追いつきそれを追い越すため、激烈な農業破壊が行なわれた。中世以来の農業国の農民が、都市の工業プロレタリアとならねばならなかった。しかも、その工業はすでに世界市場分割の分け前を期待することはできなかった。農業立国という失われた夢は、解消してしまうわけにはいかなかったのである。工業化を象徴する都市にたいする憎しみは、土地を失う不安につつまれた農民のなかにも、都市のプロレタリアートとなったものたちのなかにも増殖され、農業と土への憧憬をつちかいつづけた。ナチ党の全国農業指導者で、政権獲得とともに食糧農業相となったリヒャルト・ヴァルター・ダレーが、「血と土の新貴族」というスローガンを提起したとき、かれは、ドイツの近代化とともに育まれ、第一次大戦の敗北によっていっそう過激化したこの不安と憧憬に、言葉と意識を与えたのだった。

文化の各分野における劃期的に新しい試みの時代だったとされるヴァイマル時代が、一方ではまた、農民小説の時代でもあったことは、注目されねばならないだろう。農地を奪われた一農村青年の物語、『土地なき民』は、じつは、特異であったがゆえにではなく、多くの同類の典型的なひとつであったがゆえに、あれほど多く読まれ、ドイツ国民の代名詞となりえたのである。

「血と土」のイデオロギーを支えたもの

一八三〇年から一九七〇年までの間に刊行されたドイツの農民小説にかんするペーター・ツィンマーマンの統計的研究（『農民小説――反封建主義・保守主義・ファシズム』一九七五）が示している数値を手がかりにしな

がら、ヴァイマル時代の農民小説について考えてみると、いくつかの興味ある事実が浮かびあがってくる。ツィンマーマンがリストアップしている計六一四編の農民小説のうち、第一次大戦の終了から第二次大戦の終了までの期間に出版されたものは、全体の半数以上の三三六編におよんでいるが、そのうちナチス治下の一九三三年から四五年までには、一七三編が刊行されている。「血と土」のイデオロギーが文化政策の綱領とされた時代であることを考えれば、この数は当然のことだろう。ところが、それに先立つヴァイマル時代、一九一九年から三二年末までに、それとほとんど匹敵するほどの一六三編が生まれているのである。この数は、右のナチス時代を別とすれば、第一次大戦前の一九〇三年から一三年までの一〇年間の一二八編とのみ肩を並べうるにすぎない。

第一次大戦前の一〇年間に農民小説が極端に多かったことと、ヴァイマル時代に同様の現象が見られることとは、ドイツにおける農民小説の特質を暗示している。一九〇三年から一三年までの時期こそは、まさに『土地なき民』が描いている時代、工業化による農村破壊が行きつくところまで行きついた時代にほかならない。そして、ヴァイマル時代は、海外植民地の放棄と不況の農業へのしわよせとによって、農業が死に瀕していたのである。

過去一四〇年に、平均して年に四・四編たらず刊行されてきた農民小説（農村の農民、あるいは農村を追われた農民を主人公にした小説）は、一九二〇年代後半になると、第一次大戦直前の時期と同じように、年に一一編、あるいは一三編を数えるようになる。この現象がひとつの極限に達したのは、一九三〇年だった。この年だけで、じつに二〇編の農民小説が刊行されている。一九三〇年という年は、さまざまな意味で、いわば一九二〇年代に徐々に形成されてきたものがひとつの臨界点に到達した年なのだが、これは、農民小説のジャンルについても当てはまるのだ。この年、一九二〇年代にこつこつと、多くはナチスの運動とは直接のつながりをもたずに創作をつづけてきた作家たち、しかしナチス時代の到来とともに重要な役割を果たすようになる作家たちが、申しあわせたように、かれら自身の代表作と見なされる農民小説を発表する。フリードリヒ・グリーゼ『永遠の耕地』、カール・ハインリヒ・ヴァッゲルル『パン』、ヨーゼフ・マルティン・バウアー『八人の入植者』、ヘルマン・エーリス・ブッセ『農民貴族』、フリッツ・ヘルマン・グレーザー『血と土地』および『二人の息子と一つの農地』、アンネ・グントホフ『未耕の耕地』、ヴェルナー・コルトヴィヒ『自分の耕地の王』などが、それである。この年にはまた、ついに爆弾闘争にまで行きつく北ドイツの農民の暴動を描いた『農民、ダラ幹、爆弾』によって、ベストセラー作家、ハンス・ファラダが誕生している。

この現象に着目し、それをしっかり手に握ろうとしたのは、ナチスだった。この年の九月、ナチ党の農業政策担当者ダレーは、「われわれは、いまや〈土地なき民〉である。……われわれには土地が少なすぎる！」と演説し、土地＝生活空間への飢えと、自己の「血と土」イデオロギーとを、しっかり結びつける作業を開始した。ハンス・グリムや多数の農民小説作家が表現し希求してきたものが、ナチスの政策によって現実化の道を示されはじめるのである。

現実化の道は、ハンス・グリムたちの小説に依拠しながら、しかし彼らの期待した方向とは別のところにむかって敷かれていった。これからの世界情勢のなかで、ドイツは基本的には農業国として自給自足をめざさねばならぬこと、しかしそのための土地はもはやドイツには存在しないこと――この点で、ダレーもハンス・グリムと認識を同じくしていた。ところが、ハンス・グリムがそれゆえにアフリカや南洋諸島の旧ドイツ植民地の回復を要求するのにたいして、ダレーとナチ党幹部たちは、東方への進出を唯一の現実的な方途として構想した。ペーター・ツィンマーマンのもうひとつの研究（「生活空間のための闘争――植民地文学および血と土の文学の神話」、論集『第三帝国の文学』所収、一九七六）によれば、これならイギリスとの紛争を避けられるとの見通しが、ナチス幹部にあったためだった。

工業化による人間関係や自然との関係の破壊に抗議し、資本主義的近代化のもたらす致命的なさまざまの帰結を拒みながら、みずからが、同胞とともに、真に帰属すべき人間的な共同体を農業のなかに求めた作家たちの模索は、こうして、ナチス・ドイツの東進政策を支える土壌となっていく。もちろん、農民小説だけがこの土壌を形成したわけではないし、また単独で形成できるはずもなかっただろう。そこには、帰るべき故郷を失ったもうひとつの帰属意識の表現が、養分を提供することが不可欠だったのだ。

都市文化が内部から崩壊したとき

同じ一九三〇年、農民小説ではないが、しかしそれと同じく象徴的な一群の小説が、刊行された。ハンス・フリードリヒ・ブルンクの『民族の転回』、エトヴィーン・エーリヒ・ドヴィンガーの『白と赤の間で』など、一九二〇年代に至るドイツ国民の運命を、自己の体験や一家族の変転にたくして描く作品がそれである。それらは、ダレーの「血と土」のうち、主として「血」の側面を体現していた。だが、それだけであれば「血と土」は、たんなる抽象的な民族主義のスローガンでしかなく、農業への復帰願望そのものと同じく、ひとつのロマン主義の表現以上のものとはなりえなかっただろう。これら一群の「血」の小説は、しかし、ほとんど例外なく、明確な歴史小説であり、しかも作者自身の体験を核にしていた。この性格をもっとも典型的にそなえているのは、ドヴィンガーの小説だろう。『白と赤の間で』は、第一次大戦でロシア戦線に従軍し、負傷して捕虜となったのち、赤軍と反革命軍とのあいだの内戦に捲き込まれて、反革命軍のなかで戦ったドヴィンガー自身の体験を、ほとんどそのまま描いている。かれはまた、その前年、『鉄条網の背後の軍隊――シベリア日記』で同様の体験を描き、さらに一九三二年には『われらはドイツを呼ぶ――帰還と遺訓』で、この体験をナチス的民族主義への信条告白と結びつけたのだった。右の三部作は、あわせて「ドイツの受難」と題された。ちなみに、ドヴィンガーの作品のうち、『白と赤の間で』は一九四〇年に藤本直秀によって弘文堂から、『鉄条網の背後の軍隊』は、『シベリア日記』のタイトルで瀧崎安之助（第二次大戦後、岩波版『マルクス＝エンゲルス文学・芸術論』の訳者となる）によって同じく一九四〇年に弘文堂から、短篇『子供部屋』が四一年に高橋健二によって河出書房版「新世界文学全集」第五巻中の一編として、それぞれ邦訳刊行され、一定の読者を見出したのである。

ドヴィンガーに代表される戦争体験小説は、一九二〇年代のドイツ文学がもっていたいくつかの顔のうち、もっとも顕著な、もっとも性格的な顔のひとつだった。これに着目した日本のドイツ文学者、石中象治は、すでに一九三九年九月に、『ドイツ戦争文学』（弘文堂）という一著作をあらわし、第一次大戦から第二次大戦前夜までのドイツの戦争体験文学や戦意高揚文学を分

東部戦線参謀本部で戦略地図の前に立つエトヴィーン・エーリヒ・ドヴィンガー（右）と『白と赤の間で』初版本のカバー（右翼的・民族主義的な作家たちの作品を刊行したオイゲン・ディーデリヒス書店の典型的なカバーデザイン）

析・紹介している。一九二〇年代を代表するように見なされてきたエーリヒ・マリア・レマルクの『西部戦線異状なし』（一九二八）や、ルートヴィヒ・レンの『戦争』（同）および『戦後』（一九三〇）、それにアルノルト・ツヴァイクの『グリーシャ軍曹をめぐる争い』（一九二八）にはじまる連作など、反戦の立場から書かれた戦争体験文学の背後には、むしろ逆の立場を隠さない作品群の広い裾野がひろがっていたのである。

　これらのうちでも、ドヴィンガーの諸作品のように、東部戦線、すなわち東欧地域とロシアの戦線での受難の体験を描いた多くの小説は、ほとんどすべて、革命ロシアの野蛮と混沌を、そしてその運命がドイツ国民を襲うことがあってはならないという信念を、描き出していた。反革命干渉軍として内戦に介入したチェコ軍部隊の残虐さすらも、革命の否定面として、そしてスラヴ諸民族の残忍と無規律のしるしとして、強調されたのだった。ヴァイマル時代の末期、社会の矛盾が左右の対立として顕在化したとき、こうした戦争体験文学は、反共と反ソの感情を国民のなかに定着させるうえで、疑いもなく重要な機能を果たしていった。ロシア革命の衝撃と無関係ではなかった一九二〇年代のあらゆる領域の文化表現は、ここに、ロシア革命から受けたもうひとつの波及効果を、秘めてい

ハンス・フリードリヒ・ブルンク（1888〜1961）

たのだ。

　ドゥヴィンガーたちの作品を迎え入れた読者たちが、ダレーの「血と土」イデオロギーの実現の道を、ナチス政権による東方侵略の実践のなかに容易に見出したであろうことは、想像に難くない。都市での生活にみずからの存在理由を発見しえなかった国民たちは、都市文化の時代としての二〇年代が内部から崩壊したとき、都市に敵対しつつ形成されてきたもうひとつの生活空間の夢に、実現への糧を与えることをいとわなかった。二〇年代の文化の新しさの背後に隠されがちな古い契機、いかなる前衛的な文化表現ともついに無縁であったかのような古い文化的志向が、二〇年代のあとに来るものを先取りし、それの実現に寄与したのである。

　歴史上の年代のほんの偶然の区切りにすぎない一九二〇年代というものに、もしも何らかの明白な特徴があるとすれば、少なくともそのひとつは、文化上の古いものと新しいものとが稀有な相互作用と機能転換をとげつつ、つぎの時代へとなだれこんでいった——ということだろう。抑圧されてきた古い契機を媒介として生まれた新しい前衛的な文化表現は、そのときになお抑圧されつづけ、あるいは新たに忘れ去られようと

「われらの最後の希望、ヒトラー」と記したナチスのポスター（本書88ページ参照）に見入る人びと

していた契機を視野に入れてはじめて、その新しさの射程と限界を浮かび上がらせる。二〇年代そのもののなかでこの新たな古さが前衛たちによって見つめられなかったことは、二〇年代の末路とまったく無関係ではなかっただろう。そしていま、二〇年代が見つめなおされるとき、文化の前衛たちとは無縁であるかのようなこの契機を無視するとすれば、われわれの時代の末路もまた、新しいものとはならないだろう。

（『朝日ジャーナル』第二四巻第三八号、一九八七年九月十七日、朝日新聞社。『光芒の１９２０年代』に収録、一九八三年十月、朝日新聞社）

『ファービアーン』のケストナー

中学校で最初の学芸会は、いまだに忘れられない思い出として残っている。出しものがすばらしかったから、でもなければ、演技や会の雰囲気が印象的だったから、でもない。それが、「学芸会」ではなかったからである。——小学校のころ、学芸会といえば、クラスの全員が何かしらの役どころで総出演したものだった。いまはどうか知らないが、戦後民主主義教育の第一回生だったわたしの小学校時代は、そうだった。いまと比べればクラスの生徒数もずっと多かったが、いわゆるベンキョウのできる子も、できない子も、セリフの多寡や役の軽重はともかく、何らかの登場人物やスタッフとなって、劇に参加するのが普通だった。学芸会の稽古が、これまた楽しい一時期だった。劇はベンキョウではなかったし、ベンキョウの得意な子がうまい役者とはかぎらなかったのだ。

ところが、中学校の学芸会は、いつのまにかその日がやってきた。講堂に坐らされて劇が始まると、なるほど同じクラスや他クラスの顔見知りが舞台で大声を張り上げたり動きまわったりしていたが、いつのまに、どこで、そういう準備がなされていたのか、こちらはまったく知らされていなかった。つまり、中学校には演劇部というサークルがあって、その部員がこの学芸会――いや、芸術観賞会だったか――をもっぱら担当していたのである。独占的だとか、けしからぬとか、そういう気持はまったくなかった。劇そのものも、けっこう楽しかったのを憶えている。ただ、へえー、こういうものなのか、と目からうろこが落ちるような気がしたことを、もっとはっきり憶えている。だれもが何でもに関われるというのが、決してあたりまえのことではないのだ。専門に分かれるというかたちで、人間の社会的な行為は限定されていくのだ。

　この日の出しものが、エーリヒ・ケストナー原作の『ふたりのロッテ』だった。ヒロインの一方が、同じクラスの女の子で、そういえば演劇部に入っていたことに、そのとき思いあたった。ケストナーとの、これが最初の出会いだった。

　ケストナーの翻訳は、そのころさかんに出ていた岩波少年文庫でいくつか読んだ。あまり好きにはなれなかった。出版社は忘れたが、薄い新書判のモーパッサン全集のほうが、ずっと魅力的だった。中学の一年や二年でモーパッサンの本当の魅力がわかったとも思えないのだが、おとな向けのこちらのほうを、わたしはむさぼり読んだ。ひとつは、いかにも子供向けに、ぬかりなく教訓をまじえて語りかけてくるケストナー（というよりは、ケストナーの子供向け翻訳）が、おとなを気取りたい年齢の感性に、しっくり来なかったのだろう。それと同時に、いくら皮肉や悲観論の薬味をちりばめていても、結局のところ善意だの勇気だの信頼だのが勝利することになっているケストナーの少年少女読み物は、モーパッサンの面白さに太刀打ちできるはずもなかったのだろう。

　この印象は、本質的にはいまでも変わっていない。あまり幸せではなかった最初の出会い以来、ケストナーは、わたしのこころを激しくとらえたことのないドイツ作家のひとりでありつづけている。

　ナチズムの制覇を準備し支えた一九二〇年代から四〇年代前半のドイツの文学に関心をもつようになってから、今度は研究対象としてもまた、ケストナーを読む機会にめぐまれた。一九三三年五月十日の、ベルリンでの最初の焚書キャンペーンを、その夜まっさきに焼かれた二十四人の著者のうちただひとり現場で目撃したケストナーのエピソードとか、ナチ当局から執筆禁止の処分を受けながら、読者たるドイツ国民の日常から離れることを拒否してドイツにとどまりつづけたケストナーの正当な決断とか、敗戦後の東西分裂の状況のなかで西ドイツのペンクラブ会長としてケストナーが行なった反冷戦のための貢献とか、人間としての、また文学表現者としてのケストナー像は、いくつもの感動的なエピソードにみちている。少なくとも、第二次大戦後の日本でヘルマン・ヘッセと並んでケストナーの翻訳を一手に引きうけた邦訳者が、かつてナチスの政権掌握とともにナチス文学の鼓吹者となり、あまつさえ一九四二年以後は大政翼賛会文化部長として御用知識人の陣頭指揮をしながら、敗戦後は口をぬぐってヘッセとケストナーをかつぎまわり、あげくのはてにケストナーの生涯の伝記まで著して、ナチズムにたいするケストナーの果敢な抵抗を称揚してみせているのと比べれば、ケストナーの身の処しかたは天と地ほどもへだたっている。ケストナーは、作品のなかでだけモラリストだったのではないのである。エーミールと仲間の少年たちがもっていた真摯さと、それを裏打ちする機智と、『飛ぶ教室』に息づいている夢想力と現実感覚との結合は、ケストナーという人間＝表現者の歩みをつらぬくライトモティーフであって、現実への透徹した認識を時勢と権力への迎合と混同して恥じない邦訳者の卑劣さは、ケストナーにはいささかもない。

それにもかかわらず、ケストナーの作品総体を見るとき、わたしは、どうしてもひとつの不満、ないしは疑問を、感じずにはいられないのだ。はたして、ケストナーが少年少女文学にゆたかなみのりをもたらしたことは、作家ケストナーと読者とにとって、幸いだったのだろうか？　もう少し言葉をやわらげるなら、幸いだったとばかり言えるのだろうか？

ケストナーにとってもまた、いわゆる児童文学は、現実回避の道ではなかっただろうか？　逃避の道ではもちろんないにせよ、現実と正面から向きあうことを少なくとも延期するための、ひとつの迂回路ではなかっただろうか？

児童文学がそもそも現実回避の道だ、などと言うの

戦後になってから刊行された『ファービアーン』の日本語訳（小松太郎訳。1948年12月、文藝春秋社）

ではない。それどころか、明治期以来の日本の文学の歴史を見ても、少年少女（とりわけ少年）向けの諸作品は、現実を回避するどころか、富国強兵の国是のもっともアクチュアルなメガフォンのひとつだった。ヴィルヘルム二世時代のドイツでは、カール・マイの冒険小説が、これと酷似した機能を果たした。『エーミールと探偵たち』（一九二八）と同時代のドイツのプロレタリア文学運動が、児童文学を重要な領域として位置づけていたことも、周知の事実である。

ケストナーにとって少年少女向けの作品が現実回避の道だったのではないか、という疑問は、一般論としてではなく、ケストナーの作品自体にかかわっている。具体的に言うなら、ケストナーは、『ファービアーン』（一九三一）のような作品を、少年少女作品のなかでは書かずにすんだ、ということなのだ。これはちょうど、日本の江戸川乱歩が、のちのケストナー称揚者が大政翼賛会文化部長をしていたころに、エロ・グロ粗悪文学の代名詞とされた猟奇探偵小説を書かないために、少年向けの粗悪な冒険探偵小説を書きつづけたことを、想起させる。

長篇小説『ファービアーン』のケストナーは、かれの詩の少なからぬもののなかでと同様、言葉の真の意味でのモラリストである。モラルが破綻した時代にモラリストであるということは、モラルの生存をゆるさない現実を徹底的に直視することでしかない。勇気は蛮勇としてしか生きることができず、性愛は売買春としてしか実現されず、労働力は失業というかたちでしか発現されず、良い広告は悪い商品の売り込みにしか役立たず、オピニオン・リーダーは強権のメガフォンとしてしか言葉を持てない。——この現実のなかで、たとえば勇気への信頼を説くことは無意味だ。いや、所期の意味とは正反対の意味しかもたないだろう。機智は、狡智にしかならないだろう。この意味で、エーミール少年たちとファービアーンは、ともすればそう誤解されがちな兄弟などではない。たがいに通じあうような通路を断たれたまったくの他人である。おそらく『ファービアーン』のなかにエーミール少年の似姿を求めるとすれば、幕切れのシーンで橋の欄干のうえを歩いていて川に落ちる少年が、エーミールという名前なのかもしれない。ファービアーンは、川に落ちたこの少年を助けようとして、上着をかなぐりすてて水に飛び込む。ばちゃばちゃともがいていた少年は、岸にたどりつく。だが、ファービアーンは溺れて死んだ。あいにくと、かれは泳ぐことができなかったのだ。

　三十二歳のファービアーンは、まだ独身で、さるタバコ会社の宣伝部で働いている。この職業がすでに、この小説の特色を端的に示している。時代の最先鋭たる第四次産業のホワイト・カラーである。しかし、だからこそまた、完全失業率四十数パーセントのドイツでは、安全な職業ではない。ついにかれが本当に愛することができそうな女性と出会ったとたん、かれは一方的に解雇される。恋人は、映画女優になりたがっていて、自分のからだと引きかえに女優の座を得ようとする。もし職があれば、もちろんファービアーンはそれを引きとめたのである。親友が悲喜劇的な自殺をとげてファービアーンに巨額の金を遺贈してくれたときは、もはや手遅れだった。ベルリンをすてて故郷に帰ったファービアーンは、旧友が提供してくれた御用新聞の仕事を蹴って、新しい出発のための元気を養うために山へ行こうと決心する。その直後に、あの少年が川に転落するのを目撃したのだった。

　『ファービアーン』は、翌一九三二年に刊行されたハンス・ファラダの小説『おっさん、どうする?』とともに、ヴァイマル時代末期を代表する失業者小説である。だが、この両作品に描かれているのは、ただ単に失業したホワイト・カラーの現実だけではない。百貨店の店員となるファラダの主人公と同じく、ケストナーのファービアーンは、出口のない現実を、出口のないままに描いている。ハッピーエンドはおろか、いかなる一件落着も、ファービアーンとは無縁である。ひとりのファービアーンが溺死しても、また何万人ものファービアーンが生きて死なねばならない。こうした現実からのさしあたりの出口をさし示したのがナチズムだった。しかし、ケストナーは、ファービアーンの精神において、そうした解決には同意できなかったのである。ナチ当局による執筆禁止が終わったとき、だからこそ、ケストナーは、戦後の西ドイツの現実のなかで、ファービアーンの問題は果たして終わったのかどうかを、あらためて問わねばならなかったはずだ。

　わたしがケストナーにたいしていだかざるをえない違和感は、じつはこのこととかかわっている。第三帝国の十二年余が終わったとき、ケストナーは、ファービアーンとともにくりかえし死ぬよりは、エーミールやロッテや点子ちゃんとともに生きつづけることを選んだのではないか。少なくともケストナー自身にとって、少年少女向けの作品世界は、ファービアーンの現実を回避する道として働いたのではないか。

（『飛ぶ教室』第三一号、「ケストナー・カムバック」特集号、一九八九年八月、光村図書出版）

マゾッホ・ナチズム・ナードラー

　ヒトラーのナチ党が政権を掌握するよりずっと以前から、ドイツの社会では、ナチズムを正当化し支持するような営みが、さまざまな分野で多様にくりひろげられていた。というよりもむしろ、ナチズムはこれらの営みから、あるいは学び、あるいは盗むことによって、ひとつの独自の姿を国民のまえに現わすことができたにすぎない。「第三帝国」の神話にせよ、ユダヤ人迫害の根拠とされた人種理論にせよ、さらに一般的には優生思想にせよ、生存圏拡張と侵略の合法化にせよ、直接にはナチズム運動と無関係に形成されてきたものが、簒奪され自家薬籠中のものとされたのだった。これは、いまでは周知のことである。だが、ナチズムの支配がヴァイマル民主主義の枠内で法に即して開始され、十二年余の「第三帝国」が国民の合意にもとづく法治国家として存立した、という現実と真に向きあうためには、この周知の事実は今後さらに具体的に、さらに深く掘りさげられねばならないだろう。

ナチズムの先行者

文学、広くは文化の領域で、ナチズムの人種理論を準備し、大衆化するのに貢献したひとりが、文学史家ヨーゼフ・ナードラーだった。一八八四年五月にベーメン（ボヘミア――つまり現在のチェコ）の一小村に生まれたナードラーは、一九一二年から刊行されはじめ、数度にわたって改訂増補された全四巻の『ドイツ諸種族と風土との文学史』（*Literaturgeschichte der deutschen Stämme und Landschaften*）で、ドイツ語圏のあらゆる地域のあらゆる時代にわたる文学を、作家の民族的出自と、かれらが活動した地域の地理的特色とによって分類し、もっぱらこの二つの観点からのみ評価したのである。ナードラーのこの文学史観は、ナチス・ドイツの崩壊後、西ドイツの研究者（たとえばK・O・コンラーディ）によって、十九世紀の歴史主義がおちいったあまりにも脱主観的な事実羅列主義にたいする反動のひとつのありかた、としてとらえられた。だが、詩であれ小説であれ戯曲であれ、およそ文学作品という文学作品をすべて、作者が属する種族や、他の種族にたいする作者の姿勢と、作者が生きあるいは描く風土、（というのがこれまた、その地域の民族的構成のことにほかならないのだが）とに還元してしまう主観主義は、それ自体としてどれほどグロテスクに見えようとも、人種的レッテルを貼ることであらゆる人間を価値づけしたナチズムの主観主義、いや客観主義の、まごうかたなき先行者だったのである。

ひとすじの北方廻廊

このナードラーの文学史のようやく最終巻に、「十八世紀の最後の四分の一の時期からこのかた、カルパチア山脈の向う側にひとすじの北方廻廊が通じるようになる」というくだりが登場する。つまり、一七七三年（とナードラーは書いている）の第一次ポーランド分割によって、カルパチア山脈の北側にひろがるガリツィア地方が、オーストリア（ナードラーによれば「ロートリンゲン人」）に帰属し、七四年には、さらにその東南のブコヴィナが同じくオーストリアに割譲されたのに始まる、あの一時代である。オーストリアの皇帝ヨーゼフ二世は、これらの地域にたいして二つの施策をもって対した、とナードラーは言う。ひとつは植民、もうひとつはドイツ化の政策だった。一七八七年までに、すでに一万二千の入植者がこの地域一帯に住み着いた。「ほとんどがライン河上流からの人びとであるが、ブコヴィナではこれに加えてズデーテン地方およびすぐ隣りのジーベンビュルゲンから来たものたちだった」と、その出自が明示されている。もう一方のドイツ化政策は、教育施設の設置をつうじて進められた。一七七五年にはレンベルクに、七八年にはチェルノヴィッツに、それぞれ師範学校が建てられ、八四年にはやはりレンベルクに大学が開校された。この大学では、一八七一年にいたるまで、講義はドイツ語で行なわれた――。

　こうした歴史的背景の記述から、ナードラーは次第に文学の領域へと近づいていく。まず、このような施策の結果として、カルパチア山脈の彼方の地にどのような文化状況が生まれたか――「これらの学校からは、ドイツの言語と教養がその地方へと出ていった。この文化伝達のバックボーンは、大勢の官吏と士官たちであったが、それはドイツ人と、ドイツ的教養を身につけた他の諸民族の人びとである。七つの言語をもつブコヴィナでは、ドイツ語がごく自然の意思疎通手段であったにせよ、ガリツィアにおいてすら、一八八〇年までは、住民の五〇パーセントにとってはドイツ語が日常語であった。」

同化のための貯水池

　当然のことながら、このような地域に、ドイツ語の文学とドイツ語の劇場が生まれないはずはない。しかし、では、こうした文学および演劇の担い手たちは、いったいだれだったのか。ナードラーの種族主義文学史観は、ここで本題に到達する。「事態のしからしめるところとして、ここでとりわけ問題になるのはユダヤ人たちであった。この地域こそは、ドイツ的教養を身につけた新しい種類の同化ユダヤ人が生まれたところであり、それに反撥するなかで九〇年代（一七九〇年代）以後、ロシア系ポーランド人たちと歩を同じくしながら、民族意識をもったユダヤ至上主義者たちという種類が生まれたところでもある。」――こうしてハンガリーとポーランドの地が、すでにしかるべき教養を身につけたユダヤ人たちを西方のドイツ的有機体（ドイツ文化圏）のなかへ送り出す貯水池となる。かれらが文学上の手本としたのは、先行者たるボヘミアのユダヤ人だった、とボヘミア出身のナードラーは指摘している。いずれにせよ、この貯水池での文学活動は、ユダヤ人としてのありかた、およびユダヤ人との関係のありかたによって、いくつかのタイプなりグループなりに分かれてこざるをえないだろう。これを、ナードラーは、きわめて簡明に、つぎのように整理してみせる。

「この文学は三種類からなっており、それぞれがそれにふさわしい代表者をもっていた。ドイツ的教養を身につけたユダヤ人でありながらユダヤ的姿勢を保持していたのは、モーリッツ・ラパポルト（一八〇八―一八八〇、レンベルク出身）であり、ドイツ的教養を身につけたユダヤ人でしかもドイツ的姿勢をとったのが、カール・エーミール・フランツォス（一八四八―一九〇四、チョルトコフ出身）であって、民族的に無色なオーストリア人の官吏の息子だったのが、レンベルク出身のレオポルト・ザッハー＝マゾッホ（一八三六―一八九五）である。かれはドイツ語で書いたが、スラヴ的本質を描くについてもユダヤ的本質を描くについても同じように確実性をそなえた巨匠であった。」（カッコ内も原文のまま）

ザッハー＝マゾッホにたいするナードラーのこの評価を、ナチ政府の文化行政は踏襲しなかった。一九三五年四月、民衆啓発・宣伝大臣ゲッベルスの下で文学統制に直接の責任を負う「帝国著作院」の総裁ヴィスマンの名で、「有害図書および好ましからざる図書に関する指令」が出され、これに従って、あらゆる分野の数千点の図書や雑誌が禁書となったとき、販売はもちろん各種図書館や貸本店での閲覧も許されなくなったこれらのなかに、「レオポルト・ザッハー＝マゾッホの全著作」もまた含まれていたのである。

ガリツィアの歴史小説『密使』

ナチス・ドイツの指導者たちが、かれらの鼓吹するドイツ民族至上主義とは裏腹に、いわゆる周辺の、少数民族居住地域や少数民族混住地域の出身だったことは、よく知られている。ナードラーのグロテスクな文学史そのものが、この脈絡で見るとき、やはり、ボヘミアという地方の特性の烙印を押されているのであり、さらに加えて、大学教授としてかれが在職したのが、スイスのフライブルクはさておくとしても、とりわけ東《オスト》プロイセンのケーニヒスベルク（リトアニアのカリーニングラード）だったという事実もまた、何らかの意味をおびてこないではいないのかもしれない。

いわゆる「マゾヒズム」にはいっさい言及せず、民族的視点からのみザッハー＝マゾッホをとりあげるというのは、文学史としてはたしかに偏頗というべきかもしれない。しかし、ヨーゼフ・ナードラーの論究は、かれ自身の意図とは別に、軽蔑や黙殺によって葬り去るわけにはいかない要素を、ふくんでいる。その要素とは、たとえば短篇集『ガリツィア物語』（一八七五）や初期の中篇『密使』（一八六三）のいたるところで描写されているものとかかわる要素であり、それらの描写のなかに示されている作者の姿勢そのものとかかわる要素にほかならない。年代を限定した歴史小説である『密使』は、一八四六年のガリツィア叛乱、つまり旧ポーランド貴族が現在の支配者たるオーストリア帝国にたいして行なった蜂起と、その二年後にヨーロッパを席巻した四八年革命にさいしてのガリツィアの動向という、ふたつの歴史的事件を背景にしている。直接の主人公は、史実と同様、賦役に苦しめられる農民を抱き込もうと策して失敗するポーランド系地主貴族であり、ヴィーン政府の意を体して弾圧にたずさわる警察官僚である。しかし、これら双方の権力者の角逐は、かれらに隷従させられている農民たち、とりわけ「おのが民族《はらから》を持たぬにもせよ、真情は持って」いるユダヤ人たちを抜きにしては、物理的にまったく成り立ちえないのだ。若いポーランド貴族、ローマン・ポトツキーとその老母に向かって、もう五十年以上も昔から執事として仕えてきたユダヤ人のレーヴィ・モイゼスは、「わしにとってポーランドとは一体何でしょう？　あなた方が国民と呼ばれるものなどユダヤ人には無縁です。わしらはこの地球上に散り散りになってしまいました。ですからわしには、気高い心と賢い頭脳をお持ちの方なら人間にあれこれの区別はないのです」と断言する。そのレーヴィがいなければ、「穀物を売り捌くにも新しい炉を築くにも何ひとつはかどらず、ローマンに恋文を、下男たちには闇煙草を運んできてくれるのもこの男だった」と、作者は書いている（引用は、桃源社版『ザッヘル＝マゾッホ選集』第四巻の種村季弘訳による）。

ユダヤ人的世界観・人間観の勝利

小説は、ポーランド勢力指導部から密使として男装でガリツィアに潜入してきたヴァレスカと、その密使を発見捕縛して叛乱の禍根を断つ任務をもつ警察官僚ブルクとが、たがいに愛しあうようになり、国家に殉じるかわりに「私の使命は愛」であることを悟る、という結末で閉じられる。このきわめてロマンティックな大団円は、もちろん、強権主義的な国際政治（ヨーロッパ政治）と国内の抑圧支配を推進してきたオーストリア宰相、メッテルニヒが失脚し、ガリツィアでもまた農民にたいする賦役令が撤廃されたという、歴史的事実と無関係ではない。しかしそれにもまして、国家への忠誠よりは愛を選ぶ主人公たちのこの決断は、ユダヤ人レーヴィのあの世界観・人間観の勝利として、読まれることもまた可能なのだ。短篇集『ガリツィア物語』に収められた一連の小説が、ここではユダヤ人が決定的な役割を演じる設定こそないとはいえ、苛烈な支配抑圧の関係のなかに身をおく農民たちを、国家の論理を尻目にかける自由を身につけた人間として描いていることも、右のような読みかたの可能性を示唆しているにちがいない。たとえば、「われらの議員」と題された作品のなかで描かれる村の選挙の光景――そこでは、ポーランド派の地主夫妻と、ロシア派の司祭夫妻とが、たがいに自己の愛国的な選挙運動を、じつは個人の色欲を遂げるために利用すべく汲々としている一方で、ひとりの農民の妻が、真の農民代表として自分の夫を州議会に送ってくれるよう訴える。夜ごとユダヤ人の居酒屋にたむろして選挙演説を聴いていた農民たちは、ロシア人もポーランド人もユダヤ人も、選挙当日には、もっとも多くの票を農民代表に投じたのだった。

ザッハー＝マゾッホには、一八七八年に刊行された『ユダヤ人物語』（*Judengeschichten*）や、死後の一八八六年に出た『ポーランド・ユダヤ人物語』（*Polnische Judengeschichten*）など、かれが十歳までの幼年期を送ったガリツィア地方に題材をとった作品集もある。これらの再発掘はなお今後の課題に属しているが、ユダヤ人にたいしてザッハー＝マゾッホがどのような基本的姿勢をいだいていたかは、まったく別のテーマに即して編まれた作品集からでも、充分にうかがい知ることができるのだ。

サバタイ・ツェビの改宗

一八七四年から七七年にかけて全三巻で刊行された

短篇小説集『さまざまな世紀が生んだ愛の物語集』（*Liebesgeschichten aus verschiedenen Jahrhunderten*）の第一巻には、「サバタイ・ツェビ」（*Sabbathai Zewy*）と題する一篇が収められている。それぞれの作品が副題として西暦年号を添えられており、これには、一六六六年と記されている。物語の主人公は、もちろん、十七世紀の実在のスペイン系ユダヤ人にほかならない。みずから救世主と称してポグロムに苦しむ多くのユダヤ人の心をとらえたサバタイ・ツェビは、トルコ皇帝メフメト四世に捕えられてその圧力に屈し、イスラムに改宗した。それが、救済の年となるとかれが予言していた一六六六年のことである。この史実に取材した小説が『愛の物語』集に入れられているのは、娼婦だった妻ミリアムとの恋愛のゆえだが、それだけにとどまらず、圧迫されたユダヤ民族の救済に身を挺しながら異教権力に屈服した主人公の生涯を、作者は「愛」そのものとして描こうとしたのだろう。

ナチ党中央出版局たるフランツ・エーアー書店から1937年に刊行された有名な反ユダヤ煽動書『永遠のユダヤ人』（*Der ewige Jude*）表紙

この小説は、形式のうえでは、一六六六年の主人公の屈服でほぼ終わっている。「イスラム教徒となれ。さもなければこの場で死ぬのだ」というトルコ皇帝の言葉にたいして、サバタイ・ツェビは、「自分の帽子を頭からはぎとり、ひとりの小姓のターバンを取ってそれをかぶった。それから顔が地面につくほど深々と大君のまえに身を屈した。するとこちらは、勝利のまなざしで相手のうなじに足をのせた」のである。それによってサバタイ・ツェビは、なお十年の余生を、ボスニアの流謫の地に、愛する妻やもっとも忠実な弟子たちとともに送ることができたのだった。――疑いもなくこれは、一篇の屈服の物語、それどころか転向の物語にほかならない。だが、ここにはまた、やはり疑いもなく、ユダヤ人にたいする作者ザッハー＝マゾッホの思いが、描かれてもいる。

当事者でも、局外者でもなく

もしも、種村季弘が詳細かつ魅力的な『ザッヘル＝マゾッホの世界』（一九七八年七月、桃源社）で述べているように、レオポルト・ザッハー＝マゾッホの父方の遠い祖先がスペイン系ユダヤ人だったという想定が可能だとしても、一八三六年にガリツィアのレンベルク（すなわちウクライナのリボフ）で生まれたかれ自身にとってみれば、父レオポルト・ザッハーはオーストリア政府によって任命されたその地の警察署長であり、母の父フランツ・フォン・マゾッホは人びとの信望厚い医者だった。この祖父がコレラ流行のさいユダヤ人ゲットーに身を投じて多くのユダヤ人の生命を救った、ということがあったにせよ、作家ザッハー＝マゾッホ自身は、差別や圧迫の対象としてのユダヤ人そのものではなく、またユダヤ人の位置に身をおいて世界と接する必要もなかった。ナチズムの人種主義の一側面を先取りした文学史家ナードラーが確認したとおり、ザッハー＝マゾッホは、ユダヤ人が決定的に重要な社会的・文化的意味をもっていた多民族混在地域ガリツィアで、「民族的に無色な」オーストリア人として、「ドイツ語で書いた」のだった。ナードラーが挙げている他の二人のガリツィア作家、ラパポルトおよびフランツォスとはちがって、かれは、ユダヤ人問題について、ひいてはまた被抑圧少数民族をめぐる問題についても、被虐の当事者ではなかった。とはいえ、もちろん局外者ではありえなかったのである。ユダヤ至上主義を代表するラパポルトであれば、サバタイ・ツェビの屈服を断罪する小説を書くことができたかもしれないし、同化ユダヤ人の代表者たるフランツォスなら、脱出と向上の道として転向を正当化することもありうるかもしれない。しかし、そのいずれでもありえないザッハー＝

煽動書『永遠のユダヤ人』に収められた写真の一例
（「ユダヤ人居住地域ができてしまった……」）

マゾッホは、このまぎれもない転向を、愛する妻ミリアムや信頼する弟子たちとなお十年ともに生きる可能性へと、救出することしかできなかったのだ。ちょうど、『密使』の敵対する男女が国家よりは愛情を選んだように。『ガリツィア物語』の農民たちが、地主や官吏や聖職者たちの大ナショナリズムに身をすりよせるよりは、農民の共同性をひそかに選びぬいたように。そして、逆説的なことにはまた、ユダヤ人の老僕レーヴィにとって、国民ではなく個々の人間だけしか問題になりえなかったように。――逆説的というのは、この点で、当事者ではありえないザッハー＝マゾッホと、ユダヤ人とが、ひとつの立脚点を共有するからである。

マイナー作家の現在性

ザッハー＝マゾッホの一連の小説は、これまたナチズムによって称揚された郷土文学《ハイマートリテラトゥーア》の典型的な実例という側面をもちながら、民族的葛藤のまっただなかで生まれる文学表現のひとつのありかたを、そしてまたそこでの表現者のひとつのありかたを、われわれに示してくれる。そのありかたは、マイナーな直接的当事者ではありえず、しかし局外者ではありえない、という隘路とかかわっている。スラヴ系貧農やユダヤ人を仮装することは、あるいはこの作家にもできたかもしれない。オーストリア人に居直ってしまえば、諸民族の貧農もユダヤ人も、支配の対象や利用の手段でしかなくなってしまっただろう。周辺少数民族の地から登場したナチの指導者たちは、そしてあの文学史家ナードラーもまた、ドイツ民族へと超脱することによって、民族的葛藤の局外者となり、局外者となることによってこの葛藤の解消者となろうとした。

ザッハー＝マゾッホのガリツィア小説は、大国の利害によって民族紛争が惹起されますます深刻化させられている現実に生きるものにとって、たんなる過去ではない。それと同時に、ヨーロッパにおける同一の民族問題に身をもって直面しながら異なる道を選んだふたつの事象として、ザッハー＝マゾッホとナチズムとを対比して見なおすことも、ひとつの今日的なテーマだろう。

（『リベルス』第一七号、一九九四年十月、柏書房）

芸術はどこまで民衆のものになるか
――芸術のファシズム体験によせて

一　政治と芸術、そして民衆

1　ゲーリングの芸術観

一九三八年六月のある日、空軍最高司令官兼国会議長で元プロイセン首相のヘルマン・ゲーリングは、ドイツ西端部の小さな町、クローネンブルクを訪れた。かれが後援者となってその辺鄙な山奥の町に設立された「ヘルマン・ゲーリング絵画専門学校」を視察するためである。第三帝国とナチ党でヒトラーに次ぐ実権者だったこの人物は、また、芸術とりわけ絵画の愛好者としても知られていた。これより一年前、ドイツ全土でいっせいに「頽廃芸術」絶滅のキャンペーンが展開されたときも、かれはそれを手をこまねいて坐視してはいなかった。国内の一〇一カ所の美術館から、表現主義とダダを中心に印象派からシュールレアリスムにいたるまでの前衛芸術作品がことごとく押収され、「民衆とは疎遠な」「頽廃芸術」の烙印を捺されたのだが、版画一万二千点、油絵および彫刻あわせて五千点にのぼるこれらの作品のうち、文字通り選りぬきの一四点を、ゲーリングは自分の取り分としたのである。その内訳は、ゴッホ四点、ムンク四点、フランツ・マルク三点、ゴーギャン、セザンヌ、シニャック各一点だった。

クローネンブルクの人びとの歓呼の声のあいだを縫って「ヘルマン・ゲーリング絵画専門学校」に入ったゲーリングは、広い工作室を元帥の楯章《ワッペン》で飾った歓迎会場で、自己の芸術観を披歴しながら答礼のスピーチを行なった。

〔……〕労働の地盤のうえに芸術の文化は生まれる。強力な行政が前提をつくりだしたところでは、つねに、付随してそれがあったのである。それにもかかわらずなお、芸術の側からすればこの現代は神の恩寵に浴した時代と呼ぶことができる。なにしろ、天才的な為政者が必ずしも芸術家である必要はない、ということもたしかに言えるかもしれないが、しかしこのわが国では、神の摂理はひとりの人物のなか

芸術愛好家ゲーリング。ドイツ国内と占領地域から掠奪した芸術作品によって、世界一の美術蒐集家を自負したほどだった。(右はヒトラー)

にすべてを体現させてドイツ民衆に贈り給うたのである。ただ単に天才的な強力な為政者にして政治家であるばかりでなく、かれの民衆の筆頭の労働者にして経済建設者であるばかりでなく、ひょっとするともっとも強力な資質からすれば芸術家でもあるところの、アードルフ・ヒトラーがそれだ。かれの出身地は芸術である。まず最初、芸術に身をささげたのである。建築という芸術、偉大にして不易なる建造物の力強い形成者たるこの芸術に。そしていまやそのかれが、ひとつの帝国の建築主任となった。そしてこの帝国において、まずまっさきに芸術という建造物を、ともに手をたずさえて建立した。芸術はふたたび花開かねばならぬ。ふたたび強力なものとなりドイツ的なものとならねばならぬ。[1]

第三帝国、つまりナチズム・ドイツが、、、、芸術家アードルフ・ヒトラーを総統《フューラー》とする芸術国家であることを誇示したのち、ゲーリングは、この国家での芸術のあるべき姿について、さらにつづけてこう述べている

どうかこの施設が、つねに、まじめな芸術の養成所であってほしいし、そうありつづけてほしい。われわれの血のなかに生きているような芸術、民衆に理解されるような芸術の。なにしろ素朴な民衆にわかり理解できるものだけが、ほんとうの芸術であるからだ。なにかを美しいと感じるためにまず説明してもらう必要があるとしたら、この芸術作品は目的を

達しそこねているのである。なぜなら、芸術作品は自分自身を通して働きかけねばならないはずだからであり、少数の諸個人によってではなく民衆によって理解されねばならないはずだからである。芸術というものは、勝手にどこかで鬼火を発して光っていればよいなどというものではなく、これまた民衆のなかに故郷をもっているものなのだ。なにしろ、芸術の出身地は民衆であり、芸術は民衆のなかに根をおろしているからである。

ヒトラーの神格化と第三帝国の美化を主眼とするこの月次なスピーチは、しかしそれだからこそむしろ明瞭に、ナチ政権がどのようなものをあるべき芸術として思い描いていたのか、ひいてはまた、どのような芸術政策がナチ政権によってとられようとしていたのかを、端的に物語ってもいる。政治は芸術が花開く現実基盤をつくるものであること。芸術と政治とは相反するふたつの活動領域ではなく、ヒトラーが体現しているような両者の合一こそが理想の姿であること。そしてこの合一のなかで、芸術は、建築という芸術分野が象徴するように、社会建設の積極的な担い手となるべきこと。そのようなものとしての芸術は、特定の少数者にしか縁のないものであってはならず、「素朴な民衆にわかる」ものでなければならないこと。そもそも芸術というものは、民衆のなかから生まれ、民衆のなかに根をもっているはずのものであるということ。

だが、ゲーリングが語っているこれら芸術のあるべき諸相は、じつは、ナチズムにとってのあるべき芸術像にとどまらないのである。むしろ、二十世紀における芸術と政治とのさまざまな関係は、ここでゲーリングが述べているような芸術像をめぐっての関係でさえあった、といっても過言ではない。目的意識的で組織的な社会変革運動、十九世紀後半にヨーロッパをはじめとするいわゆる「先進諸国」で社会的な力を獲得し、二十世紀を社会革命の時代とすることになる政治的な社会運動は、芸術の問題と直面したとき、多かれ少なかれゲーリング的な芸術観によって事態に対処しようとした。ある意味で、ナチズムの芸術観は、さまざまな政治運動がすでに実践していたこうした対処の、ひとつの集大成であり、さしあたりの到達点でもあったのだ。

2　民衆のための芸術から民衆による芸術へ

政治という概念をまず狭い意味で、近現代の政党政治に限定して考えるとき、十九世紀後半のヨーロッパで大きな社会運動として展開された社会主義政党の運動が、当面の政策においても実現すべき未来社会のイメージにおいても、芸術を本格的に視野に入れた政治活動の最初だった、ということができるだろう。このことは、当時のヨーロッパで最強の労働者運動だったドイツの社会民主主義的政治運動のなかに、とりわけはっきりと示されている。

ビスマルクとヴィルヘルム一世によるドイツ帝国建設と富国強兵政策に抗して、パリ・コミューンの残照のなかで急速な昂揚をとげたドイツのマルクス主義的な労働者運動は、一八七五年五月には、最初の統一労働者政党、ドイツ社会主義労働者党を結成し、翌七六年十月には党機関紙『フォーアヴェルツ』(前進)を創刊して、理論のうえでも実践のうえでも、後発資本主義国ドイツを内部から脅かす勢力となっていった。これにたいしてビスマルク政権は、二度にわたる皇帝暗殺未遂事件を口実に運動への弾圧を強め、七八年十月、「社会主義者鎮圧法」を施行して、社会主義労働者党のすべての政治活動と、同党の影響下にある労働組合の活動を禁止したのである。この弾圧措置は、だがしかし、その後の歴史にとって決定的に重要なひとつの皮肉な結果を生むことになる。政治活動を封じられた社会主義運動は、文化活動のなかに労働者民衆への唯一の道をさぐらざるをえなくなった。それまでは、たとえ顧慮されたとしても副次的な領域でしかなかった文化や芸術の領域が、もっとも重要で不可欠な活動領域となったのである。

衛生知識の普及や産児制限運動から識字運動、さらには読書サークルやコーラス・グループ、演劇鑑賞組織の形成、そしてついには労働者自身による素人劇団の結成にいたるまで、さまざまな文化・芸術分野での活動を創出することによって、社会主義者たちは労働者民衆の生活と感性にみずからを結びつけることに成功し、同時に、労働者民衆の生活と感性を変えていった。鎮圧法が一八九〇年九月についに廃止を余儀なくされたとき、ドイツの社会主義運動は、十二年ぶりに合法的な姿を現わし、世界最強の労働者運動の前衛として再生することになる。しかし、重要なのは、それがビスマルクを辞任に追いやり、党の合法化をかちとったことではない。合法化をかちとったその運動が、文字通り世界最強の社会主義政治運動となったことでもない。むしろ、文化運動をつうじてそれが民衆の前衛となったこと、そしてそれ以後、文化運動は政治運動と不可分のものとなったこと――これこそが非合法下のドイツ社会主義労働者党の体験の重要性にほかならない。

二十世紀初頭に始まるロシアのプロレトクリト（プロレタリア文化）運動にも大きな影響を与えたドイツ社会民主主義のこの体験は、クラーラ・ツェトキン、エードゥアルト・フックス、オットー・リューレらの党活動家によって継承され、第一次世界大戦下の反戦運動や敗戦後のドイツ革命、さらにはヴァイマル共和国時代の運動のなかで、独立社会民主党（USPD）、共産党（KPD）、共産主義労働者党（KAPD）など左翼諸党派の政策や実践の一基盤として、生きつづけることになる。労働者階級の国際連帯よりも国益を優先して第一次世界大戦に協力したドイツ社会民主党（SPD）、かつてのドイツ社会主義労働者党を前身とするその社会民主党と訣別するところから出発したこれらの革命政党は、文化や芸術にたいする基本姿勢にかんするかぎり、社会主義者鎮圧法のもとで体得されたものの延長線上を歩んでいたのである。

この歩みをもっとも歴然と体現していた政治家のひとりが、クルト・アイスナーだった。一八六七年生まれのアイスナーにとって、一八九六年十月にドイツのゴータで開かれた社会民主党の党大会は、芸術や文化の問題に本格的な関心をいだくきっかけとなった。鎮圧法の桎梏を脱して新たな名称で再出発した党は、この大会で、おりから最盛期を迎えつつあったドイツの自然主義演劇にたいする評価をめぐって、激しい論争を展開したのである。いくつかの地方新聞に寄稿した論説や時事評論によって新進評論家として出発したばかりのアイスナーは、社会民主党に共感をいだく非党員文筆家の立場から、この論争に注目し、地方新聞のひとつに「党芸術」(2)と題する一文を発表したのだった。このなかでアイスナーは、党大会での論争がもっぱら自然主義芸術を支持するか否かをめぐってのみなされたことを批判し、たしかに自然主義芸術は人びとの目を社会的現実に向けさせた点で高く評価すべきものであるとしても、しかしわれわれが持たねばならぬ芸術はこれではない、と断言する。なぜなら、社会主義者にとって重要なのは「人民大衆を芸術に向けて教育する」という課題だけにとどまらず、「芸術を人民大衆に向けて教育する」ことでもあるはずだからだ。この課題を提起したアイスナーは、党大会での論争に直接参加した年長の党幹部たち以上に、非合法時代の党の文化闘争を体験として内実化していた、というべきかもしれない。政治運動にとっての文化領域での課題が、まず当初は、支配階級や有産階層によって独占されている文化なるものの恩沢に労働者や貧民が浴することの要求、というかたちをとらざるをえなかったのは当然だろう。しかし、社会主義者鎮圧法時代の文化運動そのものが、もっぱら既存の文化や芸術の享受者にとどまらない民衆、コーラスであれ素人芝居であれ、みずから芸術的な表現を試みる民衆に、すでに邂逅していたはずだった。民衆を芸術に向けて教育する、という課題をこえて、社会民主党の文化活動は、芸術を民衆に向けて教育することをも追求しなければならない。つまり、芸術そのものが民衆の現実を学び、民衆の現実に根ざしたものとなること、これこそが課題なのだ。

アイスナーは、かれが構想するこのような芸術を、「党芸術《パルタイクンスト》」と名付けた。せいぜいのところ党に共感をいだく芸術家によって創られるにすぎない自然主義芸術にかわって、社会主義運動の担い手たち自身が、つまり民衆自身が、芸術を生み出さねばならないのだ。アイスナーの「党芸術」は、歴史的に見るなら、のちのレーニンの「党文学」という理念を先取りしたものと解することもできるかもしれない。しかし、アイスナーの文脈のなかでは、「党芸術」は、党の主導による芸術という意味あいをほとんど含んでいない。芸術をいわゆる芸術家の専門的・特権的な営みから解放して、民衆みずからが芸術の主体となること、それが「党芸術」の意味だった。なぜなら、アイスナーにとって、社会民主党は、労働者民衆の意思を結集した運動組織以外の何ものでもなかったからであり、「党」とはまさしく「民衆」と同義だったからである。

そのアイスナーが、第一次大戦後のドイツ革命のなかで、バイエルン革命政府の首班として、「国家そのものを芸術家で構成し、その国家が自由をゆるすことによって芸術を奨励する」[3] という方針を掲げたとき、この方針は、かつての「党芸術」の理念と矛盾するものではなかった。芸術家という概念でかれが思い描いていたのは、職業的な芸術家だけにとどまらず、革命のなかでみずからの表現を獲得していく民衆そのものでもあったからだ。そして、かつての「党」にかわってそのための場となるのが、「評議会《レーテ》」という革命機構だった。アイスナーにとって評議会は、革命政治の執行機関である以前に「民主主義の学校」でなければならなかった。評議会のなかでこそ、「全員が自発性をもつ」という「社会主義のもっとも深い意味」が実践されるのであり、そこでこそ、「指導者も指導されるものも存在しない」という現実、「大衆自身が生きる」という現実が、可能となるはずなのである。こうした現実のなかではじめて、民衆は芸術表現をみずからのものとすることができるのだ。[4]

ドイツ革命のなかで最初の共和国として名乗りをあげた「バイエルン共和国」は、首相クルト・アイスナーの暗殺によって、わずか百日余の生命を終えた。けれども、アイスナーによって構想された革命と芸術との関係のイメージは、短時日のエピソードに終わりはしなかった。政治の側からかれが描いたそのイメージは、政治と芸術とのかかわりをめぐる諸問題のなかに、主体的な民衆という要因をしっかりと根づかせたのである。

3 「芸術労働評議会」と芸術の革命

独立社会民主党（USPD）の政治家、クルト・アイスナーが、芸術家によって構成される国家という革命のヴィジョンを提示していたのとまったく同じころ、芸術家たち自身もまた、ドイツ革命と芸術との関係についてのヴィジョンを、あいついで提起しはじめていた。

十一月八日のバイエルン共和国樹立宣言につづいて、翌九日には、皇帝を退位に追い込んだベルリンでも、権力は革命派の手に移った。戦争に動員されていた若い芸術家たちの少なからぬ部分は、すでに兵士評議会《レーテ》のメンバーとして各地で革命に参加していたが、かれらが復員してくるにつれて、諸都市に芸術家独自の革命グループがあいついで結成された。それらのうち、「十一月グループ」（Novembergruppe）、「精神労働者評議会」（Rat geistiger Arbeiter）と並んでもっとも早く結成された「芸術労働評議会」（Arbeitsrat für Kunst）は、一九一八年十二月十八日に発表された「新芸術綱領」のなかで、つぎのように述べている。

数十年の長きにわたる干渉から芸術を解放するために政治的変革が有効に役立てられねばならぬ、という確信をいだいて、ベルリンの地に、志を同じくする芸術家および芸術愛好家の一グループが結成された。このグループのめざすところは、一面的な職業的利益の保全にとどまることなくわれわれの芸術生活総体の新しい建設に断固として協力しようとするような、分散しまた分裂しているあらゆる勢力の結集である。〔……〕まず先頭に立つのは、つぎのような原則である——

芸術と民衆とは、ひとつの統一を形成しなければならない。芸術はもはや少数者の楽しみであるべきではなく、大衆の幸福であり生命であるべきだ。ひとつの大きな建設芸術の翼の下に諸芸術が結合すること、これが目標である。今後は芸術家だけが、民衆の感性の形象者として、新しい国家がまとう可視的な衣裳にたいして責任を負う。芸術家は、都市の景観から貨幣や切手にいたるまでの形態を決定しなければならない。[5]

「芸術労働評議会」ビラの挿絵（マックス・ペヒシュタインの木版画）。1919年３月に開催された全体会議で配布された。

ここできわめて簡略に、しかも脈絡なしに羅列されている「原則」は、じつは、たがいに関連するふたつのことがらを意味していたのである。そのひとつは、個別の芸術分野を結合したひとつの綜合芸術が生まれなければならないということ。そしてもうひとつは、芸術は芸術家だけの仕事ではなく、民衆によってこそ支えられるものであり、民衆の共同作業にほかならないということ。このふたつのことを可能ならしめるのが政治上の革命だ、と「芸術労働評議会」の芸術家たちは考えたのだった。計画されながらついに刊行されなかった機関誌『バウエン』（建設）のための宣伝用リーフレット「すべての人びとへのお知らせ[6]」の文章は、かれらのこの考えをいっそうはっきりと物語っている。


建設しようではないか！

こんにちなされているような建設ではなく。こんにちの建設なるものは、技術と産業の業務である。それは、この語の純粋な響きを冒瀆するものだ。建設はこんにちではひとつの奴隷労働である。職人が機械的に建築家の指図を実行する……そんな建設のことをわれわれは言っているのではない！

真の建設は、多くの人間たちの共同の芸術労働だ。建築家や彫刻家や画家たちだけのではなく、大工や左官や石工や付属部品取付工たちのでもある。真の建設のなかでは、かれらすべてが同じように——そしてかれらの背後では、建設の進行を追う人民大衆が——みずからの感情をこめて共同の仕事にかかわっているのだ。下働きではなく、共同労働者として。

〔……〕そのような多数の大衆の建設共同体のなかから、かつてゴシック建築は生まれた。それらが、建築の形式や彫刻やレリーフやガラス窓の絵や壁画や装飾品のうちにみちあふれる生命の不思議な充溢のなかに反映しているのは、設計を行なった個々の建築家ではなく、民衆総体であり、その町の住民たちであり、ひとつの教区の人びとすべてなのであって、その建築はかれらの精神的な財産なのだ。

そして、それと同じように偉大で美しいものを、だが当然ながら新しいものを、われわれは未来に望むのである。なぜならわれわれは知っているからだ——多くの手のもとでみごとに花開く建設にたずさわるそのような共同労働の友愛こそが、人間の魂のなかに、われわれのすべてが切望しているものを、つまり社会主義的な精神を、生みだすのだということを。

（強調は原文のまま。以下同じ）


「干渉」からの芸術の解放という要求、都市の景観から貨幣や切手にいたるまでのデザインをもっぱら芸術家が担当すべきだという主張は、このような民衆との共同労働による綜合芸術の理念に裏打ちされることによってはじめて、芸術家の特権の要求とは逆の方向をたどるものとなる。たしかに、ここでイメージされている綜合芸術は、まだ旧来の建築というジャンルをモデルにするという域を脱しておらず、また民衆と芸術表現とのかかわりも、あくまで芸術家という既成の存在を容認したうえでのことにすぎない。評議会メンバーたちの活動分野――絵画（ハインリヒ・カンペンドンク、カール・シュミット＝ロットルフ、マックス・ペヒシュタイン、エーミール・ノルデ、リオネル・ファイニンガー、等々）、彫刻（ゲルハルト・マルクス、オットー・フロイントリヒ、ルードルフ・ベリング、等々）、建築（ヴァルター・グローピウス、ブルーノ・タウト、マックス・タウト、ハンス・ハンゼン、その他）、舞台装画（ツェーザル・クライン）、写真（ハインリヒ・ツィレ）、ガラス工芸（カンペンドンク）、建築批評（アードルフ・ベーネ）、文学（パウル・シェーアバルト）、蒐集・画商（パウル・カッシーラー）など――のそれぞれを生かしながらしかもいかにして綜合するか、という視点から、建築をそのためのもっともふさわしい場として再発見したにすぎない。それゆえ、個別の芸術ジャンル自体を破壊しながらまったく新しい綜合芸術を模索したダダイストたちの試み、芸術家の表現そのものを解体することによって芸術家ではない人間たちの自己表現を挑発したかれらの実験は、「芸術労働評議会」の綱領からはなお遠くへだたっている。――けれども、政治上の革命と芸術の自己変革とを、芸術表現と民衆との関係と不可分のものとしてとらえ、しかも抽象的な理論としてそれらを語るのではなく、具体的な芸術ジャンルの具体的な課題として芸術家たちに提起したかれらの実践は、芸術革命および文化革命という要素を意識的に持たざるをえなかったドイツ革命の性格を、政治家クルト・アイスナーとは異なる芸術家の側から、浮かびあがらせるものだった。そのかれらの具体的な実践が、さしあたりまず、労働者のための共同住宅団地（ジードルング）の建設や、美術館、劇場、労働者会館など、公共建築物の設計建築に向けられたこともまた、政治と芸術と民衆とをめぐるかれらとドイツ革命との基本姿勢を、よくあらわしている。そして、この基本姿勢こそはまた、ドイツ革命のなかで充分に実現されぬまま、やがてナチズムによって簒奪されることになる革命理念のひとつだったのである。

二　管理と奨励とのあいだ

1　ナチズム芸術にとっての「民衆」

政治家クルト・アイスナーにとっても「芸術労働評議会」の芸術家たちにとっても民衆は芸術・文化の担い手であり主体そのものであったとすれば、ナチズムのイデオローグたちにとってもまた、民衆《フォルク》（民族）こそは芸術・文化のアルファでありオメガであった。ナチズム体制下では、それどころか、「民衆」はまさしく踏み絵となったのである。芸術と民衆について語ったクローネンブルクでのゲーリングの演説は、芸術愛好家の美辞麗句ではなかった。かれの国家は、「民衆共同体《フォルクスゲマインシャフト》」(7)と称していた。民衆と疎遠であると見なされることは、芸術にとって死を意味した。評価され奨励されたのは、もちろん、「民衆に理解される」芸術、「民衆のなかに根をおろした」芸術（ゲーリング）だった。

一九八三年にドイツ民主共和国（東独）で発表され、翌八四年にドイツ連邦共和国（西独）でも出版されたギュンター・ハルトゥングの研究、『ドイツ・ファシズムの文学と美学』(8)は、ナチズム体制のもとで奨励された民衆的な表現形式をとりあげて考察しているが、それらを整理して分類すれば、ほぼつぎの三つのジャンルになる。

ひとつは、一八九〇年ごろからさかんになり一九〇〇年から一九一〇年にかけて絶頂期を迎えた郷土文学。

第二は、ゲーテやかれと同世代の詩人ゴットフリート・アウグスト・ビュルガーらによって不滅のジャンルとされ、これまた一九〇〇年ごろから復興期を迎えた物語詩《バラード》。

そして第三に、世紀の変わり目ごろからドイツでさかんとなった青年運動や野外活動サークルの運動に源をもつ集団的な行進歌。

とりあえず文学およびそれと関連したジャンルに属するこれら三つを見てみるだけでも、ナチズムが考えた民衆的表現の基本的性格は明らかだろう。ハルトゥングも指摘しているとおり、これらはいずれも、二十世紀初頭に始まる表現上の変革、表現主義をはじめとする前衛芸術の試みとは、まったく無縁な、古い表現形式である。そして、これは当然のことだったのだ。なぜなら、ナチズムにとって、民衆に根ざしているということは、民衆の伝統に根ざしているということだったからである。民衆の伝統、もしくは民族的伝統へのこの執着は、もちろん、後発資本主義国ドイツが急激な近代化をおしすすめるなかで噴出したおびただしい矛盾や歪《ひず》みにたいする、人びとの反感や憎悪や絶望や逃避と密接に結びついている。ナチズムのイデオローグたちは、この近代化の過程やその諸結果と対決するなかで新しい表現を獲得していった前衛芸術家たちを、「アスファルト文学」や「文化ボリシェヴィズム」として、排撃した。アクチュアルな現実との対決を回避した表現、伝統そのものではなく伝統への復古を身にまとった表現を、かれらは、民衆に根ざした表現として称揚した。もちろん、それによって、民衆的表現のあるべき姿が規定されただけではなく、民衆そのもののあるべき姿が規定されたのである。

一九三七年七月、ミュンヒェンに完成したばかりの「ドイツ芸術館」で第一回の「大ドイツ芸術展」が幕を開けたとき、ある美術評論家は新聞にこう書いた——

> 一万五千点の作品がこの第一回大ドイツ芸術展に提出された。ゆったりと広い場所をとって数少なく配置するという原則をつらぬくために、だがとりわけこの展覧会がぜひともドイツ芸術の今後の発展にとっての厳格な指標とならねばならないために、展示されたのはわずかに九百点であった。〔……〕この「大ドイツ芸術展」にとって決定的なことは、問題のあるいっさいのものにたいしてここで宣戦布告がなされていることである。ここは実験の場ではない。ここでは、個々の作品のいずれによっても、芸術の日にさいしてのさまざまな発言のなかでくりかえし述べられた基本原理が裏書きされるのでなければならない。すなわち、この「完成した美しい館内に、未完成の図像は」受け入れられてはならぬ、ということである。
>
> （ブルーノ・E・ヴェルナー「芸術展初見記」(9)）

問題のあるいっさいのものにたいする宣戦布告、これがナチズムの芸術理念であり、ナチズムにとってのあるべき民衆の姿でもあった。古い郷土文学や物語詩《バラード》にたいする高い評価は、それらがいわゆる民衆的伝統に根ざしているということにもまして、それらの表現形式が、それら自身を破壊せざるをえない現実の問題性を回避したところにいまなお存立しえている、ということと無関係ではない。自然と一体化し、土に根をおろし、風の息吹きや植物の成育を尺度とし暦として生きる農民。先祖代々の主君と下僕の関係のなかに安住して生きる貧しい娘の恋の喜びや悲しみ——。こうした人間像を描き歌う郷土文学作品や物語詩は、激しく変わる現実に直面して表現者が余儀なくされる表現上の試行錯誤とは無縁だろう。そのような人間像とみずからを重ねながらそれらの表現に接する読者たちは、そのかぎりにおいては目前のアクチュアルな現実に目を向ける必要もないだろう。

だが、本質においては自閉的な性格をもつ行進歌というジャンルをもふくめて、これらの表現形式が現実のアクチュアリティを回避するところに成り立っているということは、それらが現実にたいしてアクチュアリティをもたないということではない。むしろ、ナチズムは、これらの表現にたぐいまれなくらいのアクチュアリティをおびさせることによって、政治と芸術と民衆との関係に新たな一時期を劃したのである。

2　民衆的綜合芸術としての建築

ナチズムの芸術政策の劃期的な特色を簡潔に指摘するとすれば、つぎの二点に要約することができるのではあるまいか。

ひとつは、民衆、とりわけあるべき民衆の概念を、政治の側からきわめて明確に規定し、この規定を芸術のあらゆる問題に徹底的に適用したことである。

そしてもうひとつは、芸術を、民衆共同体＝民族共同体たる国家の巨大プロジェクトと結合し、そうした巨大プロジェクトとしてのみ可能な綜合芸術を実現しようとしたことである。

総統《フューラー》ヒトラーを先頭とするナチズムの指導者《フューラー》たちが、なんら科学的な根拠をもたない「人種」なる概念でドイツ人の独自性と優越性を強調しようとしたことは、よく知られている。民衆という概念もまた、徹頭徹尾この「人種」によって規定されねばならなかった。一九三三年九月に開かれた党大会の文化会議でヒトラー自身が行なった演説[10]によれば、「おのおのの人種は、おのおの固有の生活観をもっている」のであり、「歴史的に確認できるすべての世界観は、特定の人種の生活目的および生活観と結びつけてのみ理解できる」のである。あるひとつの民衆（民族）にとってはきわめて自然な生活表現も、別の民衆（民族）にとっては危険であり、それどころか終焉を意味しかねない。それゆえ、自然に反する結合体は遅かれ早かれ解体せざるをえないのであって、「もしもこれを避けようとするなら、いかなる人種的構成員がみずからの本質的存在をかけて世界観的に自己を貫徹しうるかということが、決定的に重要となる。しかしてまたこのことが、そうした民衆（民族）の発展が今後たどる経路をも決定するのである。」――ついでヒトラーは、どの人種もみずからが自然によって与えられた力と価値とに応じて自己の生存を主張するものである、として、国民社会主義《ナチズム》が「血と人種と人格の評価ならびに永遠の淘汰法則」にかんする「英雄的な学説」を信奉することを強調する。そして、このような前提のうえに立って、「あるひとつの民衆（民族）の文化像もまた、その最良の構成部分にそくして、またかれらの種《しゅ》の素質のおかげで唯一それにふさわしく生まれた文化の担い手たちにそくして、形づくられねばならない」と結論づけるのである。

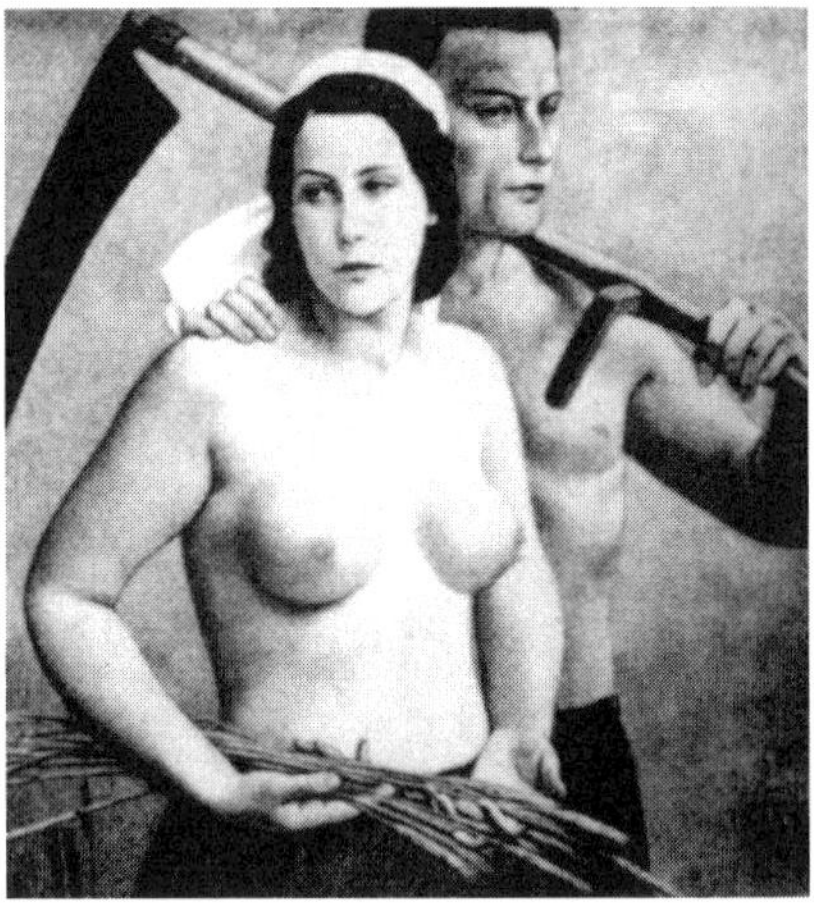

ヨハネス・ボイトナー「成熟期」。肉体的な均整や清潔さを強調したこの種の民衆像がさかんに描かれた。

〔……〕くっきりときわだった人種はすべて、芸術という書物のなかに自己の固有の手跡をもっている。その人種が、たとえばユダヤ人のように固有の芸術的な生産能力をもたないのでないかぎり。だが、もしもあれこれの民衆（民族）が異種の芸術をコピーするとしたら、それは芸術の国際性の証明などではなく、直観的に体験され創作されたものは剽窃することができるという可能性の証明でしかない。〔……〕世界観上の革新とひいてはまた人種的な明確化なしに新しい「生活様式や文化様式や芸術様式」を発見することができるなどと考えるとしたら、滑稽なことだ。自然がこのような先見の明を要する任務を凡庸な下手《へた》クソにだれかれかまわず委ねる、などと思うのが滑稽であるのと同じように。

こうして、民衆に根ざさなければならないという芸術への要求は、「唯一それにふさわしく生まれた文化

カール・ヨーゼフ・バウアー画「愛犬と一緒のアードルフ・ヒトラー」

の担い手たち」、つまりナチズムが想定する英雄的な人種に依拠しなければならない、という要求と同義となる。民衆に根ざすということは、すべての民衆が芸術作品を鑑賞することができるという理念とも、ましてやすべての民衆が芸術表現に表現主体としてたずさわるという理念ともかかわりのない、むしろそれとは正反対の理念として、実現されようとしたのである。

そして、こうしたきわめて選別主義的な芸術理念および民衆理念のうえに立ってこそ、ナチズムのもうひとつの芸術政策上の特色である巨大プロジェクトの綜合芸術が、実行されえたのだった。

ある民衆の存亡が、そのなかの最良の人種的要因がイニシアティヴを握るか否かにかかっている——というナチズムの人種理論は、それが芸術に適用されたとき、そのすぐれた人種的特性を体現していると見なされる人物像をきわめて写実的に描く、という滑稽な傾向さえ生み出した。純粋なアーリア人種の身体上の比率や頭部の各部所の比率が大まじめに論じられた、という事実は、絵画や彫刻の分野では、芸術家の死活にかかわる問題だった。第三帝国における造型芸術のなかにヒトラーをはじめとする指導者たちのさまざまな肖像が頻出したのも、かれらにたいする個人崇拝のためばかりではなく、かれらのなかに模範的な人種上の特徴を見出そうとする傾向のためでもあったかもしれない。だが、ナチ党のイデオローグたちは、こうした個別的な芸術志向とは別に、きわめて体系的に、人種イデオロギーの芸術領域での具体化を、実践に移していった。それが、建築というジャンルでの未曾有の実践にほかならなかったのである。

偉大な時代はすべて、みずからの窮極的な価値表現を建築作品のなかに見出す。民衆が偉大な時代を内面的に体現するとき、かれらはこの時代を外面的にも形象化するのだ。かれらの言葉は、そのとき、語られた言葉以上に説得力がある。それは、石でできた言葉なのだ。

（ミュンヒェンでのドイツ建築・工芸展の開会式における一九三八年一月二十二日のヒトラーの演説[11]）

ひとつの一般論にすぎないヒトラーのこの建築観は、のちに第二次大戦下の軍需相となるアルベルト・シュ

アルベルト・シュペーア、党大会会場の演壇（ニュルンベルク）

ペーアその他の代表的な建築家たちによって、いっそう具体的な理論的構築をほどこされていった。そうした理論のうちのひとつは、シュペーアを論じたユルゲン・ペーターゼンの文章[12]に見ることができる。ペーターゼンによれば、十六世紀と十七世紀の絵画、十八世紀の文学にかわって、二十世紀の現在は建築時代の始まりを迎えているのである。「いっけん偶然に見える」が、しかしこれは「運命的な必然性」なのだ。「国民社会主義の帝国を創造した人物が建築の出である」という事実が、その必然性のひとつである。「現在、そこから、ルネサンスと古典古代にのみ生きていたような、政治と建築芸術との統一がうちたてられつつある。国民社会主義的建築の意志と力とは、政治的信念と支配の主張との表現なのだ。」

　シュペーアの建築が如実に示しているとおり、ナチス・ドイツの建築の特徴のひとつは、強大な国家権力の誇示にあった。党大会のための演壇にせよ、美術館にせよ、それ自体が、政治と芸術とそして民衆をしっかりと掌握している支配権力の強大さを見せつけるものにほかならない。けれども、ナチズムにとって建築芸術が重要だったのは、完成したそのような雄姿のゆ

えだけではなかった。建築の形成過程そのものにおいて、それは重要だったのである。なぜなら、建築というひとつの綜合芸術は、ほとんどすべての個別の芸術ジャンルの共同作業によって成立するものであり、「個々の人間の仕事ではなく、種々さまざまな職業グループの多数の人間による集団労働」であって、しかも直接その建築にたずさわる芸術家や職人たちの仕事は「民衆の文化によって支えられている[13]」からである。本質的には、建築は、民衆の共同性によって、より正確に言えば民衆のなかの指導的な人種要素の共同体によって、生み出されるものなのだ。建築芸術のなかでこそ、民衆は、それを鑑賞し利用する受益者であるにとどまらず、表現の主体として登場することができるのだ。

国家の巨大プロジェクトのなかに建築芸術という芸術分野を組み入れることによって、ナチズムは、芸術にたいする管理と奨励との境界をとりはらい、主体的な民衆参加という支配の形態を、ここでもまた実現したのだった。職業的な芸術家はすべて、ゲッベルスに直属する「帝国文化院」の一部局、「帝国造形芸術院」に加入しないかぎり職業的活動を行なうことができない制度になっていたが、その造形芸術院の会員は、一九三六年の時点で約四万一一六〇人だった。画家、彫刻家、工芸美術家、インテリア・デザイナー、イラストレーター、設計者、建築家、造園家、さらには美術出版者と画商まで加えて、当時のナチス・ドイツにはこれだけの数の職業的な造形芸術関係者が生きていたわけだが、そのうちの一万三七〇〇人、つまりちょうど三人に一人が建築家だった。この背後には、この比率にふさわしい数の、建築に憑《つ》かれた民衆がいたにちがいない[14]。

3 「頽廃芸術」の撲滅

個々の分野の職業芸術家のなかに建築家が占める割合が異常に大きかった、という事実は、ナチス国家がもっとも重要視したこの分野を、人びとが、もっともきびしく管理され統制された分野と見なすのではなく、むしろもっとも積極的に奨励された分野と見なしていたことを、暗示するものではあるまいか。管理・統制と奨励・助成との境界線の消滅、ないしは両者の混同は、ナチズムとファシズム一般が支配する現実のなかでの芸術表現のありかたを考えるとき、ないがしろにすることのできない問題のひとつである。

ナチズムにおける建築芸術の場合のように、管理と奨励との境界が不分明になり消滅する、というケースは、特殊な例外であるとはかぎらない。明白な統制や禁止は、ほとんどのばあい、単独ではやって来ないのだ。一九三七年七月十八日に開始された「大ドイツ芸術展」、種《しゅ》にふさわしい「純正芸術」を称揚するためのこの官許の美術展は、その翌日からわずか二百メートルをへだてたもうひとつの会場で開かれた「頽廃芸術展」と、相互に補完しあっていた。頽廃した（entartet《エントアールテト》）、つまり字義通りの意味では「種《アールト》から逸脱した」ものという烙印を捺された芸術作品の側からすれば統制であり弾圧にほかならない芸術政策が、純正芸術の側からすれば力強い奨励だったのである。――それゆえ、まず、具体的にどのような芸術が弾圧され、どのような芸術が奨励されたのかを、事実にそくして把握するという、きわめて基本的なことから始めなければならない。

民衆啓発・宣伝相であり「帝国文化院」の最高責任者でもあったヨーゼフ・ゲッベルスの支援を受けて、帝国文化院を構成する七つの部局のひとつ「帝国造形芸術院」総裁の画家アードルフ・ツィーグラーが推進した頽廃芸術排撃キャンペーンは、ミュンヒェンでの展覧会によって、多数の民衆を動員する政治的ショーの性格を明らかにした。全国から押収された計一万七〇〇〇点におよぶ現代芸術のうち、この展覧会に展示されたのは一一一人の芸術家の作品七三〇点だけだったが、ナチ党の一地方機関紙に掲載された

「頽廃芸術展」カタログ表紙。展示作品のひとつであるオット・フロイントリヒの彫刻作品が使われている。フロイントリヒは左翼表現主義の彫刻家・画家で、初期の「芸術労働評議会」のメンバーでもあったが、1924年以降パリに移り住んでいた。第二次大戦中、ナチス・ドイツがフランスを占領したのち、ユダヤ人として1943年にルブリン（ポーランド）の強制収容所へ送られ、ガス室で殺された。

紹介記事は、それらの印象を述べるなかで、頽廃の実態をつぎのように描き出している。

第一部門を見た敬虔なクリスティアンは、カトリック中央党の支配下にありながらいったい何たる幼稚なたわごとによってキリスト教のシンボルが物笑いの種にされえたかに、気づくことであろう。だが前線兵士だったものは、ドイツの軍人精神と前線体験とを汚辱する駄作のたぐいを目にして、血が逆上するであろう。

また別の部門では、ユダヤ人種の魂が、典型的な実例となって見まがうべくもなく開陳されているかと思えば、黒人《ニグロ》をドイツの地で頽廃芸術の人種的理想として定着させようという試みや、ドイツの母を娼婦かさもなければ原人の女のように描こうという試みが現われてくる始末だ。(15)

同じ記事は、さらに註のかたちで、展示作品が九つのグループに区分されていたことを伝えている。——①「形式感覚および色彩感覚の解体」、「絶対的に馬鹿げた素材選択」、②「すべての宗教的観念にたいする厚顔無恥な嘲罵」、③「芸術頽廃の政治的背景」、④「政治的傾向」、⑤「芸術頽廃の道徳的側面を見る」、「淫売宿、娼婦、女衒《ぜげん》」、⑥「わずかに残る人種意識の最後のひとかけらまでも抹殺する」、⑦「白痴、精薄、麻痺患者」、⑧「ユダヤ人」、⑨「完全な狂気」。

ふたつの観点からのこうした分類的な特色規定は、それらすべての特色の対極に「純正芸術」の特色を思い描くとき、きわめてはっきりとしてくるだろう。奨励されるべき芸術とは、キリスト教にたいする敬虔さをもち、軍人精神と前線体験に敬意をいだき、ユダヤ人や黒人を劣等人種として蔑視し、その反面、ドイツの母性に高い敬意をはらうような芸術なのだ。そして、解体されていない写実的な形式感覚と色彩感覚、陳腐な素材選択、正しい政治傾向（つまり国民社会主義《ナチズム》の信奉）、道徳遵守と清潔さ、高度の人種意識、肉体的および精神的な健全さが、そのような芸術の要件なのである。

これらの要因の価値や普遍的な妥当性がもはや失われた、という意識や感情から二十世紀の前衛芸術が出発したことを考えるなら、ナチズムが理想とした芸術が根本的な時代錯誤でありひとつの退行であることは、いまさら言うまでもない。だが、ナチズムにおける政治と芸術の関係にとってもっとも大きな問題性は、そのような理想を政治が提起し、それに芸術が同意した、ということ自体ではないのだ。もしもかりに、統制され弾圧されたのが「純正芸術」であり、奨励され援助されたのが「頽廃芸術」のほうだったとしても、なんら問題は解消しないだろう。もっとも根本的な問題は、もちろん一方では政治の側が芸術のあるべき姿を（民衆の名において、民衆を踏み絵としながら）規定したということ自体にあったが、他方では芸術が、あるいは奨励と統制の境界をみずから意識化せぬまま主体的に管理に身をゆだね、あるいは統制され弾圧される表現の対蹠物であるがゆえに保護と奨励を受けていることをよく承知していながら、その恩恵に甘んじつづけたことにあったのである。

だが、許されない表現が存在する現実に、自由な表現はありえない。管理や統制とまったく無縁な芸術保護はありえない。そしてこのことは、ナチズムにおける関係よりもずっと柔軟な政治と芸術との関係が結ばれる社会でこそ、いっそう本質的な問題となってくるのだ。

三　批判の創造性に向けて

1　社会的権力が芸術の価値を決める

ミュンヒェンでの「頽廃芸術展」は、二〇〇万を超える観客を集めて四カ月余の会期を終えたのち、翌年二月にはベルリンで、七月にはデュッセルドルフで、三九年七月にはフランクフルト・アム・マインでも開催された。そのあと、展示作品をふくむ頽廃芸術作品は、一部分は焼却処分にされ、一部分は競売《オークション》にかけられた。主として外国の画商を対象にした競売は四一年六月まで三度にわたって行なわれ、六八万マルクを超す莫大な利益が国庫にもたらされた。夫婦と子供三人の平均的家庭の勤労者の月収が、約一七五マルク（一九三九年度）だったころのことである。

だが、売却の利益の額はさておき、頽廃芸術が逢着した焼却と売却というふたつの運命は、そもそもこれらの芸術作品にたいするナチ当局の評価とは何だったのか、という疑問を呼びおこさずにはいない。芸術としてまったく無価値であり有害である、との判定を下されたこれらの作品に、商品としては高い価値があることを、かれらはもちろん承知していたのである。おりからまだ「頽廃芸術展」がベルリンで開催されていた一九三八年五月、ナチ政府は「頽廃芸術作品の没収に関する法律」を施行して、美術館や公開のコレクション、さらには総統兼帝国首相（ヒトラー）が定めた場所から無償で頽廃芸術作品を没収し、国家の所有に帰したそれらを適当に処分できるようにしていた。この法律を制定する目的は、「有害な影響をおよぼすこれらの芸術作品を、永久に公衆の目から遠ざけること」である、と説明されていた。[16] しかしもちろん、この法律の目的が民衆の利益の擁護にではなく財政上の利益の擁護にあったことは、その後の経過を見れば一目瞭然となる。それらの作品の一部を焼却処分にしたのは、商品価値が小さかったからにすぎない。民衆にとって有害なものは根絶するという、一九三三年五月の焚書以来の原則が、頽廃芸術の場合には商品の原理に道をゆずったにすぎない。なにしろ、どの価値にせよ芸術表現の価値を決定するのは、芸術の故郷であるはずの民衆ではなく、民衆の委託によって民衆を代行する指導者《フューラー》たちだからである。

芸術批評をいっさい禁止するというゲッベルスの有名な措置は、芸術の価値評価をめぐる民衆と政治権力との関係を、もっとも端的に物語るものだった。「頽廃芸術展」開催のための前衛芸術没収が正式に開始されたときより二カ月前の一九三六年十一月二十七日、民衆啓発・宣伝相ゲッベルスは、「芸術批評に関する指示」[17]を発して、「従来のかたちでの芸術批評を最終的に禁止する」むね宣言した。

ユダヤ人の影響を異常に強く受けた時代に「批評」という概念がまったくねじまげられたなかで芸術審判官になり変わってしまっていた従来の芸術批評のかわりに、今日以後、芸術報道が登場する。批評家のかわりには芸術論説員が。芸術報道は、評価であるよりはむしろ紹介ならびに賞讃であるべきである。それは、自分自身でひとつの判断を形成する可能性を公衆に与え、公衆が自分独自の見地と感覚にもとづいて芸術作品にかんするひとつの意見を形成するための刺激とならねばならない。

ゲッベルスの措置の意図は、この一節を見るかぎりでは、専門的・職業的な芸術批評家の手から批評を解放し、民衆自身が主体的に芸術作品を評価できるようにすることにあった――と見えかねない。十九世紀のすぐれた批評家たちがいずれもすぐれた創作の仕事をなしとげた人たちだった、として、レッシング、クライストからフォンターネ、グスタフ・フライタークにいたる名前が挙げられていることも、批評という作業が本来もつべき創造的な要素を強調するためと解されかねない。ところが、じつは、このゲッベルスの指示が出された三日後の日付をもつ当局の秘密文書が、存在していたのである。

絶対的な価値評定を与えうるのは、ただ国家もしくは党だけである。そのような価値評定が与えられたのちには、当然のことながら、芸術論説員はこの価値を尺度にして測ることを許される。ただ州当局だけが芸術論説員にこうした指示ないし許可を与えることができる。州当局は個々の事例についてこの指示をあらかじめ本省から受けておかねばならない。[18]

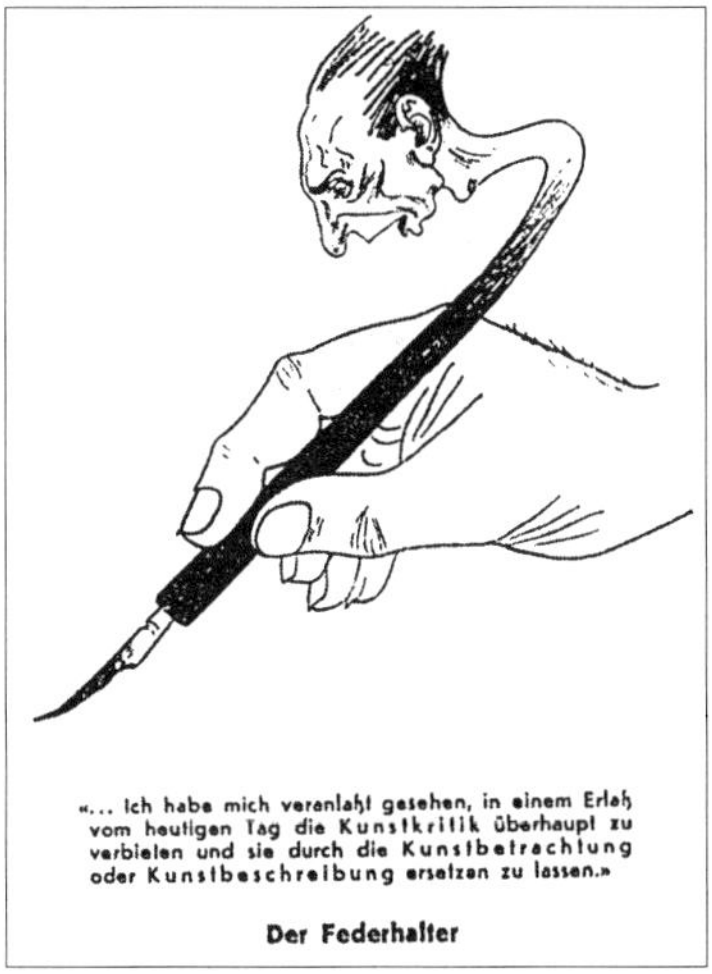

スイスの週刊紙『ネーベルシュパルター』（霧のヴェールを切り裂く人）に掲載されたゲッベルスの戯画。批評禁止措置を諷刺している。タイトルの「ペン軸」（Füllerhalter）は、字義通りには「ペンの握り手」という意味である。

第三帝国において政治と芸術との統一が実現されたとすれば、それは、しばしば喧伝されたごとく政治の最高指導者たちが同時にまた芸術家でもあったから、でもなければ、とりわけ優遇された建築芸術のなかで民衆の共同体的表現によって政治の理想が全的に顕現されたから、でもなかった。第三帝国における政治と芸術との統一とは、芸術の価値を評価する権限を政治権力が独占的に掌握した、ということであり、しかもそれを、芸術によっても政治によっても芸術表現の本来の主体であるとされてきた民衆の名によって行なった、ということにほかならない。そしてもちろん、自分自身の独自の判断を可能ならしめるため、という理由で価値評価を政治から与えられることになった民衆は、これによって最終的に、芸術表現の主体であることをやめたのである。
「頽廃芸術」にたいする抹殺キャンペーンと、それと背中合わせの「種にふさわしい純正芸術」にたいする奨励保護も、このような状況のなかではじめて、芸術そのものへの破壊的な介入としてではなく、積極的な芸術振興政策の実行として、推進されることができたのだった。なぜなら、どんな社会においても、芸術総体にたいする弾圧というものは存在せず、弾圧されるのはつねに特定の芸術でしかないのだから、奨励し保護すべき芸術と統制し弾圧すべき芸術とを区分する評価の決定権を握るものが行なう弾圧は、つねに、総体としての芸術にたいする保護と奨励でしかありえない。そしてこの関係は、ナチズムのような形態であると否とを問わず、芸術表現にかんする価値評定を代行する社会的権力が存在するところでは、つねに生きつづけるのである。

2　多様な異論の表現を

ナチス・ドイツにおける建築芸術の隆盛や、「純正芸術」と「頽廃芸術」をめぐる一連の事態を見るとき、なによりもおぞましいのは、弾圧され抹殺される芸術のかたわらで、それを歴然と目のあたりにしながら、当局の奨励と助成によって花開いていた芸術がある――という光景である。これはしかし、おぞましい光景ではあっても、奇異な光景ではない。芸術表現になんらかの社会的な価値が付与されるところでは、むしろごくありふれた光景なのだ。

それゆえにこそ、たとえばダダイストたちは、正当にも、芸術の社会的価値を解体することによってしか芸術の自己解放はありえない、と考えたのだった。資本主義社会にあってはもちろん芸術の商品価値と切りはなせない芸術的価値を、かれらは、社会通念ではとうてい芸術としてなど評価されえないような素材と表現形式を駆使することによって、みずからの表現から切除しようと試みた。レオナルド・ダ・ヴィンチのモナリザ像の忠実な摸写に口ひげを描き加えたマルセル・デュシャンの試みは、社会で珍重されてきた芸術作品なるものの価値にたいする破壊的挑戦だった。同じくそのデュシャンが、展覧会場に陶器の便器をひとつ置いて、それに「泉」という表題をつけた有名な作品は、みずからの表現を芸術的価値なるものから解放するもっとも典型的な一例だろう。歯車や布切れ、木片などをカンバスにモンタージュして予期せぬ効果を生み出したマルセル・ヤンコやクルト・シュヴィッターースの実験もまたそうである。そうした実験それ自体が、かれらの芸術表現だった。実験のなかには、芸術を芸術家から解放する試みも、ふくまれていた。芸術表現の価値評価が観衆にゆだねられただけではなく、劇の展開や、歌の続きや、そしてもちろん奇想天外としか見えない画面の空白を補い意味を発見する作業も、観衆にゆだねられた。ダダイストたちによって一気に推し進められた抽象とモンタージュの方法は、観衆によって作品の意味の補足と創造がなされ、観衆の介入によってはじめて作品が完成に近づく、という表現構造に道を開いたのだった。それに第一、ガラクタを寄せあつめて一幅の画面を構成したり、名高い名画にひげや眼鏡を描き込むことなら、どんな素人にでもできるのだ。ただ、同じ試みの二番煎じは、二番煎じでしかない。ここでこそ柔軟な独自性が生きてくる。鑑賞眼をもつとされるエリートの芸術愛好家の占有物から、芸術は、およそ芸術とは無縁だった多くの民衆への通路を見出したばかりではない。もはや芸術ではなくなった芸術表現のなかで、民衆は自分自身の独自の表現の主体となる方途を見出したのである。[19]

社会的現実の変革と芸術の自己変革とを不可分のものとして追求した十九世紀後半以来のさまざまな芸術運動の夢は、そのほとんどすべてが、多かれ少なかれダダイズムのなかで白昼夢として追体験されている。そのダダの芸術表現がやがてそれ自体ひとつの商品価値を与えられるようになったということ、ダダの実験もまた第三帝国における政治と芸術との関係にいたる道を阻止する力とはなりえなかったということは、しかしダダの試みのすべてが無益だったということではない。とりわけベルリンのダダイストたちの試みのなかには、ナチズム治下での体験を越えていまなおさらに深められねばならない課題が、芸術と政治とのかかわりをめぐってもまた少なからず孕まれている。

ヴィーラント・ヘルツフェルデ、ジョーン・ハートフィールド、ジョージ・グロス、エルヴィン・ピスカートルら、ベルリンで活動したダダイストたちの多くは、ドイツ革命のなかでスパルタクス・ブント＝ドイツ共産党を支持したにとどまらず、みずから入党して党員となった。しかし、かれらの芸術表現は、のちの「頽廃芸術展」で頽廃の実態として列挙されたあらゆる要素の氾濫ともいうべき数次のダダ展にせよ、劇の進行に観衆の予期せぬ介入をはじめて採り入れたプロレタリア劇場運動にせよ、美術館に鎮座している芸術作品に民衆の革命的蜂起の流れ弾が命中したことを祝福する見解表明にせよ、ことごとく、かれら自身の党であるドイツ共産党の文化政策の側から批判されつづけた。それでもかれらは、その党にとどまったのみか、その党と政治的にきびしく対立している別の共産主義政党のメンバーやアナーキストたちと密接に協力しながら、革命のなかで、新しい芸術表現を模索しつづけた。かれらのその模索自体が、党からの批判にたいする回答であり、その党にたいするかれらの批判だった。

　国家権力を握ったナチ党とその国家のなかに生きる芸術家との関係を、ベルリン・ダダイストたちのドイツ共産党にたいする関係と、そのまま重ねあわせて論じることなどできないのは、言うまでもない。にもかかわらず、かれらの実践を通して、芸術と政治とのかかわりを考えるさいのひとつの前提が浮かびあがってくるのを見ることができる。それは、同じように現実の変革をめざすなかでも、政治の課題と芸術の課題とは、とりわけ民衆との関係において、原理的に別のものであるという、ある意味では自明の前提にほかならない。政治の課題は、できるかぎり多数の民衆が異論をいだかないような共同体を実現することである。たとえそれが、少数者にすぎない社会階級による政治支配である場合にせよ、特定の社会階級の意を体した少数者による政治支配である場合にせよ、これに変わりはない。第三帝国のドイツは、天皇制ファシズム下の日本と同様、このような共同体の典型的な一例だった。圧倒的多数の民衆による指導者《フューラー》たちへの唱和は、統制や弾圧によってだけではなく奨励や助成によってもまた実現されたのだった。――それにたいして、芸術の課題は、できるかぎり多数の民衆がそれぞれ独自の異論を多様に表現することができるような共同体を実現することだろう。かつてクルト・アイスナーが十九世紀末の社会主義運動とバイエルン革命のなかでかいまみたのも、これだった。そして第三帝国の官許の芸術表現が完全に放棄したのも、この課題だった。

　民衆に根ざした芸術、民衆のための芸術、芸術表現の主体としての民衆、民衆の共同作業としての芸術表現――これらの理念は、この一世紀あまりにわたって、芸術と政治との結節点となりつづけてきた。政治が民衆の名において芸術に対処しようとしたばかりでなく、芸術もまた民衆にみずからの拠りどころを求めた。だがしかし、均一の民衆などというものは、政治にとっても芸術にとっても、当然のことながら存在しえない。ナチズムの政治は、まず郷土文学や物語詩や行進歌によって、ついで集団的な野外劇（ティングシュピール）のなかで、そしてさらには公共建築の巨大プロジェクトのなかで、均一の民衆が形成する共同体を現出してみせた。それにたいして芸術は、疑いもなくひとつの文化革命でもあったドイツ革命のなかでさえ、均一の民衆という民衆像を突破することができなかった。せいぜいのところそれは、労働者民衆やプロレタリア民衆という均質の概念としてしか想定されなかったのである。「芸術労働評議会」をふくむこの時期の前衛芸術家たちの限界は、そこにあった。かれらは、のちに表現主義をめぐる論争のなかでルカーチによって批判されたように[20]、民衆なるもの一般による共同体、さらには人類一般による共同体の実現をみずからの芸術表現の目標としてかかげることしかできなかった。

　だが、均一な民衆など、ありえない。ナチズム治下での芸術の体験が教えているのは、奨励される芸術と統制される芸術とがあるのと同じように、奨励される民衆と統制される民衆とが存在する、という事実である。ナチズムの民衆共同体は、排斥されたユダヤ人、共産主義者、自立的なキリスト者、精神的および肉体的な「障害者」、シンティとロマ（いわゆるジプシー）、同性愛者、等々の存在のうえでのみ、実現されたのだった。「頽廃芸術」にたいする弾圧のかたわらで花開いた「純正芸術」は、これら排斥され抹殺された部分の民衆をも、肥料としていたのである。――この関係は、第三帝国の時代を越えていまなお生きつづけている。たとえ政治権力が芸術の価値を直接的に決定するのでないとしても、あるいはまたそもそも政治はもはや直接には芸術を統制することがないとしても、そして奨励さえも民間によって担当されるようになったとしても、さらに窮極的には芸術はもっぱら奨励されることだけしかないような社会のなかでさえ、もしもその社会に統制され弾圧され排除される民衆部分が存在するかぎり、そこで奨励され助成される芸術は、「純正芸術」と同じ位置にありつづけているのだ。このことは、政府なり民間なりの巨大プロジェクトに芸術が参加する場合であれ、歩行者天国や自前の天幕で小さな芸術表現がなされる場合であれ、変わりはない。

芸術の統制にとってと同じく芸術の奨励にとってもまた、奨励すべき芸術表現についての価値評定が前提となる。その価値評定を直接的にはどのような個人なり集団なり機構なりが行なうにせよ、芸術にとってはそれがひとつの政治的な力として働くことに変わりはない。あるいはむしろ、第三帝国のような姿をとらない社会にあっては、奨励と結びついた価値評定こそが、芸術の直面する政治的権力であるのかもしれない。だからこそ、できるかぎり多数の民衆がそれぞれ独自の異論を多様に表現することができるような共同性の実現――という芸術の課題は、遠い未来において実現されるべき課題であるにとどまらず、現在この場で実現されねばならない芸術の前提条件でもあるのだ。ゲッベルスが多様な批評を禁止したのは、芸術からこの前提条件を奪い、芸術独自の課題から芸術を引きはなすためにほかならなかった。

ゲッベルスによって禁じられた芸術批評を再生させるということは、それゆえ、批判の自由が社会的に保障されるということにとどまるものではない。芸術表現が、「純正芸術」の位置に立たないということでもある。社会が自由の保障と奨励をもって芸術表現に対処するとき、芸術表現が異論の多様性を自己の表現の前提および目標として、表現のありかたそのものとして、社会に対置することである。異論の多様性と不可分の、批評という実践は、それが芸術作品にたいしてなされるときも芸術表現によってなされるときも、芸術にとって、政治的な実践などではなく芸術実践そのものなのだ。そして、そのような実践のなかでもなお芸術が「純正芸術」の位置に立たないことを可能にするものは、芸術にたいする批評のなかにも芸術によってなされる批評のなかにも、「純正芸術」の対極にある民衆部分が息づいている、ということにほかならない。

（1）『ハーケンクロイツバナー』（鉤十字の旗）紙、一九三八年六月十日号の記事。引用は、ヨーゼフ・ヴルフ編の資料集『第三帝国における造形芸術』（Joseph Wulf, *Die bildenden Künste im Dritten Reich. Eine Dokumentation.* Ullstein Buch Nr. 33030. Verlag Ullstein, Frankfurt/M-Berlin-Wien, 1983.）による。

（2）クルト・アイスナー「党芸術」（Kurt Eisner, *Parteikunst.* In: *Das Magazin für Literatur,* 31.10.1896.）。現

在では、つぎの資料集に収録されている。Hans-Thies Lehmann (Hrsg.), *Beiträge zu einer materialistischen Theorie der Literatur.* Ullstein Buch 3327. Verlag Ullstein, Frankfurt/M-Berlin-Wien, 1977.

（3）アイスナー「社会的国家における芸術家と芸術」（Kurt Eisner, *Der Künstler und die Kunst im sozialen Staate.* 邦訳＝『資料・世界プロレタリア文学運動』第一巻、三一書房、一九七二年九月）。はじめ『一九一九年版ドイツ革命年鑑』（*Deutscher Revolutionsalmanach für das Jahr 1919*）に掲載されたこの文章は、つぎの論集に再録されている。Kurt Eisner, *Die halbe Macht den Räten. Ausgewählte Aufsätze und Reden.* Eingeleitet und herausgegeben von Renate und Gerhard Schmolze. Verlag Jakob Hegner, Köln 1969.

（4）アイスナー「評議会《レーテ》の課題」（*Die Aufgabe der Räte*）。一九一八年十二月十二日に行なわれたこの演説は、前出の論集（*Die halbe Macht den Räten*）に収録されている。

（5）「新芸術綱領」（*Ein neues künstlerisches Programm*）。引用は、一九八〇年八月に芸術アカデミー主催で開かれた「芸術労働評議会」展のさいの資料集（*Arbeitsrat für Kunst. Berlin 1918-1921.* Publiziert von Akademie der Künste, Berlin 1980）による。

（6）「すべての人びとへのお知らせ」（*Mitteilung an Alle*）。引用は前註の資料集による。

（7）民衆を意味するドイツ語Volk（フォルク）には、民族、国民などの意味もふくまれる。なお、本稿で「人民大衆」と訳した箇所の原語は、die Masse des Volkesまたはdie Volksmasse（多数の民衆）である。

（8）Günter Hartung, *Literatur und Ästhetik des deutschen Faschismus. Drei Studien.* Pahl-Rugenstein Verlag, Köln 1984.

（9）Bruno E. Werner, *Erster Gang durch die Kunstausstellung.* In: *Deutsche Allgemeine Zeitung* vom 20.7.1937. 引用は、ヨーゼフ・ヴルフ編の前掲書による。なお、引用文中で言及されている「芸術の日」とは、ミュンヒェンの「ドイツ芸術館」落成とそこでの第一回「大ドイツ芸術展」開催を記念して同展覧会初日の前日、一九三七年七月一七日に行なわれた祝賀キャンペーンのことである。

（10）ヒトラーが首相就任後はじめて芸術について語ったこの演説は、ヨーゼフ・ヴルフ編の前掲資料集に「ヒトラーの演説」（*Hitlers Rede*）というタイトルで再録されている。

（11）ナチ党機関紙『フェルキッシャー・ベオーバハター』（民族の監視兵）、一九三八年十一月二十四日号に掲載されたこの演説は、ヨーゼフ・ヴルフ編の前掲書に再録されている。

（12）ユルゲン・ペーターゼン「アルベルト・シュペーア――ドイツの一建築家について」（Jürgen Petersen, *Albert Speer――Über einen deutschen Baumeister.* In: *Das Reich,* 11.1.1942.）。再録はヨーゼフ・ヴルフ編の前掲書。

（13）ユーリウス・シュルテ－フローリンデ「第三帝国の

建築文化」(Julius Schulte-Frohlinde, *Baukultur im Dritten Reich.*)。引用は前掲書による。

(14) クルト・ツェントナー『図版入り第三帝国史』(Kurt Zentner, *Illustrierte Geschichte des Dritten Reiches*. Südwest Verlag, München 1965.) による。

(15)「恐るべき対蹠物」(*Ein abschreckendes Gegenstück*. In: *Westdeutscher Beobachter*, 28.7.1937.)。無署名のこの記事は、ヨーゼフ・ヴルフの前掲書に再録されている。

(16) ディーター・シュミット編『最後の時に——一九三三—一九四五』(*In letzter Stunde 1933-1945*. Gesammelt und herausgegeben von Dieter Schmidt. VEB Verlag der Kunst, Dresden 1964.) に収録された資料による。

(17)「芸術批評に関する民衆啓発・宣伝相の指示」(*Anordnung des Reichsministers für Volksaufklärung und Propaganda über Kunstkritik* vom 27.11.1936.)。ナチ党機関紙『フェルキッシャー・ベオーバハター』一九三六年十一月二十八日号に掲載されたこの指示は、ディーター・シュミット編の前掲書に再録されている。

(18) ポツダムのドイツ中央史料館に保管された一九三六年十一月三十日付のこの秘密文書は、シュミット編の前掲資料集に抄録されている。

(19) ダダについては、とりわけ、ダダイストだったハンス・リヒターの古典的著作『ダダ——芸術と反芸術』(Hans Richter, *Dada——Kunst und Antikunst*. Verlag M. DuMont Schauberg, Köln 1964. 邦訳＝針生一郎訳、美術出版社、一九六六年九月)や、池田浩士『闇の文化史——モンタージュ一九二〇年代』(駸々堂出版、一九八〇年一〇月。新版＝「池田浩士コレクション」5、二〇〇四年四月、インパクト出版会)をも参照されたい。

(20) ルカーチの批判および表現主義をめぐる論争全般については、池田編『表現主義論争』(れんが書房新社、一九八八年二月)を見られたい。

(『政治と芸術』、「講座20世紀の芸術」6、一九八九年九月、岩波書店)

「インターナショナル」はどこへ行ったか
――ナチズムの大衆歌によせて

立て　ヒトラーの徒よ
いまぞ日は近し！
血もて洗え　わが旗
新しき世のため
赤く染まりし地《ち》のうえ
白く抜きん出て
はためく　このわれらが
黒き鉤《かぎ》十字
いざ勝利はいま　いざ
夜明けはいまぞ
ああナショナル・ソシアリズム
ドイツの未来！

替え歌が生まれるためには、もちろん、原歌《もとうた》が人口に膾炙《かいしゃ》しているのでなければならない。この替え歌がドイツで生まれた一九三〇年当時、それの原歌は、ドイツでのみならず世界の多くの国々で、それぞれの国と民族の言葉で、歌われ聴かれていた。原歌は「インターナショナル」（*Die Internationale*）という題名で知られていたが、ドイツで生まれた替え歌は、「ヒトラーナショナル」（*Die Hitlernationale*）という題名だった。

ナチズムの運動がさまざまな大衆的プロパガンダ（宣伝）の方法を駆使したことは、よく知られている。ラジオ放送や映画にたいして民衆啓発・宣伝相ゲッベルスが示した深い関心については、しばしば論じられてきている。エイゼンシュテインの『戦艦ポチョムキン』を観て大きな衝撃を受けた一九二〇年代中葉のゲッベルスが、権力掌握以前からつとに映画を最大の宣伝媒体としてとらえ、またもっとも簡便なメディアとしてのラジオ放送を普及させるために、安価で性能のよい受信器を開発させたことなどが、代表的なエピソードだろう。ゲッベルスとナチ指導部の関心は、もちろん普及だけにあったのではない。かれらは、最先端の技術をつねに追求し、それらの実用化をめざしつづけた。テレビジョンの本放送が、週三日、各一時間半のレギュラー番組をもって、世界で最初に開始されたのは、一九三五年三月二十二日、ベルリンでのことだった。ちなみに、日本でのテレビ本放送開始は、ようやく一九五三年二月一日になってからである。電話回線を利用した文字通信、テレックス（現在のファックスに相当する）が、これまた世界に先がけてベルリンとハンブルクとのあいだで営業を始めたのも、ヒトラーの首相就任からわずか八カ月後の一九三三年十月、ナチス・ドイツでのことだった。

『ナチ党歌集』左＝1933年版、右＝1937年版

　ナチズムの大衆的宣伝を考えるとき、本質的に重要なことは、しかし、先端技術を活用したマス・メディアによるコミュニケーション、という側面だけではない。むしろ、このようなメディアによる一方的な宣伝、国民をもっぱら受け手の位置にとどまらせるような啓発・宣伝活動だけではなく、国民がみずから表現主体となり送り手となっていくようなメディアのありかたが、ナチズムのプロパガンダを特徴づけているのである。映画やテレビにおいてさえ、国民は観客であるばかりでなく、しばしば出演者だったのだ。

　こうした主体的表現のもっとも原初的でもっとも日常的な形態のひとつは、「歌」だった。「闘争時代」と称されるナチズム運動の初期から、「国民革命」、つまりヒトラーの首相就任とナチ党の国家権力掌握を経て、十二年半におよぶ「第三帝国」の全時期をつうじて、社会のあらゆる部分が組織化された日常生活のなかで、この組織の感性的な結合媒体となったのが、大衆歌

（Massenlied）だった。一九九三年に刊行されたアルフレート・ロートの詳細な研究『国民社会主義の大衆歌』（Alfred Roth: *Das nationalsozialistische Massenlied.* Würzburg. 1993）は、突撃隊（ＳＡ）、ヒトラー青年団《ユーゲント》（ＨＪ）、親衛隊（ＳＳ）など、ナチ党の各構成団体によって歌われた大衆的な合唱歌を、さまざまな角度から分類し分析している。反ユダヤ主義、反共主義、国粋主義など、歌のテーマにそくした考察も興味深いが、なかでもロートが行なっている重要な試みは、ドイツの近現代史における労働歌の系譜のなかでナチの大衆歌をとらえる作業である。ロートがここで初めて体系的に示したとおり、少なからぬナチズム大衆歌が、十九世紀末から一九二〇年代までの時代のドイツの社会主義労働者運動、マルクス主義を指導理念とする運動のなかで生まれた労働歌を、あるいは利用し、あるいは剽窃《ひょうせつ》したものなのである。

「ヒトラー青年団《ユーゲント》」歌集『ぼくらの太陽は沈むことがない』（1934年）表紙

　利用したもっとも一般的なかたちは、メロディーだけを社会主義的労働歌からとってきて、まったく別の歌詞をつける、というやりかただった。この方法は、もともと、すでに既存の労働歌が実行していた古い定石でもある。よく知られているとおり、初期の労働歌のいくつかは、キリスト教社会ではだれもが知っている讃美歌の調べを、労働者解放の歌詞と組み合わせたものだった。ナチズムもまた、この手を使ったのである。

　だが、ナチによる剽窃は、それだけにはとどまらなかった。「……ナチはますます、赤い手段までも偽造して、それをかれらの瞞着に結びつけようとする。……こうして、赤旗が盗まれ、そのなかにインドシナ風のしるしが書き込まれた。行進や入場〔というスタイル〕や歌の曲が盗まれ、ごくわずかだけ粗暴に作り変えた歌詞がこしらえられ、あまつさえ古いリベラルなメーデーの柱のまわりで踊りがおどられた。海千山千の無知と暗示をこめて労働者および労働者党という言葉が盗まれ、ほかならぬここに、だれが客でだれが給仕なのかもはやだれにもわからなくなるような薄暗さが拡げられ……」――エルンスト・ブロッホが『この時代の遺産』(一九三五、邦訳＝ちくま学芸文庫)で述べているような赤い偽造は、ナチスみずからが「共産主義者たちの福音」という認識をもっていたあの「インターナショナル」にまで及んだのである。ブロッホが指摘しているように、ナチの党旗――赤地の中央に染め抜かれた白い丸のなかに黒い鉤十字《ハーケンクロイツ》を描いたもの――は、社会主義労働者運動のシンボルたる赤旗を改竄《かいざん》したものだった。鉤十字(「インドシナ風のしるし」)は、もちろん仏教の標徴のまんじなどではなく、インド・ゲルマンの原始共同体を暗示していたのだ。労働者の祭典であるメーデーは、「第三帝国」の第一年目から、もはや支配階級も被支配階級も存在しなくなった国民共同体の祝祭日、「ドイツ的労働の日」となった。

「共産主義者たちの福音」である「インターナショナル」に登場する「旗は血に燃えて」の旗の血は、もちろん、弾圧に倒れたものたちの血である。「ヒトラーナショナル」の「わが旗」を洗う血も、少なくとも一部分は反動、つまりヴァイマル支配権力の弾圧に倒れた同志たちのものだろう。だが、「インターナショナル」第二番の「屍《かばね》越ゆるわが旗」が、明らかに権力によって殺されたものたちの屍のうえにはためいているのにたいして、「ヒトラーナショナル」の第二番目の歌詞は、憎悪の対象としてはっきりと「ユダヤ人とマルクス主義者ども」を名ざしており、そのかれらの血で鉤十字の旗を染めることが期待されていたのは、疑うべくもない。事実、一九三三年一月三十日のヒトラー首相就任のあとは、鉤十字の旗はもっぱらこの人びとの血を吸うことになった。一九二〇年八月七日に「国民社会主義ドイツ労働者党」(つまりナチ党)の党旗として定められた鉤十字の赤旗は、一九三五年九月十五日、唯一のドイツ国旗となったのだった。

「インターナショナル」から「ヒトラーナショナル」への移行は、この歌を――このふたつの歌の両方を――声かぎりに歌った人間たちによって、この主体的な自己表現者たちによって、担われていたのである。共産主義者たちの福音がもはや福音をもたらすものではなくなり、国民社会主義《ナショナルソシアリズム》が安定と繁栄の最後のせめてもの希望となったとき、みずからが流す血から、他人に流させる血への、転換が同意を得たのだった。エルンスト・ブロッホを手がかりにしながらナチによる剽窃を跡づけたアルフレート・ロートは、前述の研究書でナチの窃盗行為をくりかえしきびしく指弾する。だが、盗んだものと盗まれたものとは、まったく別の、まったく対極にあるふたつのものだったのだろうか？

もしもかりに、レーニ・リーフェンシュタールのカメラが二〇年代末から三三年一月以降までの、たとえばベルリンの街頭のデモの隊列をずっと定点から撮りつづけていたとしたら、かつては「インターナショナル」を歌っていたその同じ顔が、のちにはまた「ヒトラーナショナル」を歌っている現場を、記録していたにちがいない。仮定上のこの事実、しかしおそらく高度の現実性をもつこの事実から、ひとつは、ナチスに盗まれる社会主義とは何だったのか、という問いが浮かびあがってこざるをえないだろう。そしてさらに、盗まれるどころかすすんで歌もろともナチスにわが身をゆだねた歌い手たちとは何だったのか、という根底的な問いを、避けるわけにはいかないだろう。この移行によって変わったのは、赤旗に白い円形が染め抜かれた点だけではなかった。およそありうべくもない国民的和解と合意のしるしとして、神話的なインド・ゲルマン共同体を象徴する鉤十字がよみがえっただけではなかった。これ以上自分の血を流し、これ以上貧しくなることを恐れた歌い手たちは、他人の血で旗を染めることに合意したのである。これが、社会主義から「国民社会主義」への、ドイツ社会の方向転換の内実だった。そして、ここから、「ユダヤ人の血がナイフからほとばしれば、またもわれらは上首尾だ」というSAの行進歌までは、ほんの数歩を残すのみだった。「インターナショナル」から「ヒトラーナショナル」への合流は、同じ「社会主義」、同じ「労働者党」の名称がたどった歴史的移行を、その連続性と不連続性もろとも、体現していたのである。

（『月刊フォーラム』第六一号、一九九五年八月、社会評論社）

ナチズムの歌、死者の声

軍歌の哀調は何を語るか

日露戦争の時代に生まれた「戦友」という歌は、もはや戦争を実感できぬ世代でも、一度は耳にしたことがあるだろう。

ここは御国《おくに》を何百里
離れて遠き満洲の
赤い夕日に照らされて
友は野末《のずえ》の石の下

一四番まで続くこの歌は、もともと京都師範附属小学校の訓導だった眞下飛泉《ましたひせん》が、戦地から帰還した義兄の体験談をもとに作詞し、友人の中学教諭に作曲してもらって生徒たちに歌わせたのが、やがて関西一円の家庭や女学生のあいだで流行し、演歌師たちによって全国に広められたのだった。

国のために尽くして最後には村長となる一兵士を歌った連作中の一篇で、作者の意図は出征兵士の家族を励ますことにあったのだが、軍歌としてはあまりに哀調をおびているため、軍部はこれをむしろ庶民の反戦ないし厭戦の気分の表明と見なし、歌われるのを妨げようとした、とされている（たとえば古茂田信男ほか編『新版・日本流行歌史』上巻[1]）。

なるほど「国民」の士気を鼓舞し、戦意高揚に貢献することが軍歌の役割だとすれば、この歌はあまりそれにふさわしいとも思えない。「守るも攻めるも　くろがねの」の「軍艦行進曲《マーチ》」や、「見よ東海の空あけて」の「愛国行進曲」などのほうが、よほどこの目的にかなっているだろう。けれども、戦意の昂揚には幾筋かの道がある、と考えるなら、この歌の働きはまた別の角度から見なければならないのだ。

日本の軍歌や戦時歌に哀しい調べが少なくないことは、しばしば指摘されてきた。庶民は戦争を望んでいなかった、ということの表われとして、それが論じられることもあった。支那事変三年目の一九三九年に作られた「九段の母」では、哀切さの切札である兵士の母を主人公にすることで、敗戦後の「岸壁の母」にも通じる気分が表現されている。いまの目からすれば皮肉なユーモアとさえ思われかねない部分も、当時はもちろん涙をさそったのである。

一、上野駅から九段まで　勝手知らないじれったさ
杖を頼りに一日がかり　せがれ来たぞや　会いに来た

二、空をつくよな大鳥居　こんな立派なおやしろに
神とまつられ勿体なさよ　母は泣けます　うれしさに

三、両手あわせてひざまずき　拝むはずみの御念仏
はっと気づいてうろたえました　せがれ許せよ　田舎者

四、鳶が鷹の子産んだよで　いまじゃ果報が身にあまる　金鵄《きんし》勲章が見せたいばかり　会いに来たぞや
九段坂

ナチ党大会に参加する「ヒトラー青年団《ユーゲント》」

この歌の作詞者は、満洲でレコード店を経営する石松秋二という男性だった。採用されて大流行し、兵営の慰問で子供たちが歌に合わせて踊ると、兵隊が拳《こぶし》で涙を拭う光景がいたるところで見られたという。このエピソードを解説のなかで伝えている日本コロムビアのCD版『軍歌・戦時歌謡大全集――海ゆかば[2]』に収録された歌のうち、支那事変の勃発から敗戦までの八年間に作られ流行した一〇一篇について調べてみると、その三分の一を超える三五篇の歌詞が、一般からの公募によるもの、もしくは軍隊内や巷間で自然発生的に生まれたものだったことがわかる。対米英開戦までの四年半に限れば、その比率は四割に近い。作詞だけでなく作曲を公募によった例も、少なくない。

国民はいやいや戦争に動員されただけでなく、ある面では積極的に戦争に参加し、主体的に戦時体制を支えた、という現実の一端を、軍歌・戦時歌のアマチュア作者たちもまた体現しているのである。だからこそ、それらの歌にこめられた思いが、じつは何だったのか、

そして、それらの少なからぬ部分から疑いもなく響いてくる哀調が、どのような意味と役割を担っていたのか、さらには、軍歌や戦時歌の哀調とそれの機能は日本だけに独自のものだったのか――これが問われなければならないのである。

ナチズムと軍歌「無名のドイツ兵」

軍歌や戦時歌が哀調をおびるのは、もちろん、「死」がその主題となることと関連している。「戦友」にせよ「九段の母」にせよ、その背後には当然、靖国神社に祀られるにふさわしい勇猛果敢な奮闘への称讃や、その勇士を殺した敵に対する憎悪の念が秘められているとしても、歌のテーマそれ自体は、死者への哀悼と残されたものの思いである。そして、戦争には、死という要因が必然的に伴わざるをえない。この要因を無いことにしたまま戦争と向き合うことは、少なくとも、死者の死を他人事としてやりすごすことなどできない遺族や戦友にとっては、まったく不可能なのだ。軍歌や戦時歌は、それゆえ、哀悼の歌を欠かすことができない。

「無名のドイツ兵」*Unbekannter deutscher Soldat* (*Es liegt ein Grab in Polenland*). Worte und Weise: Feldwebel Johannes Jäschke. *Das Lied der Front*. Heft2. より

ナチズムのドイツにおいても、これに変わりはなかった。電撃戦や機動戦、村落全体の殲滅、弱者や異質なものへの仮借ない攻撃、そして強制収容所および絶滅収容所と大虐殺《ホロコースト》――こうしたイメージで、ナチス・ドイツによる戦争や「第三帝国」の恐怖支配は思い描かれがちである。ところが、それとは一見そぐわないような、たとえばこういう軍歌が、ひとりの兵士によって作られ、人びとに愛唱されたのだった。

一、ポーランドにひとつの墓がある
　道端の小さな盛り土
　粗末な十字架　鉄兜がひとつ
　花はもうみんな萎れて
二、そこに書かれているのを見た
　ひとりの戦友の手で
　それが深く心に沁みた
　俺はひとり広野に立ちつくした
三、あっさりと簡潔に書かれていた
　俺たちはこいつの名前を知らぬ
　無名のドイツ男児　と
　秋風が吹きはじめていた
四、緑のクローバーはとうに刈り取られ
　じきに貴様の墓を柔らかい雪が蔽う
　太陽はやさしい光で照らす
　忘れはしないぞ貴様を俺たちは

「無名のドイツ兵」という題名のこの歌は、ドイツ国営放送の電波に乗った軍歌や戦意昂揚歌を集めて第二次大戦開戦の翌年に刊行された『戦線歌集』[3]第一冊のうちのひとつである。この題名でよりは、最初の一節の歌詞「ポーランドにひとつの墓がある」で広く知られている。作詞作曲は、ヨハネス・イェシュケという一下士官だった。歌詞からも楽譜からも、およそ勇ましい戦闘歌とはほど遠いことがわかるだろう。日本の「戦友」では、ともに突進していて負傷した友を、「軍律きびしきなかなれど　これが見捨てておかりょうか」と抱き起こし、「仮繃帯も弾丸《たま》のなか」で、最後には「思いもよらず我ひとり　不思議に命ながらえて　赤い夕日の満洲に　友の塚穴掘ろうとは」となるのだが、このドイツ兵の場合は、ひょっとすると遺棄されていた死体のために墓標を建てたのかもしれぬどこかの戦友も、ましてやその塚を見る「俺」も、死者の名前さえ知らない。戦争は、そういう無名の死者たちで満ちみちている。

　政治運動としての、また支配権力としてのナチズムは、これらの死者たちを決して隠蔽しなかった。戦争が、さらにはナチズムの運動とナチズムを指導理念とする社会が、死者を悼む哀しい歌を持つことを、妨げようとはしなかった。それどころか、むしろまったく逆に、ナチズムは、死者たちを忘れないことを、運動のエネルギーに変え、「国民」に主体性を発揚させる梃子《てこ》としたのである。

呼び起こされる死者たち

政権を掌握するにいたる過程で、またのちにはそれを維持し強化するにあたって、ナチズムがその死を徹底的に活用した死者たちが三人あった。

ひとりは、一九二三年五月に死んだアルベルト・レオ・シュラーゲター(4)である。その年の一月、ヴェルサイユ条約による賠償責任の不履行を口実として、フランスとベルギーがドイツ西部のルール地方を軍隊によって占領した。ドイツ政府の弱腰に国民の不満が高まるなかで、二八歳の青年シュラーゲターが、ルールの石炭をフランスに運ぶ鉄道の線路を爆破した主犯として逮捕され、フランスの軍事裁判によって死刑に処せられた。この処置に対しては国際的にも強い非難の声が上がり、シュラーゲターは一躍国民的英雄となった。そのとき、ヒトラーのナチ党はすかさず、シュラーゲターがナチ党員だったと発表したのである。同じ年の秋にナチスがミュンヒェンで企てたクーデタに、シュラーゲターの決起が影響していたことは否定できないだろう。この英雄の死は、一九三一年に右翼諸団体の呼びかけで処刑の場所に建立された高さ三一メートルの慰霊碑によって哀悼されただけではなかった。三三年一月三十日に首相となったヒトラーが四月二十日に四十四歳の誕生日を迎えたとき、それを祝賀してこの日に初演の幕を開けたのが、ナチス文壇の重鎮ハンス・ヨースト(5)が総統に捧げた戯曲、『シュラーゲター』(6)だった。処刑の場面で終わるこの劇は、主人公の心臓を貫いた銃弾が観客席を撃つ、という舞台設定によって、かれの死をみずからのものとして心に刻むことを、観客に求めたのである。

もうひとりの死者は、シュラーゲターの処刑の半年後、二三年十一月のミュンヒェン一揆のなかから生まれた。しばしば茶番劇として笑い物にされるこのクーデタで、ナチは十六名の「戦死者」を出した。獄中の口述筆記によって成った『わが闘争』の冒頭で、ヒトラーはこの死者たちを列挙して追悼した。だが、じつは死者はもう一人あったのである。『わが闘争』の大尾には、ナチズム運動の途上で斃れた「死者たち」の

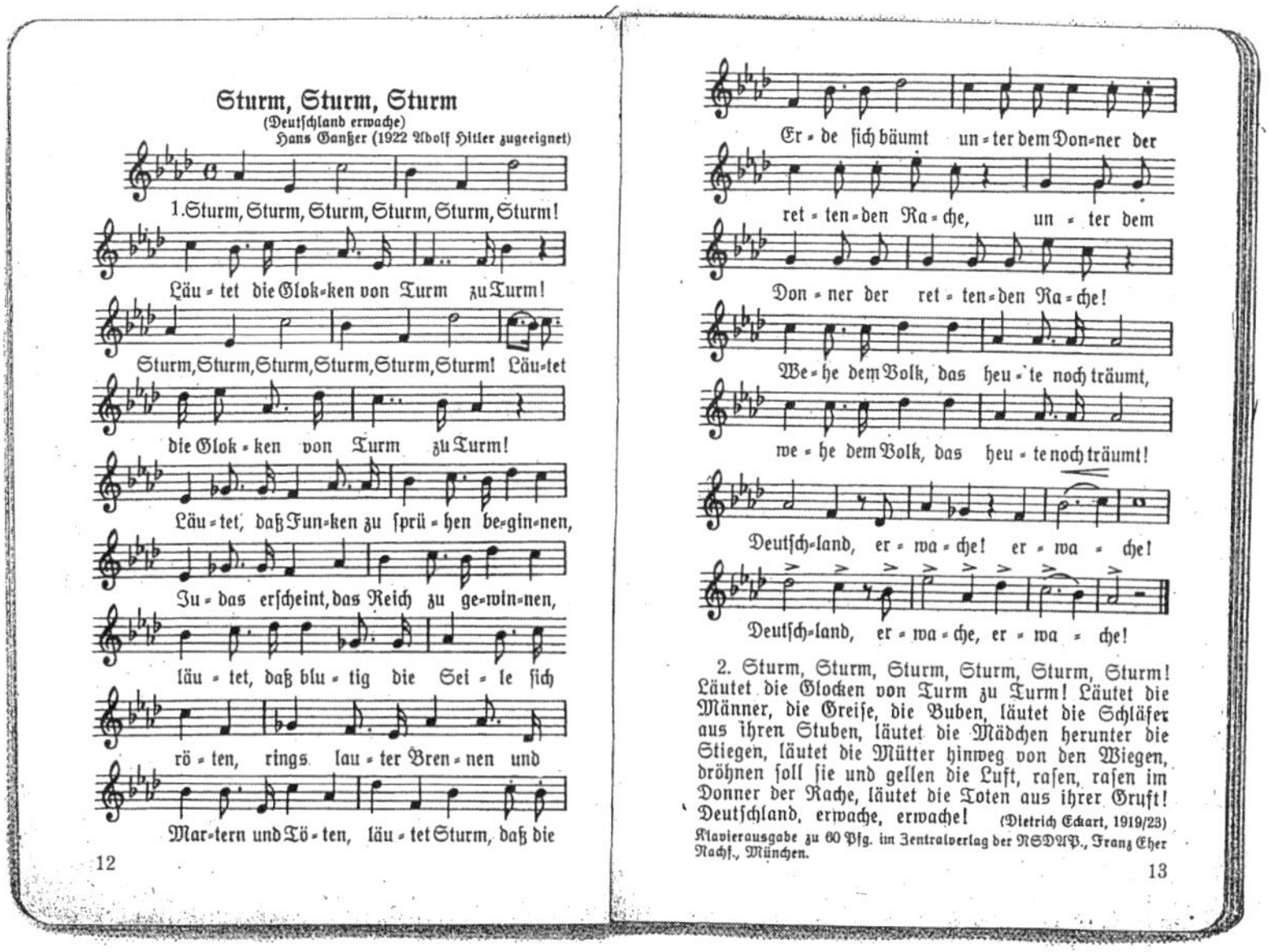

「嵐、嵐、嵐（ドイツよ目ざめよ）！」*Sturm, Sturm, Sturm* (*Deutschland erwache*). Worte: Dietrich Eckart; Weise:Hans Ganßer. *Liederbuch der Nationalsozialistischen Deutschen Arbeiterpartei*. 1937年版より

うちの「最良のひと」として、ディートリヒ・エッカルト[7]の名が記されている。

ナチ党機関紙『フェルキッシャー・ベオーバハター』（民族の監視兵）の初代編集長だったこの人物は、成功しなかった劇作家であり、激越な反ユダヤ主義の詩人でもあった。最年長の五十五歳で一揆に参加したかれは、数日後に逮捕され、かねての持病を勾留中に悪化させて、病院に移された直後に死亡したのである。かれが作った詩のひとつは、党員作曲家によって曲を付けられ、党の武装闘争組織である「突撃隊」（ＳＡ）の最も代表的な行進歌のひとつとなった。

一、嵐、嵐、嵐、嵐、嵐、嵐！
　塔から塔へと鐘鳴らせ！
　火花が散りはじめるまで鐘鳴らせ、
　ユダが姿を現わす、国を奪いに、
　血で綱が赤く染まるまで鐘鳴らせ。
　あたりはただ焼き打ちと拷問と殺戮ばかり！
　救いもたらす復讐の雷鳴の下
　大地が立ち上がるまで鐘鳴らせ。

今日《きょう》に及んでもまだ夢を見ている民に禍あれ、
ドイツよ目ざめよ、目ざめよ！

二、嵐、嵐、嵐、嵐、嵐、嵐！
塔から塔へと鐘鳴らせ！
鐘うち鳴らして男も、老人も、若者も、
眠っているものたちをみな部屋から連れ出すのだ
鐘うち鳴らして娘たちを階段から駈け降りさせ、
鐘うち鳴らして母たちを揺籃から引き離すのだ、
空気はどよもしつんざく響きを立てねばならぬ、
復讐の雷鳴のなかで激しく、
激しく荒れ狂わねばならぬ。
鐘うち鳴らして死者たちを墓穴から呼び起こせ！
ドイツよ目ざめよ、目ざめよ！

三、嵐、嵐、嵐、嵐、嵐、嵐！
塔から塔へと鐘鳴らせ！
蛇が解き放たれたぞ、地獄の虫が、
愚かしさと嘘とが鎖をひきちぎった、
おぞましい寝床のなかの黄金への貪欲が。
血の色で赤く染まって空は炎に包まれている。
一撃また一撃、ここでもまた聖堂を
吠えながら廃墟と化する龍。

突撃の鐘鳴らせ——今をおいては二度とない！
ドイツよ目ざめよ、目ざめよ！

「ドイツよ目ざめよ！」の一句は、SA《エスアー》の旗印に掲げられる標語となり、ナチズム「革命」のもっとも重要なスローガンとなった。「嵐」を意味するSturmは、また「突撃」の意味でもある。ナチ突撃隊にとって、まさにこれは打ってつけの歌だった。

党歌集(8)にも収められたこの歌には、憎悪と敵意の呼びかけが、それどころか煽動が、露骨に声を上げている。その攻撃の対象は、大戦でドイツを敗北させた元凶であるとされる「裏切り」、すなわちドイツ革命である。ナチスによれば、その革命の担い手たる赤《アカ》の連中こそ、ユダヤ人にほかならなかった。この敵たちに対する復讐の呼びかけの鐘に、哀調とは正反対の響きがあるのは、当然だろう。

だが、この歌に、死者たちへの思いがないわけでは決してない。死者たちは、ここでは、ただ悲しまれ悼まれる対象ではなく、墓場から呼び起こされて、かれらを殺しかれらの死を無意味なものにする敵との闘いに、生者たちとともに立ち上がるのだ。

ナチズムは、のちに、「ディートリヒ・エッカルト賞」という文学賞を設けて、この最良の死者を永遠に生かすことになる。

ホルスト・ヴェッセルの歌

ナチズムが活用した第三の、そして最大の死者は、ホルスト・ヴェッセル(9)だった。かれもまた、自作の歌によって、死後に生きることになった。ベルリンのSAの中隊長だったかれが自分の隊の行進歌として作詞し、友人から曲を得たものが、後世の文献でしばしば誤って「第二の国歌」と記されるほどまでに、あまねく「第三帝国」を席捲することになる歌だった。

「ホルスト・ヴェッセルの歌」*Horst-Wessel Lied.*（*Liederbuch der Nationalsozialistischen Deutschen Arbeiterpartei.* 1933年版）より

一、旗を高く掲げよ！　固く組め隊列を！　突撃隊《エスアー》は行進する　悠然確たる足取りで　赤色戦線《あかども》と反動が射殺《ころ》した戦友たちも　精神《こころ》において　われらの隊列でともに行進する

二、道をあけろ　褐色の大隊に！　道をあけろ　突撃隊の隊員に！　希望こめ鉤十字を仰ぎ見るもの　すでに幾百万　自由とパンのための日は　いま明ける

三、最後の招集ラッパが吹き鳴らされる！　われらみな　すでに闘志は満々　ヒトラーの旗がすべての街路に翻《ひるがえ》るのも間近だ　屈従がつづくのも　あとほんのわずかだ！

四、〔第一聯と同じ〕

一九三〇年一月中旬、ホルスト・ヴェ

「ドイツは死なない」*Deutschland stirbt nicht!* Worte: Karl Broger, Weise: Wilhelm Bender.（*Wir wandern und singen.*より）

ッセルは拳銃で口を射抜かれ、六週間後に死んだ。満二十三歳だった。SA隊員としてのかれの組織力と指導力を評価していた党宣伝部長でベルリン大管区長のヨーゼフ・ゲッベルスは、宿敵たる共産党のテロによる犠牲者というキャンペーンを大々的にくりひろげた。ホルスト・ヴェッセルは「国民革命」に殉じた悲劇の英雄として神話化され、政権獲得後は、かれの名を冠した街路や学校が全国いたるところに出現した。だが、じつは、かれの死の原因は搾取の利権をめぐるいざこざだったことが、明らかになっている。かれが同棲しはじめた女性は売春婦で、その女性の部屋に押し入ってかれを射ったのは、以前その女性に寄生して生きていた男だった。

ヒトラー青年団《ユーゲント》歌集[10]をはじめ、党と国家のあらゆる組織や団体の歌集に収められ、「ホルスト・ヴェッセルの歌」とも「旗を高く掲げよ」とも呼ばれるこの歌は、もちろん作者の死のそうした背景については語らない。だが、かれもまたそのひとりとなった死者については、的確に語っている。

ここでもまた、歌のテーマは闘争の呼びかけであり決意である。歌い手は未来に向かって歩んでいる。未来への歩みであることを誇示しつつなされるそれは、死者たちとともにする歩みなのだ。「忘れはしないぞ貴様を俺たちは」という「無名のドイツ兵」の歌の哀調は、ここにはない。けれども、死者を忘れないという思い、大切な死者たちは自分にとって死んではいないという思いは、この歌のもっとも核心的な主題なのである。ホルスト・ヴェッセルが遺したこの歌は、「第三帝国」に生きるものと死とを結ぶ強固な紐帯となった。

死者への哀悼から民族のための死へ

死者を忘れないということは、自分一個のためだけでなく他者のために力を尽くすことと並んで、社会的・歴史的存在としての人間の本質的に重要な生のありかたである。このありかたを、ナチズムは組織し、収奪したのだった。「無名のドイツ兵」の哀調から、「嵐、嵐、嵐」の憎悪と攻撃の響きにいたる軍歌や闘争歌の道すじは、それを如実に物語っている。

その途上には、たとえば、勤労者レクリエーション運動団体として有名な「歓喜力行団」（ＫｄＦ）の歌集[11]に収められたこういう歌がある。

「汝は果てることなき鎖」*Du bist die Kette ohne Ende*. Worte: Wolfram Brockmeier, Weise: Heinrich Spitta.（*Wir Mädel singen*より）

ドイツは死なない

作詩　カール・ブレーガー

作曲　ヴィルヘルム・ベンダー

一、なにものも私たちから奪えない
この国への　愛と信念を
この国を維持し　形成するために
私たちは遣《つか》わされたのだ

二、たとえ私たちが死のうとも――
私たちのあとを継ぐものたちの
今度は義務となる
この国を維持し　形成することが
ドイツは死なない！

ここでは、不死であるのはもはや個別の死者たちではない。そして、「私たち」はもはや死者たちとともに生きるのではない。「ドイツ」の不死のために、「私たち」が死ぬのである。

死者たちとともに生きることから、何ものかのために死ぬことへの、この転換を、きわめて抒情的に歌った短調の歌曲が、「ドイツ女子青年団」（ＢＤＭ）の歌集のなかのつぎのような歌である。[12]

汝は果てることなき鎖
作詩　Ｗ・ブロックマイヤー
作曲　ハインリヒ・シュピッタ

一、汝は果てることなき鎖
私は汝の環のひとつにすぎぬ
私が始めることも成し終えることも
汝の存在の完成にすぎぬ
先祖も孫も倒れてやがて無に帰する
その私たちすべてから堂々と
民族よ、汝は光のなかへと成育した
二、汝のために倒れるものは空しく死なぬ
汝は彼を永遠のなかへと運んでいく
だから私たちは汝の生命の担保
汝の栄光の保証人なのだ
先祖も孫も……
三、汝は私たちが生まれる遥か前から
私たちを汝の貴重な血で養ってきた
だから私たちは永遠に誓っているのだ
汝の生命の財産として死ぬことを
先祖も孫も……

ナチズムの暴虐に加担した人びとの心性についての古典的な規定は、「哀しむ能力の欠如」（マルガレーテおよびアレクサンダー・ミッチャーリヒ）というものである。[13]けれども、その人びとがこの能力を溢れんばかりに持っていたことは、死者を悼み、死者とともに生きる願いをこめた多くの軍歌や闘争歌が、いたるところで示している。問題はむしろ、哀しむ能力を人びとが溢れるほど持っていたからこそ、その能力が死に向けて動員され、他者に尽くすという志操が豊かだったからこそ、その善意とやさしさが「敵」への憎悪として組織された、という事実なのである。

戦時期日本の「国民勤労報国隊」、いわゆる「勤報《きんぽう》」の制度が範としたナチ・ドイツの「帝国勤労奉仕」（ＲＡＤ）制度もまた、このような動員および組織化として実現された。「無名のドイツ兵」やホルスト・ヴェッセルの歌と同じようにアマチュアによって作られ、『戦線歌集』第一冊にも収められた「帝国勤労奉仕の闘争歌」には、それがくっきりと反映されている。

一、いざ　いざ　勤奉《きんぼう》の戦友ら　地方に向かって行進だ　おれたち灰色《グレー》服の兵隊さ　決して勇気を失くしやしない　戦友よ　手をたずさえて　祖国のために闘おう　いざ　いざ　いざ　勤奉の戦友ら　地方に向かって行進だ

二、いざ　いざ　勤奉の戦友ら　敵は滅ぼさなきゃならぬ　おれたちの闘い鶴嘴《ハシ》と鋤《すき》　忠誠固く団結だ
戦友よ　手をたずさえて　祖国のために闘おう　いざ　いざ　勤奉の戦友ら　敵は滅ぼさなきゃならぬ

三、いざ、いざ、いざ、勤奉の戦友ら　朝焼けの空がもう赤い　そら砲弾もうなりを上げた　おれたちゃ死ぬまで闘うぞ　戦友よ　手をたずさえて　祖国のために死のうじゃないか　いざ　いざ　勤奉の戦友ら　朝焼けの空がもう赤い

「帝国勤労奉仕の闘争歌」*Kampflied für den Reichsarbeitsdienst* (*Auf, auf, RAD-Kameraden*). Worte und Weise: Arbeitsmann Josef Hartmann.（*Das Lied der Front.* Heft I. より）

ヨーゼフ・ハルトマンという一勤奉労働者の作詞作曲によるこの歌は、自分一個のためにのみ生きることに甘んじない心、他者のために力を尽くすボランティア精神が、みずからの死と他者の殺戮とに行き着く姿を勇壮に歌っている。典型的な軍歌調というにふさわしいこの歌の背後には、あるいは前提には、だがしかし、死者を嘆く哀調がある。哀調から勇壮にいたるこの道の往還を、人びとは、ともに歌っただけでなく、ともに歌うための歌をみず

から主体的に作りもしたのである。この主体性を、ナチズムは、そして「戦友」や「九段の母」とともに「軍艦行進曲《マーチ》」や「愛国行進曲」をアマチュアたちによって生んだ日本の天皇制もまた、侵略戦争と抑圧支配のための不可欠の養分としたのである。

（1）古茂田信男ほか編『新版・日本流行歌史』上中下（一九九四年九月～九五年五月、社会思想社）

（2）『軍歌・戦時歌謡大全集――海ゆかば』ＣＤ版（一九九三年、日本コロムビア）

（3）*Das Lied der Front. Liedersammlung des Großdeutschen Rundfunks*. Hrsg. von Alfred-Jungemar Berndt. Heft 1 u. 2. Wolfenbüttel und Berlin, Georg Kallmeyer Verlag, 1940.

（4）Albert Leo Schlageter (1894.8.12.～1923.5.26.)

（5）Hanns Johst (1890.7.8～1978.11.23.)

（6）Hanns Johst: *Schlageter. Schauspiel*. München, Verlag Albert Langen/Georg Müller, 1933.

（7）Dietrich Eckart (1868.3.23.～1923.12.26.)

（8）*Liederbuch der Nationalsozialistischen Deutschen Arbeiter-Partei*. 22.Aufl., 476.-550. Tausend. München, Verlag Frz. Eher Nachf., 1933.

同前。33. neubearbeitete Aufl., 1001.bis 1050. Tsd. München, Zentralverlag der NSDAP., Franz Eher Nachf., 1937.

（9）Horst Wessel（1907.1.10～1930.2.23.）

（10）*Uns geht die Sonne nicht unter. Lieder der Hitler-Jugend*. Köln, Musik-Verlag Tonger, 1934.

（11）*Wir wandern und singen. Liederbuch der NS. Gemeinschaft „Kraft durch Freude"*. Berlin, Verlag für deutsche Musik. 1935.

（12）*Wir Mädel singen. Liederbuch des Bundes Deutscher Mädel*.621.-650.Tsd. Wolfenbüttel und Berlin, Georg Kallmeyer Verlag, 1939.

（13）Margarete und Alexander Mitscherlich: *Die Unfähigkeit zu trauem. Grundlagen kollektiven Verhaltens*. München. Piper Verlag. 1967. 邦訳＝林峻一郎ほか訳『喪われた悲哀――ファシズムの精神構造』（一九七二年十月、河出書房新社）

（『人環フォーラム』創立十周年記念号、二〇〇一年三月、京都大学大学院人間・環境学研究科）

第三部　ファシズムは時空を越えて

朝ごとに掲げられる旗

森三郎『麦の穂の乙女——独逸女性の勤労奉仕に就いて』（1941年9月、寶雲舎）扉写真。農村での勤労奉仕のための宿営地に「麦の穂」をあしらった「勤労奉仕旗」を掲揚する光景。

戦後西ドイツの思想状況

〈ドイツ問題〉の問題性

いまさらあらためていうまでもなく、西ドイツの戦後の思想状況を考える場合、まず第一に、ドイツ連邦共和国とドイツ民主共和国という東西ふたつの国家に分裂しながらいわゆる東西両ブロックの中間に位置しているという条件を、度外視することはできない。東西ベルリンをへだてるいわゆる〈壁〉が、世界全体をふたつにわける境界線の象徴であるかのように言われることも少なくない。ケネディ、フルシチョフ、それにローマ法王ヨハネス二十三世の名によって代表される〈平和共存〉の一九六〇年代中葉にも、ドイツが果たすふたつの世界間の〈壁〉としての役割は、本質的に少しも変わりなかった。ヴェトナムの北緯十七度線がアジアにおける対立の表現だとされるとすれば、東西ドイツの国境とベルリン境界は、いまなお、ヨーロッパにおける分裂の象徴として存在しているようにみえる。

だが、それではその分裂とは、その対立とは、じつは何なのか?――思想の問題とかかわろうとするとき、この問いは、きわめて根柢的なものであらざるをえない。なぜなら、〈対立〉とか〈分裂〉とかいうものは、その対立なり分裂なりのそれぞれ一方の側におかれた人間の意識と思想を反映したかたちでのみ、語られるものだからだ。その一方の側――われわれのテーマに即していえばドイツ連邦共和国――がその対立や分裂をどのようなものとして受けとめているか、ということは、その対立・分裂が客観的にどのような世界的意義をもち、どのような歴史的な位置をしめしているかということを明らかにするよりは、むしろ、そこの人間たちがどのような思想状況のなかにあり、どのような意識をいだいているのかということに、光をあててみせるのである。

その意味では、いまではノルウェーに移り住んでいるドイツの詩人エンツェンスベルガーが、「自分の国に属することの困難さ」を語り、「ドイツ問題からオサラバする試み」を書いて、二十余年ものあいだドイツにとって最大の問題でありつづけている〈ドイツ問題〉を一笑に付す作業を試みたのは、問題の本質をきわめて鋭くついたやりかただった。一方では〈克服しえない過去〉、つまりファシズムとユダヤ人虐殺の罪にひしがれ、他方では〈ドイツ問題〉、つまり東西両国家への分裂と〈東部国境〉の問題を背負いこまされて、罪悪感と屈辱感にさいなまれている西ドイツの同胞たちを、かれは容赦なく批判する。「政府宣告の命ずるままに〈ドイツ民族〉が嘆き悲しんだところで、それが誰の役にたつというのか――こんなにも多くの内省だの、改心だのをふりまわしても、あの政府を動かして、政党や行政機関、軍隊や諜報部、それに警察などの公職から、ナチを追放させることもできない以上、国民的感動などが、何の役に立つというのか。そんなものは、ファシズムとドイツ分割のあいだに、厳然として存在する歴史的関連を認識するのに、何の役にも立ちはしない。ユダヤ人狩りについて、プラカードまでかつぎだして公式に悔い改めてみたところで、あのバカげたコミュニスト狩りが、連邦共和国のなかでつづくかぎり、そんな改悛に、どれだけの信用がおけるというのか。」そして、悔い改めたはずのその同じドイツ人が、〈ドイツ問題〉を悲愴な顔つきでふりまわすとき、その人間は、今度は自分たちを悲劇の主人公に仕立てあげ、たとえばヴェトナムで行なわれていることとファシズムとをまったく切りはなしたまま、「ヴェトナムは遠い。ここにとどまれ！」などと叫ぶのだ。「ファシズムは、ドイツ人が実行したから怖ろしいのではない。どこででも実行可能であるからこそ、怖ろしいのである。」それにもかかわらず、現在と過去とを切りはなし（「もはや戦後は終わった」！）、ドイツの問題とその他の場所での問題を切りはなしてしか考えないやりかたを、エンツェンスベルガーは糾弾するのである。

戦後の西ドイツの思想状況をひとくちで表現するとすれば、加害者だったものが、過去と現在を区別し、ドイツとドイツ以外とを分けて考えることによって、敗戦当初はおそらく一定の真実性をともなっていたかもしれない加害者意識を、なしくずし的に被害者意識へと転化させてきた過程だったといえよう。過去にたいしては加害者意識をいだいても、現在にたいしては被害者意識しかいだきえぬ状況――〈奇跡の経済復興〉などという言葉をひいてしばしば口にされる日本と西ドイツの類似性は、じつはこの点で、もっとも大きいのである。とりわけ憲法に関しては、これはドイツ人がみずからつくったものではなく占領軍によって押しつけられたものであるという、日本の場合とまったく同じキャンペーンがはられ、そうした受けとめかたは、敗戦ののち年を経るにつれてますます広く蔓延させられてきている。

ネオ・ナチズムの思想的基盤

　こうした被害者意識は、現在みずからが果たしている加害者としての役割（日本の場合ならヴェトナム戦争への協力、西ドイツの場合では軍需産業の復興、東欧諸国への威嚇、等々）をおおいかくす一方、非合理主義的なナショナリズムの抬頭をうながす。第一次大戦後、右傾した社会民主党をもふくむ保守派によって流された〈匕首《あいくち》伝説〉（ドイツは戦争に敗けたのではない。戦っている最中に背後から裏切者＝革命的労働者に匕首で刺されたのだ）が、民族主義的・国家主義的な思想をあおり、やがてナチズムへと急転直下の展開をとげさせたのと同じように、〈分割された祖国〉、〈おしつけられた憲法〉というキャンペーンは、新たなナショナリズムの思潮をよびおこす。〈ネオ・ナチズム〉という呼び名で総称される決して過小評価することのできないファシズムの芽が、それである。

　だがしかし、戦後の西ドイツの思想状況にとって特徴的なことは、こうしたネオ・ナチズムが、ひとつの特異な、いわば反社会的なものとしては意識されていない、という点だろう。いちはやく再軍備を達成し、核武装の権利さえも留保し、アメリカを先頭とする北大西洋条約機構の思惑次第ではいつでも核部隊をふくむ最先鋭の軍事国家に衣がえできるような状況と、ドイツ民主共和国を〈東ドイツ〉とさえ呼ばずに〈中部ドイツ〉ないしは〈占領地帯《ツォーネ》〉と称して、さらにそれ以東のポーランド領やソヴィエト領をも自国の領土であるとする主張が小学校の教室にかけられた地図の色わけによってすら露骨に表現されているような精神風土のなかで、西ドイツ国民の少なからぬ部分は、むしろネオ・ナチズムの政治主張を、自分たちの胸の奥底にわだかまっている欲求を率直にあらわしたものとして、ひそかに歓迎してさえいるのだといえよう。

　こうした内的な要求に加えて、ネオ・ナチズムの運動が一貫してとってきた形態の特殊性を無視することはできない。すなわち、米英仏ソの四カ国に分割占領されていたドイツから、一九四九年に西側三カ国占領地区が単独に独立して〈ドイツ連邦共和国〉となり、それへの対抗措置としてソ連占領地区が〈ドイツ民主共和国〉となって以来、連邦共和国に勢力を温存したファシストたちは、一方では独自の政党を結成して活動をくりひろげると同時に、それと並行して、より勢力の大きい既成保守党のなかへ浸透していく政策を重視したのだった。

戦後初期の代表的なネオ・ナチズム政党である「社会主義帝国党」（ＳＲＰ）は、はやくも一九四九年に結成され、五二年に連邦憲法裁判所の判決によって違憲と認められ解散を命ぜられるまでほぼ三年にわたって、ナチの残党を象徴の地位にすえて公然たる活動をつづけたが、禁止ののち、いくつかの偽装後継組織をつくって地下活動を行なうかたわら、さきに述べたような被害者意識の蔓延にもとづいて急速に右傾化をすすめつつあった「ドイツ党」（ＤＰ）や「自由民主党」（ＦＤＰ）などの保守政党（それらは連立政権の一翼をになう与党でもあった）に浸透していった。六〇年代になると、党員のほぼ半数を旧ナチ党員によってしめられた「ドイツ帝国党」（ＤＲＰ）があらわれ、やがてそれは、他の群小ネオ・ナチ組織を結集する核となりながら「ドイツ国民民主党」（ＮＰＤ）に発展する。このＮＰＤは、周知のように、六六年秋のヘッセン、バイエルン両州の選挙で、〈五パーセント条項〉（投票総数の五％を超える得票が得られなかった政党は議席を与えられないという条項）の枠をのりこえて、それぞれ八議席と一五議席を獲得、いずれも州議会の第三党に進出するにいたった。

それ以前のネオ・ナチ諸党が主として東方旧ドイツ領からの難民の利害を代表していたのに対し、ＮＰＤは、そうした特殊階層の代弁者としてではなく、西ドイツ国民の一般的感情をたくみにとらえて勢力をのばしてきたという点に注目しなければならない。この勢力拡大の前段階としての既成政党への浸透は、国民感情に依拠した保守政党の右傾化を巧妙につかんだ戦術であったと同時に、それらの政党を内部からますます右寄りにかえていくことを可能にするという成果もあげたのである。こうして、ネオ・ナチズムはもはや西ドイツにおいては——少なくとも思想という次元でとらえるなら——ごく日常的な現象となり、いまでは、西ドイツ国民は平然として元ナチ党員を自分たちの首相にいただくまでになっている。ナチ政権の外務省ラジオ放送部次長という要職にあった元党員、クルト・ゲオルク・キージンガーを首班とする挙国一致のこの政府は、誇らしげに「大連立内閣」という名で称揚された。この内閣のもとで、戦時下の秩序維持と革命的状況への対応措置を主眼とする〈非常事態法〉が、一部の国民の粘りづよい反対運動を弾圧しつつ全般的な政治的無関心のうちに成立し、一九六九年に亡くなった決して革新的とはいえない哲学者ヤスパースでさえも「民主主義から政党寡頭制へ、寡頭制から独裁への道」であるとして強く批判した政治状況が、体制順応主義という古くからのドイツの思想的特色を背景に、ますます深化しつつある。

4月20日（ヒトラーの誕生日）の日めくり暦を突き刺した剣の先にはヒトラーの帽子。「この帽子のために血の海の代償を支払うことになった」――ＫＰＤ（ドイツ共産党）の街頭ポスター。（1947年4月19日号の『デァ・シュピーゲル』誌より）

〈議会外反対派〉としての学生運動

政党寡頭制から独裁制へ、というヤスパースの危惧は、具体的には、西ドイツ議会から野党が消えうせてしまった、という実状にもとづいている。一九五六年のドイツ共産党禁止（六八年にかたちをかえて復活したが、従来の共産党とは若干性格を異にする）ののち、野党第一党の「社会民主党」（ＳＰＤ）は、次第に連立与党第一党である「キリスト教民主同盟」（ＣＤＵ）への対決の姿勢を弱め、ついに六六年、いわゆる〈大連立〉にふみきって与党の一員となるにいたった。「暴君の専制権力をともなわない、文明化された絶対主義」のもとで、西ドイツ国民は、政治の主体であるという名目すらほとんど失って、たんなる政治の客体でしかなくなる。「〈すべてのドイツ人は政治に参加〉しているだろうか。決してそうではない。

多くのドイツ人は政治への参加者ではなく、むしろ、いまなお政治への隷属者である。かれらは、四年ごとに、提示されたリストから選択する。だが、自分が何を選択したのか、ほんとうには知っていない。かれらは、まず政党の公約を聞かされ、つぎに、かれらが与えた権力を当然のものとして行使する当局に服する。」

——ヤスパースが溜め息まじりにこう分析した西ドイツ国民の政治へのかかわりかたは、それに相応した無気力で形骸化した思想状況を生みだし、かつその思想状況によってますます強固に定着させられていく。「今日、ドイツで語られる政治のことばは、まったく理性に反している。理性について語ることはできても、理性をもって語ることはできないのだ」という怒りをこめてエンツェンスベルガーが投げつけたつぎのような一節は、東ドイツをもふくむドイツの思想と政治のこのような状況を、簡潔に要約しているといえよう

——「そのヴォキャブラリーの多くは、表現されるべき事実をサカダチさせるという意味論的原理に基づく。そんな場合、それを普通のドイツ語にホンヤクするには、ただひっくりかえすだけで充分である。あの政治のことばでは、労働者を管理し、農民を抑えつける権力が、労農権力と呼ばれ、合法性の枠外で操作されるものが、法治国家と呼ばれる。人間的な行ない《メンシュリッヘス・ハンデルン》をすることが、人身売買《メンシェン・ハンデル》と呼ばれ、このままでいくと国がどんな目にあうことになるかを、まえもって国《ラント》に洩らして《フェアラーテン》やることが叛逆罪《ランデス・フェアラーテン》と呼ばれる。使嗾に反対するのがボイコット使嗾、自殺の準備が自衛、事実を曖昧にする活動が啓蒙活動、侵略のための戦略が進歩の防衛、国民が何も発言できない議会が国民議会、憲法に違反することが憲法擁護と呼ばれるのだ。あのいわくいいがたい言語で、自由ドイツ労働組合総連合と呼ばれているものは、自由でもなければ労働組合でもないものを指している。単独代表権とは、むこうの運命などかまうことはないという権利のことだ。社会主義意識の育成とは、社会主義の無意識化を意味する。そして、非常事態法とは、非常事態の除去ではなくその固定化に役立つ法律のことなのだ。」

ドイツの精神状況についてこのような怒りと疑問をおぼえるものたちにとって、既成の〈革新〉政党や労働組合の体制内化は、なんとも絶望的な現実だとしか言いようのないものだろう。かれらは、だがしかし、〈唯一の反対党〉を自称して漠然たる不満を非合理主

義的な理念のもとに統合しようとするネオ・ナチズムの陣営に加わることなどしない。かれらは、イデオロギー操作と反共キャンペーンと右翼非合理主義の浸透がうずまくなかで、「理性をもって語る」姿勢をつらぬき、「政治のことば」を「ひっくりかえす」作業をつづけようとする。〈ドイツ的みじめさ《ドイッチェ・ミゼーレ》〉、すなわち〈制服のよく似合うドイツ人〉の体制順応主義のまっただなかで、理性と人間主体性と批判精神の旗を高くかかげつづけてきた少数者の伝統は、ここでもさわやかに息づいている。〈議会外反対派〉――かれらはみずからをこのように位置づけ、もはや〈議会内反対派〉が存在しなくなった自国の現実のなかで、根柢的《ラジカル》な問いかけを発しつづけている。「社会主義ドイツ学生同盟」（SDS）をはじめとする学生たちや若い労働者の運動がそれである。

　ゴ・ジン・ジェム政権下の南ヴェトナムや李承晩治下の韓国における学生運動の高まりが示したように、ほんの十年たらずまえまで、学生運動は比較的工業化のおくれた国々に顕著にみられる現象だった。しかし、一九六〇年の反安保闘争における日本の学生運動の高まりは、欧米のいわゆる先進諸国に大きな衝撃をあたえ、西ドイツでも、〈ツェンガクレン〉、つまりドイツ読みにされた〈全学連〉の名は、学生たちの意識を強くゆさぶった。六〇年代後半における西ドイツの学生運動に、このインパクトがどの程度のこされていたかは定かではない。しかし、こんにちいわゆる〈先進国〉をゆりうごかしている学生たちの行動が、あきらかに共通の基盤と目標をもっているということ、そしてそれゆえにこそまた相互に影響をおよぼしつつ一定の方向にむかって動いているということは、否定すべくもない事実だろう。すなわちそれは、〈近代化〉、〈合理化〉という名による前近代化、非合理化にたいしてなされる闘い、人間の理性と批判精神の圧殺にたいする闘いであり、理性や批判精神の場であると称される〈大学〉が、現にどのような機能をはたしているのかという疑問、学問や教育や研究という概念そのものにたいする徹底的な問いかけである。

　ベルリン大学やフランクフルト大学をはじめとする西ドイツ各地の大学において、学生たちは、政治と思想とを分離し政治と学問を切りはなす〈アカデミック〉な思考を拒否する作業に着手した。一九六五年にひとつのピークをむかえた非常事態法反対闘争のなかで政治と学問研究との不可分のつながりを身をもって認識したかれらは、六六年六月にイラン皇帝訪独反対デモのさなかにひとりの学生が警官によって射殺されたのをきっかけに、全面的な反対派へと自己形成をとげていく。かつては、静かなデモ行進に加わることによって自己の信念を表明するにとどまり、学園にもどっては勤勉に学問にはげむ学生であったかれらは、学園生活そのもののもつ意味を、根柢から問いなおしはじめる。教授たちがナチス時代に何をしていたかを調査し、ひとりひとりにその責任を追及することからはじめて、研究と教育にたいする教授たちの態度を、討論をつうじて問いつめていく。もちろん、こうした追求と討論のなかで、学生とは何か、研究し教育をうけるとはどういうことか、という自己自身の存在にたいする問いかけが生まれてこざるをえない。〈批判大学〉、そしてさらには〈反大学〉という理念が、大企業と軍部の要請に応じて技術者やサラリーマンや研究者を製造していく機構となりかわった既存の大学に対する対立概念として、理論的に追求され、実践にうつされていく。それは、もはや単なる〈抗議〉や〈要求〉ではない。みずからの存在そのものにたいする絶えざる問いと、みずからの実践をつうじて新しい批判的な価値基準を見出していく試みでもあるのだ。

この試みは、みずからの利益をまもることを主要な目的とはしていない点において、学生とは何か、自分自身とは何かという問いをつねに基盤にしている点において、もっぱら自己を正当化し悲愴な抗議の声をあげる従来の被害者的発想とは無縁である。学生たちはむしろ、被害者としてよりは加害者としての自己をはっきり見つめようとする。かれらの関心は、被害者意識をよりどころとする〈ドイツ問題〉へよりは、むしろヴェトナムへ、ラテン・アメリカへ、そして黒人問題へと向けられている。抑圧されたものが抑圧するものにたいしてどのような闘いをくりひろげているか、そして自分たちは、その闘いのなかで〈ドイツ人〉としてどのような抑圧者としてふるまっているか――西ドイツのなかでのかれらの闘いは、このような抑圧者の側に立つことを拒否する闘いである。黙認し坐視すれば、かならず戦争の火つけ人として三たび登場しなければならなくなる、という危機感にもとづく行動である。ドイツのいわゆる〈合理主義〉が、どれほど非合理主義と密接につながっているかを、ヒトラーとアウシュヴィッツによって確認できるものにとって、かれらのこの危機感がけっして妄想でないことを確認するのは、さして困難なことではない。おそらく、かれらこそは、戦後の西ドイツの思想状況のなかに出現した、ほとんど唯一の誠実な思想の担い手であるといえよう。

たしかに、全体としてみれば、かれらの声と行動は、あまりにも小さい。だがしかし、真に未来を予言するものは、つねに少数者である。かれらがもはや少数者ではなくなるとき――それは、〈ドイツ問題〉がイデオロギーとしての役割さえももはや果たしえなくなってしまったとき、すなわち、ドイツがいま加害者として対している〈後進諸国〉がもはや被害者ではなくなり、被害者意識の組織化としてのネオ・ナチズムが、歴史の進行によって徹底的に駆逐されたときにほかならないだろう。それまでのあいだ、学生たちとともに西ドイツの思想状況そのものもまた、混迷をきわめた試行をくりかえしていかねばならないだろう。

(『国際文化』一八〇号〈西ドイツ特集〉、一九六九年六月、国際文化振興会)

表現それ自体が犯罪である領域で
――文学的抵抗の伝統と非伝統

1

「政治的犯罪にたいしては、〈公正な〉刑罰など存在しない。死にかけたイデオロギーのこの語彙は、ここではまったく用をなさなくなる。法の正義とは、こうしたケースにおいては、純然たる目的概念なのだ。それゆえ、〈叛逆者〉や〈革命家〉や〈大逆犯人〉にたいする罰として科せられてきたものは、せいぜいのところ、裁判官たちの立腹の程度とか、司法官吏が被告にたいしていだいた評価とか、被告たちの危険性の度合の推測とか、裁判所の位階制《カースト》のなかに行きわたっている予備教育とかを、あらわしているにすぎない。審理と判決と刑の執行は、客観的な調査結果とあまり関係がないか、あるいは全然関係がない。」

ヴァイマル時代の傑出した批評家、クルト・トゥホルスキーが一九二七年に書いたこの一節を裏表紙にかかげて、一九八〇年一月、『ペーター゠パウル・ツァールにたいする刑事訴訟の再審請求にかんする資料集』が刊行された。

発行者は、一九七六年三月、詩人Ｐ・Ｐ・ツァールにたいして禁固十五年の判決が下されて以来この問題にかかわりつづけてきた「自発的《イニツィアティーフ》グループ＝Ｐ・Ｐ・ツァール」である。二重の罪、つまり、自分が犯した犯罪を隠すためにもうひとつの犯罪を重ねた――として、長期刑を言い渡されたツァールの支援が、このグループの中心的な仕事だったが、しかしかれらは、ツァールというひとりの人物、それも詩人である一人物を、特殊なケースとして支援したのではなかった。学生たち、書店や出版社の労働者、さまざまな職場の職員、大学教授、弁護士、作家・詩人などによって、自発的に（創意《イニツィアティーフ》をもって）形成されたこのグループは、これまでに刊行した数冊の資料集のひとつが『ペーター＝パウル・ツァールの例を手がかりにして』と題されていることからも明らかなように、ツァールの事件を単なる一例としてとらえ、これを手がかりにして他の多くのケース、ＢＲＤ《ベーエルデー》（ドイツ連邦共和国＝西ドイツ）における政治的犯罪をめぐる現実に、肉薄しようとしているのである。

グループは、一九七七年暮には、『御上《おかみ》の命に依り――ドイツ刑務所における政治的囚人の状況についての報告と資料』というパンフレットをまとめて、Ｐ・Ｐ・ツァールをふくむ政治犯たちが拘置所や刑務所で受けている非人間的なあつかい――接見禁止、二十四時間の監視、夜を徹しての強烈な照明、無音状態のなかでの隔離拘禁、等々――の実情を報告している。

Ｐ・Ｐ・Ｚ＝ペーター＝パウル・ツァールは、現在ＢＲＤで拘禁されている百五十人の政治犯と、それをふくむ四万人の囚人たちの一例にすぎない。この認識が、「自発的グループ＝Ｐ・Ｐ・ツァール」の運動の基本になっているようだ。そして、おそらくこの基本認識は、グループとＰ・Ｐ・Ｚ自身とのあいだの、鉄格子をはさんだ討論と相互発見と相互変革とによって、生み出され、つちかわれてきたものと思われる。一九七九年十二月二十四日に弁護士たちによって再審請求がなされた直後の八〇年一月、Ｐ・Ｐ・Ｚはあるメッセージのなかでこう述べている――

「生き、そして書くことで、わたしは抵抗を行なう。ひとりではない。以前もいまも、わたしは特権を与えられている。両親、兄弟、古くからの、あるいは新しい友人や同志たちが、わたしを支援し、弁護士たちが闘ってくれ、自発的な諸グループが形成され、アンドレスのAとビーアマンのBからツヴェーレンツのZにいたる作家や音楽家たち、外国の同業者たち、いくつものペン・クラブが、わたしを支えてくれている。あらゆるカラーの人間たちだ――反動ども以外の。拘禁中のあらゆる時を通じて、わたしが本当にひとりきりだったことは一度もない。／だが、名もない政治犯や社会犯、名があってもトーチカのような牢獄につながれ、隔離ガラスの向うに孤立させられ、婉曲に〈保安措置〉と呼ばれるさまざまな責め苦にさいなまれているものたちは、どうだろうか？　われわれは、これにこだわりつづけるのだ。だから、P・P・ツァールの例を手がかりにして……という言いかたをわれわれはするのだ。」

　この一節をふくむメッセージの最後で、P・P・Zは、かねてからかかげてきた「すべての囚人に大赦を！」という長期的要求とならんで、「すべての囚人に正常な刑の執行を、しかもいますぐ！」という短期的要求を提示している。さきにふれたような非人間的なあつかいすら、BRDではすでに過去のことになろうとしているらしい。P・P・Zは、同じメッセージのなかで、西独赤軍のメンバーたちが独房内で同時に〈死んだ〉あのシュタムハイム刑務所を調査したある教授の言葉に言及しているが、それによると、同刑務所には、「KZシンドローム」、つまり「強制収容所症候群」が確認されたという。政治犯のロボトミーが計画され、ツェレ、シュトラウビング、フランケンタールの各刑務所にはすでにずっと前からあった「高度保安棟」が、ベルリンにも新設された。とりわけ政治犯を隔離し、さまざまな肉体的・精神的拷問を集中的かつ能率的に行なうための監獄内のこの特別棟は、P・P・Zが言うように、約十年前から始まっていた正常ならざる囚人監視システムの「建築学的表現」にほかならない。

　政治犯にたいしては、トゥホルスキーが半世紀以上も昔に指摘したような「目的概念」的な法の適用がなされるばかりではない。適用された法、科せられた刑罰の執行も、すでに政治的目的と不可分なのである。

2

P・P・Zにたいするデュッセルドルフの州裁判所

の第一審判決は、禁固四年の刑だった。検察側が連邦裁判所に控訴し、連邦裁判所は一カ月後に原判決を破棄して、州裁判所に裁判のやりなおしを命じた。第一回判決から一年十カ月後、同じ州裁判所は、あらためてP・P・Zに十五年の禁固刑を言い渡した。

国民の名において

一九七四年五月二十四日
ぼくは判決をくだされた
国民から
──三人の判事と
六人の陪審員から──

自由の剥奪
四年　と
一九七六年三月十二日
ぼくは判決をくだされた
同一の件で
国民から
──三人の判事と
二人の陪審員から──
自由の剥奪
十五年　と

ぼく思うに
それなら国民と国民とで
まず話しをつけてくれ

そしてぼくを
そのあいだ
出しておいてくれ

野村修訳

(この日本語訳は自発的グループ＝P・P・Z編『P・P・Zにたいする刑事訴訟の再審請求にかんする資料集』に日本語のまま収録された。)

第一審でも、控訴審でも、差し戻しののちの再審でも、P・P・Zが犯したとされる実行行為は、まったく同一だった。新たな証拠が発見されたわけではない。ただ、同じ行為にたいする解釈の仕方が、まったく変わったのである。ということはつまり、どのような思想信条をもってその行為をなしたか――ということが、刑の軽重の尺度とされたのだった。「四〇〇パーセントの思想的追徴金」と、Ｐ・Ｐ・Ｚはこれを揶揄している。

――一九七二年十二月十四日正午ごろ、デュッセルドルフのあるレンタ・カー商会に、ひとりの若い男が現われ、氏名をなのり運転免許証を提示して、乗用車を借りたいと申し入れた。希望の車種がそこになかったので、午後にあらためて出なおしてくることになった。男が来てみると、店の主人のほかに、ふたりの男が待っていた。客が帰ったあとで店の主人が免許証を警察に照会して、ウソがばれたのである。ふたりの若い私服に、生年月日、現住所、等々を訊問されて、本署まで同行せよ、と言われたとき、かれは逃げようとした。自分のズボンのベルトからピストルを抜いて、まえに立ちはだかっている警官の頭をそれで殴りつけ、突きのけて、店の外へ走り出た。ふたりの警官、ポルマンとリスケンは、はじめ威嚇射撃をし、ついでＰ・Ｐ・Ｚを狙って発射した。警官の弾丸によって腕に負傷したとき、はじめてＰ・Ｐ・Ｚは引き金をひいた。かれは、警官たちに向けてではなく、警官たちをよけて撃った。ところが、不幸がおこった。警官たちのひとり、ポルマンが、Ｐ・Ｐ・Ｚの背後にまわろうとして、いきなり横合いにとび出したのである。わきに向けて撃っていたＰ・Ｐ・Ｚの弾丸にあたって、ポルマンは重傷を負った。

ペーター－パウル・ツァール

もうひとりの警官リスケンは、Ｐ・Ｐ・Ｚを追いつづけた。リスケンの弾丸に上膊部を射ぬかれて、自動車のかげに隠れたが、リスケンに発見されると、ピストルを相手の足もとに投げ出して、逮捕された。

年が明けて、一九七三年のはじめ、Ｐ・Ｐ・Ｚは二重の殺人未遂のかどで起訴された。もうひとつの罪――文書偽造など――を隠蔽するためにふたりの人間を殺害しようとした、というのである。Ｐ・Ｐ・Ｚは、すでに逮捕された当初から、自分には殺意はまったくなかったこと、警官を負傷させてしまったのは、相手が不意に横合いにとび出してきたためであることを、くりかえし主張していた。

一九七四年五月二十四日の第一審判決は、この主張を認めて、殺人未遂罪をしりぞけ、「公務執行を妨害し、公務員に重傷を負わせた」かどで、四年の禁固刑を宣告した。被告は自己の政治的信念を明言しており、権力にたいする暴力行使の正当性を主張してはいるが、自己の政治的目的は個々の警官を殺害することによって達成されるものではないと考えている――と判決は述べて、Ｐ・Ｐ・Ｚの政治的信念と殺意とを結びつけようとした検察側の主張を、しりぞけたのである。

検察側の控訴を受けた連邦裁判所は、州裁判所とはまったく別の判断を示した。検察側の主張を全面的に認めて原判決を破棄し、デュッセルドルフの州裁判所に裁判のやりなおしを命じたのである。そして、以前とは別の法廷で行なわれた審理の結果、州裁判所は、七六年三月十二日、Ｐ・Ｐ・Ｚにたいして、あらためて十五年の禁固刑を言い渡した。殺人未遂罪にたいして科せられうる最高の刑だった。判決を下した裁判官は、このような政治犯にたいしては見せしめのため重い罰を与えねばならぬが、法のゆるす限度が十五年の刑でしかないのは残念だ、という意味の感想をつけ加えた。

この新しい判決では、Ｐ・Ｐ・Ｚの政治的信念が、かれに殺意のあった証拠として採用されていた。「低劣な動機による殺人」というのが、判決の言葉である。つまり、被告は国家権力にたいして憎悪をいだいており、社会的・政治的な共同生活に耐えられなくなって、これに銃を向けた、というのだ。被告は、警官を殺すことを「妥当であるとして買って出た」のである。そのうえ、取調べ中も、未決勾留期間中も、被告は罪の意識がなかった。警官を殺すことで自己の政治目的を達することができるとは考えていない、という主張は、インテリの犯人によくある言いわけだ、と判決はみなしていた。

判決が確定したとき、Ｐ・Ｐ・Ｚがそれまでに受けてきた自由の剥奪、いわゆる未決勾留は、すでに第一審判決の刑期を三カ月も超える長期におよんでいた。

3

「暴力のための暴力、これはファシズムだ。こんなものを必要とするのは、感情こまやかな温かい人間ではなく、機械であり、考える習慣をなくした命令遂行者であり、制度である。わたしは反権威主義の社会主義者だから、あの一九七二年十二月十四日に、殺意もいだいていなければ、二名の公務員の殺傷を妥当であるとして買って出もしなかった。」――やりなおし公判でP・P・Zはこう述べた。

そして、この陳述を引用しながら、デンマークで一冊の『ツァール読本』を編もうとしていたルディ・ドゥチュケ――一九六〇年代後半の新左翼運動のリーダーだったかれは、その当時うけた暗殺者の弾丸の後遺症で、七九年十二月二十四日に死んだ――は、つぎのように書いている。

「一九七四年五月二十四日の判決は、禁固四年だった。検察の支配者たちは、それでは〈満足〉できなかった。第一審の有罪判決の控訴期限が切れる直前に、かれらは新たな攻撃に移った。〈新左翼〉や六〇年代の社会主義運動は、もはや何ひとつ存在していなかった。そして、若い社会的エコロジー運動は、まだ刑務所を見たことがなかった。こうして今度は、ペーター‐パウル・ツァールは十五年の自由剥奪を宣告されたのだ。わたしがかれをヴェアル刑務所に訪ねたとき――許可をとりつけるのに何カ月もかかったのだが――かれはすでに六年以上も拘禁されており、種々さまざまな西ドイツの刑務所ですごしてきていた。〔……〕いまやかれは、すでに七年以上も刑務所に入れられている。外にいるわれわれにも、その責任の一半がありはしないだろうか？　わたしはくりかえし言わねばならない――東ヨーロッパの奴隷状態については支配者たちは好んでおしゃべりをする。自分の国の不自由については急いで避けてしまう。カールスルーエのドイツ連邦最高裁においてすら、ペーター‐パウル・ツァールを〈テロリスト〉と見なすべきではないことが確認されたのである。だが、DDR（ドイツ民主共和国＝東ドイツ）で八年の判決をうけたバーロと五年の判決をうけたヒューブナーが、わずか数年後に公式の大赦によってふたたび刑務所から出たことは、BRD（ドイツ連邦共和国＝西ドイツ）にとって恥ずかしいことではないのか？　そのためにBRDが金を支払ったかどうかなど、ここでは決定的なことではない。決定的なことは、なぜBRDがかなり以前から、約十年前のような政治的大赦を行なうことに難色を示すようになったのか、という点である。」

P・P・Zの事件は、もともと、BRD当局の政治犯にたいする対処のしかた、さらにはBRDの政治状況と、不可分の関係をもってしか、起こりえなかった。なぜP・P・Zがニセの証明書を所持し、さらにはピストルを持ち歩いていたのかも、この状況を度外視しては理解できないだろう。

一九四四年生まれのP・P・Zは、一九五五年までDDRに暮らしたのち、BRDで印刷工の技術を身につけ、六四年に政治的理由から西ベルリンに移った。そこで六七年に印刷所を開き、本の出版と、『スパルタクス——読みやすい文学のための雑誌』の刊行にも着手した。かれの印刷所は、新左翼やアナーキストたちの活動に役立てられたが、かれ自身も、印刷や出版と並行して詩や小説を書きつづけた。BRDにおける労働者作家たちの結集点となっていたドルトムントの〈六一年グループ〉に、P・P・Zは加わった。七〇年には、かれの最初の長篇小説『金をかせぐために移住したある男のこと』（*Von einem, der auszog, Geld zu verdienen*）が刊行された。

だが、一九六九年ごろから、つまりBRDの新左翼運動が行きづまりを見せ、いくつかの〈過激派《ラディカーレ》〉グループが地下活動への移行を余儀なくされ、かれらに〈テロリスト〉という社会的名称が与えられるようになりはじめるころから、P・P・Zの印刷所は、くりかえし政治警察の介入を受けることになる。さまざまな口実で家宅捜索がひっきりなしにくりかえされ、ついには、かれが印刷した一枚のステッカー、「すべての囚人に自由を」とうったえるステッカーが、弾圧の対象とされた。南ヴェトナム解放民族戦線やツパマロスをはじめとするさまざまな闘争グループの名称を記して中央に手投げ爆弾を描いたこのステッカーのために、かれは六カ月の刑（執行猶予つき）を言い渡された。

それ以後も、捜索や押収や事情聴取はくりかえされた。制服・私服の多数の警官を投入し、ものものしい捕物陣を周囲一帯にはりめぐらして、狼藉のかぎりをつくしながら行なわれる捜索は、P・P・Zが危険人物であり国民の敵であることを隣人たちに印象づけるものでもあった。かれの妻、ウルテ・ヴィーネンは、ついにこれに耐えきれず、精神病院に入れられねばならなくなった。

一九七二年暮に逮捕された当時、P・P・Zには、ある銀行襲撃事件に加わっていた、という嫌疑までかけられていた。これは事実無根で、検察当局もずっとあとになってその誤りを認めたのだが、かれがニセの免許証を持っていたのは、この冤罪によって逮捕されるのを防止するためだった。

かれが武器を携行していたことについては、かれを支援する人びとのなかにも批判があるが、すでにそのころ、警察の過激派狩りは、日本におけるのと同様、ほとんど手段を選ばなくなっていたことを考えるなら、警察当局のテロルから身をまもる必要をかれが感じていたとしても、むしろそれは当然のことだったろう。「分別ある国家市民」であるとは警察当局から見なされていなかったP・P・Zは、テロリストは抹殺されてしかるべきであるとの世論が形成されていくなかで、獄中にあっても獄外にあっても法の保護の埒外におかれた人間のひとりだったのだ。

そしてこの事実は、やがて、裁判に名をかりたテロルがかれのうえにふるわれたとき、如実に証明されたのである。

逮捕・起訴と第一審の開始から刑の確定にいたるまでの四年三カ月のあいだ、P・P・Zは書くことをやめなかった。一九七四年には、法廷での陳述をおさめた『体制は誤りをおかさない。それ自体が誤りなのだ』(*Das System macht keine Fehler. Es ist der Fehler.*)が出版され、翌七五年には、文学論集『介入する文学か、感動させられた文学か――〈モダン・クラシック〉の受容について』(*Eingreifende oder ergriffene Literater. Zur Rezeption »moderner Klassik«*)と、詩集『予防接種』(*Schutzimpfung*)があいついで出された。十五年の判決が下された一九七六年には、詩と散文をまとめた『野蛮人たちがやってきた』(*Die Barbaren kommen*)、評論集『批判の武器』(*Waffe der Kritik*)、短篇集『平和のなかでのように』(*Wie im Frieden*)の三冊が刊行されている。だが、かれが未決勾留のあいだに獄中で書きつづけた草稿類のうち、BRDの刑務所の実情、とくに政治犯にたいする特別の扱いについて論じたものは押収されて、いまにいたるまで返還されていない。

P・P・Zにたいする第二次の判決は、明らかにこのようなかれの獄中活動を、未決勾留中も罪の意識がなかった、という表現で指摘したのだった。かれの活動を圧殺するために、すでに未決のうちから、ありとあらゆる処置がとられた。弁護士以外の友人との接見は、一カ月に三十分間という最少限度に制限され、それも厳しい監視の下でのみ許された。印刷物（本、雑誌、情報資料など）は、たとえ市販されているものでも、差し入れが極度に制限された。逮捕された直後の数カ月間だけでも五十冊以上が差し入れ禁止になったという。理由は、四人の社会復帰を危うくするから、というのだった。「分別ある国家市民」ではないP・P・Zが「低劣な動機による殺人」という罪から立ちなおるためには、かれのなかにこのような低劣な動機を吹きこんだ悪しき印刷物から遠ざけることが、ぜひとも必要だったのだ。

――だが、『ターゲスツァイトゥング』（日日新聞）の一九八〇年一月二十五日号にP・P・Z事件のくわしい経過を書いているセバスティアン・コーブラーによれば、刑法の殺人条項に「低劣な動機による」という文言が導入されたのは、ナチスによる刑法改定のときからだったという。第三帝国の時代も、そしていまのBRDでも、価値評価をあらかじめふくむこの理由づけによって、多くの思想的・政治的行為が犯罪とされてきたのである。そして、この理由づけによって、国家とその権力行使者は、みずからに向けられた抵抗や抗議の行動と言葉を、法律という武器によってだけではなくモラルの武器によってもまた――「分別ある国家市民」！――粉砕してきたのである。

P・P・Zの獄中での表現活動と、かれに連帯する獄外（もちろん狭い意味で）の自発的な活動は、それゆえ、警察や検察や裁判所というような、いわゆる国家権力の諸機関に向けられるだけではなく、これらの機関がよりどころとする〈国民〉にたいしても働きかけるものでなければならなかったのだ。そしてこの〈国民〉こそは、「低劣な動機」という理由づけのなかに低劣さを見るよりは、また、体制は誤りをおかさないが体制そのものが誤りなのだと考えるよりは、過激派＝テロリストの「低劣な動機」を疑わず、自分は体制のなかにいると信じこみ、「高度保安棟」に政治犯を閉じこめることで生活の安全をまもることができると思いこむほうを、選択させられている隣人たち――あまりにも近い隣人たち、しばしば自分自身もその一員でありうるような隣人たち――なのである。

4

P・P・Zの言葉と自発的な支援グループの活動が、いわゆる権力機構だけでなく隣人たちのなかにも何ほどかの影響をおよぼしたらしいことは、刑が確定して以来ますます強められたP・P・Zにたいする抑圧と、支援グループにたいする妨害とが、よく物語っている。かなり長期間にわたって、P・P・Zには〈接触禁止〉の措置が適用された。弁護士をふくむあらゆる外部の人的接触が禁止され、日本をふくむ国外や国内からの郵便、文書は、かれの手もとに届かぬまま「御上《おかみ》の命に依り」返送された。四メートル×二メートルの独房だけがP・P・Zの世界となった。そしてこの世界とつながりを持とうとする獄外の人びとは、テロリストのシンパサイザーとして、社会的に指弾された。

もちろん、こうした抑圧は、P・P・Zとその友人たちにたいしてだけ向けられたものでもなければ、かれらによってだけ惹起されたものでもない。RAF（ローテ・アルメー・フラクツィオーン＝西独赤軍）その他の地下に潜ったテロリストたちによる銀行襲撃、要人誘拐（検事総長ブーバック、経営者連盟会長シュライヤー、その他）、ハイジャック、等々がひきおこした社会的パニック状態が、手段を選ばぬテロリスト狩りを、「分別ある国民」たちに承認させ、支持させる方向で操作されていったのである。

BRDの意識産業を牛耳るシュプリンガー・コンツェルンは、『ビルト』や『ヴェルト』という大発行部数の大衆紙を使って、国民全体による大テロリスト狩りを煽動しつづけた。テロリストに資金を提供しているとか、テロリストのシンパサイザーであるとかいわれる大学教授たちの実名のリストが掲載され、ただちに公職から追放せよ、というキャンペーンが展開された。ドイツ特有のアカデミズムの権威の壁にまもられている大学教員たちよりはずっと弱い立場にある各州の公務員たちは、共産主義者を公職に就かせないことを定めた職業規制法によって、合法的に職を奪われた。

——P・P・Zにたいするテロルも、それにたいするかれの反撃と抵抗も、自発的な支援グループの活動も、それへの権力の側からの攻撃も、すべてこうした全般的状況のなかのひとつの例にほかならなかったのだ。そして、こうした状況のなかでP・P・Zとその友人たちがなしえた活動は、権力とその各種の手先たちの怒りを触発し、いくらかの「国民」たちのなかに浸透してP・P・Z事件のことを知らしめ、支援グループの輪を広げることはできたとしても、全体として見れば、もちろんその力は微々たるものでしかなかっただろう。ブーバックやシュライヤーの誘拐と殺害の残忍さに憤激した圧倒的多数の「分別ある国民」は、ミュンヒェン・オリンピックでのアラブ・ゲリラによる人質事件や、赤軍派によるハイジャック事件では、人質もろともテロリストたちを皆殺しにするやりかたに、拍手することを惜しまなかった。

たしかに活動の手ごたえがありながら、しかしそれにもかかわらず状況は変わらないどころか、ますます悪くなる、と思われるような状態は、あるいは、活動がまったく何の成果もあげない状態よりも、いっそう大きな困難と絶望をもたらすものかもしれない。だが、P・P・Zとその友人たちが続けている活動からは、このような絶望は少しも顔をのぞかせていないように思える。

「自発的グループ＝P・P・ツァール」は、すでに述べたように、「分別ある国民」たちの包囲のなかで、つぎつぎと資料集やアピールや報告のビラを出し、P・P・Zの事件をBRDの日常の現実のなかに位置づける努力をつづけている。日常の現実のなかに位置づける――というのは、P・P・Zの事件が孤立した特殊例ではなく、他のあらゆる〈テロリスト〉たちのケースと別のものでないばかりか、「国民」たちの生活とも決して無縁ではないこと、たとえば「高度保安棟」は、国民全体を対象としているのであることを、明らかにすることでもある。そしてとりわけ、P・P・Zにとって、この作業は、かれの詩や、かれの小説や、かれの評論が、「国民」のなかに食い入っていくだけの言葉の力をもつということと、不可分のかかわりをもっているだろう。

だが、言葉が力をもつということは、つねに複数の側面をともなっている。当然のことながら、言葉は多くの人びとに読まれ、聞かれ、語り伝えられねばならぬ。だが、多くの人びとに読まれ、聞かれ、語り伝えられる言葉が真に力をもつとは限らない。しかも、現代において、たとえ書き手と志向を同じくする自立的な出版社から刊行された作品であっても、意識産業総体のなかでは、その志向は換骨奪胎され、利潤追求に奉仕するものに変えられてしまいうる。少なくとも、流通機構はその可能性をもっている。P・P・Zの言葉もまた、この可能性に身をさらしながらしか、人びとに届くことはないのである。

もちろんかれは、ノイエ・クリティーク（新批判）、ロートブーフ（赤い本）、フライエ・ゲゼルシャフト（自由社会）その他、きわめて小規模な左翼的出版社だけを、自分の本の版元に選んできた。かれの本は、かれにとってもかれの出版者たちにとっても、商品というよりは闘争の一形態だった。逮捕されるまえの一九七〇年に出版された最初の長篇も、そして逮捕されてからのちに刊行された十冊近い作品も、すべてそうだった。すでに八年に近い勾留期間中につぎつぎと発せられたこれらの言葉とならんで、P・P・Zは、一九七九年秋、獄中でずっと取り組んできた一冊の長篇小説を完成させた。そしてこの小説が、P・P・Zの言葉を、これまでのかれの本が触れずにすんできたひとつの危険地帯へ、連れて行ったのである。

「ケルン・オッセンドルフ、ボッフム、およびヴェアルの監獄作家、ペーター＝パウル・ツァール」によって一九七三年から七九年にかけて書かれたその長篇は、『幸福な人びと』（*Die Glücklichen*）と題する「悪漢《シェルメン》小説《ロマーン》」である。一四センチ×二一センチの大判で、本文二〇章と、巻末の「捜索引」（*Findex*）および人名・書名註をふくめて五二五ページにもおよぶこの大長篇は、刊行当初から、獄中の〈テロリスト〉作家による作品として、かなりセンセーショナルな反響を呼んでいた。しかし、ロートブーフ社という左翼の一小出版社から出されたこの小説が、全国的な話題になるところまでは、とうていいかなかった。

ところが、一九八〇年一月、自由ハンザ都市ブレーメンの一九八〇年度文学賞（奨励賞）に、この作品が選ばれたのである。「国賊に文学賞！」という勝利の見出しでこれを報じたのは、それまでもP・P・Zを支援する方向で記事を書いてきた左翼の新聞、『ターゲスツァイトゥング』だった。

支援グループにとっては、ただちに、授賞式にP・P・Zを出席させよ、という要求を司法当局にむけて出すことが、課題となった。七年ものあいだ拘禁されつづけているP・P・Zが、もしもブレーメン市の芸術ホールで行なわれる授賞式に出席できるとすれば、それはまったく予期しなかった初めての外出となるのである。当局は、もちろんこの要求を拒否した。P・P・Zに賞を与えたこと自体についても、すでにCDU（キリスト教民主同盟）の側からは怒りの声があがっていた。そのうえ、受刑中の囚人を式に出席させるなどということは、考えられなかった。

しかし、弁護士たちと支援グループ、それにP・P・Z自身は、なおも要求しつづけた。ヴェアルの刑務所と警察の拒否にもかかわらず、要求をひっこめなかった。州の司法当局を握るSPD（社会民主党）は、関知せずという態度をとった。授賞式の当日、一月二十六日になってもなお、こうした状況は変わらなかった。

授賞式の当日、ブレーメン市芸術ホールは、支援グループのメンバーをはじめとする人びとで満員になった。問題は警備の点である、という当局の責任者の発言が、かれらになおも希望を与えていたのだ。おそらく舞台裏では、さまざまな思惑が入り乱れて、当局は最終決定をぎりぎりまで延ばしていたのだろう。そして結局――P・P・ツァールはやってきた。三人の私服につきそわれて、ホールに姿をあらわした。老母と、ガールフレンドのフラウケ・ペステルと言葉を交わし、接吻することができた。

ホールを埋める友人や読者たちに向けたメッセージのなかで、かれは、文学賞の授賞母体であるルードルフ・アレクサンダー・シュレーダー財団の審査員たちに感謝を述べ、同時に、「ブレーメンの納税者たち」に感謝を述べた。「わたしたちには至急に金《かね》がいるのです。一九七九年十二月二十四日、わたしの弁護士たちは再審請求を行なったからです。」――五千マルク（約六十万円）の賞金は、今後の裁判費用や闘争資金となるはずだった。授賞式にひきつづいて昼食会が行なわれた。もうひとりの受賞者はもちろんそれに出席したが、ツァールの姿はすでになかった。かれは、三人の私服にうながされて、式が終わるとただちに刑務所へ帰って行ったのである。

5

受刑中の政治犯にたいして文学賞の授賞式への出席が許可されるということは、おそらくどこの国でも、例外中の例外であるにちがいない。当局にどのような思惑があったにせよ、それゆえ、こうした譲歩を強いた支援者たちの力は、評価されねばならないだろう。こうした出来事によって、『幸福な人びと』という作品そのものが広く関心を惹くようになり、一カ月後の『ターゲスツァイトゥング』によれば、ブレーメン中のどこへ行ってもこの小説は売り切れで、もはや手に入らない状態だという。

この出来事をめぐって展開された賛否の論議は、二月末になっても終わらないどころか、ますます熱をおびてきた。あからさまに怒りをあらわしたCDUや、明らかにツァールの受賞と外出を喜ばなかったSPDとは対照的に、環境保護や人間的な生活の奪還を標榜する「緑の人びと」（緑の党）のスポークスマンは、この論議にP・P・Z自身の発言を加えることを提案し、いずれにせよツァールは「ゲオルク・ビューヒナー、ハンス・ファラダ、ジャン・ジュネ、カール・マイ、フリードリヒ・シラー、ルートヴィヒ・トーマ、フランソワ・ヴィヨン、オスカー・ワイルド、その他」の伝統のうえに立っている、と述べた。これらの作家たちは、当時の社会や国家の法によって定められた犯罪行為をおかした点で、共通しているのである。

たしかに、P・P・Zをこれら犯罪者作家の伝統のなかに位置づけることは、誤りではないだろう。だが、ただ単にそのような位置づけだけでは、社会生活における犯罪と文学の価値とは別である、という結論を得るだけで終わってしまいかねない。せいぜいのところ、犯罪として現象したかれらの反社会性が、かれらの文学にどのような性格を与えているか、という研究テーマとつながってくるだけだろう。

P・P・Zの場合、もちろんかれの犯罪は、かれの作品と無関係ではない。それどころか、両者は不可分でさえある。しかし、かれの事件と、かれの表現活動とが、ひとつの例として提示しているものは、そのような関連にとどまらない。もしもかれを何らかの伝統とのかかわりでとらえるとすれば、それは、表現活動がそのまま犯罪行為となるような領域で仕事をした人びとの伝統でしかないだろう。泥棒詩人、殺人犯作家、詐欺師でもある劇作家、等々ではなく、詩をつくり小説を書きエッセイを発表すること自体が犯罪であるような表現者の伝統に、P・P・Zは立たされてしまったのだ。

P・P・Zの文学的表現が「国民」たちのなかで力を獲得しなければならないとしたら、こうした伝統をかれがひきついでいるということは、二重の困難をかれに課することでしかないだろう。この困難のなかで、かれに文学賞が与えられ、その授賞式への出席を許され、ひとつのセンセーションが巻きおこされたことが、かれにとってプラスであるかマイナスであるかは、いまはまだわからない。ただ、この出来事によって、かれの作品がこれまでよりも多くの人びとに届けられる可能性が生まれた、というのは事実だろう。この事実が、P・P・Zとその作品を意識産業の商品にする方向で展開するのか、それとも、かれの犯罪にいっそう多くの共犯者たちを生む方向で展開するのか、そのいずれにせよ、P・P・Zの表現は、この両者の可能性をはらむひとつの危険地帯に足をふみ入れたのである。そして、この危険地帯のなかで、かれに課せられた二重の困難を引きうけていくことだけが、かれに残された道なのだ。犯罪としての表現でありつづけながら、しかも多くの読者たちに届く表現を発見していくこと――これがP・P・Z（たち）の課題にほかならない。

P・P・Z『幸福な人びと』表紙

獄中で書かれた『幸福な人びと』が、「悪漢小説」という副題を持っていること、つまり、ピカレスク・ロマンに手がかりを求めていることは、それゆえ、理解できないことではない。この小説パターンでは、主題と人物そのものが、犯罪と密接なかかわりを持っている。しかも、この小説パターンは、枯渇し内面化した現代小説を内側から破砕して、まだ若々しかった近世の庶民小説の伝統に立ちもどる可能性を与えてくれる。既存の小説へのパロディとしてしか新しい形式を生んでこなかった小説形式にとって、悪漢小説は、そのパロディの可能性をいたるところで与えるもっとも生彩にとんだジャンルでもある。――だが、P・P・Zは、この一篇の悪漢小説によって、現代小説のパロディ化を意図しているだけでなく、小説という表現形式そのものを破壊しようとしているようにみえる。

　物語は、ある一家――年老いた母親と、それぞれ父親を異にする三人の兄弟の労働の場面から始まる。生きるために労働に精を出すかれらの描写は、きわめて平凡な市民たち、この社会のいたるところに生きて働いている市民たちの日常のそれである。ドイツの社会にまだ社会的身分として、職能的制度として生きている職人の一家が、ここで描かれている。――この印象は、作品全体にとってきわめて重要な働きをしているので、まだ作品を読んでいない読者にそれ以後の物語の筋を伝えることは、本当は避けなければならないだろう。BRDで出たいくつかの書評でも、筋の紹介がほとんどなされていないのは、筋を追って説明することがこの小説では困難だ、という理由に加えて、展開のおもしろさをあらかじめそこなうことへの配慮が働いているためかもしれない。いずれにせよ、この冒頭の印象は、かれらが仕事に一段落をつけて家を出るところで、裏切られる。きわめて親密な、きわめて日常的でわれわれに近いこの一家が、じつは、ひとつの盗賊団なのである。

物語は、上の兄とは年齢が二十ほどもちがう末の弟を中心にして、展開される。売春婦をしてきた娘との恋、学生の叛乱、新左翼との連帯……というように、筋は活劇的にすすんでいく。どの章の冒頭でも、近世のピカレスク・ロマンのスタイルを踏襲して、作者自身が語り手になってその章の内容を予告するくだりがある。作者はあまつさえ、P・P・ツァールという名で、物語の書き手として物語のなかに登場してくる。そして、登場人物たちと作者とのあいだに、会話や討論が交わされる。どれもみな、型通りの悪漢小説のパターンである。

だが、この小説の特色は、そのようなパターンの再生にあるのではない。むしろ、こうした悪漢小説の枠組のなかに盛りこまれた形式的な新しさが、この小説の特異さなのだ。まず、いたるところで文体が変えられている。散文と詩と対話と独白が、入れかわり立ちかわり物語を先へすすめる役割を果たす。中ごろからは、写真や漫画が、活字のなかへ介入してくる。新聞の紙面がそのまま挿入されているかと思うと、ビラが一ページを構成している。

そして何よりもこの小説に生気を与えているのは、巻末に付された*Findex*《フィンデックス》、つまり「捜索引」とでも訳すべき人名と事項の註と索引である。Findexというのはもちろん P・P・Zによる新造語で、finden（発見する）と Index（索引）とから成っている。例えば、「ツァール」の項には、「ペーター＝パウル」という名が示され、「＝全知の作者」という説明がある。「ウルリーケ」、つまり「西独赤軍」の女性リーダー、ウルリーケ・マインホフを思わせる項には、「いわく言いがたい、→

ローザ以後のもっとも重要な女性社会主義者。→コンクレート誌のコラムニストとして出発し、一九七六年五月九日、シュトゥットガルトのシュタムハイムの独房で縊死しているのが発見された。かの女の死の状況については、国際調査委員会が一冊の本を出している。（第一四、一九章）」とあり、「SAP」の項には、「社会主義労働者党。トロツキストに近い左翼社会主義党。ヴィリ・ブラント〔西ベルリン市長を経てドイツ連邦共和国首相となった社会民主党の政治家＝引用者註〕は一九三〇年代にその党員だった。ずいぶん昔のはなしだ」とある。――こうした「捜索引」によって、おびただしい数の実名の登場人物や組織は、狭義の小説そのもののなかでの役割に加えて、明確な性格づけをいわば外から与えられることになる。一般に文学作品にたいして要求される〈生きた作中人物〉という概念、作品中で独自の形象として生きる人物という概念は、意図的に破壊されるのである。

物語そのもののモンタージュ的構成と、それに加えて作者によって外から人物の性格づけが押しつけられる結果として生じる繰り人形的な人物像は、現実らしい別の現実をつくり出すという意味でのフィクションではなく、現実にはありえないものをつくり出すという意味でのフィクションの性格を、この作品に与えている。苦労と喜びのなかで生きる〈幸福な人びと〉自体が、ひとつの非現実であり、ユートピアであり、たんなる寓話なのだ。このフィクションとしての非現実へのかかわりは、盗賊としてしか、犯罪者としてしか可能ではない。犯罪という行為によって現実とかかわるとき、はじめて、現実はフィクションから現実へと蘇生する。だが、そのときのかれらの幸福とは、いったい何なのだろう？

『幸福な人びと』は、「捜索引」の主観性や筋と人物のまぎれもない左翼的立場にもかかわらず、アジテーション作品ではない。まさにひとつの寓話的な、型どおりの悪漢小説にすぎない。だが、この寓話を語る作者＝人物の主観性を越えて、寓話の内容とその描出方法は、寒々としたわれわれの現実、BRDの現実を、主人公たちの温かさや感情のこまやかさとは対照的に、一枚一枚薄皮をはぐように、あらわにしていく。

政治的活動、反体制的活動を行ないながら、それと並行して表現活動を行なうような左翼作家たちは、かつてもいまも少なくない。あるいは、表現活動がそのまま抵抗や抗議の実践であるとしても、表現そのものはそこに盛られた思想や主張のメガフォンにすぎないような作品は、めずらしくない。だが、表現がみずからを破壊しながら、言葉をかえていえばパターン化しようとする表現を自己変革しながら、読者に達する道をさぐりつつ読者を共犯者に変えていく表現は、とりわけドイツでは、ほとんど伝統をもたない。このような意味での文学的伝統の欠如が、むしろ、BRDの(そしておそらくまたDDRの)支配的現実のひとつの根拠でもあるだろう。ペーター＝パウル・ツァールは、むしろ、文学的抵抗の伝統のうえによりは、文学的抵抗の非伝統のうえに立って、自己と友人たちとの共同作業を開始しなければならなかったのだ。

グリンメルスハウゼン、ビューヒナー、ヴェールト、ジャン・パウル、ブレヒト、等々、かれの先行者と目されうる作家たちの名を列挙してみても、ただ空しさだけが生まれる。P・P・Z自身が、これらの先行者によりどころを求めるときもあるにせよ、これらの先人たちは、結局のところ、読者との絶えざる接触を、もしもその気になれば、持つことができたのだった。だが、P・P・Zの置かれている隔離状況こそは、あらゆる実存哲学と疎外論によってても決してとらえられることのなかったわれわれの新しい現実、韓国で金芝河たちが、南アメリカやチリで無数の政治犯たちが実例を示している、われわれの日常の寓話的な現実を、身をもって体現しているのである。〈収容所文学〉の問題とも無関係ではないこの現実のなかで、P・P・Zは、かれの友人やまだ連絡のつかない無数の人びとともに、ひとつの新しい伝統、破壊されることによってしか生かされることのない文学的抵抗の伝統を、切り開こうとしているのかもしれない。

(『西ドイツ過激派通信』、一九八〇年九月、田畑書店)

『秋のドイツ』（映画評）

一九七七年、という年は、いまではもう大昔になってしまったような気がする。たとえば、あの年の十月に生まれた子供も、今年の四月には小学生になる。月日は流れ、わたしたちだけが残る——日も暮れよ、鐘も鳴れ！

その一九七七年は、だが、しかし、第二次大戦後の永い戦後時代のなかでの、ひとつの大きな転換期にほかならなかった。「高度成長」に最終的に見切りをつけて、企業の「海外進出」と中国をふくむ近隣・遠隔諸外国からの直接収奪に活路を見出す路線へと本格的に乗り出した日本にとって、ばかりではない。ヴェトナム戦争後のアメリカ合州国にとっても、「奇跡の経済復興」の後朝《きぬぎぬ》にあったドイツ連邦共和国（西独）にとっても、一九七七年は大きな転換の年だった。

一九七七年、西独では、ナチス・ドイツの形式上の崩壊以後かつてなかったほどのヒトラー・ブームが生じた。世界的な波紋を投げた「ネオ・ナチ」党は、政治の表面では大きな勢力にのしあがることができないでいたとはいえ、ある意味では、小さな地方政治に影響をおよぼす以上の実質的な成果をあげた、と言えなくはない。なにしろ、この年のあるアンケート調査によれば、西独「国民」の四一％が、ヒトラーの積極面をキチンと評価すべきだ、という「反省」を示していたのである。——あの、日本の経団連会長・土光某に相当する西独経営者連盟会長シュライヤーの誘拐と、それにつづくルフトハンザ機ハイジャックによって記憶されるＲＡＦ（ローテ・アルメー・フラクツィオーン＝いわゆる西独赤軍）の一連の行動は、こうしたなかでなされたのだった。

アラブ首長国連邦のモガディシオ空港での西独特殊部隊による機内突入と人質救出とゲリラ殺戮、その数時間後に発見された西独刑務所内での赤軍メンバーたちの集団「自殺」は、それ自体だけをとり出してみても、西独戦後史ける大事件のひとつだろう。だが、この一連の事件は、個別の特殊な孤立した事件にとどまるものではなかった。西独社会のその後の歩みを見れば、そのことは次第にはっきりしてきたのである。経済「復興」を根底で支えた外国人出稼ぎ労働者（ガストアルバイター＝客員労働者と呼ばれる）にたいする反感・憎悪をますますかきたてる不況と失業率の増大、企業の活況のための特効薬としての軍需産業の肥大、日本と同様の対外経済侵略の激化（なんと、日本にまで、劃期的に新しい方式による男性カツラ産業が進出してくるという願ってもない朗報まである！）、そしてNATO軍中軸部隊としての西独部隊の本格的登場——一九七七年の転機の帰結は、いまや見まがうべくもない。

こうした歴史的な帰結に行きつくその転機の一瞬を、その一瞬のなかにいながら見すえることの困難さは、だれもが知っている。そして、この困難とあえて取り組んだ試みのひとつが、映画『秋のドイツ』だった。

昨年、日本でも各地で自主上映され反響を呼んだ『鉛の時代』と、この『秋のドイツ』は密接な関連をもっている。そもそも『鉛の時代』そのものが、いわば『秋のドイツ』から生まれた一産物だった。『秋のドイツ』の撮影にたずさわるなかで、獄中で「自殺」したとされるRAFメンバーのひとり、グードルーン・エンスリンの姉と出会ったことが、フォン・トロッタ監督に『鉛の時代』をつくらせるきっかけとなったのだ。主題的にも、このふたつの映画は、ともに、一九七七年秋のドイツと対決しているわけだが、タイトルが語るように、『秋のドイツ』は、まさにあの一時代を直接そのまま映像によって追いつめようとする。一連の事件のまっただなかで、スタッフたち自身がその一瞬間をみずからどのように生き、どのようにとらえたかを、この映画は、いわば告白していくのである。

作家のハインリヒ・ベルや詩人歌手ヴォルフ・ビーアマンも参加して、いまは亡きライナー・W・ファスビンダーや、フォルカー・シュレーンドルフ、アレクサンダー・クルーゲなど、七〇年代以後の西独の映画を担う表現者たち十数人によって共同製作された『秋のドイツ』は、たとえば『日本国古屋敷村』をはじめとする小川プロの映画や、さまざまな自主制作映画

（衛生無害な回顧的風俗興行以外の）と向かいあうときにも似て、観側にある種の努力と苦痛を要求する、という要素もたしかにもっている。画面が与えてくれるものを気楽に受けとって満ち足りて映画館を出る――という種類のものではない。果てしない対話と自己対話は、字幕スーパーの限界を思い知らせるかもしれない。ファスビンダーの私生活などクソくらえだ、と文句をつけることもできよう。しかし、ここには、歴史の秋に生きながら、この秋の刻一刻のうつろいをそのただなかで直視し、その秋の果てにくる季節をみずから引き受けようとする表現者たちの決意が、疑いもなく表現されている。この表現に共感するにせよ、あるいは種々の角度からそれに異論を唱えようとするにせよ、観る側は、自分自身の生と表現とを、これに対置しなければならないだろう。

『秋のドイツ』も、『鉛の時代』と同様に、この春から全国で自主上映されることになるそうだ。成功と、そして何よりも討論のひろがり、深まりを！

（『インパクション』二八号、一九八四年三月、インパクト出版会）

「秋のドイツ」が終わるとき

一九七七年「秋」の始まり、強化される政治犯への弾圧

一九七七年九月五日、西ドイツ有数の企業のひとつ、ダイムラー・ベンツ社の重役であり、ドイツ経営者連盟会長でもあるハンス・マルティーン・シュライヤーが誘拐された。誘拐者たちは、獄中にとらわれていたアンドレーアス・バーダーほか、ＲＡＦ（西独赤軍）メンバーの釈放と、身代金の支払いを要求したが、西独政府はこれに応じない方針をかためる一方、ただちに大規模な捜索活動と、そしてとりわけ、獄中政治犯と外部との連絡を徹底的に遮断する措置とに着手した。――こうして、あのルフトハンザ機のハイジャックとモガディシオ空港での西独特殊部隊による機内強行突入、獄中での四人の政治犯の同時多発的「自殺」（うち一人は生命をとりとめた）、そしてシュライヤーの死体発見という一連の結末にいたる一九七七年のドイ

ツの秋が、幕を開けたのである。

西独政府当局がとった措置は、特徴的だった。シュライヤー誘拐の翌日、九月六日の夜には、政府首脳と、ダイムラー・ベンツ社の社長をふくむ財界首脳との合同会議が行なわれ、目下の非常事態においてはテロリストたち相互の接触を阻止するための法的措置を講ずることが緊要である、との点で合意がなされ、早くも治安立法へのスタートが切られる。すでにそれまでにも、獄中政治犯の諸権利にたいしては、法的根拠ぬきで憲法の保障する最低限度を踏み越えるような制限がしばしば加えられてきたのだが、ついに、従来のこうした非合法的な例外措置が、法的根拠をもつ「正当」な行為に「是正」されようとしたのだった。もちろん、新法制定のための手続の開始と並行して、これまでの非合法的な措置は、停止されるどころかますます強化され拡大されていった。誘拐当日の九月五日から翌六日にかけての夜間に全国各地の刑務所や拘置所で実施された政治犯の独房にたいする徹底的な捜索は、その後もひんぱんにくりかえされ、九月七日以降は、一般の面会ばかりか弁護人の接見までもが、政治犯にたいしては禁止されることになった。新聞・雑誌や図書の閲覧、手紙の受信と発信を、未決と既決とを問わずほとんどの政治犯が禁じられることになったのは、言うまでもない。弁護活動を妨げられた弁護人たちからの相次ぐ異議申し立てにたいしても、刑務所当局や裁判所は、「上からの命令」を楯にとるばかりだった。

このようにして、法律による裏付けが与えられる以前にすでに、獄中の政治犯たちの完全な無権利状態、隔離状態は、既成事実とされていたのだった。短期間の審議ののち、連邦議会は、「裁判所規則施行法の改正案」、一般に「接触禁止法」と呼ばれる治安立法を、賛成三九二、反対四、棄権一七で可決した。九月二十九日午後のことである。新しい法律は、翌々日、一九七七年十月一日の午前零時を期して発効した。その直後の同日午前〇時〇二分、連邦政府法務大臣は、獄中政治犯の約八割にあたる七十二人に同法を適用するよう、各州の司法当局にたいして、テレックスで通達を発した。その七十二人のなかに、二週間あまりののち独房内で時を同じくして「自殺」することになる四人の「テロリスト」たちが含まれていたのは、もちろんのことである。

「接触禁止法」という完全隔離下での獄中「自殺」

全世界に強い衝撃を与えたハイジャック機強行突入とその直後の獄中政治犯の同時「自殺」が、このような経過を背景にしてなされたのは、きわめて象徴的であり、またある意味では、きわめて皮肉なことでもあった。

シュライヤー誘拐に直面して西独政府と財界がいちはやくとった弾圧強化の方針にたいして、RAF側は、ルフトハンザ機のハイジャックで応えた。十月十三日に乗っ取られた同機は、ソマリアの首都モガディシオに強行着陸し、人質となった乗客・乗員と交換に獄中政治犯の釈放があらためて要求された。だが、西独政府は、要求を受け入れるかわりに、訓練された対ゲリラ特殊部隊をひそかに派遣して、ほとんど無謀とも思える機内突入を強行し、三名のRAFメンバーを射殺、一名に重傷を負わせて、人質たちを救出した。つづいて、そのわずか数時間後の十月十八日早朝、世界を驚倒させた第二の出来事が起こる。シュトゥットガルトのシュタムハイム刑務所の四つの独房内で、人質と引きかえに身柄釈放を要求されていたバーダーら四人の政治犯が、同時に、ピストルやナイフや電気コードを使って「自殺」したのである。アンドレーアス・バーダーとヤン－カール・ラスペはピストルで頭を撃ち抜き、ふたりの女性のうちのひとりグードルーン・エンスリンは電気コードで縊死していた。「接触禁止法」の適用で房内から引きあげられていた電気器具の、コードだけが残っていたというのである。食事用のナイフで胸を刺したもうひとりの女性被告、イルムガルト・メラーだけは、一命をとりとめたが、その前後のことはまったく憶えていないという。誘拐されたまま一カ月半を経過していたシュライヤーは、その翌日、十月十九日、フランス東部で遺体となって発見された。

ハイジャックにたいする西独政府の対応は、その五年前のミュンヒェン・オリンピックでイスラエル選手村を攻撃したアラブ・ゲリラにたいする強硬処置をあらためて世界の人びとに想い起こさせ、その是非をめぐる論議をまきおこすことになる。ほとんど同時期になされた日本赤軍による日航機ハイジャックにさいして日本政府のとった姿勢が、西独政府のそれとあまりにも対照的に見えたことも、論議をいっそう燃え上がらせる一因となったのだが、西独政府の方針が、人質の生命を危険にさらしてでも「テロリスト」を抹殺するという強い決意によって支えられていることは、それを是認するか否かは別として、疑問の余地のないところだった。強力な法的措置と、それに先立つ実質的な強硬措置によって、獄中政治犯から既決未決を問わず基本的な人権と当然の防御権を奪っていった経緯は、このような西独政府の基本方針を、すでに象徴的に予示していたのである。

それだけにますます、獄中政治犯たちの同時多発的な「自殺」にたいする疑惑は、ぬぐいがたいものにならざるをえなかった。そうでなくとも、一九七四年秋には、すでに実施されていた拷問的な隔離措置にたいしてハンガーストライキで抗議した未決政治犯ホルガー・マインスが、鼻孔から強制的に人工栄養を注入されたさいの不手際によって死亡させられ、七六年五月には、バーダーとともにRAFの中心メンバーのひとりだったウルリーケ・マインホーフ（RAFはそれゆえ一般にはまた「バーダー＝マインホーフ・グルッペ」とも呼ばれた）が、獄中で「自殺」したとされていたのである。ウルリーケ・マインホーフの場合には、真相糾明のための国際委員会も「自殺」に強い疑惑を表明し、かの女の死体から精液が検出されるなど、当局にとって不利な事実がいくつも明るみに出た。そのうえ、死の三年前には、かの女に脳手術（ロボトミー）をほどこそうとする当局の計画が、世界的な反対運動にあって撤回されざるをえなくなった、といういきさつまであった。考えようによっては、西独の獄中政治犯が――困難な問題を解決するために、当局によって――「自殺」させられる条件はととのっていたわけだが、それにしても、モガディシオ空港での人質救出作戦の数時間後に決行された獄中「自殺」が、よりにもよって、新しい「接触禁止法」のもとで政治犯の隔離措置がひときわ強化され完璧化されたまさにそのとき発生したということは、なんとも皮肉なことだった。

九人の監督の自己対象化と現実確認の試み

あまりにも強引になされ、あまりにも鮮やかに成功した人質救出作戦と、それにつづく獄中での「自殺」事件をめぐっては、真相が不明のまま、さまざまな推測や仮説が立てられてきた。なかには、獄中のバーダーが当局によって極秘裡にモガディシオ空港まで連れて行かれ、そこで何らかの合意が当局とのあいだに成立したかのように機内の同志たちに思い込ませる役割を果たさせられたのち、獄内に連れもどされて殺された――という大胆な説まであった。噂となって流されたこの説を紹介している作家ペーター・シュナイダーによれば、噂は、獄中で死んだはずのバーダーの靴の底に、モガディシオの砂が付着していた、と述べていたという。だが、何が真相であるにせよ、「自殺」にたいして疑惑がいだかれざるをえない条件は、まちがいなく存在していたのである。あえて事件の真相を指摘するとすれば、一連の隔離措置と強行対決方針とのなかに歴然とあらわれている当局の政治犯にたいする基本姿勢と、そしてなによりも、その姿勢を政府に許し、あるいは要求する「国民」の合意こそが、一九七七年秋に集中的に現出した政治事件の、最大にして不可欠の根源だった、と言えるのではあるまいか。

『秋のドイツ』日本公開のさいのシナリオ冊子（1984年2月、欧日協会「ユーロスペース」刊）

しばしば指摘されてきたように、一九七七年という時点は、第二次大戦後に西独社会が迎えたもっとも深刻な危機の一時期だった。日本をふくむ先進産業諸国を一九七〇年代半ばに襲った経済危機、オイルショックに代表されるあの事態は、日本と並んで「奇跡の復興」を誇ってきた西独経済の繁栄に、一挙に終止符を打った。増大しつづける失業者は、七七年には一〇〇万を超えた。経済の繁栄が頂点に達した六〇年代後半に、その繁栄のなかで集積されたさまざまな矛盾の噴出として生じた激動ののち、それらの矛盾はなんら解決されぬまま残されていた。経済復興を根底で支えてきた外国人出稼ぎ労働者たちの存在が、失業におびやかされる西独「国民」にとって、障害や脅威となりはじめていた。一九五六年このかた禁止されていた共産党が六八年に別組織で再建を許されたのと引きかえのようにして、七二年に制定された「就職禁止法」が、いよいよ力を発揮するようになった。共産主義者をはじめとする反体制派が教員をふくむ公職に就くことを禁止したこの法律は、深刻化する経済危機と政治危機のなかで、「繁栄と秩序」を望む「国民」たちの危機感と憎悪に、ひとつのはっきりした目標を与える働きをも果たしたのである。六〇年代後半の闘争ののち、日本の運動と同じように分裂と抗争をくりかえしながら爆弾闘争をふくむ武装闘争へと尖鋭化していった左翼過激派《ラディカーレ》たちは、このような「国民」の目からすれば、

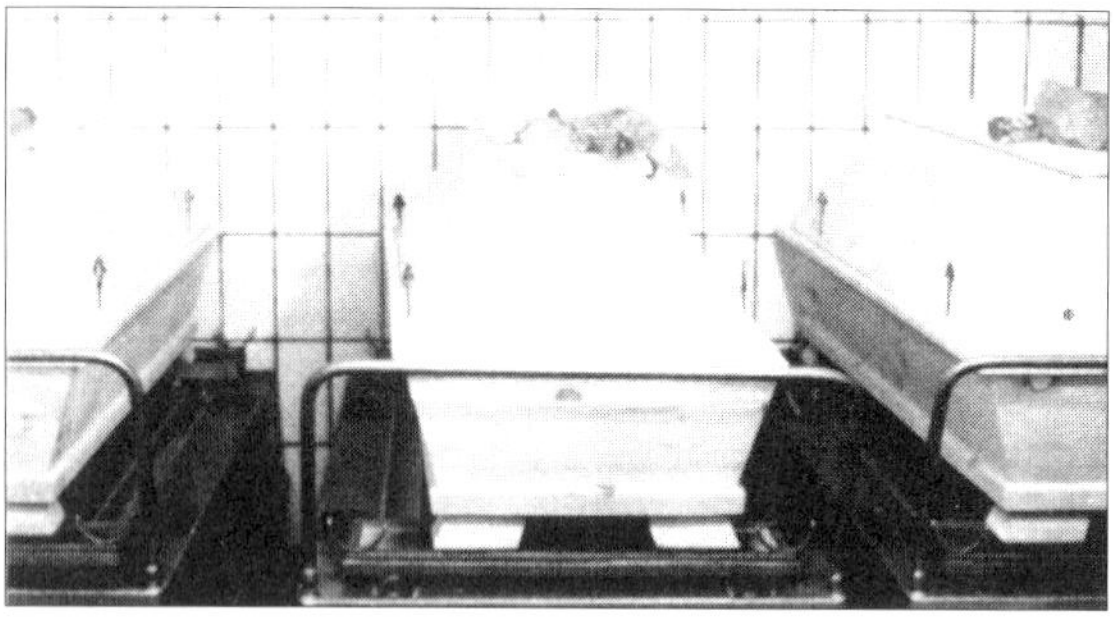

映画『秋のドイツ』の一場面（殺された「テロリスト」たちの柩）

政治犯でさえなく、たんなる「テロリスト」にすぎなかった。「テロリスト」にたいして理解を示したり、あるいは理解の努力が必要であるという見解を示したりするものは、それだけで「テロリスト」の一味として世論の袋叩きに遭うような空気が、社会をくまなく覆っていた。情報産業を手中におさめた大企業のメディアを通じて、反テロリスト・キャンペーンが、生活のすみずみまで浸透しつくしていた。

　このような空気のなかでこそ、憲法の機能を事実上ひとまず停止させるような「接触禁止法」が、反対四票という驚くべき数字で可決成立させられ、裁判ぬきの処刑が「テロリスト」にたいしては許されるという暗黙の合意が実行に移され、「自殺」の疑惑がうやむやのうちに自然消滅してしまうことが、可能となったのだ。これらに異議を唱えることは、「テロリスト」の一味であることをみずから白状することであり、闇から闇へと抹殺されても止むをえないとすすんで願い出るにも等しいことだった。だからこそ、一九七七年の秋の一連の出来事に直面して、西ドイツの新しい映画や文学の担い手たちが、みずからの表現によってこの現実と対決していく道を敢えて選んだことは、それだけでもすでに特筆すべきことだったのである。

　いっけん異なる状況に生きているわれわれは、『秋のドイツ』のあの味気なく見える画面、あるいはいかにも装飾画めいている画面が、それぞれの挿話を描い

た監督たちやシナリオ・ライターたち、すべてのスタッフたちの立っている位置を、じつはあまりにも直接的に映し出していることを、見ないわけにはいかないのだ。自分自身を画面に登場させるにせよ、別の人物を設定してそれを描くにせよ、ここでは、具体的な一時点での具体的な一連の出来事にたいする自分自身の視座が、一篇の記録映画のように、あるいは記録映画の集成のように、対象を限定していく。そして、限定された対象に密着した画像、空想でさえも禁欲的に単調化してしまうその画像は、その視座を選んだ表現者たちが立っている位置を、つつみかくさず打ち明けてしまう。いっけん異なる状況に生きているわれわれのところでも、どれほど多くのこうしたフィルムがつくられてきたことだろう。高度成長が坂を上りつめ転落が始まろうとしたあの六〇年代末からの十数年は、われわれのところでもまた、ドキュメンタリー・フィルムの一時代でもあった。そして、それらのフィルムは、記録された対象にもまして、困難な位置にみずからを敢えて立たせた記録者＝表現者の自己対象化の試みだった。いまさら言うまでもないことだ。それらの記録された画像のいくつかが、いま、どれほど風化させられ、衛生無害な一片の知的風俗と化していようとも。

「秋のドイツ」の終焉を目指す映画『秋のドイツ』

『秋のドイツ』の表現者たちが試みた自己対象化と現実確認の試みは、もちろん、最初のエピソードとして描かれるファスビンダーの自己描写のなかに、もっとも直接的なかたちであらわれている。「世界中でいちばん安全な監獄のなかで……接触禁止法が適用されて、だれも独房内に入ることを許されず、その独房は毎日二度ずつ徹底的に捜索されるというのに、そこに正真正銘のピストルがあるなんて！」――この当然の疑問を、映画のなかのファスビンダーもまた、表明せざるをえない。だが、かれの老母は、こういうことを人びとが公然と語ろうとしないというかれの非難にたいして、そうすることのできない社会全体の空気があることを説く。そればかりでなく、母は、そうした空気にある種の正当性があることをも、息子にたいして主張する。民主主義のありかた、政府の「テロリスト」対策にたいする国民のチェックの可能性、政治犯の人権をめぐる見解、等々、ファスビンダーとその母との対話は、この映画全体のモティーフを誤解の余地のな

映画『秋のドイツ』の一場面

い姿で、まず浮かびあがらせる。母の答えと、ファスビンダーの問いといらだちのなかから、一方で「テロリスト」たちをひたすら殲滅することで秩序を維持し、他方で一財界首脳の死を国家的行事によって悼むことで繁栄を願うひとつの社会、この二方向が不可分に統一されることによって存立しているひとつの社会が、巨大な姿をあらわしてくる。そしてファスビンダーは、同性愛とコカイン吸飲の私生活のただなかでこの問題に直面する自分自身を画面に描きつつ、一九七七年の秋のドイツを積極的にせよ消極的にせよ容認している大多数の人びとと対決しようとする自分自身が、にもかかわらずそれらの人びととまったく別の存在ではありえないことにも、目を向けざるをえない。同棲相手のアルミンが一夜の寝床を貸してやるために連れてきた見知らぬ宿無し男を、映画のなかのファスビンダーは問答無用で追い出させ、そのあと、そうした自分に号泣する。

　誘拐されたシュライヤーが息子にあてて書いた手紙の朗読と、その間に映し出されるかれの葬儀の情景とで始まる『秋のドイツ』は、そのあとにつづくファスビンダーのエピソードで正面から問題につかみかかり、次いで数人の人物の日常体験やいくつかの歴史的出来事をよりあわせて、ほかならぬこの一九七七年のドイツの秋を、当面のこの特殊な一時点から、まさに「秋のドイツ」そのものへと掘り下げていく。予告篇や宣伝段階でも使われたタイトルの字体が、ナチス時代に好んで用いられた字体にされたことや、大ドイツ帝国の夢をいまだにこめて歌われる「ドイツ、世界に冠たるドイツ！」のメロディーは、歴史教師ガービ・タイヒェルトの試みと同じく、「さまざまな事柄を関連において見る」ことの、ひとつの具体的な実践でもあるだろう。ヒトラーによって死を強いられた砂漠の狐ロンメル将軍の葬儀と、幼い少年としてそれに参列した将軍の遺児が、一九七七年秋にシュトゥットガルト市の市長として、反対の多かったバーダーたち「自殺」政治犯の埋葬許可を決定することになるという事実との関連などは、もちろん、きわめて偶然的な歴史のいたずらでしかない。だが、じつは、歴史上の隠れた関連は、偶然のいたずらとして放置されるのでなく、あらためてことさらに発見され再構成されることによってはじめて、現在にとっても過去にとっても新たな意味を獲得するのである。

『秋のドイツ』という映画は、このような関連の再発見、あるいは少なくとも再発見の意図を、テーマのひとつとしてふくんでいる。エピソードの主人公のひとり、女性テレビ・ディレクターのフランツィスカ・ブッシュが関心をいだいている獄中政治犯ホルスト・マーラーもインタヴューのなかで語っているように、一九七七年という時点は、歴史的な関連のなかで自己の位置を見なおすことが可能になった時期でもあったのかもしれない。シュライヤー追悼のためにベンツ工場で三分間の黙禱を強制されたあの外国人出稼ぎ労働者たちが、その後の西ドイツ社会にとって、ますます重大な、もはやほとんど解決不可能な問題となってしまったこと。同じ一九七七年秋に展開された「難攻不落のカッテン」という名の大軍事演習が、その後ついに西独をふくむNATO軍への核ミサイル配備にまで行きつくにいたっていること。こうした過程をふりかえるなら、一九七七年のつかのまの秋のドイツをとらえたこのフィルムから、過去との関連ばかりか未来との関連をも見てとることは、さして困難ではない。

もちろん、描かれた映像の背景を知っていることを映画が観客に要求しうるものかどうかは、大きな疑問だろう。『秋のドイツ』が、時代と社会を異にするわれわれに、映像表現としてどう迫ってくるかについては、かならずしも肯定的な評価を下しうるものではないかもしれない。だが、見るということが、見る側にも何らかの積極性を要求するものであるとすれば、この映画には、そうしたわれわれの積極性を挑発する契機は、ほとんど無数に孕まれていると言えるのではあるまいか。われわれの現実と西ドイツの社会との著しい対照と思われるものさえ、そこでは、かえってわれわれの再考と再発見をうながすきっかけとなりうる。「テロリスト」たちにたいする西独「国民」の姿勢は、いったい本当にわれわれ自身とは無縁なものだろうか？　「接触禁止法」状況は、いったい本当に日本には存在しないだろうか？　財界が政府と密着し、治安立法さえ政府に指示する西独のありかたは、日本では考えられないことだろうか？

　われわれのもとにもまた、西独の獄中政治犯に劣らぬ数の政治犯たちが、各地の刑務所や拘置所に監禁されている。かれらのなかには、実行行為には参加しなかったにもかかわらず起訴され、あまつさえ、予想される刑期をほとんど上まわるほど長期にわたって未決のまま拘禁されている人びとまでいる。政治犯の多くは、裁判所や司法当局の裁量によって、いつでも隔離状態に置かれることができ、またしばしばそれは実行されてもいる。「過激派」にたいしてはプライバシーも肉親の人権も存在しないかのような論調がマス・メディアを通して「国民」のなかに浸透させられた事実は、忘れ去るにはまだあまりに近い過去のことである。そしてなによりも、われわれは「破防法」、「爆発物取締罰則」、「火炎びんの使用等の処罰に関する法律」、等々、武器をいっさい奪いとられた国民としては過分なくらい数多くの大小の治安対策法規によって、西独市民に劣らぬカセを幾重にもはめられ、それをはねのけようとさえしていない。こうした秩序と、それを代償とする繁栄とが危機にさらされはじめると財界という名の国家元首が前面に現われてくることは、六〇年安保闘争前後の日経連前田会長の登場や、とりわけこの数年来の経団連土光会長による「臨調行革」路線によって、われわれ自身も知っているとおりだろう。

「残酷さがある点に達すると、だれがそれを行なったかはもうどうでもよくなる。ひたすら終わらせなければならないと願うのみだ。」――映画『秋のドイツ』は、二重の意味をもちうるこの言葉で始まり、同じこの言葉で終わっている。やりきれないという気持、何がどうであってもよいからとにかく終わってほしいという気持が、このフィルムと歩みをともにした時間ののちに、制作者たちによってもまた観客たちによっても、終わらせるための具体的な意志と方途の模索にまで行きついたかどうかは、わからない。しかし、冒頭と結末に対照的なふたつの葬儀の場面を設定したことによって、また、テレビ・ディレクターや歴史教師から、「自殺」政治犯の埋葬のさいの会食の提供を引きうけた料理店の主人夫婦にいたるまで、流れに身をゆだねるままの生きかたをさまざまに変えようとしている人間たちを描くことによって、この映画は、「秋のドイツ」の持続ではなく、秋のドイツの終わりに、目を向けたのである。

秋が終わるとき、だが、やってくるのは通常は冬だ。この冬のなかで凍えることなしに生きる決意をいだかずに、秋の終わりを願うことはできない。

（『秋のドイツ』、一九八四年二月、欧日協会「ユーロスペース」）

ドイツ・ファシズムと近代天皇制

1

ここに一篇の詩がある。詠《よ》み人《びと》知らず、つまり作者の名は伝わっていない。かつて一九三〇年代のいつか、十代後半の一青年によって書かれた――ということだけが、わかっている。

よし幾千の民《たみ》　君《きみ》が御前《みまへ》に立ちてあるとも
感ずるはただ我が上にのみ向けられし君のまなざし
かくて思ひぬ――我が召さるべき時こそ来たれ
げに君は　我が魂の内奥《そこ》見きはめむとし給ふなり
むべなるかな　君の我等とともにゐますとき
欣喜して我が開け放たざる扉のあるべきや
さてこそ我等敢然と　我等が理想高く掲げむ
そを君は愈々《いよいよ》琢磨し　更に善きものとは為《な》し給ふ

君はかくも慈愛深く　かくも偉大におはします
君はかくも果敢にして　無限に清純《きよ》くあらせ給ふ
我等みな君が御前《みまへ》に　ありとある粧《よそほ》ひを捨て
たゞひたすらの赤誠《まこと》　欣然と君に捧げまつらむ

むべなるかな　一度《ひとたび》にまれ君の眼光に浴せしもの
畏《かしこ》くも一人とて君の大恩を受けざるは無し
我等は銘記す　君ことゞくにかく仰《おほ》せ給ふを――
われ常に汝等と共にあり　汝等はわがものなれば！

ここで歌われているのは、民草が天皇に寄せる思いではない。これを歌っているのは、ヒトラー青年団《ユーゲント》の一団員、詩だけが残って名前は伝えられなかったひとりのドイツ青年である。ナチ党が権力を掌握したのち、それまでは一政党の私的な青少年組織にすぎなかった「ヒトラー青年団」は、十歳から十八歳までのすべての少国民と若者が加盟する社会制度となった。この詩の作者は、つまり、十八歳以下のそうした青少年のひとりだったわけだ。「詩」の外形だけに精一杯こだわり、きまり文句をつらね、悲惨な自己放棄を美しい信条の包皮にくるんで吐露するこれらの言葉は、しかし、いくつかの訳語に適当な修正をほどこせば、そのまま日本の赤子《せきし》が天皇《すめらぎ》に捧げる思いの表出になりうるだろう。

もちろん、天皇制日本の青年が絶対者天皇に捧げる思いと、ナチズム・ドイツの青年が指導者《フューラー》ヒトラーに寄せる思いとでは、個々の点でさまざまな差異があり、それぞれ独自の特質があることは、言うまでもない。万世一系、天孫、現人神《あらひとがみ》など、天皇にまつわる宗教神話的な要素は、ヒトラーにはなかった。ヒトラーはたかだか、超人であり、神のような人でしかなかった。けれども、「国民」たちが天皇とヒトラーとにたいして結んだ関係のなかには、無視することのできない同質性がある。つまりそれは、ファッショ（束《たば》）の素材として組織される人間たちの自己放棄と、そしてその自己放棄を何らかの信念や理想や心情によって意味づけ価値づけるやりかたにほかならない。他者への深い信頼、熱烈な共感、全的な無償の愛、私欲を忘れた自己献身、等々、およそ人間と人間とのかかわりのありかたのなかで、かならずしも既成の支配的な道徳の尺度によってのみ美点や美徳とされるのではないすぐれた性向が、この無名のヒトラー青年の詩からも、声を発しようとしている。それはまた、三島由紀夫が『英靈の聲』のなかで、「あの恋のはげしさと、あの恋の至純」と呼んだものとも、通じている。

つまり、天皇にたいしてもヒトラーにたいしても（さらに言うならスターリンにたいしてさえも）、国民たちは強制されてのみ身を捧げたわけではなかった――ということこそが、問題なのだ。現人神や総統《フューラー》に寄せる思いのなかには、疑いもなく、自発性があり、よろこびすらもが含まれている。物も言えない暗い時代、面従腹背、相互監視体制と一億総スパイ化、特高警察や秘密国家警察《ゲシュターポ》の支配する恐怖社会……。これらは、天皇制とナチズムの、そして一般的にはファシズム体制の、たしかに一面ではある。だが、一面にしかすぎない。もうひとつの面は、むしろ嬉々として、こころの底から、すすんで自己をゆだねるという側面である。この側面が圧倒的に多数の国民によって体現されるときはじめて、強圧的な恐怖支配は、抵抗《レジスタンス》をくじき、反対者《ひこくみん》を殲滅し、唱和と翼賛の総動員体制を実現することができるのだ。

天皇制について考えるときも、ナチズムやファシズム一般について考えるときも、こうした自発的な参加という側面にとどくような視線と批判が、不可欠だろう。これらの体制を悪としてのみとらえることによっては、具体的な肉薄はほとんどできない。これまでしばしばなされてきたような、非合理主義や反近代主義にたいする批判を通じて天皇制やファシズムを撃つやりかたも、やはり同様である。このやりかたのもっともすぐれた先駆的なひとつは、一九三五年七月に刊行された戸坂潤の『日本イデオロギー論』だった。このなかで戸坂は、日本《ニッポン》主義イデオロギー、つまり天皇制の国粋主義イデオロギーがその当時の時点で到達していた一段階を、つぎのように批判する。「……日本主義的イデオロギー程《ほど》、範疇論的に云って薄弱な観念体系はないからである。薄弱な点の第一は、日本主義が好んで用いる諸範疇（日本・国民・民族精神・農業・××××《（神ながら）》の道・×《（神）》・××《（天皇）》・その他都合の良い一切のものの雑然）が、一見日本大衆の日常生活に直接結び付いているように見えて、実は何等日常の実際生活と親和・類縁関係がない、ということだ。」（第一編、五、文化の科学的批判）

しかし、それではなぜ、日常の実際生活となんら親和・類縁関係がないこれらの諸範疇が、あたかも日常生活の根幹とかかわる重要かつ基本的な理念であるかのように、いやそれどころか生活感情そのものであるかのように、国民を支配することができるのか？　戸坂潤は、この点を問うことをせず、もっぱらこれらの範疇が古代主義《アルカイズム》に依拠していることを批判するのみである。「農産物や養蚕や家畜は人為淘汰に関する農業技術を抜きにしてはそれ自身不可能な存在だし、又工業技術を離れて今日の農村生活を生活することは出来ない。産業技術を抜きにして産業生活が不可能なことを知らない者はない筈だ。処が例えば日本型の農本主義者は殆んど凡て農本主義的反技術主義のイデオローグなのである。日本精神主義や亜細亜主義の使徒達も、反技術主義に於ては完全に一致している。実際行動の連関から云えばとに角、少くともイデオロギーの上から云えば、反技術主義は反唯物論の旗の下に、全世界のファッショ的反動の共同作業となって現われているのである。」（引用は勁草書房版全集による）

天皇制イデオロギーとファシズム・イデオロギー一般の特性であると戸坂潤が考えたこの反技術主義は、「実際行動の連関から云えば」、じつは、なんら近代科学技術の駆使と矛盾背反するものではなかった。むしろ天皇主義イデオロギーの反技術主義やナチズムの反合理主義は、実生活と現実の生産活動のなかでは、反技術主義・反合理主義どころか、純然たる技術主義と徹底した合理主義をさえも包摂し、促進することができたのである。自発的にファシズム体制に身をゆだねた国民たち、ただひたすらの赤誠を欣然と捧げた青年たちを直視するためには、この側面にこそ注目しなければならないだろう。ナチス・ドイツの強制収容所における人的資源＝人材の徹底的な活用（そこでは、人間が労働力として使い捨てられたばかりでなく、殺された人間の毛髪、脂肪、骨、皮膚にいたるまでが利用されつくした）は、こうした合理主義のひとつの極致だった。あるいはまた、一九四一年十二月八日に天皇裕仁が開戦の「詔書」を発して対米英の全面戦争に突入したときの「国民」の姿を、文部省教学局編纂の教育宣伝用小冊子『大東亜戦争とわれら』（昭和十七年七月十五日発行）は、つぎのように述べている。「〈帝国陸海軍ハ今《コン》八日未明西太平洋ニオイテ米英軍ト戦闘状態ニ入レリ〉といふ大本営の発表は、私ども国民の魂を真底《しんそこ》から揺りうごかした。いよ〳〵来たるべきものが来たのだ。それまでのつかへてゐたやうな重苦しい気分は一ぺんにうち晴れて、その朝はみなれた故郷の山々や街々のながめも、清く澄みわたつたやうに見えた。私どもがすべての力をつくして、大君《おほきみ》の御《おん》ため、御国《みくに》のために御奉公すべきときが来たのだと思ふと、少しぐらゐのかぜでは寝てもをれぬととびおきて、坑内（やま）にはいつて行つた鉱員もあるし、日頃自分の身も心もうちこんで来た旋盤に向かつて、おぼえず合掌した工員もある。かうして私どもの気持ちは一つに引きしめられ、誓つてこの国土を守り、米英を討《う》ちに討たんと固い決意に燃えたつた。〔……〕陛下の大御心《おほみこゝろ》のほど、いかばかりかと熱い涙が流れ出た。〈天皇陛下の御《おん》ために〉私どもは腹の底から我が身を捧げまつる時が来たと思つた。この日に生まれあはせた国民の誇りに、たれもかもいよいよ心が躍り、血が湧き立つのを感じた。」

『大東亜戦争とわれら』扉と口絵写真

この記述を、宣伝のための真っ赤ないつわり、とだけ考えるとしたら、大きな誤りだろう。そしてまた、心が躍り血が湧き立つ思いは、強制によってのみ生じるものではない。だが、ここで問題なのは、そのことではない。旋盤に合掌する工員の姿や、風邪をおして坑内に入っていく鉱員の姿に、われわれは、精神主義だけを読みとっていればよいのだろうか？　天皇制イデオロギーは、技術主義と相互に排除しあうもの、決して相容れないものではないのだ。むしろそれは、技術主義や合理主義、生産力主義と、そしてそれらの社会的現実化の一形態たる生産力主義と、きわめて親和的に結びつくことができた。技術主義よりも日本精神なるものが優先されたとすれば、それは、本質的な反技術主義や反生産力主義のゆえにではなく、遅れた技術と低い生産力によっては果たしえないことを、実現するためだった。いわゆる十五年戦争期とそれに先立つ時期、いや、明治以来の日本近代の全時期をつうじて、軍事愛国小説や雄飛小説が、ＳＦ的な科学技術への関心に一貫して支えられてきたことは、特徴的である。技術の向上と生産力の発展は、天皇制にとってなんら阻止すべき対象ではない。高度科学技術が駆使される状況のなかでは天皇制イデオロギーが効力を失う、などということはないのである。それどころかむしろ、そのような状況のなかではますます、天皇制と「国民」とを結ぶきずなは強化されさえするだろう。そこでは、ただ自分のうえにだけまなざしを向けてくれるような存在は絶望的に稀有だからであり、慈愛深く偉大でしかも無限に清純な存在、熱烈な共感と私欲を忘れた自己献身に値する存在など、絶無だからである——大君《おおきみ》や指導者《フューラー》（総統）を除いては。

　だが、ではなぜそこで、これらの象徴が、自発的な滅私没入を触発する象徴的機能を発揮することができるのか？　そもそも、なにゆえに「国民」や「少国民」は、ナチス・ドイツにおいても天皇制日本においても、それほどまでに欣然と、「きみ」のために自己を棄てることができるのか？

2

　ナチズムや天皇制ファシズムを「悪」としてとらえるだけでなく、いわば加害者の側からの視線でそれらを見なおすことは、不可欠な作業だろう。周知のように、一九二〇年代後半から三〇年代初頭にかけてのナチズムの勝利は、ドイツ国民の「生存権」をまっこうから掲げたことによって裏打ちされていた。「国民」は、第一次世界大戦の戦後処理のなかで不当に踏みにじられた当然の生活権を、きわめて正当にも要求したのである。ドイツの人口のわずか〇・八％（！）にも満たないユダヤ人にたいする排斥が、あれほど激烈な国民感情となりえたのも、この被害者感情と関連している。アフリカの植民地（南西アフリカ＝現在のナミビア、東アフリカ＝現在のタンザニアなど、トーゴ、カメルーン）や南洋群島（その赤道以北を日本に、赤道以南をイギリスに奪取された）に新天地を開くべく苦難の事業に着手しながら、いまそれを丸ごと奪い去られた同胞たちにたいする共苦の感情も、少なからぬ役割を果たした。ユダヤ人大虐殺や侵略戦争は、その出発点においては、自存自衛のためのたたかいにほかならなかった。世界中から敵対的に包囲されたドイツ民族が自給自足によって生きぬかねばならない、という政策、東方のスラヴ諸民族の地にその自給のための場を求める、というヒトラー一派の侵略政策は、それが自衛のためのたたかいだったからこそ、国民の多数によって熱烈に歓迎

Nur noch Kaiser
Hirohito, 123. Tenno von Japan, aber nicht mehr göttlichen Ursprungs

西独の週刊誌『デァ・シュピーゲル』1947年３月３日号より。「いまだに天皇――日本の第123代天皇裕仁、しかしもはや現人神ではない。

され支持されることができた。

天皇の侵略戦争もまた、こうした正義の戦争として国民に迎えられた。一九四一年十二月八日の開戦「詔書」のなかでも、天皇はくりかえしそれがやむをえぬ自衛戦争であることを、強調している。そればかりではない。天皇の戦争は、ひとり日本の生存権を守るためのものであるにとどまらず、アジア全域の平和と、ひいてはまた世界平和のために不可欠のものとして、位置づけられた。さきに引用した文部省教学局の『大東亜戦争とわれら』は、こう述べている――

大詔には、

抑々《ソモく》東亜ノ安定ヲ確保シ以《モッ》テ世界ノ平和ニ寄与スルハ丕顕《ヒケン》ナル皇祖考丕承《ヒシヨウ》ナル皇考《クワウカウ》ノ作述セル遠猷《エンイウ》ニシテ朕カ拳《ケン》々措《ヲ》カサル所而《シカウ》シテ列国トノ交誼ヲ篤《アツ》クシ万邦共栄ノ楽《タノシミ》ヲ偕《トモ》ニスルハ之亦《コレマタ》帝国カ常ニ国交ノ要義ト為《ナ》ス所ナリ

と仰せられてある。まことに、大東亜戦争完遂の大目的は、国民こぞつてこの大御業を扶《たす》けまゐらせ、もつて東亜を安らかにし、世界に平和をもたらし、万邦（せかいのくに〴〵）が各々その所《ところ》を得て、あひ

ともに栄えゆくやうにすることであり、それこそは、国の肇《はじ》めからの大精神（肇国《てうこく》の大精神）、すなはち〈八紘（あめのした）を掩《おほ》ひて宇《いへ》と為す〉（八紘為宇）の大精神に基づくものである。

こうして、天皇と、天皇のための侵略戦争は、理想の体現者と、その理想を実現するためのたたかいとなる。そして、国民は、理想を現実となす具体的な動力として位置づけられる――「皇祖皇宗の神霊の御加護のもと、国民の忠誠勇武により、皇祖が国を肇めたまうてこのかた、御歴代の天皇のうけつぎたまふ大御業《おほみわざ》をおしすゝめられて、我が国に対する米英その他の国々の禍をとりのぞき、東亜永遠の平和をうちたてて、大日本帝国を弥栄《いやさか》えに栄えせしめんと念じさせたまふ大御心《おほみこゝろ》を拝するのである。私ども日本国民は、近くは日清・日露の戦役にも、満洲事変・支那事変にも、つねにこの大御業を翼賛したてまつる国民のつとめを実践して来たのである。」（前掲書）

戦争とは自衛戦争であり正義の戦いでしかありえないこと、つまり「侵略戦争をやるのだ」と公言して戦争をする国家など、少なくとも近現代には存在しないこと、これは自明の理である。だが、このことを、天皇制日本は戦争実行の口実としただけではなく、国是にさえした。一九三八年六月十五日発行の陸軍省新聞班による小冊子『支那事変一周年に際して』では、国是にまで高められた正義の戦争の理念が、こう記されている。「抑《そも》々帝国が武力を揮《ふる》ふのは、古来一貫して唯正義の為のみである。即ち建国の大精神に随ひ破邪顕正の神剣を下すものに他ならずして、世界の如何なる戦争とも其の本質目的を異《こと》にしてゐるのである。日清、日露戦役の如きも実に東洋平和の為《ため》敢然として降魔の利剣を揮《ふる》つたものであることは周知のことである。況《ま》して国力の著しき進展に伴つては国是の向ふ所進んで邪悪を一掃し、洽《あまね》く皇化を宣施すべき天業恢弘《てんげふくわいこう》の聖戦を敢行せねばならぬ。一日之を怠らば必ずや邪悪の侵襲を見るのであつて、今日一見危殆《きたい》に瀕しあらざるやの如き我が国防は啻《ただ》この聖戦によつてのみ之を完うし得るのである。」

国民が天皇に帰依するとき、そこには、理想の体現者としての天皇に帰依するという要素が、疑いもなく見出される。これこそは、つまり、天皇の象徴的機能のもっとも本質的なひとつであって、象徴天皇はすでに旧帝国憲法下においても生きていたのである。ヒトラーにたいする帰依のなかにも、もちろん、理想の体現者に寄せる国民の思いは息づいていた。ヒトラーとともにあるとき、われわれは心の扉を開け放ち、われわれの理想を高く掲げるのだ。そして、われわれのその理想は、ヒトラーによってますます琢磨され、さらに善なる理想へと高められる。――こう、ヒトラー青年は歌っていた。

　理想は、本質的に、理想ならざるもの（悪、堕落、無自覚、劣敗、等々）の対極として設定される。理想を共有しうるものが優者であり、理想から排除されるものは劣者なのだ。理想への結集と帰依は、ちょうどあの一四九二年のラテンアメリカ発見後のヨーロッパ、インディオたちの文化を未開と断じ、ヨーロッパを文明世界とみなしたのと同じような、差別の実践と、切りはなしがたい。三島由紀夫が二・二六事件の皇道派将校たちの天皇に寄せる思いを「恋の至純」と呼んだように、理想体現者の限りない美化と、その体現者と自分との絆《きずな》をいっそう直接的に強めたいという希求とが、理想と無縁な存在や理想によって排除される存在への、侮蔑と敵意を増幅させる。

　ナチズム・ドイツにあっては、この侮蔑と敵意は、ユダヤ人や共産主義者にたいする直接的な殺戮と抹消の実践として現実化された。世界観上の敵だけではなく、生活上の敵が、ことごとく抹消の対象とされた。経済生活を圧迫する元凶とされたユダヤ人は言うにおよばず、社会の厄介者となり優等民族の理想に反する「障害者」や「病弱者」も、社会一般の生活様式になじまないシンティ、ロマ（差別的に「ジプシー」と呼ばれる人びと）も、アルコール中毒者や「変人」たちも、そして、『わが闘争』のなかでヒトラーが宣言したところによれば「髪の毛の黒いあらゆる人種」も、ヒトラーによって体現された理想を実現するために、殲滅されねばならなかった。こうして、現に、六百万のユダヤ人と、数十万の「障害者」と、人数不明のシンティ、ロマと、数千万のスラヴ人が、殺戮されたのである。

　天皇制日本の過去もまた、これに匹敵する殺戮によって彩られている。だが、そこには、ナチス・ドイツとは明らかに異なるひとつの要素が見られるのだ。ナチス・ドイツがドイツ民族だけの自衛と解放を掲げたのにたいして、天皇制日本は、アジアの解放を理想と

Aufgehende Sonne

Japan hat seine alte Flagge wieder. Wie einst flattert über den Regierungsgebäuden in Tokio die Fahne mit der aufgehenden Sonne — Kaiser Hirohito zeigt sich in den Straßen der Residenz in bürgerlicher Kleidung, seit er seiner göttlichen Abstammung abgeschworen hat. Die Japaner bereiten ihm Ovationen, wo er sich sehen läßt.

『デァ・シュピーゲル』1947年６月７日号より　「昇る日の丸――日本は再び昔の旗を持った。かつてと同じように東京の国会議事堂の上に昇る朝日の旗がはためいている。――天皇裕仁は、神格を否定して以来、市民の服装で首都の街に姿を現わしている。日本人たちは、彼が姿を見せると歓迎で沸きかえる。」

して掲げつづけたのである。ナチス・ドイツが他者を抹殺することによって理想を実現しようとしたとすれば、日本天皇制は、一貫して、他者を包摂することによってみずからの理想を達成しようとしてきた。

　日本天皇制のこのような特殊性は、もちろん、欧米列強のアジアにたいする植民地支配と、日本がそのアジアでは唯一、欧米資本主義諸国と対抗しうる程度の近代化・資本主義化を実行しえた、という事実によって条件づけられている。この条件が、アジア征服とアジアの植民地化という方針としては結実せずに、アジアの解放と大東亜共栄という国是として集約されたことは、しかし、天皇制と「国民」との関係を考えるとき、きわめて大きな重要性をもっている。これによってこそ、最高戦犯＝天皇は、かつてもいまも、厳父たるのみならず、あろうことか慈母として、国民多数の滅私奉公を収奪することができているのだ。

3

戦争が自衛の戦争であり、さらには解放戦争であるという側面は、天皇制のなかで、ナチス・ドイツにおけるのとは根本的に異なる特質をおびざるをえない。いかに「良い戦争」、正義の戦争であっても、ナチス・ドイツにとって戦争は、復讐戦であり、自分のための戦争にすぎなかった。天皇制日本にとって、戦争は、日清・日露の戦争からこのかた一貫して、私利のためのものではなく、アジア同胞を欧米列強の植民地支配のくびきから解き放つための解放戦争だった。現実生活のなかでは、それは、貧困と抑圧からの自己解放であり、農村の悲惨や社会的差別や家制度の重圧から軍隊生活によって解放されることだった。しかし、この個人的解放は、他者を解放し、共存共栄の新秩序を建設するという理想によって、あらかじめ美化されていたのである。この美化の源泉が、すなわち、「皇祖が国を肇《はじ》めたまうてこのかた」正義の戦争だけしかしてこなかった天皇なのだ。

なるほど、日本「国民」にとって、天皇は、このような解放と平和の象徴であり、厳父よりは慈母であり、「大日本帝国を弥栄《いやさか》えに栄えせしめんと念じさせたまふ」ばかりか「東亜永遠の平和」と「世界の平和」のために心をくだく存在である。事実また、だからこそ日本天皇制は、内部に反対派を驚くほどわずかしか生み出さなかったばかりか、その一握りの反対派さえも、ひとたび改心すれば快くゆるしてきたのである。だからこそ日本天皇は、赤子《せきし》たちの喜びをわが喜びとし、赤子たちの悲しみをともに悲しむばかりか、アジア諸民族の解放にまで心を砕いてきたのである。これが、ドイツ・ファシズムと日本天皇制の、本質的な違いなのだ――。

こうした天皇像には、言うまでもなく、決定的に欠落しているものがある。それは、理想を共有しえない存在、という契機《モメント》であり、解放してもらうことなど欲しない存在、という契機である。理想への結集を拒否すること、解放はみずからの手による苦闘でしかありえないことを手放さぬこと——こうした生活スタイルは、天皇制への献身没我によって生きる日本人の視野と意識と感性の埒外に置かれてきた。

「陛下に対する片恋といふものはないのだ。〔……〕そのやうなものがあつたとしたら、もし報いられぬ恋がある筈だとしたら、軍人勅諭はいつわりとなり、軍人精神は死に絶えるほかはない。そのやうなものがありえないといふところに、君臣一体のわが国体は成立し、すめろぎは神にましますのだ。」——三島由紀夫は、『英霊の聲』のなかで、青年将校たちの怨霊に、きわめて正当にもこう語らせている。それが正当であるのは、あってはならないはずの「片恋」が、じつはまさしく国民の天皇に寄せる思いの本質にほかならないことを、この小説で三島が渾身の痛恨をこめて描いているからである。すべてを見ていてくださり、国民の悲しみをともに悲しんでくださるはずの陛下が、いかに全国巡業を重ねようとも、いかに各地の国体や植樹祭に出かけようとも、そこでつかのまに出会う日本人のひとりひとりを憶えているはずがないのは、自明のことだろう。天皇にたいする国民の思いは、本質的に片恋でしかありえない。相互に対等な感情の交換や意見交換が成立すべくもない片恋的関係であればこそ、はじめて、天皇は象徴たりうるのである。

だが、天皇と「国民」とのこのような片恋関係は、その国民のすべての人間関係を規定する。これがまさしく、天皇制の最大の機能にほかならない。

なるほど、ヒトラー・ドイツとは対照的に、日本の天皇制は、反対者をさえも包摂することで、みずからを維持し肥大させてきた。歴史的に見てもまた、そうだった。大和朝廷の権力確立以後だけに限っても、日本の生活と文化は、さまざまな外来の要素を包含して形成されてきた。渡来人といわれる人びとは、日本に異質な文化をもたらしただけでなく、みずからも日本に住みついた。そしてその数は決して少なくない。

しかし、だからといって、日本はいま、多民族国家かといえば、断じてそうではない。日本は、あくまでも単一民族国家でしかない。古代の渡来人の子孫たちどころか、ごく近い過去の植代地支配と、現在の経済的・文化的侵略の結果として多くの外国人が日本に住み、アイヌモシリや沖縄の人びとが日本に生きているにもかかわらず、日本は単一民族国家でありつづけている。なぜなら、天皇制日本は、これらの人びとに日本人と化することを要求し強制しはしても、たとえば朝鮮人が朝鮮人のまま、沖縄人が沖縄人のまま、フィリピン人がフィリピン人のまま、日本社会の構成員として生きることは、絶対に容認しないからだ。ナチス・ドイツのように抹殺をもってその人びとに立ち向かわないとしても、かれらが独自の生きかたを、独自のこころを変えないかぎり、かれらを同胞とは認めないのである。これが、大東亜「共栄」の根本理念だった。

「満洲事変」勃発の三年後、まだ盧溝橋事件によって中国大陸侵略戦争が本格的に拡大されるよりまえ、一九三四年十二月二十六日に発行された陸軍省パンフレット『経済戦略・思想戦略――将来戦は如何に戦はれるか』（今日の問題社）は、この原則を「皇化」という明確なスローガンに要約しながら、つぎのように書いている、「日本は今や、太平洋時代に於ける世界の聖義軸心に立つて、真の逆義を世界に恢弘《くわいこう》するため、自主的に勇往しなければならぬ運命に置かれてゐる。〔……〕混沌たる世界の現勢に於て、太平洋時代を主導する日本の経済思想戦の大根幹は、速《すみやか》にこれを洋の東西、時の古今に通じて戻《もと》らない所の『皇道文化聖戦』の上に確立しなければならない。要約して『皇化』と云ふ。即ち『世界皇化』の大旆《たいはい》を以《もつ》て、人類の幸福平和を招来する所の大使命を果さなければならない。」

世界皇化政策、つまり世界のあらゆる人間に日本が理想とする価値観と生活原理とを強制することがすなわち世界の解放である、というこの侵略イデオロギーは、しかしながら、このような誤解の余地のないテーゼのかたちでよりは、むしろ、生活のなかの小さな表現のなかに、生活スタイルと、ものの感じかたそのもののなかに、さまざまなかたちをとって現われている。「皇化」とは、歴然たる侵略イデオロギーであるよりは、天皇制日本人の生活感情なのだ。

たとえば、戦後民主主義最盛期の一九五六年六月に東海道線の夜行急行「銀河」のデッキから転落して死んだ盲目の音楽家、宮城道雄は、箏《こと》と三絃のための『小曲集』のなかに、つぎのような歌詞をもつ一曲を収めている――

花よりあくる
　みよしの、
春のあけぼの

見渡せば
唐人《もろこしびと》も　こま人も
大和心《やまとごころ》になりぬべし

これが、天皇制の文化であり、天皇制の組織原理なのだ。そしてこれが、天皇制日本人の、世界とのかかわりかたなのだ。宮城検校《けんぎょう》は、もちろん、これをひとつの理想的な姿として吟じたのだろう。だが、この歌のなかにわれわれは、理想の埒外にある他者にたいして日本人が結んできた関係を、如実に読みとることができる。いったいなぜ、桜の花の白さから明けそめる吉野山の春のあけぼのを見て、中国人《もろこしびと》や朝鮮人《こまびと》が大和心にならなければならないのか。そうなったにちがいないと推測する権利など、日本人は持っているのか。

——だが、現実に天皇制日本人は、アジアの同胞と自分たちが呼ぶ人びとに、これを要求してきたのである。

天皇制の「やさしさ」、「慈母」のごとき天皇制の、ここに本質がある。同化に同意するものにたいしては限りなく慈愛深く、しかも清純であるかもしれない。しかし、あくまでもまつろわぬ人びとにたいしては、暴力によって隷従を強制し、それでも圧伏できなければ殺戮をもって対処する。こうして圧伏され殺戮された人びとは、残念ながら、日本人のなかには極度に少なく、大多数が日本人以外のアジア諸民族だった。日本人は、ナチス・ドイツの大量虐殺にも劣らぬその大多数の人びとを、圧伏し殺戮した実行者だった。天皇制日本人の「やまとごころ」

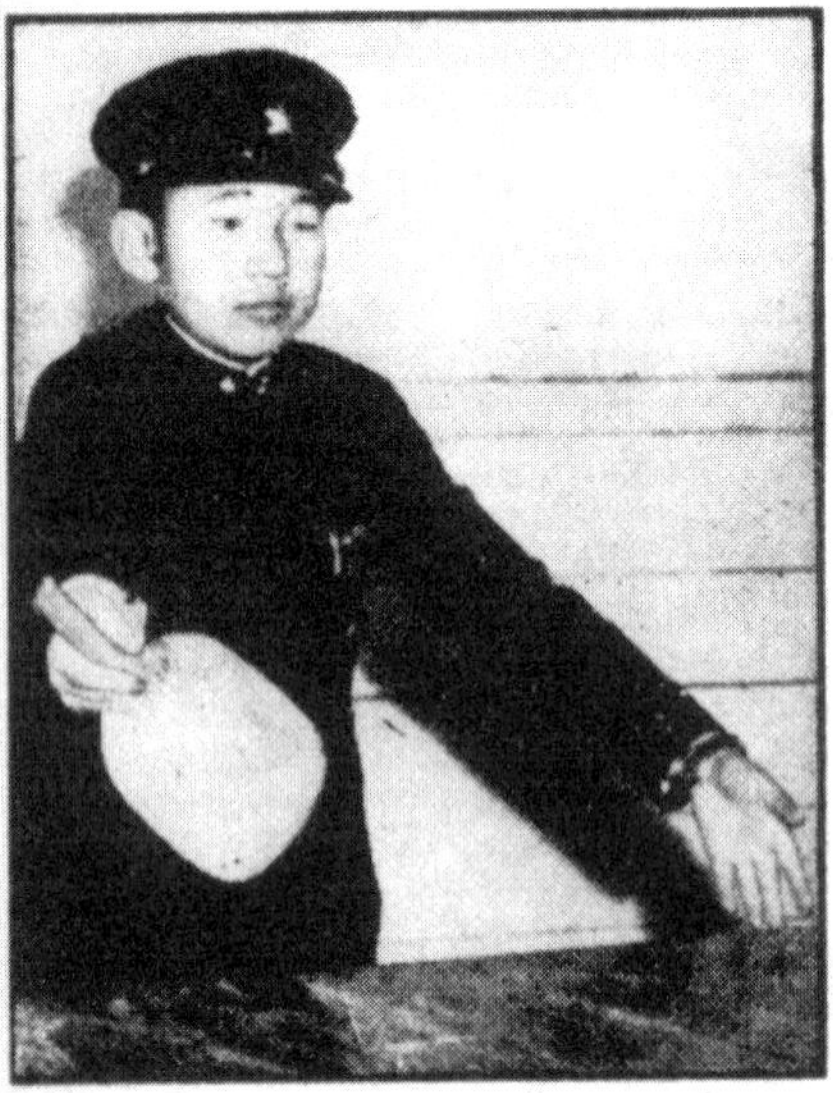

Kronprinz Akihito von Japan feierte seinen vierzehnten Geburtstag. Sein Hauptgeschenk war ein Tischtennisspiel, das nun auch in Japan allmählich Anklang findet.

『デァ・シュピーゲル』1947年１月25日号。「日本の皇太子明仁が14歳の誕生日を迎えた。彼がもらった第一のプレゼントは、いま日本でも次第に人気を呼びつつある卓球のセットである。」

は、自分自身が天皇に片恋をささげるのと同じ関係をそれらの人びとが自分にたいして結ぶことを要求するすべしか、知らなかったのである。

天皇制を呼吸して生きながら、しかもこのような関係とは別の関係を実現していこうとするものにとって、それゆえ、道はさして多くはない。そのわずかな道とは、当然のことながらまず第一に、天皇制の理想の埒外にとどまるしかない人びととの出会いであり、そのような人びとを実生活のなかで発見することだろう。理想の担い手となるべき自分の外に、この理想にとっては客体でしかありえない存在、この理想の担い手となることを現実の諸関係が決してゆるさない存在を、具体的に発見すること。それは、じつはいつでも可能だったし、いまでも可能でありつづけている。にもかかわらず、そのような他者を発見し、そのような他者と出会うことがこのうえなく困難だったのは、おそらく、もうひとつの道をわれわれがみずから閉ざしてきたからではあるまいか。

そのもうひとつの道とは、日常のさまざまな活動や社会的な運動のなかで、われわれが、多様性と多面性を、相互に認めあい重視しあう、という道にほかならない。ファッショ（束）の素材として組織されることにたいする抵抗力は、月次《つきなみ》なことではあっても、単一性よりは多様性を選ぶという実践原則の血肉化をおいて他にはありえないだろう。そしてこの道は、いまではようやく、遠い夢であるよりは現実に可能な小径として、さまざまなところでたどられはじめてもいる。多様な試みが、別の試みの存在をとおしてはじめて、自己を再発見し、自己を変革しつつある。たとえば、無農薬野菜や自然食をかちとる運動は、反原発や、「障害者」の解放や、女性解放や、新空港反対や、政治犯救援、等々の運動と出会うことがなければ、たんなる健康食品の買いあさりやグルメ主義にとどまってしまうかもしれない。別の運動にとっても、また同様のことが言えるだろう。ある単一の運動にすべての人びとが結集することにもまして、さまざまな運動がこの現実のなかに共存しあうことこそが、重要なのだ。それは運動の弱さではなく、ゆたかさであり強さなのだ。多様な試み、多面的な運動の共存こそは、それぞれの試みやそれぞれの運動にとっての、自己点検と相互確証との、必要条件なのだ。

こうした多様性、多面性のなかではじめて、理想への自己放棄と、他者への理想の押しつけは、その力を失うだろう。片恋ではなく、対等な相互関係が、ここではじめて可能となるだろう。天皇と天皇制への片恋を理想としている人間たちにたいしては、それよりも充実した人間関係が存在しうること、そしてその関係は具体的にたたかいとることができるのだということを、われわれ自身が実践のなかで示すしかないのである。

（『叢論日本天皇制Ⅱ　天皇制の理論と歴史』、一九八七年九月、柘植書房）

文学表現のなかの〈異境〉
——ナチス文学と戦時下日本との比較で

1　はじめに

こんにちは。池田浩士と申します。どうぞよろしくお願いいたします。

いま司会の方もお話しくださいましたが、わたしはもともと大学ではドイツ文学を勉強いたしました。日本の文学作品も——散文的人間ですので特に小説を——読むのはたいへん好きなんですけれども、主としてドイツの、いろいろな時代の散文文学、それも長篇小説、ドイツ語で「ロマーン」と呼ばれる文学ジャンルを、いわゆる研究テーマにしてまいりました。

二十世紀のドイツ語圏の文学では、この長篇小説というジャンルは、例えばトーマス・マンやローベルト・ムジールなどとの関連で思い描かれるかもしれません。しかし少し視点を変えて見ると、長篇小説という表現形式は、ドイツでも一九二〇年代後半から、プロレタリア文学運動のなかで重要な位置を与えられます。日本をふくむ国際プロレタリア文化運動の、主導的な理論によって、そうなったわけです。ところが、じつは、ヒトラー治下の「第三帝国」でも、長篇小説は非常な隆盛を体験しています。そういうこともあって、大学の卒業論文でナチス時代の一作家を長篇小説、とりわけ教養小説とのかかわりで論じて以来、ナチズムの文学・文化をずっと勉強してきました。

そのナチス・ドイツのもっとも緊密な同盟国であった当時の日本の文学や文化にも、したがって関心を持たざるをえないわけですが、「大東亜戦争」の時代の文学――もちろん「大東亜戦争」という呼称は意図的に使っています。「太平洋戦争」というのは勝手に鬼畜米英がつけた名前ですから（笑）――その大東亜戦争の時代や、それに先立つ一八九五年以後の、海外植民地を持った帝国主義国家としての日本の文学を、植民地支配や侵略戦争とのかかわりで研究するという作業は、しかし残念ながら、戦後民主主義のプレッシャーがあったためでしょうけれども、それほど長い歴史を持っているとは言えません。

ドイツに関してもまったく同じでした。ドイツではナチ時代の責任は非常にしっかりと反省されているのに、日本では学校でも侵略の事実についてはきちんと教えず、たとえば進出という言葉でごまかしてきた――というようなことが、日本ではよく言われてきました。そのあげくのはてに、これに反撥する「自由主義史観」だの「自虐史観批判」だのという恥知らずが登場したわけです。日本が、国家社会総体として侵略責任をきちんと償っていないことは、否定すべくもありません。けれども、「ドイツでは……」という言いかたは、現実に即したものではないのです。ドイツでも、ナチス時代の歴史についての反省は、通りいっぺんのものという次元を越えてはいませんでした。もちろん日本に比べれば雲泥の差ですが、西ドイツ赤軍というような、いわゆる過激派、ドイツではテロリストといいますが、そのテロリストたちは、父親の世代が頰かむりをしている歴史責任を自分たちが償うのだ、と明言して出現したということでもわかるとおり、戦争責任、侵略責任、あるいは他民族に対する暴虐の責任というものは、現実には、ドイツの国民の共通のテーマとしては充分に深められてこなかった時代が長く続いたのです。「第三帝国」の文学や文化に関しても、あんなものは文学や文化の名に値しない、という言いかたで、黙殺し、なかったことにして、直視しなおすことを避けた時代が、敗戦後ずっと長く続きました。その一方で、戦後もなお西ドイツでは、ナチス時代の人気作家たちの作品が広く静かに読みつづけられていたのです。

しかし、六〇年代末の、日本の全共闘運動と対比できる、ドイツにおけるいわゆる新左翼の運動も一つの大きなバネになって、第三帝国時代の責任を、文化の領域でもしっかり問い直さなければいけない、という認識が生まれ、この二十数年間、ようやく地についた研究が徐々に深められてきています。

わたし自身は、もちろんファシスト、ナチではありませんので、批判的に勉強をしていきたいというふうにずっと思ってきているんですけれども、残念ながら、どうも感性的に、第三帝国の文学のなかのある種の要素に関しては、必ずしも反撥、ないしは反対だけではないというところが、自分の感性のなかにどうやらあるらしいということを、いつも感じてしまいます。日本の海外進出文学についても、やはり同じような思いがあります。この何かしら一種の吸引力のようなものは、それらの文学表現のいわゆる芸術的な質の低さを指摘し批判するだけでは、解消するものではない。思想的、イデオロギー的な批判や、倫理的な善悪の判定で決着のつくものでもない。ナチズムや侵略戦争が悪であることが確定してしまっている現在の時点から、現在の尺度で当時の文化・文学表現を断罪してみても、あの時代の現実のなかでそれらの表現が持った力に、もちろん一指も触れることはできないでしょう。

いったいこれをどうとらえるべきなのか、まだよくわからないのですが、少なくとも、こういう思いをいだいてしまうわたし自身には、正しい立場から誤謬を撃つ、というような研究姿勢をとる資格などない、ということだけは確かです。ナチス文学や日本の海外進出文学と向き合うことは、思想や観念の上ではなく感性の次元で、自己批判の作業であらざるをえない。そうした作業として、もっともっと勉強していきたいと思っています。

2 ある「植民地ガイドブック」にふれて

前置きが長くなりましたが、まず最初に、文学とは直接関係がないように思える一冊の本についての話から、始めさせていただきます。

一九三三年一月三十日に、ヒトラーが大統領によって首相に任命されたとき、ドイツは、当然のことながら、海外植民地を持っておりませんでした。ドイツが持っていた海外植民地は、すでにそれよりも十四年前、第一次世界大戦で敗北したのち、ヴェルサイユ条約によって、すべてドイツの支配から離れていました。

ところが、ヒトラーが政権をとってから五年後の一九三八年――それは十二年余りのナチス時代のうちで、国民の生活が相対的に最も豊かになった時期であり、第二次世界大戦に突入する前の、第三帝国の国力が最高潮に達した年だったのですが――その一九三八年という年に、『ガイドブック　われらの植民地』という一冊の本が刊行されました。

『ガイドブック　われらの植民地』

この本が出たときには、つまり、タイトルにある「われらの植民地」なるものは存在しませんでした、ドイツには。ところが三八年にこういう本が出版され、そのなかに次のような一節が、最初の一章の冒頭部分に出てきます。なぜいまこのような植民地案内の本を出すのかという、その刊行の意図を述べたくだりです。

いままでにも植民地に関する本は、少なからず出ている。けれども、それらはみんな昔じっさいに植民地で生活した人や、あるいは植民地貿易に携わった人など、かつて植民地に直接関係をもっていたごく少数の人びとのために書かれたものだった。こう述べたあと、著者はつぎのように書いています、「しかし、ドイツの植民事業は今日、国民のだれにとっても重要なかかわりがあるのだ。」そしてそのあとさらに、こう書きます、「わが民族の生活のあらゆる領域で、総統《フューラー》が進路と目標を示してくださっているのであるが、それと同じく、われわれの植民地をしかるべき時が来ればドイツ民族に再び与えてくださるのも総統だけである。」

つまりこの本は、かつて失った植民地を総統、すなわちヒトラーが必ず再びわたしたちに取り戻してくださる、その時が近い、という認識にもとづいて書かれ、刊行されたものなのです。だから一部の旧植民地関係者にとってだけでなく、ドイツ国民のすべてにとって、植民という問題は非常に重要なかかわりがあるんだというのです。「植民というものは、一民族全体が熱い心と深い理解とをもってそれに参加するときにのみ、可能なのだ。本書が、わが民族のなかに植民思想の新たな支持者を獲得するうえで貢献することを願ってやまない」と、こういうふうに著者は書いています。

この本から、一九三八年の時点で、ドイツは、一般に指摘されてきたように予想されるイギリスとの戦争を回避し、スラヴ圏、つまりソ連と東欧に侵攻するという展望をいだいていただけでなく、かつて持っていた海外植民地を奪回するときが近いという見通しを立てていたことが、読み取れるのです。きびしい言論統制のなかでのことであり、しかも著者のパウル・H・クンツェは「予備役海軍少佐」という官職名を肩書きにしてこの本を書いているのですから、たかが一冊の本の記述にすぎない、と言ってすませることはできません。

さてそれでは、そのドイツの植民地は、どこにあったか、それをここで見ておきたいと思います。図をごらんください。

いまお話ししたガイドブックから取った図版なんですけれども、まず第一図では、ユーラシア大陸でドイツ語を話す人間が住んでいる地域が表示されています。黒い網がかかっているところはドイツ本国ですが、それ以外、粟粒のようなしるしが密集あるいは点在している部分に、ドイツ語を日常語とする人間が一九三八年の時点でいたということです。

それから、第二図は、世界中にドイツ人がどのくらい住んでいるかを示しています。北アメリカには、二五七五万人ですか。それから南アメリカには二〇九万人、アフリカには一六万八〇〇〇人。アジアの全域には三万五六〇〇人。オーストラリアに二〇万人。このくらいのドイツ人が、つまりこの著者たちがドイツ人というふうに認識している人たちがいたということです。これはつまり移民として行った人たちとその子孫たちですね。

ここで念のため申し上げますと、チェコ西部のズデーテン地方、それからオーストリア、これらを併合する前のドイツの人口は、一九三六年の時点で、約六六〇〇万人でした。首都ベルリンの人口が、そのころ四〇〇万人です。つまり、ドイツ共和国――ヒトラーの時代も正式国名はヴァイマル時代と同じドイツ共和国でした——の本国、いわば内地に住んでいたのが約六六〇〇万人だったのにたいして、オーストリアその他のヨーロッパは別として世界各地におよそ二八〇〇万人のドイツ人、この本の著者たちがドイツ人というふうに認識している人たちが住んでいたわけです。

つぎに第三図、これが、ヒトラーが再び取り戻してくださる日が近いと期待されていた、いわゆる海外の植民地です。これらの海外植民地は、すべて一八八四年——ドイツ帝国が統一国家としてプロイセンのもとに建国された一八七一年から十数年を経た八四年の、ほぼ四月から十二月までのあいだに、獲得されたものでした。くわしい経緯は省略しますが、これら海外植民地の獲得によって、後進国家ドイツは帝国主義先進国の仲間入りを果

第一図

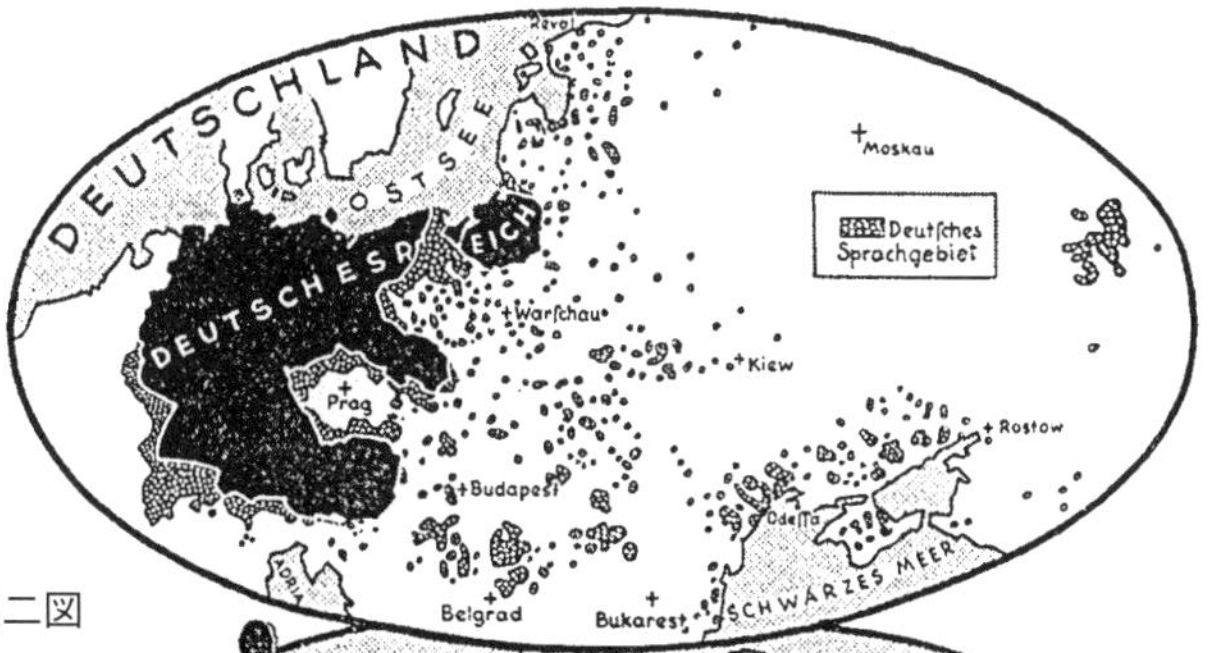

第二図

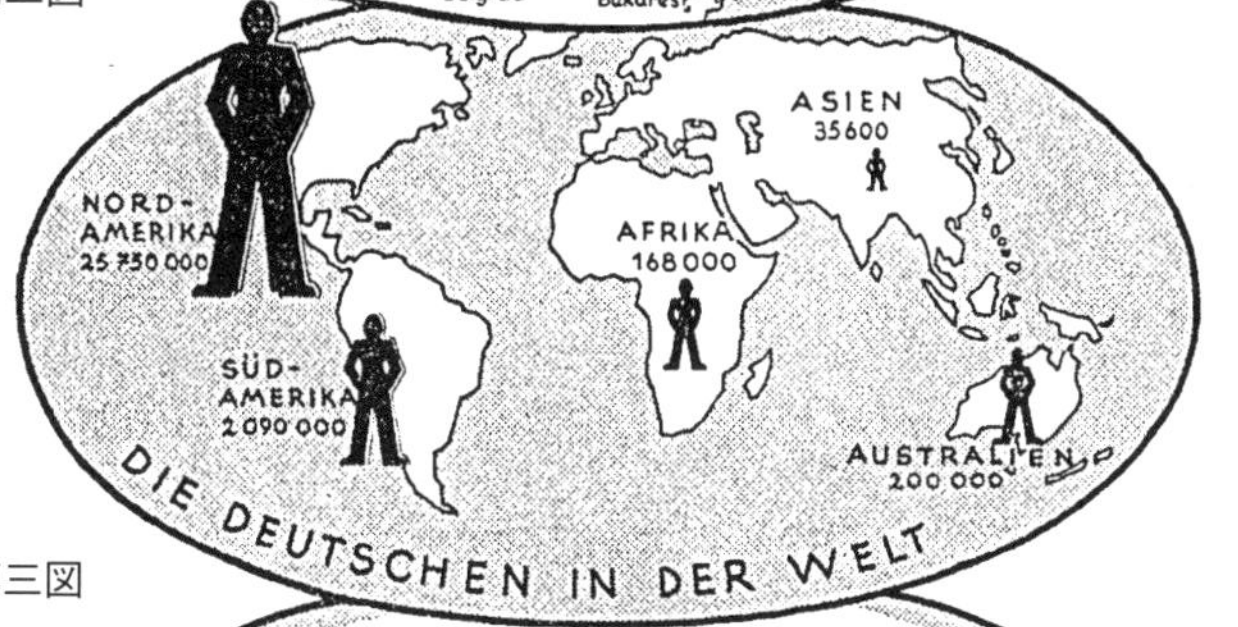

第三図

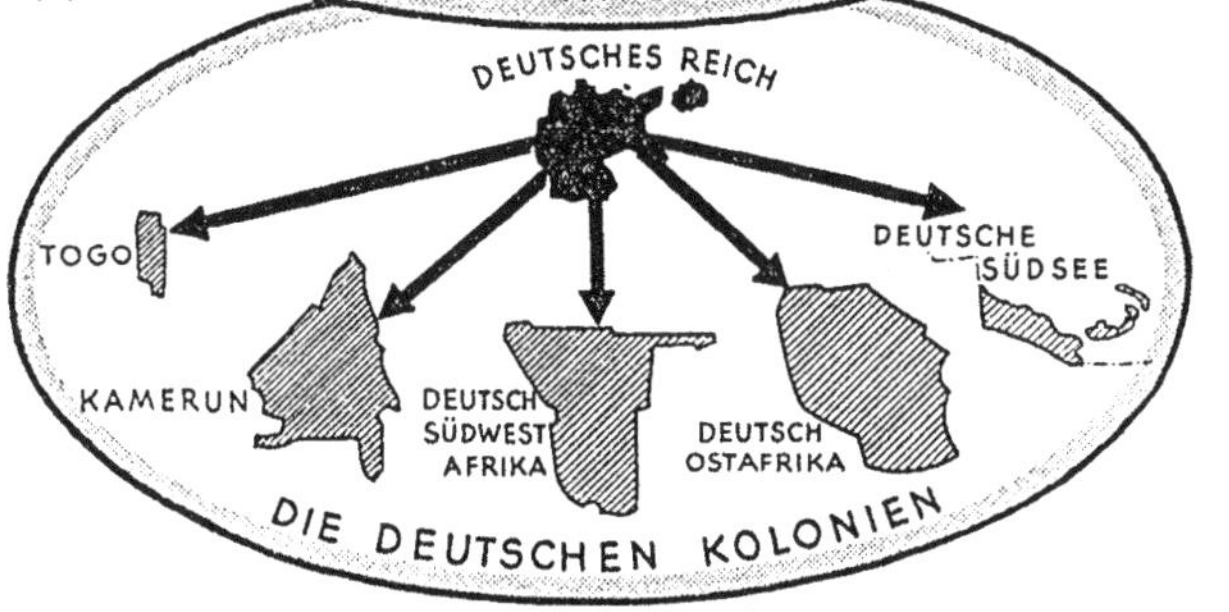

Die Lebensräume des deutschen Volkes

たしたわけです。日本が台湾を領有して「世界の一等国」への一歩を踏み出すより、わずか十年前のことです。

そういうわけで、ヒトラーが奪回することを期待されていた植民地といえば、これら海外のものが当然クローズアップされるわけですが、『ガイドブック　われらの植民地』が重要であるのは、もうひとつ別の要因をきちんとおさえているからです。それは、海外植民地を持つ以前に、ドイツには非常に古い植民の歴史がある、ということです。これを歴史的にきちんととらえることが、現在のドイツがどういう方向に進むべきであるかということと密接にかかわっている、という認識が、この本には基本的にあるわけです。

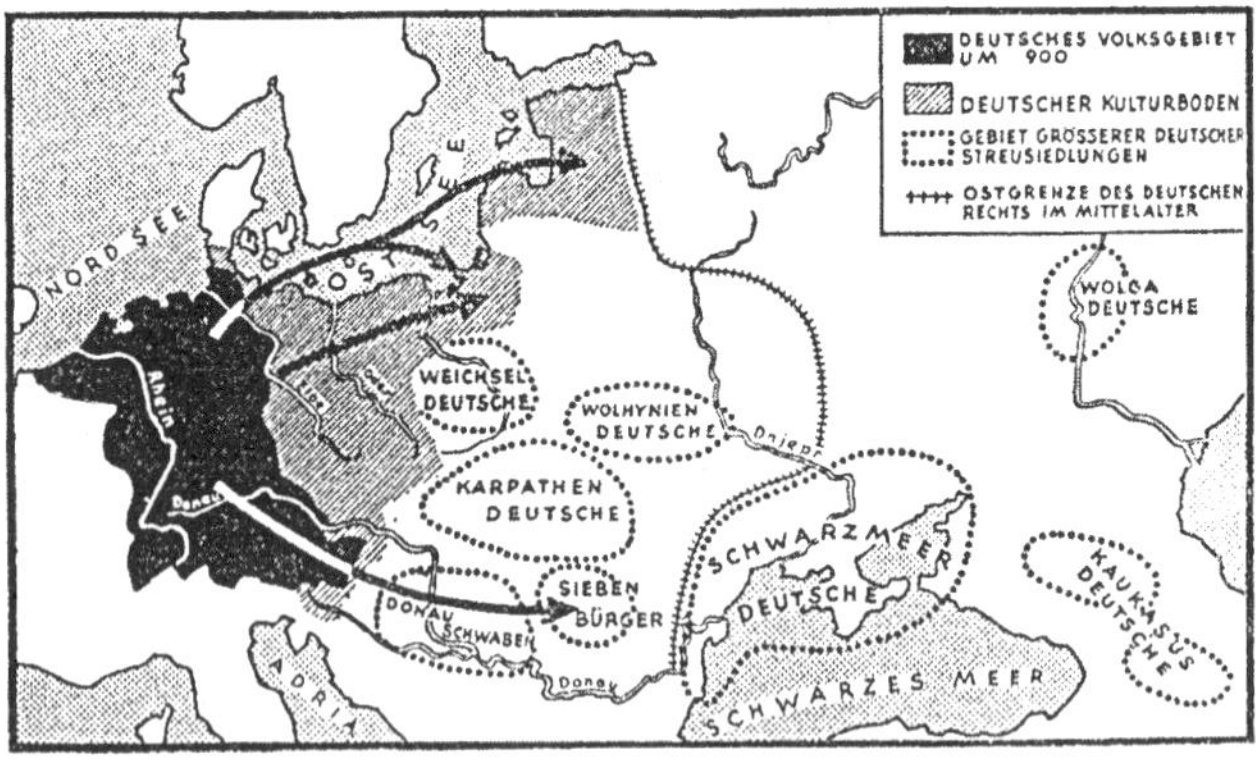

Die deutsche Ostkolonisation

第四図

第四図は、歴史をさかのぼって、海外ではなくヨーロッパの内部でなされたドイツの植民を示しています。中世の初期、ほぼ西暦九〇〇年ごろのドイツが——もちろんそのころドイツなんて国はないわけですけど、これはナチスの歴史観ですから——要するにドイツ人が、民族大移動によって定着したドイツ圏から、別のところに植民を行なっていた様子が描かれています。いちばん左にある黒いところが、西暦九〇〇年におけるいわゆるドイツ民族の国家で、斜線の部分は、ドイツ文化と名付けられるものが営まれている領域です。

それから点線で囲まれている飛び地は、いわゆるドイツ人が中世の時代に入植した場所です。そのいちばん右の端にあるのがヴォルガ・ドイツ人の領域。ヴォルガ河流域に入植したドイツ人の生活領域ですね。それから黒の真下にあるのがコーカサス・ドイツ人。それから黒海の北岸にひろがる黒海ドイツ人。真ん中よりもちょっと左寄りに、かなり大きくカルパーテン・ドイッチェとあるのは、これは吸血鬼ドラキュラの本拠であるカルパチア山脈のあたりに入植したドイツ人ということで、こういうふうにドイツ人が、すでに中世にヨーロッパの各地に植民地をつくっていた歴史があるということを、非常に重要なこととして強調します。ドイツ人が、狭いドイツの政治圏内から出ていって、そこで農業を行ない、そこに根を生やしたということが、その後のドイツの歴史の形成、統一国家の成立にとって非常に重要な素地になったということを、強調するわけです。

『植民地新ガイドブック』

　このガイドブックが、比較的最近に獲得され短期間で失われた海外植民地だけでなく、長い歴史の脈絡のなかでドイツの植民地をとらえていることに、あらためて注目せざるをえません。すぐに始める戦争、新たな植民事業を合理化するための、一つの歴史的根拠として、こういう「事実」が充分に活用されていくということを、それは物語っているからです。

　一九三九年九月一日、ナチス・ドイツのポーランド侵攻によって第二次世界大戦が始まりました。その戦争の第四年目、一九四二年に、『ガイドブック　われらの植民地』の改訂新版が『植民地新ガイドブック』という題名で刊行されました。著者クンツェは、新たに加えられた「世界におけるドイツの新しい植民地」という最終章で、ヴェルサイユ条約がついに最終的に無効となってドイツが植民地を奪回する日が現実にやってきたことを、誇らかに宣言したのでした。

3　日本とドイツの時差

　さて、クンツェが『ガイドブック』でその意義を強調したヴォルガ・ドイツ人、カルパチア山脈近辺のドイツ人、黒海ドイツ人、コーカサス・ドイツ人等々、ヨーロッパ大陸の各地に入植していったドイツ人やその子孫たち、それから一八八四年以後に、海外の植民地を経営していくことになるドイツ人の運命といいますか、生きざまというものを描く文学作品が、当然生まれてこなければなりません。マゾヒズムで有名なレオポルト・ザッハー＝マゾッホ（一八三六－一九五）は、十八世紀後半にオーストリア帝国の支配下に編入されてドイツ民族が進出したガリツィア（ポーランド東南部からウクライナ西部にかけての地帯）を舞台にして、すぐれた作品をたくさん書いた作家でもありました。ドイツ帝国の成立によってナショナリズムが昂揚した十九世紀後半には、ヨーロッパの外地ドイツ人を意識的に描く作家が、マゾッホの他にも現われてきます。しかし、こうした文学作品が一挙に噴出してくるのは、第一次大戦後、一九二〇年代のことで、しかもその中ごろ以後になってからなのです。

つまり、植民地を海外に持っていた時代には、その植民地とのかかわりを描く文学作品は、あまりなかったのですね。ところが、ヴェルサイユ条約によってすべての海外植民地を失い、東方の権益地域も失ってしまったときに、いまはもはやない植民地を描く文学作品が、次々と生まれてきます。

そして非常に重要なことだと思いますのは、それらの作品の少なからぬものは、日本で、つまりナチス・ドイツの最も緊密な同盟者であった日本という国家社会で、いちはやく翻訳紹介されてきたのでした。古い本を置いている図書館には、いまでもあると思います。したがってこういう文学作品、植民地を描いたドイツの文学作品というものは、わたしたちの先輩たちにとって、決して疎遠なものではなかったということです。そしてドイツでは、こういう、植民地を描いた作品、植民地体験を描いた作品が、ヒトラーが権力を掌握していくうえで非常に重要な露払いの役割を果たした。これはきょうは細かくお話しできませんけれども、事実として確認できることです。

それと関連して、もうひとつ重要だと思うことは、第一次大戦から四分の一世紀後に第二次大戦を体験したドイツにおいて、それでは第二次大戦の過程で一時的に獲得した、かつて中世初期以来ドイツ人が入植した東ヨーロッパ、南ヨーロッパの地点が、文学のなかでどのように描かれたか、という問題です。

ところが、こういうテーマを、その現時点で、一九三〇年代末、四〇年代前半に描いたナチス文学というのはほとんどありません。これは、わたしがいま、ほとんどありませんと偉そうなことを言う以前に、エルンスト・レーヴィというドイツの文学史家が、いまではスタンダードワークの一つになっている『ハーケンクロイツ（鉤十字）の下の文学』という一九六六年に初版が出た本――一九九〇年にポケットブック・シリーズの一冊として新版が刊行されました――のなかで、「第二次大戦の体験についてナチ作家たちは口を閉ざして語らなかったが、それはむべなるかなというべきである」と書いています。

どうして「むべなるかなというべきである」かといえば、まず非常に短い期間しか占領支配が続かなかった、ということがあります。そこに実際にドイツ人が再び入植をして、そこで文字通り植民地活動を営んでいくという、その時間的な余裕がなかったので、ほんのエピソード的な、軍事的占領という体験に終わってしまったからということが、おそらくあると思います。

もう一つは、そこでの体験が、あまりにもおぞましいものであった。だから、ロマンチシズムをいかに盛大に盛り込んでも、とうてい美化できないような、おぞましい体験をそこでドイツ人がせざるを得なかったということ。これは例えば、一つの村の皆殺しとか、つまりそういうふうなことです。そういうことを文学作品のなかで、いかにナチス文学でも、美化することはできなかったということ。おそらくこの二つが、わたしはあの「むべなるかな」というレーヴィのコメントが意味しているものだと思います。

いずれにしても、まずここで皆さんとご一緒に確認しなければならないのは、同じく植民地と侵略戦争をテーマとする文学表現でも、日本とドイツとではまず第一に時代的なずれがある、ということです。日本が海外植民地を持つのはドイツより十年あとですが、たとえば朝鮮半島についていえば、一九四五年の敗戦にいたるまでの三分の一世紀が、現在形で植民地との関係が描かれた時代でした。つまりその時代には、ドイツは、植民地を持っていなかった。そして、また再び植民地を持つことができるかのように思われた第二次大戦中の、その現場での体験は、これはその時点でも描かれなかったし、戦後にもそういう体験が植民地体験として意識的に描かれることは、ほとんどなかった。したがって、われわれが植民地支配やナショナリズムという観点から思い描くことになるような文学表現の諸問題は、ドイツではむしろ第一次大戦の敗戦以前をテーマにした文学作品の問題であるという、時間的なずれ、一種の時差が生じざるをえないということです。

4 ハンス・グリムのアフリカ

第一次大戦で失われた海外植民地、さらにはかつてのヴォルガ植民地、そういうドイツの植民地を描いた代表的な三人の作家を、とりあえずここで取り上げてみたいと思います。ハンス・グリム、ヨーゼフ・ポンテン、それにエートヴィン・エーリヒ・ドヴィンガーという、ナチス文学を代表する三人の作家です。それぞれ一八七五年と八三年と九八年の生まれですが、歿年その他も引用文献リスト（本稿末尾）に記しておきましたので、日本だったらどういう文学者たちと同世代なのかというようなことも、お考えいただければありがたいと思います。

ハンス・グリムという人は、長いあいだアフリカで実際に生活をしました。彼は一九一〇年までの十数年、つまり、十九世紀の末から二十世紀の初めに至る十数年間を、海外植民地で過ごしたんですが、これはドイツの植民地で過ごしたのではないんです。イギリスの植民地、つまり南アフリカ連邦共和国ですね、これは昔ケープ植民地といったわけですけれども、現在の南アで暮らしました。そこのドイツ商社のセールスマンとして働き、やがて独立して貿易商となりました。

さて、そのケープ植民地というのはどこにあるかというと、第五図のアフリカの地図の、いちばん下ですね。細い縦の線が引いてあるのが、大英帝国の植民地であるわけです。ところで、そのケープ植民地の横に、真っ黒なのがありますが、この黒いところが全部で四カ所アフリカにあります。何かクイズみたいですが、さきほどの第三図の左から四つの形をそれぞれ当てはめていただければわかるとおり、アフリカにおけるドイツの植民地です。いちばん小さいのがトーゴ。奴隷海岸、黄金海岸、象牙海岸などがある、あのあたりですね。つぎに、トーゴよりも東にある先端が三角形のようにとがっているのがカメルーンですね。そこから一気に南へ下がって、先ほど言いましたイギリス領ケープ植民地の西側にあるのが、ドイツ領南西アフリカ。そして東側の海岸沿いにある、マダガスカル島の北西あたりにあるのが、ドイツ領東アフリカです。アフリカにはこの四つのドイツ植民地がありました。

ご承知のとおり、この南西アフリカというのは、ナミビアのことです。これは第一次大戦でドイツが負けたあと、英国の植民地である南アフリカの支配下に置かれて、二重の植民地支配に苦しむことになります。一九九〇年にようやく独立をして、ナミビアという国が生まれました。日本が輸入する金であるとかウラニウムを、ナミビアの黒人労働者が奴隷労働によって掘り出していたという、そういう日本にとって他人事ではない地域ですが、これがドイツの植民地だったわけです。また、東アフリカについて言えば、あの『シンドラーのリスト』にも出てきたように、ヒトラーは当初、ヨーロッパ中のユダヤ人をみんなマダガスカル島に強制移住させるという計画を立てたのですが、遠いマダガスカルはドイツ人にとって実は身近な土地、かつての植民地のすぐ隣りの島でもあったのです。あるいはまた、第二次大戦後、西独の作家アルフレート・アンデルシュは、五七年に発表された長篇小説『ザンジバル、もしくは最後の理由』で、ナチス・ドイツの現実からの逃亡を夢見る少年に、逃亡先としてザンジバルを思いつかせましたが、この島は、ドイツ領東アフリカ、つまり現在のタンザニアの沖合に浮かんでいるのです。戦後ドイツ文学の成果の五指に入る、とわたしが勝手に思っているこの小説は、日本語にも翻訳されています。

　英領南アフリカにいたハンス・グリムは、そのすぐ西隣りである南西アフリカという

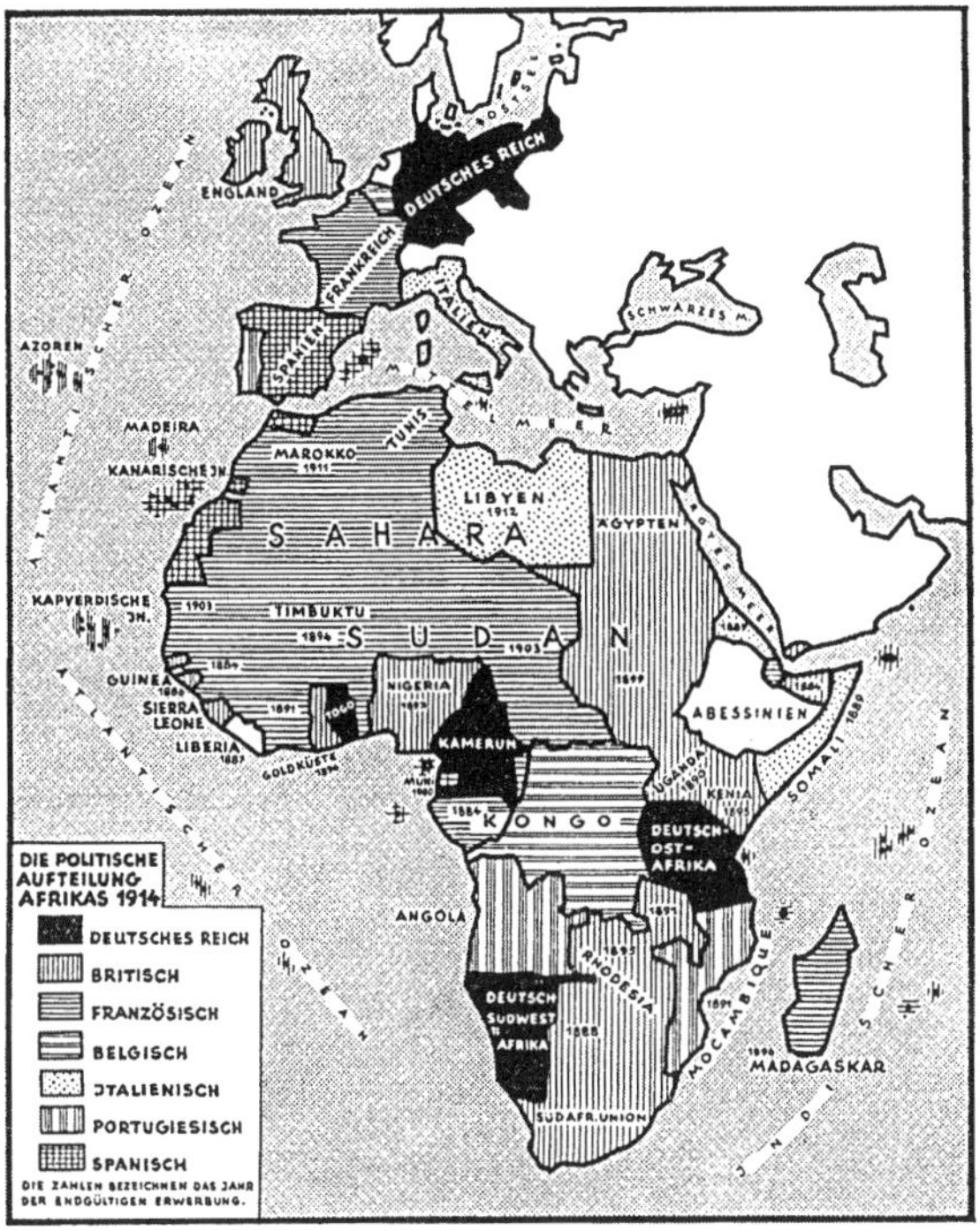

第五図

ドイツの植民地の現実を目の当たりにすることができました。ハンス・グリムはそこで何を見て何を描いたかというと、後発植民地宗主国であるドイツが、先発のヨーロッパ列強の植民地支配のはざまで、いかに差別され、いかに迫害されているかということでした。有名な『土地なき民』という長大な大ベストセラー小説を、彼は一九二六年に発表しますが、そのなかでは、ドイツで暮らしていけずにアフリカへ行って、ナミブラント、つまりナミビア、南西アフリカで生きる一ドイツ人青年が、おりあらば南西アフリカまで自己の支配圏に取り込もうとするイギリスの植民者たちと戦い、それからホッテントットと呼ばれる現地の人びととの叛乱、そういったものと戦う、その半生を描きました。これは日本で鱒書房という出版社から全四冊で翻訳刊行され、やはりベストセラーになりました。

この作品のなかで非常に強調して描かれているのは、先発植民地宗主国であるイギリスやフランスやベルギー等々と比べて、いかにドイツの植民地経営が困難であるか、ということです。植民地とかかわるハンス・グリムの一貫した基本的視線は、ヨーロッパ諸国のなかでなぜドイツだけが、今まで先発資本主義国が植民地から得てきたような利益をすんなりと得ることができないのか、それが問題である、という一貫したモチーフです。ですから、現地の人たちとの関係を問い直すところ以前で、例えばイギリスの入植者たちとの利害の矛盾とか、彼らからドイツ人がこうむる迫害とか、そういったものをテーマにして、いろんな事件を書くというところにこだわらざるをえなかったんですね。

いったいハンス・グリムの主人公たちは、現地の人たちにたいしてどのような視線を向け、彼らとどのような関係を結んでいたのか――わたしたちがいま日本の文学表現と植民地とのかかわりを考えるときには、このことが問われないわけにはいかないでしょう。もちろん、それがまったく描かれていないわけではありません。しかし、それはグリムの作品の意図的なテーマではないし、また無意識的にせよ描かれているところでも、日本の場合とはずいぶん大きな違いがあると言わざるをえない。

例えば、これまた日本で翻訳が出た『カルーの裁判官』という短篇集があります。一九二六年に刊行されたもので、日本語訳の題名は『野象物語』となっています。「象が帰ってきた」という短篇の題名をとったものです。これは、人間を殺したまま姿を消してしまった野象が、昔からの言い伝えどおり、一年後に同じ部落に帰ってくる、そういう物語なんですけれども、そのなかに、主人公である入植者の現地人にたいする見方をくっきりと描いたところがあります。舞台はハンス・グリム自身がいた英領南アフリカで、ドイツ領ではありません。主人公夫妻は、女性がオランダからの入植者。それからその女性が結婚したイギリス人の男性。この夫婦には子どもがいないため、夫の故国イギリスに里帰りして、孤児院の、十五歳になる少年を里子にもらってアフリカへ連れて帰る。そういう設定になっています。アフリカへその少年を連れて帰った主人公のイギリス人が、自分の経営する現地の農場の、ホッテントット人の支配人ゲリットに、少年を紹介する場面、それがこれからお話しする問題の箇所です。

この農場にもうひとり白人の支配人を置くことにするからな、ちゃんと、おれにいろいろ教えてくれたようにこの子にも教えてやってくれと、イギリス人がそのホッテントット人の支配人に言い渡します。それを聞いたときのホッテントット人の支配人、ゲリットの気持を、作者はこう記しています、「ゲリットは何の嫉妬も感じなかった。いったい黒人がだれか白人にたいして嫉妬を抱くなどということがあろうか。黒と白とは、決して同じものではない。黒と白とはあくまでも常にまったく別のものなのだ」。

ここで黒人とか黒とか訳したのは、原文ではブラウン、つまり褐色という語になっていますが、とりあえず黒という字を当てておきます。また、ちなみに、ホッテントットというのは、コイ族の人たちを呼ぶさいにヨーロッパ人が用いた蔑称です。さてこのあとに、興味深い一節がつづきます。「黒人はみんな、例外なく、その白人の少年を好いた。白人の少年というのは支配者の子であって、支配者の子がいたずらや乱暴をするときには、多少の暴言はその子の陰に隠されてしまう。また支配者の子が笑うときには、ともに笑いが起こるのである。白人の支配者の子は、あたかもなかなか近づき難い支配者の心に至る、またその妻の心に至る橋のようなものだ」。つまり、なぜ黒人がみんな白人の子どもを好いたかというと、容易には近づくことができない白人の大人に近づく橋のようなものだから、というのです。これは決して、黒人にたいする主人公の関係のありかたを批判する意味をこめて作者が書いているのではありません。これは真理を確認する文体で言われています。つまり白人と黒人はまったく別の人間であり、黒人はせいぜい白人の子どもを媒介にしてしか白人に近づくことができない。これが真理として確認されているんですね。

さらに、白人の黒人にたいする見方は、つぎのような比喩としても描かれています。これは「カルーの裁判官」という別の短篇ですけれども、「少し前、このあたりに小雨が降った。それだものだから、カルーの高原は――〔中略〕――色を染め直した草むらのあいだで、軽やかな緑色の絨毛に包まれていた」。この心地よい光景の描写には、しかし実は註釈が加えられているのです。いまの引用で〔中略〕としたところです。カルーの高原が平素はどのような外観を呈していたかが、ダッシュでくくってこう説明されているのです、「カルーの高原は――ふだんは醜怪なホッテントットの頭の皮膚を張りつけたかのように、かさかさに乾いた草むらと空しい黄色だけであるのだが――」というのです。

はたして、植民地を舞台とする日本の文学表現に、こういうふうな描写をどのくらい見出すことができるだろうかということを、ナチス文学を読むと考えざるをえません。現地の人間にたいするこうした姿勢は、ハンス・グリムの人物たちだけに限ったものではなく、さきに言及した文学史家のレーヴィも、ヨーゼフ・マルティン・バウアーというこれまた代表的なナチス作家の戦記文学に、占領地のいわゆる後進文化地域の民衆にたいするドイツ人のシニカルな侮蔑感があらわになっていることを、指摘しています。もちろん客観的な位置はいまさら言うまでもないにせよ、主観的には、戦地や占領地で火野葦平が、朝鮮については中西伊之助や湯浅克衛が、現地の人びとにたいして、ハンス・グリムの白人たちとは正反対の対しかたを、文学表現によって模索しつづけたことを考えるなら、同じテーマと向き合った日本とドイツの文学には、時差だけではない差異があった、と言うこともできるのかもしれません。

5　ポンテンとドヴィンガーの東部植民地

アフリカにこだわったハンス・グリムと対照的なのは、ヴォルガ植民地をひたすらテーマとしたヨーゼフ・ポンテンでした。この人は残念ながらといいますか、幸せにというか、一九四〇年に亡くなってしまいましたので、戦争責任を身をもって償う必要がなかった人です。と言いますのは、ナチス作家のうちのかなり多くが、最高で二十年の禁固刑、それから十年の執筆禁止とか、財産の半分没収とか、それらを全部合わせてとかいうように、敗戦後にナチス時代の責任を償わざるをえなかったからです。もちろん日本のように、追放になってもすぐに朝鮮戦争が始まると解除になってしまうという、そういうふうなのと似たような、すぐに釈放された人たちもいます。典型的なのは、ハンス・ツェーバーラインという極めつきのナチ党員作家です。ＳＡ（ナチス突撃隊）の旅団長でもあった彼は、戦争末期のパルチザンや非国民の殲滅を任務とする「人狼部隊」という特殊部隊の指揮官として市民虐殺の責任を問われ、戦後のナチ戦犯裁判で「死刑三回」の判決を受けて、控訴審でもこれが維持されたのですが、西独で死刑制度が廃止されたために終身刑に変更され、早くも一九五八年には仮釈放になってしまいました。とはいえ、かなり多くの作家が、ナチス時代の責任を追及されました。

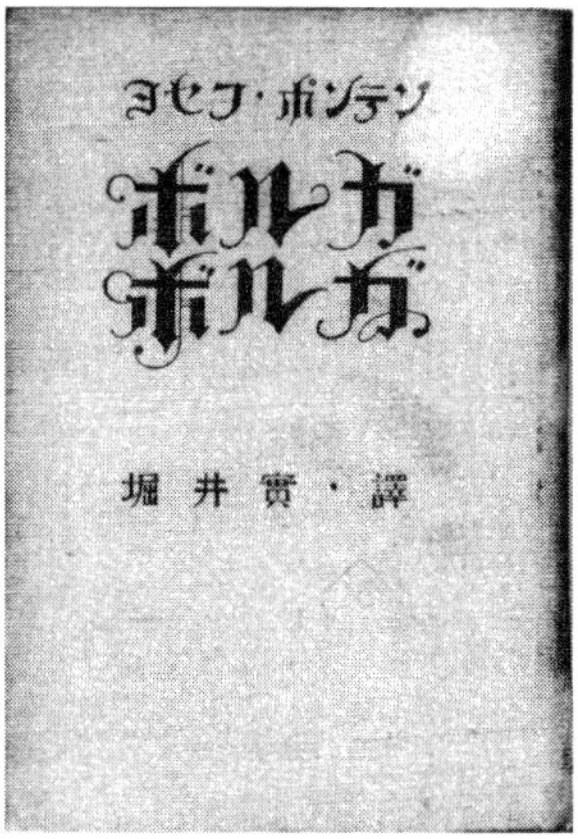

『ボルガ・ボルガ』の日本語訳（1931年１月、春陽堂）

　ポンテンは、敗戦前に死んだために、それをまぬがれたわけですが、死ぬまで、ヴォルガ・ドイツ人の運命をひたすら書きつづけました。しかも中世のことではありません。同時代の物語として、『途上の民族』という全十部作、全十巻を予定していた連作小説を書きます。結局これは彼が四〇年に死んだために、遺稿を含めて第六部までしか完成しませんでした。長大な小説ですが、このうちの第一巻、文字通り『ヴォルガ・ヴォルガ』という題名のものは、原著が出た翌年の一九三一年に、早くも日本で翻訳されました。時代は二十世紀、ほとんどリアルタイムに、ヴォルガ河沿岸のドイツ人の村で学校の教師をしている主人公の日常生活を描いたものです。スラヴ民族の真っただ中で、孤島のようにドイツ人が暮らす地域で、いかに大きな不安と苦労に直面しつづけながら、ドイツ人たちがしっかりと固有のドイツ文化をそこで育てているか。あるときは過去に遡及しつつ、しかし基本的には同時代の歴史として、全十巻まで続くはずだったんですね。読んでいても面白い小説ですが、なぜナチス陣営でも、またプロレタリア文学や反ファシズムの陣営でも、長大な歴史小説が隆盛をきわめたのか、という問題を考えるうえでも、興味深い作品だと思います。

もう一人は、もっともっと研究がなされなければならないのではないかとかねて思っている作家で、ドゥインガーという人です。第一次大戦にわずか十六歳で従軍しまして、ロシアで捕虜になりました。ところが、ロシア革命が起こります。それで彼は、有名な反革命派、白軍の、コルチャックという将軍の麾下の軍隊に編入され、赤軍と戦う内戦の一翼を担うことになりました。こういう人がドイツ兵にたくさんいました。彼はコルチャック軍のもとで革命ロシアの赤軍の部隊と戦いをくり返したすえ、結局、終戦後二年もたってからドイツへ帰りました。ロシアでの体験は、彼にロシア民衆を知る機会を与えたと同時に、のちのスペイン内戦にさいして、ただ共産主義の脅威という理由だけから、みずから武器をとってフランコの反革命軍に身を投じることになるくらい、彼を徹底した反共産主義者に仕立てあげたのでした。

ロシアでの内戦——日本はシベリア出兵で白軍に加担したわけですが——の体験を彼は三部作の小説として書きました。第一部が『鉄条網の背後の軍隊』、これは『シベリヤ日記』という題名で日本でも翻訳されました。それから第二部が『白と赤の間』。これは赤軍と白軍のあいだという意味です。これの邦訳も第一部と同じく弘文堂から刊行されていた世界文庫という新書判の文学叢書に収められました。つづく第三部が『我らはドイツを呼ぶ』、これは翻訳がされないままでした。これらの連作小説でドヴィンガーが、狭い意味での植民地体験の文学ではないにせよ、ロシア体験を、ロシア革命体験、あるいは反革命体験を描いたということは、非常に重要な意味を持っています。

それは、ヒトラーの基本的な路線であるボリシェヴィズムとの戦い、つまり共産主義との戦い、そのための反共十字軍という、ナチの対外膨張政策の一つの口実となった東進政策を、文学表現によって、つまり心情的に、いわば合理化するという働きを果たしていったのです。

ドヴィンガーの重要性は、しかし、それだけにとどまりません。彼は、第一次大戦世代のドイツ作家としては非常に例外的に、第二次大戦の体験をも、文学として表現しました。第二次大戦の占領地での体験は、さきほども述べたとおり、そもそもごくわずかな文学表現しか生まなかったのですが、ドヴィンガーは、第一次大戦の体験との対比で第二次大戦での体験を描いたきわめて例外的な作家でした。彼は、一九四一年六月の下旬に、ロシアを侵略していくドイツ軍の隊列に加わっておりました。このときはいわゆる功なり名を遂げた作家だったものですから、戦闘員としてではなく、いわば軍の報道班員みたいな役割ですね。ドイツ軍のなかに加わって、あらためて自分が第一次大戦とロシア内戦で活躍したソ連領内に入っていきます。ブレスト＝リトフスクを越えて、やがてソ連領に入って、最初に捕虜が収容されているところを見るんですね。そのときの体験を書いているんです。そこで彼は非常なショックを受けたのでした。

それは、わたしが目の前に見ているロシア人は、わたしの知っているロシア人ではない、という衝撃でした。わたしの知っているロシア人というのは何かというと、人のよい熊のように、水色の澄んだ目をして、馬鹿ではないかと思うほどお人好しで、人なつっこい。そういうロシア人を、自分はロシア人だと思っていた。ところがここにいるのは、まるで機械人間のような連中で、すべての捕虜たちがみんな同じ顔をしている。みんな同じように斜めの目でドイツ人占領者たちを見ている。これはプロパガンダによって改造された人間たちだ、とドヴィンガーは感じるのです。

つまり、かつて第一次大戦ではドイツ人のドヴィンガーたちがロシアの捕虜になりました。今は立場が逆転している。けれども、戦うときは敵同士でも、戦いが終われば、いわば人間と人間として付き合っていけた。現に、ドヴィンガーは、白軍に加わってロシア人とともにボリシェヴィキと戦ったのでした。ところが、今度はロシア人がドイツの捕虜になって、その彼らは、自分たちドイツ人を人間として見ていない。それは彼ら自身が機械のような人間になってしまったからだ。そういう人間に、彼らはスターリンによって改造されたのだ――。ドヴィンガーはこう考えました。そしてそこから彼は、壮大なことを構想しはじめます。というのは、いったいこういうロシア人と戦争をすることにはどういう意味があるのかという、第二次大戦の、この侵略戦争の、意味づけです。

その意味づけは、ようやく戦後二十年以上たった一九六六年に、オーストリアの出版社から刊行された『十二の対話』という彼の本のなかで、初めて公にされました。この本は、かつてナチス時代に、ナチス・ドイツの有力な政治家や外交官や軍人と、彼が代表的なナチス作家の資格で行なった対談をまとめたドキュメントだったのです。戦後になってから手を加えたものではない、と出版社は註記しています。対話の相手でまだ生きている人物については、本人に直接確認し、死んでしまった人については、その人の日記等々で可能なかぎり裏付け調査をしてある。決して戦後に自分を正当化するために書き直したものではないという断り書きをつけて、このドヴィンガーの第三帝国要人との対話集が発表されました。そのなかには、ヒトラー暗殺計画に連座して処刑されてしまったシューレンブルクという外交官や、ヒトラー・ユーゲントの最高指導者だった詩人、バルドゥーア・フォン・シーラッハとの対談も含まれています。

『血と土』（原題『血と土からの新貴族』）の日本語訳（1941年1月。春陽堂書店）

なかでもとりわけ興味深いひとつが、ヴァルター・ダレーとの対談です。ダレーは、全国農業指導者という地位と食糧・農業大臣とを兼ねた人物で、日本でも翻訳があった『血と土』（原題は『血と土からの新貴族』）とか、『民族の源泉としての農民階級』とかの著作によって、文字通りナチズムの「血と土」イデオロギーの、もっとも代表的な理論家であり実践家であった人物です。このダレーとの対談のなかで、ドヴィンガーは東方の新しい植民地計画について語っているのです。

対談はまず、自分はいまや事実上は失脚してしまっている、というダレーの言明から始まります。これは事実そうだったんですね。ダレーという人は、ナチスの基本的なキャッチフレーズを体現した農業指導者であったんですが、第二次大戦が始まるころから、他のナチ首脳部とのあいだで意見が一致しなくなって、やがて第一線を退いていくことになります。ちょうどそのあと、一九四二年四月にこの対談が行なわれています。

ダレーとドヴィンガーは、次のような点で意見の一致を見ます。というのは、ドイツのソ連にたいする戦争は、ソ連の耕地、とりわけウクライナの穀倉地帯を獲得することが目的であり、それはドイツ民族が自給自足を強いられる世界情勢の中では必要不可欠である、とされているが、これはウソである、ということです。ナチスは、人口の割に領土が狭いドイツが、レーベンスラウム、すなわち生存のための空間を要求するのは当然の権利である、と主張し――ハンス・グリムの超ベストセラー小説『土地なき民』がまさにこれを代弁していたのですが――この主張を外国にたいしても隠しませんでした。勝手な理論ですけれども、そういう信念をもっていて、対ソ戦でもこの生存権の確保ということを戦争正当化の看板として掲げました。とりわけウクライナの穀倉地帯を獲得すること。これは第一次大戦のときにドイツが占領していながら、結局それを放棄したという歴史もあるわけですから、少なくとも国内向けにはきわめて有効な看板だったわけです。

ところが、ダレーとドヴィンガーは、この看板が偽りであるという点で一致したのです。ドヴィンガーの発言によれば、彼はこの対談に先立って経済大臣と話をしたのですが、経済大臣がつぎのようなことを言ったというのです。それは何かというと、ドイツ人を養うための食糧は、現在占領しているフランスの農村地帯にドイツのすぐれた機械技術を投入すれば、充分足りるというんですね。したがって、生存権の確保のためにソ連に攻め込んだというのは単なる口実であって、ドヴィンガーはこれを帝国主義にほかならないと決めつけ、ダレーもその意見に同意したのです。

対談のあとに付したコメントのなかで、ドヴィンガーはもう一つ重大なことを指摘しています。仮に、ソ連の土地を占領してそこにドイツ人の農民を入植させ、新しい植民地をつくるとしても、これを本当に実現しようとすれば、現在のドイツの農民の一家族に、子供が八人いなければならない。ところが、現在ドイツではそれは平均二人になりつつある。これではとてもドイツ人を入植させることはできない。しかも、毎年二十歳になる農民の後継者は三十万人いるのだが、そのうち十四万人しか農民にならない。これが現実である。

今後はますます減っていくだろう。ということは、ドイツ人を農民として入植させる植民地が仮にどれほどあっても、入植するドイツ農民がいないのである。

このように指摘したのち、ドヴィンガーはあの先ほどの、非常に冷たい目でドイツ軍を見ているロシア人の捕虜たち、共産主義によって改造されてしまった人間たちに立ち戻ります。この人間たちをボリシェヴィズムから解放する、その解放闘争のひとこまとして、ソ連の農業をとらえ直すべきだ、というのです。どういうことかと言いますと、例えばヨーゼフ・ポンテンが描いたような、東部の植民地でドイツ人が営々として築いてきた歴史的な遺産を、さらに発展させて、さらに多くのドイツ人をそこに送り込んでいく、というのではなくて、ボリシェヴィズムによって非人間化されてしまったソ連の民衆を、人間として生き返らせるために、ドイツのすぐれた農業技術と農業理念とによって彼らを指導し、彼らにもう一度農業をしっかりやらせることを通じてボリシェヴィズムから彼らを解放し、そしてそこで生み出される豊かな農作物を、ヨーロッパのすべての抑圧された民衆に分配するという、そういうふうな理想を、ドイツは実現していくべきである――このようにドヴィンガーは考えたのです。つまり、このように彼なりに、侵略戦争に新たな意味づけを与えようとしたのでした。

6　純血神話と混血神話

ドイツ民族以外の被抑圧者にも農作物を分配する、というドヴィンガーの構想は、ナチス文学のなかではまったく例外的なものでした。植民地や戦地をテーマとするドイツの文学を、日本の文学と比べてみたとき、もっとも大きな違いは、他民族、他国民と自分との関係についてのイメージの差異でしょう。よく知られているように、ナチズムの民族理論は純血神話を基本にしていました。つまり、金髪碧眼のアーリア人種、そして「血と土」の神話。「血と土」というのは、アーリア人たるドイツ民族の血統と、そのドイツ人がそこに根をおろして先祖代々営々と耕してきた大地、という意味です。これの対極は、定住の地を持たぬ髪の毛の黒い劣等民族のユダヤ人でした。農民にたいして「遊牧民」というのが最も下等な民族のありかたとされていました。スラブ民族は要するに劣等民族のなかに入れられていたわけです。もちろん、ドイツ人というのが果たしていかなる混血もしていない原アーリア民族かというと、そうでないことは当たり前なんですけれども、ナチのイデオロギーによればドイツ人は純血のアーリア人種であって、劣った異民族との混血は劣悪な血をドイツ民族に注ぎ込むことでした。

ところが日本の場合、日本民族なるものが混血民族であるということは、初めから自明のことだったわけです。例えば、つぎのようなことが書かれている文献が、ここにあります。

「日本人はゲルマンとかラテンとか云ふやうな単純な民族ではない。今日、世界中の学者がいろ〲な研究を行つても、まだこの正体がハツキリしたとは云ひ切れない程の複雑な構成をもつた民族である。全亜細亜のいろいろな種族の血が入り混つて出来てゐるのである。国史の伝へる天孫降臨によつて『天孫民族』がその中心となつてゐる事は判るのであるが、その他に北の大陸からも南の島からもいろ〲の種族が入り込んで天孫民族と融合してゐる。［中略］日本が亜細亜で唯一つの一等国であり、実力をもつてゐるから、それだけで日本を東洋の盟主とか東亜の指導者とか云ふのではまだ充分ではない。日本人は全亜細亜民族の一致団結の標本であるから、すべての亜細亜民族の血を全部その身体の中に融合した形でもつてゐるから、全亜細亜の各民族に対して、みんな血縁者として口を利く事が出来る立場にあるからと云ふ歴史的な意味をこれに加へなければ充分ではないのである。」

対英米開戦のほんの半年ほど前の一九四一年五月に、大本営海軍報道部長・前田稔少将の序文を付して南方問題研究所から刊行された『南方問題と国民の覚悟』という本には、このように書かれているのです。

ナチの劣等民族絶滅という理念と、日本の大東亜共栄圏建設という理念とが、どちらも、もちろん、支配者の思惑や御用イデオローグたちの虚妄にすぎなかったとしても、それは決して政策やイデオロギーの領域だけにとどまる理念ではありませんでした。たとえば、火野葦平が『麦と兵隊』をはじめとする戦記作品のなかでくりかえし書いているような、中国人捕虜の顔つきが故郷のだれかれとそっくりである、という戸惑いも、植民地や満洲で暮らした日本人文学者たちが、現地の人びとと自分自身との関係について、程度の差こそあれそれぞれに思い悩んだことも、さてナチス文学の諸作品のなかにそれと同様の表現が見出せるかというと、ほとんど不可能としか言えないでしょう。白人と褐色人種とは別の人間なのだ、というハンス・グリムの確認は、小説では英国人の主人公にそくしてなされていますが、英国の植民地経営を非難するグリムも、この確認そのものには異論を唱えなかったばかりか、ナチズムによるさらにいっそう激烈な人種差別を容認し、嬉々としてナチス文学の大御所の地位を与えられました。

わたしが一緒に勉強している大学院生のひとりに、里村欣三の戦記文学のなかの現地民衆にたいする作者の態度と、プロレタリア文学時代の里村が下層民衆にたいして持っていた視線との関連をテーマにした論文を準備している人がおります。これは重要な着眼点だと思います。プロレタリア文学の体験というものが、転向によって、いわば挫折させられるわけですけれども、そのあとにまったく違う戦争協力の時代、翼賛の時代が始まったのではなくて、プロレタリア文学運動の中で獲得した人間と人間とのかかわりに関する、あるいは下層の人びとにたいする思いが、侵略戦争のなかでも、形を変えてではあれ、生き続けたという側面が、日本の翼賛文学のなかにはあったのではないかということです。もちろんこれは、日本の文学表現の侵略責任を免罪する理由にはなりません。むしろ、そのような被抑圧者への思いが侵略の尖兵として動員された、そのことの問題と責任を日本の文学表現は問われなければならないのです。

それにたいしてドイツの場合には、ナチスに反対する人たち——もちろん転向した人はたくさんいるんですけれども——反ナチ側の、とくに文学者の多くが、亡命の道を選んだということもありますから、転向というような屈折によって可能になった視点を、ドイツの文学は日本の場合ほど残すことができなかったということも、もちろんひとつには指摘せざるをえないわけです。

しかし、いずれも先進資本主義列強より大幅に遅れて海外植民地を奪取したドイツと日本とを比較してみると、一方のドイツはイギリスやフランスの敷いた路線を——フランスがどれほどおぞましいことをポリネシアの島々で行なっていたかを、あの『白鯨』のメルヴィルが『タイピー』というすばらしい小説で書いていますが——その路線をさらに極端な方向で踏襲したのにたいして、なぜもう一方が、むしろ「大東亜共栄圏」というような、もちろんタテマエとしてではあれ共存共栄を掲げることになったのかを考えようとするとき、二十世紀のプロレタリア文学にさかのぼるだけでは不充分だと言わざるをえません。また、植民地文学を、日本が台湾を領有する一八八五年以後のタイムスパンのなかだけで考えるのも、問題だろうと思います。

もちろん個別の研究というのは、小さな細部にこだわりながら、深めていくということを不可欠にするわけですから、ナショナリズムの問題あるいは異境との日本人の出会い、関係というものをいま短いタイムスパンのなかで研究するという、そういう作業というのは、これは避けて通ることができないと思うんですが、ナショナリズムの問題、あるいは異境体験の問題は、これは当たり前のことですけれども、日本でもドイツでも、近代化のプロセス全体を貫いて、ずっと基本的に重要なテーマになっているわけです。

そのさい、「大東亜共栄圏」なり「血と土」なりを、ただのタテマエにすぎないといって否定し去ることは、もちろん論外でしょう。文学表現は、客観的事実という意味でのリアリティとかかわるだけでなく、まさしく虚構にすぎないタテマエをリアルに描くこと、それを読者がリアリティとして読むことによっても、いやむしろそれによってこそ、文学表現たりうるのですから、描かれている内実がいわゆる客観的事実にそくしていないことをもって文学表現の意義を断じることはできない。これを前提として考えるなら、「大東亜共栄圏」の理念にしても、十九世紀の末から、例えば黒岩涙香が欧米の探偵読物を日本に移植したような、欧米から学んでいくというやりかたとちょうど背中合わせになって、押川春浪が『海底軍艦』その他の作品で、西郷隆盛がじつは死んでいないで、アギナルド将軍のフィリピン独立運動を支援し、あるいは、ロシアの南下政策をくい止めるために、ウラル山脈までその活動の舞台を広げながら、欧米列強のアジア支配や新たな侵略の目論みと戦い、アジアの解放という大義のために献身するさまを、描き続けたのでした。こういうアジア解放と共存共栄の夢は、大アジア主義右翼の思想のなかだけにではなく、文学の歴史のなかでもやはり生きていたことを、確認せざるをえないのです。

いわば、福澤諭吉の「脱亜入欧」という理想が、日本の近代化の過程で一般にそう考えられているようには実現されなかったことを、身をもって描き出してしまっているのが、植民地や戦争の体験によって生まれた文学表現だった、と言えるのではないでしょうか。

7 〈異境〉体験文学の長い射程を……

異境体験の文学を長い射程で考えなければならないというのは、もちろん日本の場合だけではありません。むしろもっとずっと長い植民地の歴史を持つヨーロッパで、後進植民地宗主国であるがゆえに、問題をいわば濃縮したかたちで引き受けざるをえなかったドイツの場合は、いっそうそれが言えるわけです。ドイツにも、十九世紀末には、アメリカ・インディアンの地や中近東のイスラム世界で活躍するドイツ人をヒーローとした冒険小説で一世を風靡したカール・マイのような作家もありました。彼の小説では、現地の人間は必ずしも侮蔑的な視線で描かれてはいません。また、二十世紀になってからも、例えば有名なヘルマン・ヘッセなど、インドを始めとする東洋に、もちろん西洋人特有の思い入れにもとづいてではあれ、深い関心と敬意を抱いて、それを作品に描いた作家も、稀ではなかったのです。

そういう前史が、どのようにしてナチズムの流れに呑み込まれていったのか、それはこれから本格的な解明作業を待っている問題です。その作業のための、わたしなりの準備のひとこまとして、最後に一つ、わたし自身がとても大きなヒントを受けたと考えているエピソードをお話しして終わらせていただきたいと思います。

いわゆるドイツ・ロマン派のひとりに、アーデルベルト・フォン・シャミッソーという作家がおります。『影を失くした男』という題名で岩波文庫にも入っている『ペーター・シュレミールの不思議な物語』という一八一四年に書かれた小説の作者です。自分の影と引き換えに、いくらでも金が出てくる革袋を悪魔からもらった男の話ですが、影を失くすということが何を意味しているのかをめぐって、いまでも文学史研究ではくり返し論じられています。

このシャミッソーという人は、一七八一年一月の生まれですから、八歳のときにフランス大革命が起こって、彼は古い貴族の長男だったために、革命から逃れて一家でドイツへ亡命しました。のちに家族はフランスに帰ることを許されましたが、彼だけはドイツに残り、結局ドイツの作家になってしまったのでした。シャミッソーがそういうふうに祖国を喪失したということが、影の喪失というモチーフとして描かれているのだ、というのが通説になってきました。

けれどもわたしはちょっと違う読みかたもできるのではないかと考えています。

影を失くした主人公は、影がないために人間社会からいわば追放されていきます。人間社会では生きられなくなっていくのです。やむを得ず彼は、山の中にこもって、世捨て人のような暮らしをします。ところが、山の中で一人で生きているうちに、次第に、自分が住んでいるその山野の自然に関心を持つようになる。例えば植物の生態、動物の生態、あるいはこういう植物が生えているところには、地下にはこういう鉱物があるとか、ですね。そういうふうないわゆる博物学に関心を持っていく。

ついに偶然、おとぎばなしにある「七マイル靴」という、一歩で七マイルも走れる靴を手に入れたのを幸いに、世界中を歩き回って、世界中の自然を調査研究するという生き甲斐を見出し、自然科学に非常に大きな貢献をすることができたというのが、この物語の後半なんですね。

じつはそれが非常に重要だと思うんです。といいますのは、ひとつには、シャミッソーにとって自然科学というものは、人間にとって救いとなるものだったからです。影を失って人間世界に身をおくことができなくなった主人公が、これによって人間として救われるのです。これは、その時代のロマン派の人びとにとって自然科学というものがどのような位置を与えられていたかを、物語っています。しかし、もう一つ重要なことがあります。シャミッソーというその作家は、一八一四年にその作品を完成した翌年、ロシアの皇族がパトロンになって世界一周の学術探検隊が組織されたときに、伝手をたどって隊員に加えられることに成功したのです。こうして彼は、一八一五年八月から丸三年かけて、その探検隊の一員としてロシアの軍艦ルーリク号で世界を一周するんですね。

まず大西洋を横断して南アメリカへ行き、そこで調査を行なったのち、南米最南端を回って太平洋にはいり、南洋群島、すなわちマーシャル、カロリン、マリアナ、パラオの諸島、とりわけマーシャル群島の一角にあるラダック島に長期間滞在しました。サンドウィッチ諸島、つまりハワイ諸島を経てアリューシャン諸島にまで到達したのですが、ラダックにはその帰路ふたたび立ち寄っています。このミクロネシアの島々の人たちについて、シャミッソーは、世界中でもっとも美しい人間性を持った人びとである、と記しています。なかでも彼は、ラダックのひとりの若者と仲良くなりました。ラリックという名のその青年は、ヨーロッパ人がもはや失ってしまっている羞恥心や礼儀や他者にたいする思いやりを、シャミッソーに思い起こさせたばかりでなく、褐色の肌の美しさ、そしてそれと調和する刺青の美しさを、身をもって教えてくれました。島々の全域を案内してくれたカドゥーという青年も彼は大好きになりました。

この学術探検旅行の詳細は、かれの克明な日記と、隊の名によって彼が提出した正式の学術的な報告書から知ることができます。日記には、マリアナ群島、とりわけグアハン島（グアム島）でスペイン人たちが行なってきた惨憺たる掠奪と暴虐が、深い怒りと悲しみをこめて糾弾されています。シャミッソーは、自然観察だけでなく、ハワイの言語の研究やラダックの風俗研究なども担当したのですが、そうした学術上の成果にもまして、ミクロネシアの人びととの出会いは、大きな喜びと発見を彼にもたらしたのでした。

非常に良い思い出を抱いてシャミッソーは、西回りでアフリカ南端を経てドイツに帰りました。一八一八年八月初旬のことでした。そして探検旅行での調査研究の業績によって、その翌年、プロイセンの王室植物園の学芸員として就職することができました。

さて、彼が帰ってきて二年後に、同じルーリク号によって、第二次の学術探検隊が出発しました。かれはそのときには、定職に就いていたこともあり、参加を断念せざるをえませんでした。そのかわり、前に一緒に行った探検隊員たちに、あのラダック島の人たちにぜひよろしく伝えてほしいという伝言をして、それで涙を呑んで一行を見送りました。

二年後にまたその探検隊は帰ってきました。真っ先にシャミッソーはラダックの人びとの様子を尋ねました。「カドゥーはどうしていた」というかれの問いに、帰ってきた探検隊員たちは沈鬱な顔で答えました、「会えなかった、戦争に行ってしまっていたので。」

シャミッソーの参加した第一次の探検隊が、とても自分たちによくしてくれたラダック島の人びとに鉄製の武器や道具を餞別に置いてきたんですね。ところが、この島々は、鉄の文化がなかったんです。戦争も木で殴り合いをしていた。ところが彼らは、鉄の文明を知ったのです。この島にもある鉄、砂鉄を精錬する方法を覚えたんでしょう。そして武器を作ったのです。その武器を使って、マーシャル群島全域に大戦争が起こったのです。

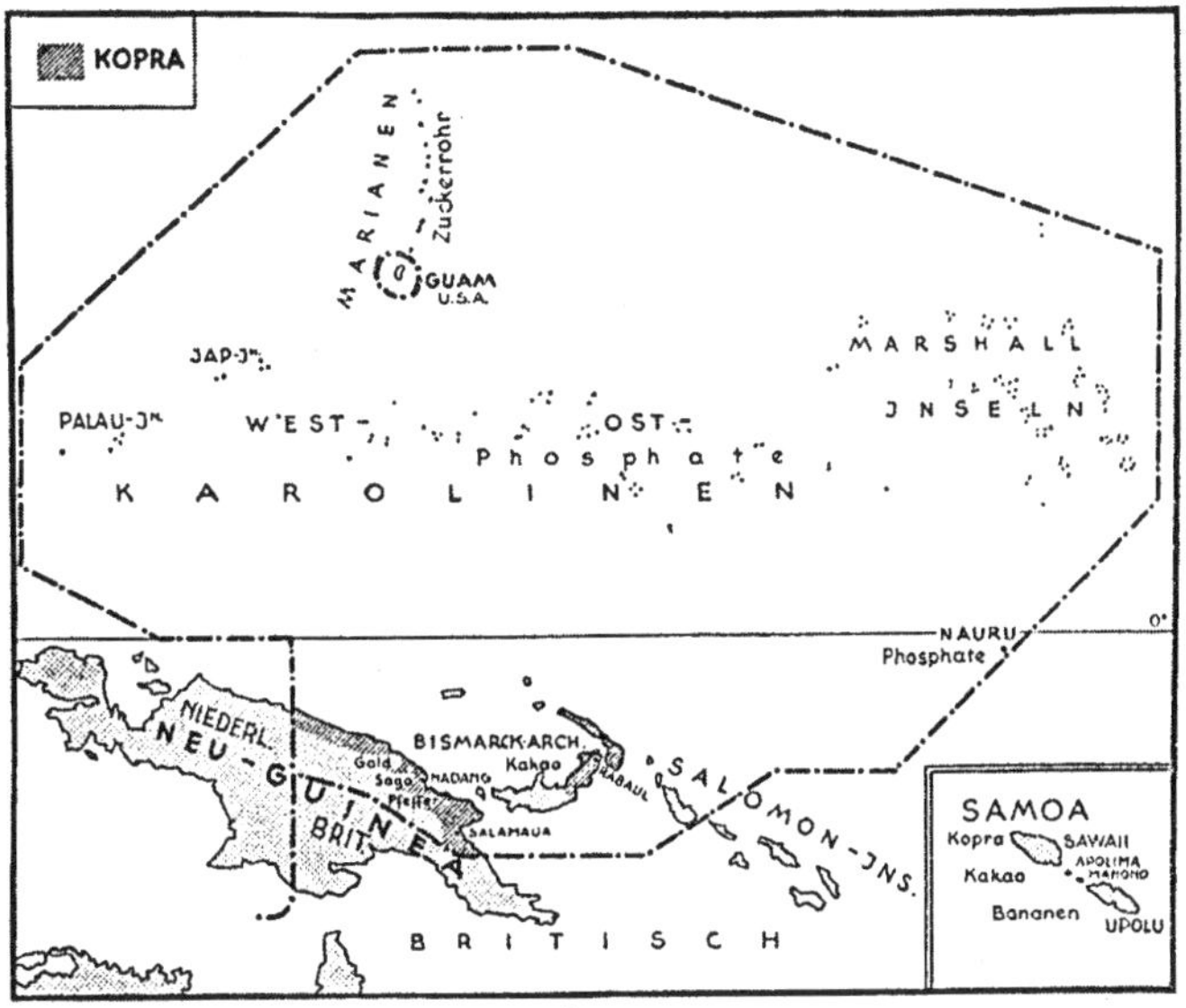

第六図

　シャミッソーは、自分が参加した学術探検旅行から二十年近くたってから出版された日記の最終章を、「われわれにとってのラダックの歴史の終わり」と題さねばなりませんでした。自分たちが真似をしようとしてもできないようなすばらしい文化を持っている人たちがいるということを発見し、そこでかけがえのない出会いを体験したのに、自分たちはいったい何をしてしまったのか――こういう取り返しのつかない思いを、一八一〇年代のドイツのロマン派の文学者、自然科学者は、いだかざるをえなかった。そしてそれを書き残しているわけですね。ここには、先行する植民地宗主国の加害を批判しながら、みずからはさらにそれに輪をかけた加害を行なってしまう後発植民地宗主国の姿が、如実に示されています。

　あらためて言うまでもなく、シャミッソーが「地球の息子たちすべてのうちでも、わたしがことのほか好きになった民族」と記したその人びとの生活圏こそは、それから三分の二世紀ののち、一八八四年にドイツ帝国が植民地として獲得した領域でした。第六図がそれです。そしてさらに、それはまた、第一次大戦で勝利してドイツからそれを引き継いだ日本の植民地となるわけです。いずれにせよ、シャミッソーがそこを訪ねてから百年ののち、ドイツは後発帝国主義国として、最初の世界大戦を先発の列強と戦っていました。この戦争の敗北から生まれた文学表現には、もはや、現地の人びとにたいしてシャミッソーが向けたような視線は、見出すべくもありません。先発植民地宗主国の人間たちの視線を追認し、さらに極端化するハンス・グリムやハンス・ツェーバーラインの視線が、やがて、ナチス文学の基本線になっていきます。それはナチズムの人種差別理論のゆえだったのか、あるいは、ナチズムを生んだ母胎、ドイツの近代そのものに根拠があるのか。

この問題の解明は、まだこれからの課題です。この課題と取り組むことは、ロマン派以降の、近代の歴史総体を問いなおすことと不可分の作業でしょう。また、そのためには、新しい方法も必要になるでしょう。ただ、ドイツと同じく日本が遅れて出発した植民地支配者である、という歴史的事実は、文学の領域でも、独自の意味を持ってこざるをえません。いわゆるアングロサクソン文化圏の新しい文化理論、カルチュラル・スタディーズの手法を応用すればすむ、というようなところには、わたしたちは立っていないのです。

引用文献・抄

パウル・H・クンツェ『ガイドブック　われらの植民地』（一九三八）
『植民地新ガイドブック』（一九四二）
ハンス・グリム（一八七五・三・二二～一九五九・九・二七）
『南アフリカ短篇集』（一九一三。邦訳『南アフリカ物語』、四三・二、鱒書房）
『カルーの裁判官』（一九二六。邦訳『野象物語』、四二・九、白水社）
『土地なき民』（一九二六。戦後版＝一九五六。邦訳＝全四巻、四〇・一二～四一・一二、鱒書房）
ヨーゼフ・ポンテン（一八八三・六・三～一九四〇・四・六）
『途上の民族』（全六部、一九三一～四二）
第一部『ヴォルガ・ヴォルガ』（一九三〇。邦訳＝三一・一、春陽堂）

エトヴィーン・エーリヒ・ドヴィンガー（一八九八・四・二三～一九八一・一二・一七）
『鉄条網の背後の軍隊』（一九二九。邦訳『シベリヤ日記』上下、四〇・五～六、弘文堂）
『白と赤の間』（一九三〇。邦訳＝四〇・八、弘文堂）
『われらはドイツを呼ぶ』（一九三二）
『十二の対話』（一九六六）
南方問題研究所『南方問題と国民の覚悟』（一九四一・五、改訂増補＝四一・一〇、南方問題研究所）
アーデルベルト・フォン・シャミッソー（一七八一・一・三〇～一八三八・八・二二）
『ペーター・シュレミールの不思議な物語』（一八一四。邦訳『影を失くした男』、岩波文庫、他）
『世界周航』（一八二一～三九。抄訳＝『世界周航―南の島々』、一九四八・五、大学書林）

（本稿は、一九九九年六月十二日、東洋大学における九九年度昭和文学会春季大会での招待講演に加筆修正をほどこしたものである。）

（『昭和文学研究』第四〇集、二〇〇〇年三月、昭和文学会）

「動員」の構造
――ナチのベルリン・オリンピック

ベルリンで開かれるまでの道のり

今日は、動員ということからオリンピックを考えるというテーマで、歴史上あまりにも有名な一九三六年のドイツでのオリンピックについて、私なりに勉強したことをご報告したいと思います。

非常に有名なオリンピックであり、ある意味では現在のオリンピックのタイプといいますか、型、在り方を決定した、そういうオリンピックが一九三六年のオリンピック――二月の冬季オリンピックと八月の夏季、いわゆるベルリン・オリンピック――であったわけです。これをいくつかのポイントから見直していくことで、オリンピックがじつはどういうものなのかということを考えていきたいと思います。

「ナチ・オリンピック」ともいわれるこのドイツでの五輪大会は、レーニ・リーフェンシュタールという女性の映画監督が作った、『美の祭典』と『諸民族の祭典』――日本では『民族の祭典』と訳されていますけども――この映画によって、あまりにも有名になっています。そういう映像を通じても有名になった大会です。

ヒトラーを首相とし、ナチ党という一つの党、「国民社会主義ドイツ労働者党」が政権を担っていた、そのドイツ、第三帝国のドイツでは、全世界に先がけてテレビジョンの本放送を開始するのが一九三五年三月二十二日、つまりオリンピック開催の前年のことでした。ただし、当時の技術的限界のために、これをフルに活用して全世界に五輪中継をするなどということは、もちろんできませんでした。ベルリンとライプツィヒでわずかにオリンピックの模様が放映されたにすぎなかった。これは大変残念だっただろうと思いますけどもね、ヒトラーにとっては。

なんでこういうことを言うかというと、周知のとおり、メディアということに関して、ヒトラーをはじめとするナチの幹部たちは、とても大きな関心を持っていたからです。テレビがまだ充分に活用できなかった状況のなかで、最も新しい、最も効果的なメディアは映画でした。レーニ・リーフェンシュタールという映画監督――この人はナチが政権をとるまではむしろ共産党に近いような映画製作者と一緒に共同製作をしていた人なんですが――ヒトラーのお気に入りになって、一九三四年九月のナチ党大会の模様を写した『意志の勝利』という映画で手腕を発揮して、その彼女にオリンピックの映画製作が託されたわけです。この映画で、オリンピックの模様を全世界に伝えていくことをやったところからも、このオリンピックに対するナチスの思い入れが想像できるわけです。

ところで、じつはその次には一九四〇年に日本でオリンピックが開かれるはずでした。一九四〇年の夏と冬、当時は夏冬セットで同じ国でやることになっていたわけです。

この、夏および冬の日本での大会はどうして中止になったかというと、一九三七年の七月七日、日本が始めた中国に対する本格的な侵略戦争が泥沼状態で続いていたわけですから、現に侵略戦争を行なっている国家は、平和の祭典であるところのオリンピックの本質にはなじまない、ということで中止させられたわけです。もちろん形式的には日本が「返上」するというかたちをとりました。つまり、日本は当時戦争をしていたために――じつはこれは「戦争」ではなかった。国家としてはまだ「支那事変」と呼んでいたわけですから――「戦争」は翌年の四一年十二月八日から始まるんですけれども、支那事変と呼ばれた事実上の侵略戦争を行なっていたためにそれが流れました。

その流れた大会が、日本にまた戻ってきたのが例の一九六四年、東京オリンピックだったわけですね。東京オリンピックのために、新幹線は出来てしまったし、名神高速道路が出来たり、まあ、ろくなことはなかったわけです。今では、新幹線のない生活などはほとんど考えられないわけですが、とにかく新幹線が、こんどは長野まで進出するんですよね。そういうものになってしまったのも、東京オリンピックのおかげだったわけです。

さて、それはともかく、ドイツの一九三六年のオリンピックも、じつはこれは、いわばリターンマッチだった。もともとは、一九一六年に、ずいぶん早い段階で、ドイツ帝国でオリンピックが行なわれるはずでした。

一九一四年の八月から、ドイツは戦争を始めていました。いわゆる欧州大戦、第一次世界大戦まっただなかで、一九一六年の大会は流れました。したがってドイツは、まだオリンピックをやっていなかったわけですが、一九三一年にバルセロナで開かれた国際オリンピック委員会（ＩＯＣ）が、三六年にドイツで第十三回大会を行なうという決定を下しました。

ところがその、三一年の二年後、一九三三年の一月三十日に、ヒトラーが首相に任命されてヒトラー内閣ができた。このヒトラー内閣は、もちろん合法的な選挙で多数を取ってできたわけですが、当初は首相以外の閣僚では二人だけがナチ党員だったんですけれども、この年の七月には、早くもナチの一党独裁体制が確立されます。ヒトラーはやがて日本の天皇をモデルにして、軍の最高司令権つまり統帥権をも握ることになるわけですが、彼がまず三権、つまり司法権、行政権、立法権、それを一手に握る総統――フューラー、指導者という意味――という役につくことによってナチの一党独裁体制が半年の間に確立していくんです。

そのとき、ヒトラー内閣の成立によって、三年後の三六年に開かれることになっていたドイツでのオリンピック大会は、おそらく実現することはないだろう、というふうに世界は見ました。

ナチというのは、自分たちは革命を行なっていると信じていたし、国内に対しても国外に対しても堂々と自分たちの信念を明らかにしていましたから、ナチ党がオリンピックに対してどういうふうな考えを持っているかということも、当然世界の人びとは知ることができたわけです。たとえば、インターナショナリズム、ないしはコスモポリタニズム、国際主義というものは、彼らは全面的に否定していたわけです。ナチがインターナショナリズムという場合は共産主義を指し、コスモポリタニズムというのは欧米資本主義のリベラリズムを主として意味するわけですが、いずれにせよ、国際連帯であるとか、諸国民の協同であるとか、そういうものではなくて、自給自足主義（アウタルキー）といいましたけれども、要するに一国が、文字どおり国家としても経済のうえでも一つの国で自立していることを、ナチズムは目指しました。このことは、ただちに人種差別とも結びついています。具体的にはユダヤ人および黒人、そういう人たちと同じグランドで競技をすることは、ナチの政治的な信念からすれば考えられない。

　したがって、ナチの政権がもしも続くとすれば、三六年のオリンピックはおそらくドイツでは開けないだろうと、ヒトラー内閣が成立したときに世界は見たわけです。

　ヒトラーもずいぶん考えたのでしょう。つまり、「アーリア人種」であり「ゲルマン民族」であるドイツ人がヨーロッパや世界の指導民族となっていくという、自分たちのきわめて基本的な、反国際主義、および人種差別の原則というものをあくまで貫くのか、それともオリンピックを開くのか、という二者択一をヒトラーは迫られるわけです。最終的には三三年六月にＩＯＣに対して、オリンピックの諸原則を遵守すると通告しました。したがってナチスは、自分たちの政治的信念を曲げてまでオリンピックを開催することを決めたわけです。これが、一九三六年のベルリン・オリンピックを考えるときの、まず注目しなければならない第一点だと思います。

　三三年の十月五日には、ヒトラーはオリンピック・スタジアムの予定地を視察して、オリンピック競技場――「帝国スポーツ競技場」というんですけれど――の建設開始を直々に命令し、広大なオリンピック競技場が建設されはじめたわけです。そうしてオリンピック開催は既定のことになって行くわけですね。

ところがもう一つ困った問題が起こってしまいました。

一九三五年の九月十五日、「ニュルンベルク法」といわれる有名な法律が制定されました。これは、例えばユダヤ人は特定の職業には就けない、「アーリア人」と結婚が出来ない、というふうに、ユダヤ人の基本的な人権を制限する法律を定めたわけです。これはホロコーストもしくはショアを合法化する第一歩であり、人類史上もっとも強烈な悪法とされているんですけども、そういう人種差別法をナチ第三帝国は制定しました。

これに対して、そんな国家にオリンピックを開催する権利はない、ということで、まずアメリカ在住のユダヤ系の人びとからボイコット運動が始まりました。このボイコット運動はアメリカ全土でユダヤ人以外にも拡がり、ヨーロッパ各地に拡がっていきます。

これでほとんど、三六年にドイツで開かれるオリンピックは開催不可能になるのではないかということになりました。例えばアメリカが選手を送らないという決定をしたらほとんど成り立たないわけですね。現在と違って当時は、国家の数というのはとても少ないですよね。日本と、つづいてナチス・ドイツが一九三三年に脱退する以前でも、国際連盟の加盟国は五十数カ国でした。そういう時代です。そのなかで、いわゆる大国、列強のしめる比重というのは現在と比べても相対的にとても大きかった。そういう状態ですから、ヒトラーは非常に困ったわけです。そこで、オリンピックを開くために譲歩したのです。外国チームのユダヤ人選手の入国を妨害しないことはもちろんですが、それだけでなく、オリンピックのドイツ代表選手になんとユダヤ人を加えるということです。ニュルンベルク法が制定された後ですから、これは超法規的なことになるわけです。

一人はヘレーネ・マイヤーという、フェンシングの女性選手、結果的には銀メダルを取りました。この人は「半ユダヤ人」です。両親の一方がユダヤ人であるのが「半ユダヤ人」、祖父母の一人がユダヤ人なら「四分の一ユダヤ人」と言いました。それからもう一人、ルーディ・バルというアイスホッケーの選手がいましたが、これは全ユダヤ人、つまり両親ともユダヤ人。世界的な選手だったこの二人を、ユダヤ人であることを度外視して特別にドイツ選手団に入れるということでアメリカその他の世論を鎮めることに成功したのです。そしてオリンピック期間にはオリンピック精神に則って、反ユダヤのキャンペーンを停止するということを宣言した。実際に、当時のドイツではユダヤ人に対する排撃のスローガンは街にあふれていたわけですが、それはベルリン・オリンピックの期間、撤去されてしまいます。

ここのところがとても大事だと思うんですが、ナチにとってはこれは、かれらが本当に一番重要だと思っていた基本的な政治的思想的な方針を、オリンピックを開催するために曲げた、ということですね。このことは、オリンピックというものがどういうものなのかを考えるうえで、重要な事実だろうと思います。

こうして、まず、冬は二月六日から十六日まで、ガルミッシュ・パルテンキルヒェンというドイツ最南端のバイエルン・アルプスの雪山で開かれるわけです。それから夏はベルリンで、八月一日から十六日まで丸十六日間、開かれました。冬の大会には、二八カ国から七五六人、参加しています。夏の大会には、四九カ国から四〇六九人の選手が参加しました。

世界的な激動の時代のなかで

この大会が開かれるまで、あるいは開かれる前後の時代の動きというのは非常に特徴的なので、一九三三年一月のヒトラー首相就任いらいの大きな動きを追ってみたいと思います。三五年、三六年、三七年という、ベルリン・オリンピックを真ん中にしたこの三年ほどの間というのは、ずいぶん大きな出来事がたくさん起こった時期でした。

まずドイツだけでいうと、三五年三月十六日に徴兵制、つまり一般兵役義務ですね、徴兵制が導入された。第一次世界大戦で敗北したドイツは、ヴェルサイユ条約によって軍備をごくわずかに抑えられていて、当然徴兵制はなかった。それがここで徴兵制を導入して、本格的な再軍備を開始していきました。それから、三五年五月二十六日には「勤労奉仕法」という法律が制定されました。これはどういう法律かというと、ボランティア法ですね、簡単にいうと。要するにタダ同然で労働力を搾取する社会的制度がここで法的に確立されました。十八歳から二十五歳までの男子が、勤労奉仕に服する義務を負うというものです。この義務は、ナチス・ドイツがポーランドに侵略して第二次世界大戦を始めた一九三九年九月一日の三日後には、女子にも適用されることになりました。道路工事とか、区画整理とか、さらには働き手を軍隊に取られた農家に行って勤労奉仕をしなければいけない。これについてはまたあとで触れます。

それから前述のニュルンベルク法があって、翌三六年に、オリンピックの年になりますが、ちょうど冬季オリンピックが閉会式を挙行しているその日に、二月十六日、スペインで総選挙が行なわれて、ここで人民戦線候補が多数を占めて、スペインに人民戦線政府が成立するわけです。反ファシズム人民戦線です。ナチ・ドイツやイタリアのようにファッショ勢力が勝利することを阻止するために、共産党、社会党をはじめとする左派、それから中道、リベラル、そういった諸政党が人民戦線と呼ばれた選挙協力をして連立政権を作ることに成功したわけです。ところが、七月十七日、この人民戦線政府に対して軍部のフランコという司令官の一人に率いられて、モロッコに駐留していたスペイン軍が（モロッコは植民地だったわけですが）反乱を起こしまして、これによって、スペイン内戦が始まります。十月にフランコが臨時政府の首相に就任して、二つの政府がスペインに出来た。もちろん人民戦線政府が正統で、フランコはいわばクーデタの政権です。最終的にナチ・ドイツによって軍事的な支援を受けたフランコ側が勝利して、それでスペインにもファッショ政府ができていくということになります。

この人民戦線方式を採ったのはスペインだけではなくて、フランスでも同じ年の五月三日の選挙で人民戦線政府が勝利しています。この政府は最終的には一九四〇年のナチ・ドイツ軍のフランス制圧、パリ陥落によって崩壊していくことになるわけです。

こういうふうに、ナチスおよびイタリアのファシスト、それからそれに追随するハンガリーのファッショ政権、こういったヨーロッパのファシズム的な体制に対して、スペインやフランスでは人民戦線という連合政策によってそれを阻止していくという動きが出始め、そしてスペインでは、さらにそれに対してファッショ勢力が軍事クーデタをもって応じていくという、非常に激動的な時代がちょうど進行しているわけです。

そのなかで、八月一日から十六日まで、夏季オリンピックがベルリンで開催されます。

ちょっと後まで見てしまいますと、ベルリン・オリンピックが終わって一カ月も経たないうちに、ナチ党大会がニュルンベルクで開かれまして、ここでナチは経済四カ年計画というのを発表しました。これはソ連の五カ年計画の成功に触発されて――なんかおかしいですね、一年短くして四カ年にしたんですね――第一次経済四カ年計画が始められていきます。実際にこれはやがて三年後に戦争に突入していくことになるので、途中で空中分解してしまうことになるのですが。

われわれにとって、きわめて関係の深い歴史的な出来事がこのあと相次いで起こっていきます。十月二十五日には、ベルリン・ローマ枢軸、つまり、ムッソリーニのファッショ・イタリアと、ヒトラーのナチ・ドイツが同盟を結ぶ。そして、この枢軸は、十一月には初めてフランコ政権を承認していきます。人民戦線政府を否定して、クーデタで成立した軍事独裁政権をこのイタリア、ドイツは同時に承認していくわけです。そしてそのちょうど一週間後に、こんどは日独伊防共協定が結ばれて、これが第二次世界大戦の引き金になっていく、ということですね。

三七年四月には、スペインの小さな山村であるゲルニカという村を、ドイツ軍の空軍が無差別爆撃をするわけですね。人民戦線側に対するドイツの軍事行動で、つまりフランコ軍事政権を助けるために行なわれたわけです。これが有名な、ピカソの「ゲルニカ」という絵を生んでいくあの空爆です。

翌五月には、日本では『国体の本義』という本が文部省によって出されて、天皇制国家である日本国家つまり国体のなかで、臣民、つまりわれわれですね、それがどういうふうに生きるべきなのかということが、文部省によって明文化されていく。そういう時代が始まってくる。そして七月七日には中国に対する本格的な侵略戦争が、盧溝橋事件をもって始まっていく。というふうな時代的な歩みをたどっていくなかで、ガルミッシュでの冬季オリンピック、そして夏のベルリン・オリンピックというものが開かれたわけですね。

いや、じつはそれだけではなかった。この冬季と夏季の両大会のあいだに、きわめて重大なことが起こっていたのです。一九三六年三月七日、つまりガルミッシュ・パルテンキルヒェンでの冬季大会が閉幕してからわずか二十日たらず後に、ヒトラー・ドイツは「ロカルノ条約」の破棄を一方的に通告して、西部国境地帯のラインラントに国防軍（自衛隊）を進駐させました。第一次世界大戦の戦後処理策のひとつとして、ベルギーおよびフランスと接するライン河以西のドイツ領、ラインラント地方は、ロカルノ条約によって非武装地帯とされていたのです。ところが、すでにヒトラー政権成立の八カ月後にジュネーヴ軍縮会議と国際連盟からの脱退を宣言していたナチ・ドイツは、あろうことか冬と夏の両オリンピックがドイツで開かれるまさにその時期に、ロカルノ条約破棄と軍事行動によって、軍事力によるヨーロッパ新秩序の樹立を辞さない決意を、世界に対して表明したのです。そして、これに対して、オリンピック参加国は、何ひとつ強力な対抗策をとることができぬまま、夏のベルリン大会をとにかく無事に行なう道を選んだのでした。

プロパガンダの武器としてのオリンピック

こうして開かれた一九三六年のオリンピックが、どのように運営されたか、そしてナチ体制はこのオリンピックをどのように活用したかを、つぎに見ていきたいと思います。

夏季オリンピックの期間中、ヒトラーは、連日ベルリン・オリンピックスタジアムに顔を出しました。そして熱烈な歓迎を国民から自分が受けるありさまを、世界のジャーナリズムの前に明らかにしていくわけです。独裁者だとかなんだとかいわれてるけれども、じつはドイツ国民すべての支持を受けた総統（フューラー）つまり指導者なのであるということを、自ら世界の前に明らかにしていくという方針を採ります。このオリンピックで、ヒトラーは独裁者としてではなくてむしろ国民に愛され信頼されている指導者としての顔を世界の前に明らかにしていくことに成功するわけです。

この夏のベルリン・オリンピック、そしてガルミッシュ・パルテンキルヒェンの冬季オリンピック、一九三六年に開かれた両オリンピック大会は、いくつかの新しいことをオリンピックの歴史のなかに持ち込みました。いわば、オリンピックの歴史を大きく変えたのです。

ひとつは選手村です。ヒトラーは三三年十月にオリンピック競技場の建設予定地を訪れて、建設開始のゴーサインを出すわけですが、その実際の設計に当たった建築家、オリンピックスタジアムそのものの設計者は、有名なアルベルト・シュペーアという人でした。

ヒトラーというのはもともとは建築家になりたかった。よく画家になりたかったといわれてますが、かれの最終目標は建築家で、建築というものがもっとも偉大な芸術であるという信念をヒトラーは持っていたわけです。建築は綜合芸術であり、単なる抽象的な美にとどまらず人間が住むという実用性との関係でも、建築がもっとも優れた、偉大な最高の芸術だというふうに考えていまして、ヒトラーの時代には建築家がとても優遇されたんです。オリンピックのメインスタジアムを設計したこのシュペーアという建築家は、後に一九四一年に三十七歳で、軍需大臣になっています。陸軍大臣・空軍大臣ではなくて軍需大臣、つまり戦争をするための経済的ないわば裏付けを実現していくための責任者です。シュペーアはスタジアム自体の設計に携わったわけですが、もうひとりのマルヒという建築家が、このオリンピック競技場全体のプロジェクトを作りました。そのオリンピック競技場、「帝国スポーツ競技場」というのは、全体がどういう施設を含んでいたか、どのくらいの規模であったたか。

まずメインスタジアム、「オリンピックスタジアム」は九万七千座席、つまり観客九万七千人、それから水泳競技場が一万七千座席、もちろん見物人の座席です。それから馬場、馬の競技のための施設は二千席。ホッケー場が一万六千五百席、テニス場が三千三百席。面白いのは次のところですね。これは競技場ではなく、「メーデー広場」というんですが、「五月広場」。これは観客席が七万席で、広場そのものの収容人員が二〇万人、つまり二〇万人がそこで整列できるというものです。そういう広場を作った。これがベルリン・オリンピックの本質をもっともよく表わしている一例ですね。これはべつにここで競技が行なわれるわけじゃないんですね。そうではなくてただの広場、一番大きな面積を取っているんですけども、そういう広場を作ります。

もうひとつは、オリンピックとは直接なんの関係もない野外劇場を造りました。同じこの敷地のなかに。「ディートリヒ・エッカルト野外劇場」というものです。これは観客が二万席。古代ローマの円形劇場を模したような形になってますが、周りにすり鉢状にずーっと観客席があります。それが二万席です。それから五千人収容のゲストハウス。これだけの施設がすべて、広大な「帝国スポーツ競技場」と称されたオリンピッ

鉤十字の旗の下で聖火台に点火する最終走者

ク競技場に含まれていました。

選手村は別なんです。そこから一四キロ西のところに歴史上はじめての選手村を設計しました。これはマルヒという設計者の独創で、この選手村を造った工事は勤労奉仕ではなくて、国防軍が担当した。建築は専門の労働者がやるとしても、敷地の整備、基盤整備はすべて国防軍が行なった。そしてオリンピックが終わった後はここは軍の施設になりました。選手村の後は、軍の施設として利用されていく。このベルリン・オリンピックというのは、軍と密接な関係を持っていたことが、その特色のひとつでした。軍との密接な関係のもうひとつの具体的な実例は、オリンピックのためにやってくる選手やＩＯＣの委員以外の、各政府の代表、外交官などを、市内のホテルからオリンピックスタジアムまで送り迎えするのはすべて軍が担当した。軍用車を提供して。こういうかたちでもオリンピックにちゃんと軍が深く関わっていたということです。

さて、先ほど述べたように、ヒトラーとその側近たちは、反ユダヤ主義および黒人に対する差別ということをきわめて重要な世界観上の原則にしているナチズムの原理に反してまで、オリンピックを開催する決意をしたわけですね。それはなぜだったのか。よく知られているように、ヒトラーは獄中で書いた自伝『わが闘争』のなかで、プロパガンダ、つまり宣伝というものは、それを使うすべを知っている人間の手に握られたときに、きわめてすぐれた武器になる、ということを書いています。

かれは、プロパガンダという観点で、プロパガンダの武器としてオリンピックを使うという決意を固めたわけです。よく知られているように、ギリシアから開催地までの聖火リレーを初めて考え出したのもこのナチ・オリンピックでした。そして、このオリンピックでは、国外の報道陣に対して、自分が国民から愛され信頼されているさまを見せつけるというヒトラー側の意図に呼応するかのように、ドイツの選手団は驚くべき成績を上げるわけですね。金メダル三三、銀メダル三六、銅メダル三〇。これはアメリカ合州国ですら(と言っていいんでしょうが)金メダル二四、銀二〇、銅一二、だったのに、ドイツの選手はこれだけの数を獲得することができた。金メダルの数というのは、これが非常に当時、誇られたわけですね。アメリカを足下にもよせつけなかった。このことが、ナチが宣伝としてオリンピックを使ったことが結果として非常に大きな武器になるうえで、決定的なひとつのテコであっただろうと思います。これがベルリン・オリンピック、一九三六年のドイツでのオリンピックの特色として確認しておかなければならない第二点です。つまり、ナチの宣伝(プロパガンダ)のいわば演技者となる「国民」――選手たちと観客たち――が、ナチの方針を実現するために奮闘した、ということです。この「国民」の奮闘がなければ、ナチのオリンピックは外箱だけ立派な、内容空疎なものに終わっていたでしょう。

ナチズムの社会体制の集大成

奮闘したのは、エリートたる選手たちだけではありませんでした。さきほど、競技とは何の関係もない施設がオリンピック競技場のなかに造られた、ということをお話ししましたが、そのひとつである「五月広場」に参加したのが、選手たちではない「国民」だったのです。

ヒトラーにとってオリンピックが重要であったのは、ドイツ、つまりナチス・ドイツが、どれくらい挙国一致を達成しているか、つまり非国民がいない国家を実現しているかということを全世界に誇示することでもあったわけです。

したがって自分が指導者として国民に支持されているということを、全世界の人に見せつけると同時に、支持している国民たちのなかには非国民というのはいなくて、「一つの民族、一つの国家、一人の指導者」というナチのスローガンがいかに実現しているかということを見せることが重要だった。

『帝国への道』上演光景（1935年7月）

ちょうどレーニ・リーフェンシュタールがその二年前にナチの党大会を映画に撮った『意志の勝利』で、くりかえし登場してくる民衆の分列行進、あのマスゲーム、きわめて多数の人間が一糸乱れず行進をする、一つの意志のもとに結集している、そういうところを見せたように、このメーデー広場で、これはオリンピックの競技となんの関係もないんですが、連日、巨大なマスゲームを展開して見せたのです。そのことによってひとつ非常に重要なことが実現するわけですね。

それは、「国民」、選手以外の国民は、単なる見物人ではなかったということです。国民が単なる見物人ではなくみずから、たしかに金メダルをもらえるような競技には参加していないにしても、全世界の注目の前で、メーデー広場で自分たちの自己表現を行なっているということです。

それからもうひとつは、「ディートリヒ・エッカルト野外劇場」と名付けられた野外劇場です。いったいなぜこんな大きな野外劇場がオリンピック競技場のなかに造られたかというと、これも五月広場と基本的には同じなんですね。

そこで行なわれた劇というのがどんなものだったかを具体的に示している一枚の写真があります。『帝国への道』という野外劇の上演シーンです。帝国というのは第三帝国です。ドイツが苦難の道を耐え抜いて、ついに第三帝国のなかへ歩を踏み入れたという意味を含めた「帝国への道」と題する野外劇の上演風景です。だいたいこのタイプの野外劇は、登場人物が千人ないし二千人、観客が一万人ないし二万人、というのが普通だったんですね。

オリンピック競技場の敷地内に造られた「ディートリヒ・エッカルト野外劇場」は、客席が二万席あるんですが、この二万席の観客の真ん中で、二千人の演技者が演劇を行ないました。オリンピックの大会期間中、実際に上演して、オリンピックを見に来た外国人、あるいは選手などの前でこういった劇を公開したわけですね。

だから、オリンピックそのものがイベントだけども、そのイベントであるオリンピックのなかで芝居のイベントをやるという構造になっている。いまでは当たり前ですが、じつは、ベルリン・オリンピックが、いわば始まりであると同時に、ひとつの結果、到達点でもあったのです。

つまり、現代オリンピックの始まりであったわけですけども、それは、ナチ・ドイツという国家社会のありかたを考えていきますと、ひとつの到達点といいますか、結果であったと考えたほうがいいんじゃないかと思います。

どういうことかといいますと、ナチ・ドイツという国家社会の特徴を一言でいえば、動員ということが日常的に行なわれていた社会だった、あるいは、国民の動員が日常的に行なわれることによって強化され完成させられていった国家であった、ということなんです。

その動員というのは、しかし、上から下への、上意下達的な動員だけではない動員だった。しばしばファシズムのことをいうときに、「上からのファシズム」と「下からのファシズム」という言いかたをします。これは、非常に強力な、たとえばナチの勤労奉仕法という法律によって枠をはめていって国民を動員していくという、上からの力によって統合していく面と、そうではなくて、きわめて自発的に、自由意志によって自分が主人公として活動することで、ファシズム体制を作り出していく、下からのファシズムというんですが、こういう二つの側面が、あい補いあって、ファシズム社会を形成しているわけですね。

そういう社会のなかで、自発的な参加ということも含めての動員ですけども、国民が体を動かし、自分で実際に何かをやっていくということで、ナチズム体制が下からずっと盛り上がってきた面が非常に強い。少なくとも半分はあるわけです。

オリンピックというのは、一面では、そういうナチズムの社会体制のひとつの集大成というか、到達点であったというふうに考えることができるのではないか、と思います。

「動員」＝「国民」の主体的参加

国民が、どういうふうにこのオリンピックに関わったかということとの一つの例を、実例を挙げてみます。これは今度の長野オリンピックにも関係するんですが。

冬のオリンピック大会の時に、その会場というのはベルリンから遠く離れた、まあ東京から長野のような関係にあるわけですけども。もちろん雪山です。そこに、四万人の、ドイツのごく普通の国民が送られた、観客として送られたんですね。ベルリンから遠く離れた、冬のスキーやスケートやボブスレーの競技をするような、そういう冬の山のなかに観客を動員しなければならない。

日本語で今まで使われてきた訳を使いますと、「歓喜力行団」といいます。もとの言葉を訳しますと、「喜びを通して力を」といいます。これは、たてまえとしては余暇を、レジャーを楽しくすごすための制度です。しかし、それは「労働戦線」という労使協調の労働者組織の下部組織でした。これがミソなのです。どういうことかというと、仕事をするときに、つまんないなーつまんないなーと思ってやったらこれは強制労働であり奴隷労働であり、苦行ですよね。せめて、労働時間が終わったあとの余暇に喜びが待っていなければ地獄です。したがって、余暇の喜びをナチスはちゃんと準備したわけです。しかしこれは、もちろんタダでもらえたわけではない。「歓喜力行団」の裏の面には「勤労奉仕」という社会制度が完備されていた。これも、まさしく正規の労働時間の外にある余暇の有効なすごしかたでした。つまり、強制労働、奴隷労働ではない労働の機会が用意されていたのです。奴隷労働ではなくて、楽しい、労働そのものが楽しい、自分がやりたいことをやっているんだ、あるいは社会的に意味のあることをやっているんだという気持でできる労働、つまりボランティア活動です。ボランティアでもたとえば、あの阪神大震災のときに行ったボランティアの人は、自分がやっていることの意味というのは自分なりに確認できるから、やっぱり多少苦しくても、自分はボランティアとして頑張ってやっているんだ、と思っていたんでしょうが——そういう喜びと自負と、意味を見出しながらやる仕事というのは力が出るんだということですね。そうでなくて、無理矢理やらされて、しょうもないことをやっていると思っていると、力が出ないんですよね。本質的にはそういう意味なんです、この「歓喜力行団」というのは。「喜びながらやって力を出しましょう」という。これがナチの動員のからくりの一番大きいものです。これはボランティア運動そのものです。

社会のあらゆる部分で、ナチは単独の人間をグループとして集団化していくことに成功したわけですが、文字どおり労働力をタダで、あるいは涙金のようなごくわずかな報酬で使う方法として、各職場、各居住地域に、「歓喜力行団支部」というのを無数に作りまして、その歓喜力行団というのが娯楽だけではなくてボランティアの元締めになるわけですね。さて、そのボランティアたちをナチ・オリンピックはしっかりとつかんでいきます。いままで良い成績をあげた歓喜力行団メンバーに、これは全部ドイツ国民なんですが、その人びとに、いわばご褒美として、冬季オリンピック期間中、このガルミッシュという山のなかにたくさんの宿舎を作りまして、四万人をそこに長期滞在させて、冬季オリンピックを見物させるということをやった。つまり、こうやって観客として動員されるその人たちは、たんに観客として見に行くということだけではなくて、ふだんの自発的な社会に対する奉仕の、いわば報いとして、選ばれた観衆となり、オリンピックをつくるエネルギーの一端を担うわけですね。それからこれはオリンピックの翌々年のことになりますが、「歓喜力行団自家用車」というものが大々的にキャンペーンされました。歓喜力行団メンバーは、給料からの天引きというかたちで積立てをして、なんと自家用車を買うことができるというのです。これが、あの「フォルクスワーゲン」（民衆車、民族の車）の始まりでした。結局、このフォルクスワーゲンを現実にドイツ民衆が自家用車として持つことができたのは、第二次大戦後の西ドイツでのことでしたが——なにしろ、積立てを始めた翌年に第二次世界大戦を始めてしまったため、たったの一人もこの自動車を持ったものはナチ・ドイツ時代にはいなかったからです。

一九三六年のナチ・ドイツでのオリンピックは、このようなナチズム社会における動員体制のひとつの帰結であったがゆえに、現代オリンピックのモデルのひとつの始まりとなったのでした。このオリンピック以降、たとえばついさきごろのアメリカ合州国かどこかのオリンピックで起きた爆弾事件がくっきりと照らし出したような、競技以外のイベント広場的な要素が大きなウエイトを占める演出が、主流になっていきます。いわゆる、独裁的な政治権力ではなく資本権力が、そのイベントへの民衆動員を担当する、という若干の違いはあっても――もっとも、ナチ・ドイツの場合でも、たとえば外国要人たちを送迎した軍部の自動車は、ダイムラー・ベンツ社の商標をしっかりと目立つようにつけていましたが――動員される側の民衆の「主体性」に関しては、構造は変わらないでしょう。

最後に、野外劇のあり方というのが、ナチの、自発的な動員にいわば応じていく観客たちのありかたをとてもよく示しているということを簡単にお話ししておきたいと思います。このナチ・オリンピックのさいに建造された劇場の名称となったディートリヒ・エッカルトというのは、ヒトラーが一九二三年秋にミュンヒェンでクーデタを起こして失敗したさい（それで逮捕されて獄中で『わが闘争』を書くんですが）、一緒に旗揚げをした古参党員なんです。

このディートリヒ・エッカルトは、詩人と称していまして詩を書いていたんですが、クーデタののち逮捕され、その後獄中で病気になり、同じ一九二三年の年末に死んでしまった人なんです。この人がナチズム運動の英雄として祭り上げられます。そして、その文学者であったディートリヒ・エッカルトの名前をとった野外劇場を造ったんですが、この野外劇場で行なわれたタイプの劇のことを、「ティング劇」といいました。ティングというのは英語の thing と同じ綴りですが、これは古代ゲルマンの、人民議会、部族会議のことをティングといったというんですね、ほんとかどうかわかりませんが。それと同じように、直接民主主義で、一つの共同体の意志決定をしていく会議のことをティングといったんですが、それを模した劇のスタイルを、ナチスの突撃隊やヒトラー・ユーゲントや、それから歓喜力行団のひとたちが演じて、また観客になって、ドイツ中で一九三三年から三四年にかけて、約四〇〇のティング劇場を作る計画が決められて、そこでこういう劇が行なわれていたのです。

その劇は、素人の演技者がグループに分かれてシュプレヒコールと分列行進で行なわれていた。やがて盛り上がってくると観客席から観客がドドドーッとそれに混ざっていく。つまり二千人の演じ手と二万人の観客だったのが、二万二千人の演じ手になっていくというのが究極的な形なんです。

つまり、見物人と演技者との、この区別がなくなっていく演劇というのをナチは実現していたんですね。そういうふうなものを演じるための野外劇場をオリンピック競技場のなかに造ったというのは、非常に意図的です。つまり、代表選手が三十いくつの金メダルを取って、あとのドイツ人はみんな見物人、というんじゃなくて、たとえばメーデー広場で一緒に行進したり、このティング劇の観客だった見物人がその劇の演じ手の中に混ざっていくという、つまりそういうふうな社会をナチは実現しようとしていたんですが、ベルリン・オリンピックはそれを実現したわけですね。この劇場の形で実現したというだけじゃなくて、文字どおり、ヒトラーという指導者を支持する意思表示として、国民が主体的にオリンピックの構成メンバーとなっていったわけです。ただ単に指導者について行くだけではなくて、自分たちが積極的に演技者——英語で言えばプレーヤーですから、競技者と同じ意味ですね——となることで、ナチズム社会の一体性を体現したわけです。

ナチ・ドイツのリーダーたちが、なぜ反国際主義や人種差別主義という大原則を曲げてまでオリンピックの開催に死力を尽くしたのか、といえば、もちろんひとつは、諸外国にたいして第三帝国のいわゆる国力、つまり挙国一致体制の実現を誇示するという目的のためだったわけですが、この誇示のプロセスそのものが「国民」の動員、より正確に言えば「国民」の主体的参加の実践だったからにほかならないでしょう。「参加することに意義がある」という陳腐なキャッチフレーズは、選手たちについてだけ向けられているのではなく、むしろ、ボランティアたる観衆、一般「国民」にこそ向けられていると言うべきでしょう。オリンピックの理想像ということを考えるとすれば、そういう意味での新しいオリンピックの歴史が一九三六年のナチ・オリンピックで始まったのではないだろうか。それはいま、どのていど意識的に日本のオリンピック推進者がそういうことをやっているのかということは別にして、わたしたちの側、動員される側としての自分たちが、こういうベルリン・オリンピックでの観客のあり方という、自分たち自身の歴史を持っているということをいま、考え直しておきたいと思うわけです。

（本稿は、一九九六年七月、集会「『動員』の構図とオリンピック」〈主催・長野冬季オリンピックに反対するネットワーク〉での発言に加筆したものです。）

（『月刊フォーラム』一九九七年五月、天野恵一編『君はオリンピックを見たか』一九九八年一月、社会評論社）

エピソードとしての表現弾圧

大学図書館のカード・ボックスを検索していると、しばしば、奇妙なカードに出くわすことがある。おそらくゴム印だろう、赤い文字で「閲覧禁止」というハンコが捺されているのだ。もちろん、戦前からの古い色あせた図書カードで、書名や著者を見れば一目瞭然、すべて「左翼文献」である。

こうしたカードに遭遇するたび思うのだが、こんなハンコが捺されていたからには、カードそのものは当時もちゃんとカード・ボックスにおさまって、図書館利用者たちの目にふれていたわけだ。いっそ、カードそのものを破棄するなり、利用者から隠してしまうなりすれば、そういう「危険な」、「好ましくない」文献がそもそも存在しているということ自体が、人びとに知られずにすんだはずなのに、天皇制ファシズムの権力担当者たちや末端管理者は、そうして完璧に現実を隠蔽するところまでは踏み切らなかったらしい。いや、それとも、隠蔽するよりは、「こういう文献とかかわりあいになると、おまえ自身にこれと同じような烙印が捺されることになるのだぞ!」と、いわば見せしめと恫喝のために、わざわざ閲覧禁止のゴム印を図書館利用者たちに目撃させたのだろうか。

いずれにせよ、その古いカードの赤いゴム印は、いまでは何の効力も持たない。それが捺されたカードの図書は、もちろん、いまでは自由に閲覧できる。「閲覧禁止」のゴム印は、かつての国家権力の小心さと、せっせとゴム印を捺して権力にご奉公した末端管理者たる図書館長や幹部職員たちの愚かしさと奴隷根性との、ぬぐい去りえない痕跡でしかない。「好ましからざる」文献や資料や作品を、公衆の目から遠ざけたり隠したりすることが、少し長い歴史的な視点で見ればどれほど愚かな、どれほど空しいことか——わたしが勤務している国立大学の図書カードの「閲覧禁止」印は、無言のうちに語っている。

ところで、このゴム印カードを見るたびに思うことが、もうひとつある。それは、「好ましからざる」資料や作品にたいしてとられたもうひとつの、まったく別種の措置のことだ。

一九三三年一月末から四五年五月初旬までつづいたドイツの「第三帝国」時代、つまり、ヒトラーに率いられたナチ党の独裁時代は、ユダヤ人の大量虐殺や侵略戦争に代表されるような、おぞましい一時代だった。これは、よく知られている。同時代の日本(それは、ナチス・ドイツの最大の同盟国だった)で天皇と天皇制に少しでも批判的なものは存在が許されなかったように、ヒトラー独裁下のドイツでも、ヒトラーとナチズムへの批判はいっさい許されなかった。直接的な批判が許されなかったどころか、ナチ党が定めた価値評

カンディンスキー『青い騎手』表紙

価の基準と合致しないものは、すべて許容されなかった。政権掌握の三カ月後には、早くも、各地の大学や都市の広場を舞台に、焚書が行なわれた。ハイネやマルクスからフロイトやケストナーにいたるまでの「好ましからざる」書籍が、図書館から、研究室から、学生や教授の下宿や書斎から、山のように運ばれてきて、衆人環視のなかで火に投じられた。日本天皇制のもとでと同じように、書棚にマルクス主義やアナーキズムの本があるだけで、検束される理由となった。

マルク『青い馬の塔』

　そのナチス・ドイツで、一九三七年七月十九日から、ひとつの大規模な芸術展が開催された。ちょうど、天皇制日本が、中国への侵略戦争を、本格的に、大々的に展開しはじめたあの同じ「昭和十二年七月」のことである。ミュンヒェンで開かれたこの展覧会は、「頽廃芸術展」と題されていた。

　これよりさき、ナチ政府は、芸術の分野での粛清を推進し「民族的」芸術の発展をうながすため、非アーリア的（つまり非ナチス・ドイツ的）、ボリシェヴィキ的（つまり過激派的）、頽廃的（つまり非アーリア的）、等々の芸術を撲滅する方針を決定していた。この種の芸術を創造する芸術家たちが、創作禁止や強制収容所送りに処せられたばかりではない。すでに創作されてしまっていたこの種の芸術作品は、公共施設の所有になるものと、個人の私的所有になるものとを問わず、すべて没収されることになった。この処置を嬉々として陣頭指揮したのは、絵画・彫刻・工芸など美術分野の芸術活動のすべてをつかさどる機構たる「帝国造形芸術院」の総裁、アードルフ・ツィーグラーだった。アードルフ・ツィーグラーは、自身が画家で、陳腐なクソ・リアリズムの裸体画ばかり描いていたため、人びとから冷笑をこめて「ドイツ的恥毛の巨匠」（Meister des deutschen Schamhaars）という異名をちょうだいしていた。

ヒトラーやゲッベルスら、ナチ党最高幹部たちは、そのアードルフ・ツィーグラーを手先に使って、没収した芸術作品をフルに活用（搾取）する実践に乗り出した。「頽廃芸術展」は、そのひとこまだった。そこに展示された作品とは、つまり、二十世紀初頭に生まれて現代芸術に絶大な刺激と影響を与えた前衛芸術、とりわけドイツ表現主義やダダイズムの諸作品だった。その会場のすぐとなりでは、一日早くから、「純正芸術」を集めた「大ドイツ芸術展」なるものが、落成したばかりの国立美術館、「ドイツ芸術館」で開催されていた。こちらは、「好ましい」芸術の見本として展示された民族的・アーリア的な作品の殿堂だった。

ココシュカ『アルベルト・エーレンシュタイン』

ところが、わずか二百メートルへだたっただけの二つの展覧会場のうち、入場者が圧倒的に多かったのは、もちろん、「頽廃芸術展」の会場のほうだった。人びとはこの展覧会場を、「恐怖の部屋」（**Schreckenskammer**）と呼んだ。政府の宣伝によれば、ここには、「奇形的」な、「ひきつったような」、「ふた目とみられない」、「病的」で、「身の毛もよだつ」、なんとも恐ろしい芸術の標本が集められている――ということなので、人びとはこの会場を、いわば「お化け屋敷」という意味で、恐怖の部屋と名づけたのである。しかし、この **Schreckenskammer**（シュレッケンスカマー）という語には、また、「拷問部屋」という意味もあって、もちろんこの意味も込められていた。すぐれた前衛芸術作品が、そこで、拷問を受けているのだ。シャガールが、カンディンスキーが、ココシュカが、クレーが、フランツ・マルクが、オットー・ディックスが、ベックマンが、ノルデが、ジョージ・グロスが、そこで、秘密国家警察（ゲシュターポ）によって、ナチ親衛隊（ＳＳ）によって、拷問を受けているのだ。それらの作品に唾をはきかけるためにではなく、二度と見られなくなるそれら、これまで一度もこれほど集中的に一堂に集められたことなどないそれらに、いわば別れを告げるために、人びとは会場を訪れた。四カ月余りの会期のあいだに、入場者は二百万を超えた。

ナチ当局は、その後一年をかけて、同じ「頽廃芸術展」を全国各主要都市で開いた。そしてそのあと、一九三九年六月から四一年六月にかけて、三度にわたり、展示された「頽廃芸術」作品の競売会（オークション）を、もちろん外国市場向けに行なった。これによって、莫大な外貨がナチ政府にころがり込んだばかりではない。最高幹部連中は、ひそかに、もっとも気に入った作品を、ちゃんと抜け目なく自分のためにとっておき、ひそかに私蔵したのである。かれらには、「好ましくない」芸術の真の価値が、わかっていたのだ。

ジョージ・グロス『防毒マスクをつけたキリスト』

皮肉なことに、ナチによるこの前衛芸術弾圧、見せしめの展示と外国への売却と、そして幹部宅の地下室への秘匿によって、表現主義やダダイズムをはじめとする抽象芸術・前衛芸術の主要作品の多くが、後世のわれわれに伝えられることになった。もしも公立私立の美術館や個人宅に所蔵されたままだったとすれば、第二次世界大戦末期のドイツが体験した猛烈な空爆と市街戦のさなかで、そのほとんどが灰燼に帰していたことだろう。カンディンスキーをもシャガールをもクレーをも、もはや後世は、わずかな写真版によってしか、うかがい知ることができなくなっていただろう。そうなれば、われわれにとって、これら卓越した諸作品も、画家を志して果たせなかった若き日のヒトラーの習作や、ドイツ的恥毛の巨匠、アードルフ・ツィーグラーの駄作と同様に、たんなる歴史上のエピソードにすぎないものとなっていただろう。

芸術の歴史は、弾圧の歴史である――と言っても過言ではない。「頽廃芸術」と呼ばれようがどうしようが、弾圧を受けた芸術作品と芸術活動は、無価値でつまらないものだから弾圧されたのではない。つまらぬ無価値な芸術が弾圧を受けたためしなど、ただの一度も、ない。無価値でつまらぬ無力な芸術は、そもそも、弾圧するまでもなく自力で死ぬのである。
そして、無価値でなく、無力でなく、つまらぬものでもないがゆえに芸術作品と芸術活動が弾圧されるとき、じつは、弾圧される芸術自身が、存在を問われているのではない。その芸術を危険視する弾圧者とその手先たちが、弾圧という行為自体によって、みずからの存在を問われているのだ。

(『頽廃芸術の夜明け』、一九八八年二月、大浦作品を鑑賞する市民の会)

オットー・ディックスとその時代

憎悪と非難の対象

「この展覧会は、一九三七年にミュンヒェンでドイツの公衆に提供されたのと同じ歴史的資料によって、不吉きわまりない芸術汚染の時代の姿を示しているのだが、個々の作品を見てはじめて、その堕落の程度がはっきりわかる。つまり、芸術は娼婦となり、娼婦がこの芸術の理想となるわけだ。その筆頭は、傷痍軍人たちにたいして下劣きわまる嘲りを投げつけるドレースデンのオットー・ディックスにほかならない。かれは、最高の浅ましさの代表である――ここで言っておかねばならぬが、自分の操《みさお》を売ることがこの連中のあいだではしごく当然の行為なのだ。なにしろ、これらの頽廃芸術家たちは、別の道もあろうに、わざわざ作為的、自発的な無能力さを、自分たちの民衆を毒し魂を毒する手仕事のしるしとして提示するのである。」

一九三九年七月にフランクフルト・アム・マインで「頽廃芸術展」が開かれたとき、地元の新聞『フランクフルター・フォルクスブラット』（フランクフルト民衆新聞）は、それを論評する記事のなかで、こう書いた。この展覧会は、ちょうど二年前の一九三七年七月にミュンヒェンで初めて開催されて以来、ベルリン（会場は旧・日本大使館）、ライプツィヒ、デュッセルドルフなど、全国各都市を巡回して、ナチス当局によって断罪され没収された芸術作品を、見せしめとして国民のまえにさらしものにしていたのだった。ここに展示された一一二人の画家・彫刻家の七三〇点にのぼる作品は、そのほとんどが、表現主義、ダダイズム、新即物主義など、今世紀初頭以降のドイツで生まれた前衛芸術運動の成果であり、これほどまとまったかたちで現代芸術の作品に接する機会は空前絶後とあって、当局の思惑とは必ずしも一致しない関心を国民のあいだに喚起して、どの都市でも会場は満員の観客でにぎわった。——ナチス当局推奨の「純正芸術」と対極をなすこれら「頽廃芸術」の一代表として、当局の憎悪と観客の関心を集中的に浴びたのが、オットー・ディックスの諸作品だったのである。展覧会に先立って、全国の美術館から、二六〇点にのぼるかれの作品が、すでに没収されていた。

1922年のオットー・ディックス（自作の油彩画「美に捧ぐ」の前で）

　オットー・ディックスとその作品にたいする憎悪や非難は、しかし、一九三三年一月に政権を掌握したヒトラーのナチ党によって、はじめて公然と発せられたわけではない。第一次大戦の敗戦とともに本格的に創作活動を展開し、戦争体験と戦後社会の姿とをつぎつぎと描いて発表したディックスは、ほとんど絶えまなく、非難や憎悪を受けつづけねばならなかった。早くも一九二四年十二月には、当時のドイツで有数の美術批評家と目されていたユーリウス・マイアー＝グレーフェ（一八六七―一九三五）が、ケルン市の美術館に展示されていたディックスの代表作のひとつ、油絵『塹壕』を撤去するよう、市当局に勧告する、という出来事さえ起こっていた。オットー・ディックスは、第一次大戦敗戦とナチス時代とにはさまれた十四年間のヴァイマル共和国時代にあって、その創作活動がさまざまな「スキャンダル」を惹き起こした点で、二歳年少のジョージ・グロス（一八九三―一九五九）とまさに双璧だった。フォト・モンタージュ作家ジョーン・ハートフィールド（一八九一―一九六八）との密接な共同作業によっても知られるグロスは、『この人を見よ』（一九二三）、『支配階級の顔』（一九三〇）など、世相を鋭く諷刺する画集によって、再三再四、風俗壊乱、国防軍侮辱、叛逆罪などの罪に問われつづけたのだった。

「個々の作品を見てはじめて、その堕落の程度がはっきりわかる」と、さきに引用した新聞記事は書いていた。オットー・ディックスの社会的な位置、グロスと並ぶ「スキャンダラス」な立場は、かれの芸術作品とは区別される社会的・政治的な問題、などではない。娼婦をもっとも重要な題材として描いたディックスが、ナチスの御用批評家によって「娼婦」芸術の代表と見なされたのは、偶然ではなかった。かれの芸術表現は、そのまま、社会的な価値観や政治的な態度決定と結びつかざるをえなかったからである。どんな芸術表現についても多かれ少なかれ当てはまるこの事実を、ディックスの場合には、とりわけ強調しておかなければならないだろう。

「いかに」ではなく「何を」

なぜなら、ディックス自身、みずからの表現と現実の世界との不可分の結びつきを、はっきりと意識していたからである。一九二七年十二月三日付の新聞『ベルリーナー・ナハトアウスガーベ』（夕刊ベルリン）に掲載された「対象が第一」（*Das Objekt ist das Primäre*）と題する短文で、かれはつぎのように書いている。

「ひとつのスローガンが最近数年にわたって創造的な芸術家世代を動かしてきた。〈新しい表現形式を創出せよ！〉というのがその合言葉だった。だが、そんなことがそもそも可能なのかどうか、わたしにはまったく疑問に思える。昔の巨匠たちの絵のまえに立ってみるなり、それらの創造物の研究に没頭するなりしてみれば、どちらの場合もきっとわたしの言うことに賛成してもらえるだろう。いずれにせよ、わたしにとって、絵画における新しさとは素材領域の拡大であり、まさに昔の巨匠たちにすでに核心として存在している表現形式をいっそう高めることにほかならない。わたしにとっては、いずれにせよ、あくまでも対象が第一なのであって、形式は対象によってはじめて形成されるのだ。それゆえ、わたしにとってもっとも重要なのは、つねに、自分が見ている事物に自分が可能なかぎり近づいているか、という問題なのである。なにしろ、わたしにとっては、いかにということよりも何をということのほうが重要なのだ！　いかには、何をのなかからこそ、はじめて展開されてくる。」

　表現形式（いかに）よりも対象（なにを）が優先する、というディックスのこの基本姿勢は、かれの作品の強烈な色彩や構図、人物たちの身ぶりや表情や叫びや呻《うめ》きのまえで立ちつくしてしまいがちなわれわれに、それらの形象の背後にある対象（いや、それらの形象そのものである対象）の意味を、あらためて考えさせざるをえない。もとより、芸術家が自分自身の表現について述べた見解は、しばしば、作品の的確な理解に役立たないばかりか、鑑賞の妨げになることも少なくない。だが、ディックスの述懐は、「いかに」を極限まで推しすすめた表現者の言葉であるだけに、示唆にとんでいる。ディックスは、ただ単に、戦争やヴァイマル時代の社会の姿を描き出しただけではなかったのだ。戦争の特定の姿を、社会の特定の似姿を、かれは描いたのである。かれの代表作『戦争』について、ドレースデン美術大学学長リヒャルト・ミュラーは、一九三三年九月に、「この絵に至当な評価を下そうとするなら、それが戦死したドイツの前線兵士にたいする侮辱であると見なすべきであろう――その英雄的な死ののちに栄誉ある記念碑を建てられてしかるべき前線兵士にたいする……」と述べた。ついさきころまでディックス自身が教授をしていたこの美術大学でも、ナチスの政権掌握にともなう粛清が行なわれて、ミュラーが学長となったのだが、かれのこの言葉には、ディックスが戦争の何を描いたのかが、誤解の余地なく示されている。

　第一次大戦後のドイツで戦争体験を描くということは、絵画や彫刻においても、文学においても、戦争体験の悲惨さやおぞましさを描くことでは必ずしもなかったのである。第二次大戦後のドイツや日本の戦後文学・芸術とはまったく違って、第一次大戦後のドイツにおける戦後文学・芸術は、反戦的であるよりは遥かに好戦的だったのだ。戦争体験は、英雄精神と戦友愛の体験であり、敗戦は「背後からの匕首《あいくち》」、つまり国内の社会主義者やユダヤ人の裏切りのゆえであって、戦場での犬死さえもが英雄の死だった。失われた植民地や国外利権をめぐるルサンチマン、ヴェルサイユ条約による苛酷な賠償責任への反撥、天文学的数値のインフレと生活苦、これらが戦争の美化の培養土となった。つまり、傷痍軍人や塹壕の惨状や直撃弾や四散する肉体によって戦争を描いたディックスの諸作品は、決して一般的な戦争画ではなかったのである（日清・日露戦争ののちの日本の戦争画、太平洋戦争期の日本のそれを想起すれば、おおよその状況は理解できるだろう）。

ディックス「労働者の少年」（1920年）

　そしてさらに、敗戦ののちに来たヴァイマル民主主義もまた、オットー・ディックスにとっては、「人類史上もっとも民主的な社会」などではなかった。かれは、戦争のあとの平和や安定を描くことはできなかった。「平安と秩序」がキャッチフレーズとされた一九二〇年代初頭から中葉にかけてのドイツで、かれは、飢えながら身体をすりへらしていく労働者の少年を描き、曲馬やサーカスの芸人たちや、とりわけさまざまな年齢と外貌の娼婦たちを描きつづけた。社会のなかで依然として人外のものと見なされている芸人や娼婦たちと並んで、狂女や盲人やせむしと呼ばれる人びとが、かれの画面にくりかえし登場してくる。これらの人びとと、かれらの生きる現実こそが、オットー・ディックスにとっての「何を」だったのだ。そして、この「何を」のなかからこそ、この人びととかれらの現実をわれわれにつきつけるディックスのあの強烈で、執拗な色彩と構図――「いかに」が、生まれたのである。

現実と対決しつづけた表現

もちろん、ディックスが選んだ対象がほかならぬそのような表現形式を獲得していったのは、偶然ではない。かれの表現形式には（そしてじつは、かれの対象そのものにも）、かれが生きた時代の特徴が、くっきりと刻印されている。

一九〇五年、十三歳のディックスが舞台書き割り画の勉強を始めることによって表現者への第一歩を踏み出した年は、芸術家集団「ディ・ブリュッケ」（橋）の結成とともにドイツに新しい前衛芸術の運動が誕生した年でもあった。やがて表現主義という名称を与えられることになるこの潮流は、その後ほぼ二十年間にわたって、美術のみならず演劇、詩、小説、音楽、映画、さらには哲学・思想にまでいたる全文化領域におよぶ綜合的な運動として、同時代の社会を揺り動かし、その後の二十世紀の文化に大きな影響をおよぼしていく。ディックスは、同じく一八八〇年代から九〇年代にかけて生まれた同世代の表現者たちとともに、まず、若い表現主義の証人として、さらには共闘者として、歩みはじめたのである。かれの絵画の基調には、それゆえ、表現主義の特色とされた激しい情感の噴出、色彩と線の抽象的な混淆、デフォルメとモンタージュによる現実の解体と再構築が、後期にいたるまで生きつづけることになる。

一九〇九年にドレースデン工芸学校に入って本格的に画家としての修業を始めたディックスは、しかし、それを最後までつづけることができなかった。一九一四年夏の第一次大戦勃発が、かれを兵士として前線に連れていった。まず西部戦線へ、さらには東部のロシア戦線へと、かれは送られた。西部戦線では、歴史的な激戦地として記憶されるソンムの戦闘のさい、同じ画家のオットー・グリーベルと知り合っている。戦争体験が、『塹壕』、『戦争』（油絵三部作および銅版画五〇点シリーズ）などの代表作を生む直接のきっかけとなったことは、言うまでもない。

敗戦と復員は、しかしディックスにとって平和の到来ではなかった。むしろ、表現者としてのかれの戦いは、終戦とともに始まった。一九一八年十一月の敗戦直後に、戦争に反対する立場の芸術家や文筆家を糾合して結成された「十一月グループ」（Novembergruppe）にディックスも参加したが、最大公約数的な反戦平和主義と共和制支持とを結集軸としたこの同業者集団に、かれは満足していることができなかった。たちまちそのなかの極左反対派となってしまったディックスは、ドレースデンで活動する同志たちとともに「ドレースデン分離派グループ一九一九」（Dresdner Sezession Gruppe 1919）を結成し、さらに同じ一九一九年のうちに、戦場で知り合ったオットー・グリーベルらとともに「ドレースデン・ダダ」（Dresdner Dada）の名乗りを上げた。周知のように、ダダイズムは、一九一六年二月にスイス、チューリヒの「キャバレー・ヴォルテール」で誕生して以来、終戦とともにドイツ各地やヨーロッパ諸都市に飛火して、既存の芸術や社会の価値観にたいする過激《ラディカル》な挑戦をくりひろげていたのである。ダダイズムの時期そのものは、創始者のフーゴ・バル、トリスタン・ツァラ、ハンス・アルプ、リヒャルト・ヒュルゼンベックらと比較してもさらにいっそうディックスの場合には短かったが、それにもかかわらず、ディックスのダダ期は、かれの作品にその後もずっと痕跡を残した。永遠不変の美的価値、真善美、社会の公序良俗、文化遺産、等々の規範と結びついた既成の芸術観にたいしてダダイストたちが敢行した破壊活動（美術展会場に便器を置いて「泉」というタイトルをつける、ダ・ヴィンチのモナ・リザの複製にヒゲを描き入れる、

オットー・ディックス『崩れた塹壕』

など）は、およそ「美」とは縁遠い対象を描きつづけたディックスの精神と、ぴったり一致したのだった。それにとどまらず、多くのダダイストにとってはしばしば奇想天外な思いつきであり遊びであったものが、ディックスにとっては、芸術的価値だけでなく社会の秩序にたいする根本的な「否《ノー》」として、作品化されていった。

　ディックスの表現上の試みが芸術的価値にたいする闘いにとどまっていなかったことは、ダダイズムの時代が終わったのちのかれが、さらに新しい芸術家集団を結成して、芸術と社会にたいする攻撃を続行したことによっても、よくわかる。一九二二年にデュッセルドルフに移ったかれは、そこで「若きラインラント」（Das Junge Rheinland）というグループを創設する。一八四八年の革命に積極的に加担した文学者・芸術家たちの運動「若きドイツ」を疑いもなく念頭においたこのグループは、退潮を余儀なくされたドイツ革命のなかで、戦争と戦後とを告発する表現活動を展開する拠点のひとつとなった。『塹壕』が完成されたのは、この時期である。ちなみに、ジョージ・グロスの画集『この人を見よ』（*Ecce homo*）が刊行されたのも、同じ一九二三年だった。

　翌一九二四年、ディックスはさらに新しいグループに参加する。「ローテ・グルッペ」（Rote Gruppe＝赤色グループ）がそれである。ベルリンで結成されたこのグループは、「共産主義芸術家集団」という別称に示されているとおり、ドイツ共産党に加入している芸術家の組織であり、委員長はジョージ・グロス、書記はジョーン・ハートフィールド、中心メンバーには演出家のエルヴィン・ピスカートルらがいた。のちにナチスが政権を握り、ドレースデン美術大学教授のポストが剥奪されたとき、ディックスは、「自分はかつて一度も何らかの政党なり政治組織なりに所属したことはない」と釈明したが、「ローテ・グルッペ」への参加は、ディックスの共産党員としての経歴をナチス当局に疑わせるに充分な根拠となったのである。

平安を乱す表現者

　一九二〇年代後半のディックスの歩みは、一見、比較的平穏であるように見える。表現主義とダダイズムの時代が過ぎていったとき、ヴェリスムス（真実主義）のもっとも典型的な代表と目されたディックスは、二〇年代半ばにはノイエ・ザッハリヒカイト（新即物主義）の芸術家として時代の先端を走りつづける。美しいものばかりでなく醜いものからも目をそらさずに真実をありのままに描く思潮、とされたヴェリスムスも、感情の発露よりはまず事実に即して客観的に現実を表現する傾向としての新即物主義も、ディックスにとっては、まず「何を」という対象重視の基本的姿勢にいささかも変更を強いるものではなかったのだ。社会の現実にたいする過激な告発と糾弾を描きつづけたかれの仕事は、二七年には母校ドレースデン美術大学の教授のポストによって、三一年八月にはプロイセン芸術アカデミー会員の座によって酬われる。

だが、この平穏な状態は、長くは続かなかった。一九三三年一月三十日にヒトラーが首相に就任すると、たちまち芸術の分野にも変動が押し寄せてきた。ナチスの弾圧は、焚書やユダヤ人迫害だけにとどまらなかった。三三年四月には、早くもドレースデン美術大学教授のポストがディックスから剥奪された。そのあとを追うようにして、プロイセン芸術アカデミー（日本の芸術院に相当する）からの退会勧告が送られてきた。ディックスは、ただちに五月十七日付で退会届を提出した。返礼は、作品展示禁止処分だった。もはや、かれの作品は、共感を得るにせよ、反感と憎悪と非難を触発するにせよ、公衆の目に触れることができなくなった――少なくとも一般の美術館や画廊では。

というのも、一般の美術館や画廊ではないところでは、ディックスの作品はなお人びとの目に触れることができたのである。一九三七年一月のある文書は、そのことをつぎのように伝えている。

「総統が〈頽廃芸術〉展をたまたまドレースデン訪問のおりにご覧になったとき、総統はディックスの絵のまえでこう言明された――〈こういう連中をぶち込んでしまえないのは、残念なことだ〉と。」

総統とは、もちろんアードルフ・ヒトラーのことである。この資料から判断すれば、三七年七月から国家的行事として「頽廃芸術展」が開かれる以前に、すでにドレースデンでは三七年一月より早く、同様の見せしめ展覧会が開催されていたのだった。――だが、ここで問題なのはそのことではない。ヒトラーとディックスとの出会いを伝えているこの資料は、じつは、ある裁判での検事の論告書なのである。

その裁判は、ドレースデン市立美術館の一職員が解雇を不服として申し立てたものだった。それにたいして検事が、原告は市の職員でありながら「ドレースデン分離派」の芸術家たちの作品の購入に尽力するなど頽廃芸術家たちを庇護するために職権を乱用し、あろうことかベルリンで「ドレースデン芸術」展なるものの開催を企画し、そこにほとんどもっぱら共産主義シンパである分離派の作品ばかりを出品しようと画策した以上、解雇処分は妥当である――との主張を述べたのである。そのなかで検事は、分離派の頭目とかれが見なしたディックスにたいしてヒトラーが下した評価を、有罪の証拠として提出したのだった。

ディックスは、ナチス治下の「第三帝国」では、見せしめとしてしか公衆のまえに現われることができなかった。しかし、ヒトラーはかれを「ぶち込む」こともできなかった。かれの作品に憎悪と非難を浴びせる観客以外にも、かれの作品の価値を認め、自分の職や生命を賭してそれらを人びとの目に触れさせようとするこの美術館員のような「国民」も、依然として存在したからである。ヒトラーがついにディックスを死地に追いやることができたのは、敗戦を目前にした一九四五年になってからにすぎなかった。絶望的な祖国を非戦闘員まで動員して防衛しなければならなくなったとき、五十四歳のディックスもまた、「国民防衛隊」の一員として狩り出された。だが、かれは、敵を殺すかわりに捕虜になった。こうして、かれはナチス時代を生きのびることができた。かれの作品もまた、いまでは深い憎悪ではなく軽い嫌悪を呼びおこしながら、生きつづけている。だが、嫌悪だけでなく衝撃をそれらから受ける人間たちにとって、ディックスは、二十世紀の歴史そのものからかれが発見した「対象」とともに、依然として過去のエピソードではないのだ。

（季刊『みづゑ』九四九号、一九八八年冬号、美術出版社）

アレクサンドロス大王とギリシア文化人たち

アテナイ人《びと》もスパルタ人《びと》も、ほとんど誰ひとりその名を知らなかったマケドニアなる一小国の軍勢が、アッというまにギリシア全土を席巻したとき、侵攻軍の総帥、アレクサンドロス大王は、アテナイ入城のその日のうちに、言葉と像《イメージ》の名だたる専門家たち数名を参謀本部に召し連れるよう、部下に命じた。何とかトス、何やらトン、しかじかテスといったような立派な名前の詩人、芸術家、思想家、雄弁家たちが、うしろ手にいましめられたまま大王のまえに引き出された。

「おまえたちの国では、なかなか文芸が盛んだそうじゃが、現在いちばん話題になっておる文芸上のテーマは何か、申し述べてみよ」というのが大王の問いだった。

「それはもう、申すまでもございません。わがヘラスの固有の文化や芸術が救いがたいくらい涸渇し凋落してしまったことでございます」と、白髪頭と白髯をふるわせて、詩人の何やらトンが、縛られたまま膝をのりだした。「ドリア時代のあの民衆文化の伝統がすっかり忘れ去られ、何やらわけのわからぬ商品文化がはびこり、神話に題材をとったと称するいかがわしいヴィーナス像だの、形式主義的に合唱団《コロス》の体裁だけそなえた外国かぶれの対話劇だの……。」

何やらトンがここまでしゃべってもその首がまだ飛ばないのを見て安心したのか、あとはもう、トスもテスもキスもドンもネスも、口々にわめきはじめた。要するに、ペロポネソス戦争の終戦このかた、ギリシアを支配した相対的安定期のなかで、ここに召し出されたインテリたちは、新しい劃期的な文化を創造するための文芸刷新運動を展開しつづけてきたのだが、かれらが時代にとりのこされたのか、時代がかれらより先に退歩してしまったのか、とにかくかれらの刷新運動は、もはや最初のころほど広汎かつ強烈な反響を呼ばなくなり、かれらが書いたり作ったりするものも、いまではただ、吹く風が散らすにまかされている状態らしいのだ。

「わが民衆は、もはや芸術も文化も失いつくしてしまったのです。」「スキタイ人やフェニキア人がうらやましい。かれらには素朴な独自の文化があり、固有の表現があります。」「かれらは、祭りだといっては歌い踊り、祝いごとだといっては即興の野外劇をやります。しかも民衆自身が、です。」「わがギリシアでは、表現は専門家の職業にすぎません。」

「しかし、おまえたちの刷新運動は、そういう良き手本を知っているわけではないか。しかるになぜ、だれもそういうおまえたちの紹介や、それを生かしているはずのおまえたちの作品に注目しないのか？」と、アレクサンドロス大王は、しごくもっともな問いを発した。当然のことながら、あとは沈黙が支配するばかりだった。

そのとき、ふと、縛られたインテリたちのひとりが、重大な疑問に思いあたった。しばらく躊躇したのち、その髯のインテリは、思いきって口を開いた、「ところで大王さま、あなたさまのお国、マケドニアでは、文芸など、どんな様子でございましょうか？　これほどご立派な強国のことゆえ、さぞ立派な文芸文化が花咲いていることでございましょうな？」

これを聞いた大王は、カラカラと笑いはじめ、ものの五分間も笑いやめなかった。

「ハハハ、たわけたことを！　わが帝国では、文芸などというものは、この五十年ばかり、どこをさがしたって存在しておらぬわ。わが父王とわしが、すっかり根絶やしにしてやったのよ！　これがつまり、おまえたちのうらやましがっておる近隣諸国のすぐれた民衆文化の姿なのじゃて！」

――右のエピソードは、なにをかくそう、じつは、有名なベルトルト・ブレヒトが遺稿として残した覚書のなかから抜き出したものである。もちろん、あのブレヒトのことだから、本当に古代ギリシアとマケドニアの歴史のなかにこのようなエピソードが存在したとは思えない。かれ自身が直面した何かを念頭において、創作されたものに違いあるまい。いずれにせよ、作品や日記やメモのほとんどすべてが邦訳されているブレヒトの文章だから、直接どこかの図書館ででも、見物してほしい。ただ、どういう事情からか、その訳本には、このエピソードにブレヒト自身が付け加えている次のような註釈《コメント》は、訳出されていない。さきの大王のセリフのあとに、一行あけて、ブレヒトはこう書いているのである――。

「つまり、アレクサンドロスのまえに引き出された知識人たちは、自分では何ひとつ強権にたいして闘ってこなかったのだ。かれらは都市国家や民主主義のなかに生きていたので、自分たちが主権者であると信じていた。自分たちの表現は自由だと信じて疑わなかった。強権と闘う近隣諸国の民衆芸術（闘いのなかでしか民衆は自己の表現を必要としないのだ）に見とれることはあっても、自分で何としてでもすぐれた表現を生まなければ生きていけないほどの現実世界の闘いを、かれらはついに一度も試みさえせず、そのような闘いへの一歩を（さまざまな誤りを避けることができぬままにせよ）踏み出そうとしているものたちのほうを、自分の身近にもいるそのような人間たちのほうを、見ようとさえしなかったのだ。それでいて、かれらは、ギリシアの民主主義のなかでの反対勢力であると、自分たちの文化運動を見なしていた。だが、文化運動それ自体なるものはありえない。それが暴力的な抑圧であれ寛容的な抑圧であれ、抑圧（Unterdruck）にたいする具体的な闘いやそれとの連帯のなかからのみ、新しい表現（Ausdruck）は生まれる。ここでもまた、歴史のなかでしばしば起こる皮肉の例にもれず、正しさ（Recht）は、文化人たちにではなく、侵略的な暴君アレクサンドロスのほうにあったのである。」

（『新日本文学』四七八号、一九八八年一月、新日本文学会）

コレクション版へのあとがき

1

一九七一年九月二十七日に羽田空港を出発した昭和天皇裕仁《ひろひと》と皇后良子《ながこ》は、ヨーロッパ七カ国を「親善訪問」して十月十四日に帰国した。これは、敗戦後はじめての天皇による外国旅行だった。それまでは、国外での「皇室外交」はもっぱら皇太子明仁とその妻美智子によって担われていたのである。皇太子のほうが戦争責任との関わりが薄いという思惑が働いていたことは、想像に難くない。

戦後四分の一世紀を経て天皇の戦争責任も時効になっただろう、と当局者が判断したとすれば、それは大きな誤算だった。ヨーロッパ各国での民衆の反応は冷たかった。それどころか、デンマルクのコペンハーゲンでは、天皇の乗用車に袋状の薄いゴム容器に詰めた人糞《クソ》の爆弾が投じられた。オランダでは「ヒロヒトラー!」という罵声が裕仁に浴びせられたが、その意味を解することができなかった裕仁は、罵声に応えて手を振るという滑稽な一幕を演じたのである。投げつけられた魔法ビンによって、かれの車のフロントガラスにひびが入った。

「ヒロヒトラー」とは、もちろん、ヒロヒトとヒトラーとを同一視した合成語にほかならない。ナチズムによる侵略の被害者となったヨーロッパ諸地域の人びとにとって、当然のことながらヒトラーの犯罪はまだ時効になってなどいなかった。その犯罪のいわば共謀共同正犯たる日本天皇が、ヒトラーの自殺ののちも生き永らえて、あろうことか同じ天皇という地位に留まったまま、ヒトラーの記憶を想起させつつ欧州歴訪の旅をしているのである。その後、裕仁から明仁への天皇代替わりがあったとしても、歴史的責任が果たされぬままである以上、ヒトラーの共犯者という問題は何ら解消していない。このことの意味を、ヒトラーと天皇は別だと無意識のうちに考えている日本の当局者や少なからぬ日本人は、理解しようとしてこなかった。ナチズムの残虐行為とアジア諸地域に対する日本の加害の歴史とを区別して自己の免罪を試みる現在の自民党政治家たちも、もちろんこの延長線上にある。

ナチズムの所業を見すえる作業は、それゆえ、ナチズムのドイツと歩みをともにしながら、つまりナチズムの抬頭から没落にいたる歴史およびそれ以後の過程と歩みをともにしながら日本の国家社会が行なってきたことを、わたしたちに直視させざるをえない。ヨーロッパやアメリカ合州国でのナチズム研究と日本における研究との決定的かつ本質的な差異は、この点にある。たとえば、文献・資料に関するいくつかの事実も、このことを如実に物語っている。――その一例は、旧帝国大学と称される大学の図書館に、いまでも、Geschenk des Deutschen Reiches《ゲシェンク・デス・ドイッチェン・ライヒェス》（ドイツ帝国からの寄贈）というラベルを貼った「第三帝国」時代のドイツの書籍が、数多く所蔵されていることである。盟邦たる日本の帝国大学は、労せずしてナチス・ドイツの基本図書を蒐集することができたのだった。旧帝大だけではない。一九六〇年代末に至るまで、たとえば東京神田の古書店街の店先に置かれた特価本の山のなかには、ナチス時代の文学作品の原書やその日本語訳がいくらでも転がっていた。わたし自身、本書の第一部、『ファシズムと文学――ヒトラーを支えた作家たち』で言及した諸作品の原典を、ほとんどすべて東京や京都の古書店で入手したのだった。

「研究」にとってのこの好条件は、ナチズムに関しては悲しむべき不幸でしかない。しかもこの不幸は、ナチズム研究の歴史的推移によってさらに深化せざるをえなかった。ナチズム研究は、近年、世界的規模で、いわば陽のあたる分野となったのである。いまでは、この研究テーマに後ろめたさや恥の意識をいだく必要は、ない。少なくとも、その必要を感じる研究者は、多くはない。敗戦後ほとんど三十年ものあいだ、日本でも東西両ドイツでも、ナチズムは一義的に否定の対象そのものでしかなかった。それは、文字通り決定的なマイナスの価値を体現していた。とりわけ文化の領域では、ナチス時代は荒涼たる不毛の地でしかなかった、というのが常識だった。一九三三年から四五年までの一時代のドイツ文化は、もっぱら国外亡命者たちによって担われていたのであり、ドイツ国内には文化と呼べるような文化は存在しなかったのである。これが、戦後民主主義時代におけるドイツでの第三帝国観であり、それに追随する日本人ドイツ研究者たちの共通認識でもあった。そのような無価値な領域をことさら研究対象とすること自体が、無意味であると考えられていたのである。そして、この共通認識は、日本における戦時下の日本文学・文化に関する戦後の研究が戦後民主主義期にはついに深められることがなかったという事実と、無関係ではない。戦後民主主義の視点からは、敗戦前の日本の文化的営為はマイナスの価値という結論を前提にしてしか見ることができなかった。そして、このような視点こそが、ドイツにおいても日本においても、「歴史修正主義」ないしは「自由主義史観」による「自虐史観批判」、すなわちナチズムの免罪と植民地支配および「大東亜戦争」の免罪という大きな破廉恥を生む一因となったのである。そしていま、このような過程そのものが意識の外に追いやられたまま、ナチズム研究は当然のように正当性を認知されている。

ナチズム研究の近年における隆盛が、ドイツにおける「歴史修正主義」や日本における「自由主義史観」の破廉恥と必ずしもそのまま軌を一にしているわけではない。多くのナチズム研究は、ナチズム容認とは反対の方向でなされている。しかし、日本でも話題になった『ヒトラー最期の12日間』と『白バラの祈り』（原題＝『ゾフィー・ショル、最期の日々』）という二つの映画が典型的に物語っているように、たとえナチズムの肯定や美化をまったく意図してなどいないとしても、歴史的過去と現在の自分自身とを無関係のものとして過去を見るやりかたが、あまりにも蔓延していると言わざるをえない。『ヒトラー最期の12日間』で破滅に直面したヒトラーとゲッベルスが語る「われわれを選んだのは国民だ。こうなった責任は国民が負えばよい」という意味のセリフ（捨てゼリフ）は、あくまでも当時の国民に対して向けられているにすぎない。ドイツ国民はかつてそのような誤りを犯したが、現在は民主主義の国家のなかで、民主主義の憲法（「基本法」）のもとに、正しく生きている――。その民主主義体制がじつはどのような問題をかかえているか、つまり国民がナチズム体制下と同じように、何を敵として、あるいは何を見ないで生きているかは、本書の第三部に収めたいくつかの文章が記しているとおりである。そして、『白バラの祈り』がショル兄妹たちを英雄的に描き、「ナチスばかりでなくこういうドイツ人もいたのだ」というメッセージを伝えようとするとき、自分はかれら抵抗者たちを孤立させた側の人間であるという自覚、「法治国家」の「法」に盲従して、「法」に抗するどころか疑うこともしない生きかたに終始してきたのが自分であり、いまなおそうであるという自覚は、映画の制作者たちからもドイツ人観客たちからも、すっぽりと抜け落ちている。

ナチズムの罪業を、そしてそれと歩みをともにした日本天皇制の責任を、厳しく剔抉することは、いくらそれをしてもそれで充分であるということはない。しかし、その追及が追及者自身を埒外に置いたままなされるとすれば、歴史の現場はついにその生きた相貌をあらわにすることはないだろう。

2

『ファシズムと文学――ヒトラーを支えた作家たち』（本書第一部）が一九七八年四月に白水社から刊行されたとき、新聞や雑誌にほとんど十指に余る書評が掲載されたのは、この本がおそらく戦後の日本で初めてナチス時代の文学について論じたものだったからだろう。「《国民》の現実を現実的な現実として認め、しかも操作の客体におとしめられないような契機をこの現実のなかに形成すること、これこそが、前ファシズム状況における文学の課題でもあった」という「あとがきにかえて」のなかの一文を取り上げて、「このようにあらかじめ存在する一定の視座に立つ作品批判は、文学作品を社会現象のひとつとしてとらえ、そこから社会についてのひとつの認識を引きだそうとする場合には、たしかに有効なものにちがいない。けれども思想ないし文学そのものが問題とされる場合には、わたしには不毛なものと思われてならない」と指摘した一例（『朝日ジャーナル』一九七八年六月二十三日号、「一定の視座に立つ作品批判はどこまで有効か」）を除いて、それらの書評はいずれも過褒と言わねばならぬくらい好意的なものだった。それは、もちろん、この本の内実そのものよりも、テーマが異色だったことによるのだろう。それらのうちでも、『北海道新聞』に掲載された川村二郎氏のものは、わたしにとってとりわけ印象的だった。氏の書評は、つぎのような文言で結ばれていたのである、「論じられた作家たちが、果たしてこれだけ周到に論じられるに値するかという疑念も依然としてある。しかし著者の若々しい情熱とあくなき探究心には、畏敬の念を抑えがたいといわざるを得ない。」——ドイツ文学者としても気鋭の評論家としても声望の高かった川村氏のこの一文が、著者に大きな励ましを与えてくれたことは、言うまでもない。だがこの書評がわたしにとって貴重だったのは、引用した箇所のうち、とりわけ前段の疑義によってだった。この本でわたしが論じた五人の作家たちが、いわば「文学そのもの」の価値基準からすれば「情熱」と「探究心」を傾けて論じるに値するとは認められない存在であることを、それはあらためてわたしに確認させてくれた。ドイツ文学といえばゲーテやトーマス・マン、そして新しい古典としてようやくカフカが認知されつつあった時代だった。それらを測るときに用いられてきた価値の尺度だけではとらえられない文学表現があるということに、わたしはこだわりたいと思った。かつての日本の「大衆小説」が、まともに論じるに足る文学領域であると（専門的文学研究者によって）認識されるまでに長い年月を要したこととも、この問題は関連している。

ナチス文学についてのわたしの基本姿勢は、国家社会による海外進出の動力として働いた近現代の日本の文学についてと同じく、「一定の視座」に立っている。三十年前もいまも、このことに変わりはない。その視座とは、「操作の客体におとしめられない人間のありかたの自己形成にとって、文学表現は何をなしうるのか」という問いにほかならない。この問いだけが、文学表現と向き合うときの唯一の本質的な問いでなどないことは、あらためて言うまでもない。それどころか、ファシズムとの関係で文学表現を見るときの唯一の問いでさえないことも、また自明の理である。そして何よりも、この問いは、ファシズムとの関係において文学表現はこの問いとはまったく正反対の働きをしてきた、という現実から出発しているのである。つまり、「何をなしうるのか」という問いは、この場合、あらかじめ、「何もなしえなかった」という既成の現実を自己の現実として引き受けるところからしか、発せられることがないのだ。

しかし、このことは、その既成の現実を容認するということを意味するものではない。それは、二十世紀の歴史がファシズムを体験しなければならなかったという現実を自己の現実として引き受けることが、その現実を容認することを意味しないのと、同じである。このことは、ただちに、もうひとつの視座を不可欠にする。ファシズムは悪であるという結論から出発しない、という基本的な視座である。そのためには、ナチズム・ドイツの崩壊によって確定した価値のヴェクトルに従って過去の一時代たる第三帝国とその前史を見るのではなく、歴史の現場そのものに身を置くこと、つまり現場を追体験する想像力を、後史の一時点に生きる自己に要求しなければならない。広義のファシズムと向き合うということは、基本的には、現場を追体験しつつ、しかもその現場をそのまま容認するのではなく、むしろ逆にその現場を変容させる契機を現場そのもののなかに探る、という作業にほかならないのである。その現実だけがありうる唯一の現実ではない、という視線は、ファシズムの現実に対してこそ決定的に重要なのだ。そして、この現実を、可能な唯一の現実という呪縛から解き放つことも、またこの呪縛をいっそう強力なものにすることも、文学表現をはじめとする虚構の領分なのだ。この領分は、もちろん、最初期のテレビが最新の表現メディアだった第三帝国とは比較にならぬくらい高度なメディアを駆使することができる現在においても、虚構の本質的な領分でありつづけている。

3

本書の第二部と第三部には、第一部の『ファシズムと文学』が刊行されたのちの長い時間のなかで折にふれて発表したものを集めた。個別の論題は雑多だが、「ファシズムと文学」という基本テーマにおいては一貫している。『抵抗者たち――反ナチス運動の記録』（一九八〇年九月、ＴＢＳブリタニカ。新版＝一九九〇年三月、発行・軌跡社、発売・社会評論社）、『虚構のナチズム――「第三帝国」と表現文化』（二〇〇四年三月、人文書院）とともに、本書がわたしのナチス文学・文化に関する論究がたどりついた地点を示すさしあたりの里程標となる。もちろん、この三冊で論じ尽くすことができなかった多くのことがらは、今後の課題として残されているが、他の二冊も現時点で新刊書店を通じて入手できるので、関心のあるかたには目を通していただければ幸いである。

本書に収めた各文章は、原則として初出のかたちを生かすようにしたが、舌足らずの箇所を補うなど最小限の加筆修正をほどこしたものもある。また、初出にはなかった若干の図版を追加し、数点については初出のものとは別の図版と差し替えた。もちろん、発表の時点で気付いていなかったことや未知だったことがらを書き加えるなど、論旨を変えるような変更は行なっていない。

最後にここで、白水社版『ファシズムと文学』について記しておきたい。本書にそのまま収録した同書の「あとがきにかえて」そのものから明らかなように、そこには、ほかならぬ白水社という出版社の過去の歴史に対する批判が含まれている。それにもかかわらず、白水社は、この本の出版を拒否しなかった。わたしに対してどんなかたちであれ改変の要求がなされることもなかった。編集担当者だった畠山繁さんと稲井洋介さんが社内での苦しい立場を引き受けながら刊行のための尽力をしてくださったことは、想像に難くない。だが、若輩の著者であるわたしよりさらに若年だった稲井氏の尽力が無駄に終わらぬだけの包容力を白水社が示してくださることがなければ、その一冊は陽の目を見ることがなかっただろう。わたしは傲慢にも、白水社以外の出版社からこれを出してもらう気持などなかったからである。あれから三十年近い年月が過ぎたいま、あらためて白水社のご厚情に心からの感謝を申し述べさせていただきたい。併せて、第二部・第三部に収載した文章の初出が掲載された諸雑誌と、講演の場を与えてくださった各集会の主催団体に、深い謝意を表したい。

二〇〇六年五月

池田浩士

池田浩士（いけだひろし）
1940年大津市生まれ
1968年から2004年3月まで京都大学勤務
2004年4月から京都精華大学勤務
著書
『似而非物語』序章社、1972年
『初期ルカーチ研究』合同出版、1972年
『ルカーチとこの時代』平凡社、1975年
『ファシズムと文学―ヒトラーを支えた作家たち』白水社、1978年
『教養小説の崩壊』現代書館、1979年
『抵抗者たち―反ナチス運動の記録』TBSブリタニカ、1980年。同新版、軌跡社、1991年
『闇の文化史―モンタージュ　1920年代』駸々堂、1980年
『大衆小説の世界と反世界』現代書館、1983年
『ふあっしょファッション』社会評論社、1983年
『読む場所　書く時―文芸時評1982-1984』境涯準備社、1984年
『隣接市町村音頭』青弓社、1984年
『文化の顔をした天皇制』社会評論社、1986年。増補改訂版、2004年
『死刑の［昭和］史』インパクト出版会、1992年
『権力を笑う表現？』社会評論社、1993年
『［海外進出文学］論・序説』インパクト出版会、1997年
『火野葦平論―［海外進出文学］論・第１部』インパクト出版会、2000年
『歴史のなかの文学・芸術』河合文化教育研究所・河合ブックレット、2003年
『虚構のナチズム―「第三帝国」と表現文化』人文書院、2004年
主要編訳書
『ルカーチ初期著作集』全４巻、三一書房、1975-76年
『論争・歴史と階級意識』河出書房新社、1977年
エルンスト・ブロッホ『この時代の遺産』三一書房、1982年。ちくま学芸文庫、1994年
『表現主義論争』れんが書房新社、1988年
『ドイツ・ナチズム文学集成』全13巻、柏書房、刊行中
主要編著
『カンナニ―湯淺克衞植民地小説集』インパクト出版会、1995年
『戦争責任と戦後責任―コメンタール戦後50年』第５巻、社会評論社、1995年
『「大衆」の登場』文学史を読みかえる２巻、インパクト出版会、1998年

ファシズムと文学――ヒトラーを支えた作家たち
池田浩士コレクション３
2006年６月30日　第１刷発行

著　者　池　田　浩　士
発行人　深　田　　　卓
装幀者　藤　原　邦　久
発　行　㈱インパクト出版会
〒113-0033　東京都文京区本郷2-5-11　服部ビル2F
Tel 03-3818-7576　Fax 03-3818-8676
E-mail：impact@jca.apc.org
http:www.jca.apc.org/˜impact/
郵便振替　00110-9-83148

印刷・モリモト印刷

死刑文学を読む

池田浩士・川村湊 著　2400円＋税

死刑という現実に文学は拮抗できるか。ビクトル・ユーゴーの『死刑囚最後の日』から永山則夫『木橋』『華』まで、古今東西の死刑を描いた作品、死刑囚の描いた作品をめぐって、２年間６回に渡って討論した世界初の死刑文学論。

ISBN4-7554-0148-8

死刑の［昭和］史

池田浩士 著　3500円＋税

大逆事件から「連続幼女殺人事件」まで、［昭和］の重大事件を読み解くなかから、死刑と被害者感情、戦争と死刑、マスコミと世論、罪と罰など、死刑をめぐるさまざまな問題を万巻の資料に基づいて思索した大著。本書は死刑制度を考えるための思想の宇宙である。

ISBN4-7554-0026-0

［海外進出文学］論・序説

池田浩士 著　4500円＋税

文学表現は時代といかに交錯したか。湯淺克衞、高見順、日比野士郎、上田廣、棟田博、白井喬二、吉川英治、日影丈吉、大田洋子、小山いと子、野澤富美子らを論じた待望の長篇論考。

ISBN4-7554-0060-0

火野葦平論　［海外進出文学］論　第一部

池田浩士 著　5600円＋税

戦前・戦中・戦後、この三つの時代を表現者として生きた火野葦平。彼の作品を通して戦争・戦後責任を考え、海外進出の20世紀という時代を読む。本書は火野葦平再評価の幕開けであり、同時に〈いま〉への根底的な問いである。

ISBN4-7554-0087-2

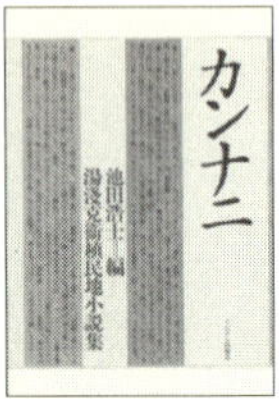

カンナニ　湯淺克衞植民地小説集

池田浩士 編・解説　10000円＋税

忘れられた作家・湯淺克衞の最初にして唯一の体系的な作品集。収録作品＝焔の記録／カンナニ／元山の夏／移民／莨／城門の街／棗／葉山桃子／心田開発／根／望郷／先駆移民／青い上衣（チョゴリ）／感情／早春／闇から光へ／娘／人形／故郷について／連翹／旗

ISBN4-7554-0040-6